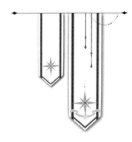

나는 이 집
아이

I

나는 이 집 아이 1

초판 1쇄 발행 2018년 8월 16일
초판 7쇄 발행 2022년 1월 10일

지은이 시야
발행인 오영배
편집 편집부
디자인 디자인그룹 헌드레드
제작 조하늬

펴낸곳 (주)삼양출판사 · 피오렛
주소 서울시 강북구 도봉로 173
대표 전화 02-980-2112 / **팩스** 02-983-0660
편집부 전화 02-987-9393 / **팩스** 02-980-2115
블로그 blog.naver.com/dan_gul
출판등록 1999년 3월 11일 제9-00046호

ISBN 979-11-283-9526-0 (04810) / 979-11-283-9525-3 (세트)

fi ret 은 (주)삼양출판사의 로맨스 판타지 문학 브랜드입니다.

I
나는 이 집 아이

시야 장편소설

Contents

Chapter 1.

난 양손을 꽉 비틀듯 쥐고 남자를 힐끔힐끔 바라보았다. 그의 차가운 눈이 날 내려다보고 있었다. 어떻게 눈 색이 빨간색인데도, 저렇게 차가울 수가 있을까?

"내 딸이라고?"

"그래요."

"그래서?"

"양육비를 줘요."

어머니의 의기양양한 목소리에 난 고개를 푹 숙였다. 잘은 모르지만 내 아버지라는 사람이 높은 직위를 가진 부자라는 건 알 수 있었다. 이 방의 모든 것이 처음 보는 것들뿐이었으니까.

작은 신발 안에서 발가락이 아파왔다.

"거절하지."

"뭐, 뭐라고요?!"

갑자기 허리를 달랑 잡혀 들어 올려져서 난 눈을 휘둥그레 떴다.

"대신 이걸 사겠어. 만 골드."

"무슨 소리를!"

"어차피 필요 없지 않나? 듣자 하니 루아드로 가려고 한다는 이야기도 있던데."

빈정거리는 말에 어머니의 아름다운 얼굴이 일그러졌다. 새빨간 입술을 깨물고 그녀가 말했다.

"이만 골드는 줘요."

난 귀를 막고 싶었다.

"얘가 진짜 내 딸인지, 아닌지도 확실치 않은데? 열한 살이라고? 고작 일고여덟 살로밖에 보이지 않는군."

"열한 살 맞아요! 당신 딸이 맞아요. 그때 내 상대는 당신밖에 없었다고요."

"아, 창부의 말을 들을 정도로 난 만만한 상대는 아니지만. 뭐, 좋지. 대신 완전히 나와 이거에 대해서는 손을 떼는 거야. 어디 가서 헛소리도 늘어놓지 말고. 켈슨!"

그의 부름에 문이 열리고 단정한 차림에 갈색 머리카락을 가진 온화한 인상의 남자가 들어왔다. 그가 날 그 남자에게로 집어 던졌다.

"꺄악?!"

다행히도 켈슨이 내 몸이 떨어지지 않게 받아냈다.

"윽, 공작님!"

"2만 골드짜리다."

"예?"

"펜과 종이를 가져와. 이 계약을 마무리하도록 하지."

그렇게 나는 2만 골드에 공작가에 팔렸다.

* * *

난 23세의 앞날 창창한 여대생이었다.

음, 아니 여대생이었던 것 같다고 해야 하나?

이거면 이거고 저거면 저거지! 하고 확실하게 말 못 하는 이유는 내 자아가 생기고 나서, 전생의 기억이 조금씩 떠올랐기 때문이다.

전생이라고 해야 할지, 아니면 그냥 꿈이라고 해야 할지.

그런 기억이 떠오르기 시작한 것은 내가 서너 살 때 무렵이었다. 주변 사람들은 내가 백치거나 정신이 이상한 여자아이라고 생각했다.

하지만 열한 살이 된 지금은 그런 말을 듣지 않을 정도로는 영리해졌다. 그래서 지금이 어떤 상황인지도 짐작이 갔다.

내 친모는 정붙이기가 어려운 여자였다. 화려한 차림을 하고 남자들을 만나 돈을 받는 그녀는 내게 관심이 거의 없었다.

아니, 관심이 없는 건 아니었다. 자신이 손님에게 받는 스트레스를 나에게 풀 정도의 관심은 가지고 있었지.

마치 화가 나면 옆에서 얼쩡거리는 개를 걷어차듯, 친모는 내게 여러 번 발길질을 했다.

'정말 지금까지 죽지 않은 걸로 감사해야 해.'

딱 한 번 작은 손으로 탈출을 시도해 본 적이 있었는데 그 골목은 정말로, 버려진 아이가 살기에는 끔찍한 장소였다.

'고아원이라는 게 있을지도 모르지만, 그래도 나는 아마 창녀가 되지

않았을까?'

손님이 오면 어머니는 나를 좁은 상자에 넣고 자물쇠로 상자를 잠갔다. 나는 그 어둡고 좁은 상자 안에 웅크리고 누워 어머니가 손님과 일을 치르는 것을 다 들어야 했다.

그래서 지금도 좁고 어두운 곳은 굉장히 싫었다.

'만약에 내가 과거의 기억이 없었으면 분명히 이상한 애가 됐을 거라고.'

속으로 투덜거리며 난 마차 바닥에 닿지 않는 다리를 까닥였다. 인간의 모든 것은 학습으로 이뤄지니, 전생의 기억이 없었다면 분명히 언어장애나 혹은 지능장애까지 생겼을 터였다.

웃음이나, 파란 하늘이나, 달콤한 과자나, 아름다운 풍경, 사랑하는 가족 같은 것은 전부 전생의 기억 속에서 발견했다.

'그래도 개에게 먹이를 주는 정도의 애정은 있는 줄 알았는데.'

하지만 그 먹여 주고 키워 준 것도 오늘로써 내 친부에게 돈을 뜯어내기 위한 것이라는 게 증명되었다. 대체 왜 열한 살까지 기다렸는가 했는데,

―그동안의 양육비를 이자까지 쳐서.

라는 말이 골자인 듯했다.

'양육비에 이자라.'

난 우울해졌다. 그래도 어머니니까 사랑하려고 노력했다. 사랑받고 싶었다.

"아가씨."

부드러운 부름에 난 고개를 들어 상대방을 바라보았다. 켈슨이라는 남자였다. 그가 내 담당인 것인지, 앞으로 나는 어떻게 될 것인지 알 수 있는 건 아무것도 없었다. 내가 이 세계에 대해 가지고 있는 정보는 아주

아주 적은 것뿐이었다.

"카잔(성함)이 어떻게 되시나요?"

내가 무슨 말인지 못 알아듣고 멍하니 입을 벌린 채 그를 바라보자 그가 다시 말했다.

"카잔(성함), 아니 이름 말입니다. 모친께서 당신을 어떻게 부르셨죠?"

아, 저게 이름이라는 뜻이구나.

켈슨은 내가 모르는 단어를 너무 많이 썼다.

이곳의 언어는 당연하지만 전생의 나, 서영의 지식 어디에서도 찾아볼 수 없는 언어였다. 언어라는 건 그냥 익혀지는 게 아니다. 아이가 한 가지 단어를 익히는 데 어머니가 만 번을 반복해 준다고 했었지.

하지만 당연히 내 친모에게는 그런 보살핌을 기대할 수 없었다. 내가 그래도 여기까지 언어를 익힌 것은 전생의 기억으로, 완전히 어린아이가 아니라 어른의 이성을 가지고 있기 때문이기도 했다.

그래도 역시 독학으로 언어를 익히는 건 어려웠다.

그리고 너무나도 빤한 이야기지만. 엄마나 그 동료들, 주변에서 들은 언어들은 전부 하급 계층의 언어였다. 그러니 켈슨이 쓰는 상급 계층의 언어는 나에게 처음 듣는 표현이 많아서 알아듣기 힘들었다.

켈슨이 충분히 배려해 주고 있는데도 말이다.

"분홍눈이요."

내 말에 켈슨의 얼굴이 순간 굳었다가 다시 온화하게 펴졌다.

"새 이름을 공작님께 받아야겠군요."

"저기……."

"네."

"저는 이제 어떻게 되나요?"

"일단은 공작가로 가시게 될 겁니다. 이제 곧 도착하지요. 그리고 나서 공작님께서 아가씨의 일을 결정하실 겁니다."

"네."

대답하고 난 고개를 끄덕였다. 2만 골드가 얼마인지는 모르지만, 큰 돈이라는 짐작 정도는 할 수 있었다. 아니면 부자나 귀족에게는 별거 아닌 금액인 걸까?

'하녀로 쓰려고 할 수도 있어.'

공작가의 하녀가 되는 게 차라리 나을지도 모른다. 적어도 외출의 자유는 있을 테고, 식사도 삼시 세끼는 주겠지.

'이제 귀리죽은 지긋지긋해.'

생김새가 꼭 개밥 같은 그 음식은 꺼끌꺼끌하고 맛도 없었다. 돌이나 껍질도 엄청 많아서 먹으려면 조심조심 먹어야 했다.

그래서 어머니가 잠든 사이, 그녀가 손님과 함께 먹고 남긴 음식 찌꺼기를 주워 먹었다. 신선한 물을 마시는 것도 어려운 일이라 남은 음료에도 손을 대고는 했는데, 한 번은 너무 독한 술을 마셔서 토한 적이 있었다. 이후로 최대한 술은 자제했다.

'생각하면 할수록 나 살아남은 게 용한 것 같아.'

스스로를 대견스럽게 생각하며 난 공작가의 하녀 생활을 상상해 보았다.

'어떤 상황이든지 지금보다는 나을 거야.'

이런 생활보다는 노동하고 정당한 보수를 받는 게 훨씬 나아 보였다.

'물론 정당한 보수를 줄 때의 이야기이기는 하지만.'

잠시 후 마차가 멈춰 섰다. 켈슨이 마차에서 내려 내가 내릴 수 있게 도와주며 말했다.

"아까도 생각했지만 아가씨는 지푸라기 인형 같군요."

그 말에 뺨이 붉게 물드는 걸 느꼈다. 내 몰골이 안 좋다는 건 내 스스로도 잘 안다. 어머니는 머리카락을 빗어 주는 행위 같은 건 해 준 적이 없었으니까.

내가 손빗으로 스스로의 머리카락을 빗어 보기도 했지만 영양부족으로 푸석푸석한 머리카락은 꼭 빗자루 같았다. 떡 져서 서로 뭉쳐 있기도 했고, 툭툭 끊어졌다.

공작님을 만나러 가기 며칠 전에 씻지 않았다면 냄새도 상당히 났겠지.

"무게가 아주 가볍다는 이야기입니다. 어린애는 보기보다 좀 더 묵직해야 하는데 말이죠."

켈슨이 내가 부끄러워하는 걸 눈치챘는지 뒷말을 덧붙였다. 난 슬쩍 내 손가락을 바라보았다. 손가락뼈 마디마디가 고스란히 보였다.

'비쩍 마른 대꼬챙이 같아.'

"자, 카스티엘로 공작가에 오신 것을 환영합니다."

켈슨이 내 어깨를 부드럽게 짚으며 말해 난 손에서 시선을 떼고 고개를 들었다.

"와―!"

나도 모르게 탄성이 터져 나왔다. 진줏빛 새하얀 돌로 지어진 거대한 건물이 아름다운 자태를 드러내고 있었다. 햇빛에 반사되어 건물이 희고 매끄럽게 빛났다. 끝없이 아치 궁륭이 이어지는 복도와 높은 천장, 마블링이 들어간 바닥.

멍하니 서 있는 내 어깨를 부드럽게 밀며 켈슨이 "이쪽으로 오시죠." 하고 걸음을 옮기기 시작했다. 난 종종걸음으로 그를 따랐다. 복도에 붙은 아름다운 그림과 벽지들을 보는 것만으로도 행복해지는 기분이었다. 높은 계단을 오르며 켈슨이 구조를 설명해 주었고 난 그것들을 기억하려고 애썼다.

"여기가 아가씨의 방입니다."

"여기가요?"

난 깜짝 놀랐다. 푹신한 녹색 융단이 깔린 방에는 아름답게 수놓은 휘장이 드리워진 침대와 반짝거리는 가구와 장신구들이 가득 차 있었다.

"마음에 안 드시나요?"

"아뇨, 저에게는 리깔(존나) 좋아서요."

"……네?"

"존나 존나 좋다고요."

친모는 언제나 장신구를 보면서 '사세르(좋다)'라고 했지만, 진짜 예쁜 걸 보면 꼭 '리깔 사세르(존나 좋다)'라고 했다. 그때 배워 둔 강조어를 쓰며 말하자 켈슨이 헛기침을 하고 말했다.

"그 '존나'라는 단어는 안 쓰시는 게 좋겠군요."

"안 좋은 말인가요?"

"그보다는 '딜른(엄청)'이라는 말을 쓰시는 게 좋습니다."

딜른, 딜른.

난 새 단어를 열심히 입안으로 몇 번 반복했다. 그사이 켈슨이 이어 말했다.

"이 저택에서는 그렇게 좋은 방도 아닙니다. 편하게 쓰시죠. 그리고 아가씨를 도와줄 사람을 붙여 드리겠습니다."

난 고개를 끄덕였다.

"그럼 전 이만 가 보지요."

"저기."

"네."

"감사합니다."

꾸벅 인사를 하자 켈슨이 빙긋 웃고 방을 나갔다. 홀로 방 안에 남은 나는 주변을 둘러보며 천천히 걸음을 옮기다가 바닥에 쭈그려 앉아 융단을 만져보았다. 진짜로 푹신푹신하고 부드러웠다.

"와……."

가구들도 윤기가 반드르르 흘러서 내 손이 더 거칠게 느껴졌다. 그렇게 가구들을 만지작거리고 있는데 사람이 들어왔다. 난 화들짝 놀라 가구에서 손을 뗐다.

휘둥그레 눈을 뜬 나를 보고 중년의 여성이 상냥하게 웃었다. 후덕해 보이는 인상의 여자로 둥글둥글한 몸매와 얼굴이 그녀를 더 상냥하게 보이게 만들었다.

"안녕하세요. 오늘부터 아가씨를 맡게 된 애니라고 합니다."

"안녕하세요, 분홍눈이라고 합니다."

마주 인사를 하자 애니가 살짝 눈썹을 찌푸렸다가 다시 웃고는 말했다.

"공작님께서 더 예쁜 이름을 지어 주실 거예요. 자, 먼저 씻을까요?"

고개를 끄덕이자 애니가 날 욕실로 데리고 갔다. 그녀가 날 세워 두고 옷을 벗기는 동안 하녀들이 뜨거운 물을 날랐다. 옷을 벗기고 애니는 짧게 탄식했다.

"맛있는 거 많이 드셔야겠네요."

난 뼈가 드러난 옆구리가 부끄러워 몸을 가렸다. 사실 옆구리보다 더 볼품없는 건 툭 튀어나온 무릎이었다. 버짐이 핀 손등이나 얼굴도…….

애니가 내가 씻는 것을 도와주었다. 뜨거운 물로 씻는 것은 처음이라 엄청 기분 좋았다.

두세 번 물을 갈아 씻고 나서 좋은 냄새가 나는 향유를 머리부터 발끝까지 발랐다. 그러고는 가볍고 부드러운 감촉의 옷을 입었다. 장담하는데 이거 역시 내가 입어 본 옷 가운데 가장 좋은 것이었다.

애니는 두툼한 브러시로 나의 긴 머리카락을 몇 번이나 빗으며 말려 주었다. 내 머리카락은 깔고 앉을 만큼 길었기 때문에 그녀가 꼼꼼하게 빗질을 하고 나서 물었다.

"아가씨, 머리를 조금 자를게요. 끝이 너무 상했네요."

"네."

난 얌전히 고개를 끄덕였고 애니는 하녀에게 가위를 가져오게 해서 엉덩이 아래까지 내려오는 내 머리카락을 허리쯤으로 잘라냈다. 난 물 빠진 금색 같은 머리카락 뭉치를 바라보았다. 그렇게 잘라내자 머리도 한결 가벼워진 기분이었다.

"저기……."

뭐라고 불러야 하나, 내가 쭈뼛쭈뼛하자 그녀는 생글 웃으며 말했다.

"애니라고 불러 주세요."

"애니, 난 이제 어떻게 되는 거예요?"

애니가 내 뺨을 어루만지며 말했다.

"글쎄요. 저도 아직은 잘 모르겠네요. 하지만 공작님께서 알아서 잘 처리해 주실 거예요. 아가씨가 지금 해야 하는 건 잘 놀고, 잘 먹는 거랍 니다."

애니가 단호하게 덧붙였다.

"아가씨는 좀 더 살이 붙어야 해요."

난 고개를 끄덕일 수밖에 없었다.

*　　　*　　　*

하룻밤 사이에 신데렐라가 될 수 있다니.

푹신한 깃털 비단 침구에 둘러싸여 난 천장을 바라보았다. 어렸을 때

어머니가 날 상자 안에 넣고 자물쇠를 잠그면 난 떨면서 눈을 꼭 감고 상상을 했다.

내 기억의 조각들을 건져 올려서 밝은 가로등과 시원한 에어컨, 청명한 하늘, 높은 고층 빌딩, 반짝이는 유리창 같은 것들을 몇 번이나 선명하게 떠올리려고 노력했다.

매일 밤 습관처럼 하는 일이다.

무엇보다도 '나'를 떠올리려고 애썼다. 다정한 부모님, 사랑스러운 여동생, 달라붙는 귀여운 강아지.

나는 서영이었고, 동시에 나는 분홍눈이었다.

그리고 지금 나는 에스텔이다.

"에스텔."

또박또박 혀를 튕기듯 내 이름을 정확하게 발음해 보고 자리에서 일어났다. '별'이라는 뜻이라는데 도대체 내 친부는 나의 뭘 보고 별이라는 이름을 붙여 줬는지 모르겠다.

'아마 적당히 붙였겠지.'

그날 2만 골드에 팔려 온 이후로 난 그를 본 적이 없었다. 그건 안도가 되기도 했고 불안감이 되기도 했다. 그를 다시 만났을 때, '하녀가 돼라.'라고 하거나 집 밖으로 쫓아내면 어떻게 하지?

처음 이 집에 올 때는 '하녀라도 좋아.'라고 했던 주제에 며칠 호사스러운 생활을 했다고 이 생활을 버리는 게 무서워졌다.

'아냐. 그래도 여기 하녀가 되는 게 거리로 쫓겨나는 것보다는 나아.'

내가 '아가씨'가 아니라 하녀가 '아가씨'라고 불려야 할 것 같았다. 애니만 해도 시녀인데 어머니보다 더 좋은 옷을 입고 있었다.

대체 어떻게 이런 부잣집 남자와 어머니가 잘 수 있었던 거지? 의문을 가지며 높은 침대에서 뛰어내리듯 내려왔다.

거친 맨발에 와 닿는 부드러운 융단이 기분 좋다. 자박자박 걸어서 베란다까지 향한 나는 한참을 끙끙거려 문을 열 수 있었다.

문을 열자마자 차가운 새벽 공기가 밀려들어 왔다.

'시원하다.'

숨을 깊게 폐 안에 채우고 조심스럽게 베란다에 발을 디뎠다. 차가운 돌바닥의 감촉이 느껴졌다. 난 난간에 고개를 올리고 새벽안개가 가득한 정원을 내려다보았다.

저택 바로 앞의 정원은 기하학적인 문양으로 다듬어져 있지만, 저 너머의 벌판은 자연 그대로였다. 이곳의 정원이 얼마나 넓은지 마차나 말을 타고 산책을 할 수 있을 정도였다.

'난간 위로 올라가서 앉을 수 있으면 좋겠는걸.'

지금은 무리고, 나중에 적당한 발받침을 찾으면 시도해 보자. 결심하고 난 난간에 기대서 완전히 동이 트고, 안개가 물러가는 걸 지켜보았다.

아주 찰나 사이 저택 안은 사람이 움직이는 기척으로 가득해졌다. 내 뒤에서 애니의 목소리가 들려왔다.

"세상에, 아가씨! 여기서 뭐하시는 거예요?!"

"해가 뜨는 걸 보고 있었어요."

"잠옷 차림으로 베란다에서 찬 공기를 마시면 감기 걸려요."

애니가 날 얼른 방 안으로 들이고 담요로 내 몸을 둘렀다. 내가 갓 짜낸 따뜻한 우유를 쿠키와 함께 가득 먹는 동안 애니는 내 머리를 빗기고 옷을 갈아입혔다.

여기에 와서 위가 두 배로 늘어난 것 같았다. 쿠키와 케이크도 좋아하지만 가장 좋아하는 건 과일이었다. 커다란 복숭아를 한입 가득 베어 물면 세상 걱정 근심이 다 사라졌다.

그러고도 또 아침 식사를 시키고 나면 자유 시간이었다. 애니는 정원에서 뛰어놀든 뭘 하든 마음껏 하라고 했고, 난 애니에게 선물받은 커다란 토끼 인형을 붙들고 저택을 탐험했다.

이 저택의 방은 봐도 봐도 끝이 없었고 각 방마다 화려한 것들이 가득해 질리지 않았다.

어떤 방 안에는 닭과 관련된 장식품들만 가득 있었다. 닭 그림과 닭 자수가 새겨진 태피스트리와 닭 조각상이 놓여 있는 우스운 곳이었다. 어떤 방은 꽃무늬로 가득했고, 어떤 방 안에는 고급스러운 장식품들이 산처럼 쌓여 있었다.

그리고 오늘은 저택의 남쪽을 공략하는 날이었다.

난 항상 보던 복도를 지나서 새로운 구역으로 들어섰다. 내가 방과 방 사이를 다니며 정신없이 구경해도 하인들은 아는 척하지 않았다.

그들은 내가 보이지 않는 것처럼 굴었기 때문에 '날 누구라고 생각하고 있는 걸까? 다들 날 뭐라고 생각할까?' 하는 궁금증이 생겼다

찰칵.

난 커다란 방문을 조심스럽게 열었다.

와—

그동안 봤던 어떤 방보다도 큰데? 아무도 없나? 종종거리며 방 안을 구석구석 살피다가 침실로 들어선 나는 펄쩍 뛰었다.

'공작님?!'

심장이 벌렁벌렁해져서 그 자리에 붙박인 듯 멈춰 섰다. 도망쳐야겠다는 생각은 들지 않았다. 한참 뒤 들키지 않았다는 것과 그가 작은 신음 소리를 내고 있다는 걸 깨닫고 난 엎드려서 살금살금 네 발로 기어 침대가로 다가갔다.

'공작님이 아니네?'

누구지?

검은색 비단 같은 흑발이 흐트러져 있었고 뺨은 붉게 상기되어 있었다. 꽤 괴로운 듯 얕은 호흡을 반복하는 걸 보고 겁이 더럭 나서 그의 이마로 손을 뻗었다.

'뜨거워!'

얼른 손을 접고 난 주변을 둘러보았다. 하인에게 도움을 청해야 하나 싶었지만, 난 그들에게 이러쿵저러쿵할 수 있는 입장이 아니었다.

'하지만 애가 아픈데.'

그는 고작 열넷? 열다섯? 그 정도밖에 되어 보이지 않는다.

'열이 나면- 차가운 수건!'

난 후다닥 도로 복도를 빠져나가 천과 물이 담긴 접시를 차례로 가지고 돌아왔다. 내가 이렇게 다람쥐처럼 다니는데도 하인들은 여전히 날 신경 쓰지 않았다.

'수건으로 쓰기에는 고급스러운 천이지만…… 실례합니다.'

최대한 꽉 짠 수건을 그의 이마에 올리고 난 계속해서 천을 갈아주었다. 효과가 있는 건지 없는 건지, 꼬박 점심때까지 난 그의 옆에 붙어 있다가 점심시간이 되어 다시 내 방으로 돌아갔다. 방 안에 들어서는 나를 향해 애니가 말했다.

"재미있게 놀다 오셨어요?"

"네."

"자, 그럼 이리로 오세요."

애니가 날 식탁 의자에 앉혔다. 그녀는 항상 식사 시간마다 나에게 식사 예절을 가르쳤다. 몇 번이나 다시 식기 사용 순서와 다루는 법을 짚어주고 식사를 시작했다.

내가 분홍눈이었다면 이건 매우 익히기 어려웠겠지만, 다행히 나의 일부분은 서영이기도 했다.

"잘하시네요!"

애니의 칭찬에 싱긋 웃어 보이고 난 얼른 포크로 팬케이크를 먹어 치웠다. 조린 복숭아가 듬뿍 올라가 있는, 시럽이 흘러넘치는 팬케이크와 짭짤한 소시지를 먹으며 난 질문을 던졌다.

"열이 나면 먹는 약이 있나요?"

"어디 안 좋으세요?"

애니가 얼른 내 이마를 짚었고 난 고개를 저었다.

"아뇨, 그냥이요. 궁금해서요."

그 말에 애니가 날 빤히 보다가 자리에서 일어났다. 그녀가 서랍장에서 약병을 하나 꺼내더니 말했다.

"이게 해열제랍니다. 물에 녹여서 먹어도 되고, 그냥 삼켜도 되지요. 아이용이니 아가씨라면 반 알, 보통의 소년이라면 한 알 다 먹어도 된답니다."

"그렇구나."

갈색의 알약을 바라보며 고개를 끄덕이자 애니가 약병을 서랍 본래의 자리보다 좀 더 아래쪽에 돌려놓았다.

점심 식사를 끝내고 애니가 자리를 뜨자 나는 끙끙거리며 서랍장으로 손을 뻗었다. 아까와 달리 내 손끝이 닿을 수 있는 위치라 난 약병을 잡을 수 있었다.

코르크 마개를 빼내고 알약을 몇 개 손바닥에 덜고 난 후 다시 뚜껑을 닫아 약병을 몇 번 흔들고서 서랍장에 돌려놓았다.

손바닥 안에서 알약이 녹을까 봐 얼른 주머니에 알약을 넣고 다시 그 남자애의 방으로 향했다.

여전히 그 방에는 아무도 없었고, 남자애만 누워 있었다. 다시 접싯물에 천을 적셔서 이마에 올려주고 알약을 꺼냈다.

'이걸 어떻게 먹이지?'

1. 알약째로 먹인다.

2. 녹여서 먹인다.

'아무래도 녹여서 먹이는 게 쉽겠지? 그런데 물이 막 기도로 들어가고 그러면 어떻게 한담?'

난 아주 소량의 물에 섞어서 천천히 먹여야겠다고 생각했다. 다시 밖으로 나간 나는 컵에 물을 가지고 돌아와 아주 약간의 물과 알약을 섞었다. 알약을 다 녹이려니 생각보다 물의 양이 더 필요한 데다가……

'엄청 쓸 것 같다.'

미묘한 갈색이 되어 버린 물을 바라보다가 난 에잇 하고 침대 위로 올라가 남자애의 입안에 조심스럽게 물을 흘려 넣었다. 천천히 거의 다 넣었다, 생각하는데 그가 격렬하게 기침을 하며 눈을 떴다.

"희?!"

난 깜짝 놀라 얼른 침대 아래로 뛰어내려 납작 엎드렸다. 그는 한참 기침을 하며 헉헉거리다가 다시 잠잠해졌다.

'눈이 빨간색이었어.'

잊을 수가 없는 아름다운 루비레드.

공작도 딱 그런 눈동자를 가지고 있었다.

'친척인 걸까……?'

난 카펫 위에 누워서 그런 생각을 하다가 몸을 일으켰다. 조심스럽게 베개 옆에 떨어진 천을 잡아당겨서 접시 위에 올리고 다시 차갑게 만들어서 이마 위에 올려주었다. 그가 아까처럼 일어날까 조마조마했지만 다행히도 그는 깨지 않았다.

'해열제에 수면제라도 같이 들어 있나?'

감기약은 졸린 거니까.

저녁을 먹을 때쯤 됐을 때 그의 호흡이 상당히 편해져 있어서 난 만족스럽게 웃고 다시 내 방으로 돌아왔다.

저녁 식사를 하고 우유와 쿠키를 먹고 잠자리에 든 나는 아직 깜깜한 새벽에 일어났다.

발소리를 죽이며 침대에서 내려와 조심스럽게 문을 열고 복도로 빠져나와서 다시 그 방으로 향했다.

'왜 이렇게 신경이 쓰이는 걸까?'

고개를 갸웃거리며 깜깜한 복도를 소리 없이 달린다. 왜 그 남자애가 이렇게 신경이 쓰일까?

'내가 쓸모 있어진 것 같아서야.'

결론을 내리고 조심스럽게 방문을 열었다. 이곳의 사람들은 모두 내게 무신경하거나 친절하지만 다 공작의 명령 때문일 거다. 나에 대한 대접은 당장 이튿날이라도 완전히 다른 쪽으로 달라질 수 있었다. 그리고 그런 처우에 내가 할 수 있는 건 아무것도 없고.

'하지만, 이건 다르잖아.'

내가 자발적으로 누군가를 돕는 거니까. 살그머니 침대가로 다가가니 아까 그 접시와 천이 고스란히 놓여 있었다.

'이 방에는 아무도 안 드나드는 건가?'

의아해하면서 내가 손을 뻗어 잠든 그의 이마를 짚어 보려는데 그가 번개같이 내 손목을 낚아채며 내리눌렀다.

"내가 아무도 오지 말라고―"

으르렁거리던 그는 말을 멈췄다. 뒤로 꺾인 팔이 아파서 눈물이 찔끔 나왔다.

"아, 아파요."

"애?"

그가 천천히 팔을 풀었지만 손목을 놓지는 않았다.

"너 누구야? 왜 내 명령을 어겼지?"

"전, 저는⋯⋯."

내 정체를 밝혀도 괜찮은지 아닌지 알 수가 없었다. 그가 잡은 손에 힘을 주었다.

"윽─!"

"누구냐니까?"

"에, 에스텔이에요."

"그게 누군데?"

그 말에 난 입을 벌렸다가 말했다.

"당신 명령을 따를 필요가 없는 사람이요."

"이 저택에서 내 명령을 거역할 수 있는 사람은 없어."

"저는⋯⋯ 전 있어요⋯⋯. 고용인이 아니니까."

작게 항의하자 그가 내 손목을 스르륵 놓아주었다. 어둠 속에서 그의 붉은 눈이 빛났다.

"고용인이 아니라⋯⋯."

그가 생각하듯 중얼거렸고 난 얼른 후다닥 그에게서 멀어져 뒤돌아 뛰었다. 그가 날 붙잡거나 소리칠까 봐 무서워서 부들부들 떨며 어두운 복도를 달렸지만 아무런 소리도 들려오지 않았다.

내 방까지 숨을 몰아쉬며 달려와 벌벌 떨면서 침대 안으로 밀고 들어갔다. 당장이라도 온 저택에 불이 켜지고 날 찾아낼 것 같았다.

내 숨소리만 이불 안에서 쌕쌕 들리는데 귀를 기울여 봐도 아무런 소동도 벌어지지 않았다.

'괜찮은 건가⋯⋯?'

긴장해서 잠이 안 올 줄 알았더니만 어느 사이엔가 난 스르륵 잠이 들었다.

이튿날 애니의 상냥한 손과 목소리가 날 깨웠다. 그녀가 내 옷을 갈아
입혀 주며 말했다.

"아가씨."

"네?"

"저택에는 아가씨의 오라버니도 계신답니다."

그 말에 난 딱딱하게 굳었다.

오라버니?

"아가씨의 하나뿐인 형제지요. 하지만 아직 공작님께서 정식으로 소
개해 주신 게 아니니, 당분간은 거리를 두는 게 좋을지도 몰라요."

"오, 오라버니?"

다시 묻자 애니가 고개를 끄덕이며 내 등의 단추를 채워 주었다.

"그럼, 부인도 계신 건가요?"

그 말에 애니가 손을 멈칫했다가 말했다.

"아뇨, 부인께서는 도련님께서 더 어렸을 적에 돌아가셨답니다."

"그래요……."

그럼 어젯밤에 본 남자애가, 친척이 아니라 공작의 아들이라는 거다.
갑자기 몸에서 힘이 쑥 빠져나가는 기분이었다.

'어떻게 하지?'

가서 사과를 해야 할까?

'하지만 고용인이 아니라는 건 사실이잖아.'

아니, 고용인이 될지도 모르지. 공작님이 날 보고 하녀가 되라고 하면
그때부터는 하녀니까. 그럼 그 도련님의 괴롭힘이 시작될 수도 있고.

두려움이 가슴속에 자리 잡았다.

'가서 사과를 하자.'

결심하고 난 토끼 인형을 꼭 끌어안았다. 긴장한 채로 정원에서 멍하니 시간을 보내다가 사과하러 갈 때 선물을 들고 가야겠다는 생각이 들었다. 그럼 조금이라도 마음이 풀릴지도 모르잖아?

어떤 선물이 좋을까?

고민해 봐도 선물로 줄 만한 게 나에게는 없었다.

'꽃을 따 가자.'

정원에 꽃이 많으니 한두 송이 정도 따도 모를 거라고 생각하며 난 꽃을 앞치마에 모으기 시작했다. 한두 송이만 따려고 했는데 막상 모으니 꽤 많아져서 난 꽃을 앞치마에 숨겨 들어와 다른 방에 넣어 두었다.

저녁이 되어 나는 모두가 잠들었다고 생각하고 몰래 맨발로 방을 나섰다.

아까 다른 방에 놓아두었던 앞치마 뭉치를 들고 살금살금 그의 방으로 향했다.

'참, 밤이니 자고 있는 건가?'

그의 방이 깜깜해서 난 머뭇거리다가 안으로 들어갔다. 침대가로 숨을 죽이며 다가가 꽃이라도 화병에 꽂아 둘 생각이었다. 그가 스르륵 침대에서 일어날 때까지는 말이다.

"힉?!"

깜짝 놀라 펄쩍 뛰자 그가 날 다시 붙잡았다. 입이 막혀 눈을 휘둥그레 뜨는 날 보고 그가 차가운 표정으로 말했다.

"소리 질러서 사람을 모으고 싶어?"

고개를 좌우로 흔들자 그가 내 입에서 손을 뗐다. 놀라 앞치마를 떨어트려 꽃이 바닥에 흐트러졌다. 그가 내 손목을 잡은 손은 놔주지 않아서 그때처럼 도망칠 수도 없었다.

"너에 대해 물어봤어. 그런데 다들 대답을 안 하던데. 도대체 너 뭐야?"

"에스텔……이에요."

"왜 여기에 있는 거지?"

난 뭐라고 대답해야 할지 몰라서 입을 오물거리다가 대답했다.

"공작님이 절 사셨어요."

"뭐?"

"저, 절…… 사셨……."

그의 입에서 낮은 욕설이 터져 나왔다.

'미친놈, 이라는 이야기가 들린 것 같은데. 잘못 들었겠지.'

"그럼 창녀가 왜 내 방까지 어슬렁거리는 건데?"

그의 말에 난 뺨이 확 불타올랐다.

창녀.

틀린 말은 아니었다. 창녀의 딸은 창녀니까.

"그냥 저택을 돌아다니다가요. 우연히 발견한 거예요. 아파 보이서서. 아!"

난 허둥지둥 허리를 숙이다가 그에게 손목이 잡혔다는 걸 다시 깨닫곤 "손목을 좀……."이라고 말했다.

그가 순순히 손을 놓아주었다. 난 꽃을 그러모아 탁자 위에 올리며 말했다. 그가 눈썹을 찡그리고 꽃을 보았다.

"사과, 하려고요. 허락 없이 방에 들어와서 죄송합니다."

어둠 속에서 그가 한숨을 내쉬는 소리가 들려왔다. 뭔가 달칵이는 소리가 나더니 양초에 불이 켜졌다. 불빛 아래서 날 보고 그는 눈을 크게 떴다.

그의 손이 내 눈가를 스치듯이 쓸어서 난 움찔하며 몸을 떨었다.

"너-"

그는 뭐라고 하려다가 입을 꾹 다물고 양초에 훅 입바람을 불어서 불을 껐다. 다시 찾아온 어둠에 난 눈을 몇 번이나 깜박였다. 잠깐 불빛을 봤다고 아까보다 더 어둡게 느껴졌다.

어둠 속에서 그가 말했다.

"앞으로는 쓸데없는 짓 하지 마."

"네."

난 고개를 푹 숙이고 발끝을 꼼지락거렸다. 그러다가 슬쩍 그를 보고 물었다.

"그런데."

"뭐?"

"몸은 좀 괜찮으신가요?"

"……괜찮아."

"다행이다."

나도 모르게 안심이 되어 입꼬리가 풀렸다. 그가 손을 뻗어 내 뺨을 꼬집었다. 놀라 눈을 동그랗게 뜨고 그를 보자 그 역시도 놀란 듯 얼른 손을 떼며 말했다.

"호박이."

그의 말에 반박할 말이 없는지라 난 뺨을 문지르며 가만히 서 있었고 그가 슬쩍 물어왔다.

"아파?"

"네? 아뇨. 이 정도는 괜찮아요."

어머니는 내가 바닥에 나뒹굴 정도로 강하게 뺨을 때리고는 했으니까 이 정도는 아무것도 아니다. 그렇게 말하자 그가 잠시 침묵하더니 다시 내 손목을 잡아왔다. 아까처럼 움키듯 잡는 게 아니라 살그머니, 아주 조심스럽게 꼭 치수를 재는 것처럼. 그리고 물었다.

"너 몇 살이야?"

"열한 살이요."

그가 다시 '미친'이라고 욕을 한 것 같다.

"잘 먹고 있냐?"

그의 물음에 난 고개를 끄덕였다. 이렇게 잘 먹는 건 난생처음이다. 그가 내 손목을 놓아주며 말했다.

"내일 또 와."

"네?"

"또 오라고."

"……네."

난 고개를 끄덕이고 그의 방에서 물러나 나왔다.

이튿날, 저녁에 다시 몰래 그를 찾아가니 그는 초를 하나 켜 두고 기다리고 있었다. 멀뚱멀뚱 다가가자 내 얼굴을 그가 뚫어져라 보더니 내게 주머니를 내밀었다.

'뭐지?'

열어 보니 쿠키였다.

"먹어."

'뭐지?

당황스러웠지만 난 헤이즐넛이 잔뜩 들어간 초콜릿 쿠키를 오도독 씹어 먹기 시작했다. 그가 테이블 위에 있던 유리컵도 건넸다. 우유였다.

"마셔."

"네."

난 공손히 대답하고 그에게서 우유를 받아 마셨다. 꿀을 탄 건지 달콤하고 고소한 맛이 입안 가득 퍼졌다.

대체 뭔지 알 수가 없었다. 그렇게 주머니를 전부 비우자 그가 물었다.

"아버지가 널 샀단 말이지?"

"네."

"얼마에?"

"2만 골드요."

"흠."

난 그게 얼마나 큰 액수인지 짐작도 가지 않았다. 어머니는 손님에게서 하룻밤에 은화 반 개를 받았으니까. 2만 골드라는 건 대체 얼마나 큰 돈일까?

하지만 그는 돈의 금액에 놀란 것 같지 않았다.

"왜 아버지가 널 산 건데?"

그 질문에 난 당혹해 그를 보았다. 이걸 말해도 되는 건지, 아닌지 알 수가 없었다. 시종들이 그에게 말해 주지 않았다면 나도 말하면 안 되는 게 아닐까?

"말 못 해?"

"그건, 그게……."

머뭇거리자 그가 빤히 날 보다가 말했다.

"카를."

"네?"

"내 이름, 카를이라고."

"아, 전 에스텔이에요."

"알아. 전에 들었잖아."

"그랬죠……."

다시 그의 눈치를 보자 그는 날 여전히 유심히 바라보았다. 그가 손을 뻗어서 내 머리카락을 어루만지며 말했다.

"허니 블론드."

난 움찔하며 그가 홱 머리채를 낚아채는 게 아닌가 걱정했지만 그는 그러지 않았다. 대신 내 턱을 들어 올리며 말했다.

"분홍색 눈."

그의 새빨간 루비레드 눈동자가 촛불에 반짝였다. 탐색하듯 그는 내 얼굴을 살폈고 난 그가 나와 공작 사이에 유사점을 발견할까 봐―발견하지 못해도 문제지만― 걱정이 되었다.

"카스티엘로 가문의 특징이 뭔지 알아?"

난 고개를 좌우로 흔들려고 했지만 그가 내 턱을 잡고 있어서 안 된다는 걸 깨달아 입을 열었다.

"몰라요."

"검은 머리에 빨간 눈."

그 말에 난 휘둥그레 눈을 떴다. 그럼, 그럼 난 그의 자식이 아닌 게 아닌가?

허니 블론드에 분홍 눈이니까.

"왜냐면 우리 선조에게는 마족의 피가 흐르고 있거든."

그 말에 난 멍하니 그를 바라보았다.

마족?

카를의 단정한 얼굴이 살짝 웃었다. 우와, 웃는 건 처음 보는데 뭐랄까……. 마음이 따뜻해지는 웃음은 아니었다.

"그래서 우리 가문의 피가 섞이면, 눈 색에 영향을 주지. 빨간 눈을 가지게 돼. 왜냐하면 마족의 핵심이 바로 눈이거든."

난 그의 이야기에 열심히 귀를 기울였다. 새로운 지식은 언제나 환영이었고 무엇보다도 옛날이야기를 듣는 기분이었다.

"그러니까 보통의 인간이라면, 붉은색 눈이 나올 수 없다는 이야기야."

'신기하다.'

멍하니 그를 보자 그가 눈을 찡그렸다.

"너 바보야?"

"네?"

"바보네."

"아닌데요."

"바보 같은데."

"아닌데……."

내가 중얼거리자 그가 내 턱을 잡고 있던 손을 놓고 말했다.

"네 어머니는 뭐하는 사람인데? 창녀?"

"네."

순순히 고개를 끄덕이자 다시 그의 표정이 묘해졌지만, 그 얼굴은 뭐라고 설명할 방법이 없었다. 그가 물었다.

"그때 이야기 좀 해 봐."

"네?"

"너, 친모랑 있을 때 이야기해 보라고."

"별로 할 이야기가 없는데……."

내 중얼거림에 그가 턱을 괴었다. 귀족 도련님으로서, 천것들이 어떻게 사는지 궁금한 걸까. 비뚤어진 생각이 들어 난 입을 내밀었다가 얼른 도로 넣었다. 만약 그렇다고 해도 나는 이 사람의 비위를 맞춰야 한다.

"전 작은 방에서 살았고, 그 방 밖으로 나간 적이 거의 없어요."

"얼마나 작은 방인데?"

난 주변을 둘러보았다가 그의 침대를 가리켰다.

"이 침대 두 개만 한 방이에요."

그 말에 카를은 자신의 침대를 내려다보았다가 "뭐?" 하고 눈을 찡그리면서 다시 나를 보았다.

"거기 잠은 잘 수 있는 거야?"

"바닥에서 자면 돼요. 작은 침대가 있고, 새빨간 소파가 나란히 있어요. 그리고 한쪽에 칸막이랑 화장대가 놓여 있고⋯⋯ 작은 베란다도 딸려 있죠."

그 말에 그가 생각에 잠겼다가 물었다.

"그럼 일을 할 때는 어떻게 해?"

"그럴 때는 어머니가 작은 상자를 열어요. '여기 들어가서 조용히 해.'라고 하면 거기에 들어가서 어머니가 꺼내 줄 때까지 기다려요. 어머니가 상자를 잠그니까요."

"다른 사람들은 없었어?"

"다른 사람도 있었어요. 매트 아저씨랑, 앨리 할멈이랑⋯⋯."

난 내가 만난 사람이 별로 없다는 걸 깨달았다. 이러니 환상 속에서 애가 놀고 있지. 내가 서영이었던 게 꿈일까? 내가 만들어 낸 허구가 아닐까?

새삼 그런 생각을 하며 난 슬쩍 카를을 보았다. 그가 날 보다가 말했다.

"내일 또 와."

"네?"

"내일 또 오라고. 뭐 좋아하는 거 있어?"

"⋯⋯."

그 말에 멍하니 그를 보니 그가 물었다.

"먹는 거 말야."

"과일을 좋아해요⋯⋯."

"과일? 어떤 거?"

"다요."

어떤 거라고 딱 집어 말할 만큼 과일을 많이 먹어 보지도 못했다. 그냥 그 즙 많고 달달한 것이 황홀하게 맛있었다. 카를이 고개를 끄덕였다.

"알았어. 가 봐."

난 애니에게서 배운 대로 정중하게 인사를 하고 그의 방을 나왔다. 어두운 복도를 조용히 걸어 돌아와 침대 속으로 들어가 토끼 인형을 꽉 끌어안았다.

'내게 비밀이 생겼어.'

애니에게도, 아무에게도 말하지 못하는 비밀이 생겼다.

그건 매우 달콤하게 느껴지는 말이었다.

'비밀 친구.'

한 번도 가져 본 적 없는 것이었다. 물론 서영이 있기는 했지만, 그건 상상 속의 친구였고⋯⋯.

'진짜일까?'

갑자기 덜컥 겁이 났다. 카를도 또 내가 만들어 낸 머릿속의 누군가가 아닐까? 그가 새로운 이야기를 해 주기는 했지만, 서영 역시 상상도 못한 것들을 보여 주었다. 물론 그녀는 친구라기보다는 과거의 기억에 더 가깝기는 했지만⋯⋯.

'내일 애니에게 물어보자.'

그 도련님의 이름이 뭔지 물어보자. 그렇게 결심하고 난 다시 토끼 인형을 추슬러 안았다.

이튿날 아침, 기대감 때문인지 긴장 때문인지 난 새벽같이 일어났다. 애니가 날 깨우러 들어왔다가 내가 일어나 있는 걸 보고 "어머나." 하고 웃었다.

세수를 하며 난 질문을 던졌다.

"애니."

"네, 아가씨."

"여기에 공작가 도련님이 계시다고 했잖아요."

"네, 아가씨의 오라버니시죠."

그 말에 난 어깨를 움츠렸다. 카스티엘로의 가문 사람들은 다 빨간 눈이라고 했는데. 하지만 그 말을 입 밖으로 꺼낼 용기는 없었다.

"그분 이름이 뭐예요?"

"카를 카스티엘로. 카를 도련님이세요."

"아."

저절로 입꼬리가 올라갔다. 가짜가 아니다. 내 상상의 친구가 진짜 도련님의 이름과 똑같을 확률은 매우매우 적었다. 그러니 그 사람은 진짜 카를 도련님일 터였다.

"왜 물으세요?"

애니가 생글생글 웃으며 물어와 고개를 흔들었다.

"아니, 아무것도 아냐."

"어머나?"

애니는 뭔가 숨기는 게 있죠? 하는 얼굴로 보았지만 난 입을 꼭 다물었다. 상냥한 그녀는 그런 나를 보고 그저 미소 짓고는 아침을 내주었다. 묵직한 감자 수프는 언제나처럼 맛있었고, 이곳에 와서 처음 먹어 보는 생선도 나쁘지 않았다.

애니는 언제나처럼 나에게 놀라고 말하며 옷을 갈아입혀 주었다. 하지만 난 다른 걸 원했다.

"애니."

"네, 아가씨."

"나 글을 배우고 싶어요."

"어머?"

"아, 안 될까요?"

교육이라는 건 기본적으로 돈이 들어가는 일이다. 애니가 날 가만히 내려다보다가 말했다.

"켈슨 씨와 의논해 볼게요."

"네. 감사합니다."

인사하자 애니가 싱긋 웃으며 내 뺨에 키스해 주었다. 그 부드럽고 따뜻한 온기에 키득거리는 웃음이 저절로 흘러나왔다. 누군가에게 키스를 받아 보는 건 처음이었는데, 아주 마음에 들었다.

"자, 그럼 나가 노세요."

"네."

공손하게 그녀에게 배운 대로 옷자락을 잡고 인사하니 애니가 "잘하시네요!" 하고 감탄했다. 나는 다시 웃고 얼른 방을 나왔다.

'오늘은 정원으로 가야지.'

여기 정원은 엄청나게 컸다. 미로처럼 구불구불한 정원을 지나고 나면 탁 트인 정원이 나왔는데 거기는 마차나 말을 타고 달려야 할 만큼 넓었다. 물론 내가 노는 곳은 바로 앞마당 정도의 정원이었지만 말이다.

프랑스식 정원처럼 정확하게 대칭이 되는 기하학적인 도형 문양으로 만들어진 정원은 나름대로 걷는 맛이 있었다.

키가 작은 나에게는 꼭 미로처럼도 느껴졌다. 진짜 미로로 만들어진 정원도 있는데 오늘은 거기에서 빠져나오는 걸 도전해 볼 예정이었다.

쪼르르 정원으로 달려 나오자 정원사가 사다리를 어깨에 메고 느긋하게 걸어가는 게 보였다.

괜히 예전에 꽃을 잔뜩 땄던 게 양심에 찔려, 그가 지나가기를 기다렸다가 다시 걷기 시작했다. 예전에는 조금 걷는 것도 힘들었는데 그래도 이제는 꽤 튼튼해져서 정원까지 걷는 것 정도는 문제없었다.

"어딜 가셔유?"

뒤에서 들려온 목소리에 깜짝 놀라 돌아보니 아까 그 정원사였다. 수염투성이의 얼굴에 모자까지 푹 눌러써서 얼굴을 알아보기 힘들었다. 꼼짝도 못 하고 그를 바라보고 있으니 그가 헛기침을 하고 다시 물었다.

"어디 가셔유?"

그의 말은 억양이 강해서 알아듣기가 힘들었다. 몇 번이나 마음속으로 되짚고 나서야 알아들을 수 있었다.

"미, 미로 정원에요……."

작은 목소리로 대답하자 그가 숙였던 허리를 폈다.

"멀리 가심 못 쓰유."

입을 벌리고 그를 바라보자 그가 고개를 기울였다가 다시 천천히 말했다.

"근처에서만 노셔유?"

다시 난 생각에 잠겼다가 대답했다.

"가까운 데서만 놀게요."

"좋아유. 아씨는 좀 더 흙하고 놀아야 돼유, 희멀건 게 꼬치 같아서."

난 그의 말의 대부분을 알아들을 수 없었지만 어쨌든 "감사합니다." 하고 인사하고 걸음을 옮겼다.

목표로 한 미로 앞에 도착하니 상쾌한 향이 확 솟았다. 쿵쿵 하고 나무에 코를 대고 향기를 맡자 그 시원 쌉쌀한 향이 나무에서 난다는 걸 알 수 있었다.

미로의 높이는 내 키의 두 배는 되어 보였다. 난 인형을 꼭 끌어안고 안으로 걸어 들어갔다.

천천히 오른쪽 벽에 손을 대고 난 느리게 걸었다. 처음에는 씩씩했는데 걷다 보니 인형이 무겁게 느껴졌다. 자리에 앉아서 쉬고 싶었지만 좋은 옷에 흙을 묻힐까 봐 앉을 수도 없었다.

갈림길에서 한참을 서 있다가 난 걸음을 옮겼다. 판단력이 떨어진 건지, 아니면 그냥 이 미로가 생각보다 복잡한 건지 알 수가 없었다.

'힘들어.'

새까만, 반짝거리는 가죽 구두가 신고 나올 때만 해도 자랑스러웠는데 이제는 발이 아픈 원인처럼 느껴졌다.

끙끙거리며 절뚝이고 있는데 건너편에서 불쑥 그림자가 튀어나왔다.

"꺅?!"

비명을 지르며 허둥지둥 도망가려는데 상대가 날 불렀다.

"에스텔."

돌아보니 카를이 거기 서 있었다.

"카를!"

너무 반가워서 난 쪼르르 달려갔다. 카를이 날 내려다보며 말했다.

"왜 빙글빙글 도는 거야?"

"안 돌았어요."

"위에서 보니까 돌고 있던데."

"안 돌았다니까요."

"바보."

"바보 아니에요."

카를이 손을 뻗어 날 안아 들었다. 난 깜짝 놀라 몸을 굳혔다. 그가 말했다.

"편하게 있어."

"펴, 편하게요?"

한 번도 안겨 본 적이 없으니 어떻게 해야 할지를 모르겠다. 카를이 자신의 어깨를 턱짓하며 말했다.

"불안하면 팔을 얹든가."

그 말에 조심조심 손을 그의 어깨에 얹었다. 그 상태로 그는 걷기 시작했는데 의외로 날 떨어트리거나 할 조짐은 보이지 않았다. 저절로 몸에 긴장이 풀리면서 편한 자세를 찾자 카를은 나를 추어올려 자세를 잡을 수 있게 도와주었다.

그가 몇 걸음 걷지도 않은 것 같은데 미로 밖이었다.

"와―"

"왜?"

"아니, 너무 금방 나와서요. 신기해요. 카를, 굉장해요!"

"이 정원은 미로도 아냐. 그냥 산책로라고."

"하지만 그래도 미로는 미로잖아요. 굉장해요."

열심히 말하자 그의 표정이 미묘해졌다. 시선을 멀리 던지며 그가 다시 말했다.

"별거 아니라니까. 자."

그가 날 바닥에 내려놓았다.

"고맙습니다."

꾸벅 인사를 하고 걷기 시작하는데 뒤에서 걸음 소리가 들려왔다. 돌아보니 카를이었다.

'가는 방향이 같은 건가?'

갸웃하고 다시 씩씩하게 걷기 시작했다. 오늘의 미로 탐험은 끝났으니 이제 눈에 보이는 저 다리 근처까지 가 볼 요량이었다. 작은 개울이 그 밑으로 흐르는 것 역시 호기심을 자극했다.

"다리는 왜 그래?"

"네?"

"절잖아."

절어?

갸웃하자 카를이 내 발을 가리켰다. 아, 하고 가볍게 발목을 돌려 보이고 말했다.

"아, 구두 때문에 좀 그런가 봐요."

"놀이옷을 입고 새 구두라니."

그가 단숨에 날 안아 들었다.

"역시 바보네."

놀리는 말에 얼굴이 달아올랐다.

"바보 아니에요!"

"바보잖아."

"아니에요!"

"맞는데."

이제 실실 웃음까지 흘려가며 그가 반복해서 말했다. 바보라니! 정곡을 찔린 것 같아서 더 화가 났다. 왜냐면 난 여기에 대해서 아무것도 모르니까.

"바, 바보 아니란 말예요."

말소리가 줄어들자 그가 의아한 표정을 지었다. 눈물을 꾹 참고 카를을 노려보았다.

"바보 아니에요. 아니에요. 그냥, 그냥 아직 못 배운 거지……."

카를이 침묵했다.

"음, 아니, 저기…… 미안."

그의 사과에 놀라 고개를 드니 그의 빨간 눈이 곤란한 빛을 띠고 날 바라보고 있었다.

"미안."

난 고개를 좌우로 흔들었다. 대답하면 왠지 눈물이 나올 것 같다. 그리고 우는 아이는 누구나 다 싫어한다.

그의 어깨에 올린 손을 꼭 쥐고 난 재차 고개를 흔들었다. 그의 손이 부드럽게 등을 쓸어내린다. 그에게서 가느다란 한숨이 흘러나왔다.

"모르는 건 배우면 되는 거야."

"……네."

"나도 사실 뭐, 썩 공부를 잘하는 편은 아닌걸."

"그래요……?"

그의 말에 호기심이 생겨 고개를 들자 카를이 이어 말했다.

"아카데미에서 말야―"

"아카데미?"

그게 뭐지? 하자 카를이 잠깐 하늘을 올려다보았다가 말했다.

"음, 황립 아카데미라고 교육기관이 있어. 전원 기숙사제에 신분에 상관없이, 라고 하지만 입학금이 어마어마해서 사실상 귀족들만 다닐 수 있는 곳이지. 하여간 그곳을 나오지 않으면 인맥이라든가 여타 문제가 생겨서 제국의 귀족이라면 다 그곳에 다녀. 13세부터 16세까지."

그의 설명에 고개를 끄덕였다. 그러니까, 기숙사제 중등 교육기관이라는 말이렷다?

"난 지금 3학년이고. 성적은 뭐 그럭저럭 보통이니까. 나도 아직 배울 게 많아."

그의 말에 다시 고개를 끄덕였다.

"토끼."

"네?"

"토끼야."

"저보다는 카를 님 쪽이 더 토끼 같은걸요."

"뭐?"

"눈이 빨갛잖아요."

토끼라면 나처럼 어설픈 분홍색이 아니라 선명한 붉은색 눈.

"아, 하지만 카를 님 눈이 토끼보다 더 예뻐요. 꼭 보석 같은걸요."

토끼 눈보다 더 짙고 붉다. 그야말로 마음을 빼앗기는 색이었다. 카를이 어처구니없다는 얼굴로 보더니 말했다.

"마족의 색이잖아."

"하지만 카를 님은 마족이 아니잖아요."

"잘도 단언하네."

"아닌가요?"

눈을 휘둥그레 뜨며 물었다. 와, 그럼 진짜 마족이야? 마족인 거야? 나 마족은 처음 봐.

카를이 따꿍 내 이마를 퉁겼다.

"아얏?!"

"뭘 그렇게 기대하는 눈으로 보는 거야? 당연히 아니지."

"그렇군요. 제 말이 맞네요."

"잘도 말하네. 보통은 벌벌 떨면서 눈도 마주치지 못하는데."

"그런가요……."

이렇게 예쁜 걸 못 보다니, 아쉽겠네. 하는 생각을 하는데 그가 말했다.

"정말이지, 그 조그만 머리통으로 무슨 생각을 하는지 열어 보고 싶어."

"열면 죽어요!"

당황해 머리를 가리며 소리치자 카를이 눈을 동그랗게 뜨더니 웃음을 터트렸다. 소년다운 시원스러운 웃음이었다.

"카를 님……?"

"안 열어."

크큭 하고 웃음을 삼키며 카를이 나를 내려놓았다. 어느 사이엔가 정원을 끝까지 가로질러서 저택 앞에 와 있었다.

아무리 그래도 소년이 아이 하나를 안아 들고 걸으려면 상당한 힘이 필요할 텐데. 순수하게 감탄했다.

"올라가서 애니에게 신발 벗겨 달라고 해. 다른 걸로 갈아 신어."

하지만 벗기가 아까웠다. 반짝반짝 빛나는 새 구두. 은단추가 달린 아름다운 구두.

아쉬웠지만 그래도 발이 아픈 건 아픈 것. 난 신발을 벗고 양말만 신은 채 저택 안으로 걸어 들어갔다.

"애니."

애니를 찾아 복도를 뛰었다. 내 방에 애니가 없어서 다른 곳까지 둘러보다가 부엌에서 애니를 찾을 수 있었다.

부엌 하녀와 티타임이라도 즐기고 있었던 걸까? 다기와 찻잔이 내려와 있었다.

"애니?"

"어머, 아가씨. 이렇게 일찍 들어오셨어요?"

애니가 웃으며 날 반겼다.

"신발이 아파서요."

내 말에 애니가 "아." 하고 고개를 끄덕였다.

"새 신발이라서 그랬던 모양이네요."

"어휴, 이분이 새 아가씨신가요?"

애니의 옆에 서 있던 덩치가 큰 중년 여성이 물었고 애니가 "네." 하고 고개를 끄덕였다.

덩치가 큰 중년 여성은 앞치마를 입고 있었는데 앞치마 여기저기에 밀가루가 묻어 있었다. 그녀가 하하 남자처럼 큰 소리로 웃고 말했다.

"전 자넷이라고 해요, 아씨."

"에스텔이라고 합니다."

정중하게 치맛자락을 잡고 인사하자 자넷이 다시 웃고 날 안아 들어 높은 세 발 의자에 앉혔다.

"자, 여기 도넛이에요."

"어머, 식사 전에 간식은 좋지 않아요."

"뭐 어때요? 너무 말라서 도저히 제 나이로도 보이지 않는구면. 방금 안아 들고 깜짝 놀랐네. 어쩜 뼈가 다 만져지나. 열한 살이라고 하셨지요?"

난 고개를 끄덕였지만 사실 내 나이에 대해서는 잘 모른다. 그냥 친모가 그렇게 말했으니 그렇구나, 하고 생각하는 것뿐이지.

혀까지 쯧쯧 차며 자넷이 고개를 흔들었다.

"일곱 살짜리 아이라고 해도 믿겠네요. 자, 도넛 먹고 밥도 잘 먹을 거죠?"

"네."

"거봐요."

얌전히 설탕이 슬슬 뿌려진 도넛을 먹으며 행복감에 잠기자 애니는 "이번만이에요." 하고 웃었다.

잠시 후 자넷이 나에게 차가운 우유를 건네주었고 난 한 손에 우유, 한 손에 도넛을 들고서 더 큰 행복에 잠겼다. 걱정 없이 얼마든지 먹고 싶은 만큼 먹을 수 있다는 것은 정말로 큰 행복이었다.

의식주.

진짜 저 3가지가 해결되자 인생이 너무 평탄하게 느껴졌다.

'물론 이 집에서 쫓겨날지도 모르지만.'

눈이 빨간 게 카스티엘로 가문의 특징이면 내가 쫓겨나는 건 시간문제였다. 이렇게 다정한 사람들을 속이고 있다는 생각에 갑자기 괴로워졌다.

'내가 공작님의 자식이 아니라는 걸 알게 되면 어떻게 될까?'

다시 어머니에게로 돌아가야 하는 걸까?

'그건 절대 싫어.'

그것만은 싫었다. 어떻게든 공작님에게 빌어서, 부엌 하녀로도 좋으니까, 제발 남게 해 달라고 애걸하자고 굳게 결심하며 우유를 마셨다.

도넛과 우유를 다 먹자 자넷이 날 도로 바닥에 내려주며 말했다.

"아가씨, 배가 고프면 언제든 여기로 와요. 알았죠?"

"네."

"어쩜."

자넷이 양손으로 내 뺨을 비볐다. 놀라 얌전히 있자 자넷이 내 등을 팡팡 때리며 말했다.

"자, 어린애는 애답게 뛰어노세요."

"네, 감사합니다."

정중하게 인사를 하자 애니가 자리에서 일어났다.

"같이 올라가요. 이리 오세요, 아가씨."

"네."

애니가 손을 내밀어서 나도 머뭇거리면서 손을 내밀었다. 상냥하게 그녀가 내 손을 잡자 왠지 손만 아니라 마음속까지 따뜻해지는 기분이었다.

방으로 올라가자 애니가 다른 신발을 내주었다. 반짝거리는 구두는 아니었지만 부드럽게 발을 잘 감싸주었다.

"이걸 신으면 괜찮으실 거예요. 어떠세요?"

몇 번 걸어보고 고개를 끄덕였다.

"아프지 않아요."

"좋아요. 잘 맞는 것 같네요."

"애니."

"네."

"공작님은 언제 오세요?"

"글쎄요, 곧 오실 거예요. 일주일 정도 걸리려나?"

"그래요."

그러면 이 생활도 일주일이면 끝이다.

"애니."

"네."

"고마워요."

"별말씀을요."

애니가 환하게 웃으며 내 뺨을 쓰다듬었다. 그녀가 물었다.

"아까 글을 배우고 싶다고 하셨잖아요?"

"네."

"제가 그림책 읽어 드릴까요? 어차피 곧 점심시간이니까요."

"좋아요!"

난 손뼉을 치며 외쳤다. 애니가 웃고 얼른 커다란 그림책을 가지고 왔다. 그야말로 화려한 삽화가 가득 차 있는 책이었다. 그 그림만 봐도 넋이 나갈 것 같았다. 금과 은에 화려한 둘레, 그 안의 삽화는 빈틈없이 빽빽하게 채워져 있었다.

"자, 옛날 옛날에 나무꾼 코비가 살았습니다."

그녀는 글자를 짚어가며 글을 읽었다.

'하나도 모르겠어.'

글은 정말로 알 수가 없었다. 알파벳과 비슷하게 생겼지만, 같냐고 하면 아니었다.

하지만 이야기는 재미있었고 그림은 아름다웠다. 애니는 능숙하게 페이지를 넘겨가며 구연동화 실력을 뽐냈다.

"그리고 공주님과 코비는 행복하게 살았습니다."

마지막 장을 덮으며 애니가 말했다. 그녀가 책을 나에게 밀어주며 말했다.

"자, 보고 계세요. 전 식사를 준비할게요."

"네."

커다란 책을 조심스럽게 무릎 위에 올리고 다시 첫 페이지로 돌아가서 열심히 책─그림을 보기 시작했다. '코비'라는 단어는 워낙 반복되어서 그 단어는 이제 알 수 있었다.

'빨리 글을 배우고 싶다.'

갈망은 더욱 커졌다.

'일주일 후에 공작님이 오시면 글을 못 배우는 게 아닐까?'

덜컥 겁이 났다. 안절부절못하고 있는데 애니가 식사를 담은 트레이를 끌고 들어왔다. 뚜껑을 열자 기름기가 자르르 흐르는 고깃덩어리가 보였다.

"이리 오세요."

애니가 식탁으로 음식을 옮겼고 난 자리에 앉았다. 그리고 이제 제법 능숙하게 식기를 다뤄 식사를 해 보였다.

"잘하시네요."

"저기, 애니."

"네."

"만약에……."

"네."

"내가 쫓겨나면…… 그러니까…… 여기를 나가야 하면……."

"쫓겨나다뇨."

머뭇거리며 운을 떼자 애니가 눈을 찌푸렸다. 난 차마 내 입으로 내가 이 집 아이가 아니라는 걸 말할 수가 없어서 우물거리다가 말했다.

"만약 그러면, 그래도 나 글을 배우고 싶은데……."

"에스텔 아가씨."

"네?"

"그런 일은 없으니까 걱정하지 마세요."

"……."

입을 꾹 다물고 접시를 내려다보고 있자 애니의 가는 한숨 소리가 들려왔다. 그 소리에 움찔하고 어깨를 움츠리니 애니가 밝은 목소리로 말했다.

"좋아요. 만약 그래도 글을 가르쳐 드릴게요."

"정말?"

"네, 공작님께 이야기를 올리도록 하지요."

"고마워요, 애니."

"그러니 얼른 식사하세요. 나이프는 좀 더 각도를 세워서, 그렇게, 좋아요."

편식이라는 걸 모르는 나는 애니의 잔소리가 없어도 구운 채소들까지 싹 해치웠고 그녀는 만족스러운 표정을 지었다.

"자, 그럼 소화도 시킬 겸 나가서 노세요."

"네."

대답하고 발가락을 꼼지락거려서 신발이 편한지 확인한 뒤 다시 밖으로 나섰다.

'카를 님도 식사를 하셨겠지? 나오셨을까?'

어쩌면 다시 만날 수 있을지도 모른다. 섬기는 도련님이 될 터이니 잘 보이는 것도 나쁘지 않으리라는 내 나름의 음흉한 판단도 있었다.

'안 계시나 보네.'

정원을 이리저리 살펴보았지만 보이지 않았다. 실망도 잠시, 아까 가지 못했던 다리까지 가 보겠노라고 결심하며 정원을 빠져나왔다.

잘 손질된 정원을 나오자 낮은 풀밭이 이어졌다. 여기저기 나무가 심어져 있고 관목들이 우거져 있었다. 자연 그대로 놔둔 듯, 그러나 미묘하게 손질을 한 것이 포인트였다.

여기저기 야생화로 보이는 꽃무리가 펼쳐져 있고 그 사이로 난 마차와 사람들이 다니는 오솔길을 걸으니 기분이 좋아졌다.

'와, 꽃 진짜 예쁘다.'

토끼풀이나 민들레처럼 생긴 분홍색 꽃의 군락지를 보고 탄성을 내질렀다.

"화관 만들어 볼까?"

만드는 방법을 분홍눈은 모르지만 서영은 안다.

난 가장 싱싱해 보이는 꽃줄기를 툭툭 꺾어 가득 모으고 한참을 화관 만들기에 열중했다. 생각보다도 어려웠고 기억도 잘 나지 않아서 헤맸지만 완성하고 나니 그럭저럭 볼만했다.

"후후."

머리 위에 조심스럽게 분홍색 화관을 얹고 다시 걷기 시작했다. 저절로 콧노래가 흥얼거려졌다. 머리에서 흘러내리는 달콤한 꽃향기가 코끝을 간지럽혔다.

"어느 아이가 보았네, 들~에 피인 장미~화, 갓 피어난 어여쁜 그 향기에 반해서—"

노래까지 불러가며 걷는데 영, 다리가 가까워질 생각을 하지 않았다. 기세 좋았던 걸음도 점점 느려졌다. 다리가 아프다.

"보기보다 먼가 봐……."

작게 한숨을 내쉬고 화관을 잡아 내리자 분홍 꽃이 어딘지 시들하다.

"해도 지고 있고……."

나뭇가지 사이에 해가 걸려 있는 게 보였다.

"돌아가자."

화관을 머리에 쓰고 다시 돌아서니 저 멀리 저택이 보였다. 그리고 나는 내가 계산을 잘못했다는 사실을 깨달았다. 해는 생각보다도 훨씬 빨리 졌고, 내 다리는 너무 짧았다. 방금까지도 정원이었던 것이 어두운 숲으로 변모하자 가슴이 수군거렸다.

"빠, 빨리 가자. 괜찮아. 저렇게 저택의 불빛이 보이니까, 길을 잃을 일은 없는걸. 괜찮아. 괜찮아."

일부러 목소리를 높여가며 애써 말했다. 걸음을 더 빠르게 하고 싶었지만 발바닥도 무릎도 정강이도, 허리도 아파왔다. 그냥 전신이 다 아픈 것 같다.

하지만 멈추지 않고 열심히 팔다리를 놀렸다.

그때 저택에서 와르르 불빛이 쏟아져 나왔다. 놀라 멈춰 서 있으니 이리저리 불빛들이 흩어졌다.

"아가씨—"

"에스텔 아가씨—"

외치는 소리에 놀라 팔을 흔들었다.

"여기예요!"

"아가씨!"

"아가씨다!"

"아가씨, 어디세요?"

"여기예요!"

"여기!"

계속 소리치자 곧 우르르 사람들이 몰려왔다.

"아가씨!"

애니가 후다닥 달려와 날 끌어안았다. 그녀가 내 양어깨를 붙잡고 외쳤다.

"이 밤에 왜 여기 계시는 거예요? 밤의 숲이 얼마나 무서운지 아세요?!"

"죄송해요."

치맛자락을 움켜쥐고 고개를 푹 숙였다. 찾으러 나올 거라고는 상상도 못 했다. 분홍눈이 하루 종일 밖을 헤매다가 다시 방으로 돌아갔을 땐 아무도 관심 없었다. 그러니까 그럴 거라고…….

"돌아가시면 혼날 줄 아세요!"

"네."

애니가 다시 날 와락 껴안았다.

"정말로, 걱정했어요."

그 온기에 눈물이 찔끔 흘러나왔다.

무서웠다.

정말로 무서웠다.

눈물을 참으려고 애썼지만 참아지지가 않았다. 입술을 깨물고 소리 없이 눈물만 흘리는 날 보고 애니가 다시 끌어안았다. 품에 날 안고 일어선 그녀가 그대로 걷기 시작했다.

"괜찮아요, 아가씨. 괜찮아요."

상냥한 목소리로 그렇게 말하면서. 그녀에게 매달려 훌쩍이며 그녀의 어깨에 이마를 묻자 눈물이 잦아들었다. 애니를 꼭 붙들고 있자 그녀가 말했다.

"무서우셨죠?"

"……네……."

"가엾어라."

그녀의 그 한마디에 나는 다시 울음이 터지려는 것을 눌렀다. 누군가는 불쌍하게 여기는 게, 동정이 싫다고 하는데 난 싫지 않았다.

그녀의 안타까움과 다정함과 상냥함, 그리고 애정이 느껴졌다. 눈물을 참기 위해 헐떡이는 내 등을 두들겨 주며 애니가 저택 안까지 들어가자 익숙한 목소리가 들렸다.

"찾았나?"

"네, 도련님."

카를 님이다! 깜짝 놀라 고개를 들자 딱 버티고 선 그의 모습이 보였다. 그 새빨간 눈을 마주 보자마자 얼른 고개를 내렸다.

혼날 거야.

하지만 분노는 날아오지 않았다. 다만 한숨과 함께 그는 자리를 떴다.

애니는 날 욕실로 데려가 옷을 벗겼다.

"자, 따뜻한 물에 목욕하시면 나아지실 거예요."

그녀가 날 나무 욕조에 밀어 넣었다. 뭔가 가루를 넣자 물에서 달콤한 향기가 나면서 물 색이 분홍색으로 변했다.

"이게 뭐예요?"

"피곤을 풀어주는 입욕제랍니다."

다리가 그제야 따끔거려서 보니, 자잘한 상처들이 나 있었다. 어찌나 필사적으로 걸었는지 그런 상처가 난 줄도 몰랐다. 애니가 그걸 보고 말했다.

"풀에 베이셨네요. 이런 게 오히려 아프죠. 나오시면 약을 발라 드릴게요."

"네."

애니가 따뜻한 물을 내 어깨와 등에 몇 번이나 부어주고 머리까지 감겨 준 후에 수건으로 감싸 밖에 내놓았다.

그러자 대기하고 있던 다른 하녀들이 내 몸을 닦아 주고 향유를 발라주었다. 애니가 연고를 가져와 내 다리에 바르며 물었다.

"다른 곳은 다치신 데 없으세요?"

"없어요."

"알겠어요."

"저기……."

"네."

"카를 님…… 화나셨죠?"

멋대로 나가서, 인력을 낭비하다니 분명히 화났을 것이다. 아니, 어쩌면 실망했을지도 모른다. 그게 더 무서웠다. 애니가 내 얼굴을 올려다보고는 싱긋 웃었다.

"화나지 않으셨어요."

"하지만……."

우물거리자 그녀가 잠옷을 입혀 주며 말했다.

"걱정하신 거예요."

"그렇지만……."

"자아, 피곤하실 텐데 어서 주무세요. 내일이면 다 괜찮아질 거랍니다."

애니가 날 침대로 밀어 넣고 자장가를 부르기 시작했다. 토끼 인형을 꽉 끌어안자 좋은 냄새가 났다. 그 푹신함과 애니의 자장가에 난 금방 잠이 들었다.

*　　*　　*

이튿날, 푹 쉬고 일어났기 때문인지 기분은 한결 나아져 있었다. 애니가 아침 식사를 하며 말했다.

"아가씨의 교육에 대해서 의논해 봤어요. 그래서 내일부터 루트니(가정교사)가 올 거랍니다."

"루트니(가정교사)?"

그게 뭐지? 하고 입을 벌리자 애니가 설명해 주었다.

"아가씨에게 글자를 가르쳐 주고 공부를 시켜 주실 분이세요."

선생님이구나!

드디어 이 세계에 대해서 제대로 알 수가 있다.

애니가 묘한 표정을 짓고 내 뺨을 쿡 찌르며 말했다.

"그렇게 좋으세요?"

"네."

"숙제가 나오면 곧 싫어지실걸요. 하지만 배우겠다고 하셨으니까 열심히 하셔야 해요?"

"네!"

"오늘이 노는 마지막 날이니까, 실컷 노세요."

신나서 고개를 끄덕이며 난 가정교사에 대한 질문을 던졌다.

"어떤 사람이에요?"

"남자분이세요. 하델 크로이츠라고, 작위는 없으시지만, 아카데미에서 귀족 자제들을 가르치셨을 정도로 학식이 있는 분이라고 해요."

"대단한 사람이네요."

그런 사람이 초등 학문 가정교사로 와도 되는 걸까?

여러 가지 생각이 머릿속을 휘저었다. 다시 질문을 던졌지만 애니는 웃으면서 '도착하시면 직접 여쭤 보세요.'라고 답했을 뿐이었다.

마음이 둥실둥실 떠서, 난 가벼운 발걸음으로 방을 나왔다. 오늘이 마음껏 노는 마지막 날입니다, 라고 하니 뭔가 색다른 일을 해야만 할 것 같다.

'뭘 하지?'

특별한 게 뭐가 있을까?

저택 구경은 그동안 실컷 했고, 정원 구경도 꽤 했고······.

'다리까지 가 보는 건······.'

역시 그만두자.

또 그런 일이 생기면 정말로 쫓겨날지도 모른다. 그런 사태는 피하고 싶었다. 걱정해 주는 손이라든가, 달래는 어투는 마음이 저밀 정도로 좋았지만, 그렇다고 해서 또 그런 짓을 하는 건 바보 같은 일이라는 걸 잘 알고 있었다.

날 좋아해 주는 사람이 날 싫어하게 되는 건 무섭다.

정원으로 나오니 아침 해가 벌써부터 무섭게 내리쬐고 있었다. 그런데도 그늘에 들어가면 아직은 쌀쌀한 온도였다.

'여름도, 겨울도 싫지만. 역시 겨울이 더 싫어.'

상자 안과 베란다를 생각하며 난 부르르 몸을 떨었다. 특정한 손님이 오면 어머니는 날 상자 안에 넣는 것뿐이 아니라, 상자째로 아주 작은 베란다에 내놓았다.

그 손님이랑 뭘 하는지는 알 수 없었지만, 결코 좋은 일을 하는 게 아니라는 건 잘 알았다. 그런 특정한 손님들이 다녀가면 어머니의 얼굴은 멍들어 있고, 손발에는 밧줄 자국이 나 있었다. 그리고 고스란히 그 상처를 나에게 돌려주었다.

밥버러지, 쓸모없는 년!

'하지만 결국 내가 2만 골드 벌어 준 거잖아, 밥버러지 아니었네!'

우울해지는 생각을 얼른 다잡아 '적어도 그럴 때에 날 내보낸 건 소리를 들려주기 싫어서였겠지. 조금은, 아주 조금은 날 사랑했을 거야.' 하고 생각을 고치고 정원 가운데 우뚝 섰다.

'그러고 보니……'

여기 정원에, 아주 큰 나무가 있다. 내 방은 아니지만, 내 옆방 베란다와 매우 가까워서 잘 하면 타고 내려갈 수도 있을 것 같았다.

'일단 올라가는 것부터 해 볼까?'

후다닥 저택을 돌아서 곧 내가 원하는 나무를 찾아냈다. 2층 베란다 아주 가까이 가지가 뻗쳐 있는, 붉은 꽃이 피기 시작한 나무.

일단 신발과 양말을 벗어서 한쪽에 공손하게 놓아두고 퉤! 하고 손에 침을 뱉었다. 그리고 나무 기둥에 찰싹 매달려 붙었다.

'으으……'

나무 타기라는 거, 의외로 힘들구나. 아니면 내 체력이 안 좋은 건가? 아니, 안 좋기는 하지만.

그렇다고 해서 기둥에서 50cm도 못 올라갈 줄은 상상도 못 했다. 뭔가 다른 요령이 있는 걸까? 필사적으로 궁리를 하며 난 나무의 여기저기를 만져 보았다.

'팔 힘으로 올라가는 건 무리야. 다리 힘으로 올라가야 하는 것 같은데……. 어떻게든 요령을 알면 되지 않을까?'

이미 몇 번의 시도를 한 터라 온몸의 힘이 쭉 빠졌다.

'내려오는 걸 해 볼까?'

내려오는 건 올라가는 것보다 훨씬 쉬울 것 같이 느껴졌다. 얼른 신발을 챙겨서 탁탁탁 가볍게 뒷문을 통해 저택 안으로 올라갔다.

내 방 바로 옆방이라서 찾는 건 어렵지 않았다. 조심스럽게 문을 열자 잘 정돈된 서재가 눈에 들어왔다.

서재라고 해도, 어딘지 응접실이나 공부방이라는 느낌이었지만 말이다. 정말로 책이 꽉 꽂혀 있는 도서관은 3층에 위치해 있었다. 전혀 읽을 수 없어서 슬펐지만……

부드러운 카펫이 맨발을 간지럽혔다. 끙끙거리며 내 방보다 기름칠이 덜 된 듯한, 베란다 문을 있는 힘껏 밀어 열었다.

끼익.

약간 불쾌한 소리와 함께 문이 열렸다. 그 좁은 틈 사이로 샥 하고 몸을 넣어 베란다로 빠져나와 난간 틈새로 나무를 바라보았다.

'조금 아슬아슬하기는 한데…… 저 가지로 뛰면 될 것 같은걸.'

낑낑거리며 난간 위로 올라가자 아래가 엄청 멀게 느껴졌다. 이상하게도 그게 두려움보다는 흥분으로 다가왔다. 차가운 대리석 난간은 넓어서 충분히 발받침 역할을 해 주고 있었다.

'좋아, 그럼.'

"셋, 둘, 하낫!!!"

외치며 으랏차!! 하고 온몸을 날렸다. 가지에 배와 가슴이 부딪쳐서 윽, 소리가 저절로 나왔다. 몸이 휙 돌아가 깜짝 놀라 팔다리로 가지를 감싸자 대롱대롱 매달린 형국이 되었다.

'여기서…… 어떻게 가지 위로 올라가지?'

필사적으로 땀을 뚝뚝 흘리며 몇 번이나 도전한 후에야 근처의 다른 가지를 잡아 몸을 일으켜 가지 위에 제대로 앉을 수 있었다.

"됐다!"

짜릿한 성취감에 저절로 웃음이 나왔다. 가지를 잡고 슬슬 엉덩이를 밀어 기둥 쪽으로 접근해서 근처의 다른 가지를 잡고 천천히 몸을 일으 켰다.

"와!"

베란다에서 보는 것과 이렇게 나무 위에 서서 보는 풍경은 비슷할 것 같은데도 전혀 다른 느낌이었다. 이쪽이 더 반짝반짝한 것처럼 느껴졌 다.

"예쁘다……."

나도 모르게 중얼거렸다. 짙은 녹색 잎과 커다란 붉은 꽃 사이로 햇살 이 톡톡 튀듯이 빛나고 그 사이로 멀리, 끝없는 푸른 정원이 보인다.

한참을 그렇게 서 있다가 아래로 내려가기로 마음먹었다. 중간에 가 지가 있는 곳까지는 어찌어찌 내려와서 이제 기둥만 있는 부분이다. 아 래서 볼 때는 그렇게 높지 않아 보였는데 왜 위에서 보니까 높은 걸까?

고민하며 난 다시 손바닥에 침을 뱉고 가지를 붙잡은 후 조심스럽게 나무 기둥에 발을 붙였다.

'가지를 놓은 다음에 빠르게 기둥을 안는 거야.'

"에잇!"

외치며 나무 기둥에 재빠르게 찰싹 달라붙었다.

'됐다!'

이제 내려가기만 하면 된다.

내려가기만…….

'못 내려가겠어…….'

팔이 후들후들 떨려왔다. 발바닥을 나무 기둥에 고정시키려고 애쓰지 만 자꾸 미끄러진다.

"에스텔?!"

그때 마치 구원처럼, 놀란 목소리가 들려왔다.

"카…… 카를……."

"너 왜 거기서……?"

"못 내려가겠어요."

울음 가득 섞인 목소리로 말하자 카를이 잠시 침묵하더니 말했다.

"손 놔."

"어?"

"그냥 놓고 뛰어내려."

"하, 하지만—"

"하지만이고 자시고. 얼른."

"나 무거운데……."

아래에서 비웃는 듯한, 한숨 빠지는 웃음소리가 났다.

"하나도 안 무거워."

"누구를 불러오거나 사다리를 가져오는 게 좋지 않을까요?"

퉁—

나무가 울렸다. 지금 밑에서 나무를 친 거야?

"얼른 뛰어내려."

"다쳐도 몰라요?! 아니, 그냥 내가 뛸 테니까 카, 카를 님이 비키는 게……."

답이 없다. 목이 아플 정도로 고개를 꼬아 아래를 내려다보니 카를이 팔을 벌리고 한심하다는 얼굴로 서 있었다.

"얼른 내려오시죠."

더 이상 버틸 힘도 없었다. 난 눈을 감고 몸을 던졌다. 그리고 푹, 하고 어딘가에 안겼다. 통증도 전혀 없었다.

'어라?'

실눈을 살짝 뜨니 검은색의 무언가가 스윽 사라지는 게 얼핏 보였다.

놀라 눈을 다 떴을 때 검은색의 연기 같은 건 보이지 않았다. 단지, 카를의 팔 안이라는 걸 확인힐 수 있었다.

"카, 카를⋯⋯?"

"왜 올라간 거야? 내려오지도 못하면서. 게다가―"

카를이 눈을 찌푸렸다. 그가 날 안은 채로 걸음을 옮기기 시작했다.

"카를? 내려줘요!"

"싫어. 상처투성이인 애는 얌전히 입 다물고 있습니다."

'상처?'

의아해져서 내 몸을 살피니, 전혀 몰랐는데 팔이 긁혀서 상처투성이였다. 나무껍질에 긁히고 쓸렸나 보다.

"어째 맨날 말썽만 피울까?"

혀를 차며 카를은 성큼성큼 걸었다. 내가 뛸 때와 거의 비슷한 속도인 것 같았다.

"죄송합니다."

사과하니 카를은 어째 더 못마땅한 얼굴이 되었다. 그가 날 내 방문 앞에 내려놓고 말했다.

"가서 하녀에게 상처나 봐 달라고 해."

"저기―"

"뭐?"

"고맙습니다."

인사하자 그의 얼굴이 묘해졌다. 곧 슬쩍 카를이 손을 뻗어서 나는 움찔했다. 몸을 움츠리자 그는 다시 손을 내렸다.

"바보 짓, 두 번은 하지 마."

경고하고 그는 복도를 걸어 내려가 버렸다. 조심조심 방문을 열고 들어가자 애니가 엉망이 된 날 보고 "꺅?! 아가씨!" 하는 비명 같은 소리를 질렀다.

이제 보니 드레스도 풀물이 들어서 엉망이다. 이거 진짜 비쌀 텐데. 피가 식는 기분이라 열심히 "죄송해요, 잘못했어요. 잘못했어요. 죄송해요." 하고 비니 애니는 울 듯한 얼굴로 웃으며 내 이마에 키스해 주고 말했다.

"괜찮아요. 하지만 이렇게 다쳐 오시면 제 마음이 아파요, 아가씨. 네?"

이어 어떻게 된 거냐는 그녀의 추궁에 사실대로 털어놓자 애니는 기절할 듯 내 손을 살펴보았다.

"그 나무는 독이 있는 나무라고요."

하지만 내 팔은 찰과상 외에 다른 징후는 보이지 않았고 애니는 안도의 한숨을 내쉬었다.

그날 저녁 열이 살짝 올라, 고생하기는 했지만 말이다.

＊　　＊　　＊

애니는 평소에 입는 옷이 아니라, 좀 더 화려한 옷을 입혀 주었다. 머리도 평소와 달리 좀 무겁게 전부 땋아 올리고 나서 옆방으로―공부방으로― 향했다.

창밖을 보니 내가 뛰었던 나무에는 이제 붉은 꽃이 만개해서 흐드러지게 피어 있었다. 해가 가득 비치는 공부방에 역광으로 어렴풋이 사람이 서 있었다.

조심스럽게 다가가니 그가 이쪽으로 돌아섰다. 큰 키에 살짝 마른, 신경질적인 느낌의 남자였다. 이제 30대 초반쯤 되었을까?

아주 연한 갈색의 머리카락과 대조되는 검은색에 가까운 눈을 가지고 있었다. 거기에 가느다란 은테 안경이 그의 날카로움을 더욱 돋보이게 했다.

그가 정중하게 인사했다.

"처음 뵙겠습니다, 공녀님. 하델 크로이츠라고 합니다."

"안녕하세요. 에스텔이라고 해요."

옷자락을 잡으며 그럴듯하게 인사를 했지만 하델의 표정은 변함없이 딱딱했다.

인사가 잘못된 걸까? 불안해져서 애니를 올려다보자 애니는 평소처럼 싱긋 웃어 주었다.

"그럼 아가씨를 잘 부탁드리겠습니다."

하델은 대답 대신 목례했다.

애니가 격려하듯 나에게 다시 웃어 보이고 방을 나섰다. 둘만 남게 되자 침묵이 흘렀다.

하델이 날 빤히 위아래로 바라보다가 탁탁 자신의 앞에 있는 커다란 책상을 두들겼다.

"앉으십시오."

걸어가 나에게는 큰 의자에 앉자 하델이 물었다.

"공녀님이 가르침을 청하셨다고 들었습니다."

그의 말은 어려워서 대부분 알아듣기가 힘들었다. 내가 이해를 못 한 듯 보이자 하델은 다시 말했다.

"아가씨께서 배우고 싶다고 하셨다면서요."

"아, 네네."

"무엇을 배우고 싶으십니까?"

"저 아무것도 몰라서……."

"하지만 배우고 싶다고 하셨을 때는 배우고 싶었던 게 있었겠죠."

"음……. 일단 글자요."

"문자, 말입니까? 아직 글을 못 읽으시는 거군요. 알겠습니다."

"그리고 저를 둘러싼 세계요."

그 말에 하델의 고동색 눈이 살짝 웃은 것 같았다.

'웃었지? 아닌가?'

고개를 갸웃하는데 하델이 내 앞에 커다란 책을 펼쳤다. 거기에는 알파벳과 비슷한 문자가 크게 쓰여 있었다.

"그럼 원하시는 대로, 문자부터 시작하겠습니다."

"네, 잘 부탁드립니다. 하델 님."

이렇게 부르면 되나? 하고 고개를 갸웃했더니 하델이 고개를 저으며 말했다.

"부르고 싶으시면 크로이츠 경, 아니면 선생님. 어느 쪽을 고르셔도 좋습니다."

"그럼 선생님으로 할게요."

앞에는 이름을 그대로 부르는 거니까, 뒤쪽이 더 좋아 보여서 그걸 골랐다.

"잘 부탁드려요, 선생님."

"저도 잘 부탁드리겠습니다. 공녀님."

하델이 날 부르는 단어는 처음 들어 보는 단어였지만 왠지 울림이 우아해서 좋았다.

그가 글자를 짚어주며 하나하나 발음을 해 주었다. 서영이 알고 있는 한글로 밑에 발음을 달고 싶은 욕망을 눌러 참으며 그가 불러 주는 대로 여러 번 따라서 반복하고 또 써 보았다. 모든 문자를 그렇게 알려 주고 그가 말했다.

"이것을 케스터라고 합니다. 기본 문자 26개를 이르는 말이죠."

"케스터."

알파벳이 아니라 그렇게 부르는 거구나. 배운다는 것은 즐거운 일이라서 저절로 입가에 미소가 지어졌다.

"열심히 할게요."

"네, 외우는 것은 제가 해 드릴 수 있는 부분이 아니니 스스로 노력하셔야 합니다. 그리고 글자만 배우면 흥미가 없으실 테니, 다른 것도 알려 드리도록 하지요. 궁금하신 점이 있다면, 둘러싼 세계에 대해서, 얼마든지 질문하시길."

"아, 저기 카스티엘로 공작가에 대해서 알고 싶어요."

질문 타임이 오자마자 얼른, 가장 궁금했던 것을 질문으로 던졌다. 이거랑 두 번째로 궁금한 건 '2만 골드는 얼마나 되는 돈이에요?' 하는 것. 하지만 두 번째 질문은 왠지 던지기가 민망했다.

"카스티엘로…… 공작가에 대해서 말입니까."

하델은 잠시 생각하듯 고개를 갸웃했다가 공부방 한쪽 구석으로 다가가 커다랗게 말린 종이를 가져와 책상 위에 펼쳤다.

"와―!"

"지도입니다. 땅의 모양을 축척해서 옮겨 놓은 거지요. 이건 중앙 대륙의 지도입니다. 여기 이곳이 바로 저희가 살고 있는 제국 아르카니아 입니다."

상당히 커다란 나라였다.

'그런데 이 시대는 축척이 엉망이지 않나……?'

"보통 이런 지도를 이렇게 방에다가 방치할 생각은 못 하죠. 지도의 반출은 반역죄나 다름없습니다. 그러니 이건 과연 카스티엘로 공작가라고 할 수 있는 거지요."

내가 헤― 하고 입을 벌리고 있자 하델은 반출과 반역과 방치에 대해서 풀이해 주었고 난 놀라 '그렇구나.' 하고 지도를 바라보았다. 그가 슥

슥 지도를 다시 말아서 넣으며 말했다.

"카스티엘로는 아르카니아 제국의 하나뿐인 공작가입니다. 그에 맞서기 위해서 후작가 넷이 연합하고 있을 정도로, 강한 힘을 가지고 있죠. 참고로 공작가는 친황파입니다. 대대로요. 일단 알키나 왕조─그러니까 지금 제국의 시초가 된 왕조에서 갈라져 나온 혈통이기도 하지요."

"그렇군요."

고개를 끄덕이자 하델이 내 앞으로 와 이어 이야기를 했다.

"카스티엘로 가문은 마족의 피가 섞였다고 합니다. 검은 머리와 붉은 눈이 그 증거이죠. 물론 그것만으로 나오는 이야기는 아닙니다. 마족과 인간은 서로에게 본능적인 불쾌감을 가지고 있습니다. 공작가의 사람은 '인간'을, 인간은 '카스티엘로'를 별로 좋아하지 않습니다. 그게 공작가 피에 흐르는 마족의 피 때문이라고 하지요."

불쾌해?

난 눈을 깜박였다.

난 전혀 안 불쾌했는데?

"그리고 이 가문에서 태어나는 사람은 한 종류입니다. 붉은 눈에 검은 머리카락이죠. 마족의 피 때문인지 아이가 태어나기 힘들어, 카스티엘로 공작가의 아내나 모친은 신분이 안 좋은 경우가 많습니다. 검은 머리, 붉은 눈의 아이라면 상관없이 전부 가문의 상속자로 받아들이기 때문이죠."

"네에……."

어색하게 대답하자 하델은 다시 어려운 단어를 전부 풀어 설명해 주었다. 그의 설명은 사전처럼 간단명료해서 귀에 쏙쏙 들어왔다.

"카스티엘로 가문의 시조인 앤 카스티엘로가 오라버니인 제국의 시조 엔워즈를 돕기 위해, 마족과 계약을 했다고 합니다. 그 이후로 쭉 유일한 공작의 자리를 지키며 제국의 창이자 방패가 되고 있지요."

뭔지 모르겠지만 뭔가 대단하구나.

유일한 공작이라든가…….

"그러니 사람들이 공작가를 꺼리기는 하지만, 그걸 앞에서 대놓고 말할 용기 있는 자는 없습니다. 뒤에서 수군거리기는 해도 말입니다. 전장에서 검은 오러를 전신에 두르고 검을 휘두르는 모습을 보면 적도 아군도 숨을 죽인다고 하지요."

"독도 통하지 않고, 일반적인 상처의 치유력도 굉장히 강하다고 들었습니다. 어디까지가 진실이고 어디까지가 거짓인지는 공작님께 여쭤 보는 것이 가장 빠를 겁니다."

"카스티엘로 공작령의 넓이도 상당하지요. 제국에서 가장 큰 곡창 지대 중 하나인 무알로 평원을 가지고 있으면서 반대쪽은 요문 산맥까지 닿아 있습니다. 제국의 이인자로 손색없는 넓이지요."

하델은 설명을 연달아 하고 날 보며 물었다.

"궁금증이 대충은 풀리셨습니까?"

"네."

"더 자세한 것은 나중에 책을 보며 가르쳐 드리도록 하겠습니다."

"네!"

"그럼 다시 케스터로 돌아가죠."

하델은 나에게 다시 글자를 읽고 쓰게 했다. 그날의 공부는 그것으로 짧게 끝났고 다음 시간까지 케스터 3개를 외워 오라는 숙제를 받았다.

자리에서 일어나 다시 인사를 하자 하델 역시 마주 인사를 해 보이고 방을 나갔다.

"휴—"

한숨을 내쉬고 의자에 도로 털썩 앉아서 난 이리저리 책을 살펴보았다.

"3개라……. 좀 더 외울 수 있지 않을까?"

알파벳과 매우 흡사해서, 몇몇 글자만 빼면 쉽게 익힐 수 있을 것 같았다. 발음하는 법도 거의 같았고 말이다.

"한자 같은 문자가 아니라서 다행이다."

그랬다면 정말 죽을 지경이었을 거야.

난 슥슥 몇 번 더 케스터를 써 보았다. 생각보다 더 쉽게 외워지는 것 같다. 역시 어려서 그런 걸까?

열심히 글자를 외우다가 문득, 선생님이 이야기해 준 카스티엘로 가문 이야기가 생각났다.

'그럼 난 역시 이 집 아이가 아닌 건가……. 하지만 모친을 닮을 수도 있잖아?'

어머니는 분명, 금발에 푸른 눈.

난 아무리 봐도 분홍 눈이다.

'……'

설마 다른 남자의 아이를 속인 거 아냐?!

등골을 타고 소름이 쭉 올라왔다. 식은땀이 절로 흘렀다. 어머니가 카스티엘로 가문에 대해서 모르는 채로, 적당히, 눈이 분홍이거나 붉은색인 남자와 관계를 가져 나를 낳는다. 그리고 공작을 찾아가 눈 색이 이런 색이니까 네 아이라고 양육비를 달라고 말한다.

위가 꽉 조여 왔다.

'그럴 만한 사람이야……'

꼴깍, 침이 저절로 목구멍을 타고 넘어왔다.

'그럼 공작님은 왜 날 산 거지?'

그 사람도 알았을 거다. 내가 자신의 아이가 아니라는 걸. 그런데 도대체 왜 날 산 걸까?

고민해도 답이 나오지 않아서 난 한숨을 내쉬었다.

'아, 그리고 보니 공작가 사람은 보통 사람들이랑 불쾌감을 느낀다고 그랬었나. 난 안 그런데. 그건 잘못된 소문이 아닐까? 하긴, 붉은 눈에 검은 머리인 사람은 공작님이랑 카를 둘뿐이잖아? 얼마나 많은 사람들이 봤겠어.'

하나뿐인 공작이라면 분명히 적도 많고, 악의적인 소문도 많겠지.

'공작도 힘들겠구나. 카를도 힘들까?'

전혀 그렇게 보이지는 않았지만…….

'맞아, 그러고 보니 아픈데 혼자 있었지. 다른 사람들에게 들어오지 말라고 명령했다고 그랬었고.'

그 소문이 맞나?

─공작님께 직접 여쭤 보시는 것이 빠를 겁니다.

'그렇게 얘기하기는 했지만.'

여기 와서 내내 얼굴도 못 본 사람이다. 그러고 보니 왜 집에 돌아오지를 않는 걸까? 밖에 다른 살림이라도 차리고 있는 건가?

시답잖은 생각을 하며 작은 석판에 펜으로 낙서를 했다. 매끄러운 돌로 만들어진 납작한 검은 판인데 여기에 형광펜 같은 심이 들어 있는 걸 잉크에 적셔서 쓰고 물걸레로 슥슥 닦는, 화이트보드 같은 느낌의 석판이었다.

'종이가 귀한 걸까?'

하지만 저택 여기저기에 책이 넘친다. 심지어 도서관도 있다.

'돈이 많아서 그런 거겠지. 영지가 넓으니까.'

여러 생각을 하며 고개를 끄덕였다. 뭔가 이렇게 여러 가지를 알게 되니까 머릿속이 트이는 기분이었다. 그렇다고 해도 역시 정면으로,

─저는 당신의 아이가 아닌데 왜 사신 거예요?

라고 물어볼 만한 용기가 나는 것은 아니지만 말이다.

"설마!"

갑자기 번개처럼 떠오른 생각에 입 밖으로 소리가 튀어나왔다.

'날 데려다가 이렇게 교육을 시켜서, 카를과 맺어 주려는 건가?! 빨간 눈을 낳게 하려고? 아니 아무리 그래도 창녀의 딸을 공작가 아들이랑? 그건 좀 아니지. 맞아. 아무리 신분이 낮은 아내나 모친이라고 해도, 이건 너무 낮아⋯⋯.'

끙끙거리며 한숨을 내쉬는데 노크 소리가 들렸다.

"네."

"나야."

"카를, 들어오세요."

벌컥 들어올 줄 알았는데 노크를 해서 오히려 놀랐다. 문을 열고 카를이 안으로 들어왔다. 성큼 걸어온 그가 내 앞에 놓인 글자 책을 보더니 피식 웃었다.

"공부 어때?"

"재미있어요."

"그으래에? 하델은? 딱딱하지 않아?"

"아뇨. 쉽게 잘 가르쳐 주셨어요."

"흐음―"

미심쩍다는 듯이 그가 책장을 슥슥 넘기며 애매한 대답을 했다.

"저기, 카를."

"응?"

"공작님은 언제 오실까요?"

"곧."

"곧이요?"

"응, 빠르면 주말, 늦으면 다음 주 초이려나."

"그럼 빠르지도 늦지도 않으면요?"

내 질문에 카를이 잠시 생각하는 듯하다가 답했다.

"주말 밤?"

그가 마지막 장까지 책을 넘겼다가 다시 첫 장으로 돌아왔다.

"왜?"

"그냥, 궁금해서요."

"그래?"

카를이 손을 뻗어 내 손목을 잡아당겼다. 어제 나무를 타다가 입은 상처들 몇 개가 보였다. 카를은 묘한 신음 소리를 내더니 말했다.

"진짜 약해 빠져서. 어떻게 이게 안 나아?"

"하룻밤 만에 상처가 낫는 사람은 없어요."

"있어."

그의 대답이 너무 확고해서 난 입을 다물 수밖에 없었다. 음, 난 이 세계에 대해 잘 모르니까.

"있나요?"

"있어."

"그렇군요."

순순히 수긍하고 팔뚝을 보며 작게 투덜거렸다.

"그럼 전 약한 게 맞나 봐요."

왠지 분하다. 기왕이면 튼튼한 몸으로 태어났으면 좋았을 텐데. 그때 머리 위에서 작게 웃음소리가 들려 고개를 드니 카를이 킥킥 웃고 있었다.

"카를……?"

"아냐. 그냥, 토끼는 좀 어수룩하네 싶어서."

"······?"

내가 갸웃했지만 카를은 설명해 주지 않았다.

"오래 있지 않으니까 아쉬운데."

말을 꺼내고 되레 그가 놀란 듯 눈을 깜박였다. 그리고 살짝 웃으며 "아쉽다, 라." 하고 다시 한 번 말하더니 날 내려다보았다.

"글자 배워서 편지 써."

"어디 가세요?"

"말했잖아. 아카데미에 다닌다고. 지금은 방학 중이라서 저택에 머물고 있는 거니까."

"그럼 이제 가는 거예요?"

내가 놀라 묻자 카를이 턱을 문지르고 말했다.

"아니, 그래도 2주 정도는 더 있다가 갈 거야."

"그럼 언제 다시 와요?"

"겨울이 되면."

그 말에 맥이 쭉 빠졌다. 모처럼 가진 또래―보다야 좀 더 나이가 많기는 하지만― 친구인데······. 아니 친구가 아니라 도련님이기는 하지만.

'그러고 보니 다시 볼 때는 카를이 아니라 도련님이라고 부르게 될지도 모르겠네.'

공작이 돌아와서 날 하녀로 삼으면, 그때는 아마 이렇게 마주 보지도 못하겠지.

그건 좀 아쉬웠다.

'아니 하녀로 삼을지, 안 삼을지도 모르겠지만.'

도통 의중을 짐작할 수가 없었다. 이 세계에 대해서 아는 게 없으니 더 그랬다.

"삼 개월만 참아."

카를의 말에 퍼뜩 고개를 들었다. 그는 내 고민을 자신과 관련된 고민이라고 생각한 듯 말을 이었다.

"의외로 빨리 온다. 겨울."

"알아요."

겨울이 좋다는 건 부자나 하는 소리다. 가난한 사람의 겨울은 정말로 고통스럽다. 여름이야, 더워서 죽는 일은 체력이 매우 약하지 않으면 거의 없지만, 겨울의 동사는 꽤나 잔혹하고 흔히 있는 일이었다. 발이나 손이 곱는 것은 더위와는 전혀 다른, 실제적인 고통이다.

이곳의 겨울은 나에게는 너무 길고 고통스러웠다.

화로나 탕파는 작았고, 그 온기는 전부 어머니의 것이었다. 발이 시린 건 진짜로 괴로웠다. 동상에 걸려서 발가락이 뚝 떨어지면 어쩌나 하는 공포도 굉장했고.

'그러니까······.'

"겨울은 싫어요."

툭 내뱉자 카를은 말없이 날 바라보았다.

"싫지만······ 그래도, 카를이 돌아오니까······ 한 가지 좋은 점이 생겼네요."

내가 웃자 카를이 손을 쓱 뻗어서 내 양 뺨을 꽉 눌렀다가 꼬집었다가 마구 비볐다.

"카, 카를?"

이상한 발음이 입에서 새어 나왔다. 그는 밀가루 반죽이라도 만지듯 내 뺨을 마구 주무르다가 놓아주었다.

"무슨 짓이에요?"

얼얼해진 뺨을 감싸며 노려보자 카를은 자신의 손을 몇 번 쥐었다 폈다 해 보이고 납득한 듯 중얼거렸다.

"왜 사람들이 강아지나 고양이 새끼를 마구 만지는지 알겠어."

"네?"

"아니, 뭐라고 해야 하나. 새로운 이해? 인간의 새끼는 징그러워서 싫지만."

무슨 중2 같은 소리를 하는 거야?

'어라? 맞나? 중2? 카를이 몇 살이었지?'

갸웃거리는데 카를이 말했다.

"하여간 아버님이 돌아오시면 제대로 이야기하고, 제대로 날 불러."

지금 도련님이라고 부르라고 하고 있는 거야?

그렇게 불러야 하나 망설이는데 카를이 내 뺨을 다시 가볍게 꼬집으며 덧붙였다.

"그리고 좀 더 잘 먹어."

"잘 먹고 있어요."

"그럼 좀 더 먹어. 특히, 고기."

힘주어서 말하고 카를은 내게서 손을 뗐다. 그가 고개를 들어 방문 쪽을 힐끗 바라보고는 말했다.

"그럼 난 가 볼 테니까."

"아, 네."

인사하자 카를은 손을 뻗어 머뭇거리다가 내 어깨를 툭툭 두어 번 두들기고 방을 나갔다. 그가 나가고 얼마 지나지 않아 교대하듯 애니가 들어왔다.

'그러고 보니……'

카를과 다른 사람이 같이 있는 걸 본 적이 없다. 내가 화관 때문에 저택에 늦었을 때 정도……? 그때도 딱히 함께 있었다기보다는 그냥 나와서 날 기다리고 있었다는 것에 더 가깝지.

어떻게 그렇게 하는 거지?

'사람이 오는 걸 알아차리는 센서라도 달려 있는 걸까?'

"아가씨? 수업 어떠셨어요?"

멍하니 생각에 빠진 나를 애니가 의아한 얼굴로 불렀다. 얼른 정신을 차렸다.

"재미있었어요. 좋으신 분 같아요."

"다행이네요. 뭐 배우셨나요?"

"글자를 배웠어요."

카스티엘로 가문에 대해 질문했다는 건 왜인지 말하기가 조금 민망했다. 물론 하델과 애니가 이야기해서 다 알려질 수도 있겠지만, 내가 직접 말하는 건 조금…….

"숙제도 내주셨겠죠?"

"네."

"후후, 이제 좋은 날도 다 끝이네요~"

애니가 놀리듯 말해 난 고개를 저었다.

"아니에요, 배우는 게 좋은걸."

"그렇다면 다행이고요. 그 말, 제가 다 기억해 놓을 거예요?"

"네."

진지하게 대답하자 애니가 다시 싱긋 웃었다. 그 상냥한 웃음에 끌려 난 머뭇거리며 손을 뻗어 그녀의 치맛자락을 쥐었다.

"아가씨?"

"있지요, 나—"

슬쩍 고개를 들어 그녀의 갈색 눈을 마주 보며 작게 고백했다.

"애니가 진짜 좋아요. 좋아해요, 애니."

그 말에 애니가 활짝 웃으며 날 꽉 안아 주었다.

"저도 좋아해요, 아가씨. 이렇게 귀여운 아가씨가 들어와서 얼마나 기쁜 줄 몰라요."

그녀의 말에 가슴속이 거품이 보글보글 일듯이 간지러워진다. 저절로 웃음이 나와 난 그녀를 마주 꼭 끌어안으며 어깨에 얼굴을 묻었다.

공작님이 날 왜 샀든지, 상관없다.

어쨌든 지금 나는 무척 행복하니까. 만나면 사 주셔서 감사하다고 인사해야지. 여기 하녀가 되더라도, 그래도 행복할 거야.

"자, 아가씨, 간식 먹을 시간이에요."

애니가 날 놓아주고 내 손을 붙잡았다. 간식!

세상에서 가장 달콤한 소리에 난 "응!" 하고 씩씩하게 대답하며 그녀의 손을 마주 꼭 붙잡았다. 크림과 시럽이 잔뜩 올라간 와플은 입안에서 녹아들 듯 맛있었고 갓 짜낸 우유도 고소하기 그지없었다.

먹는 것만으로 행복하다면 여기는 천국일 거야.

불러오는 배를 통통 두들기며 난 그렇게 생각했다.

*　　*　　*

아침에 일어나니 내 방 안에서도 저택이 부산스러운 게 느껴졌다.

"일어나셨어요, 아가씨?"

"안녕히 주무셨어요."

"오늘 공작 전하께서 오신답니다."

"정말요?"

놀라 몸을 일으키자 애니가 "네." 하고 고개를 끄덕였다.

"그래서 소란스럽구나……."

"오랜만에 오시는 거니까요. 자, 아가씨도 준비하셔야죠."

"네."

얌전히 대답을 하고 얼른 침대에서 기어 내려왔다. 오늘은 애니 말고도 다른 하녀가 내 몸치장을 도우러 와서, 괜스레 긴장이 되었다.

마음속으로 케스터를 외우며 두근거리는 가슴을 진정시켰다. 애니가 꺼내 온 옷은 그동안 한 번도 입어 본 적이 없는 화려한 옷이었다.

레이스와 자수 장식이 잔뜩 들어간 옷이었는데 안에다가 파니에까지 갖춰 입는 것이었다.

그렇게 옷을 입고, 실크 양말을 신고, 화려한 금세공 단추가 달린 양가죽 구두까지 신고 나서 하녀가 정교하게 내 머리를 땋아 틀어 올렸다.

그러고 나니 거울 속의 나는, 내가 봐도 상당한 미인인지라 저절로 미소가 그려졌다.

"아가씨, 너무 예뻐요."

애니가 그런 내 마음을 읽은 듯 거울 앞에 이리저리 몸을 비춰 보는 내게 웃으며 말했다.

"정말요?"

"네, 이렇게 예쁜 아가씨는 본 적이 없는걸요."

그 말에 괜스레 웃음이 나와 웃고 물었다.

"그럼 공작님은 언제 오세요?"

"오늘 점심쯤에 도착하신다고 해요."

"그렇구나."

"아가씨가 글자를 다 배우셨다고 이야기를 하면, 분명 놀라실 거예요."

"그러실까……?"

일주일 정도의 시간이었지만 케스터를 외우는 것은 쉬웠다. 열심히 하기도 했고, 알파벳과 비슷하기도 했고. 하델은 내 학구열을 높게 평가해 주었다.

내가 의기양양하게 카를에게 "나 바보 아니죠?" 하고 말하자 이상하게 카를은 크게 웃을 뿐이었다. 그리고 나에게 과자를 잔뜩 먹이고 또 쥐어 주었다.

'정작 본인은 먹지도 않으면서.'

내가 왜 안 먹냐고 물어보니,

"단 건 싫어해."

하는 놀라운 대답이 돌아올 뿐이었다.

'단 건 싫어하면서 왜 만날 때마다 과자를 가지고 있는 건데?'

부잣집 아들이라서 그런 것인가?

내가 과일을 좋아한다고 밝힌 후로는 과자 반, 과일 반 어느 것이든 내 손에 잔뜩 들려주고 먹이고는 했다.

'게다가 진짜 이상해.'

정말, 정말로. 카를과 함께 있을 때는 다른 사람이 오지 않았다. 일부러 오지 않는 건지는 모르겠지만 말이다. 그리고 카를이 이야기 중간에 그냥 사라져 버리면 꼭 다른 사람이 나타났다.

'정말로 사람이 싫어서 그런가……?'

물어보고 싶지만, 이 집의 식객인 내가 그런 걸 파고드는 것도 이상하게 느껴졌다.

'공작님이 오셔서 제대로 내 거취를 정하시고 나면.'

하녀가 된다면 다른 하인들에게 이야기를 들을 수 있을 거고ㅡ

'정말로 딸이 된다면.'

딸.

정말로 카를이 내 오빠가 된다면.

가족이 된다면.

생각만 해도 가슴이 높게 뛰었다. 하지만 바라는 일은 항상 이루어지는 것이 아니며, 내가 이 집 아이가 아닐 확률이 훨씬 높은데 괜히 기대했다가 바닥으로 추락하는 것은 상당히 아플 터.

처음부터 기대하지 않는 게 좋았다.

그럼에도 불구하고 항상 그 가능성이 가슴 언저리에 남아 있었다. 특히 카를이 심술부리다가도 상냥하게 대해줄 때면 더 그랬다.

정말로 오빠 동생 사이가 된다면 얼마나 좋을까.

하녀가 아침 식사를 담은 트롤리를 밀고 들어왔다. 따뜻한 수프를 먹고, 토마토소스에 졸인 고기완자와 갓 구워낸 빵으로 아침 식사를 하고 나서 자유 시간이 주어졌다.

"하지만 곧 공작님이 오실 테니까, 저택 밖으로는 나가지 마세요."

"네."

고개를 끄덕이며 대답하자 애니가 "책이라도 읽으시는 게 어때요?" 하고 권유했다.

글자를 익힌 나는 요즘 옆구리에 커다란 사전을 끼고 책을 읽는 데에 열을 올리고 있었다. 그러다가 조금이라도 모르겠는 것이 나오면 기억해 뒀다가 하델에게 질문을 던졌고, 하델은 내 모든 질문에 답해 주었다.

'역시 굉장해.'

질문의 범위가 다양한데도 불구하고 하델의 대답은 막힘이 없었다.

'진짜 이런 초등 교육에 써먹어도 되는 인재일까?'

이것도 나중에 물어봐야지.

"네, 책 읽으러 갈게요."

애니에게 대답하니 그녀가 고개를 끄덕였다.

"알겠어요. 옷 구겨지지 않게 조심하세요."

끄덕끄덕.

파니에를 입어서 앉으면 엉덩이 쪽이 쑥 하고 솟아오르는 게 조금 웃겼다. 하지만 생각보다 불편하지 않은 게 다행이었다.

도서관으로 향하자 이제 시종이 익숙하게 문을 열어 주었다.

도서관은 한쪽 면이 전부 유리창으로 되어 있었고 거기서 빛이 환하게 쏟아져 들어왔다. 촛대도 여기저기 놓여 있어서 밤에도 글을 읽기에 어려움이 없어 보였다.

밤에 와 본 적은 없지만 말이다.

전에 내가 보던 책이 고대로, 책상 위에 놓여 있어서 조심스럽게 파니에와 드레스를 펼치고 의자에 앉았다.

읽는 책은 바로 마족에 관한 책이었다.

상당히 무시무시한 존재로 묘사가 되어 있어서—이게 실제라면— 진짜 무서운 존재겠구나 하는 생각이 들었다. 어린애를 겁주려는 망태 할아버지나, 부기맨 같은 존재가 아니라면 말이다.

하지만 하델에게 물어보니 진짜 실존하는 존재라고 해서 신기한 기분마저 들었다.

마족만이 아니라 인간이 아닌 다른 종족이 더 존재했는데 이곳에서는 보기 힘들고 바다 건너에 있는 다른 대륙에 산다고 하델은 설명해 주었다.

'판타지 세계네.'

머릿속의 서영이 그렇게 속삭인다. 하지만 거기에 대한 지식은 유명 소설책 정도밖에 없는데, 이곳과는 완전히 다른 것 같았다.

어째서인지— 아니면 당연한 건지 모르겠지만 이곳에 익숙해지고 배워갈수록 서영의 기억은 날로 날로 희미해져 갔다. 아니 더 정확하게 말하자면 점점 하나가 되고 있다고 할까?

서영과 분홍눈이, 에스텔로 점차, 점차 녹아들고 있었다.

'좋은 건지 나쁜 건지.'

그런 생각을 하며 난 책으로 시선을 돌렸다. 읽는 속도도 느리고, 모르는 단어를 사전으로 찾아보는 것도 느리지만 공부하지 않으면 질문할 것도 나오지 않았다.

'그렇게 생각하면 초등학교는 굉장하지.'

역사, 지리, 국어, 윤리, 사회법칙 등등 어마어마한 분량의 교육을 치러내고 있으니 말이다. 지금 하델이 나에게 가르치는 것도 그것과 비슷해서 화폐의 개념이나 재화의 교환 같은 것부터 카스티엘로 영지의 지리와 특산물까지 다양한 것을 가르치고 있었다. 그 외에 또 부가적으로 내가 이렇게 책을 통해 궁금해하는 것도 해결하고 있는 만능 선생님이었다.

"또 여기 처박혀 있어?"

뒤에서 불쑥 목소리가 들려와 깜짝 놀랐다.

"카를?!"

"뭐 보는 거야? 아, 마족 이야기? 왜? 궁금했어?"

히죽 카를이 웃었다. 난 손으로 책을 가리며 말했다.

"그냥 보는 거예요."

"무시무시한 빨간 눈을 가지고 있다. 피를 마셔야 살 수 있다. 영혼을 훔친다. 폭력적이고 잔혹하고, 감정이란 게 존재하지 않고— 또 뭐가 있더라?"

손으로 하나씩 꼽는 카를을 바라보다가 난 대꾸했다.

"햇빛을 싫어한다, 라든가 생명체를 증오한다, 같은 거요."

"맞다. 그런 것도 있었지."

카를이 손가락 접는 걸 포기하고 푹 한숨을 내쉬었다. 그런데 오늘, 카를의 차림도 멋지다. 평소처럼 헐렁한 옷차림이 아니라 정장을 차려입고, 머리도 단정하게 넘기고 있었다.

"카를."

"응?"

"오늘 옷 잘 어울려요."

"……지금 우리 좀 심각한 얘기하는 거 아니었나?"

"심각한 이야기요?"

마족 이야기가 왜 심각한 이야기야?

아니지, 심각한가? 실제로 마족이 나타난다면 역시 그건 좀 무섭겠지.

하지만 마족이란 존재가 마지막으로 출현한 게 250년 전이라면서? 그
럼 괜찮지 않나?

"너도 잘 어울려."

고민하는데 카를이 툭 던진 말에 난 활짝 웃으며 얼른 자리에서 일어
나 옷을 보여 주었다.

"그죠? 옷 예쁘죠?"

빙글빙글 돌아보이자 카를이 내 뺨을 쿡 찔러 난 얼른 양 뺨을 가리며
물러섰다.

"안 돼요."

"요즘 빡빡하네."

"카를은 자꾸 내 뺨을 밀가루 반죽처럼 주무르잖아요. 그거 아프단 말
이에요."

"살살 할게."

"안 돼요."

단호하게 거절하자 카를은 입맛을 다셨다.

"과일 줄게."

"과일은 저도 많이 먹거든요?"

"과자 줄게."

"과자도 많이 먹어요."

"……."

카를은 잠시 팔짱을 끼고 날 내려다보다가 말했다.

"그럼 말 어때?"

"말?"

"말 태워 줄게."

그 말에 난 입을 떡 벌렸다.

"진짜요?"

"응, 진짜로."

"타고서 멀리 산책도 나가나요?"

반짝이는 눈으로 카를을 올려다보니 카를이 어색하게 고개를 끄덕였다.

"나가지 뭐."

"그렇다면―"

양손을 내리고 고개를 쭈욱 뺐다.

"만져도 좋아요. 하지만 진짜로 말 태워 주는 거예요?"

카를은 입을 꾹 다물고 날 내려다보더니 꽉 끌어안았다.

"카, 카를? 잠깐, 숨, 막―"

"아오, 진짜아!"

"숨―"

툭툭 카를을 때려 보지만 카를은 아랑곳없이 날 으스러질 듯 끌어안았다. 비유가 아니라 문자 그대로 으스러질 듯.

"아파―"

작게 말하자 카를이 얼른 날 놓았다. 크게 숨을 들이마시고 헐떡이며 난 카를을 노려보았다.

"아프잖아요?"

"미안, 괜찮아? 네가 약해 빠졌다는 걸 깜박했어."

걱정하는 건지, 비꼬는 건지.

그가 날 이리저리 살펴서 난 그가 걱정하는 거라고, 좋은 쪽으로 생각하기로 했다.

"괜찮아요. 앗!"

"어디 아파?!"

"옷이 구겨졌어!!"

"……."

"얌전하게 있으라고 그랬는데……."

어떻게 하지? 옷이 이렇게 되어 버려서?

초조하게 구겨진 옷을 어떻게든 손으로 잡아당겨 펴려고 노력하고 있는데 카를이 말했다.

"가서 갈아입혀 달라고 해."

"하지만—"

놀이옷도 아니고 좋은 옷인데, 애니가 뭐라고 생각할까 걱정되었다. 방금 전까지 분명히 새 옷이었는데 이렇게 구겨져서, 얌전히 있으라고 분명히 말했는데.

"하지만…… 하지만……."

혼나면 어떡하지?

점점 말이 작게 줄어들자 카를이 한숨을 내쉬고 날 안아 들었다.

"꺅?!"

"가자."

"네?"

"아, 진짜. 넌 영광인 줄 알아야 돼."

"네?"

놀란 나를 안고 카를이 도서관을 나왔다.

"카를?"

놀라서 그의 어깨를 붙잡았지만 카를은 무시하고 그대로 걸었다. 대체 어디로 가는 거지? 하는데 복도 중간에서 애니와 딱 마주쳤다.

"도련님, 안녕하세요."

애니가 깊게 고개를 숙이자 카를이 날 내려놓으며 말했다.

"애, 옷 갈아입혀. 내가 구긴 거니까."

엇?

놀라 카를을 돌아보자 그가 입모양으로 '영광인 줄 알라고.' 하고는 휙 날 복도에 내버려 두고 가 버렸다. 카를이 완전히 사라질 때까지 애니는 고개를 들지 않고 있다가 그가 사라지자 고개를 들었다.

"그럼 갈까요, 아가씨."

"아, 으응."

애니는 딱히 기분 나쁘거나 화난 것처럼 보이지 않았다. 애니의 뒤를 따르며 난 복도를 한 번 더 힐끔 돌아보았다.

'신경 써 준 거구나.'

애니에게 대신 말해 준 게 고마워서 난 다음번에 카를이 끌어안아도 한 번 봐주자고 생각했다.

'그러고 보니.'

내 앞에서 카를과 애니가 서로 대화(?)를 한 건 처음이었다.

아니, 마주친 것도 처음인가?

"저기, 애니."

"네."

"카를이랑…… 만나도 괜찮은 거예요?"

애니가 그 말에 의아한 표정으로 날 돌아보며 물었다.

"저와요? 아니면 아가씨와?"

"그, 저기, 둘 다?"

"당연히 둘 다 괜찮죠."

싱긋 웃으며 애니가 시원스럽게 대답했다. 그러면 왜 카를은 한 번도 다른 사람과 마주친 적이 없는 걸까?

'하델의 말이 사실인 건가.'

서로 불편하다고……. 난 용기를 내서 애니에게 질문을 던졌다.

"애니."

"네."

"선생님에게 들었는데, 카스티엘로 공작가 사람과 마주치면 불쾌하다고……."

"어머? 그런 이야기까지 하셨어요?"

"어? 으응."

괜히 이야기를 꺼냈나? 하는데 애니가 가볍게 웃고 내 손을 잡아오며 말했다.

"불쾌하다기보다는……."

갸웃하던 애니가 날 힐끗 돌아보고 웃어 주며 말했다.

"조금 두렵지요."

"두려워?"

"네. 마치 거대한 맹수를 눈앞에 두고 있는 것 같은 기분이에요."

"그렇구나……."

하델의 말이 맞았다. 하지만 난 한 번도 그런 기분을 느껴 본 적이 없는데…….

애니와 방으로 돌아가 새로 옷을 갈아입고 있는데 누군가가 문을 두들겼다.

"공작 전하께서 오십니다."

"알았어요."

애니가 손놀림을 더 빠르게 하며 대답했다. 꽉 하고 마지막으로 등의 리본이 꽉 잡아 당겨지는 걸 느끼며 난 숨을 삼켰다. 등이 꼿꼿하게 쭉 펴졌다.

그날 이후 처음으로 공작의 얼굴을 보는 것이다.

"얼른 오세요, 아가씨."

애니가 재촉하며 내 손을 잡고 빠르게 걸었다. 현관으로 나가니, 이미 모든 고용인들이 현관 앞에 도열해 있었는데 그야말로 장관이었다.

그 가운데에 카를이 서 있었다. 애니가 내 등을 밀었다.

'어? 어?'

한두 걸음 나가다가 쭈뼛거리고 서 있자 카를의 바로 뒤에 서 있던 켈 슨이 "이리 오십시오, 아가씨." 하고 손짓했다.

나 여기 서도 되는 건가?

'그냥 저쪽 사람들 사이에 섞여서 서 있고 싶어…….'

힘겹게 한두 걸음 옮겨서 카를의 옆에 나란히 서자 카를이 내 어깨를 가볍게 툭툭 쳤다. 올려다보니 그는 날 보고 있지 않았지만, 그 나름대 로의 격려라고 생각하니 힘이 났다. 적어도 내 편이 한 명은 있는 거니 까……!

고개를 들어 정면을 보니 저 멀리 입구 쪽에서 달려오는 마차가 보였 다. 마차 앞뒤로 기사들이 깃발을 들고 정연하게 간격을 맞춰 함께 달리 고 있었다.

삼각 깃발이 펄럭일 때마다 거기에 그려진 붉은 눈의 검은 용이 살아 있는 것처럼 움직였다.

'용……이 아닌가?'

눈을 가늘게 뜨고 바라보니 점점 뚜렷하게 보였다.

'아, 날개 달린 흑표범이구나!'

깨달았을 때는 이미 마차가 눈앞에 와 있었다. 새까만 검은색 마차의 문을, 말에서 내린 기사가 열자 공작이 성큼 걸어 나왔다.

"어서 오십시오, 공작 전하."

켈슨이 뒤에서 말하자 모든 고용인들이 함께 말했다

"어서 오십시오."

거기에 깜짝 놀라 움찔하며 나도 인사해야 하나? 하고 당혹하다가 타이밍을 놓쳐 버렸다. 공작이 걸어오자 카를이 인사했다.

"어서 오십시오, 아버님."

그제야 놓칠세라 얼른 나도 인사했다.

"아, 안녕하세요, 공작님."

치맛자락을 잡고 인사하고서 난 힐끗 그를 올려다보았다. 공작이 날 빤히 바라보고 있었다.

'어……?'

뭐지?

역시 화가 나신 걸까? 친딸도 아닌데 뻔뻔하게 나와 있어서? 아니면 인사를 잘못한 건가? 뭐지? 뭐지?

너무 긴장이 돼서 손끝이 떨렸다. 이마에 식은땀이 맺히는 게 느껴졌다.

"제대로 먹고는 있는 건가?"

"……네?"

나도 모르게 되묻자 그가 날 빤히 보며 다시 말했다.

"식사는 제대로 하고 있는 건가?"

그 말에 난 입을 벌렸다.

'카를이랑 똑같은 질문!'

왠지 웃음이 픽 하고 터질 것 같아 황급히 고개를 숙이며 대답했다.

"네, 잘 먹고 있어요."

번쩍.

갑자기 몸이 들어 올려져 난 비명이 나오려는 것을 삼켰다. 양 옆구리를 붙잡고 날 들어 올린 그가 "너무 가벼운데……." 하고 눈을 찌푸렸다.

"공작님, 아가씨께서 놀라십니다."

뒤에서 켈슨이 조용히 말했다. 그런데 왠지, 즐거워하는 어조다.

공작의 빨간 눈이 "그런가?" 하고 날 뚫어져라 바라본다. 나 역시 그의 눈을 마주 보았다. 이렇게 보니 정말로 카를과 눈 색이 똑같았다.

아름다운 루비 색.

붉은빛이 흐려서 물 빠진 듯한 내 눈이랑은 비교도 안 되는 순도였다.

시, 싱긋.

너무 뚫어져라 바라보아 한 번 웃어 보이자 공작은 그대로 날 안아 들고 걷기 시작했다.

어, 어라?

이래도 괜찮은 건가요? 네?

바로 옆에 친아들이 있는데 인사도 제대로 안 했다고요?

내 당황 따위 당연히 아랑곳하지 않고 공작은 성큼성큼 걸어 성 안으로 들어갔다.

"생활은?"

"네?"

"성의 생활은 괜찮은가?"

"네, 네! 모두 잘해 주서서……."

"정말로 잘 먹고 있는 거 맞아?"

흔들흔들.

공작이 다시 날 허공에 들더니 몇 번 흔들었다.

"꺅?! 으? 네, 잘 먹고 있어요오~"

"공작님! 아가씨는 약하시니까―"

언제 따라왔는지 켈슨이 옆에서 주의를 주었다. 그 말에 공작이 "아." 하고 다시 조심스럽게 날 안아 들었다. 머리가 어질어질했다.

뒤에서 쿡쿡 웃는 소리가 나서 바라보니 공작의 뒤를 따라오던 기사가 나와 눈을 마주치고 생글 웃어 보였다.

나도 모르게 꾸벅 인사하니 그가 다시 웃었다.

이제 보니, 그뿐 아니라 뒤쪽의 다른 기사들 역시 왜인지는 모를 흐뭇한 얼굴로 날 바라보고 있어서 당황해 난 고개를 돌렸다.

금방, 자신의 방으로 들어간 공작은 날 안은 채로 커다란 소파 위에 앉았다. 졸지에 그의 무릎 위에 앉게 되어 어쩔 줄 모르고 있는데 맞은편에 카를이 앉고 그 뒤에 켈슨이 섰다. 따라 들어온 기사들은 각각 문 앞과 창문 앞, 소파 뒤 등 각자 정해진 자리가 있는 듯 제자리에 가서 섰다. 켈슨이 물었다.

"수도는 어떠셨습니까?"

"여전하지. 귀찮은 날파리 같은 것들이 윙윙 시끄럽게 굴지 않나⋯⋯."

나른한 목소리로 공작이 대답했다.

"후작들이야 여전하겠고, 마탑은 어떤가요?"

"지들이 뭘 어쩔 건데?"

"아가씨에 대해서는 아직 발설되지 않은 것 같군요."

"그래 봐야⋯⋯."

공작은 뒷말을 끌다가 말했다.

"두 달 뒤에 사냥 연회를 연다고 하더군."

"참 놀기 좋아하는 폐하시군요."

"놀기만 좋아하면 좋겠지."

"그럼 그때 정식으로 아가씨를?"

"그러는 편이 낫겠지. 그래서 말인데, 에스텔."

모르는 이야기를 나누는 걸 듣다가 갑자기 이름이 불려 화들짝 놀랐다.

"네?"

"한 놈 골라라."

"네?"

"네 호위가 될 사람. 여기 있는 녀석들은 다 괜찮은 놈들이니까."

그 말에 당황해 난 기사들을 둘러보았다가 작게 말했다.

"그…… 없어도 괜찮을 것 같은데요……."

호위라니, 이 저택 안에서만 있는데 무슨 호위란 말인가.

"아니, 필요해."

카를이 딱 잘라 말해 난 그를 보았다가 켈슨을 보았다가 말했다.

"왜 필요한데요?"

"카스티엘로니까."

머리 위에서 목소리가 들렸다. 그 말에 눈을 동그랗게 뜨고 공작을 보자 그가 한숨을 내쉬고 말했다.

"적이 많아. 적도 많은데, 넌 카스티엘로답지 않게 튼튼하지도 않지, 둔하지, 회복도 느리지. 그러니까 호위를 붙이는 수밖에."

"잠깐만요, 공작 전하. 그렇게 말씀하시면 아가씨께서 상처 받으시잖습니까?"

켈슨이 놀라 허둥지둥 설명을 이었다.

"아가씨가 뭔가 모자라거나 부족하다는 이야기가 아닙니다. 그게 아니라, 아가씨는 보통 사람들과 똑같으시답니다. 저 부자가 지. 나. 치.

게. 튼튼한 겁니다. 카스티엘로는 유일한 공작가라 적이 많습니다. 물론 적을 줄이려는 노력을 전혀 안 하는 공작들의 언행도 한몫하지만요."

하하 웃는데 목소리는 차갑다.

"불만 있으면 덤비면 되잖아, 덤비면."

공작이 작게 중얼거리자 켈슨이 "바로 저런 태도입니다." 하고 말하고 미소 지으며 나에게 덧붙였다.

"그러니 아가씨에게는 호위가 필요합니다. 앞으로 더 알게 되시겠지만, 적은 귀족들만이 아니니까요."

툭.

눈물이 뺨을 타고 흘러내렸다.

"아가씨? 괜찮아요, 겁먹지 않으셔도 됩니다!"

켈슨이 놀라 부랴부랴 나에게 손수건을 건네며 달랬다. 공작 역시 놀랐는지 몸이 경직된 게 느껴졌다.

'뭐라도 좀 해 보세요!'

켈슨이 공작에게 작게 속삭이자 뻣뻣한 손이 내 어깨를 툭툭 두들겼다.

'그게 뭡니까! 좀 더! 다정하게!'

켈슨이 다시 속삭였다. 난 참지 못하고 휙 몸을 돌려 공작을 보았다. 그의 얼굴에 곤혹스러움이 가득했다.

"저, 읏, 그럼 진짜, 이 집 아이예요?"

"뭐⋯⋯?"

"저, 정말로 저, 진짜, 여기 있어도― 흑―"

"당연히 내 딸이지."

그가 살짝 눈을 찌푸리며 답했다. 조금 어처구니없다는 느낌까지 드는 어투였지만 그걸로 단숨에 안심이 되어 난 그의 목에 매달렸다.

"흐아앙―!"

울음을 터트리며 난 공작의 품으로 파고들었다.

정말로 난 이 집 아이인 것이다.

여기 있어도 되는 것이다.

아버지가 있고, 오빠가 있고, 가족이 있는 것이다.

혼자가 아니야.

엄청난 안도가 파도처럼 밀려들어 왔다.

'다행이다, 다행이다, 다행이다.'

생각보다도 훨씬, 가족이 없다는 것을 무서워하고 있었나 보다. 사랑하고 사랑받을 수 있는 사람이 있다는 것만으로도 눈물이 주룩주룩 흘렀다.

한참 울다 보니 내 등을 토닥토닥해 주는 손길이 느껴졌다. 고개를 드니 공작이 날 내려다보고 웃었다.

"토끼네."

"죄, 죄송해요."

정신이 들자 퍼뜩, 모든 사람 앞에서 그에게 안겨 울었다는 사실이 떠올랐다. 당황해 켈슨이 아까 넘겨준 손수건으로 내 눈물 콧물에 젖은 공작의 어깨를 열심히 문질러 닦자 그가 내 손목을 잡아 저지했다.

"일단 얼굴을 먼저 닦아. 아니, 아니, 이걸로."

그가 새 손수건을 건네주었다. 얼굴이 화끈거려서 고개를 들 수가 없었다. 얼굴을 닦아 내자 공작이 한숨처럼 말했다.

"왜 그런 생각을 한 거지? 난 아무 곳에나 2만 골드를 쏟아붓는 바보가 아냐."

"아니, 일단 거기서부터 문제가 발생한 거라고 생각합니다만……."

소파 뒤에 서 있던 기사가 피식피식 웃는 얼굴로 말했다. 공작이―아니 아, 아, 아빠가……― 눈을 찌푸렸다.

"왜?"

"그야, '널 이만 골드 주고 산다.'라고 말하고는 저택에 처박아 둔 채, 한 달 내내 얼굴도 보여 주지 않고, 딸이라고 공표해 주지도 않으면 보통 그렇게 생각하지 않나요?"

"빨간 눈이잖아?"

아빠가 황당해하자 기사가 여전히 웃으며 대답했다.

"아가씨의 환경을 생각해 볼 때, 몰랐을 가능성이 높은 것 같은걸요."

켈슨 역시 그제야 "아." 하는 작은 소리를 냈다. 기사가 나와 눈을 마주치고 웃으며 말했다.

"아가씨, 붉은 계통의 눈을 가진 인간은 없습니다. 카스티엘로 공작가와 '섞이지' 않는 이상요. 그러니 아가씨의 아름다운 분홍색 눈동자도, 아가씨가 카스티엘로 가문의 아이라는 증거랍니다."

"하지만, 완전히 빨간색 눈이어야 한다고……."

"보통은 그렇지."

아빠가 내 어깨를 붙잡아 자신을 보게 하고 말했다.

"하지만 드물게 너처럼 '섞인' 아이가 태어나. 그럼 보통 카스티엘로보다 열 배는 더 위험하니까……. 하여간 넌 내 딸 맞아."

선언하듯 말해서 난 고개를 끄덕이고 헤헤 웃어 보였다.

"하여간 바보라니까."

카를이―오빠가 작게 중얼거렸다.

"오해가 풀려서 다행이군요, 아가씨."

켈슨이 감동적인 영화 한 편을 본 것 같은 뿌듯한 얼굴을 하고 나에게 말했다.

"그럼 고르시죠."

"고르라니……"

"호위 말야. 너도 취향이라는 게 있을 거 아냐."

아빠가 손가락으로 기사들을 가리키며 말했다. 아빠나 오빠나, 저런 식으로 툭툭 뱉는 게 원래의, 악의 없는 말투인 것 같았다.

나는 쭈뼛쭈뼛 망설이다가,

"그럼 저분으로 할게요……"

하고 방금 나에게 말을 걸어 준 기사님을 바라보았다. 내 선택에 그는 놀란 얼굴을 했다. 정말로 뜻밖이라는 표정이었지만, 그건 곧 사라졌다.

"에멜."

아빠가 손가락을 까닥하자 기사님이 소파 뒤에서 앞으로 나와 한쪽 무릎을 꿇고 앉았다.

"일단 너다."

"존의."

에멜이 대답하고 날 바라보며 말했다.

"에멜 아스트라다라고 합니다, 아가씨. 잘 부탁드립니다."

"에, 에스텔 카스티……엘로예요. 잘 부탁드려요."

"좀 더 씩씩하게 말해. 내 딸 맞으니까."

머리를 꾹꾹 누르며 아빠가 말해서 난 재빨리 큰 소리로 말했다.

"에스텔 카스티엘로예요!"

내 말에 에멜이 웃고 "네, 잘 부탁드려요, 아가씨." 하고 대답했다. 에멜은 캐러멜 색 눈동자와 캐러멜 색 머리카락을 가졌는데 그만큼이나 상냥하게 웃었다. 그리고 여기 있는 기사 중에 가장 어려 보였다. 내가 이제 일어나야 하는 걸까, 하고 슬그머니 엉덩이를 드는데 아빠가 내 허리를 잡은 손에 힘을 주었다.

"?"

의아해하며 아빠를 돌아보자 날 바라보지도 않고 있지만 확실하게 내가 일어나지 못하게 막고 있다. 갸웃하며 그대로 슬그머니 아빠의 가슴에 등을 기대자 그제야 손의 힘이 빠진다.

'헤헤.'

옆에 있어도 괜찮아, 라고 말해 주는 건 기쁘다.

난 싱글싱글 웃으며 마음 편하게 아빠의 품에 안겨 카를을 바라보았다. 카를의 빨간 눈이 날 보는데 왠지 못마땅한 얼굴이었다.

'앗, 이거 설마 굴러온 돌이 박힌 돌을! 이라는 상황인가?'

난 갑자기 안절부절못한 기분이 되었다.

지금은 내가 이렇게 아빠의 무릎 위에 앉아 있지만 원래는 카를—오빠가 그랬을지도 모른다.

카를이 사실은 이 자리에 앉았다든가.

아빠, 하고 부르면서 애교를 피운다든가.

'뭔가 안 어울리기는 하지만 편견이지.'

그랬는데 갑자기 어디서 굴러들어 온, 사생아 동생이 생겨서는 떡하니 자기 자리를 차지하고 있으니…….

'나 진짜 나쁜 애잖아?!'

갑자기 깨달음이 찾아와 어쩌면 좋지? 하고 고민하는데 머리 위에서 아빠의 목소리가 들려왔다.

"사냥 대회라고 하기는 해도 목적이야 뻔하지."

"뻔하죠."

"왜 그 새끼는 이렇게 들척지근하게 달라붙는 거지? 데고로(남색가)인가?"

'데고로(남색가)?'

모르는 단어가 나와서 난 얼른 암기했다. 나중에 선생님에게 물어봐야지.

"공작님!"

켈슨이 목소리를 높이자 아빠가 심드렁하니 말했다.

"왜? 못 할 소리 한 것도 아닌데."

"못 할 소리입니다! 불경죄라고요!"

"우리끼리잖아?"

"안에서 새는 바가지는 밖에서도 샌다는 말이 있습니다."

"그렇게 허술해 보여?"

"그런 말이 아니죠. 인간인 이상, 실수는 반드시 한다는 말입니다."

"그러니까 그런 인간이 아니라고. 하여간 어떻게든 영지에서 불러내려고 지랄이야."

"……공작님, 아가씨가 지금 품에 계십니다만."

그 말에 아빠가 날 내려다보아서 난 방긋 웃어 보였다.

"……."

아빠가 내 양 옆구리를 붙잡고 잠시 망설이다가 번쩍 들어 소파 아래에 내려놓으며 말했다.

"네 방으로 가."

"네."

얌전하게 고개를 끄덕이고 난 커다란 아빠의 집무실을 나왔다. 돌아보니 카를이 슬쩍 손가락을 흔들어 인사를 해서 난 활짝 웃고 종종 뛰어 복도로 나왔다.

"뛰지 마세요, 아가씨."

뒤에서 부드러운 목소리가 들려 난 고개를 돌렸다.

"안녕하세요."

다시 인사.

"안녕하세요."

에멜 역시 다시 인사했다. 뭐라고 불러야 하는 걸까?

"기사님은—"

"그냥 에멜이라고 부르시면 됩니다. 음, 뭐랄까요. 카스티엘로에게 기사님이라는 호칭을 듣는 것도 생각보다 나쁘지는 않네요."

하핫 웃으며 에멜이 말을 덧붙였다.

'어라?'

그냥 상냥한 사람이라고만 생각했는데, 그것만은 아닌가 보다.

"에멜 님은 그럼 저랑 계속 같이 있는 거예요?"

"네, 어지간한 장소가 아닌 이상은 계속 붙어 있을 겁니다. 불편하시겠지만 참아 주세요."

"그렇군요."

호위 기사라니, 역시 실감이 나지 않았다.

'적이 많은 가문……인가?'

"에멜 님."

"네."

"언제부터 아빠와 함께 일했어요?"

"일……."

에멜은 재미있다는 듯 눈을 깜박거리고 말했다.

"5년쯤 됐군요."

"그렇게나요?"

에멜은 아무리 봐도 10대 후반으로밖에 보이지 않는데?

"열셋에 늑대에 들어왔으니까요."

"늑대요……?"

"아, 정식 명칭은 검은 늑대기사단이지만요, 저희끼리는 줄여서 부릅니다. 공작가의 기사단이에요."

"그렇군요."

열셋부터 기사 일이라니…….

'나도 2년만 지나면 일해야 하는 걸까? 아니 그런데 무슨 일을 하지?'

이곳에 대해서 모르는 것이 아직도 너무 많다.

난 복도 벽에 등을 기대고 섰다. 에멜이 의아해져서 물었다.

"방으로 돌아가지 않으실 건가요?"

"카를이 나올 때까지 기다리려고요."

이야기를 해서, 절대로 난 오빠 자리를 빼앗을 생각이 아니었다고 납득시켜야지.

그가 원한다면 난 얼마든지 물러나 줄 수 있다. 그냥 여기에 머물 수 있다는 것만으로도 행복하니까.

"……사이가 좋으시군요."

에멜이 캐러멜 색 눈을 깜박이며 놀랍다는 듯 중얼거렸다.

"과연 카스티엘로는 카스티엘로라는 걸까요."

"……?"

"이렇게 보면 전혀 아니지만요."

에멜이 날 보고 웃었다.

"저, 카스티엘로는 왜 적이 많아요?"

"원래 가진 게 많은 데다가 성격도 나쁜 사람은 적을 많이 만들기 마련이죠."

아, 하긴 하델도 그랬었지. 하나밖에 없는 공작가라고.

거기다가 아빠의 성격 역시…… 잠깐의 만남이지만 솔직하면 솔직했지 돌려서 이야기하는 정치적인 스킬을 가지고 있을 것 같지 않다.

물론 여기는 가족끼리의 모임과 다름없고, 또 밖에 나가서는 다를지도 모르지만…….

'……'

역시 상상이 안 돼.

'반짝반짝하게 웃으면서 검은 속을 품고 입으로는 꿀 발린 소리를 내는 아빠는 상상이 안 가. 아냐, 아니지. 이건 편견이야, 에스텔 카스티엘로. 그래도 공작이잖아. 역시 정치적 스킬은 상당하겠지. 분명히 줄줄 달콤한 소리를 늘어놓으실 수 있을 거야.'

"아가씨?"

"네, 넷!"

"너무 걱정하지 않으셔도 됩니다. 아가씨의 신변에 이상이 생기지 않도록 힘낼 테니까요."

에멜의 말에 난 고개를 저었다.

"아뇨, 걱정되지는 않아요. 솔직히 말하면 실감나지 않는걸요."

지금까지 평화롭게 지내왔다.

목숨의 위협이라면 저택이 아니라 친어머니와 함께 지낼 때 더 느꼈다. 거기에 비하면 이곳은 안락, 그 자체였다.

"굶어 죽거나, 얼어 죽거나, 맞아 죽거나, 물에, 잠겨, 서……."

물에,

물속에 잠겨서,

상자 속을 차오르는 물에—

"아가씨?"

에멜이 나직하게 날 불러 가볍게 숨을 삼키고 정신을 차렸다.

"그, 그러지 않을 테니까요. 안전하죠."

에멜이 불안한 얼굴로 날 보았다.

"지금까지 대체……."

"음, 좀 힘들기는 했지만, 아마 그 동네 애들은 다 비슷할 거라고 생각하고— 그에 비하면 전 아빠가 맡아 주신 거니까 행운아예요. 괜찮아요."

활짝 웃으며 말하자 에멜이 날 빤히 보다가 쿡 내 뺨을 찔렀다.

"에멜 님?"

깜짝 놀라 뺨을 누르며 말하자 그가 손을 거두며 멋쩍은 표정을 지었다.

"아뇨, 저도 모르게 그만……."

이거 좀 위험한데요, 하고 그가 중얼거리는데 문이 열렸다.

"뭐하고 있어?"

"카를."

난 후다닥 그의 앞으로 달려갔다. 내 말에 그가 다시 눈을 찌푸리고 내 이마를 툭 치며 말했다.

"제대로 된 호칭으로 부르라고 했지."

"아—"

난 머뭇머뭇하다가 말했다.

"뭐라고 불러야 해?"

오빠나 아빠라고, 한국어로는 알고 있지만, 이곳 언어로는 제대로 들어 본 적이 없다. 카를은 내 질문에 잠시 내 눈을 들여다보다가 말했다.

"오라버니 그리고 아버님은, 아빠라고 부르면 되고."

오라버니, 아빠.

입안으로 몇 번 되뇌고 난 그를 불렀다.

"오라버니."

"왜?"

"그, 저기……."

치맛자락을 움켜쥐며 난 힐끔힐끔 오라버니의 눈치를 살폈다.

나에게 화나 있는 건 아닐까?

"말을 해야 알지."

그가 재촉해서 간신히 입이 열렸다.

"저기 나 오라버니가 먼저라도 상관없으니까."

"뭐?"

"아빠의 무릎 위에 앉는 거나, 같이 있는 거나, 그런 거 꼭 동생이라고 양보해 주지 않아도 되는—"

"푸홉—"

에멜이 이상한 소리를 내었다가 오라버니가 노려보자 헛기침을 했다. 묘하게 어깨가 떨리고 있는 것 같다. 카를이 손을 뻗어 내 머리를 잡고 이리저리 흔들었다.

"너 그러니까 나보고 아버님에게 '아빠' 하고 부르면서 무릎에 앉아 이 것저것 재잘재잘 떠들라는 말이야?"

"크홉—"

다시 에멜이 이상한 소리를 냈다.

"오, 오라버니. 머리 망가져—"

당황해 팔을 뻗어 버둥거렸지만 카를과 나의 팔 길이 차이는 상당해서 닿지 않았다.

"바보냐."

그가 손을 놓고 허리를 숙여 나와 눈을 마주쳤다.

"그런 건 너나 해."

내뱉듯이 말하면서도 어딘지 빨간 눈은 다정하다.

'아, 오빠랑 아빠랑 판박이라고 생각했는데 아니네.'

이렇게 보니 생김새도 그렇고, 눈의 빛깔도 묘하게 다르다.

"헤헤."

난 웃으며 오라버니의 손을 잡고 찰싹 그의 팔에 달라붙었다.

"오라버니."

"왜?"

"오라버니다, 오라버니."

"계속 눈치도 못 채고, 하여간 바보라니까."

"잠깐, 내가 고민하는 거 알고 있었던 거예요?"

"당연하지?"

"알면 말해 주면 좋았을걸!"

그렇다면 이렇게 고민하지 않아도 되잖아? 오라버니가 날 힐끗 내려다보고 말했다.

"내가 말하는 것보다 카스티엘로 공작의 선언이 더 낫잖아?"

"아니에요! 오라버니가─ 카를이 말해 줬어도 믿었을 텐데!"

"그래?"

"네. 진작 말해 줬으면 그렇게 고민하지 않았었을 텐데요."

"그럼 미안."

순순히 사과해서 놀라 고개를 들자 카를이 피식 웃었다가 덧붙였다.

"에멜이랑 떨어지지 마."

그의 말에 난 의아해하면서도 고개를 끄덕였다.

"너 진짜 약해 빠져서……."

카를이 푹 한숨을 내쉬었다.

"나무에 좀 긁혔다고 열나지 않나, 식물 독이 통한다니, 놀랐다, 진짜. 식물 독이잖아, 식물 독. 방울뱀이라면 며칠 앓는 게 이해가 가. 그것도 아니고. 게다가 긁힌 게 며칠이나 가지 않나, 좀 딱딱한 구두를 신었다고 쩔뚝거리지 않나, 게다가 그 나이에 너무 작은 거 아냐?"

"카를 도련님, 그게 '보통'입니다. 물론 아가씨는 좀 더 크셔야 하겠지만요."

"역시 너무 작은 거 맞잖아?"

"하지만 금방 자라실 거예요. 카스티엘로니까요."

에멜이 싱긋 웃으며 말했다.

오라버니의 이야기에 눈을 휘둥그레 떴던 나는 에멜의 말에 얼른 고개를 끄덕였다.

'맞아, 맞아. 앞으로 열심히 먹고 쑥쑥 자랄 거예요.'

"일단 아가씨는 '섞인' 쪽이니까요."

섞였다.

왠지 아까부터 계속 저 이야기가 나오지 않아?

'이것도 나중에 하델에게 물어봐야겠네.'

에멜의 말에 카를은 작게 한숨을 내쉬었다. 그가 내 뺨을 쓰다듬었다가 손을 내렸다.

"손이 많이 가는 동생이야."

"좋으시면서— 큭!"

카를이 퍽 하고 그의 정강이를 걷어차 에멜은 신음을 내뱉었다.

"요즘 기사들은 정강이가 튼튼한가 보네."

"아하하……."

에멜이 식은땀을 흘리며 웃었다. 카를은 못마땅한 표정으로 그를 바라보았다.

"너도 어지간히 개기지."

"충성스러운 기사에게 무슨 말씀을?"

"그딴 식으로 대꾸를 하는 놈은 너뿐이니까."

난 둘의 대화를 흘려들으며 내 키를 가늠해 보았다. 아직 오라버니의 키는 에멜의 명치 정도지만, 아빠의 키를 생각하면 금방 훌쩍 크지 않을까.

'그리고 난 에멜의 허리…….'

분발해야겠다.

"아!"

큰 소리를 내자 오라버니도 에멜도 날 돌아보았다. 내가 오라버니에게 눈을 반짝이며 말했다.

"말!"

"어?"

"말 태워 주기로 했잖아요."

"아, 맞다."

"산책시켜 준다고 그랬잖아요."

"그래. 너 그만 웃어."

나에게 대답하고 뒤쪽을 보며 오라버니가 눈을 팍 찡그리자 뒤에서 에멜의 대답이 빠르게 돌아왔다.

"넵."

내가 의아해져서 에멜을 돌아보자 그는 아까처럼 상냥하게 내게 미소 지어 보였다. 카를이 혀를 찼다.

"왜 하필 골라도 이놈이야?"

그러며 그는 내 손을 잡아끌었다. 오라버니의 손을 잡고 마구간까지 따라간 나는 감탄했다.

'말, 진짜 크다……!'

이렇게나 큰 줄은 몰랐는데……. 말구종이 안장을 씌우고 재갈을 물리는 동안 에멜이 카를에게 말했다.

"말에서 떨어지면 아가씨는 죽을지도 모릅니다."

"뭐?"

"팔다리가 부러질 수도 있습니다."

"뭐어?"

"잘못하면 사지 중 하나를 못 쓰는 상태가!"

"아니, 말에서 떨어진다고 그렇게 되나."

"아가씨는 보통이니까요."

"……."

오라버니가 떨떠름하게 날 바라보았다. 난 입을 내밀었다.

"태워 주기로 약속했잖아요."

"떨어지지만 않으면 되는 거니까요."

"정말이지."

카를은 한숨을 내쉬고 말했다.

"잠깐만 도는 거야."

"네!"

"말을 좋아하시면 다음에는 공작님께 조랑말이라도 사 달라고 졸라보시죠."

"조랑말?"

"아가씨도 말 타는 법을 배울 수 있는, 작은 말이랍니다."

"우와―"

감탄하는데 말구종이 말을 끌고 나왔다. 오라버니가 먼저 말에 올라타자 에멜이 날 들어 올려 오라버니의 앞에 앉혀 주었다.

'높다!'

보이는 시야가 완전히 다르니 모든 게 새로웠다. 카를이 말을 출발시키자 기대감으로 가슴이 꽉 차서 터질 것 같았다.

계속 저택에만 있었고, 바깥의 정원에서 길을 잃을 뻔한 후에는 저택 안 정원에만 있었어서 이렇게 나가는 게 너무 즐겁게 느껴졌다.

마구간을 벗어나고 밖으로 나간 지 얼마 되지 않아 속도가 올라간다 싶더니—

"꺅?!"

엉덩이가 마구 들썩거리기 시작했다. 위아래, 위아래, 쿵쿵 엉덩이를 찧으며 움직이자 카를이 웃음을 터트렸다. 그가 날 붙잡지 않았다면 진즉에 나가 떨어졌을 거다.

"아, 안 되겠네. 평보만 해야겠는데."

그가 다시 속력을 늦추자 제대로 앉아 있을 수 있었다.

"바, 방금 그건 뭐였어요?"

"구보(trot). 그리고 보통 달린다고 하면 습보(gallop)지."

말이 확 속력을 높였다.

"힉?!"

물결치듯 말이 달리기 시작했다. 아까와 달리 위아래의 흔들림은 매우 적었다. 얼굴에 쏟아지는 바람에 난 눈을 가늘게 떴다. 등에 바싹 카를이 붙어온 게 느껴졌다. 그가 다시 허리를 펴자 말은 속도를 줄이고 다시 구보로, 다시 평보로 돌아왔다.

"말…… 진짜 멋져요……."

내가 중얼거리자 카를이 웃는 게 등을 통해서 느껴졌다.

"마지막으로 속보(canter)."

구보와 습보의 중간 사이인 듯한 달리기였다.

다그닥다그닥.

익숙한 세 박자의 발굽 소리가 들렸다. 카를이 말을 느리게 걷게 한 뒤 말했다.

"그러면, 전에 못 갔던 곳까지 가 볼까?"

"네?"

"다리 말야."

"아! 좋아요."

느긋하게 말을 달리며 난 이곳저곳을 살폈다. 높은 곳—말 위에서 보니까 새삼 다시 느낀 건데…….

"주변에 아무것도 없네요……."

"어?"

"사방을 둘러봐도 숲이랑 들밖에 안 보이니까요."

"아, 저택이 좀 넓으니까."

"네?"

"대문을 나가면 그래도 마을이 있어."

"네?"

"일단 영지민이 있어야지 돈을 받잖아."

"그, 그러면 여기가 다 저택의 일부란 말이에요?!"

"그렇지."

"엄청나다……."

그동안 숲 속에 저택이 지어져 있는 거라고 생각했었는데…… 이게 전부 저택이란 말이지?

"완전히 벽으로 나눠져서 경계가 있는 건 아니지만, 대충 구역선은 있고, 그 선을 따라서 경비병들이 순찰을 다니니까."

'전혀 몰랐어. 생각해 보니 기사단도 있고, 사병의 수도 꽤 되는 거잖아? 그러면서 유일한 공작. 게다가 초대 황제의 핏줄……. 이거 상당히 위험한 거 아닌가? 황제 측에서는 눈엣가시로 느껴질 것 같은데……. 무력과 재력, 양쪽을 가지고 있는 데다가 혈통도 좋아.'

괜찮은 건가, 카스티엘로…….

"자, 도착했다."

카를이 말을 멈췄다.

벌써?!

그때는 그렇게 고생을 하고도 도착할 수 없었는데!

'말 대단해.'

다시 감탄하는데 어느새 왔는지 에멜이 다가와 날 말에서 내려주었다. 카를이 이어 내려왔다. 난 내리자마자 얼른 물가로 다가갔다.

'투명하다―'

시내의 폭은 3m 정도 되어 보였다. 생각보다 꽤 깊어 보였지만 물이 투명해서 바닥이 다 비쳐 보였다.

'어라?'

뭔가가 돌 표면에 반짝였다. 손을 뻗어 젖은 돌을 집어 들자 확실히 얼룩덜룩한 돌에 반짝이는 유리 같은 게 박혀 있었다.

"이게 뭐지?"

이리저리 들여다보니 반짝반짝한 게 여기저기 박혀 있었다.

"광산 찌꺼기야."

"네?"

카를이 옆에 서서 물가의 돌을 하나 더 꺼내 들며 말했다.

"정령석 광산이 저 위에 있거든. 이 근처는 다 정령석 산지라서 이렇게, 돌에 정령석이 박혀 있는 게 나오는 거지."

"정령석?"

"자연의 힘이 비정상적으로 집약돼서 만들어지는 거랍니다. 여기저기 마법 용품을 만드는 데에도 사용되고, 무엇보다도 오러를 증폭, 안정시키는 데 사용되지요."

에멜이 자신의 검을 살짝 보여 주었다. 검 손잡이에 박힌 파란색 보석 안쪽이 마치 물속에 비친 햇빛처럼 끊임없이 일렁이는 게 보였다.

"예쁘다……."

"예쁘고 비싸죠. 광산이 카스티엘로 공작가의 소유물이긴 하지만 판매는 엄격하게 황실에서 관리하고 있습니다."

"비싼데 이렇게 굴러다녀도 되는 거예요?"

"일정 크기 이상이 되지 않으면, 힘이 깃들지 않거든요."

"그렇군요."

"하지만 다음에 밤에 와서 보면, 볼만하니까."

카를이 그렇게 말하며 돌을 도로 물속으로 던졌다.

"밤 외출은 자제를 부탁드립니다."

에멜이 작게 소곤거렸다. 난 킥킥 웃고 물가에 앉아 손으로 물을 떠 보았다.

'마셔도 될 것 같은걸.'

찰박찰박.

손으로 물을 몇 번 튕겨 보고 자리에서 일어나 다리를 보았다. 아치형의 돌다리는 새까만 색이었다. 보통 이런 다리는 회색이지 않나? 현무암으로 만든 것처럼 까만색의 돌다리에 올라가 내가 물었다.

"그럼 여기서 영지 밖까지 얼마나 걸려요?"

"말로 30분 정도 더 가면 됩니다."

에멜의 말에 난 입을 다물었다.

'진짜 부자구나…….'

왠지 실감이 나지 않아.

"그만 돌아가자."

오라버니가 불러 난 얼른 돌다리에서 내려왔다. 사실은 이 주변 구경 보다도 말을 타는 게 더 신기하고 즐거웠다.

"제가 아가씨를 태울까요?"

에멜이 오라버니에게 물었다. 카를이 눈을 가늘게 뜨더니,

"얼른 올리기나 해."

하고 말해 에멜이 웃고 날 카를의 말에 올려주었다.

"저, 오라버니."

"왜?"

"불편하지 않아요?"

"불편하면 진즉에 널 에멜에게 맡겼겠지."

"헤헤."

실없이 웃고, 난 정면을 바라보았다.

'오늘이 세상에서 가장 행복한 날이야.'

저절로 콧노래가 나오는 걸 누르고 느긋하게 승마를 즐겼다.

Chapter 2.

하델은 내 질문을 성의 있는 얼굴—어떤 얼굴인지 묻지 마라—로 듣고는 답했다.

"일단 카스티엘로는 황제가 될 수 없습니다."

"왜요?"

"마족을 황제로 세우는 나라는 없죠."

"마족이 아니잖아요?"

"물론 아닙니다만, 인식은 그렇게 박혀 있으니까요."

"흐음……."

"하지만 아가씨는 다르죠."

"네?"

하델의, 검은빛이 도는 갈색 눈동자가 날 빤히 보았다.

"아가씨는 황제가 되실 수 있겠죠."

"네?"

"아가씨는 인간이니까요."

"네?"

"'섞였다'라는 게 중요한 건 그것 때문입니다."

"……저는 황제 같은 거 안 하고 싶은데요."

"저도 굳이 될 필요 있나, 생각합니다."

하델이 '황제'라는 게 대수롭지 않은 것인 양 말하고는 덧붙였다.

"하지만 황위를 위해서는 불타는 집에 짚을 지고 뛰어들어도 좋을 정도로, 그걸 원하는 사람들도 많거든요. 그 사람들은 아가씨도, 저도 이해하지 못하겠죠."

"저도 그 사람들을 이해하지 못할 것 같은데요."

황제를 하면 좋은가?

"최고의 권력자라는 건, 어쨌든 매력적인 자리니까요."

하델이 싱긋 웃었다. 그의 눈매가 서늘해서 난 잠시 그를 보았다가 물었다.

"그런데 대체 그 '섞였다.'라는 게 뭔가요?"

"마법사들의 이론에 따르면, 마족은 인간과는 다른 개체라서 둘 사이에선 아이가 태어나지 않는다고 합니다."

"신기하네요."

"네, 하지만 아가씨는 섞여 있죠. 즉, 카스티엘로 가문은 보통의 인간과 마찬가지라는 증거지요. 대부분의 사람들이 아니라고 생각하지만 그들에게 아가씨는 확실한 물증이 될 수 있으니까요."

"그렇군요."

"게다가……."

하델은 툭툭 책상을 손가락으로 쳤다. 가느다란 은테 안경 뒤로 그의 눈이 가늘어졌다.

"맹수는 매력적이지요."

"……?"

"인간이 범접하지 못하는, 못하게 하는 크고 아름다운 맹수는 사람들에게 겁을 줍니다만, 동시에 정복욕도 부추기죠. 그런데 그 맹수 사이에, 자신에게 길들여질 법한, 작고 아름다운 개체가 있다고 생각해 보십시오. 다들 그걸 원할까요, 원하지 않을까요?"

"원……하겠죠?"

나만 해도 애완용으로 작은 호랑이라든가 사자가 가지고 싶다고 생각했었으니까.

"네, 탐욕스럽게 원할 겁니다."

하델이 날 정면으로 보면서 말해, 깨달아 신음을 흘렸다.

"그게 저군요."

"그게 아가씨죠. 카스티엘로는 자신의 핏줄은 아낍니다만, 외부에는 인정사정없습니다. 서로 싫어한다고 제가 말씀드렸죠? 하지만 아가씨는 그런 게 없지요. 그건 카스티엘로가 가질 수 있는 가장 큰 힘이지만 동시에 약점일 겁니다."

하델이 싱긋 웃으며 덧붙였다.

"그리고 아가씨는 여자의 몸이시니, 제가 장담하는데 아가씨의 존재가 공표되는 날 이 나라에서 제일가는 신붓감은 아가씨가 되실 겁니다."

난 입을 떡 벌렸다.

"그, 그, 예전에 섞였던 사람들은요? 어떻게 됐나요?"

"글쎄요."

하델이 약간, 나를 동정하는 듯한 표정으로 말했다.

"전부 남자였어서 데이터가 없는 것 같네요."

난 왠지 울고 싶어졌다.

하델이 다시 툭툭툭 초조한 듯한 박자로 책상을 두들기며 말했다.

"더 궁금한 게 있으신가요?"

"그, 정령석에 대해서도……."

"아, 정령석 광산은 현재 아르카니아 제국에 3개가 있습니다. 그중의 하나를 카스티엘로 공작가가 소유하고 있는데, 다른 두 곳보다 더 질 좋은 정령석이 나오지요. 고급 정령석은 무기에 쓰입니다."

"무기요?"

"네, 기사들에게는 오러라는 것이 있습니다. 이 오러를 가지고 보통의 인간 이상의 힘을 내는데, 정령석은 그 오러를 증폭시키고 안정시켜 줍니다. 나라의 무력과 직결된 중요한 자원이죠."

"그렇군요……."

"하급 이하의 정령석은 그렇게 비싸지 않고 반출도 상대적으로 자유롭습니다만, 최고급 정령석은 부르는 게 값일 정도로 비쌉니다. 그리고 나라 밖으로 반출이 금지되어 있죠. 오러에 대해서는 저보다 기사분에게 보여 달라고 부탁하시는 게 빠를 겁니다."

난 힐끗 창가에 서 있는 에멜을 바라보았고 에멜은 고개를 살짝 끄덕였다. 공부를 끝내자 에멜이 다가와 말했다.

"성실하시네요."

"그래요?"

"네, 놀랐습니다. 보통은 싫어하니까요. 공부."

에멜의 말에 난 고개를 끄덕였다.

"하지만 모르는 걸 알아가는 건 즐거워요."

게다가 혼자 공부하는 거니까 비교당하지도 않고, 하델은 좋은 선생님이고, 내가 알고 있는 것이 일반 열한 살짜리에 비해 턱없이 부족하다는 걸 아는 만큼 더 노력하게 된다.

"아, 맞다. 오러 보여 주세요."

고개를 들어 요청하니 에멜이 눈을 동그랗게 떴다가 웃었다.

"정말이지, 곤란하네요 아가씨는."

"네?"

"뭐랄까요, 저택의 사람들이 전부 흐물흐물한 게 이해가 간다고 해야 할까요."

"흐물흐물?"

"그런 얼굴을 하면 부탁을 거절할 수가 없어, 랄까."

고개를 갸웃하고 에멜이 이어 말했다.

"전 카스티엘로의 가신이고 아가씨의 호위 기사이니 보여 드리겠지만, 일단은 그런 식으로 오러를 보여 달라고 말하는 건 실례랍니다."

"아―! 미안해요."

실례라고는 생각도 못 했다. 아직 이곳의 예의범절을 모르는 게 너무 많다. 사과하니 에멜이 웃으며 내 사과를 막았다.

"아뇨, 아까 제가 보여 드린다고 했으니까요."

에멜이 내 앞에 한쪽 무릎을 꿇어 눈높이를 맞췄다.

"오러라는 것은 외부의 힘을, 내부에 모은 거랍니다. 정령석이 자연의 힘이 집약된 거라고 그랬었죠? 그게 체내에 있다고 보시면 됩니다. 사람마다 오러의 색이 다르고요, 전 이런 색이죠."

에멜이 장갑을 벗고 손을 보여 주었다. 금색의 무언가가 그의 손바닥 가운데서 일렁였다.

연기 같기도 하고, 오로라 같기도 한 것을 바라보며 난 눈을 동그랗게 떴다.

"예뻐……."

나도 모르게 중얼거리자 에멜이 다시 웃고 오러를 사라지게 한 뒤 장갑을 꼈다.

"카스티엘로가는 대대로 이 오러가 검은색이랍니다. 보통 오러를 사용하려면 최소 십 년은 검 수련을 해야 하지만 평생 검에 인생을 바쳐도 얻지 못하기도 하는, 순전히 재능의 영역이죠."

"그럼 에멜은 대단한 거네요."

"네. 제가 좀 대단하죠. 전 열넷에 마스터가 되었답니다."

부정하지 않고 상큼하게 인정한 에멜이 이어 말했다.

"그리고 카를 도련님이 처음 오러를 쓰신 건…… 다섯 살 때셨죠."

난 입을 벌렸다.

"그분은 정령석이 없이도 오러를 구현하시고 자유자재로 다루시니까요. 일반인의 범주에 넣기는 역시 좀 힘들죠. 물론 공작님도 마찬가지입니다."

"엄청나네요."

"나중에 도련님에게 한번 보여 달라고 하세요."

"네."

힘주어 대답하자 에멜이 손을 뻗어 내 머리를 쓰다듬었다.

"……?"

"아뇨, 저도 모르게. 자, 그럼 일어나세요."

에멜이 일어나며 의자에 앉은 나에게 손을 내밀어 난 얼른 그 손을 잡고 자리에서 일어났다.

"그러고 보니 아가씨."

"네?"

"공작님께 조랑말 사 달라고 말씀 안 하시네요?"

"그게……."

딸이라고 땅땅 못 박은 지 얼마 되지 않아, 선물 조르기라니. 그거 너무 노골적이지 않나.

우물우물거리고 있자 에멜이 말했다.

"승마가 마음에 안 드셨나요?"

"아뇨! 엄청 좋았어요!"

혹시라도 승마에 안 데려갈까 봐 난 깜짝 놀라 큰 소리로 대답했다. 에멜이 놀란 듯 날 보았다가 말했다.

"그렇다면 배우고 싶으신 거죠?"

"응."

"그럼 왜 말씀 안 하시는 건가요?"

"하지만……."

발끝을 바라보자 반짝이는 새 구두가 보인다. 입는 옷도, 구두도, 흘러넘칠 만큼 좋은 것들로 받고 있다.

모처럼의 가족인데, 자꾸 받기만 하다가는 미움받는 게 아닐까?

받기만 하는 데다가 더해서 뭘 자꾸 조르는 아이라니.

'그거 좀 싫지 않나.'

에멜이 날 내려다보는 시선이 느껴져서 난 고개를 들고 웃었다.

"음, 좀 더 생각해 보고 말할래요."

꾹.

에멜의 손가락이 내 뺨을 찔렀다.

"에멜?"

"아가씨는 좀 더 카스티엘로다워져도 된다고 생각해요."

"노력……하겠습니다……?"

카스티엘로다운 게 어떤 건지는 모르겠지만요.

아직은 모르는 게 잔뜩이었다. 하지만 지금은 그게 딱히 힘들거나 괴롭지 않았다.

적어도 내 발밑은 든든하니까!

가족이라는 건 정말 좋은 거라고 몇 번이나 생각했다. 돌아올 곳이 있다. 받아줄 곳이 있다. 울면서 매달릴 곳이 있다. 안아주는 다정한 손이 있다. 달래주는 부드러운 목소리가 있다.

그것만으로도, 아니 그렇기 때문에 행복한 일은 날마다 생겼다.

그때 복도 저편에서 애니가 걸어왔다.

"아가씨."

"애니!"

통통 달려가 애니의 푹신한 품에 안기자 애니가 웃으며 내 머리를 쓰다듬었다.

"공부 잘 하셨나요?"

"네."

애니는 에멜에게 가볍게 눈인사를 한 후 내 손을 잡고 걷기 시작했다. 에멜이 한 걸음 뒤에서 따라왔다.

"아가씨, 춤이랑 악기를 배우는 건 어떠세요?"

"춤? 악기?"

"이제 곧 사냥 대회가 열리는데…… 아가씨는 아직 사교계에 데뷔하실 만한 나이는 아니지만 기본적인 소양은 조금이라도 빨리 익혀 두는 게 좋지 않을까 하고 켈슨 씨가 말씀하셨거든요."

"기본적인 거라면, 배워야죠."

고개를 끄덕이며 대답하자 애니가 "그럼 선생님을 수배해야겠네요." 하며 웃었다.

이틀 뒤부터 나는 춤과 악기를 배울 수 있었다.

하지만 그것 때문에 카를 오라버니와 보내는 시간이 줄어들어서 좀 섭섭하기도 했다. 그가 아카데미로 사흘 후면 돌아가기 때문에 더더욱.

춤 교습을 끝내고 나서 난 얼른 연무장으로 향했다. 평소에 오라버니가 시간을 가장 많이 보내고 있는 곳이 바로 이곳이었다.

저택에서 좀 떨어져 있어서 몰랐는데 오러를 보여 달라고 부탁하니 오라버니는 황당하다는 얼굴로 날 여기로 데려와 자신의 오러를 보여 주었다.

눈을 감고 손으로 눈꺼풀을 덮었을 때 보이는 어둠만큼 새까만 오러였다.

삼켜지는 깊은 밤바다 같은 어둠.

그게 오라버니와 너무 잘 어울려서 멋지다고 나도 모르게 손뼉을 쳤더니 그는 어이없다는 얼굴로 날 보았다가 픽 웃었다.

'오늘도 여기 있겠지?'

잔디 위를 경쾌하게 걷는데 뒤에서 에멜이 물었다.

"오늘도 도련님 보러 가시나요?"

"네, 이제 같이 있을 수 있는 시간이 사흘밖에 안 남았는걸요."

"공작님도 한번 보러 가시지 그래요?"

"아빠라면 식사 때도 보고 있고……."

"도련님도 식사 때 보시잖아요."

"그리고 왠지 바쁘신 것 같기도 하고……."

"별로 안 바쁘실 겁니다."

"그런가요?"

"네, 만나러 가시면 기뻐하실 거예요."

에멜이 싱긋 웃었다.

'그러고 보니 아빠를 만나러 간 적은 없네…….'

오라버니와 승마에 정신이 팔려서, 또 왠지 아빠는 어색해서 더 그랬다. 아무래도 오라버니가 또래이니만큼 좀 더 편하다고 할까.

게다가 아빠 항상 가신들과 같이 있을 때가 많아서 더욱 개인 시간을 내 달라고 하기가 어려웠다.

'특히 켈슨 아저씨가 매일 괴로워하시니까.'

나라도 시간을 뺏으면 안 되겠다는 그런 느낌적인 느낌이랄까요.

카를 오라버니는 연무장 가운데 비딱하게 서 있었다.

"또 왔어?"

지겹다는 듯한 말과는 달리 한쪽에는 날 위한 벤치까지 놓여 있다. 원래는 없었던 것인데 두 번째 왔을 때 저게 놓여 있어서 편하게 앉아서 이야기할 수 있었다.

"춤 연습 끝나고 바로 온 거예요."

"아, 맞아. 요즘 춤 연습한다고 그랬지."

카를이 눈을 찌푸렸다.

"춤 진짜 싫어."

"싫어요?"

나름대로 재미있는데?

"달라붙는 여자애 향수 냄새도, 분 냄새도 역겨워."

또 중2 같은 소리를!

기가 차서 입이 저절로 벌어졌다.

"적당히 익숙해지면 참을 수 있게 된다고는 하지만 그래도 역시—"

말을 잇다가 카를이 날 보고 말을 멈췄다.

"그러네."

"네?"

"너랑 추면 되겠네."

"저요?"

놀라 스스로를 가리키자 카를이 내 머리를 꾹 누르며 한숨을 내쉬었다.

"젠장, 언제 키워서 파트너 삼지? 좀 더 먹어라, 먹어."

"제대로 먹고 있어요. 더 먹으면 살찔 거라고요?"

"좀 통통한 건 괜찮아."

"제가 싫은걸요."

"그러니까 네가 안 크는 거야."

"그 두 개는 전혀 관계가 없다고 생각하는데요."

"오호, 이제 꼬박꼬박 말대꾸까지 하네? 응?"

"그, 그거야 오라버니가 억지를 쓰시니까……."

그 말에 바로 꼬리를 내리자 카를이 다시 불만스럽다는 얼굴을 하고 툭 가볍게 내 머리를 손마디로 치며 말했다.

"앉아."

"네?"

"자리에 앉아. 어차피 연습하는 거 한참 보고 갈 거잖아?"

"저기―"

"뭐?"

"오라버니도 앉아요, 우리 얘기하면 안 될까요?"

손가락을 꼼물거리며 말하자 카를이 휙 돌아서 타박타박 걸어 벤치에 털썩 앉았다. 자리에 앉은 카를이 탁탁 옆자리를 두들겼고 난 웃으며 얼른 그 자리에 가서 앉았다. 에멜이 벤치 뒤에 서려고 하자 카를이 손가락으로 내 옆을 가리키며 말했다.

"뒤에 서지 마, 옆에 서."

"이것도 익숙해지셔야 할 텐데요, 도련님."

"그건 내 일이고, 옆에 서."

카를이 다시 손가락을 까닥하자 에멜은 두말하지 않고 내 옆에 섰다. 난 에멜을 한 번 보고 카를을 한 번 보았다가 물었다.

"뒤에 서면 안 돼요?"

"뒤통수가 간질거려서 싫어."

"그렇군요."

역시 카를은 예민한 것 같다.

"그래서?"

"네?"

"무슨 얘기?"

"아, 저 검 보여 주실 수 있어요?"

그 말에 카를이 갸웃하더니 자신이 들고 있던 검을 내게 넘겨주었고 그게 완전히 내 손에 떨어지기 전에 에멜이 화급히 손을 뻗어 검집을 잡았다.

"도련님!"

"왜?"

"이거 아가씨에게는 무겁다고요."

난 양손으로 검을 잡으려다가 물었다.

"많이 무거워요?"

"조심하세요."

에멜이 그렇게 말하며 조심스럽게 손을 놓았고 정말로, 생각보다도 훨씬 무거워서 난 깜짝 놀랐다. 그냥 받아들었다면 분명히 떨어트렸을 거다.

"진짜 무겁잖아?"

"제가 말했죠."

"이게 뭐가 무거— 아, 그래, 보통이지. 보통…… 보통……."

카를은 보통이라는 말을 몇 번이나 반복했다. 그거에 대해서 난 입을 내밀 수밖에 없었다. 나도 좀 튼튼하고, 눈도 새빨간 색이고 검은색 오러도 붕붕 휘두를 수 있으면 좋을 텐데. 왜 보통 사람과 똑같은 걸까?

한숨을 내쉬며 난 검을 조심조심 내 무릎 위에 내려놓은 다음 검 손잡이를 잡아서 뽑다가 도로 조용히 집어넣었다. 내가 하는 양을 지켜보던 카를이 물었다.

"왜 안 뽑고?"

"한 손으로 드는 건 무리예요."

"쯧."

혀를 차고 카를이 한 손으로 검 손잡이를 잡아 빼냈다. 스르렁 하는 특유의 맑은 소리와 함께 검이 시퍼런 그 몸체를 드러냈다. 검 손잡이는 단순했지만 거기에 박힌 투명한 물색의 정령석은 안에서 불꽃이 춤추는 것처럼 금색의 빛이 일렁거리고 있었다.

"오라버니는 정령석이 필요 없다고 했었죠?"

"어."

"그런데 검에는 있네요?"

"있는 편이 효율은 더 좋으니까."

"아하."

고개를 끄덕이고 난 진지하게 말했다.

"저도 검을 배우면 어떨까요?"

"뭐?"

카를이 날 돌아보았다. 그의 빨간 눈에 당혹감이 가득했다.

"그, 나도 카스티엘로니까요. 오러라든가, 나오지 않을까요? 의외로 검에 재능이 있다든가, 할지도 모르잖아요."

"하지만……."

카를이 잠시 날 바라보다가 한숨을 내쉬었다.

"안 돼."

"네? 왜요?"

"너 너무 약해 빠졌어."

"그런……."

"뼈가 부러지면 몇 달은 간다며? 어디 부딪쳐서 멍만 들어도 몇 주는 가고, 그런데 검? 안 돼."

단호하게 카를이 마지막 말을 내뱉었다. 난 당황해 입을 벌렸다가 말했다.

"하지만, 보통 사람들도 검은 배우잖아요! 그러니까 괜찮을 거예요."

"아니, 안 괜찮아."

"에멜 님!"

내가 에멜을 부르며 고개를 돌렸다. 뭐라고 말 좀 해 봐요! 보통 사람이니까 보통 사람 편 들어줄 거죠?!

"음— 아가씨, 그게—"

에멜은 당황해 나를 보고 카를을 보았다. 그러더니 어색하게 웃으며 말했다.

"검은 좀 더 미루시는 게 어떨까요?"

"하지만 오라버니는 다섯 살 때부터 오러를 썼다고 했잖아요."

"그거야 도련님은 다르시니까요."

"난 섞였지만, 열한 살인데, 지금 해 보면 될지도 모르고……."

"안 돼, 안 돼."

카를이 단호하게 말했다. 에멜 역시 어깨를 으쓱하며 덧붙였다.

"검을 배우는 아가씨들은 없으니까요. 지금 배우신 것들을 소화하기도 벅차실 텐데, 너무 무리할 필요까지는 없으실 것 같습니다."

"……."

난 부루퉁해져서 입을 다물었다. 슬쩍 카를이 날 바라보더니 부스럭부스럭 작은 주머니 같은 걸 꺼내어 내 허벅지 위에 내려놓았다.

"뭐예요?"

"과자."

"웬 과자예요?"

"그냥 남았어."

남다니, 간식 안 먹는 거 빤히 다 아는데. 주머니를 열어 보니 옅은 핑크색 머랭 쿠키가 하트 모양으로 가득 들어 있었다. 난 과자를 하나 꺼내며 에헤헤 웃었다. 못 보던 과자다. 그러니까 이건 카를이 요리사에게 주문했다는 말이다.

"그렇게 좋아?"

카를이 물어 난 고개를 끄덕였다. 입에 넣으니 바삭하고 가벼운 식감과 동시에 사르르 녹으면서 진한 단맛이 느껴졌다.

"맛있다."

"그거 이가 녹을 정도로 달던데."

"그러니까 맛있는 거예요. 에멜 님도 하나 먹어요."

"감사—하지만 전 괜찮습니다."

손을 내밀다가 얼른 뒤로하는 에멜을 보고 난 의아해져서 "먹어도 괜찮아요."라고 말했지만 에멜은 고개를 저었다.

"아뇨, 제 정강이는 튼튼하지 않아서요."

"……?"

무슨 소리야? 과자랑 정강이랑 뭔 상관이 있어?

"에스텔."

갸웃하는데 카를이 날 불렀다. 그가 진지한 얼굴로 말했다.

"너 말야, 아무리 진귀한 과자나 과일이라고 해도 남이 주는 거 그렇게 넙죽넙죽 받아먹으면 안 돼."

"안 받아먹어요!"

"받아먹을 것 같은데."

"오라버니가 주는 거니까 받는 거라고요!"

"너 수면제나 하여간 쓸데없는 약이 다 듣는다며."

"보통 다 듣는다고요?"

"그래, 하지만 넌 내 여동생이잖아."

"!"

카를이 직접적으로 너 내 여동생이야, 라는 말을 한 건 처음이라 나는 흠칫 놀라 그를 보았다. 카를의 눈에 아주 미세하게 걱정이 스쳐 지나갔다.

"이렇게 약해서 어떻게 하나. 카스티엘로인데."

카를이 한숨처럼 말하고 내 뺨을 가볍게 잡아당겼다. 난 주춤주춤하다가 푹 하고 카를의 품에 안겼다. 카를이 놀라 숨을 들이켜는 소리가 들려왔다.

"오라버니."

"……왜?"

답지 않게, 한 박자 늦게 대답이 들려왔다.

"아카데미 안 가면 안 돼요?"

"가지 말까?"

너무 쉽게 그가 말해서 난 고개를 들었다. 카를이 웃으며 날 내려다보고 있었다.

머뭇머뭇 그의 셔츠 자락을 놓으려고 하는데 카를이 날 가볍게 안아 들어 자신의 무릎 위에 앉혔다.

"오라버니?!"

"아, 역시 좀 더 먹어야겠네. 그래서, 가지 말까? 응? 아카데미 가지 말까?"

뭐가 그렇게 좋은지 싱글싱글 웃으며 카를이 연신 물어왔다. 오히려 당황한 건 내 쪽이었다. 당연히 그건 안 된다는 말이 나올 줄 알았는데…….

"아니, 그, 저 때문에 안 가면 안 되죠……."

"왜? 여동생이 생겼다고 안 갈 수도 있는 거지."

"안 된다고 생각합니다. 아, 참. 그보다 친구들 얘기해 주세요."

"친구?"

"네, 오라버니가 어떤 친구들이랑 있는지 알면 좋을 것 같아요."

설마 친구가 없는 건 아니겠죠? 아카데미에서 왕따를 당하고 있어서 아카데미를 가기 싫어하는 거라든가?

"친구……."

카를이 작게 중얼거리다가 인상을 팍 썼다.

"짜증 나는 놈이 둘 있어."

"짜증 나는 놈이요?"

"어."

그게 친구인 건가.

우리 오라버니의 교우 관계는 괜찮은 건가요?

"하나는 시끄러워서 짜증 나고 하나는 조용해서 짜증 나."

"그렇군요."

어느 장단에 춤추라는 걸까?

갸웃했다가 난 '아' 하고 고개를 끄덕였다.

"하긴 장소 안 가리고 시끄러운 사람도 짜증 나지만, 너무 말하지 않는 사람도 짜증 나기는 해요. 좀 더 표현을 해! 하는 기분이 되죠."

"그래, 그거야."

카를이 고개를 끄덕였다.

"그래서, 그분들 이름이 뭐예요?"

"제온 엔카스트, 리들 루스테 알키나."

제온 엔카스트, 리들 루스테 알키나.

몇 번 입 안으로 이름을 되뇌어서 외운 다음 물었다.

"그 두 분과 가장 친하신 거예요?"

"'분'을 붙여 줄 필요도 없어. 친하다기보다는 들러붙어서 짜증이 나."

"좋은 친구네요."

난 한숨을 내쉬었다. 카를의 사교성을 생각했을 때 확실히, 먼저 접근해 준다니 좋은 사람들이다.

카를에게 물건을 부칠 때 잊지 말고 두 사람분의 선물도 같이 보내야지.

"언제부터 '짜증 나'가 '좋은 친구'가 된 거야?"

카를이 물어와 난 그의 목에 팔을 두르고 웃었다.

"오라버니와 가까이 있는 것만 해도 좋은 친구인 게 틀림없어요."

"픕—"

에멜이 이상한 기침 소리를 냈고 카를은 눈을 팍 찌푸렸다. 그가 날 바로 무릎에서 밀쳐낼까 했는데 그렇지는 않았다.

"진짜 못 하는 말이 없네."

단지 못마땅한 얼굴로 어투로 그렇게 말했을 뿐이었다. 그리고 카를은 내 허리에 두른 팔에 힘을 주었다. 그의 목을 두른 내 팔에 그가 살짝 뺨을 누르고 작게 한숨을 내쉬었다.

"울보 토끼 주제에."

"울보 아니에요."

"그래?"

그가 싱긋 웃고 날 내려놓은 후 옆에 놓아둔 검을 집어 들었다. 난 턱을 괴고 앉아서 카를이 검을 연습하는 걸 지켜보았다.

은색의 검날이 일정하고 아름다운 궤적을 그린다. 공기를 가르는 소리는 차갑고 날카롭다.

그리고 나는 정력석이 맥동하는 소리를 들었다. 마치 고래의 노랫소리 같은 작은 우우웅― 하는 소리가 공기 중에 흩어진다. 아주 작고, 군데군데 끊김이 있어서 집중하지 않으면 듣기 어려운 소리지만, 난 이 소리를 좋아한다. 한참 듣다가 난 조심스럽게 자리를 털고 일어났다.

저택으로 돌아오는 길에 에멜이 말했다.

"좋네요."

"뭐가요?"

"아가씨랑 도련님이요."

"그래요?"

"네. 평소에는 날카로우신 분인데, 아가씨랑 같이 있으시면 그게 누그러지거든요. 그럼 본인도 훨씬 편하죠. 항상 날 세우고 있는 게 얼마나 정신적으로 피곤한데요."

"그런가요―"

잘은 몰라도, 카를에게 도움이 되고 있는 거라면 기쁘다.

"그런데 에멜 님."

"네."

"아까 오라버니가 말한 친구들 말이에요, 어떤 사람인지 혹시 알아요?"

"그 두 분 말이군요……. 저보다는 크로이츠 경에게 물어보는 쪽이 나을 겁니다. 개인적으로 코멘트를 할 만큼 잘 아는 분들도 아닐뿐더러, 둘

중의 한 분은 꽤 높으신 분이라."

"어느 쪽이요?"

높은 사람이라니?

의아해져서 묻자 에멜이 잠시 생각하는 듯하다가 히죽 웃었다.

"너무 조용한 쪽이요."

그 말에 난 눈을 찌푸릴 수밖에 없었다.

"그게 어느 쪽인지 제가 어떻게 알아요?"

"나중에 아시면, 재미있으실 거예요."

"그런 재미보다는 당장의 호기심이 더 중요한데 말이죠."

난 투덜거리며 잠깐 생각에 잠겼다가 "헉?" 하고 고개를 돌려 에멜을 올려다보았다.

"잠깐만요, 높으면 설마 우리 아빠보다도 높은 거예요?"

"실질적으로 높으냐면 좀 그렇지만, 신분적으로는…… 어— 그것도 미묘하기는 한데 높기는 하죠."

잠깐, 잠깐, 잠깐.

'아빠보다 높으면 황족밖에 없잖아?!'

오빠가 황족을 친구로 사귀고 있다니. 괜찮은 건가? 카를의 말버릇을 생각해 봤을 때 불경죄나 그런 걸로 잡혀 가는 게 아닐까?

덜컥 겁이 났지만 곧, 카를의 말이 떠올랐다.

'그쪽에서 달라붙는 거라고 했으니까……'

괜찮은 거겠지? 괜찮은 거여야만 해.

불안함에 난 한숨을 푹 내쉬고 다시 걸음을 옮기기 시작했다. 저택은 티읕 자 모양으로 만들어져 있었다. 정면에서 보면 한일(一)자로 보였고 뒤로 돌아가면 삼지창처럼 건물이 세 개 튀어나와 있었다.

나는 이 저택만 해도 어마어마한 크기라고 생각했는데 애니의 말을 들어 보니 별저(別邸)가 따로 있다고 했다. 그것도 몇 개나 말이다.

"겨울이 되면, 아마 화이트홀로 옮길지도 몰라요."

하고 애니는 웃으며 말했었다.

저택의 정면에서 보면 나와 카를이 있는 곳은 오른쪽의 튀어나온 곳이었고 아빠가 일하는 곳은 중앙이었다.

중앙 현관으로 들어가면 커다란 홀이 있고, 마치 오래된 영화에서 나오는 그런 화려한 계단이 양쪽으로 나 있었다. 그곳을 올라가야지 비로소 아빠의 집무실로 갈 수가 있다.

"아가씨."

집무실 문을 지키고 있던 기사가 손을 가슴으로 가져가며 내게 인사해 보였다.

"안녕하세요, 안에 아빠 계시나요?"

"네, 계십니다."

그가 문을 열려고 하는 걸 제지하고 난 손을 뻗어 직접 문을 열었다. 하지만 다 열지는 않고 조금만 열어서 머리통만 안으로 쏙 집어넣었다.

집무실 가운데에 커다란 책상이 있고 그 양옆으로 작은 책상이 둘씩 놓여 있었다. 그중 하나에 켈슨이 앉아 있었고, 반대쪽에 모르는 사람이 앉아 있었다.

'바쁘신가?'

아빠는 꽤 심각한 얼굴로 서류를 들여다보고 있었다.

"아가씨."

뒤에서 누가 속삭여 난 깜짝 놀라 머리를 빼다가 문짝에 뒤통수를 부딪쳤다.

"아야야—"

"저런, 괜찮으세요?"

돌아보니 에멜이 내 눈높이에 맞게 한쪽 무릎을 꿇고 앉아 있었다. 그가 당황해 내 뒤통수를 문질러 주었다. 난 고개를 흔들었다.

"괜찮아요."

그가 손을 조심스럽게 떼며 "강하게 부딪치신 건 아닌 것 같네요." 하고 살짝 웃었다. 난 내 뒷머리를 문지르고 말했다.

"왜 불렀어요?"

"왜 안 들어가시나 하고요."

"바쁘신 것 같아서요."

"그러면 밖에서 보고만 계실 거예요?"

"다음에 만나러 온다든가―"

중얼거리는데 집무실 문이 안쪽으로 활짝 열렸다. 놀라 돌아보니 아빠가 문을 양쪽으로 활짝 열어젖히고 있었다.

에멜이 씩 웃으며 자리에서 물 흐르듯 부드럽게 일어나며 인사했다.

"안녕하십니까, 공작 각하."

"들어와."

난 입구에서 머뭇거리며 물었다.

"바쁘지 않으세요?"

그 말에 아빠가 몸을 숙이더니 한 팔로 날 획 안아 들었다.

"꺄?"

헝겊 인형이라도 들어 올리는 듯한 가뿐한 동작이었다. 켈슨이 자리에서 일어나며 말했다.

"공작님, 아가씨를 난폭하게 다루지 마세요."

"제대로 섬세하게 힘 조절 하고 있어."

"남들이 보면 안 그렇게 보입니다. 그보다―"

켈슨이 나와 눈을 마주쳤다. 그의 눈에 피곤함이 가득해 보여 걱정이 되었다. 나도 모르게 먼저 안부를 묻는 질문이 나왔다.

"괜찮으세요?"

"아뇨, 전혀 괜찮지 않— 그렇군요. 아가씨, 제 부탁 하나만 들어주시겠습니까?"

켈슨의 말에 난 눈을 동그랗게 떴다가 고개를 끄덕였다.

"네."

제가 할 수 있는 일이라면 뭐든지요.

그사이 아빠는 날 안고 자신의 책상으로 돌아가 털썩 자리에 앉으며 날 무릎 위에 앉혔다. 서류철이 옆에 상당히 쌓여 있었다. 켈슨이 웃으며 말했다.

"그럼 공작님을 감시해 주세요."

"네?"

"뭐?"

아빠가 푹 인상을 썼다. 켈슨이 아무래도 음흉하다고밖에 말할 수 없는 웃음을 지으며 나에게 말했다.

"각하께서 여기 책상에 있는 서류를 다 끝내실 때까지, 감시를 잘 부탁드립니다. 전 아가씨만 믿고 한숨 자고 올 테니까요."

"알겠어요."

진지하게 고개를 끄덕이자 켈슨은 활짝 웃고 "그럼." 하더니 집무실 옆에 난 문을 열고 사라졌다. 걸음걸이가 어쩐지 불안하다.

"감시?"

올려다보니 아빠가 묘한 얼굴로 날 내려다보고 있었다. 난 고개를 끄덕였다. 아빠는 엄청 젊어서 이제 30대 중반쯤 되어 보였고, 첫날과 달리 편한 옷차림—셔츠에 바지—을 하고 있지만 그래도 분위기는 비슷했다. 외모와 풍기는 기세가 옷차림 자체를 압도하고 있다고 해야 할까?

"켈슨 아저씨가 너무 피곤해 보이잖아요."

"난 안 피곤해 보이고?"

"피곤하세요?"

놀라 묻자 아빠는 고개를 저었다.

"아니."

"그럼 역시 열심히 일해 주세요."

난 끙차 하고 손을 뻗어 서류를 하나 책상으로 끌어내렸다. 방금까지 심각한 얼굴로 들여다보고 있던 서류는 뭔가 했더니 그냥 백지에 낙서를 하고 계신 것이었다.

"어, 얼른 끝내고…… 저랑 같이 이야기해요."

서류를 펼치며 난 작게 말했다. 어쩐지 '같이 놀아 주세요'라든가, '같이 시간을 보내요' 같은 부탁은 낯간지러웠다. 하지만 아빠와 같이 있을 수 있는 시간이 적으니까…….

아빠가 한 팔로 날 추어올려서 품에 꼭 안고는 말했다.

"켈슨 자식이 이거 꽤 써먹을 것 같은데……."

고개를 돌려 아빠를 올려다보자, 아빠는 묘하게 웃고 있었다. 장난스럽게 내 머리카락을 쿡 잡아당기며 그가 말했다.

"알았어. 얼른 끝내고 같이 차라도 하지."

"!"

난 활짝 웃고 얼른 고개를 끄덕였다. 아빠는 서류를 자신 쪽으로 잡아당겼다. 서류의 글들은 어려워서 읽기가 힘들었지만 열심히 눈으로 따라 읽으면 반쯤은 이해할 수 있었다.

내용은 생각보다 훨씬 다양했다. 각 영지 간 분쟁, 진상품 문제, 도로 수리에 따른 자금이나 세금 문제들, 개인적 결투에 대한 내용까지 각양각색이었다.

사각사각.

아빠는 유려한 글씨체로 서류에 글을 적으며 사인을 하거나 보류하거나 수정을 요구했다.

날렵한 필기체로 된 이름을 난 간신히 알아보았다.

'아, 인…… 카스티엘로.'

아빠의 이름이 아인이었구나.

'생각해 보니 이름도 소개해 주지 않고, 하긴 이름을 모른다는 건 생각도 못 하셨으려나?

나도 다른 사람에게 아빠 이름이 뭔가요? 하고 물어보기 민망했으니까.

이렇게라도 알아서 다행이다.

아빠의 품에 맞닿은 등도 따끈따끈하고 내 배를 감싸 안은 손도 따끈따끈하고 읽고 있는 서류는 지겹고 재미가 없고, 사각거리는 소리는 일정하다.

그렇다.

잠이 오지 않을 수 없는 환경인 것이다. 나도 모르게 고개를 꾸벅거리며 조는데 "와ㅡ" 하고 에멜이 웃는 소리가 났다.

"아가씨가 주무시네요."

"응."

"그것도 공작님 품에서."

"근데?"

"근데라뇨. 좋으시면서."

"시끄러. 너 점점 기어오른다?"

"그야 아가씨의 총애를 얻고 있으니까요."

툭툭.

펜대로 서류를 가볍게 두들기는 소리가 났다.

"한번 엎어 버리는 수가 있어?"

"제가 없어지면 아가씨가 울걸요."

"진짜 그런가 해 보고 싶게 만들지 말고."

"공작 각하."

"뭐?"

"질투는 나쁜 겁니다."

픽!

"오, 펜대가 기둥에 박혔어. 이거 어떻게 하신 겁니까?"

"네 이마에 안 박힌 게 아쉽다."

"공작님…… 이게 무슨 소란…… 헉?!"

잠에 취한 켈슨의 목소리가 헛바람을 삼켰다.

"넌 또 왜?"

"서, 서류가 다 끝나 있는 것 같습니다! 꿈일까요? 여기서 깨고 싶지 않고 영원히 이 꿈을 꿨으면 좋겠네요."

"꿈 아니고, 얼른 들고 가."

"아아, 이게 꿈이 아니라니. 아가씨에게 감사를— 음, 아가씨 주무시는군요. 잠자리를 준비하라고 이를까요?"

"좀 더 자게 놔둬."

바스락바스락 종이를 챙기는 소리가 났다.

"전부터 생각했지만 아가씨는 자라시면 상당한 미인이 되실 겁니다."

"벌써부터 머리 아파."

"결혼 문제 때문에 말씀이신가요?"

켈슨이 걱정스럽게 물어왔고 대답은 돌아오지 않았다.

"아가씨가 좋아하는 사람이라면 괜찮지 않을까요?"

에멜이 명랑한 목소리로 말했다.

"공작님과 도련님을 보고 자라실 테니, 웬만한 남자로는 눈에 차지 않을 테니까요."

"그거 그럴듯하네."

켈슨의 대답에 "그렇죠?" 하고 에멜이 답했다.

"단순히 그런 문제면 좋은데—"

아빠가 길게 뒷말을 끌었다.

"얘가 단순히 카스티엘로였다면 이런 생각은 안 했겠지. 하지만 섞인 데다가 여자니까 강제로 하룻밤 보내면 아내로 삼을 수 있다고 생각하는 개자식도 있을 거고, 마탑의 미친 새끼들도 이 아이의 존재를 알면 눈에 불을 켜겠지."

"제가 목숨을 걸고 지킬 겁니다."

에멜이 드물게, 딱딱한 목소리로 대답했다. 부드럽게 내 머리카락을 넘기는 손길이 느껴졌다.

"그런 놈이 아니었으면 맡기지도 않았어."

쓰다듬는 손길이 기분 좋아 난 완전히 까무룩 잠이 들었다.

'응……?'

흔들흔들하는 흔들거림에 난 스르륵 눈을 떴다. 누군가의 품에 안겨서 어깨에 푹 얼굴을 묻고 있는 중이었다.

'핫!'

번쩍 고개를 드니 날 안고 있던 아빠가 물었다.

"깼어?"

"아, 네—"

대답하며 난 빠르게 입가를 손등으로 닦았다. 축축한 게 왠지 불안한 걸. 슬쩍 아빠의 어깨를 보고 나는 옷소매로 어깨를 모르는 척 문질렀다. 아빠가 그런 내 엉덩이를 두들기며 말했다.

"더 자도 되는데?"

"일은 다 끝났어요?"

"그래."

"그러면 같이 차 마셔요!"

휙 상체를 돌리며 말하자 아빠가 자리에서 멈춰 섰다. 그의 눈이 날 보았다가 생각하듯 비스듬히 아래쪽을 보았다가 다시 날 본다.

"그래."

"그리고 오라버니도 같이요."

"그래."

"그리고 이제 내려주셔도 돼요, 제가 걸을 수 있어요."

"그건 나중에."

아빠는 내 의견을 완전히 무시하며 성큼성큼 걸었다. 난 다시 옷소매로 아빠의 어깨에서 내 침 자국인 것 같은 얼룩을 닦다가 에멜과 눈이 마주쳤다.

깜박깜박.

난 눈을 깜박이다가 확 고개를 숙였다.

몰랐어!

뒤에서 따라오고 있는지 전혀 몰랐어! 아니, 있으면 말을 하란 말야! 어깨를 닦던 손을 어쩔 줄 몰라 하며 꼼지락거리다가 난 최대한 자연스럽게 아빠의 목을 끌어안았다.

에멜은 필사적으로 웃음을 참기 위해서 입술을 깨물고 있었고 난 얼굴이 타오르듯 뜨거워지는 걸 느꼈다.

아, 진짜!

"왜 그래?"

아빠가 날 자신에게서 떼어 내어 들어 올리며 물었다. 정면으로 아빠와 얼굴을 마주치자 난 얼굴이 더 뜨거워졌다.

"얼굴이 왜 그렇게 빨간 거야?"

"!"

참을 수가 없어 양손으로 얼굴을 푹 가리고 말했다.

"아무것도 아니에요."

차마 '제가 자다가 아빠 어깨에 침을 흘린 것 같아서 그걸 몰래 열심히 닦는데 뒤에 있는 에멜에게 들켰습니다.' 같은 장황한 이야기를 늘어놓을 수 없었다.

"보통의 아이는 약하니까, 곤란하네."

그 말에 난 나도 모르게 더욱 양손에 얼굴을 묻었다.

나도 보통으로 태어나지 않고, 제대로 된 카스티엘로면 좋았을걸.

"에스텔, 어디가 안 좋으면 말해."

"괘, 괜찮아요."

난 얼른 손을 내리며 아빠를 마주 보았다.

"배가 고파서…… 그러니까 맛있는 거 먹으면 금방 괜찮아질 거예요."

그러니 제발, 제발, 그렇게 뚫어져라 보지 말아주셨으면 좋겠습니다. 어떻게든 화끈거리는 얼굴을 가라앉히려고 노력하며 말하자 아빠는 다시 날 추슬러 안았다.

아빠의 걸음이 빨라서 우리는 금방 정원 테라스로 나왔다. 원래는 아무것도 없는 텅 빈 테라스인데 그 짧은 사이에 준비를 다 끝낸 건지 한쪽에는 가림막이 세워지고 그 옆에 테이블이 준비되어 있었다.

아빠가 날 조심스럽게 의자에 앉히고 나서 맞은편에 앉았다. 시종들이 차와 다과를 가지고 오는 사이 느긋한 걸음걸이로 카를이 도착했다. 카를은 아빠에게 허리를 숙여 정중하게 인사를 하고 우리 사이에 앉았다. 그가 3단 접시를 보고 질린 얼굴을 했다.

"너 이거 다 먹으려고?"

난 황홀감에 취해서 단것들이 잔뜩 쌓인 층층 접시를 바라보고 있었던 터라 늦게 대답했다.

"셋이서 먹으면 괜찮지 않을까요?"

"난 안 먹어."

카를이 선언하며 의자에 몸을 푹 기댔다. 난 아빠를 바라보았고 아빠는 카를을 보았다가 날 보고 말했다.

"많이 먹으렴."

말이 떨어지기가 무섭게 나는 접시를 향해 달려들 뻔한 것을 참았다. 시종이 다가와 "뭘 드릴까요?" 하고 정중하게 물었기 때문이었다.

"이거랑, 이거랑, 요거 주세요."

접시의 케이크를 이것저것 가리키며 대답하자 그는 집게로 그것을 완벽한 모양을 유지한 채로 집어 들어 내 접시에 옮겨 주었다. 아빠는 작은 샌드위치 하나를 가리켰고 오빠는 "됐어." 하는 한마디로 시종을 물렸다.

다른 시녀가 와서 찻잔을 채우는 사이 난 케이크를 입안에 잔뜩 집어넣었다. 눈물이 나올 만큼 맛있었다. 촉촉한 시트와 사르르 녹아들게 달콤한 크림과 그 사이의 상큼한 과일까지.

내게는 나이가 어려서인지 차가 아니라 우유가 나왔고, 우유라도 기쁘게 먹으며 케이크를 하나, 둘, 셋, 공략해 나갔다.

"아카데미는 어떠냐?"

아빠가 오빠에게 질문했고 오빠가 찻잔을 들고 잠시 생각하다가 눈을 찌푸리며 말했다.

"똑같죠."

"이제 3학년 2학기인데?"

"뭐, 예전만큼 심하지는 않아요."

난 둘이 무슨 이야기를 하는 건가 싶어 고개를 들고 조심스럽게 물었다.

"오라버니, 아카데미에 무슨 문제 있으세요?"

"인간이 너무 많아."

"……네?"

"이제는 익숙하지만 말야. 처음 갔을 때는 진짜 토하는 줄 알았다니까."

"사람이 많아서요?"

무슨 대인 공포증 같은 건가?

아빠가 집게를 들어 트레이에서 쿠키를 내 접시로 옮겨 주었고 하인이 헛바람 삼키는 소리가 났다.

"카스티엘로는 기본적으로 인간 혐오야."

아빠가 너무 태연하게 말해서 난 무슨 말인지 알아들을 수가 없었다. 아빠의 빨간 눈이 날 보고 싱긋 웃었다.

"하지만 넌 아니지."

"그, 네에……."

사람이 싫다고는 한 번도 생각해 본 적이 없었다. 카를이 차를 마시며 말했다.

"궁금하네. 사람이 싫지 않은 건 어떤 감각이지?"

"너도 곧 알게 될 거다."

아빠의 말에 카를이 "그런가요." 하고 대답은 하지만 못 미덥다는 얼굴로 아빠를 바라보다가 물었다.

"그보다 무슨 바람이 부신 건가요?"

"뭐가?"

"가족끼리 다정한 티타임이라니 이상해서요."

"에스텔이 너도 부르자고 해서."

"아."

그제야 납득한 듯 카를은 고개를 끄덕였다. 나는 입을 살짝 벌렸다.

'둘이 사이가 안 좋은가? 보통 저런 식으로 부자지간에 대화하나?'

끙끙거리며 평균적인 가정이라는 것을 떠올려 보려고 했지만, 영 기억이 나지 않았다.

서영의 기억은 이제 대부분 희미해졌고, 그중 몇 가지는 완전히 나에게 스며들어 난 묘하게도 몇 가지 부분에서만 애늙은이인 데다가 현대적인―이곳에서 보기에는 이상한 판단력을 가진― 아이가 되고 만 것이다.

애초에 서영일 때의 기억을 전부 가지고 있는 게 아니었던 것도 한몫했다.

오히려 분홍눈일 때의 기억은 직접 겪은 것이라 선명했다.

"오라버니……?"

"왜?"

"저기, 그, 차 마시는 거 안 좋아하시나요?"

괜히 부른 건가, 걱정이 되어 카를을 힐끔힐끔 바라보며 문자 카를이 "아니." 하고 짧게 대답했다. 그리고 내 앞 접시를 보며 말했다.

"빨리 먹어. 이거 다 먹는다며."

"다 먹는다고는 안 했는데요."

"그럼 누가 다 먹어?"

"셋이서요."

"난 안 먹어. 그러니까 빨리 드시죠. 누이."

"맛있는데……."

왠지 내가 좋아하는 것이 거절당한 기분에 나는 초콜릿 쿠키를 오독 오독 씹으며 작게 중얼거렸다.

"언제 또 수도로 올라가실 건가요?"

카를이 묻자 아빠는 고개를 갸웃하고는 말했다.

"일주일 후쯤 올라갈 예정인데."

"그렇군요."

카를은 고개를 끄덕였다. 난 그 말에 놀라 아빠를 돌아보았다.

"일주일 후에 가시는 거예요?"

"지금 수도에 일이 몰려 있어서."

"그런……."

난 입을 벌렸다가 다물었다. 삼 일 후면 카를이 가고, 일주일 후면 아빠도 떠난다니. 그럼 이 저택에 나 혼자 남는다는 이야기다.

"그, 그러고 보니까."

난 얼른 고개를 들었다. 모처럼 온 가족이 같이 차를 마시는데 우울해하거나, 가지 말라고 하거나 그런 건 역시 좀 아니지.

"아카데미 말인데요, 저도 열세 살이 되면 입학하는 건가요?"

에멜이 열셋에 기사가 되었다고 하니까, 나도 그 나이 때 학생이 되는 걸까?

밝은 목소리로 화제를 돌리자 아빠와 오빠가 동시에 대답했다.

"아니."

"뭔 소리야."

난 당황해 눈을 깜박였다.

"하지만 오라버니가, 황립 아카데미는 열세 살이 되면 다들 입학한다고…… 아, 설마 남자만 가는 건가요?"

그럴 수도 있겠다, 하고 묻자 아빠가 대답했다.

"아니, 여자도 입학할 수 있지."

카를이 집게를 들어 과일 타르트들을 내 접시로 옮기며 말했다.

"남녀 상관없어. 일정 조건만 갖추면 돼."

"그럼 전 왜……?"

아.

혹시 사생아라서 입학이 안 되는 걸까? 귀족들을 위한 아카데미니까, 그럴 수도 있겠다.

납득하려는데 불쑥 오라버니가 말했다.

"삼 년 간 기숙사 생활을 해야 하니까, 무리지."

아빠가 눈을 찌푸렸다.

"거기는 따로 호위도 못 붙여. 약한 너를 보내는 건 무리야."

"약……하지는 않다고 생각하는데요."

"하여간 안 돼."

아빠가 딱 잘라 말했다. 난 그 말에 나도 모르게 입이 튀어나오려는 것을 꼭 눌렀다.

아니, 자꾸 약하다, 약하다, 어쩐다 하는데, 나보고 어쩌라고. 그리고 평범한 애들도 다 다닐 거 아냐? 그런데 왜 난 못 다니는 건데. 그러면 난 친구는 어디서 사귐?

온갖 불만이 다 튀어나올 것 같았지만 나는 타르트를 맹렬하게 해치우는 것으로 그 불만을 대신했다. 그리고 자리에서 벌떡 일어났다.

"왜?"

"다 먹었어요, 잘 먹었습니다."

"벌써?"

아빠가 트레이를 보며 말했다. 난 나도 모르게 말했다.

"저는 약해 빠져서, 많이 먹으면 배가 아플지도 모르니까요."

그 말에 아빠가 좀 놀란 얼굴을 했다가 "그런가?" 하고 갸웃했다. 카를 역시 "많이 먹으면 배가 아프다고?" 하며 당혹스러운 얼굴을 했고, 난 이익 하고는 인사를 했다.

"저 먼저 가 볼게요."

그리고 테라스를 뛰쳐나오듯 나오자마자 뒤를 따라 나온 에멜이 폭소를 터트렸다.

"푸하하하하하─"

"에멜!"

나도 모르게 이름을 부르고 나서 놀라 "죄송해요." 하고 말하자 에멜은 큭큭거리며 고개를 저었다. 그리고 싱글벙글 웃으며 말했다.

"아가씨, 저 두 사람은 아가씨가 직설적으로 말하지 않으면 모를 겁니다."

난 휙 하고 돌아서서 말없이 쿵쾅거리며 걸었고 에멜이 웃음 섞인 목소리로 이어 말했다.

"좀 더 어깃장을 놓고, 마음대로 구세요. 아가씨도 보니 카스티엘로인데, 참으면 병납니다."

"하지만─"

난 한숨을 폭 내쉬었다.

"그러면 미움 살까 봐요."

작게 흘러나온 본심에 에멜은 웃음을 멈췄다. 그의 눈이 진지해졌다.

"그럴 일은 없습니다."

"에멜은 떼쓰는 아이를 본 적이 없어서 그래요."

그런 아이는 다들 미워한다고요.

"제가 보기에는."

에멜이 한쪽 무릎을 꿇어 나와 시선을 맞췄다. 그의 눈은 다정했고 미소는 크림처럼 부드러웠다.

"아가씨는 너무 어른처럼 굴고 계십니다. 어떨 때는 어린아이다운데, 꼭 이런 국면에서는 너무 어른스러우셔요. 그럴 필요 없답니다. 어디까지 떼를 쓸 수 있으신지 한번 시험해 보세요."

에멜이 자리에서 일어나며 눈을 찡긋했다.

"저 두 사람이 이렇게 무르게 나오는 건 아가씨뿐이니까요. 그리고 제대로 물어보면, 공작님도 도련님도 제대로 대답해 주실 겁니다. 두 분 다 돌리거나 회피하는 성격은 아니시니까요."

"그럴까요?"

"네."

"……일단 알았어요. 고마워요. 에멜 님."

"그 '님'은 이제 빼는 걸로 하죠."

"그러면, 그 아가씨도 빼는 걸로 하면 어때요?"

"그건 무리지요."

"그런가요?"

"네."

하긴 이곳의 신분과 상하 관계라는 것은 꽤나 엄격한 것일지도 모른다. 에멜을 곤란하게 하기도 싫어 난 고개를 끄덕였다.

"알겠어요."

난 자리에서 휙 돌아섰다. 그리고 다시 테라스를 향해 전진했고 아빠와 오빠는 의아한 얼굴로 날 바라보았다.

"많이 먹으면 배탈 난다며?"

카를이 물어 난 "먹지는 않을 거예요." 하고는 슬쩍 아빠를 보았다. 아빠가 갸웃하고 날 보았다.

"왜?"

"아, 아빠앙~"

내 목소리에 콧소리가 섞이자 아빠는 묘한 표정을 지었다. 속눈썹을 빠르게 깜박이며 난 애교를 나름대로 쥐어짜 보았다.

"저어기이~ 저 조랑말, 가지고 싶은데요― 에스텔, 조랑말 가지고 싶어요오~"

"푸흐흡―"

내가 찌릿 그를 노려보자 뒤에서 에멜이 황급히 입을 주먹으로 가리며 커흠커흠 헛기침을 했다. 아빠는 멀뚱멀뚱 날 바라보았고 난 초조해져서 치마를 비틀었다.

역시, 익숙하지도 않고, 어울리지도 않는 짓 같은 거 하는 게 아니었다.

"몇 마리?"

"네?"

"몇 마리 가지고 싶은데? 아니다, 색깔별로 맞출까? 한 스무 마리 정도면 종류별로 골고루 되려나?"

엣.

"그냥 마장을 하나 세우죠. 종마랑 여러 가지 들여놓고."

엣, 잠깐 오라버니?

난 놀라 아빠의 소맷자락을 잡았다.

"아, 안 돼요!"

"뭐가?"

"말은, 비싸고, 그러니까―"

내가 열심히 말을 고르자 카를이 말했다.

"역시 그냥 마장을 세우는 걸로 하죠."

"그게 좋겠군. 영지 한쪽을 틔워서―"

"안 된다니까요!"

난 버럭 소리를 질렀다. 그러자 부자가 놀라 똑같이 동그래진 빨간 눈으로 날 바라보았다.

"그, 그렇게 막 저에게 뭘 해 주시면 저 버릇없어진단 말이에요! 조랑말은 한 마리로 족해요! 그, 그냥 한번 졸라보고 싶었던 것뿐이에요……."

"버릇이 없어져?"

아빠가 살짝 눈을 찌푸려서 난 움찔하며 웅얼거렸다.

"그, 그래요. 마음대로 이것저것 사 달라고 하거나, 시도 때도 없이 뭔가를 졸라댄다거나— 그렇게 돼 버린다고요."

아빠가 자리에서 일어났다.

"알았어. 그럼 켈슨에게 마장을 세울 곳을 알아보라고 하지."

잉?

"어, 어째서 얘기가 그렇게 되는 거예요?!"

안 된다니까요?!

필사적으로 매달려 간신히 내가 마음에 드는 조랑말을 사는 것으로 합의를 보고 나자 지쳐서 힘이 쭉 빠졌다.

내가 비슬비슬거리자 카를이 불안한 눈으로 날 보았다. 깊은 한숨과 함께 난 테이블에 엎드리듯 몸을 기댔다가 고개를 빠꼼히 들어서 아빠와 오빠를 바라보았다.

"그럼 조랑말 말고요~"

"다른 거 뭐 또 가지고 싶은 게 있어?"

"아카데미, 가면 안 돼요?"

"안 돼."

단호하게 자르는 말이어서 움찔했지만, 어쩐지 아까와는 달리 자신감이 생겨 난 다시 밀어붙여 보았다.

"가고 싶단 말이에요. 친구도 많이 사귀고 싶고…… 2년 후면 저도 강해져 있을지도 모르잖아요? 네? 네?"

"……안 돼."

"아빠아아~"

아까보다 훨씬 수월하게 조르는 목소리가 나왔다. 아빠는 한참을 침묵하다가 한숨과 함께 말했다.

"에스텔."

"네."

"아직 너에게는 말하지 못한 것들이 있어."

"뭔가요?"

"아직은 말하지 않을 거야."

"……."

살짝 입을 벌리고 아빠를 보니 그가 커다란 손을 뻗어 내 머리를 쓰다듬었다. 검을 익혀 굳은살이 박인, 크고 따뜻한 손이었다.

"그러니까 미안하지만 안 돼."

슥슥 쓰다듬는 손은 다정하지만 거칠어서 머리카락이 전부 부스스 곤두서는 것 같았다. 그래도 기분은 좋았다. 왠지 고분고분해지는 기분이 되어 난 고개를 끄덕였다.

"알겠어요."

아빠나 오빠에게 걱정을 끼치는 건 싫으니까.

"그러면……."

"음?"

"일주일 후에 수도에 가시기 전까지는 같이 시간 보내 주세요. 올라가시면 또 오랫동안 못 보니까……."

그 말에 아빠가 의아한 표정으로 말했다.

"너도 올라갈 건데?"

"네?"

"두 달 후에 널 소개하려면, 수도에서 내 눈이 닿는 곳에 있는 편이 마음이 놓여. 물론 여기 저택도 무방비하지는 않지만……."

아빠의 손은 여전히 슥슥 내 머리를 쓰다듬고 있는데, 어라? 아빠? 저기 힘이 점점 더 들어가는 것 같은데요.

"마탑 새끼들에게는 아무래도 취약하거든. 뭐 지천으로 깔린 게 정령석이라 취약이라고 보기는 그렇지만, 그 새끼들의 머릿속은―"

"아얏―!"

결국 내가 통증을 호소하자 아차 하며 아빠가 손에서 힘을 뺐다.

"다친 건가?"

"아뇨, 머리카락이 조금 엉켜서……."

중얼거리며 머리에 손을 올렸다가 난 경악했다.

'뭐야? 머리가 복슬복슬해졌어?'

마치 막 뽀글뽀글 파마를 끝낸 것처럼, 머리가 풍실풍실해져 있었다. 당황해 난 머리를 양손으로 눌렀다.

"아하하하하."

마치 사자처럼 부풀어 오른 머리를 연신 누르는데 카를이 웃음을 터트렸다. 난 놀라 카를을 바라보았다. 카를은 끅끅거리며 눈가의 눈물을 훔쳤다.

"너 진짜 웃긴다."

내가 헤 하고 입을 벌리고 카를을 바라보니 카를의 얼굴에 금방 웃음이 사라지고 짜증이 대신 나타났다.

"뭐야? 왜?"

"아뇨, 그냥, 그냥."

그렇게도 웃는구나.

아빠가 손을 뻗어 툭 카를의 머리를 때렸다.

"동생 놀리는 거 아니다."

"놀린 거 아닙니다. 그리고 사태를 만드신 건 아버님이시죠."

한 걸음도 물러서지 않는 대꾸였다.

'역시 둘이 사이가 안 좋나?'

난 열심히 머리를 누르며 말했다.

"괜찮아요. 오라버니도 절 놀리시려는 거 아니었고, 아빠도 일부러 그러신 거 아니고."

"알아."

"아는데."

두 사람이 날 돌아보며 대답해서 난 다시 말문이 막혀 버렸다.

'어쩐지 슬슬…… 어떻게 해야 하는지 감이 오는 것도 같고…….'

그런데―

"저기, 아빠."

"음?"

"마탑이 뭐예요?"

내 질문에 아빠가 미소 지었다. 차가운― 아니 차갑다는 말만으로는 설명할 수 없는, 그런 미소였다. 난 전신의 솜털이 삐죽 곤두서는 기분을 느끼며 어깨를 움츠렸다.

"카쌍(개자식)들의 모임이란다."

그러면서 말하는 어투는 지극히 다정해서 난 왠지 의자 뒤로 더 엉덩이를 밀어붙이며 물러났다. 그때 커다란 손이 내 귀를 막는 시늉을 하며 투덜거렸다.

"공작님, 아가씨 앞에서 욕설은 그만두시라니까요."

그 뜨거운 온도에 안심이 되어 어깨의 힘이 저절로 빠졌다. 아빠는

"아." 하고 고개를 흔들었다.

"마법사의 탑이야."

"마법사의 탑……. 그럼 마법사가 진짜로 있어요?"

눈을 동그랗게 뜨며 묻자 아빠는 고개를 끄덕였다.

'마법사라니, 우와. 마법사. 소설 속의 마법사 같은 걸까? 아니면 마녀 같은 거라든가.'

"그럼 마법도 막 쓰고 그런 거에요?"

"그렇지."

떨떠름하게 대답하고 아빠가 경고했다.

"절대로, 마법사에게 접근하지 마라."

"……왜요?"

"위험하니까."

끊어내듯 단호하게 말해서 난 '왜 위험하냐'고 묻지 못했다. 대신 나중에 하델에게 물어봐야지, 하고 마음을 군혔다.

＊　　＊　　＊

"조랑말을 선물받으셨다고요?"

하델의 말에 난 고개를 끄덕였다. 그가 묘한 표정으로 날 보다가 은테 안경을 추어올리고 말했다.

"별로 기쁘지 않은 표정이시군요. 보통이라면 기절이라도 할 듯이 기뻐할 텐데 말입니다."

"기뻐요! 기쁜데— 너무 과해요."

조랑말은 정말로, 정말로 멋졌다. 터럭 하나 희지 않은 새까만 몸체는 반짝거렸다. 물론 반대로 터럭 하나 검지 않은 백마도 멋졌고, 네 발굽이 양말을 신은 것처럼 새하얀, 붉은 갈색 털을 가진 조랑말도 멋졌다.

세 마리 다 너무 멋져서, 바라보면 한숨이 나올 정도였다. 그리고 비싸다는 건 생김새만 봐도 알 수 있었다.

"조랑말 세 마리로 파산할 정도라면 공작가는 진즉에 망했겠죠."

하델의 말에 난 고개를 들었다.

"그런가요?"

"아가씨께서 원하신다면 제국 전체의 조랑말을 다 모으실 수 있을 겁니다. 그리고 재정적 타격은 요만큼도 없겠죠."

하델이 엄지와 검지를 딱 붙여 보여 주었다.

"손가락 사이에 틈이 안 보이네요."

"타격이 없으니까요."

하델의 말에 난 나도 모르게 피식 웃었다. 그리고 고개를 끄덕였다.

"그 말을 들으니까 마음이 조금 놓이네요."

하델이 내 책의 열린 페이지를 짚으며 말했다.

"이미 공작가의 재정에 대해서는 충분히 교육해 드린 것 같은데요."

"그건 그렇지만……. 그렇다고 제가 마음대로 재정을 써도 된다는 건 아니잖아요."

내 말에 하델은 놀란 듯한 얼굴을 했다가 미소를 지었다.

"가끔 아가씨는 제 예상을 뛰어넘는 발언을 하시더군요."

"그런가요?"

"그럴수록 불안해지기도 합니다."

하델이 살짝 얼굴을 굳혔다.

"왜요?"

그게 왜 불안하지?

"아가씨의 위치를 생각했을 때 말입니다. 의무나 책임을 버리고 자신을 가장 먼저 생각해야 할 때가 오실 때는, 꼭 그렇게 하시길 바랍니다."

난 얼떨떨해졌지만, 고개를 끄덕였다. 그리고 궁금했던 걸 물었다.

"그런데, 선생님."

"네."

"마법사의 탑에 대해서 알고 싶습니다."

그 말에 하델의 시선이 내 뒤에 서 있는 에멜을 한 번 향했다가 다시 나에게로 돌아왔다.

"마법사의 모임입니다."

"그건 알아요. 그런데, 아버님이 가까이 가지 말라고 하셔서……."

"네. 아가씨는 마탑을 멀리하시는 게 좋습니다."

"왜인가요?"

"말씀드릴 수 없습니다."

그 말에 난 입을 살짝 벌렸다가 휙 뒤를 돌아보았다. 눈이 마주친 에멜이 싱긋 웃어 보였고 난 그에게 말했다.

"에멜."

"네."

"나가요."

"네?"

"잠시 저에게 선생님과의 시간을 주면 안 될까요?"

"거절합니다."

그 말에 난 잠시 시선을 땅을 내렸다가 고개를 들며 조심스럽게 말했다.

"명령이야, 라고 한다면요?"

그 말에 에멜은 재미있다는 얼굴이 되어 말했다.

"그야, 아가씨의 명령을 듣는 건 제 기쁨입니다만, 이건 거절할 수밖에 없겠군요."

난 눈을 살짝 찌푸렸다가 다시 앞을 보았다. 하델의 표정은 변함없었다. 난 한숨과 함께 말했다.

"그럼 그냥 마법이랑 마법사에 대해서 알려 주세요. 그건 괜찮죠?"

내 물음에 하델은 대답 없이 설명을 시작했다.

"마법사는 마나를 이용해서, 불가능한 일을 가능하게 만드는 사람들입니다. 마나를 느낄 수 있는 재능이 있어야 하지요. 제국에서 마법사는 그렇게 희귀한 존재는 아닙니다만, 그렇다고 흔하지도 않은 존재이죠."

"오러를 쓰는 기사처럼요?"

내 물음에 하델이 싱긋 웃었다.

"네, 그렇습니다. 마법사들은 다양한 학파를 따라서 연구하는 연구자들이기도 합니다. 도를 지나친 연구자들이기도 하죠."

"뭘 연구하나요?"

"많은 것들을요. 그중에서도 그들의 힘의 근원인 마나는 큰 연구 대상이죠. 이 마나의 근원은 마계와의 문이라고 합니다."

"마계요? 마족이 사는?"

"네. 오러가 저희 세상에 존재하는 힘이라면, 마나는 외부 세계에서 들어온 이질적인 힘이라고 하더군요. 그래서 물리법칙을 벗어난다고 하죠. 제가 보기에는 오러도 만만치 않지만 말입니다."

"그럼 마법은 어떤가요? 막 불을 내뿜거나, 그러나요?"

"공격 마법도 있습니다만, 실생활에서 볼 수 있는 마법들도 많지요. 예를 들면 얼음이 녹지 않게 차갑게 보관하는 마법 같은 것도 있답니다."

"그렇군요."

역시 신기해서 꼭 한 번 마법사를 보고 싶었지만, 위험하다고 하니 물러나 있는 게 좋겠지.

"수도에 있을까요?"

"마법사 말입니까? 네, 마법사를 가장 흔하게 볼 수 있는 곳이 수도일 겁니다. 그러니 올라가시면 더 조심하셔야 합니다."

이유를 말해 주지 않는 게 불만스러워지만 난 고개를 끄덕였다.

수업이 끝나고 가벼운 발걸음으로 마구간으로 향했다. 이러니저러니 해도, 선물은 기뻤다. 조랑말은 너무 사랑스러웠고, 승마를 배우는 것도 즐거웠다.

언제나처럼 말에게 당근을 주면서 목덜미를 토닥여 주었다. 말은 겁쟁이에다가 민감한 동물이라 대할 때 조심하지 않으면 안 된다.

"뒷발에 차이면 커다란 부상을 입으니까요."

에멜이 나에게 몇 번이나 주의를 주었다. 천천히 말에게 복대를 두르고 안장을 올렸다. 뭐든 직접 할 수 있어야 한다는 것이 그의 지론이었다.

"재갈을 타이트하게 물리시면 안 됩니다. 네, 이 정도로요. 좋습니다."

나는 가볍게 등자를 밟고 말 위로 올라갔다. 그러면 키가 쑥 커지는 것 같아서 기분 좋았다. 이제는 제법 말을 달리게 할 수도 있었다.

"어때요? 똑바로 잘 서 있어요?"

"네, 좋습니다."

에멜이 웃으며 대답했다. 난 깔깔 웃으며 살짝 상체를 앞으로 숙였다. 그걸 신호로 말은 가볍게 달리기 시작했다.

마장은 넓었고 거칠 것 없었다. 에멜이 뒤에서 소리쳤다.

"너무 달리지 마십시오."

"네!"

나는 크게 원을 그리며 돌았다. 너무 달리지 말라고 에멜이 말했지만,

달리고 싶어서 견딜 수가 없었다.

하지만 말에서 떨어지는 건 무서우니까.

그때 불쑥 목소리가 들려왔다.

"재미있냐?"

"오라버니!"

카를이 울타리 뒤쪽에 서 있었고 나는 얼른 그쪽으로 말을 몰았다. 너무 가까이는 가지 않고.

"어때요? 이제 잘 타죠?"

"초보를 간신히 벗어났네. 엉덩이는?"

"허리랑 허벅지가 아파요."

내 말에 카를이 희미하게 웃었다.

"아직 멀었네."

내가 그에게 물었다.

"같이 말 타고 나가지 않으실래요?"

"좀 더 네가 익숙해지면."

"천천히 가면 되는데요."

"안 돼."

카를이 엄한 얼굴을 해 보였다. 나는 입속으로 작게 투덜거렸다. 다가온 에멜이 카를에게 허리를 숙여 인사를 해 보이고 내 말의 고삐를 잡았다.

"아직 밖은 안 된다고 말씀드렸는데요."

"그래도 같이 가면 괜찮지 않을까, 하고……."

기가 죽어서 얼른 변명조로 말하자 에멜이 "안 됩니다." 하고 단호하게 다시 말했다. 나는 고개를 끄덕였다.

"알겠어요."

이어 난 카를을 보고 말했다.

"기다려요, 말 얼른 도로 넣고 나올게요."

"그만 타려고?"

"네. 오라버니랑 이야기하고 싶은걸요."

카를은 곧 가 버리니까, 말도 좋지만 역시 카를과 함께 있고 싶었다. 에멜이 손을 뻗어 날 들어 올려 말에서 내려주고 말했다.

"그럼 두 분 말씀 나누고 계십시오. 말은 제가 넣고 오죠."

"호위가 어딜 가?"

카를의 퉁명한 말에 에멜이 "도련님이 계시니까요." 하고는 말을 끌고 가 버렸다. 난 얼른 카를의 손을 잡았다. 카를이 뚱하게 날 보더니 손을 뻗어 내 승마 모자를 휙 돌렸다.

"오라버니!"

빽 소리를 지르며 난 다시 모자를 똑바로 했다. 그런데 눈앞에 있어야 할 카를이 없었다.

"오라버니?"

난 놀라 주변을 돌아보았다. 주변은 평원이고, 카를은 보이지 않았다.

"오라버니? 카를? 오빠?"

"와―!"

"꺅―?!"

난 자리에서 펄쩍 뛰었고 카를은 웃었다.

"노, 놀랐잖아요?!"

"어쩜 그렇게 기척을 못 읽지?"

카를이 신기하다는 듯 말해서 난 입을 비죽였다.

"그야 전 보통이니까요."

"걱정이다. 걱정이야."

그가 부드럽게 내 모자를 벗기고 머리를 쓰다듬으며 말했다. 걱정이라는 말에 난 퍼뜩 떠오른 것을 물었다.

"그런데 오라버니."

"왜?"

"마법사에 대해서 아세요?"

순간 카를의 얼굴이 딱딱하게 굳었다.

"그 새끼들은 왜?"

순식간에 말투에 날이 섰다. 그게 날 향한 게 아니라는 걸 알아서 딱히 무섭지는 않았지만, 그래도 괜히 움츠러들어 쭈뼛거리며 말했다.

"그냥, 궁금해서요……."

"설마, 그럴 리는 없겠지만, 이 주변에서 자기를 마법사라고 칭하는 놈을 본 건 아니지?"

난 고개를 절레절레 흔들었다. 마법사에 대해서는 조금도 아는 바가 없었다.

"괜히 호기심 가지지 마. 질 나쁜 놈들이니까."

그 말에 난 고개를 끄덕이기는 했지만, 더 궁금해지는 것이었다.

대체 왜? 마법사는 다 악당인 걸까? 나쁜 사람들일까?

하지만 수도에 마법사가 많다고 했으니까, 악당들이 당당히 거리를 다니지는 않을 것 아닌가?

'궁금해!'

정말로 궁금하다.

어떻게든 하델에게 물어봐서 알아낼 수는 없을까?

"이야기 잘 나누고 계십니까?"

난 생글생글 웃으며 다가온 에멜을 노려보았다.

어떻게든 에멜을 떼어 내고 하델과 독대하면 알려 주지 않을까?

에멜은 내 시선에 추욱 어깨를 늘어트리더니 말했다.

"그렇게 노려보시다니, 너무하십니다. 아가씨. 도련님과의 시간을 방해했다 이건가요?"

"앗, 그런 거 아니에요."

난 고개를 저으며 대답했다. 카를이 그런 내 뺨을 가볍게 당기고 말했다.

"뭔가 이상한 낌새 있으면, 지체 없이 이야기해. 알았어?"

"네."

난 얌전히 고개를 끄덕였다.

걱정을 끼치고 싶지는 않다.

"그만두기를 잘한 것 같네요."

에멜의 느닷없는 말에 난 에멜을 돌아보았다. 그가 내 시선을 보고 싱긋 웃으며 하늘을 가리켰다.

"비가 오려나 봅니다."

"비……."

하늘을 보니 방금 전까지 맑았던 하늘이 흐려져 있었다. 그러며 점점 바람이 강해진다. 습기를 머금은 바람이 피부를 스치자 몸 안쪽이 오싹해졌다.

"아가씨?"

"어, 얼른 들어가는 게 좋겠네요."

저절로 발걸음이 빨라졌다. 카를이 의아한 얼굴을 했다가 뒤에서 날번쩍 안아 들었다.

"너보다 내가 빨라."

"응……."

난 그의 목에 팔을 감고 얌전히 푹 안겼다. 그제야 조금 안심이 되는 것 같았다. 난 힐끗 카를의 옆모습을 보았다. 그의 붉은 눈동자가 휙 날 보았다가 다시 정면을 보았다.

"정말이지, 너 어떡할래?"

그가 한숨처럼 말해서 난 웃으며 대꾸했다.

"오빠 짐 가방 속에 들어가서 따라갈까. 아카데미."

"너 절대 그러지 마라."

내 말에 카를이 힘주어 말했다.

"짐은 마차 짐칸에 넣어 두고 삼 일은 안 여니까."

그 말에 난 눈을 깜박였다.

"그게 아니라……."

그냥 농담이었습니다.

"아니라 뭐?"

"아니, 아무것도 아니에요."

농담에도 진지하게 걱정해서 말하는 게 좋아서 난 그냥 고개를 저었다. 카를은 나에게 "왜, 상태가 안 좋아?", "무슨 일인데?" 같은 걸 묻지 않고 저택에 와서야 날 내려 주었다. 에멜이 느긋한 어조로 말했다.

"한바탕 쏟아지겠네요. 도련님 가시는 길 조심하셔야겠는데요."

"폭풍이 오기 전에 떠났어야 했는데."

카를이 쯧 하고 혀를 차고 날 내려다보았다. 내가 고개를 갸웃하자 그가 가볍게 내 뺨을 찌르고는 뚱한 얼굴을 해 보였다.

"오라버니?"

"뭐, 나쁘지는 않아."

그리고 그는 희미하게 웃었다.

'아, 웃는 얼굴.'

나도 마주 생글 웃었다. 카를은 그런 날 보고 뭐라고 한마디 하려는 듯하다가 그대로 휙 사라져 버렸다. 그리고 얼마 지나지 않아 애니가 다가왔다.

"아가씨, 손 씻고 간식 드세요."

"응!"

난 신나서 애니의 손을 잡고 그녀를 따라갔다. 힐끗 내다본 창문은 더더욱 어두워져 있었다.

천둥, 치겠지…….

'이 집은 넓고, 사람도 많으니까 괜찮을 거야.'

전혀 안 괜찮아!

밤에 자려고 누웠을 때만 해도 실처럼 가늘게 쏟아지던 비가 어느 순간 무섭게 쏟아지기 시작했다. 번쩍! 하고 그림자가 드리우면서 거의 동시에 천둥이 쳤다.

난 침대 이불 속에 웅크려 부들부들 떨었다.

유리창은 더 무서웠다. 창문이 원래 저렇게 덜컹덜컹 흔들리는 건가? 유리가 깨지면 어떻게 하지? 파편 날아와서—

콰르릉—!!

'흑—!'

난 이불 안에서 몸을 웅크렸다. 발작적으로 발을 찰 때마다 이불이 미끄러졌다.

'괜찮아, 괜찮아. 숨 쉬어, 숨 쉬어.'

이불 안에서 스스로 내는 피리 소리 같은 숨소리를 들을 수 있었다.

언제 끝나지?

비는 언제 그치지?

"아으……."

입 밖으로 나오는 비명을 눌러 삼키며 나는 귀를 꼭 막았다.

괜찮아, 괜찮아, 에스텔. 괜찮아.

스스로를 다독이는 사이에 천둥은 잦아들었고 지친 나는 기절하듯 잠들었다.

"아가씨? 일어나세요."

"우웅―"

애니가 날 부드럽게 흔들어 깨웠다.

"늦잠이시라니 별일이네요, 어머? 어젯밤 비 때문에 안 좋은 꿈이라도 꾸신 거예요?"

애니의 손이 눈가에 와 닿았다.

"그랬나 봐요."

난 모르는 척 눈을 문지르며 말했다. 애니가 "문지르지 마세요." 하고는 얼른 차갑게 적신 수건을 가져다가 눈가를 덮어 주었다.

'시원해서 기분 좋아……'

"오늘은 도련님이 가시는 날이니까요."

"아―!"

맞다. 그렇지!

난 후다닥 침대에서 뛰어 내려왔다. 창문을 내다보니 여전히 부슬비가 내리고 있었다.

"천천히 하셔도 돼요. 늦지 않았답니다."

애니가 부드럽게 말하며 내 잠옷을 벗겨 주었다. 이런 식의 시중은 아직도 쑥스럽다.

"매일 잘 먹인 보람이 있네요."

새로 만든 옷을 입혀 주며 애니가 뿌듯한 얼굴로 말했다. 난 부끄러워하며 손가락을 슥 한 번 보았다. 이제 마디가 보이지 않는다. 갈비뼈도

드러나지 않고. 버짐도 다 사라지고 키도 쭉쭉 크고 있다.

팔을 쭉 펴면 팔꿈치에 오목하게 들어가는 부분도 생긴다. 보기 흉한 무릎뼈도 안 보여서 이제 동그란 무릎이 되었다.

'신기해.'

나는 내 양 뺨도 잡아당겨 보았다. 음, 적당히 말랑말랑.

'카를이 왜 만지는지 이해도 돼.'

새 옷을 입고 나는 빠르게 방을 나갔다. 방문을 나서자 에멜이 인사해 왔다.

"안녕히 주무셨나요, 아가씨?"

"네. 에멜도 잘 잤나요?"

"네― 그보다 잘 주무신 것 같지 않은걸요?"

에멜이 내 얼굴을 보며 말해 난 내 눈가를 손끝으로 눌렀다가 물었다.

"심해요?"

"아뇨, 그렇게는."

"천둥이 쳐서, 악몽을 꿨나 봐요."

난 슬그머니 시선을 내리며 거짓말을 했다. 가슴 언저리가 따끔거리는 기분이 들었다. 에멜은 잠시 날 내려다보다가 "그렇군요." 하고 가볍게 대답했다.

"그, 오늘 오라버니가 아카데미로 돌아가는 날이잖아요. 얼른 배웅하러 가는 게 좋겠어요."

말하고 난 후다닥 달리듯이 복도를 걷기 시작했다.

"뛰지 마세요."

뒤를 따라붙으며 그가 주의를 줬고 난 고개를 끄덕였다. 하지만 속도는 거의 늦추지 않은 채로 최대한 빨리 식당으로 향했다.

"오라버니!"

후다닥 식당 안으로 들어가자 카를이 날 돌아보았다. 난 그 자리에 딱 붙박인 듯 섰다. 카를이 팔을 벌렸다가 다시 접으며 물었다.

"왜?"

"교복 처음 봤어요! 그렇구나! 학교니까 교복을 입는구나! 우와—!"

난 카를의 주변을 빙글빙글 돌았다. 카를이 눈을 찡그렸다가 내 턱을 잡았다. 갑자기 턱이 잡혀 켁 하고 그를 바라보니 카를이 물었다.

"뭐야? 눈 왜 이래?"

"도련님, 그런 식으로 아가씨를 다루시면 안 됩니다."

에멜이 카를의 손목을 잡아 내 턱에서 떼어 내며 말했다. 카를은 그 말에 "아." 하고 자신의 손을 보았다가 날 보고 말했다.

"아팠어? 미안."

"아팠지만 봐 드리죠. 보통인 동생은 처음이실 테니까요."

내가 척 하고 허리에 손을 얹으며 말하자 카를은 다시 자신의 손을 보았다가 내 눈가로 손을 뻗었다. 그리고 아주 살그머니, 솜털처럼 가볍게 눈가를 어루만지고 한숨을 내쉬었다.

"정말로 어렵네."

'보통이 아닌 편이 역시 좋은 거겠지.'

생각하니 시무룩해져서 난 어깨를 늘어트렸다가 얼른 다시 폈다.

"오라버니, 교복 너무 멋져요."

"답답해."

그가 넥타이를 잡아당기며 말했다. 재킷에 달린 금줄도, 세공이 들어간 단추도 내 눈에는 다 멋지게만 보였다.

"넥타이도 교복인 거예요?"

"그래. 학년마다 색이 다른 지정품. 그보다 눈은 왜 그래?"

"천둥 때문에, 잠을 잘 못 자서……."

“천둥? 왜?”

카를이 의아한 얼굴로 물어왔고 난 대답할 말이 없어졌다. 카를이 갸
웃하고 물었다.

“시끄러워서?”

“도련님……”

에멜이 한숨과 함께 카를을 불렀고 카를은 에멜을 바라보았다. 에멜
이 싱긋 웃으며 말했다.

“세상에는 큰 소리를 무서워하는 사람도 있답니다.”

“아.”

카를이 날 보고 픽 웃었다.

“토끼네.”

“……”

내가 불퉁하게 카를을 노려보고 있는데 뒤에서 누군가가 갑자기 머리
를 푹 눌러왔다. 이 집에서 나에게 이럴 사람은 눈앞의 카를, 아니면—

“아빠!”

난 활짝 웃으며 돌아섰다. 아빠는 몇 번 더 내 머리를 쓰다듬고는 카
를에게 말했다.

“여동생 놀리지 마라.”

“놀린 거 아닌데요.”

“놀린 거지.”

그렇게 말하고 아빠는 날 안아 들었다. 빤히 내 얼굴을 바라봐서 난
나도 모르게 먼저 말했다.

“어제 천둥 때문에……”

“그래.”

담담하게 대답하는 루비 색 눈동자에는 별다른 감정이 비치지 않았

다. 그게 오히려 안심되어서 난 아빠에게 기댔다.

"말썽 피우지 말고 다녀와라."

우와, 방학 끝나고 기숙사로 돌아가는 아들에게 무뚝뚝……!

"안 피워요."

별거 아니라는 듯한 대답!

"저, 저기 오라버니, 잘 다녀오세요. 괜찮으시면 제가 아카데미로 놀러도 갈게요!"

"안 와도 괜찮아. 아니, 오지 마. 그냥."

"그, 그래도……."

"편지는 써."

"네!"

고개를 끄덕이자 카를이 "좋아." 하고 마주 고개를 끄덕였다. 언제나처럼 아침 식사를 끝내고 모두가 카를을 배웅하기 위해 현관에 모였다.

진짜 카를이 간다고 생각하니 눈이 화끈거리기 시작했다. 그래도 비슷한 나이 또래였고, 유일하게 같이 놀아주는 사람이었는데.

이제 가면 겨울까지 못 보는 거라고 생각하니 펑펑 눈물이 흐르기 시작했다.

"오라버니, 잘, 다녀오세요―"

눈물이 뚝뚝 흐르는 작별 인사를 하는데 카를이 "하." 하고 가볍게 소리를 냈다. 나는 놀라 눈을 깜박였다. 일렁이는 시야 사이로 카를이 웃는 게 보였다.

잠깐, 지금 난 울면서 배웅하는데 그거 보고 웃는 거야?

어안이 벙벙해져서 그를 바라보니 카를이 소리 내 가볍게 웃었다.

"하하, 아, 과연, 이런 거군. 하―"

그가 한쪽 무릎을 꿇었다. 이런 식으로 카를을 내려다보는 건 처음이라서 난 눈을 동그랗게 떴다. 그가 손을 뻗어 내 눈물을 닦아 내고 웃었다.

"갔다 올게. 울지 마."

다정한 목소리라서 다시 쑥 눈물이 나왔다.

"이런."

그가 곤란한 듯 다시 웃고 내 머리를 가볍게 쓰다듬었다.

"에스텔 카스티엘로. 건강하게 잘 있어."

카를은 그러고는 아빠에게도 가볍게 인사하고 망설임 없이 마차에 올라탔다. 나는 출발하는 마차의 뒤를 몇 걸음 쫓아가다가 멈춰 섰다.

"비 맞는다. 들어가자."

아빠가 날 가볍게 안아 들며 말해서 난 아빠의 어깨에 푹 얼굴을 묻었다. 들어가자고 했으면서 아빠는 날 안은 채로 테라스에 자리 잡았다.

파라솔을 타고 빗방울이 떨어지는 소리가 계속 들려왔다. 달그락거리는 작은 소리도 났다. 하지만 곧 사방이 조용해져서 난 고개를 들었다.

테라스에는 아빠와 나밖에 없었고, 한쪽 테이블에 다과가 마련되어 있었다. 아빠는 팔걸이에 팔을 비딱하게 괴고 날 바라보고 있었다.

"아, 무겁죠, 죄송— 히약?"

얼른 내려오려고 하는데 아빠는 말없이 내 허리를 잡아당겨서 도로 아빠의 다리 위에 앉게 했다.

'뭐지……'

힐끔힐끔 눈치를 보니 붉은 눈이 빤히 날 바라보고 있다.

"친구라도 만들어 줄까?"

아빠의 말에 나는 놀라 눈을 깜박였다.

"네?"

"카를이 가서 섭섭한 거니까. 놀이 친구 몇 명 만들면 되지 않나."

친구……!

순간 확 기분이 밝아졌다가 곧 다시 저조해졌다.

"왜?"

"네?"

"놀이 친구 싫은가?"

"그러니까, 제 친구로서 뽑힌 아이들이라는 거잖아요. 제가 뭐라고 해도 웃으면서 이야기를 들어주고 무조건 비위를 맞춰 주면서, 하하 호호 웃는 그런 거는 싫어요."

"그렇군."

아빠가 손을 들어 내 머리를 쓰다듬기 시작했다. 머리에서 등까지 길게, 마치 짐승을 안정시키려고 쓰다듬는 것처럼.

"아빠……."

"응?"

"그게, 아까 말이에요."

내가 말을 느리게 하자 아빠는 계속 말하라는 듯 고개를 끄덕했다. 난 뭐라고 물어야 할지 몰라서 머뭇거리다가 이어 말했다.

"오라버니가, 웃었잖아요."

"아."

중얼거리고 아빠는 희미하게 웃었다. 그리고 잠시 멀리 시선을 주었다가 다시 날 보았다.

"넌 아직 어리고, 카스티엘로에 대해서 다 알려 주고 싶지가 않아."

신중하게 말을 고르는 듯한 어조였다.

"오래된 가문에는 밝은 면만 있는 게 아니니까."

그 말에 난 아빠를 보다가 고개를 푹 떨궜다.

"제가 반쪽짜리여서 그래요……?"

나도 제대로 된 카스티엘로면 좋았겠지. 호위도 필요 없고, 오빠랑 같이 말을 타고 달리면서 검술도 익히고, 오러도 쓰고─

아빠가 내 턱을 가볍게 들어 올렸다. 그 붉은 눈이 약간 화가 난 것처럼 보였다.

"반쪽 같은 거 아냐. 넌 카스티엘로다."

그리고 다시 미간을 살짝 찌푸렸다가 한숨을 쉬고 말했다.

"우리는 인간을 좋아하기가 힘들어. 물론 인간 쪽에서도 마찬가지고."

"카스티엘로를 두려워한다는 말 말이죠? 하지만 전 안 그런데……."

"너도 카스티엘로니까."

그 말에 난 헤헤 웃었다. 아빠는 희미하게 웃으며 이어 말했다.

"그러니까 우리는 좋아하는 상대를 찾는 게 거의 불가능해."

"……그렇군요……."

"상대가 날 좋아해 준다고 해도 그다지 기쁘지도 않고."

말하며 아빠는 쿠키를 하나 집어 들어서 나에게 건넸다. 난 양손으로 조심스럽게 크고 둥근 쿠키를 받아 들었다. 내가 좋아하는 견과류와 초콜릿이 잔뜩 들어간 쿠키였다.

"하지만 넌 달라."

"섞였으니까요."

"그래."

그렇게 대답하고 아빠는 내가 쿠키를 먹는 걸 바라보았다. 내 입가의 부스러기를 가볍게 쓸어주고서 아빠가 조용히 이어 말했다.

"그러니까 카를은 누군가를 좋아해 보는 것도, 누군가가 자신을 좋아해 주는 게 좋다는 것도 처음 안 거지."

그 말에 난 눈을 동그랗게 뜨고 아빠를 바라보았다. 다 말하고서 아빠는 지친다는 듯한 얼굴을 했다. 그가 내 머리를 쓱쓱 평소처럼 강하게 쓰다듬으며 말했다.

"어렵구나. 어디까지 이야기하고 어디까지 이야기하지 말아야 할지 모르겠으니."

아빠는 평소보다도 더 많은 이야기를 해 준 게 잘한 건지 어떤 건지 모르겠다는 어투로 말했다. 난 얼른 쿠키의 남은 조각을 입안에 전부 집어넣고 말했다.

"전 말해 주셔서 기뻐요. 그게, 오라버니가 절 비웃거나 한 게 아니라는 것도 알게 됐고요."

난 웃으며 와락 아빠의 목을 감싸 안았다.

"그랬으면 먼저 내가 가만두지 않았겠지."

아빠가 조용히 말하고 내 등을 가볍게 두들겼다. 왜인지 카스티엘로에 대한 비밀 이야기를 듣게 된 것 같아서 기분이 들떴다.

그러면서 동시에 의문도 들었다.

아빠도 누구를 좋아해 본 적이 없을까?

카를의 엄마는 누구일까? 어떤 분이셨을까? 그 사람도 좋아하지 않았을까?

여러 의문점이 빙글빙글 돌았다.

나중에 하나씩 물어봐야지.

정말로 진지하게 물어보면 아빠는 대답해 줄 것 같았다. 하지만 말하기 싫은 이야기일 수도 있으니까 묻고 싶지 않아.

나도 아빠가 왜 비가 싫은지, 왜 천둥이 무서운지 물어봐 주지 않아서 고마우니까.

난 자리에서 몸을 일으키고 말했다.

"그럼 저 차 마셔도 되나요?"

아빠는 말없이 찻잔을 나에게 건네주었다.

어라? 아빠 다리 위에서 계속 먹고 마시는 건가? 그래도 되나?

힐끗 바라보니 아빠는 말없이 내 허리를 잡아서 식탁 쪽을 볼 수 있게 앞으로 빙글 돌려주었다. 역시 이 감각은 적응되지 않는다.

'나 그래도 상당히 무거워졌는데, 어떻게 이렇게 헝겊 인형처럼 다루시지.'

결국, 나는 아빠 다리 위에 앉아서 먹고 마셨다. 그리고 정중하게 인사를 하고 수업으로 돌아갔다.

춤 수업과 악기 수업을 끝내고 나면 하델의 수업이다.

내가 가장 좋아하는 시간이기도 했다.

책상 앞에 앉아 있으니 시간을 딱 맞춰서 하델이 들어왔다. 숙제를 얼른 책상 위에 꺼내서 올려놓는데 불길한 소리가 들렸다.

쏴아아아—

빗줄기가 다시 강해지고 있었다. 온몸에 저절로 힘이 들어갔다. 수업 중에 천둥이랑 번개가 치면 어떻게 하지?

"공녀님."

하델이 날 부르고 이마에 손을 올렸다. 그사이 식은땀으로 이마가 축축해져 있었다.

"괜찮으십니까?"

"네, 네네."

"대답은 한 번만, 그리고 솔직하게 해 주십시오."

쿠르릉—

아주 멀리서 천둥 치는 소리가 들려와 난 숨을 삼켰다.

사실은 전혀 안 괜찮다.

"그게, 천둥이…… 무서워서……."

목소리가 저도 모르게 떨려 나왔다. 하델이 그 말에 고개를 들었다. 에멜과 무슨 이야기라도 나누는 걸까?

천둥을 무서워하는 애라니 바보 같다고 생각하겠지.

이게 그냥 자연 현상일 뿐이라는 건 나도 안다.

"미안하지만 수업을 미루지."

달칵하고 문 열리는 소리와 함께 아빠의 목소리가 들려와서 난 놀라 고개를 들었다.

"아빠?"

"공작 전하."

하델이 한 걸음 뒤로 물러나며 정중하게 인사했다.

"이리 와, 에스텔."

아빠가 한쪽 팔을 벌리며 날 불러서 의자를 박차고 일어난 난 그 팔에 매달리듯 안겼다. 여전히 조심성 없는 동작으로 아빠는 날 번쩍 안아 들었다. 하지만 이제 불안감은 없었다. 아빠가 절대로 날 떨어트릴 리가 없다는 걸 알기 때문이었다.

복도로 나왔지만, 공작가 저택답게 복도에도 창문이 크게 나 있었기 때문에 천둥소리를 가리는 데 큰 도움이 되지는 못했다.

내 숨 헐떡이는 소리가 커지는 게 거슬려서 난 숨을 꾹 참듯이 멈추려 했지만 잘되지 않았다.

아빠는 걸음을 빨리했다. 몇 계단을 단숨에 올라가서 위층에, 잠겨 있어서 내가 들어가 보지 못한 방으로 들어가 날 내려놓았다.

'조용해…… 그리고 어두워……'

방 안에는 창문이 하나도 없었고 대신 그림이 빼곡하게 걸려 있었다. 마치 그림을 위한 방 같았다. 그리고 그 그림들을 은은한 조명이 비추고 있었다.

아빠가 문을 닫자 아무런 소리도 들리지 않았다. 마치 박물관 안에 들어온 것 같았다.

"창문이 없네요?"

"그림이나 고서를 보전하기 위한 방이니까."

"아."

그래서 조명도 어둡구나. 빛을 쐬면 색이 바랜다는 건 나도 알고 있었다.

'이런 곳이 있었구나……'

천장도 높았다. 환기도 분명히 중요하다고 들었는데 어떻게 환기를 하는 걸까? 했는데 천장 부근에 뭔가 설치가 되어 있는 듯했다.

먼지 냄새 같은 건 조금도 나지 않았다.

난 천천히 방 안의 그림을 보며 걸음을 옮겼다. 발밑의 푹신한 카펫 덕에 소리가 나지 않았다. 방과 방이 연결되어 있었고 마지막 방으로 가니, 침실이었다.

"침대네요?"

왜 이런 곳에 침대가 있는 걸까?

"준비하게 했거든."

아빠가 말하고는 침대에 앉아서 나에게 손짓했다. 나는 종종걸음으로 다가가서 침대에 풀썩 앉았다. 침대에서는 좋은 냄새가 나고 있었다.

"준비요?"

"천둥 때문에 못 자면, 여기는 괜찮지 않나?"

"……"

멍하니 입을 벌리고 아빠를 보자 그는 "안 되나?" 하고 되물었다. 난 고개를 획획 저었다.

"아뇨. 그, 소리만 안 들리면 괜찮습니다."

"그렇다면."

아빠가 자리에서 일어나서 내 손에 열쇠를 쥐여 주었다.

'엄청 크다.'

열쇠는 내 손바닥보다 더 크고 무거웠다.

"이 방의 열쇠니까, 가서 옷 갈아입고 애니에게 바래다 달라고 하면 되겠지."

"애니는 못 들어오는 건가요?"

"그래."

'그렇구나……'

생각해 보면 여기는 귀중품을 모아 둔 공간이니까, 함부로 들어오지 못하는 거구나. 열쇠를 꼭 쥐고 난 고개를 끄덕였다.

"감사합니다."

꾸벅 인사를 하고 난 방을 나섰다. 나가니 에멜이 기다리고 있었다.

'언제 따라왔을까?'

"이야기는 잘 하셨나요?"

"네."

고개를 끄덕이자 에멜이 싱긋 웃고 날 안아 들었다. 오늘 이상하게 잔뜩 안기네.

"천둥이 무서우시면 절 얼마든지 끌어안으셔도 됩니다."

난 손에 쥔 열쇠를 바라보았다. 조금 무서운 게 덜어진 것도 같─

번쩍.

"힉─!"

번개에 난 움찔하고 에멜을 안은 팔에 힘을 주었다. 번개도 무섭지만, 더 무서운 건 이 뒤에 따라오는 거다.

혹─

그때 에멜이 내 귀에 바람을 불어 넣었다.

"꺄악?!"

난 당황해서 몸을 비틀면서 바람을 피했다.

"에, 에, 에, 에멜?!!"

"아하하, 놀랐죠?"

"뭐하는 짓이에요?!"

저절로 목소리가 높아졌다.

"장난입니다."

"그러니까─"

에멜의 캐러멜 색 눈동자가 생긋 웃는다. 그게 얄미워서 나는 다리로 그의 옆구리를 가볍게 걷어찼다.

"윽─ 아가씨, 도련님을 닮아가시는군요."

"함부로 장난치니까 그렇지요."

"그러게 말입니다. 반성해야겠네요."

말하며 에멜이 날 내려주었다.

'어라? 벌써 다 왔나.'

아─ 천둥 친 거 몰랐어. 너무 놀라서.

내가 뚱하게 에멜을 바라보니 그는 여전히 생글생글 웃고 있었다.

'고맙다고는 안 할 거야.'

장난친 건 친 거니까! 라고 속으로만 말하고 얼른 방 안으로 들어갔다. 애니는 내가 예정보다 일찍 돌아와서 놀란 듯 보였지만 사정을 설명하니 이해해 주었다.

그녀는 날 잠옷으로 갈아입혀 주고 그림 방(?) 앞까지 데려다주었다.

조심스럽게 커다란 열쇠 구멍에 열쇠를 넣고 돌리니 찰카닥하는 소리가 작게 났다. 돌리는 데 힘들지 않을까 했는데 기름칠을 잘해놓은 건지 부드럽게 돌아갔다.

　문을 열고 닫으니 자동으로 잠기는 소리가 났다.

　문을 닫자 적막이 방 안을 가득 채웠다.

　'여기서 혼자 자는 건가……?'

　아까까지 예뻤던 그림이 갑자기 무서워 보여서 난 '인형을 가지고 올걸.' 하고 후회하며 방 안으로 후다닥 달려갔다.

　"넘어진다."

　"어?"

　난 놀라 방 입구에 멈춰 섰다. 방 안의 의자에 아빠가 앉아 있었다. 한쪽 손에는 작은 책을 들고 있었다.

　"아빠……?"

　아빠가 말없이 침대를 가리켰다. 난 느리게 걸어서 침대 위로 꼬물꼬물 올라갔다.

　'잠들 때까지 있어 주시려나……?'

　희미한 기대감을 가지고 아빠를 보는데 아빠는 의자에서 일어나 책을 책장에 꽂아 넣었다.

　'아…….'

　나 올 때까지 기다려 주셨나 보다. 하지만 아빠는 방문으로 나가지 않고 그대로 침대 안으로 들어오셨다.

　"아빠?!"

　내가 놀라 부르자 아빠가 동작을 딱 멈췄다.

　"왜?"

　"그게―"

　"역시 걱정되나?"

　"네?"

"자다가 내가 너를 누른다거나……."

으음, 하고 아빠는 고민스러운 얼굴을 하셨고 그 말에 난 웃음이 나왔다. 강아지도 아니고, 눌려서 죽지는 않는단 말이에요.

"같이 자 주시는 거예요?"

"괜찮으면."

"괜찮아요!"

난 얼른 힘주어 말하며 옆으로, 옆으로 자리를 비켰다. 자꾸 입꼬리가 올라갔다. 웃음이 멈추지 않는다.

살그머니 옆에 누운 아빠의 옷소매를 붙잡았다.

'아, 이제 보니 잠옷이구나. 부드러운 감촉…… 검은 셔츠인 줄 알았어…….'

천둥도 없어, 번개도 없어, 빗소리도 들리지 않아.

그리고 옆에는 아빠가 누워 있다.

여기는 깊고 깊은 토끼 굴. 아주 아늑하고 안전해.

어젯밤 잘 못 자서 피곤했는지 안심이 되자마자 난 곯아떨어지듯 잠들어 버렸다.

* * *

"비가 와도 괜찮아 보이시는군요."

하델의 말에 나는 헤벌쭉 웃었다.

"아빠가 같이 자 주니까요. 괜찮아요."

하델이 그 말에 "그런가요." 하고 희미하게 웃었다. 오히려 천둥 번개 치는 날이 쪼끔, 아주 쬐에끔이지만 기대가 되었다.

그러면 아빠랑 같이 잘 수 있으니까.

"그런데 공녀님, 실례가 안 된다면 왜 천둥을 싫어하시는지 물어도 되겠습니까?"

그 말에 난 눈을 깜박이며 하델을 보았다.

"말하지 않으셔도 괜찮습니다. 그러면 페이지를 펴 주십시오."

"그, 별거는 아니에요."

난 더듬더듬 입을 열었다. 하델이 말없이 날 바라보았다.

"그게― 음, 어머니가 일할 때 날 상자에 넣어 두고는 했거든요. 그런데 어느 날은, 상자를 베란다에 뒀는데 비가 왔어요. 상자 뚜껑에 구멍이 났는지 물이 차서……."

갇혀 있는 상자 안에 물이 차오르기 시작했다.

"소리를 질러도 천둥이랑 빗소리가 너무 강해서 잘 들리지 않았나 봐요. 목까지 물이 차서, 그대로 상자 안에서 질식해서 죽는구나, 하고―"

무서웠다.

어두운 상자 안으로 물은 차오르고 있었고, 뚜껑 틈으로는 끝없이 물이 흘러들어 왔다. 그래서 내가 그 좁은 상자 속에서 웅크린 채 비명을 지르거나 발버둥을 치면 입안으로 물이 밀려들어 왔다.

번개와 천둥은 끝없이 울렸다.

얼마나 시간이 지났는지도 알 수가 없었다.

"나중에 시간이 지나고 엄마가 상자 뚜껑을 열어 보고는, 저보고 바보라고 하더라고요. 보니까 옆에 틈이 있어서, 그 이상으로는 물이 차지 않는 거였어요."

나중에 보니 손톱도 몇 개 빠지고 없었다.

"그래서 지금도 천둥 번개가 좀 무서워요."

말하고 힐끗 그를 보니 하델의 얼굴이 딱딱해져 있었다. 그가 입을 열었다가 다시 다물었다. 그리고 다시 날 보고 물었다.

"한 가지 물어봐도 될까요?"

"네."

"이튿날 또 그 일 할 때, 어머니가 공녀님을 상자에 넣었습니까?"

"……?"

갸웃하며 난 고개를 끄덕였다. 당연한 일이었다. 어머니는 일을 해야 하니까. 다시 들어가면서 죽을 것 같다고 느꼈지만, 넣지 말아 달라고 빌지 않았다.

어차피 들어주지 않을 걸 아니까.

"네."

우지끈—!

갑자기 뭔가 요란하게 부서지는 소리에 놀라 돌아보니 에멜이 책상 모서리를 들고 있었다. 그는 나와 시선이 마주치자 어색하게 웃었다.

"에멜?!"

"와— 이거 약한가 봐요, 그냥 짚었는데 뚝 부러졌네요. 놀라라~"

아무리 봐도 짚었는데 부러질 만한 책상 두께는 아닌데……. 모서리가 약해져 있었나?

"괜찮아요? 다친 건 아니에요?"

내가 자리에서 반쯤 일어나며 묻자 에멜이 앉으라는 시늉을 하며 손사래를 쳤다.

"이 정도는 괜찮습니다. 멀쩡해요."

"그럼 다행이고요……."

난 다시 자리에 앉았다. 하델이 이어 물었다.

"그럼 좁은 곳은 괜찮으십니까?"

"사실, 좁은 곳도 좋아하지는 않아요."

"그렇군요."

하델이 고개를 끄덕였다. 난 걱정이 되어서 얼른 집게손가락을 입가에 가져가며 말했다.

"이거 아빠에게는 비밀이에요?"

"알겠습니다."

하델이 묻거나 따지지 않고 바로 대답해 주어서 난 안도했다.

'창피하잖아.'

엄마는 그 뒤로 내가 천둥을 무서워만 하면 깔깔거리고 웃었다.

멍청하게, 상자를 살필 생각도 하지 않았다고 하면서.

'그야 주의력이 부족했지만, 애잖아.'

분수에서 살려 달라고 허우적거린 꼴이니, 웃긴 거야 당연하겠지만 그래도 상처받는 건 상처받는 거다.

"저, 선생님."

난 얼른 화제를 돌릴 겸 손을 들어 질문을 던졌다.

"수도는 어떤 곳인가요?"

"수도…… 말입니까."

내 질문에 하델이 갸웃했다. 질문하고 난 '아차' 했다.

서울은 어떤 곳인가요? 하는 질문을 한 것과 다름없잖아— 음, 그럼 그러니까.

"황제 폐하는 어떤 분이신가요?"

"폐하요?"

하델은 정말로 의외라는 듯 목소리가 살짝 높아졌다. 난 고개를 끄덕이고 목소리를 낮췄다.

"저 사실 궁금한 게 있습니다만, 폐하는 가장 높으신 분이잖아요? 정말로 높으신 분인가요?"

"질문의 의도를 명확히 해 주십시오."

"그러니까, 사실은 배후의 재상이 더 높다거나, 아니면 태후마마가 대리하고 있다거나, 귀족 세력의 힘이 강해서 황권이 눌려 있다거나ー"

서영이 봤던 드라마에 그런 내용이 있었던 것 같다.

"공녀님은…… 정말이지, 정말로 제 상상을 뛰어넘으시는 질문을 하는군요."

"그런가요?"

"네. 보통의 아이는 그런 질문을 하지 않는다고 생각합니다."

"하지 않아도 알고는 있다고 생각해요."

귀족 사회에서 자라면 그 정도는 몸으로 익혔겠지. 하지만 난 그러지 못했으니, 이렇게 지식으로 쌓아야 한다.

내 말에 하델은 애매한 얼굴을 하더니 느릿하게 답했다.

"꼭 안다고는 할 수 없습니다. 그리고 아가씨의 발언과는 다르게 폐하께서 황실의 정점을 차지하고 계십니다."

"아, 그렇군요."

그러면 상당히 황권이 안정된 상황이렷다.

"카스티엘로와의 관계는요?"

"언제나처럼 나쁘지도 좋지도 않지요. 폐하께서는 가깝게 지내고 싶으신 듯합니다."

"그럼 저희랑 사이가 나쁜 4개의 후작가에 대해서도 말씀해 주시겠어요?"

"아가씨."

"네."

"아가씨는 수도에 정쟁하러 가시는 게 아닙니다."

하델의 말에 난 '아.' 하고 입을 벌렸다.

"하지만 알고 싶어요."

난 고개를 휙휙 저었다.

"아무것도 모르는 건 싫어요. 그런데 후작가가 4개나 되다니, 공작가의 규모가 크다고 해도 넷을 한꺼번에 상대하는 건 무리가 아닐까요? 제 생각이지만 그 네 가문, 서로 사이가 안 좋은 거 아닌가요?"

하델은 아무 말도 없이 날 바라보았다. 잠시 후 그가 한숨과 함께 안경테를 밀어 올리고 말했다.

"맞습니다. 사이가 그렇게 좋은 편이 아니지요. 물론 카스티엘로 앞에서의 동맹, 이라는 표어만은 유지하고 있는 듯합니다만─"

한번 입을 연 하델은 거침없이 설명을 시작했다.

그의 이야기는 언제나 간결하고, 이해하기 쉽다. 수업을 끝내고 하델은 툭툭툭 내 책상을 가볍게 두들기며 생각에 잠겼다가 말했다.

"당분간 숙제는 없습니다. 공녀님."

"네, 알겠습니다."

인사를 하고 방을 나오자 에멜이 미간을 찡그리고 "으으음─" 하며 말했다.

"그런 게 궁금하신가요?"

"응."

"머리 아프지 않으세요?"

"재미있는걸."

"그런가요─"

"그런데 에멜이 듣기에는 어땠어요?"

"뭐가 말입니까?"

"하델의 이야기 말이에요. 치우쳐졌다거나? 다른 의견이 있다거나?"

그 말에 에멜은 날 멍하니 보다가 대답했다.

"아뇨, 상당히 객관적인 사실만을 말했다고 생각합니다."

"그렇군요."

공작가의 늑대인 에멜이 그렇게 말한다면, 뭐 그럭저럭 중립적인 이야기라는 거겠지. 여기는 다신교이니 딱히 종교적인 대립도 없는 것 같고, 신념과 신념의 싸움이라기보다는 이익 다툼인 건가.

"?!"

갑자기 달콤한 냄새가 확 풍겨 와서 난 눈을 크게 떴다.

"푸딩 냄새!"

"아, 그러네요. 달콤한 캐러멜이랑 우유 냄새가—"

"오늘 간식 푸딩인가 봐요!"

저절로 발걸음이 빨라졌다. 침이 꼴깍 넘어갔다. 요리사의 디저트는 다 좋지만, 그중에서도 푸딩은 정말로……!

그럴 수만 있다면 하루에 열 개, 스무 개씩 먹어 치울 수 있을 것 같았다. 에멜이 가볍게 웃고 허리를 깊게 숙여 내 귀에 속삭였다.

"제 몫도 아가씨께 드리죠."

"진짜로?"

"네."

활짝 웃으며 에멜이 답해 나는 야호 하는 소리를 작게 내고 얼른 내 방으로 향했다. 간식은 항상 내 방에서 애니와 같이 먹는다.

그러니 내 호위인 에멜의 몫도 항상 같이 나오고는 했다.

방으로 돌아가니 애니가 날 보고 웃으며 맞아 주었다. 난 애니의 치맛자락에 푹 안겼다.

'앞치마에서 햇빛 냄새 나, 좋아.'

쓸어주는 손도 기분 좋다.

'애니가 엄마였으면 좋았을걸.'

짧게 스쳐 가는 생각을 얼른 밀어 버리고 난 고개를 들고 씩 웃었다.

"오늘 간식 푸딩이죠!"

"어떻게 아셨어요? 조금 더 기다리세요."

"네."

"수업은 어떠셨나요?"

"재미있었어요."

"음악 선생님이 극찬하던데요. 아가씨 하프 솜씨가 훌륭하시다면서요."

"진짜?"

"네, 그럼요. 꼭 다음에 공작님에게 음악회를 열어 달라고 해야겠어요."

"그건 좀……."

난 얼른 발을 뒤로 뺐다. 음악회라니, 그런 거 불가능합니다.

"아가씨는 수줍음이 많으시다니까요."

애니가 웃으며 내 머리를 쓰다듬었다.

수줍음이 많은 건 아니고 그냥 보통이라고 생각하는데…….

곧 간식이 나와서 난 에멜의 몫까지 전부 먹어 치웠다. 에멜이 주겠다고 했으니까 두 번은 물어보지 않았다.

그도 그럴 게 푸딩인걸……!

하지만 에멜은 억울한 얼굴을 하지도 않았고 그저 웃으면서 자신의 몫을 내줬을 뿐이었다.

'푸딩은 안 좋아하나?'

간식을 먹고서 난 카를에게 편지를 썼다.

편지 쓰기로 했으니까 잊어버리기 전에 써야지.

비가 계속 오는 이야기랑 아빠랑 같이 잔 이야기랑 간식으로 푸딩이 나온 이야기를 쓱쓱 적었다. 그리고 조심스럽게 잉크를 말린 다음에 편지를 접어서 봉투에 넣고, 신중하게 왁스를 녹인 후 인장을 꾹 찍었다.

"헤헤."

이 작업은 항상 신중하게 해야 한다. 그러지 않으면 인장이 예쁘게 찍히지 않으니까. 오늘은 예쁘고 뚜렷하게 가문의 문장이 찍혔다.

'카스티엘로.'

새삼 너무 대단한 가문이라는 생각이 들었다. 수도로 올라가면 난 이제 어떻게 되는 걸까? 하는 걱정이 고개를 들었다.

'괜찮을 거야.'

아빠도 있고, 에멜도 있고, 애니도 있고, 하델도 있으니까.

인장이 다 굳기를 기다렸다가 난 그걸 얼른 은쟁반 위에 올렸다. 이 쟁반 위에 올려 두면 시종이 알아서 편지를 부쳐준다.

우편 시스템이 어떻게 되어 있는지는 알 수 없지만 말이다.

'편지가 잘 도착하기를.'

난 작게 빌고 책상에서 내려왔다.

*　　　*　　　*

공작 저택은 북적거림으로 가득 찼다.

시종들도 함께 수도로 올라가기 때문에, 수도로 가는 시종들을 부러워하는 남는 사람들의 목소리가 여기저기서 들려왔다.

일주일간의 준비를 끝내고 드디어 수도로 향하는 날이 되었다.

나는 커다란 마차를 보고 눈을 크게 떴다.

'진짜 크다……'

마차의 바퀴가 내 키의 두 배는 되었다.

'아냐, 2.5배? 더 되려나?'

게다가 이 화려함이라니. 마차 앞뒤로는 유리로 된 램프까지 달려 있었는데 모든 게 금으로 화려하게 채색되어 있었다. 이렇게 번쩍이는 마차는 난생처음 봤다.

마차는 한 대가 아니었고 총 다섯 대였는데 그중의 하나가 가장 화려했다.

'이게 아빠가 타는 마차인가 보구나. 그럼 난 뒤쪽의 저걸 타려나?'

마차를 빤히 보고 있으려니 언제 온 것인지 에멜이 다가와 속닥거렸다.

"아가씨, 마차 괜찮으세요?"

"네?"

내가 놀라 돌아보니 에멜이 걱정스러운 얼굴로 다시 물었다.

"좁은 곳 싫어하신다고……."

"아, 마차는 안 좁잖아요?"

내가 타고 왔던 마차는 내가 누워서 좌우로 굴러도 될 만큼 넓었다. 그리고 이 마차 역시 그렇게 보인다. 내 말에 에멜의 얼굴에 안도가 스치며 평소 같은 미소가 돌아왔다.

"그럼 다행이네요."

"가지."

검은색 일색으로 복장을 차려입은 아빠가 걸어오며 말했다. 에멜이 가볍게 허리를 숙여 보였다.

그때 대기하고 있던 시종 일동이 한목소리로 말했다.

"다녀오십시오, 주인님."

'우와.'

그러고 보니 아빠가 돌아왔을 때도 이런 거 했었지. 항상 하는 걸까?

아빠가 마차에 타는 걸 멀뚱히 보고 있으려니 에멜이 "아가씨?" 하고 가볍게 날 불렀다.

"네? 네."

"뭐 하는 거야?"

마차 안에서 아빠가 도로 나와 손을 내밀었다.

"어? 같이 타는 거예요?"

저도 모르게 묻자 아빠의 미간이 조금 더 좁아졌다. 아빠는 날 가볍게 안아 들고 마차에 올라탔다.

"다녀오십시오, 아가씨."

울리는 목소리에 난 깜짝 놀라 밖을 내다보았다. 시종들이 날 보며 웃고 있어서 저도 모르게 손을 흔들었더니 미소가 더더욱 짙어진다.

에멜이 쿡쿡 웃으며 마차 문을 닫아 난 얼굴에 손부채질을 하며 마차 의자에 깊숙이 앉았다. 손을 흔들다니, 역시 이상했나.

"에멜은 같이 안 타네요."

왜 손을 흔들었냐는 질문이 나올까 봐 난 먼저 말을 꺼냈다. 그 말에 내 건너편에 앉아 있던 아빠가 날 빤히 보더니 물었다.

"같이 타고 싶은가?"

"네? 아뇨. 그게 아니라, 에멜은 제 호위니까……."

아니지. 호위니까 당연히 곁에 있어야 한다고 너무 잘난 듯이 말하는 걸까?

"밖에서 호위할 거다."

"그렇군요."

난 슬그머니 창밖을 내다보았다. 말을 타고 가는 기사들의 얼굴이 보였다.

"애니는요?"

"뒤쪽 마차에."

"그래요."

그럼 나랑 아빠랑 둘이서만 계속 타고 있는 건가.

긴장되어 나는 손바닥을 펴 드레스 자락에 문질렀다. 손에서 땀이 배어 나오고 있었다.

"일은 잘 끝내셨나요?"

"영지에서 할 일은 대강. 수도로 올라가면 또 생기겠지만."

"그렇군요."

다시 침묵.

으으, 어렵다. 이 침묵. 뭐라고 이야기를 해야 잘할 수 있을까?

아빠랑은 어떻게 이야기를 하면 될까?

"수도에 올라가면……."

아빠가 내 다음 말을 기다리듯 빤히 바라봐서 깊게 숨을 들이마시고 물었다.

"가면 저 사교계에 나가나요?"

"그래."

"잘할 수 있을지 모르겠어요."

나도 모르게 약한 소리가 나왔다. 귀족이니, 사교계니, 무도회니―

카스티엘로에 걸맞은 숙녀가 될 수 있을까, 하는 걱정이 앞섰다. 아빠나 카를은 주변을 압도하는 카리스마가 있지만 나에게 그런 건 없으니까.

내가 얕보이면 카스티엘로도 그렇게 되는 게 아닐까?

하지만 그렇다고 위엄을 차리자니 뭔가 있어야지 위엄을 차릴 것이 아닌가?

"상관없어."

"……."

아빠의 말에 난 입을 다물었다.

'잘할 수 있을 거야. 같은 말은 안 해 주시는구나.'

사실 그다지 기대하고 있지 않겠지. 이렇게 허겁지겁 몇 달 배운 지식으로 잘할 거라고는 생각 안 할 거다.

그러니까 나름대로 배려해서 해 주신 말이겠지만.

난 창밖으로 휙 시선을 돌렸다. 그러자 아빠가 날 불렀다.

"에스텔."

"네."

"왜?"

"네?"

"왜 기분이 상했지?"

그 말에 난 눈을 크게 떴다. 내 기분 같은 건 신경 쓰지 않으실 줄 알았는데. 아니 그보다 아무 말도 하지 않았는데 어떻게 알았지?

"그게─"

난 침을 삼키고 솔직하게 말했다.

"제가 잘하든 못하든 별로 관심 없으신 것 같아서요."

그 말에 아빠는 침묵하다가 한숨을 내쉬었다. 그 한숨에 움찔하자 아빠는 자리에서 일어나 내 옆에 털썩 앉았다.

"관심은 많아. 하지만 너무 관심을 가지면 부담스러워하니까─"

아빠는 그렇게 말하다 신음을 흘렸다. 아빠의 손이 내 머리를 마구 쓰다듬었다.

"넌 생각이 너무 많아. 내 한마디를 대체 어디까지 해석하는지 모르겠구나. 에스텔 카스티엘로."

부르는 말에 나는 얌전히 대답했다.

"네."

"그냥 너답게 있으면 돼."

그 말에 웃으며 다시 "네." 하고 대답했다. 쓰다듬어 주는 손은 기분 좋고, 배려해 주는 말에는 마음이 젖어든다.

마차의 덜컹거림마저도 기분 좋아서 난 꾸벅꾸벅 졸기 시작했다. 살그머니 아빠가 손을 뻗어 날 기대게 하는 손길을 마지막으로 잠이 들었다.

마차 여행은 그렇게 힘들지 않았다. 물론 엉덩이를 오래 붙이고 앉아 있는 게 힘들지 않다는 말은 아니었다. 하지만 노숙의 어려움이나 식사의 불편함은 전혀 없었다.

왜 이렇게 많은 인원을 끌고 오는지 이해가 됐다.

푹신한 침대에서 자고 일어나서, 다시 마차에 타고, 예전보다 가짓수는 줄었지만 하여간 식사는 푸짐하게 나온다.

게다가 답답해하는 것 같으면 아빠가 말에 태워 주기까지 했다.

사실은 에멜이 먼저 "아가씨, 그렇게 답답하시면 제 말에 타실래요?" 하고 권유했는데 아빠가 잽싸게 "내가 하지." 하고 아빠의 말을 가져오게 해서 날 태워 주었다.

아빠와 말을 같이 타는 것은 즐거웠다.

그러다 보니 여행길은 순식간이었고, 우리는 곧 수도에 들어서게 되었다.

"굉장하다⋯⋯."

나는 성문을 보고 눈을 휘둥그레 떴다. 커다란 성문은 내가 고개를 꺾어서 봐야 꼭대기가 보일 정도였다. 수도는 꼭 3단 케이크처럼 보였다.

산을 깎아서 만들었기 때문이라고, 하델이 설명했었다.

'위로 올라갈수록 신분이 올라가죠, 라고도 했었지.'

3단 케이크 맨 위에는 케이크 장식처럼 황궁이 당당한 자태를 드러내고 있었다. 눈처럼 새하얀 색의 돌로 지어진 그 건물은 햇빛을 받아 금색으로 빛나고 있었다.

'케이크 장식으로 완벽하군.'

그런 생각을 하는 사이 마차는 성문을 빠져나갔고 아빠가 손을 뻗어 마차 창문을 탁 닫았다. 나도 모르게 불만스러운 얼굴로 아빠를 돌아보니 아빠는 그저 살짝 고개를 좌우로 저었을 뿐이었다.

'이놈의 비밀주의!'

여행 오는 사이 그래도 아빠와 가까워져서 나는 마음속으로 작게 불평을 토해 낼 수 있었다.

'하지만 내가 밖을 보면 밖에서도 내 얼굴이 보이는 셈이니까.'

아직 내 존재는 미공개다.

굳이 미리 알려서 사람들이—그게 적이든 아군이든— 미리 계획을 세우게 할 필요는 없지.

마차는 수도에 들어오고도 한참 더 시간이 흘러서야 멈춰 섰다. 마차 문이 열리고 에멜이 나에게 손을 내밀었다. 난 그의 손을 잡고 마차에서 내려 눈앞의 저택을 보고 입을 벌렸다.

'새까만 색.'

황궁이 눈으로 지어졌다면, 카스티엘로 저택은 재로 지어진 것 같았다. 새까만 돌로 된 성은 위압적인 자태를 드러내고 있었다.

"집이 까맣네요?"

내가 중얼거리자 에멜이 가볍게 웃었다.

"네, 까맣지요."

"자세히 보지? 마음에 들지 않나?"

아빠가 내 뒤에서 내리며 물었고 난 저택을 다시 바라보았다.

"아—!"

자세히 보니 반짝이는 결정들이 섞여 있었다. 전에 계곡에서 보았던 정령석 찌꺼기 돌처럼 말이다. 순식간에 저택의 이미지가 암흑에서 밤하늘로 변했다.

"마음에 들어요!"

내가 환하게 웃으며 말하자 아빠가 희미하게 미소를 지었다. 이어 아빠는 날 안아 들었다.

"두 다리로 걸을 수 있는데요."

작게 칭얼거리면서도 난 팔로 아빠의 목을 안았다. 저택의 현관으로 들어서자 역시나, 수많은 하인이 도열해 있었다.

"어서 오십시오, 공작 전하."

"어서 오십시오! 공작 전하."

"어서 오십시오, 아가씨."

"어서 오십시오! 아가씨."

일사불란한 인사의 외침이 끝났다.

'아. 영지와는 느낌이 다르다.'

영지보다 더 각이 잡혀 있다고 해야 할까?

모두가 입고 있는 유니폼은 조금도 흐트러지지 않았고 옷가지나 몸가짐에서 조금의 흠을 찾아내려고 해도 찾아낼 수 없을 정도였다.

"에스텔."

"네."

아빠가 날 불러 공손히 대답하자 그는 무성의한 태도로 손짓해서 먼저 인사를 선창한 남자를 불렀다.

"블랙월의 집사인 네반이다."

"안녕하세요."

가볍게 인사하니 네반은 깊게 허리를 숙이며 인사했다.

"만나 뵙게 되어 영광입니다. 아가씨."

"원하는 게 있다면 뭐든, 네반에게 말하면 돼."

"기탄없이 말씀해 주십시오."

그 말에 난 고개를 끄덕이다가 소리 내어 "네." 하고 대답했다. 어쩐지 영지와는 완전히 분위기가 달라서 주눅이 드는 기분이었다.

아빠가 날 안아 줘서 다행이라고 생각하며 난 아빠에게 찰싹 달라붙었다.

삼십 대 후반으로 보이는 네반은 회색 머리카락이 섞이기 시작한 짙은 갈색머리를 깔끔하게 넘기고 있었다. 머리카락 한 가닥이라도 튀어나오는 걸 용서하지 않겠지. 물론 콧수염도 완벽하게 다듬어져 있었다.

"에스텔의 시녀는?"

아빠의 물음에 네반이 도열한 하인들을 바라보며 말했다.

"스테파니. 제인."

그렇게 큰 목소리가 아닌데도 워낙 홀이 조용해서 명확하게 들렸고 그 말에 젊은 여성 두 명이 앞으로 걸어 나왔다.

"스테파니입니다."

그녀는 금갈색 머리카락을 가지고 있었는데 이십 대 후반의 나이로 보였다. 그에 비해서 제인은 적갈색 머리인데 십 대 중반쯤으로 보였다.

"애니."

"네, 공작 전하."

아빠가 그녀를 불러 난 놀라 뒤를 돌아보았다. 언제 따라왔는지 애니가 뒤쪽에 서 있었다. 그녀를 보자 난 긴장이 풀려 미소 지었다. 애니도 나에게 미소를 돌려주었다.

"이제 저 두 사람은 네 소관이다."

"알겠습니다."

스테파니와 제인이 애니에게 허리를 숙여 인사해 보였다. 아빠가 날 내려놓으며 명령했다.

"해산."

그 말에 그 많던 하인들이 일사불란하게 열을 맞춰서 사라졌다. 네반이 아빠의 코트를 받아 들며 말했다.

"집무실로 가시겠습니까? 편지가 몇 통 와 있습니다."

"그러지. 에스텔."

"네."

"저녁에 보자."

그 말에 난 웃으며 고개를 끄덕였다.

"네."

네반이 애니에게 말했다.

"아가씨의 방은 동쪽 청금석 방입니다."

"알겠습니다. 아가씨, 가시죠."

"응."

난 어리광 부리듯 애니에게 손을 뻗으며 말했고 애니는 얼른 내 손을 잡아 주었다. 영지의 성만큼은 아니었지만, 저택도 매우 넓었다. 밖이 새까만 색이라 안도 새까말 거라는 내 생각은 가차 없이 깨졌다.

안쪽은 색색의 대리석으로 화려한 문양을 만들어 놓고 있었고 모든 대리석은 흠집 없이 반짝거렸다.

청금석 방은 저택의 동쪽, 2층에 위치하고 있었다. 들어서자마자 난 탄성을 질렀다.

방의 전면은 일자가 아니라 사다리꼴이었는데, 그 삼면이 위에서 아래까지 전부 유리창이었다. 게다가 방의 모든 것들은 어린 소녀가 좋아할 만한 것으로 가득했다.

크림빛 카펫, 벽지는 딸기무늬, 내 몸 크기에 맞춘 낮고 아기자기한 가구들, 커다란 동물 인형들이 놓여 있었다.

거실을 지나 침실로 들어가니 침실 역시 분홍빛으로 사랑스럽게 꾸며져 있었다.

마치 설탕 과자로 만들어진 세계에 들어온 것 같았다. 애니가 스테파니에게 물었다.

"아가씨의 짐은 언제 도착하지?"

"이제 곧 시종들이 가지고 올 겁니다."

"그렇군."

애니가 나에게 미소 지으며 손짓했다.

"아가씨, 이리로 오세요."

난 얼른 애니의 곁에 붙어 섰다. 스테파니와 제인이 얼른 허리를 숙였다. 애니가 나에게 말했다.

"이제부터 이 두 사람도 함께 아가씨의 시중을 들 겁니다."

이미 아까 현관에서 인사를 받았는데도, 다시 정식으로 소개하는 모양이다.

"스테파니."

금갈색 머리에 20대 후반인 스테파니가 우아하게 고개를 숙였다.

"스테파니라고 합니다. 성심으로 아가씨를 모시겠습니다."

뭐라고 답해야 하나 하는데 애니가 이어서 제인도 소개했다.

"제인."

빨강 머리에 십 대 중반─나와 나이 차이가 크게 나지 않아 보이는 그녀는 싹싹하게 대답했다.

"제인입니다. 성심으로 아가씨를 모시겠습니다!"

스테파니가 침착하다면, 제인은 좀 더 명랑한 타입인가?

'놀이 친구는 필요 없다고 했는데.'

굳이 어린 하녀를 배치한 이유는 내 상대를 하게 하기 위해서겠지? 아니, 그래도 제인은 십 대 중반은 되어 보인다. 내가 너무 지나치게 생각한 걸까?

갸웃하는데 문을 열고 에멜이 들어왔다. 그가 거실을 보고 "와—" 하고 웃었다.

"예쁘게 꾸며져 있는걸요. 방은 마음에 드시나요, 아가씨?"

"네. 너무 마음에 들어요. 그런데 왜 청금석 방이죠?"

에멜이 내 말에 천장을 가리켜서 난 고개를 들어 천장을 바라보았다.

"아—"

높게, 돔 모양으로 생긴 천장에는 청금석으로 화려한 문양이 끼워 넣어져 있었다. 그리고 그 돔 중앙에서 샹들리에가 길게 내려오고 있었다.

보통 손님을 위한 방이 아닌 것 같다.

"너무 좋은 방이 아닐까요……?"

내 중얼거림에 제인이 얼른 말했다.

"성주님께서 특별히 이곳을 아가씨의 방으로 준비하라고 하셨습니다."

"그랬어요?"

"제인."

스테파니가 나무라는 듯한 목소리로 제인을 불렀다. 제인이 얼른 고개를 숙이고 말했다.

"죄송합니다."

"뭐가요?"

의아해져서 묻자 제인이 머뭇거렸고 스테파니가 조용히 말했다.

"대답의 권한을 주지 않으셨는데 멋대로 입을 열어서 죄송합니다. 아가씨."

"어? 아뇨, 괜찮아요."

"그리고 하인들에게 높임말도 해 주실 필요 없습니다."

스테파니의 말에 난 당혹해 애니를 바라보았다. 애니는 그저 미소만 짓고 날 바라보고 있었다. 마치 내가 어떻게 하는지 지켜보겠다는 듯이 말이다.

난 깊게 숨을 들이켰다.

로마에 가면 로마의 법을 따르라.

"알았어. 그럼 편하게 하지."

"네, 아가씨."

스테파니가 미소를 지으며 깊게 고개를 숙였다. 정답인 걸까?

"그렇지만 먼저 말을 거는 건 괜찮아."

난 얼른 내 의견을 피력했다. 내가 "입을 열어라."라고 말하기 전까지 침묵 속에서만 일을 한다니― 그건 싫다.

"아가씨께서 원하신다면."

아무렇지도 않게 스테파니는 대답하며 다시 인사했고 제인은 활짝 웃었다.

'잘된 건지 아닌 건지.'

알 수가 없어 난 어깨를 늘어트렸다.

곧 시종이 내 짐이 도착했음을 알려 시녀들이 분주하게 내 짐을 정리하기 시작했다. 거기에는 내 토끼 인형도 물론 끼어 있어서 난 재빨리 그것을 품에 안았다가 침대 위에 올려 두었다.

"어머? 귀여워라. 이름이 뭔가요?"

제인이 생글생글 웃으며 물어와서 난 "토끼야." 하고 대답했다. 제인이 내 말에 의아한 얼굴을 하며 녹색 눈을 깜박였다.

"그냥 이름이 토끼예요?"

"응."

"귀엽네요."

제인이 고개를 끄덕였다.

아, 이거 너무 애 취급.

"여기도 다른 인형이 많으니까, 원하시는 대로 가지고 놀면 되세요."

제인이 웃으며 하는 말에 난 괜히 심통이 나서 물었다.

"도서관은?"

"네?"

"여기에도, 장서관은 있을 거 아냐? 어디 있어?"

"어머나, 책도 읽으실 줄 아는 거예요?"

'그러니까 그런 식의 말투가 싫다니까.' 하고 생각했지만 그렇다고 대놓고 그렇게 말하지 말라고 할 수도 없었다.

애 취급 하지 마, 라니 그야말로 애가 할 소리 아닌가?

"안내해 줄 거야? 저택 구조가 어떻게 되는지 알고 싶어."

난 짜증을 눌러 참으며 부드러운 어조로 말했다. 제인이 "물론이지요." 하고 고개를 끄덕였다. 애니가 나에게 말했다.

"일단 씻고, 옷부터 갈아입고요. 아가씨."

"아, 응."

"그럼 전 나가 있는 게 좋겠군요."

에멜이 정중하게 인사를 하고 나갔다. 제인이 호들갑스럽게 말했다.

"아가씨, 호위 기사분 너무 멋지네요. 에멜 아스트라다 경이죠? 저도 소문은 들었어요. 어린 나이에 마스터가 되셨다고요."

난 말없이 고개를 끄덕였다. 내가 에멜에게 "대단하다"고 말했을 때 에멜은 부정도 없이 웃으며 고개를 끄덕였지.

갑자기 양심이 찔리는 기분이었다.

'괜찮은 건가. 내 호위 기사로 그렇게 대단한 사람이 붙어 있어도?'

고민하는 사이 애니는 내 여행용 드레스를 벗겨 주었다. 새하얀 패티 코트 차림으로 난 슬쩍 거울을 바라보았다.

안에 갖춰 입는, 그러니까 외부에 보일 일이 없는데도 화려한 레이스 장식이 가득 달린 패티 코트는 햇살에 반짝거릴 만큼 새하얀 색이었다.

'얼마 전만 해도 더러운 옷 한 벌만 입고 있었는데.'

금색 머리카락도 제법 질이 좋아져서 매끄럽게 반짝거렸다. 애니가 밤마다 빗어주고 향유를 듬뿍 발라주는 게 효과가 있는 모양이다.

"아가씨, 욕조에 물 다 받았답니다."

스테파니가 양손을 모으며 공손하게 말했다. 욕실로 들어간 나는 "아." 하고 작게 탄성을 질렀다. 바닥이 전부 청금석이었다.

'예쁘다……'

우윳빛의 사자 발 욕조가 욕실 가운데서 날 기다리고 있었다. 크기는 크지 않은, 아이용 맞춤 욕조였다.

가림막으로 가린 후 옷을 벗겨 줘서 가볍게 몸을 씻고 탕 안으로 들어갔다.

"물 온도는 어떠세요?"

"응, 딱 좋아."

팔을 걷어붙인 애니가 내 머리카락을 한데 모아 주며 말했다.

"아직 더 살찌셔야 해요. 그래야 쑥쑥 크지요."

그 말에 난 고개를 작게 끄덕였다.

씻고 나오자 애니는 옷장을 열었다. 옷장 안에는 벌써 내 여행 가방을 정리했는지 옷이 가득 들어 있었다. 편한 옷으로 갈아입고, 난 안내를 요구했다.

"아가씨, 머리는 말리셔야죠."

"오래 걸리잖아. 책 고르는 사이에 다 마를 거야."

애니의 말에 난 고개를 저었고 그녀는 어휴, 하고 한숨을 내쉬며 수건으로 내 머리를 가볍게 털어주는 것으로 마무리를 했다.

"제인, 모시고 다녀오렴."

애니의 말에 제인이 활짝 웃고는 "이리 오세요, 아가씨." 하고 내게 손짓했다.

"갔다 올게요."

애니에게 말하고 난 제인의 뒤에 따라붙었다. 그녀가 방문을 나서자 에멜이 서 있다가 날 돌아보았다.

"정말로 가시는 겁니까?"

"네."

내가 고개를 끄덕이자 에멜이 "피곤하지 않으세요?" 하고 물어 난 고개를 저었다.

"그보다 궁금한걸요."

"그러시다면야."

제인의 얼굴이 붉게 물든 것이 보였다. 그녀가 무릎을 굽혀 에멜에게 인사했다.

"기사님."

"그냥 편하게 부르세요."

에멜이 싱긋 웃으며 대꾸하자 제인이 "그럼, 에멜 경." 하고는 얼른 돌아섰다. 그녀가 나에게 빠르게 말했다.

"도서관은 여기서 멀지 않아요. 아가씨께서 좋아하시는 책이 있었으면 좋겠네요."

계단을 올라가고 복도를 걸어 우리는 곧 커다란 문 앞에 도착했다. 에멜이 문을 열어 주었다. 기름칠한 두꺼운 나무 문이 소리도 없이 열렸다.

"와—"

저절로 감탄사가 나왔다. 영지의 도서관도 훌륭했지만 여기는 그보다 더 안이 예술적이라고 해야 할까?

휘어진 난간과 사다리들, 반짝이는 서가에는 책이 빼곡했다. 게다가 수도라 그런지 책도 영지의 것보다 좀 더 새것인 느낌?

"아가씨."

서가 뒤쪽에서 하델이 나오며 나에게 인사를 했다. 나도 얼른 마주 인사했다.

"선생님."

"여기에는 어쩐 일로— 아니, 묻는 것도 이상하군요. 도서관이니까요."

"어떤 책이 있는지 구경 왔어요."

"피곤하지는 않으십니까?"

"조금요. 하지만 괜찮아요."

"여행 직후이니 너무 무리하지 않으시는 게 좋을 것 같은데요."

"그건 선생님도 마찬가지 아닌가요?"

내가 항의하자 하델이 슥 안경을 추어올리며 말했다.

"전 어른이니까요."

'와, 차별이다.'

"무리하지 마시고 푹 쉬시는 게 좋을 겁니다. 수도에서도 시간은 얼마든지 있으니까요."

"그래도 막상 왔는데요—"

말꼬리를 길게 빼며 말하자 하델은 "그렇습니까." 하더니 서가 안으로 들어갔다가 얄팍한 동화책을 한 권 들고 나왔다.

"자, 이걸 가지고 돌아가시죠."

"동화책도 있네요?"

눈을 휘둥그레 뜨자 하델은 희미하게 웃었다.

"있지요."

난 힐끗 제인을 돌아보았다. 좀 더 어려운 책을 가지고 가서, 그녀에게 내가 애가 아니라고―

아니, 이런 생각을 하는 게 애 같은 건가.

난 어깨를 늘어트렸다. 뭔가 기운이 쭉 빠졌다.

"네, 알겠어요. 고마워요."

"별말씀을."

"선생님은 계속 도서관에 있을 건가요?"

"글쎄요. 당분간은 있을 것 같습니다만."

왜 물어보냐는 듯한 어조에 난 고개를 휙휙 저었다.

"아니에요. 그럼 전 가 볼게요."

난 무릎을 굽혀 인사하고 도서관을 나왔다. 다시 내 방으로 돌아오자 연신 하품이 나왔다. 애니가 말했다.

"먼저 저녁 먹고 일찍 주무시는 게 어떠세요?"

"아냐. 아빠랑 같이 밥 먹을래."

난 감기는 눈을 억지로 부릅뜨며 말했다. 애니가 그 말에 가볍게 한숨을 내쉬고는 스테파니를 손짓해 불렀다. 뭔가 이야기를 나누더니 스테파니는 얼른 방을 나섰다.

그사이 나는 동화책을 펼쳤다. 동화책은 새 것이었는데 아직 한 번도 펼쳐진 적이 없는 듯 했다.

'책 읽는 사람이 없었나?'

갸웃하며 조심스럽게 책을 열어서 글자를 살폈다. 이제 이 정도쯤은 쉽게 읽을 수 있었다. 어린아이에게 맞춰진 소파는 편안했고 동화는 꽤 흥미진진했다.

"에멜."

"네."

내가 그를 부르자 창문가에서 밖을 보고 있던 그가 나에게 고개를 돌렸다.

"정말로 드래곤이 있어?"

드래곤 그림이 그려진 페이지를 그에게 보여 주며 묻자 에멜이 가볍게 웃었다.

"아뇨. 아주 옛날에는 존재했다고 하는데, 현재는 없어요."

"그렇구나."

손가락으로 드래곤을 쓸어 보이며 다행이라고 생각했다. 물론 드래곤은 멋있지만, 진짜로 이런 게 날아와서 공격을 한다면—

'악몽이지. 악몽.'

그때 스테파니가 들어와서 애니에게 뭐라고 속삭였고 애니가 싱긋 웃었다.

"아가씨."

"네."

고개를 들어 그녀를 보자 애니가 "저녁 먹으러 가요." 하고 말했다.

"벌써?"

난 놀라 자리에서 일어났다. 애니가 가볍게 웃었고 에멜이 명랑하게 말했다.

"와, 공작 각하를 조종하실 수 있다니, 대단하신데요."

"조종이라뇨. 불경하게."

애니는 희미하게 웃으며 그렇게 말했고 난 의아해졌다.

"아빠를 조종해?"

애니가 헛기침을 하고 "아무것도 아니에요."라고 대답한 후에 제인에게 날 식당으로 안내하도록 지시했다. 식당은 1층에 있었는데 역시 굉장했다.

'영지의 성만큼 커. 그런데 더 화려해…….'

식탁을 치우면 바로 여기서 무도회를 열어도 될 정도였다. 긴 테이블 끝에 아빠가 앉아 있었다. 난 한참 테이블을 따라 걸어서 아빠의 옆에 앉았다.

"식당도 화려하네요."

이야기를 꺼내자 아빠는 식당을 슬쩍 보고 "그런가." 하고 짤막하게 한마디 했다. 난 주춤거리며 물었다.

"바쁘신 거 아닌가요?"

"그다지."

그다지, 라고 말했지만 아빠는 옷도 갈아입지 않고 있었다. 잘은 모르지만 역시 일이 바쁜 걸까.

그때 시녀가 트롤리를 밀고 들어왔다. 가져온 음식들은 전부 간소한 것이었지만 갓 만들어서 따끈따끈했다.

아빠가 집게로 빵을 집어, 내 접시에 놓아주었다. 옆에서 시중을 들어주려 서 있던 시종이 숨을 삼키는 소리가 들렸다.

내가 힐끗 그를 보자 그는 눈을 내리깔고 있었다. 스스로도 당황한 게 눈에 보였다.

"자네는 가 보는 게 좋겠군."

아빠의 말에 시종은 얼른 허리를 숙여 인사하고 뒷걸음질로 물러났다.

"감사합니다."

인사하고 난 얼른 빵을 집어 들었다. 겉이 바삭바삭한 황금색 빵은 뜨거울 정도였다. 난 조심스럽게 빵을 갈라 버터와 잼을 발랐다. 버터는 금방 녹아 스며들었다.

'맛있다.'

생각보다 배가 많이 고팠었는지 다 맛있었다. 그리고 재미있게도 수프가 가장 마지막에 나왔다.

'이것도 나쁘지 않네.'

수프를 마지막으로 식사가 끝나자 더더욱 졸음이 밀려왔다. 왜 배가 부르면 더 졸린 걸까?

"에스텔."

"네, 넷."

난 얼른 대답했다. 헉, 나 지금 식탁에서 깜박 존 거야? 눈을 깜박거리는데 아빠가 희미하게 웃고 내 뺨을 가볍게 쓸어준 다음 말했다.

"먼저 가서 자렴."

"네."

의자에서 내려와 난 살그머니 아빠에게로 돌아갔다. 여전히 무표정했지만 이제는 조금쯤 표정을 구분하는 게 가능했다. 눈썹이 아주 조금 치켜올라가 있는 걸로 봐서 저건 '왜?'라고 묻는 얼굴이다.

"방 고맙습니다. 너무 예쁘고 다 마음에 들어요."

"그래."

아빠가 손을 뻗어 내 머리를 쓰다듬었고 난 얼른 아빠의 무릎에 폴짝 올라가서 그의 뺨에 가볍게 키스했다.

"안녕히 주무세요."

"……잘 자렴."

한 박자 늦게 대답이 돌아왔다. 난 헤헤 웃고 아빠의 다리에서 내려와 식당을 빠져나왔다. 에멜이 킥킥거리고 웃으며 말했다.

"다른 사람이 봤으면 지금쯤 심장마비가 왔을 거예요."

"뭘 말이에요?"

"아가씨가 공작 각하께 하는 행동 말이죠."

에멜의 대답에 난 약간 당황해서 되물었다.

"역시 예법에 어긋나는 걸까요?"

무례한 짓이었을까? 하면 안 되는 건가?

내 물음에 에멜이 화급히 고개를 저었다.

"아뇨. 아뇨. 아뇨. 상관없어요. 괜찮습니다."

"그럼 다행이네요."

난 휴~ 하고 안도하며 가슴을 쓸어내렸다. 에멜도 휴 하고 가슴을 쓸어내렸다. 내 흉내를 내는 것 같아 난 그를 한 번 흘겨주고 내 방으로 돌아왔다.

기다리고 있던 애니가 씻는 걸 도와주고 내 옷을 잠옷으로 갈아입혀주었다. 그리고 침대에 눕자마자 난 잠들었다.

Chapter 3.

슬슬 블랙월에도 익숙해져 갔다.

이곳에서 가르쳐주는 춤은 또 사교계의 유행에 맞춘 건지 박자가 약간 달랐다.

춤을 가르쳐 주니 배우기는 하지만, 생각해 보니 내 또래의 남자가 아니라면 춤추기 어려운 거 아닌가? 키도 맞지 않고.

'그래도 재미있기는 해.'

난 콧노래를 흥얼거리며 가볍게 턴했다. 햇빛이 잘 드는 내 방 거실은 춤 연습 하기에 좋은 장소였다.

'하나, 둘, 셋, 하나, 둘, 셋—'

대리석 바닥은 매끄러우니 춤추기 쉬울 것 같지만 의외로 이쪽이 더 어렵다. 제대로 힘을 줘서 지지를 해야 하는데 미끄러우니까 그게 안 된

단 말이지.

제인이 명랑한 목소리로 말했다.

"무도회에 나가시면 아가씨께서 중심이 되실 거예요."

"글쎄."

난 자리에 멈춰 섰다.

"진짜라니까요. 아가씨만큼 아름다운 아가씨는 없는걸요. 게다가 영리하시고, 춤도 잘 추시고—"

"그리고 카스티엘로니까."

내 말에 제인은 말을 멈췄다가 얼른 이었다.

"아니에요, 큰 가문의 사람이라는 것만으로는 사교계의 중심이 될 수 없는걸요."

"되고 싶지도 않아. 난 고작, 음, 열한 살쯤 됐을 거고. 사교계에 정식으로 데뷔할 때도 아니고."

제인은 내 말에 다시 입을 다물었다가 말했다.

"아가씨는 정말 이상하시네요."

"그래?"

"제인."

옆에서 다기를 준비하던 스테파니가 경고처럼 제인의 이름을 불렀고 난 손을 저었다.

"괜찮아. 뭐가 이상해?"

"보통 아가씨 또래의 아이라면 벌써 잔뜩 들떠 있었을 거예요. 입고 갈 옷이랑 장신구 걱정을 하면서 부모님께 힘껏 조를 거라고요. 그리고 밤마다 언제 그날이 오나 손꼽아 기다리겠죠."

"그렇구나. 하지만 조르지 않아도 드레스도, 장신구도 있는걸."

"그거야 그렇지만요."

그녀의 말에 난 '이상한가.' 하고 고개를 갸웃했다.

"으음. 하지만 딱히……."

그런 세계를 모르기 때문에 원하는 게 없는 걸까? 고민하는데 제인이 물었다.

"그런데 아가씨."

"응?"

"오늘 기사님들 연무하는데 구경 가지 않으실래요?"

"어?"

놀라 그녀를 돌아보니 스테파니의 눈썹이 살짝 모아져 있는 게 보였다. 제인은 그걸 눈치채지 못하고 신나게 이어 말했다.

"기사단이 훈련하는데 오늘은 대련하는 날이거든요. 멋진 기사님들이 잔뜩 나온답니다."

"그래? 보러 갈래!"

그런 거라면 흥미가 있다. 게다가 혹시 모르잖은가? 검에 대한 나의 재능을 발견하게 될지도!

"안 됩니다. 위험해요."

스테파니의 말에 제인이 입을 내밀었다.

"에이, 위험하지 않아요."

"그리고 밖으로 나가는 것도 좋지 않습니다."

"그럼 몰래 훔쳐볼게요."

제인이 얼른 나에게 눈짓했다. 눈짓에 나도 고개를 끄덕이며 말했다.

"그냥 궁금해서 그래. 한 번 보기만 하는 것도 안 돼?"

내 부탁에 스테파니는 곤란한 얼굴을 했다가 한숨과 함께 말했다.

"좋아요."

그리고 살짝 웃었다.

"아가씨는 손이 가지 않으시는 분이니까요."

이 정도 일탈은 괜찮지요, 하는 말에 난 '역시 신뢰라는 건 쌓아 둘 만하지.'라고 생각하며 고개를 끄덕였다.

제인이 내 팔을 잡아당겼다.

"얼른 나가 봐요."

"어? 지금이야?"

"아직 시작은 안 했지만, 미리 가서 숨어 있어야 하니까요."

"그렇군."

나나 제인의 실력으로 기사들이 도착한 후에 숨어드는 건 무리겠지.

블랙월은 비읍 자로 생긴 건물이었다. 안쪽에 네모 정원이 있고, 다시 뒤쪽에 정원이 있는 구조인데 연무장은 바로 그 뒤쪽에 있었다. 나와 제인은 운동장처럼 생긴 연무장 한쪽 수풀에 나란히 숨었다.

제인이 끊임없이 속닥속닥거려서 나도 꽤 많은 것을 알게 되었다.

황실기사단과 경쟁하는 관계라든가.

나라에서도 손꼽히는 기사들이 모여 있다든가.

단장이 너무너무 멋있다든가.

"아가씨에게는 너무 나이가 많을지도 모르겠지만요."

킥킥거리며 제인이 말하자 머리 위에서 목소리가 들려왔다.

"단장도 젊은 편인데요."

나도 제인도 펄쩍 뛸 정도로 놀라 위를 바라보니 에멜이 싱긋 웃고 있었다. 그가 내 옆에 털썩 앉으며 속닥였다.

"여기서 뭐 하시는 거예요, 아가씨?"

"에멜이야말로 뭐 하는 거예요?"

"그야 제 임무는 아가씨의 호위니까요."

"그렇지만―"

오늘 연습 있는 거 아닌가.

생각하니 덜컹하고 심장 안쪽이 움츠러드는 것 같았다. 그러고 보니 에멜은 항상 나에게 붙어 있다. 연습은 언제 하고 자유 시간은 언제 가지는 거지?

'전혀 생각 못 했어.'

애니처럼 곁에 있는 걸 당연하게 생각했다. 하지만 에멜은 기사고 마스터인데……

'아아아아, 에스텔 카스티엘로 너 완전 바보 아냐!'

"아가씨?"

머리를 쥐어 감싸 안고 있으니 제인이 당황해 날 불렀다. 난 고개를 저었다.

"아니, 갑자기 내 자신이 한심해져서."

"무슨 말씀을!"

제인이 '아가씨처럼 훌륭한 아가씨가 어디 있다고요!'라고 말하는데 에멜이 끼어들었다.

"아직도 검에 미련을 못 버리신 건가요."

"어?"

"아닙니까?"

그가 고개를 갸웃했다. 난 "그게―" 하고 말을 하려다가 얼른 입을 다물었다. 사람들이 오고 있었다. 훈련이라고 해서 난 뭔가 일사불란하게 서서 검을 휘두르는 걸 생각했는데 예상과는 전혀 달랐다.

실전 위주라고 해야 하나?

두셋씩 팀을 짜서 대련하기도 하고, 포메이션을 변경하기도 하고, 하여간 대련 위주였다. 검술을 잘 모르는 나도 기사들의 수준이 훌륭하다는 걸 알 수 있었으니 그들이 얼마나 대단한지 짐작이 갔다.

옆에서 에멜이 낮은 목소리로 설명을 해 줘서 더 알기 쉬웠다.

'생각해 보면 나 뭐랄까, 인재 독점 아닌가.'

고민하는데 갑자기 쨍! 하는 요란한 소리가 들려왔다. 어라 하고 고개를 드는데 그것과 거의 동시에 에멜이 손을 뻗었다. 한순간 뭐가 뭔지 알 수가 없어서 멍하니 눈앞의 에멜의 손을 바라보는데 제인이 날 붙잡았다.

"아가씨, 괜찮으세요?!"

"어? 응."

"괜찮아, 괜찮아. 날아온 건 내가 잡았으니까."

에멜이 손을 뒤집어서 자신이 잡은 칼날을 보여 주었다. 난 멍하니 그걸 보다가 에멜에게 달려들었다. 깜짝 놀란 에멜이 몸을 뒤로 빼는데 그것도 느끼지 못했다. 난 그의 손을 잡아당겼다.

"에멜! 손! 손 괜찮은 거야?!"

내 반응에 에멜이 웃으며 자신의 손을 보여 주었다. 상처는 없었다.

"오러를 씌운 채로 잡았으니까 괜찮아요. 그나저나 칼날이 부러지다니, 힘이 좋은 건지, 제대로 받지를 못한 건지."

"다행이다."

안도하니 몸에서 힘이 쭉 빠졌다. 에멜이 그런 날 달래듯 말했다.

"이 정도는 괜찮아요, 아가씨."

"하지만, 미안해요."

그 말에 에멜이 살짝 눈썹을 치켜올리는데 외침이 들렸다.

"우왓, 아가씨?!"

"아가씨가 계셔!"

기사들이 웅성거리기 시작했다. 서 있던 기사단장이 "조용히." 하고 말하고는 내가 있는 쪽으로 성큼성큼 걸어왔다.

'들켰다.'

하긴 그만큼 소란을 피웠으니 들키지 않는 쪽이 이상하기는 하다. 30대 후반으로 보이는 기사단장이 내 앞에 한쪽 무릎을 꿇었다.

"괜찮으십니까?"

난 자리에서 퉁기듯 벌떡 일어났다.

"네, 괜찮아요. 죄송합니다. 연습하는 걸 방해할 생각은 아니었어요. 그냥 지켜보기만 할 생각이었는데—"

말하다가 난 말을 멈추고 푹 어깨를 늘어트렸다.

"이미 방해했네요. 죄송합니다. 전 이만 들어가 보겠습니다."

그 말에 기사단장이 희미하게 웃고는 말했다.

"만나서 반갑습니다. 아스터 윈즈라고 합니다."

그의 인사에 난 양 뺨이 빨갛게 달아오르는 걸 느꼈다. 인사를 까먹다니.

"죄송해요. 에스텔 카스티엘로라고 합니다. 그냥 에스텔이라고 불러 주시면 돼요. 방해할 생각은 아니었어요, 단장님."

"아스터로 충분합니다."

그렇게 말하고 그는 몸을 일으키고는 말했다.

"다음에는 정식으로 보러 오시죠. 다들 좋아할 겁니다."

"그래도 괜찮은가요?"

"물론이지요."

검은색 눈이 부드럽게 웃어서 난 안심이 되었다. 아스터가 한쪽 손을 입가에 대고 소곤거리듯 말했다.

"모처럼 섬기게 된 아가씨가 생겨서 모두 즐거워하고 있답니다."

그 말에 난 나도 모르게 웃었다. 이 사람 돌려서 부드럽게 말하는 능력이 있구나. 정식으로 보러 오라는 말은, 이렇게 숨어들지 말라는 뜻인 거지.

"그렇다면 다음에는 꼭 참관하러 오도록 할게요. 정식으로요."

"기대하겠습니다."

"오늘은 정말 죄송했어요."

"아닙니다. 에멜이 곁에 붙어 있어서 다행이군요."

"네, 고마워요. 에멜."

"아가씨를 지키는 게 제 기쁨이지요."

에멜이 히죽 웃으며 말하자 단장이 그에게 말했다.

"그래도 단련은 게을리하지 않는 게 좋겠지."

"정진하겠습니다."

에멜이 공손히 대답했다. 뒤쪽에서 기사들이 힐끗힐끗 날 바라보는 게 느껴져서 나도 모르게 눈인사를 건넸더니 다들 얼른 오른손을 가슴에 대는 기사식 인사를 나에게 일사불란하게 보내왔다. 난 움찔하고 치마를 잡고 정식으로 인사를 한 뒤 "그럼 전 이만." 하고는 먼저 걸어서 그 장소를 떴다.

저녁은 항상 아빠와 함께 먹는다. 첫날 저녁과 달리 그 이튿날 저녁부터는 제대로 된 정찬이었다. 식사를 끝내고 디저트를 먹으며 난 조심스럽게 입을 열었다.

"아빠."

아빠가 시선만으로 내게 '왜?' 하는 질문을 던졌다.

"호위 말인데요, 바꿀 수 있나요?"

아빠는 그 말에 날 바라보다가 "알겠다." 하고 짧게 대답했다. 어째서? 라든가 왜? 하는 질문은 나오지 않았다.

그 질문에 여러 가지 답을 준비했던 게 무색해졌고 긴장이 탁 풀렸다.

휴 하고 한숨을 내쉬고 난 이어 말했다.

"한 명이 아니라 아무래도 교대가 좋을 것 같아요. 두 사람…… 아니, 세 사람이면 삼교대가 되니까……."

"알아서 하지."

"아, 네."

뭔가 잘못 말했나 하고 입을 꾹 다물자 아빠가 슬쩍 날 바라보았다. 아, 저 표정도 알아.

곤란한 얼굴.

"아빠."

"왜?"

"시간 괜찮으세요?"

"얼마든지."

"그럼, 저녁 먹고 같이 정원에 나가시지 않을래요?"

그 말에 아빠는 자리에서 일어났다. 난 얼른 케이크 마지막 한 조각을 입안에 넣고 따라 일어나 손을 뻗었다. 손을 잡자, 하는 뜻이었는데 아빠는 내 팔을 잡아끌더니 가볍게 날 안아 들었다.

"안아 주지 않으셔도 되는데요."

"싫은가?"

"그건 아니지만요."

난 대답하며 답삭 아빠에게 매달렸다. 아빠는 희미하게 웃고 날 데리고 정원으로 나갔다. 밤의 건물 벽은 희미하게 빛나서 아름다웠다. 정령석이 빛을 내는 거라고 하델이 가르쳐 주었다.

─정령은 깃들지 못하지만, 달빛이나 별빛 정도는 깃들죠.

그래서 나는 블랙월─검은 벽이라는 이름보다는 스타월(star─wall)이나 문라이트월(moonlight─wall)이라는 이름이 더 낫지 않나 싶었다.

'하긴 블랙월이라는 이름이 가장 멋있기는 해.'

밤의 정원에서는 좋은 냄새가 났다.

낮보다 더 꽃향기가 짙게 가라앉아 있어서 난 크게 숨을 들이마셨다.

"저택은 마음에 드나?"

"네. 모두 친절하고 방도 예뻐요. 아빠는 어떠세요?"

"나야 평소와 똑같지."

"그 평소라는 건 어떤 건데요?"

아빠는 내 말에 잠시 침묵했다가 날 내려놓았다.

"앉을까?"

정원 가운데 의자를 가리키며 하는 말에 난 고개를 끄덕이고는 얼른 의자로 달려갔다. 아빠는 걷는데도 내 뒤를 금방 쫓아와 자리에 앉았다. 내 옆에 앉은 아빠는 잠시 생각에 잠겼다가 입을 열었다.

"너는 오해를 쉽게 하니까 말해 두는 게 좋겠지. 다들 공작가를 주목하고 있어. 네 존재를 완전히 숨길 수는 없으니까. 게다가 네가 나오기 전에 미리 어느 정도 정보는 뿌려 두는 게 좋고. 그래서 모두가 네 존재를 확인하고 싶어서 눈에 불을 켜고 있지."

그 말에 난 눈을 동그랗게 떴다.

"네가 나타나면 모두가 너의 일거수일투족을 주목할 거야. 무슨 말을 하는지, 어떤 옷을 입는지, 어떤 성격인지, 어떻게 움직이는지, 어떻게 행동하는지—"

그 말에 점점 손끝이 차가워지는 게 느껴졌다.

"하지만 넌 카스티엘로야."

난 대답하지 못하고 고개만 끄덕였다. 카스티엘로 공작가에 걸맞게, 열심히 노력해야겠지. 내 표정에 아빠는 고개를 갸웃했다가 한숨을 내쉬고 내 머리를 쓰다듬으며 말했다.

"나가지 말래?"

"네?"

"사교계 같은 거 나가지 않아도 괜찮아. 원한다면 평생 영지에 있어도 돼. 거기서도 부족함은 없을 거야. 네가 원하는 건 뭐든 손에 넣을 수 있고, 뭘 해도 상관은 없어."

그 말에 난 미소 지었다. 아니 미소가 아니라 웃음이 나왔다.

"그 말을 들으니까 더 힘이 나는데요. 고마워요, 아빠."

다정하고 상냥한 말.

그러고 보니 카를도 그랬지. 아카데미를 가지 않겠다고 하지 않나, 마장을 세워 주겠다고 하지 않나.

아, 맞다.

"그러고 보니 아카데미는 수도에 있지 않나요?"

"그렇지."

"오라버니를 만나러 가도 되나요?"

오지 말라고 하기는 했지만, 그래도 온 김에 만나봐야 하지 않겠어?

"네가 원한다면. 하지만 네 존재를 공표할 때까지는 참아주면 좋겠구나."

"네. 그때까지 기다릴게요, 그럼."

대신 편지를 잔뜩 보내야겠다. 그때 내 시선에 정원 끝, 현관에 서 있는 네반이 보였다.

"이만 들어가 볼까요? 네반 아저씨가 저쪽에 서 계시는 걸 보니, 아빠 저녁 일 있으신 거 아닌가요."

"너와 보낼 시간은 언제나 있어."

"그럼 편할 때 만나러 가도 되나요?"

"얼마든지."

그 말에 난 웃음을 터트리고 얼른 아빠의 무릎 위로 올라가 뺨에 키스했다.

"안녕히 주무세요, 아니, 일 열심히 하세요."

몸을 떼는 내 어깨를 잡고 아빠가 내 뺨에 살짝 마주 입 맞춰 주고 말했다.

"잘 자렴."

난 다시 헤헤 웃고 손으로 뺨을 눌렀다. 아빠는 날 내 방까지 데려다주고 나서야 네반 아저씨와 함께 돌아갔다.

제인은 "공작님의 저런 모습 한 번도 본 적 없어요!" 하며 호들갑을 떨었다. 잠옷으로 갈아입고 토끼를 끌어안으며 난 이불 속에서 웅크렸다.

누워서도 계속 입꼬리가 내려오지 않아 뺨이 아파왔지만 나는 금방 잠들었다.

아침에 일어나서 잠옷 차림 그대로 가벼운 아침 식사를 하고 옷을 갈아입자마자 기사 셋이 쳐들어왔다.

쳐들어왔다고 해야 하나, 기세 좋게 들어왔다고 해야 하나. 애니에게서 느닷없이 "기사분들이 아가씨께 인사 올리고 싶다고 하네요." 하는 말에 의아해하면서도 허락했더니 갑옷을 입은 세 사람이 들어왔다.

넓은 거실인데도 꽉 찬 느낌이 들었다.

"오늘부터 아가씨 호위를 맡게 되었습니다."

정중하게 인사를 하는 사람은 흑발 흑안이고,

"제비뽑기에서 이겼다고요. 엄청 운 좋네요."

생글생글 에멜처럼 붙임성 좋아 보이지만 좀 더 예쁘장한? 금발 청안의 사람이랑—

"만나게 되어서 영광이에요."

부드럽게 웃어서 상냥해 보이는 연청색 머리카락에 보라색 눈의 여자분.

'여기 사람들은 알록달록하구나.'

당황해서 난 꾸벅 인사했다.

"아, 안녕하세요. 기사님들. 전 에스텔 카스티엘로라고 합니다. 앞으로 잘 부탁드려요."

"우와, 귀여워! 카스티엘로 같지 않아! 진짜 귀여워! 인형 같아!"

"넌 좀 입을 다무는 게 좋겠군."

"저희도 잘 부탁드려요, 아가씨."

옆에 서 있던 애니가 허리에 양손을 올리며 말했다.

"자기소개 먼저 해 주시지 않겠어요?"

그 말에 아차, 하고 금발 청안의 남자가 씩 웃으며 말했다.

"로이 딜런이라고 합니다. 아가씨, 잘 부탁드려요."

"실례했습니다. 전 진 세이건이라고 합니다."

흑발의 남자가 절도 있게 인사를 하며 말했다. 마지막으로 연청색 머리카락을 가진 사람이 내 시선에 맞춰 한쪽 무릎을 꿇고 빙긋 웃으며 자신의 가슴에 손을 대고 인사했다.

"엘런 피즈라고 합니다. 잘 부탁드려요, 아가씨."

'여기사도 있구나.'

친근감이 느껴져 난 웃으며 엘런을 보았다. 엘런도 생글 마주 웃었다. 내가 물었다.

"그런데 에멜은……"

"글쎄요, 어딘가에 처박혀 있는 게 아닐까요?"

엘런이 뺨에 손을 대고 갸웃하며 말했다. 로이가 히죽 웃었다.

"갑자기 임무에서 배제되어 지금쯤 엉엉 울고 있을걸요."

"쓸데없는 소릴."

진이 혀를 찼다.

"우, 울어요?"

내가 당황해서 되묻자 로이가 하하 웃었다.

"농담이에요, 농담. 아, 그보다 아가씨, 진짜 귀여우신걸요. 물론 공작 가야 섬기는 보람이 있기는 하지만 다들 괴물같이 강하니 그다지 이런 호위는 필요가 없었는데— 저는 좋네요."

난 눈을 데굴 굴리고는 물었다.

"그런데 설마 세 분이 한 번에 절 따라다니시는 건 아니죠?"

"네, 아가씨께서 원하시는 대로 교대로 호위를 할 겁니다."

진의 말에 난 안도해 가슴을 쓸어내렸다. 셋은 어떻게 순서를 정할까 고민하다가 결국 가위바위보로 순서를 정했다.

엘런, 로이, 진.

이런 순서로 정해져서 엘런이 웃는 얼굴로 두 사람을 쫓아냈다. 엘런이 문을 닫고 날 돌아보며 빙그레 웃었다.

"너무 소란스러웠지요. 죄송합니다. 아가씨. 평소에는 이것보다 더 조용하답니다."

"그거 다행이네요."

난 웃으며 말하고 얼른 다시 정식으로 인사했다.

"만나서 반가워요. 에스텔 카스티엘로라고 해요."

"엘런 피즈입니다. 잘 부탁드려요, 아가씨."

"그런데……."

"네."

"에멜이랑 인사 정도는 할 줄 알았는데요."

그래도 작별 인사는 하고 그동안 고마웠다고 말은 할 수 있을 줄 알았는데, 이렇게 갑작스럽게 바뀌게 될 줄은 몰랐다.

엘런이 갸웃하고 물었다.

"괜찮으세요?"

"네?"

"에멜 경과 무슨 일이 있으셨던 거 아닌가요? 아가씨가 원하신다고 하면서 저희도 오늘 아침에 갑작스럽게 배치를 받았거든요. 그래서 아가씨가 에멜을 마음에 들어 하지 않으신다고 생각했는데요. 무슨 무례한 일을 저질렀거나……."

그 말에 난 펄쩍 뛸 정도로 놀랐다.

"아니에요!"

내 부인에 엘런은 묘한 표정을 했다. 나는 '도대체 왜?' 하고 생각하며 그녀에게 물었다.

"그럼 에멜은 지금 어디에 있어요? 만나러 가도 되나요?"

"자유 시간을 받았으니, 됩니다만."

난 휙 애니를 돌아보았다. 애니는 '어머나?' 하는 얼굴을 하고 있었지만 크게 동요한 것 같지는 않았다.

"나 아침 시간 비워도 괜찮아요?"

"크로이츠 경과의 수업은 오후이니 괜찮아요."

애니가 조용히 대답했고 난 고개를 끄덕인 후 엘런을 재촉했다.

"에멜이 있는 곳에 데려다줘요."

엘런은 날 가만히 바라보다가 조용히 대답했다.

"알겠습니다."

엘런은 날 데리고 저택을 빠져나왔다. 비읍 자 모양의 건물에서 오른쪽 뿔 모양으로 나온 곳이 기사단원의 숙소였다.

숙소에는 사람이 없었다. "모두 자기 일을 하러 갔으니까요. 비번은 아마 훈련 중일 거고요." 하고 엘런이 말해 주고는 멈춰 섰다.

"안쪽에 마스터를 위한 개인 연무장이 따로 있답니다. 전 들어갈 수 없지만 아가씨는 괜찮으실 거예요."

그 말에 난 엘런에게 "고마워요." 하고 인사를 하고는 안쪽으로 걸어 들어갔다. 정원은 바깥에서 안을 들여다볼 수 없게 교묘하게 만들어져 있었다.

'그러고 보니 연습하는 걸 보는 건 실례라고 했었지.'

카를이 연습하는 걸 본 날에 그런 이야기를 들었다. 그런데 이렇게 들어가도 괜찮은 걸까?

느린 걸음으로 들어가는데 안쪽에서 검을 휘두르는 소리와 함께 정령석이 우는 소리가 같이 들려왔다. 그 소리에는 희미하게 분노가 섞여 있었다.

'아, 화났나.'

난 그 자리에 멈춰 섰다.

'생각해 보니 화난 게 당연하지?'

갑자기 그렇게 잘렸으니, 화가 났을 거다. 난 후, 후, 하고 숨을 몰아쉬었다. 이제 와 돌이켜보니 나는 그를 생각한다고 했지만, 에멜의 의견은 전혀 묻지 않았다.

'하지만 이렇게 일이 진행될 줄은 몰랐는걸…….'

난 에잇, 하고 달리듯 걸어 나갔다.

어차피 혼날 거라면 단숨에 혼나는 게 나았다.

에멜이 검을 휘두르고 있었다. 그러고 보니 에멜이 검을 쓰는 모습은 한 번도 본 적이 없었구나.

그가 날 보지 못했을 리는 없건만, 움직임을 멈추지도 않았다. 난 구석에 서서 그의 검 연습이 끝나기를 기다렸다.

한참 후에야 그가 검 끝을 내리고 깊게 숨을 들이마시고 날 돌아보았다.

"무슨 일이십니까?"

그의 말이 딱딱해서 난 어깨를 움츠렸다가 얼른 옆에 걸린 수건을 들고 그에게로 다가갔다. 수건을 내밀자 에멜은 지그시 날 바라보다가 수건을 받아 들었다.

"저기, 미안해요."

"뭐가요?"

"갑자기 말도 안 하고, 그게, 이렇게 될 줄은 몰랐어요."

"아가씨께서 제가 마음에 안 드신 거면 어쩔 수 없죠."

"아니에요!"

난 펄쩍 뛰었다.

"난 에멜이 나와 계속 같이 있어서 연습할 시간이 없으니까, 그러니까 연습할 시간을 주려고 했을 뿐이에요. 교대로 호위하거나…… 아니면 휴가를 낸다든가……."

난 양손을 꽉 잡았다.

"그럼 다시 제가 아가씨 호위가 돼도 되나요?"

"당연하죠! 하지만, 에멜은 마스터인데……."

나를 호위하고 있어도 되는 걸까?

"아, 정말."

에멜이 목소리를 높여서 난 움찔했다. 그가 허리를 숙였다. 에멜은 웃고 있었다.

"아가씨, 제가 아가씨 호위를 해서 얼마나 즐거웠는 줄 아세요? 다들 제 이야기를 들으려고 안달복달했다고요. 이렇게 귀여운 아가씨의 모습은 나만 독점할 거다! 하면서 놀렸는데 말이죠."

"예? 네······?"

"처음에는 놀랐지만, 아가씨가 그렇게 사람을 자르는 사람은 아니니까 뭔가 이유가 있겠거니 했는데— 아아, 정말이지. 좀 더 자신감을 가지세요."

에멜이 내 뺨을 가볍게 잡아당기고 다시 웃었다.

"그럼 화 안 난 거예요?"

"물론이죠."

그의 말에 난 고개를 갸웃했다. 하지만 아까 들었던 정령석의 소리는 좀 다른데—

"정말로 괜찮은 거예요?"

그의 소매를 잡아당기며 올려다보자 에멜이 한쪽 무릎을 꿇으며 나와 시선을 맞췄다.

"아주 조금 화가 났지만, 아가씨가 달려오셔서 다 풀렸어요. 아가씨에게 화가 난 건 아니고 공작님에게 난 거였고요."

"아빠에게요?"

"네, 신나서 절 임무 배제시키다니—"

에멜이 입안으로 투덜거렸다. '질투가 너무 심하다, 공작님은 좀팽이' 같은 말인 듯했다.

"하지만, 제가 왔는데 절 보지도 않고······. 아, 물론 연습이 중요하니까 꼭 연습을 멈춰야 한다는 말은 아니에요."

그건 아닌데.

고개를 숙이자 에멜이 가볍게 웃더니 내 손등에 입 맞추고 말했다.

"달려오신 아가씨가 너무 귀여우신 탓입니다."

"네?"

"어, 음. 그러니까 조금 놀려 보고 싶어서······?"

카를 도련님의 마음이 이해된달까요, 하면서 에멜이 멋쩍게 뺨을 긁적였다.

"에멜 아스트라다!"

내가 꽁한 마음에 버럭 소리 지르자 에멜이 웃으며 날 번쩍 안아 들고 자리에서 일어났다. 그러고는 그대로 빙글빙글 돌기 시작하자 원심력 때문에 다리가 붕 뜨며 치마가 날렸다.

난 웃음을 터트리며 외쳤다.

"뭐 하는 거예요?"

"기분 풀라고 놀아 드리는 거죠."

"어지러워요."

내 말에 에멜은 날 얌전히 내려놓았다. 한두 걸음 비틀거리는 나를 그가 붙잡았고 난 곧 바로 섰다. 에멜이 허리를 숙이고 말했다.

"아가씨, 다음에 뭔가를 결정하실 때는 두 번 생각해 주세요. 아가씨는 제가 아가씨를 호위함으로써 손해를 본다거나 희생하는 거라고 생각하시는 것 같지만, 전혀 아닙니다."

에멜이 싱긋 웃었다.

"아가씨와 함께 있는 건 기쁘고 즐거워요. 어제, 저에게 사과하셨죠."

사과?

내가 갸웃하며 그를 보니 에멜이 웃으며 말했다.

"제가 검날을 잡아내고 나서요. 왜 사과를 하시는 거예요? 그건 제 일이에요. 아가씨가 미안하게 느껴서는 안 돼요. 그리고― 전 아가씨를 엄청 좋아해서, 그렇게 지켜 드린 게 기쁜걸요."

그 말에 난 뺨이 뜨거워지는 걸 느끼며 말했다.

"그렇게 말해 줘서 고마워요. 하지만 역시 하루 종일 붙어 있는 건 안 돼요. 에멜도 연습하거나 개인 시간이 필요해요. 이대로 저와 붙어 있다가는 연애할 시간도 없어진다고요?"

"알겠습니다. 그건 조정을 하죠."

에멜이 대답하곤 다시 내 손등에 입을 맞췄다.

"아가씨의 뜻대로."

난 에멜이 기분 상하지 않았다는 것에 안도하며 가슴을 쓸어내렸다. 에멜이 수건을 들어 보이며 덧붙였다.

"그리고 이런 시중은 해주지 않으셔도 돼요. 아니다. 이렇게 말하면 공작님이 또 뭐라고 하시려나? 아무에게나 해주지 마세요."

그 말에 갸웃하며 "에멜은 아무나가 아니죠." 하고 했더니 그가 눈을 크게 떴다. 캐러멜 색 눈동자가 햇빛을 받자 예쁜 꿀 색으로 반짝였다.

"아닌가요……?"

조심스럽게 되물으니 그가 웃었다.

"아가씨의 아무나가 아닌 게 기뻐서요."

시원하게 대답하고 내가 뭐라고 말하기도 전에 그가 덧붙여 물었다.

"엘런이랑 같이 왔죠?"

"네, 어떻게 알았어요?"

"기척을 읽으면 알죠. 그나저나 엘런이나 진이야 그렇다 쳐도 로이라니……."

끙 하고 에멜은 뭔가 마음에 안 드는 표정을 지었다가 빙긋 웃으며 말했다.

"그럼 도로 데려다 드릴게요. 호위가 바뀐 거 알자마자 오신 거죠?"

고개를 끄덕이자 에멜은 다시 웃었다.

입구까지 나가자 엘런이 기다리고 있었다. 그녀는 나와 에멜을 번갈아 보더니 에멜에게 말했다.

"잠깐 이야기 좀 할까요?"

에멜은 의아한 얼굴을 했다가 고개를 끄덕였다. 엘런이 나에게 "잠시 실례하겠습니다." 하고 말했고 난 둘의 사생활을 침범하지 않기 위해서 멀리 떨어졌다.

엘런이 뭔가 이야기하자 에멜은 처음에는 웃었다가, 나중에는 화를 냈다. 그리고 그가 한숨을 내쉬고 그녀에게 몇 마디 더 했고 엘런은 어깨를 으쓱하고는 나에게로 다시 돌아왔다.

"이제 돌아가실까요?"

"네."

난 고개를 끄덕였다. 무슨 이야기를 했냐고 묻고 싶었지만, 내가 물어도 되는 이야기면 애초에 멀리 가지를 않았겠지.

"엘런 같은 여기사는 많나요?"

내 질문에 엘런은 갸웃하며 "그렇게 많지는 않아요." 하고 대답했다.

"혹시 말이에요, 괜찮으면 나에게 검을 가르쳐 줄 수 있어요?"

"검을요?"

엘런이 깜짝 놀란 어조로 되물어서 난 고개를 끄덕였다.

"사실 배우고 싶었는데, 다들 반대해서 말이죠. 그러니까, 나도 카스티엘로고— 어쩌면 검에 재능이 있지 않을까요?"

"검에……."

엘런은 중얼거리고 날 내려다보았다. 그녀의 보라색 눈은 고민에 찬 것처럼 보였다. 생각 끝에 엘런이 말했다.

"공작 각하께서 허락하신다면……."

"그냥 비밀리에는 안 될까요?"

"그건 어려울 것 같네요."

부드럽게 웃으면서도 엘런은 단호하게 말했고 난 한숨을 내쉬며 어깨를 늘어트렸다.

'어떻게 몰래 검을 구해서 휘둘러볼까?'

그러면 갑자기 검에 대한 영감이 솟아오를지도 모르잖아? 오러가 펑펑 쏟아진다거나…….

난 그런 생각을 하며 "그렇다면 어쩔 수 없네요." 하고 얌전히 대답했다.

하델은 내 이야기를 다 듣고는 재미있다는 얼굴을 했다.

"에멜 경을 좋아하시는군요."

"그야, 제 첫 호위인걸요. 선생님도 좋아해요."

내 대답에 그는 희미하게 웃었다.

"그건 감사합니다."

난 한숨을 푹 내쉬었다. 그가 "제 감사 인사에 문제라도?" 하고 되물어 난 손을 저었다.

"아뇨, 그게 아니라― 어제 아빠와 이야기를 했는데요."

"네."

"그, 저에 대해서 사람들이 다 주목하고 있다고."

"그렇지요."

"하지만 전 카스티엘로니까……."

"그렇지요."

"그러니까 가문에 폐가 되지 않게 열심히 해야겠구나, 하고."

"그건 좀 다릅니다만."

"네?"

"공작님께서 그렇게 말씀하셨습니까? 가문에 폐를 끼치지 말라고?"

"아뇨. 그게 아니라 일거수일투족을 주목하고 있다. 하지만 넌 카스티엘로다. 그렇게 말씀하셨어요. 그게 그 뜻 아닌가요?"

"오해하시고 계시는 것 같습니다."

"오해요?"

그 말에 난 고개를 갸웃하고 곰곰이 생각에 잠겼다.

어디에 오해의 여지가 있는 걸까?

"공작님의 말뜻은 이걸 겁니다. '일거수일투족을 주목해 봐야 넌 카스티엘로고, 나머지는 떨거지니까 신경 쓰지 마라.' 이게 카스티엘로 공작다운 생각이죠."

나는 입을 벌렸다.

하델은 내 반응에도 별말 하지 않고 설명을 덧붙였다.

"그리고 실제로도 그렇고요. 만약 공녀님께서 테이블에 올라가서 찻주전자를 걷어찬다고 해도—"

"안 그래요!"

나도 모르게 외쳤지만 하델은 눈썹 하나 까닥하지 않고 이어 말했다.

"만약에 말입니다. 그러신다고 해도 사람들은 공녀님께 큰소리로 뭐라고 하지 못할 겁니다. 뒤에서 소문은 돌지도 모르겠지만요."

하델이 깍지를 끼며 느리게 말했다.

"오히려 그들의 눈치를 보시는 쪽이, 그들에게 틈을 줄 겁니다. 사람은 자신이 잘 보이고 싶은 사람에게 약해지는 법이니까요. 아가씨는 그들에게 잘 보일 필요가 없습니다. 약해지지 마십시오."

난 숨을 들이켜고 고개를 끄덕였다. 하델이 싱긋 웃으며 말했다.

"실제로 공자님은 첫 사교계에서 후작 아들의 코를 부러트렸죠."

"네?! 카를 오라버니가요?!"

"네."

짤막하게 대꾸하고 하델은 "아가씨가 그보다 더 심한 일을 하지는 않을 것 같네요." 하고 덧붙였다.

난 카스티엘로 가문의 위세를 실감하며 물었다.

"그래서 어떻게 됐나요?"

"그냥 아이들 사이의 일로 흐지부지 넘어갔습니다."

"카를 오라버니도…… 다쳤나요?"

조심스럽게 묻자 하델의 입술이 비뚜름하게 올라갔다.

"다쳤을까요?"

그의 되물음에 난 신음을 흘리며 "그럴 리가 없죠." 하고 대답했다. 카를은 어렸을 때부터 오러를 다뤘다고 했으니까…….

'좀 더 자세히 물어보고 싶은데.'

난 힐끗 뒤를 돌아보았다. 서 있던 엘런이 갸웃하며 날 바라보았다.

'에멜이 아니니까.'

통하지 않을까?

난 헛기침을 가볍게 하고 엘런에게 명령했다.

"엘런, 십 분만 나가 있어요. 선생님과 할 이야기가 있으니까요."

엘런은 의아한 얼굴을 했지만 곧 허리를 가볍게 숙였다.

"알겠습니다, 아가씨."

통했다!

난 만세를 부르고 싶은 걸 꾹 참았다. 엘런은 조용히 문을 열고 나갔고 문이 닫히자마자 난 얼른 하델에게 돌아앉았다. 하델은 묘한 얼굴을 하고 있었는데 즐거워하는 것 같기도 하고, 곤란한 것 같기도 했다.

나는 재빠르게 물었다.

"정말로 후작가에서 아무 말도 하지 않았단 말이에요?"

"네. 공자님보다 후작가 도련님은 나이가 다섯 살 더 많았으니까요."

"아."

저런, 하고 난 납득해 고개를 끄덕였다. 이어 내가 물었다.

"그리고 저 궁금한 게 있어요."

"물론 그러시겠죠."

하델이 문 쪽으로 슬쩍 시선을 주었다가 다시 날 보았다.

"전에 나 말고도 섞인 사람이 있는데 둘 다 남자라고 했었잖아요? 그 두 사람은 어떻게 됐나요?"

하델은 침묵했다.

"선생님?"

난 다시 한 번 하델을 불렀다. 하델은 날 빤히 바라보았다. 안경테 너머 날카로운 눈동자는 무슨 생각을 하고 있는지 읽기가 어려웠다.

"왜 물어보십니까?"

그의 질문에 나는 "질문에 질문으로 답하는 건 치사해요."라고 대꾸한 뒤 말했다.

"하지만 섞인 사람은 드물다면서요. 그냥 궁금해서요. 결혼해서 아이를 낳는다면, 그 아이도 섞일까요? 아니면 평범할까요?"

하델은 짧게 숨을 들이마셨다가 대답했다.

"아이는 없습니다."

"아이를 못 낳는 거예요?"

"아뇨, 두 사람 모두 아이를 낳을 만큼 오래 살지 못했습니다."

난 움찔했다.

"수명이 짧은 건가요?"

저도 모르게 속삭이듯 물어본 말에 하델은 고개를 저었다. 그가 살짝 신경질이 느껴지는 어조로 말했다.

"전 거기에 대해서 자세하게 말을 하지 못하게 되어 있습니다."

"아빠군요."

"처음 계약할 때부터요."

하델은 한숨과 함께 어깨를 으쓱했다.

"아가씨에게 알려 주면 안 되는 것들 몇 가지에 대해서 이야기를 들었지요. 그리고 전 이미 충분히 말한 것 같군요."

난 그 말에 하델을 빤히 보다가 흠칫했다. 나도 모르게 목소리가 낮아졌다.

"둘 다 죽었군요. 빨리. 아, 맞아요. 처음부터 그랬었죠. 카스티엘로는 미움받는다고. 그래서 저에게 호위가 필요하다고. 보통은 강하죠. 카스티엘로는 강하지만 섞인 자는 강하지 않으니까. 복수하기 딱 좋은 타깃이네요. 그래서 그렇게 호위에 신경을 쓰는 거였어요."

쏟아지듯 흘러나오는 말들을 하델은 무표정하게 듣고 있었다. 내가 확인을 구하듯 그를 바라보자 하델이 가볍게 한숨을 내쉬고 말했다.

"그게 전부는 아닙니다. 그러니 부디 몸조심하시길."

"몇 살 때 죽었나요?"

내 질문에 하델은 침묵했다. 난 어깨를 으쓱하고 말했다.

"죽었다는 이야기를 하지 말라는 거면, 그건 이미 제가 알았어요. 하지만 몇 살 때라든가 그런 건 상관없는 것 아닌가요?"

"공작 각하께 직접 물어보시는 게 어떨까요?"

"에이, 그러면 아빠는 바로 선생님을 해고할지도 모르는걸요."

내 말에 하델은 피식 웃었다.

"더 궁금하시다면 제가 아닌 다른 방법을 통해서 알아보는 게 좋겠군요."

그는 더 이상 이야기하지 않을 모양이라 난 입을 내밀었다가 한숨을 내쉬었다.

"알겠어요. 그럼 다른 질문이요."

"아가씨의 호기심은 끝이 없지요."

"마법사의 탑에 대해서 알려 주세요."

전에 에멜이 막아서 듣지 못했던 정보였다.

"마법사들의 모임입니다."

"그럼 왜 그렇게 경계하는 거죠? 마법사에 대한 인식이 좋지 않나요?"

"아뇨. 제국은 마법사와의 교류가 활발한 편입니다. 마법 도구도 꽤 일상화가 되어 있고요."

"하지만 다 카샹(개자식)이라고 아빠가 그랬는데요."

아마도 저건 나쁜 사람이라는 뜻이겠지?

"개……."

순간 할 말을 잃은 듯 하델은 움찔했다가 한숨을 내쉬었다.

"그 단어는 쓰지 않는 게 좋겠습니다."

"카샹(개자식), 카샹(개자식). 별로 안 좋은 말인가 보죠?"

어감은 뭔가 귀여운데?

"네, 욕입니다. 그것도 상당히 강도 높은. 귀족 아가씨뿐만 아니라 귀족 남성의 입에서도 나와서는 안 될 것 같군요."

"아."

난 얼른 입을 다물었다. 하델이 조용히 말했다.

"마법사는 아가씨보다 더 호기심이 많습니다."

"공부하는 사람이니까요?"

"연구, 라고 하죠. 카스티엘로에 대해서 마법사들은 호기심이 많습니다."

그렇게 말하고 하델은 내 책상 앞에 책을 펼쳤다.

"그러면 이제 수업을 시작하죠."

더 이상은 말하지 않겠다는 뜻이라 나는 얌전하게 "네." 하고 대답했다. 수업을 시작하고 얼마 되지 않아 엘런이 다시 들어왔다. 하델의 수업은 여전히 간결하고 알아듣기 쉬웠고, 이제 점점 더 수준이 높아지는 듯했다.

수업이 끝나고 나서 하델이 물었다.

"수업을 쉬지 않아도 되겠습니까?"

"네? 아, 선생님도 사냥 모임 준비하시나요?"

"설마요."

하델은 살짝 눈을 찌푸리며 말하고 날 가리켰다.

"공녀님이 하셔야지요. 보통이라면 이런 때에 수업한다고 원망하며 드러누웠을 겁니다."

"설마요."

내가 하델의 어조를 똑같이 따라하며 말하자 하델은 눈썹을 슥 올렸다가 말했다.

"정말입니다. 괜찮으십니까?"

"네, 상관없어요. 딱히 준비할 일도 없고요. 사냥터에 아빠와 함께 나가고, 저녁 무도회에 참석하는 것뿐인걸요."

"사흘 동안이죠."

"사흘 동안이요."

"공녀님과 비슷한 또래의 친구분들을 만나실 수 있을 겁니다."

그 말에 난 어라? 하고 하델을 보았다.

"정말요?"

"네."

하델은 별거 아니라는 듯 가볍게 대답했지만 지금 그 말로 무도회에 대한 내 기대치가 다섯 배 정도 올라갔다.

'또래 친구.'

한 번도 가져 본 적 없는 것이다.

친구.

서영일 때의, 이제는 희미해져서 잘 기억도 나지 않는 걸 꺼내 보면 친구랑 노는 건 항상 즐거웠다.

'나도 친구를 만들 수 있겠구나.'

그걸 깨닫자 금방 즐거워졌다.

"좋은 사람을 만날 수 있으면 좋겠어요."

"저도 그러길 바랍니다."

하델은 진지한 어조로 말했다. 난 자리에서 일어나며 말했다.

"그래도 수업은 계속할래요. 선생님의 수업을 가장 좋아하는걸요."

내가 치마를 잡고 가볍게 무릎을 굽히며 말하자 하델은 처음으로 소리 내어 웃었다. 그가 그렇게 웃는 것은 처음이라 나도 모르게 뚫어져라 그를 보았다. 하델은 웃음을 멈추고 가슴에 손을 대며 정중하게 인사했다.

"가장 총애받는 선생님이라 기쁘군요. 감사합니다. 공녀님."

놀리는 건지 아닌지 알 수 없는 말투였다.

"저도 좋은 수업 해 주셔서 감사해요."

그래서 나는 최대한 예의 바르게 대답했다. 그가 빙긋 웃으며 말했다.

"그럼 다음 시간에 뵙겠습니다. 공녀님."

난 서재를 나왔다. 이 서재 역시 내 공부용으로 만들어진 곳으로 가구들이 전부 나에게 맞춰져 있는 곳이었다.

"도서관에 갈 거예요."

엘런에게 내 일정을 말하자 엘런은 "열심이시군요." 하고 대답하고는 도서관 쪽으로 앞장섰다. 그녀의 뒤를 총총 따라가자 엘런이 날 힐끗 돌아보고 말했다.

"아까 제가 괜한 말을 한 것 같습니다."

"무슨 말이요?"

"에멜에게ㅡ"

엘런이 말하다가 머뭇거렸고 난 얼른 대꾸했다.

"말하다가 그만두면 더 궁금하다고요."

"아가씨가 에멜을 좋아하는 게 아니냐고 했었거든요."

"물론 좋아해요."

내가 대꾸하자 엘런이 웃었다.

"네, 그렇죠. 그래서 괜한 말을 했다 싶었습니다."

내가 에멜을 좋아하는데 왜 그걸 에멜에게 말하지. 의아해하며 난 엘런이 문을 열어 준 도서관 안으로 들어갔다.

전에 하델이 도서관에서 동화책을 꺼내 줬었는데, 알고 보니 책장 하나가 전부 동화책이었다. 제국의 모든 동화책이 다 여기 꽂혀 있을 거라고 하델이 그랬다.

아빠가 날 위해서 모아 준 것이라, 난 행복해하며 하루에 한 권씩 책을 읽어가고 있었다. 도서관에서 숙제를 위한 책을 고르자 엘런이 날 대신해서 들어주었다.

"상당히 어려운 책도 읽으시는군요."

"어려운 건 하델에게 물어보면 되니까요."

내 말에 엘런은 고개를 끄덕였다.

'으음, 하지만 마법사에 대한 책은 많지 않구나. 그리고 카스티엘로 가문에 대한 책도 없어. 마족이나 그쪽 관련 책도 없고…….'

나는 한숨을 내쉬었다.

책이 정말 없는 건지, 아니면 그런 책을 들여놓지 않는 건지, 그것도 아니면 따로 보관 중인 건지 알 수가 없었다.

내 방으로 돌아와 점심을 먹고 공부하는데 곧 로이가 들어왔다.

"교대 시간입니다!"

그가 명랑한 목소리로 말했다. 엘런이 나에게 정중하게 인사를 하고 물러갔다. 로이가 뒤에서 내가 보는 책을 힐끔힐끔 보다가 말했다.

"아가씨, 굉장하네요."

"그래요?"

"이런 책도 다 읽고. 으윽, 글자가 빽빽해서 하나로 뭉쳐져 있는 것 같아."

"그렇지 않고 잘 보여요."

내가 웃으며 말하자 로이가,

"그러니까 그 점이 대단하다니까요. 뭐랄까. 으, 성실한 카스티엘로라니."

그가 고개를 흔들며 하는 말에 난 흥미가 생겨 그에게로 몸을 틀었다.

"오라버니나 아빠나 두 사람 다 성실하신 것 같은데요?"

그 말에 로이의 표정이 변했다. 떨떠름하면서도 진지한 얼굴로 그가 물었다.

"어디가 말입니까?"

"오라버니는 꼬박꼬박 검 연습을 하고, 아빠는 매일 밤늦게까지 일하시는걸요."

"자기가 좋아하는 것만 하는 사람은 성실하다고 하는 게 아닙니다. 그리고 공작 각하의 일이라……."

로이는 뭐라고 할까 하는 얼굴로 턱을 문지르다가 씩 웃었다.

"다음에 몰래 보러 갈까요?"

"네?"

"각하께서 일하시는 모습이요."

"그래도 되나요?"

"물론이죠. 직접 보는 게 낫겠죠."

로이는 싱글싱글 웃으며 나에게 꼭 같이 공작님을 몰래 보러 가자고 말했고 난 순순히 승낙했다. 나도 아빠가 일할 때의 모습이 궁금했기 때문이다.

"네, 알겠어요."

"그런데 뭐랄까, 아가씨는 좀 느낌이 다르네요."

"네?"

"에멜 그 자식이 귀엽다, 귀엽다 소리를 할 때 말이죠. 궁금하기는 했지만—"

로이가 어깨를 으쓱했다.

"그래도 거리의 아이 같은 모습이 있을 거라고 생각했거든요."

거리의 아이.

"창녀와 함께 자랐으니까요?"

내 날카로운 질문에 로이는 태연하게 고개를 끄덕였다.

"글쎄요. 그런 모습이 없는 건 아닌 것 같은걸요. 다들 다이아몬드 장식을 턱턱 옷에다가 단다고 하는데 전 금단추만 달려 있어도 떨리니까요."

지금 옷에 붙어 있는 것도 봐 봐요, 다 금이라니까요? 만약 잃어버리면 전 울 거예요.

내가 소매를 보여 주며 말하자 로이는 눈을 깜박이더니 부드럽게 웃고 한쪽 무릎을 꿇었다.

"로이?"

"죄송합니다."

난 그의 얼굴을 빤히 바라보았다. 로이가 멋쩍은 표정으로 뺨을 긁적이며 말했다.

"제가 지금 아가씨를 공격했죠."

"하지만 사실이니까요."

난 어깨를 으쓱했다.

"아가씨는 저에게 화내거나 공격적으로 나오지 않으셨고요. 아니, 그되받아치는 질문에는 저도 움찔할 것 같았지만요."

"화내야 했나요?"

갸웃하며 묻자 로이는 빤히 날 보다가 미소 지었다.

"아가씨는 정말 이상하네요."

"제인도 똑같은 이야기를 해요."

"왜 그 디뎀(싸가지) 없는 자식이 아가씨에게 푹 빠졌는지 알겠네요."

"디뎀(싸가지) 없는 자식이요?"

"에멜 아스트라다요."

"디뎀(싸가지)이 뭔가요?"

"인간으로서 갖춰야 할 기본적인 예의지요."

"에멜은 예의가 바른데요."

예의 없는 에멜이라니? 하고 갸웃하니 로이는 다시 히죽 웃었다.

"언젠가 그 자식도 몰래 보러 가야겠네요."

"그리고 로이."

"네."

"화나지는 않았지만, 음, 그러니까, 기분이 좀 나빠지기는 했어요. 그래서 그런 식으로 뾰족하게 대답했던 것 같아요."

"그 정도면 아가씨 또래의 대응으로는 훌륭한 것 같습니다."

로이는 그렇게 말하고 나에게 속삭였다.

"그럼 사과의 의미로 이제부터 부엌을 털러 갈 예정인데, 같이 가지 않으시겠어요?"

"부엌이요?"

"네."

그의 파란 눈이 장난기로 가득 차서 반짝거렸다.

부엌을 턴다니.

이보다 더 매력적인 제안이 어디에 있겠는가?

"좋아요."

난 활짝 웃으며 대답했다.

난 끈적한 손가락을 핥고 옆에 나란히 앉은 로이에게 말했다.

"별로 턴 것 같지 않은데요."

"그런가요?"

"네, 몰래 숨어들어 가서 음식을 가져오나 했더니……."

"그건 밤에 가능하죠. 지금처럼 낮에는……."

로이가 어깨를 으쓱했다.

"사람이 많잖아요?"

"하긴, 그건 그래요. 하지만 그건 턴다기보다는."

난 로이를 노려보며 말했다.

"인질극이었다고요."

로이가 눈을 동그랗게 뜨며 호들갑스럽게 말했다.

"인질극이라니 무슨 무서운 말씀을? 제 손에는 칼 한 자루도 안 들려 있었다고요? 허리에 있었지."

그의 말에 난 픽 웃었다.

부엌에는 생각보다도 더 많은 사람들이 일하고 있었다. 뒷문을 열고 로이가 어슬렁 들어가자 조리장으로 보이는 사람이 인상을 쓰며 "너 또 뭔 일이야!" 하고 외쳤다.

로이는 "부엌을 털러 왔는데?" 하고 솔직하게 말했고 그가 더 소리치기 전에 날 자신의 뒤에서 잡아끌며 "아가씨랑." 하는 게 아닌가?

조리장은 백팔십도 태도가 돌변해서 활짝 웃으며 나에게 과자를 바구니째 들려주었다. 부엌의 모두가 날 바라보며 인사하고 웃으며 뭔가 하나라도 더 주려고 안달했다.

심지어 쿠키 반죽을 만들던 남자는 "반죽 한번 찍어 드실래요?" 하고 권유하기까지 했다.

"다들 불편했을 거예요."

내 말에 로이가 입 안에 호두과자를 잔뜩 넣은 채로 말했다.

"뭐가요?"

난 어떻게 그렇게 쑤셔 넣고 말하는데도 부스러기가 튀어나오지 않는지 신기했다.

"공작의 딸이 부엌에 가서 말이에요."

"푸하하하."

그 말에 로이가 큰 소리로 웃었고 사방으로 다 부스러기가 튀었다. 그가 마구 웃다가 "이런." 하고 내 어깨와 옷에서 가루를 털어냈다.

"크흠, 죄송합니다."

"다 먹고 말해요."

로이가 내 말에 꿀떡 과자를 삼켰다. 그의 손은 여전히 내 옷을 털고 있었다. 난 그의 손을 밀어내고 자리에서 일어나 탁탁 옷을 털었다.

"아가씨가 부엌에 들러서 다들 엄청 좋았을걸요. 아가씨가 부엌에서 나오는 순간 자기들끼리 아가씨 이야기를 했을 거예요. 지금 아가씨는 이 저택의 별이라고요!"

로이의 말에 나는 뭐라고 해야 할지 몰라 멍하니 그의 얼굴을 보았다.

"뭐라고요?"

"우와, 진짜 모르셨구나. 왜 우리가 서로 결투 장갑을 던져대다가 단장님 명으로 제비뽑기를 했겠어요?"

"네에?"

"원래 카스티엘로는 말이죠—"

로이는 길게 말끝을 끌며 뭐라고 설명해야 할지 고민하는 얼굴이었다. 난 빤히 그를 보며 설명을 기다렸고 로이가 히죽 웃고 말했다.

"공작님과 도련님을 보면 아시겠지만, 웃을 일이 없거든요. 두 분 다 까칠하고 완벽하시죠. 그러니까 공작가의 기본 분위기는 엄격, 진지, 엄숙이라고요."

"그렇군요."

"그런데 아가씨가 짠! 나타났는데 이 카스티엘로는 대체 뭐지?! 귀엽고 사랑스러워! 게다가 공작님도 흐물흐물! 당연히 모두가 기쁘고 즐겁게 아가씨 이야기를 하면서 섬기기를 기대하고 있지요."

난 양손으로 얼굴을 감싼 채 당황스러워서 뭐라고 해야 할지 입만 벙긋거렸다. 그러다 머릿속에 스친 생각을 내뱉었다.

"그런 분위기를 좋아하는 사람만 있는 건 아니겠죠. 카스티엘로의 위엄에 걸맞지 않는다고 생각하고 있다든가."

"정말, 아가씨는, 카스티엘로 같지 않네요."

로이가 심각하게 말했다. 난 어깨를 늘어트렸다.

"나도 카스티엘로다운 게 뭔지 알고 싶어요."

"카스티엘로가 하는 일이 카스티엘로다운 거죠."

로이가 날 격려하듯 말해서 난 한숨을 내쉬고 다시 자리에 앉았다. 로이가 과자 바구니를 내 쪽으로 내밀었다. 난 과자를 입안에 던져 넣었다. 아몬드가 가득 담겨 있어서 고소하고 부드러웠다.

"아가씨가 카스티엘로답지 않은 건, 카스티엘로 가문에는 엄청난 이

득이라고요."

로이의 말에 내가 의아함을 담아 "왜요?" 하고 묻자 로이가 히죽 웃었다.

"다양성이란 건 좋은 거니까요. 이제 적어도 카스티엘로가 신중이라는 미덕을 갖출 수 있겠네요."

로이의 말에 난 정말로 아빠와 오라버니가 어떻게 사교계에서 활동하는지 알고 싶어졌다. 그리고 그에게 말했다.

"하지만 로이는 날 시험했잖아요?"

"그렇죠. 아, 절대로 공작님에게는 말하지 마세요. 제 목이 날아갈 테니까 말이죠."

로이가 몸을 떨었다. 난 피식 웃었다.

"설마요."

"아뇨, 진짜로요."

로이는 중얼거리고 바구니에서 도넛을 꺼냈다. 그가 고개를 돌려 날 보았다.

"정말, 아가씨는 위험해요."

"제가요?"

"엄청 어른스러워서, 나도 모르게 술술 말하게 된다니까요? 그러다가 갑자기 또 아이 같은 모습을 보이시고."

"그러고 보니 이유를 안 물어봤네요. 왜 그런 질문을 한 거예요?"

"어떤 사람의 진정한 모습을 보려면, 화내는 모습을 봐야 하죠."

"그러니까 날 화나게 하려고 했다?"

"음, 그렇게 되나요."

"좋아요. 로이."

난 생각에 잠겼다.

이건 좀 화가 나는데.

로이가 슬쩍 날 보며 말했다.

"우리 같이 부엌도 턴 사이 아닌가요."

"그건 일부러 절 화나게 하려고 했던 걸 알기 전이죠."

"으음—"

로이는 곤란한 얼굴을 했다. 난 잠시 갸웃했다가 말했다.

"그러면, 로이. 만약에 내가 로이를 화나게 하는 일이 생기면. 이번 일을 기억하는 걸로 어때요?"

로이는 내 말에 가볍게 웃었다.

"좋습니다."

그는 자신이 이기는 거래를 한 듯이 덧붙였다.

"아가씨가 절 화나게 해도 참는 게 제 일이라고요."

"로이의 일은 호위죠. 제 화풀이 상대가 아니라."

"우와, 그렇게 딱 잘라서. 진짜 아가씨는— 진지로(애늙은이)예요."

"진지로(애늙은이)?"

처음 들어 보는 단어에 갸웃하고 되묻자 그가 말했다.

"겉은 애지만 속은 나이 들었다고요."

아, 애늙은이라는 말이구나.

"음, 그럴지도 모르지요."

난 씩 웃었고 로이는 고개를 절레절레 흔들었다. 마지막 과자를 입에 넣고 난 자리에서 벌떡 일어났다.

"이제 다음 수업 시간이에요."

춤과 노래, 하프 연주 시간이 끝나자 어느 사이인가 호위가 교대되어 있었다. 검은 머리의 딱딱해 보이는 얼굴. 그러니까—

"진 세이건 경, 잘 부탁드려요."

치맛자락을 잡고 가볍게 인사하자 진은 정중하게 마주 인사해 왔다.

와— 기사의 모범 같아. 신선하다.

뭐라고 해야 할까? 엘런도 물론 정중하기는 했지만, 그 정중함에는 어린아이를 대하는 듯한 면이 있었다.

물론 내가 아이이기는 하지만.

하지만 진의 정중함은 마치 내가 성인인 것같이 대우하는 정중함이었다. 나도 모르게 등이 꼿꼿하게 펴지는 그런 정중함 말이다.

그래서 나도 정중하게 말했다.

"저녁에는 훈련을 보러 가기로 했어요."

"훈련 말입니까?"

"네, 전에 기사단장님께서 정식으로 보러 오라고 하셔서, 오늘 저녁에 보러 가기로 했답니다."

"알겠습니다."

진은 고개를 끄덕였다.

난 앞장서서 걷기 시작했다. 그가 말이 없거나 무뚝뚝한 건 신경 쓰이지 않았다.

'아빠랑 오라버니가 있으니까.'

무뚝뚝과 침묵이라면 특히 아빠가 최강자 아닐까.

하지만 다정하다는 걸 알고 있으니까 상관없다. 그 커다란 손이 내 머리를 쓰다듬어 줄 때면 기쁘고, 거칠게 안아 올리는 것 같아 보여도 사실은 부드럽게 안아 준다는 걸 난 안다.

'아, 아빠 보고 싶다. 오라버니도.'

갑자기 기운이 쭉 빠지는 기분이었지만 하여간 약속은 약속이니까, 하고 훈련장으로 향했다. 물론 훈련장에 가기 전에 부엌에 들르는 것도 잊지 않았다.

부엌에 가자 주방장은 싱글싱글하며 커다란 바구니를 나에게 내밀었고, 바구니는 내 손에 들리기 전에 진의 손으로 들어갔다.

"고마워요."

"아닙니다. 아가씨. 다음에는 또 아가씨 몫의 과자를 가지러 오세요."

내가 감사 인사를 건넸고 주방장은 손을 저으며 웃었다. 부엌을 나오자 진이 바구니 무게를 가늠하며 물었다.

"바구니 안에 든 게 뭡니까?"

"빈손으로 가는 건 좀 그래서…… 파이를 만들어 달라고 했어요. 샌드위치는 좀 그렇고, 쿠키는 단 거 싫어하는 분이 계실지도 모르고."

그 말에 진이 슬쩍 바구니 뚜껑을 열었다가 닫았다.

"어때요?"

내 질문에 진이 "아가씨라면 뭘 가져가든 좋아할 겁니다." 하는 교과서적인 대답을 했다.

훈련장은 전에 본 것처럼 자유 대련이 한창이었다. 내가 가까이 가기도 전에 기사단장인 아스터가 눈치채고는 이쪽으로 걸어왔다.

"오셨습니까, 아가씨."

"네, 이번에는 정식으로 왔어요."

치마를 붙잡고 인사하자 아스터는 싱긋 웃었다.

"고기파이를 좀 가지고 왔어요. 하지만 훈련 중이시니 바로 먹을 수는 없겠네요."

"끝나고 나면 먹으라고 하죠."

아스터는 그렇게 말하고 훈련장으로 날 안내했다. 대련을 하던 두 사람만 빼고 나머지 기사들이 날 돌아보았다. 아스터가 말했다.

"훈련하는 걸 보시겠습니까? 아니면 안내해 드릴까요?"

"둘 다 좋은걸요."

"그럼 먼저 안내해 드리고, 훈련하는 걸 보도록 하죠."

아스터가 부단장을 불러 자기 대신에 훈련을 감독하도록 지시했다. 내가 놀라 말했다.

"단장님이 아니시더라도 괜찮아요. 중요한 훈련인데—"

"아닙니다. 훈련 정도는 스스로 할 수 있는 나이지요."

그거야 그렇지만.

나이를 들먹이니 할 말이 없다.

"그리고 아스터입니다."

그의 지적에 난 "네, 아스터." 하고 대답했고 그는 슬쩍 웃으며 손을 내밀어 "이쪽으로." 하고 정중하게 말했다.

실외가 아니라 실내에도 훈련장이 있었다. 겨울에, 또는 근접 격투를 연마할 때 주로 쓴다고 했다. 벽에 걸려 있는 목검들도 보였다.

"저건 작네요."

내 말에 아스터가 "아, 저건 도련님이 쓰시던 겁니다." 하고 대답했다. 난 웃으며 말했다.

"저도 들 수 있을 것 같은데요. 오라버니도 저처럼 어릴 때가 있었다니, 이상해요."

아스터가 벽에 걸린 목검을 빼어 들어 나에게 내밀었다.

"들어 보시겠습니까?"

"괜찮아요?"

"그럼요. 도련님이 네다섯 살 때 쓰시던 목검이죠."

네다섯 살…….

그 목검은 무거웠다. 이걸 다섯 살 때 썼단 말이죠.

갑자기 무시무시한 격차가 느껴져서 난 목검을 휘휘 휘둘러보았다.

몇 번 휘두르지도 않는데 팔이 아파왔다.

"이거 보기보다 무겁네요."

아스터가 내 손에서 목검을 가져가며 말했다.

"안에 철심을 넣었거든요. 그냥 목검은 너무 가볍다고 하셔서……. 그리고 오러를 쓸 수 있게 되시면서 바로 진검으로 넘어가셨죠."

"그 재능의 절반이라도 저에게 있었으면 좋았을걸요."

내 말에 아스터는 작게 소리 내어 웃고 말했다.

"아가씨는 지금 그대로도 충분합니다."

난 아스터의 검을 힐끗 보았다. 그가 웃을 때, 그의 검에 달린 정령석도 기분 좋은 소리로 웃었다. 이 사람은 분명히 좋은 사람이다.

"아스터도 마스터인 거죠?"

"그렇습니다."

"대단하네요."

"감사합니다."

그는 내 칭찬에 '별거 아닙니다.' 같은 겸양을 하지 않았다. 그만큼 실력에 자신이 있다는 이야기겠지.

그리고 마스터가 대단한 건 사실이고.

아스터는 기사단의 역사에 대해서도 간략하게 알려 주었다. 시간 가는 줄도 모르고 그의 이야기를 듣고 있으니 어느덧 훈련이 끝날 시간이었다.

"아, 훈련도 보고 싶었는데요."

"다음에 와서 보시면 되지요."

"또 와도 되나요?"

"아가씨가 오시면 저 녀석들 기합이 들어가니 환영입니다."

농담같이 하는 말에 난 가볍게 웃었다.

밖으로 나오니 다들 우물가에서 가볍게 씻고는 와자하게 파이를 먹고 있었다.

"아, 아가씨."

"이쪽으로 오세요."

"여기 깨끗한 자리가 있습니다."

모두가 바닥에 앉아 있으면서 내 자리만은 의자다. 그게 어색했지만 거절하는 것도 그래서 난 "감사합니다." 하고 인사하고 의자에 앉았다.

"호위는 어때요?"

"진, 이 자식. 뺄 때는 언제고 뽑기에서 뽑히다니. 치사하다."

"맞아."

"아가씨, 진이 말이죠, 자기는 호위 안 한다고 그랬다니까요."

"맞아요."

그 말에 난 놀라 진을 돌아보았다. 혹시 싫은데 억지로 하고 있는 건가?

"아닙니다."

진이 당황한 어조로 말했다. 그의 귀 끝이 빨개지는 게 보였다.

"아니에요?"

"아닙니다. 그게 아니라, 다들 호위가 되기를 원하니까 제가 양보할까 하고─ 그래서 그런 거지. 결코 아가씨가 싫다거나 하는 게 아닙니다."

"그럼 지금이라도 양보해라!"

"맞아, 맞아!"

몇몇 기사들이 주먹을 쥐고 "양보해라, 양보해라." 하고 시위하듯 팔을 뻗으며 외치자 진이 그들을 노려보았다. 아스터가 손을 저었다.

"그만들 해. 아가씨 앞에서."

그 말에 "네." 하고 순식간에 다들 조용해졌다. 내가 머뭇거리다가 말했다.

"진, 만약에 하기 싫은 거면 이야기해도 괜찮아요. 기분 상하지 않으니까—"

"아닙니다!"

그가 힘주어 소리치듯 말했다. 내가 놀라 흠칫하자 그는 바로 "죄송합니다." 하고 고개를 푹 숙이며 사과했다.

"제가 말주변이 부족해서— 그게, 화를 낸 게 아닙니다. 그게 아니라, 아가씨의 호위를 맡게 돼서 저도 기쁘고—"

덩치 큰 무뚝뚝한 남자가 내 기분이 상했을까 봐 열심히 변명을 하는 걸 보니, 이상하게 귀여웠다. 귀엽다고 하면 실례일까? 실례겠지.

다들 히죽히죽 웃으며 그러는 진을 보고 있는 걸 보니, 이렇게 놀리는 걸 좋아하는 모양이다.

난 피식 웃으며 말했다.

"진이 원해서 하는 거라면 괜찮아요."

"원해서 하는 겁니다."

"그럼 됐어요."

난 고개를 끄덕였고 진은 안도하는 표정을 지었다. 그리고 마지막으로 한 번 더 자신을 놀린 기사들을 노려봐 주는 걸 잊지 않았다.

그렇게 기사들과 잠깐의 시간을 가지고서, 난 자리를 털고 일어났다. 진이 얼른 돌아가고 싶어 하는 것 같아서 더욱 그랬다. 아스터에게 인사하고, 기사들에게도 인사하고 열렬한 배웅을 받으며 자리를 뜨니 웃음이 나왔다.

"평소에도 다들 저렇게 유쾌하신가요?"

내 질문에 진이 "유쾌한가요?" 하고 되물었다가 아차 싶었는지 "아가씨의 의견에 반대하는 건 아닙니다만." 하고 덧붙였다. 난 그 말에 고개를 저었다.

"제 의견이 잘못됐으면 반대해야죠."

"아뇨, 잘못되지는 않았습니다만, 유쾌의 기준에 따라서 갈리겠지요."

그 말에 나는 평소에도 저렇지는 않은가 보다, 하는 결론을 내렸다.

'또 와도 된다고 하기는 했지만. 아무래도 흐트러지니까 안 가는 게 좋겠지.'

이러니저러니 해도 나는 윗사람(?)이고 이런 사람이 자주 들락날락거리는 건 좋지 않을 거다.

그렇게 결심하고 방으로 향했다.

*　　*　　*

눈이 저절로 번쩍 떠졌다.

'긴장으로 제대로 못 잤어.'

하지만 그렇다고 피곤한 건 아니었다. 요즘 워낙 잘 먹고 잘 쉬었으니까. 나는 슬그머니 침대에서 일어나서 창문가로 다가갔다.

여름이라 그런지 일찍 일어났는데도 멀리 동이 터 오고 있었다.

오늘이 드디어, 사람들 앞에 나가는 날이다.

하델과 제인에게 들은 바에 의하면 사냥 연회는 약 사흘간 치러지는데 앞의 이틀간은 사냥을 하고 마지막 날은 승자를 치하하고 연회를 연다고 한다. 그럼 나도 사냥하는 거야? 하고 묻자 하델은 고개를 저었다.

"사냥은 공작가 소속 기사나 공작님이 하시겠죠."

그 말에 안도했다. 내가 사냥을 할 수는 없으니까.

"그럼 전 뭘 하는데요?"

"사냥이 진행되는 동안 막사를 지키시게 되겠죠."

하델의 대답에 난 나중에 제인에게 "그럼 심심하지 않을까? 책을 가져 갈까?" 했더니 제인은 눈을 동그랗게 뜨고 말했다.

"전혀 안 심심하실 거예요! 다들 공녀님과 이야기하고 싶어서 안달 날 거라고요? 거기에 있는 모든 귀부인들이 아가씨를 주목할 거예요. 그리고 아가씨의 사냥 드레스가 새 유행이 되겠죠. 아, 그리고 막 아가씨에게 까닐(표끈)을 달라고 하는 기사님들이 계실지도 몰라요. 까닐(표끈)을 넉넉하게 준비해 가는 게 좋지 않을까요?"

줄줄 내뱉는 제인의 말에서 나는 처음 듣는 단어를 포착했다.

"까닐(표끈)?"

"아, 모르시는군요."

제인이 생글생글 웃으면서 대답했다.

"사냥에 나가는 남자들이 레이디에게 표끈을 달라고 요청해요. 그러면 그 표끈을 가진 기사의 사냥물은 그 레이디의 것이고요. 가장 많은 사냥물을 차지한 레이디가 가장 인기 있다는 건 말할 것도 없죠."

제인이 근처의 리본을 들어 올리며 말했다.

"이런 리본 끝에다가 가문의 문장을 수놓는 거예요. 아가씨는 어떤 색이 좋으세요?"

"분홍색……?"

"분홍색! 좋네요. 아가씨 눈 색이랑 맞춰서― 몇 개 정도 만들까요?"

그 말에 난 고민에 잠겼다. 잔뜩 만들었다가 남는 것도 꼴사납고. 어차피 가져갈 사람은 아빠 정도 아닌가? 그리고 에멜?

아, 에멜은 내 호위니까 안 나가려나?

"음, 세 개만."

하나는 아빠가 가져갈 거고, 하나는 혹시나 누가 또 나가는 사람이 있을지도 모르니까. 하나는 분실용이다.

"세 개요? 너무 적은 거 아니에요? 열 개는 만들어요, 아가씨."

제인의 말에 난 고개를 저었다. 그거 남으면 처분하는 것도 아쉽다. 자수는 노동력이고, 비단 리본도 결코 저렴한 게 아니니까.

"세 개면 충분해. 음, 그리고 내가 직접 수놔도 될까?"

스테파니가 내 말에 살며시 웃으며 "물론이죠. 하지만 문장은 너무 어려우실 테니까, 이니셜로 어떠세요?" 하고 물어왔다.

하긴, 카스티엘로 가문의 문장은…….

날개 달린 흑표범이다.

내가 수놓는 건 무리이니, 내 이니셜을 수놓았다.

그 생각에 난 창가에서 얼른 떨어져서 침대 옆 작은 서랍장을 열어 보았다. 그 안에 분홍색의 반들거리는 리본 세 개가 나란히 들어 있었다.

그리고 그 끝에는 E.K라고 비뚤비뚤하게 수가 놓여 있었다.

'진짜 서투른 티가 팍팍 나네.'

스테파니가 시범을 보여 준 건 마치 기계로 찍어낸 듯한, 아름다운 활자체의 E.K였지만 아무래도 내 실력으로는 무리라, 나는 반듯하지 못하고 삐뚤어진 정자로 수놓을 수밖에 없었다.

'그냥 맡길 걸 그랬나……. 아냐, 이런 건 정성이야.'

그렇게 마음을 다잡고 침실 문을 여니, 놀랍게도 이미 다들 깨어서 움직이고 있었다.

"애니―?"

"어머, 아가씨. 벌써 일어나셨어요?"

애니가 웃으며 나에게 다가왔다.

"잘됐네요. 일단 세수하고 아침 먹을까요."

"응."

고개를 끄덕이고 세수하고, 아침상을 받았다. 평소보다 좀 더 고기가 많은 식단이었다. 두툼한 소시지를 두 개나 먹고, 버터와 시럽이 듬뿍 올라간 와플을 먹고 나니 몸을 움직이고 싶을 정도였다.

"배부르다."

내가 포크를 내리며 말하자 애니가 웃었다.

"보통이라면 이런 날 아침은 적게 먹겠지만, 아가씨는 아직 마르셨으니까요."

"나 안 말랐는데."

상당히 통통해졌다고 생각하는데요?

내 말에 애니가 "아직이에요." 하며 내 뺨을 가볍게 톡 치고 웃었다.

"그러면 이제 준비를 해 볼까요? 제인, 물은 다 끓었니?"

"네, 목욕 준비가 끝났어요."

제인이 대답했다. 아침부터 목욕이라니, 꼭 아빠가 왔던 날 같다─ 하고 생각하며 난 욕실로 향했다.

첫 번째 목욕은 청결을 위해서, 두 번째 목욕은 향기를 위해서.

마치 목욕탕 선전 문구 같은 말을 명랑하게 하며 애니는 나를 욕조에 밀어 넣었다. 머리부터 발끝까지 깨끗하게 씻고 나오자 바로 욕조의 물을 갈았다.

'어마어마한 노동력······.'

귀족이니까 할 수 있는 사치구나, 하는데 두 번째 욕조에 각종 향료를 넣기 시작했다. 물빛이 금색으로 변하면서 달콤한 꽃향기가 났다. 두 번째 목욕을 즐기는 동안 하녀들이 달라붙어서 내 손발톱을 삭삭 정리했다.

난 정리가 끝난 손톱을 보았다. 반달 모양으로 예쁘게 다듬어진 손톱이 반짝반짝 빛이 났다.

"이제 나오세요, 아가씨."

애니의 말에 난 욕조에서 일어났다. 욕조에 얼마나 향료가 들어갔는지 나와서 수건으로 몸을 닦았는데도 향기가 날 지경이었다. 거기에 같은 향기가 나는 향유를 몸과 머리카락에 듬뿍 발랐다. 그리고 제인과 스테파니가 솜씨 좋게 내 머리를 말리기 시작했다.

"뭔가 본격적이네?"

"어머? 이 정도는 아무것도 아니죠. 아가씨는 아직 화장할 필요가 없으시니까요."

스테파니의 말에 제인이 웃으며 "맞아요." 하고 맞장구를 쳤다.

어째 목욕이며 기타 손질을 하는 데에만 두 시간쯤 걸린 것 같았다. 그러자 든든히 먹었던 아침이 다 쑥 꺼져 버렸다.

'그래서 아침을 든든하게 먹인 건가.'

애니의 선견지명에 감탄하며 이어서 옷을 입었다.

사냥용 드레스는 짧아서 발목이 드러나는 길이었다. 거기에 레이스 업 부츠를 신고 위에다가 딱 붙는 두 줄 금단추에 칼라가 넓은 재킷을 걸치면 완성.

금빛 머리카락은 촘촘하게 여러 갈래로 땋아서 복잡하게 전부 올린 후에 그 위에 작은 모자를 썼다. 모자에 커다란 진주와 다이아몬드 브로치를 다는 걸 마지막으로 애니는 뿌듯한 얼굴을 했다.

"아가씨, 정말 사랑스러우세요. 어쩜 이렇게 인형같이 귀여우실까."

제인이 눈을 반짝이며 말했다. 애니가 이리저리 옷을 다듬어 주며 물었다.

"불편하신 곳은 없으세요?"

"응, 없어."

내 말에 "좋습니다." 하고 애니가 싱긋 웃으며 손짓해 거울을 가져오게 했다. 커다란 전신 거울이 날 비추자 작게 탄성이 나왔다.

"너무 예뻐!"

어린이용의 작은 사냥용 드레스는 그 자체로 사랑스러웠다. 뭐든 작으면 귀여워 보인다는 딱 그 짝이다.

"사실은 그냥 반묶음에 커다란 나비 리본을 달까 했는데요."

스테파니의 말에 제인이 고개를 끄덕였다.

"그쪽도 분명히 사랑스러웠을 거예요. 하지만 아가씨는 어른스러우니까 이런 차림이 더 어울리실 것 같더라고요."

"성인 여성의 작은 버전이라고 할까요?"

스테파니의 말에 난 다시 거울을 보았다. 과연, 어린아이다운 차림이라기보다는 좀 더 성숙한 느낌의 차림새였다. 어른이 입는 옷의 디자인을 고스란히 아동복으로 가져온 것이라고 해야 하나?

"마음에 쏙 들어."

내 말에 스테파니와 제인은 활짝 웃어 보였다.

내가 옷을 만지작거리다가 물었다.

"아빠에게 보여 주러 가도 돼?"

"어머?"

"그럼요!"

"물론이죠."

세 사람이 입을 모아 대답했다. 난 활짝 웃고는 얼른 달려가 문을 열었다.

"이야, 우리 아가씨. 별 같네요."

"에멜!"

난 눈을 동그랗게 떴다. 이렇게 아침부터 와서 서 있는 거야?

"에멜!"

난 다시 그를 불렀고, 에멜이 씩 웃었다.

"네, 아름다운 아가씨."

"에멜 오늘 왜 이렇게 멋있어요?"

와, 기사단 정복은 이렇게 생겼구나. 재킷에 망토까지 갖추고, 평소보다 머리카락을 단정하게 정리한 에멜은 전혀 다른 사람 같았다.

"그런가요?"

갸웃하고 에멜이 웃어 보였다.

"그런데 오늘은 주말도 아닌데 에멜이 호위예요?"

"오늘은 특별한 날이니까요."

그 말에 난 아, 하고 한 발로 빙그르르 돌아 보였다.

"어때요?"

"빛나는 새벽별도 그 빛을 잃겠네요."

에멜의 말에 난 킥킥 웃었다. 애니가 뒤에서 말했다.

"공작님께 보여 드린다고 하셨으면서."

"아, 맞다. 에멜, 지금 아빠 어디 계신지 알아요?"

"방에 계시지 않을까요?"

"좋아요."

그럼 갑니다, 하고 나는 달리듯 걷기 시작했다. 발걸음이 가벼웠다. 딱딱한 대리석 바닥이 고무라도 된 것처럼 통통 가볍고 빠르게 걸어서 복도를 지나는데 에멜이 날 잡아끌었다.

"……?"

"이쪽으로 잠시만."

복도에 사람이 없는 걸 확인하고 에멜이 날 옆방으로 밀어 넣어서 난 순순히 안으로 들어갔다.

"무슨 일이에요?"

에멜이 문을 닫고 깊게 숨을 들이마시고는 내 앞에 한쪽 무릎을 꿇었다.

"에멜?"

"지금 제가 할 이야기는 아마 아무도 아가씨에게 하지 않았던 이야기일 겁니다."

그의 얼굴이 전에 없이 진지해서 난 긴장했다.

무슨 이야기를 하려는 걸까?

"앞으로 사교계에 나가시면 여러 사람을 만나실 겁니다. 여러 일도 겪으시겠죠. 그러다가 혹시 나쁜 일이 생기시면."

에멜의 갈색 눈이 똑바로 날 직시했다.

"목숨을 건지는 걸, 목숨을 지키는 걸 최우선으로 하십시오."

그 진지함에 나는 눈을 동그랗게 떴다. 에멜이 희미하게 미소 지으며 말했다.

"공작님은 강하십니다. 아가씨께서 어디에 있어도 반드시 찾아내실 겁니다. 그러니까 아가씨께서는 살아 계시기만 하면 됩니다."

그가 양손으로 내 한 손을 꼭 잡았다.

"아시겠습니까?"

빛이 적은 어두운 실내에서, 호박빛을 띠는 그의 갈색 눈동자를 들여다보다가 난 진지하게 맹세하듯 다른 손을 들며 말했다.

"알겠어요."

에멜은 자신의 말을 진짜로 받아들인 건지 아닌 건지 가늠하듯 날 살폈다. 내가 진지하다는 걸 알고서야 그는 어깨를 늘어트렸다. 내가 얼른 다른 손을 그의 손 위에 올리며 웃었다.

"걱정 말아요. 그동안도 살아남았는걸요. 그리고—"

나는 진지하게 말했다.

"에멜도 무슨 일이 있어도 살아요."

공작님이 날 구하러 올 거다. 그래, 그건 알겠다. 하지만 이런 이야기를 할 때는 보통 '제가 구하러 간다고 하지 않나.' 하는 생각이 들었다.

그리고 깨달았다.

'내게 무슨 일이 생긴다면, 이미 에멜이 죽었을 거라는 말이구나.'

그러니 에멜은 구하러 올 수가 없다. 날 지키다 죽었을 테니까. 반대로 말하자면 자신이 죽기 전에는 나에게 아무 일도 생기지 않게 지켜 준다는 거겠지.

하지만 그건 싫었다.

"나 대신 죽는 건 싫어요."

그 말에 에멜은 묘한 얼굴을 하고 미소 지었다.

"아가씨는 정말로 이상한 곳에서 눈치가 빠르세요."

"에멜 아스트라다."

대답해요, 하고 말하자 에멜은 싱긋 웃었다.

"호위로서 그런 약속은 못 드립니다. 하지만— 아가씨의 부탁을 염두에는 두지요."

그 말에 난 불만스럽게 눈을 찌푸려 보였지만 에멜은 절대로 양보할 생각이 없어 보였다.

쳇, 쳇.

에멜이 그런 날 보고 다정하게 뺨을 쓸어 주고 자리에서 일어나 문을 열어 주며 물었다.

"대체 아가씨의 어머님께서는 왜 아가씨를— 그런데 상자에 가둔 것 말고 다른 것도 있는 겁니까?"

말을 돌리려는 것 같았지만, 난 순순히 응해 주었다.

"으음……. 상자에 가둔 건 괜찮았어요. 괜찮았지만……."

"그게 괜찮았다고요?"

에멜이 어이없다는 어투로 말했다.

으음, 상자보다는 매가 더 무섭지.

친모가 화가 나면 정말로 무서웠다. 눈이 뒤집혀서, 힘을 가감하지 않고 손에 잡히는 걸로 두들겨 패기 때문에 난 항상 눈치를 보았다. 그리고 그 눈치를 보는 것도 그녀에게는 거슬렸던 모양이고 말이다.

'핫, 생각해 보니까 나 카스티엘로라 튼튼한 거 아냐? 보통이 아니라? 그래서 살아남은 거 아닌가?'

갑자기 그런 생각이 들자 기분이 좀 좋아졌다.

"지금은 괜찮아요."

씩 웃으며 말하자 에멜은 눈을 찌푸리고 뭐라고 하려다가 그저 한숨을 내쉬었다.

잠시 후 우리 둘은 아빠 방 앞에 도착했다.

'그러고 보니 아빠 방에 와 보는 건 처음이야.'

중간에 좀 헤매서 에멜이 길잡이 역할을 해 줬다. 아빠 방문은 두 개가 한 쌍으로 길쭉한 반원 모양이었다. 내가 발꿈치를 들어 똑똑 가볍게 노크를 하자 금방 문이 찰칵 열렸다. 문을 연 것은 네반이었다.

그가 날 발견하고 허리를 숙였다.

"아가씨, 좋은 아침입니다. 공작님을 만나러 오셨습니까?"

"네."

공손하게 대답하는데 반대쪽 문이 확 열렸다. 네반은 눈썹을 치켜올렸다가 뒤로 물러났다. 아빠가 서 있었다.

"아빠, 안녕히 주무셨어요?"

"그래. 너는?"

"잘 잤어요."

대답하고 난 얼른 치마를 붙잡고 인사해 보였다. 그리고 생글생글 웃으며 아빠를 올려다보았다. 그러고 보니 아빠는 아직 옷을 덜 입으신 것 같은데…….

"준비하는 중이신가요? 그러면 나중에 올게—"

요, 라고 대답하기도 전에 아빠가 날 가볍게 안아 들었다. 에멜이 뒤에서 "으아!" 하고 소리를 질렀다.

"아가씨 옷 구겨지십니다."

그 말에 아빠는 조심스럽게 날 다시 땅에 내려놓았다. 난 아빠의 앞에서도 빙글 돌아 보이고 물었다.

"어때요?"

내 말에 아빠는 고개를 끄덕이며 "잘 어울리는구나." 하고 대답했다.

"그죠? 옷 예쁘죠? 여기 단추도 예쁘고, 재킷도 예뻐요."

칭찬에 신나서 내가 여기저기를 가리키며 말했다. 그러다가 아차 하고 얼른 얌전히 손을 모았다.

"아빠도 준비하셔야죠."

"아, 그렇지."

아빠의 손이 무의식적으로 내 머리를 쓰다듬으려고 하다가, 내 모자만 툭 건들고 다시 내려갔다. 네반이 물었다.

"아가씨께서 앉을 자리도 마련해 드릴까요?"

"아뇨, 괜찮아요. 방해할 수는 없죠."

"방해 아냐."

아빠는 간결하게 말하고는 손을 내밀었다. 난 헤헤 웃으며 얼른 그 손을 잡았다. 아빠의 방은 모든 게 다 컸다.

가구들이 성인 남성을 위해 맞춰진 것이라 전부 어둡고 무겁고 커다란 가구들이었다. 그래도 유리창으로 빛이 가득 들어와서 방이 어둡다는 느낌은 아니었다.

응접실을 지나니 집무실이 나왔고, 집무실을 지나서 다시 방이 나왔다. 여기서 옷을 입고 계셨던 건지, 시종들이 셔츠며 재킷이며 들고 서 있다가 내가 들어가자 얼른 인사를 해 왔다.

네반이 내 의자를 가져오게 하자 시종 둘이 어딘가에서 여성용 의자를 들고 들어왔다.

길게 누울 수 있는 카우치 같은 의자였다. 내가 그 위에 앉자 시종이 물어왔다.

"마실 걸 가져다 드릴까요?"

"차가운 걸로."

"알겠습니다."

"에멜은 안 마셔요?"

"호위 중에는 안 마셔요."

에멜이 싱긋 웃으며 대꾸해서 나는 그렇구나, 하고 고개를 끄덕였다. 곧 시종이 가져온 아이스티를 마시면서 아빠가 옷 입는 걸 구경했다.

'역시 옷걸이가 좋으니까 뭘 입어도 잘생겼구나.'

재빠르게 셔츠 단추를 잠그고 그 위에 복잡하게 크라벳을 맨다. 잘은 모르지만 예전에 들은 바에 따르면 신분과 장소에 따라서 크라벳 매는 방법이 정해져 있다고 한다. 그리고 그 위에 사냥용 재킷을 걸친다. 승마용 부츠가 반짝거렸다.

머리를 다듬어 주는 시종의 손을 밀치고 아빠는 대충 거칠게 머리를 쓸어 넘기며 말했다.

"그 망할 놈에게 잘 보일 필요가 없지."

"주인님."

네반이 한숨 섞인 목소리로 말했지만, 아빠는 콧방귀만 뀌었다.

"마차는?"

"준비되었습니다."

"뭐, 미리 가서 기선을 좀 제압해 두는 게 좋겠지."

그 말에 네반이 희미하게 웃고 날 슬쩍 보았다가 고개를 숙였다.

"그렇겠지요."

"좋아. 에스텔."

내 이름이 불려 난 얼른 컵을 시종에게 건네주고 자리에서 일어났다.

"가자."

"네!"

드디어 사람들을 만난다!

가슴이 터질 것처럼 부풀어 올랐다.

*　　*　　*

사냥터라고 해서 숲 속 캠핑장 같은 것을 기대했던 나는 생각보다 더 큰 규모에 깜짝 놀랐다.

말들을 위한 임시 목장부터 곳곳에 가문의 깃발이 높이 솟아올라 있고, 그곳마다 커다란 천막이 있어서 거기서 기사들이 준비를 했다.

천막의 크기에 따라 가문의 위세가 보이는 듯했다.

그리고 가장 중앙에는 황궁에서 편 천막이 보였는데, 안에서 무도회를 열 수 있을 만큼 큰 천막이었다.

거기에 테이블과 의자들을 늘어놓고, 연회장처럼 꾸며놓았다. 그 안쪽에 가장 상석에는 누가 봐도 옥좌라고 할 만한 의자가 둘 놓여 있었고 말이다.

'황제랑 황후를 위한 거겠지?'

그런 생각을 하는데 아빠가 말했다.

"저기, 우리 천막이다."

"어디— 아!"

난 눈을 동그랗게 떴다가 웃었다. 저건 우리 천막이라는 걸 모를 수가 없겠다! 천막이 검정이잖아? 그 검은색 천에 은빛 실로 흑표범의 실루엣이 수놓아져 있었다.

천막 양쪽에는 흑표범이 수놓아진 검은색 깃발이 세워져 바람에 가볍게 흔들리고 있었다. 아빠는 한 손으로 내 허리를 단단히 붙잡고 말의 속도를 조금 더 높였다.

사냥터 입구까지는 마차를 타고 올 수 있는데, 그 안쪽에 마차는 출입 금지라고 한다. 그래서 아빠는 따로 준비해 온 말에 나를 올리고서 함께 말을 타고 안으로 들어온 것이다.

그 사냥터 입구에서 카스티엘로의 천막까지.

잠깐 사이의 거리인데도 사람들의 시선을 느낄 수 있었고 수군거림을 들을 수 있었다.

'엄청나네.'

놀란 얼굴, 딱딱해진 얼굴, 허둥지둥 자기의 막사로 돌아가는 시종— 파문처럼 내 이야기가 순식간에 퍼지고 있다는 걸 알 수 있었다.

천막에 도착하자 아빠가 날 말에서 내려주었다.

천막은 삼면을 막은 형태였는데, 바닥에는 심지어 융단까지 깔려 있었다. 한쪽 벽에는 무기 거치대가 놓여 있었고, 다른 한쪽에는 가벼운 다과가 놓인 긴 직사각형의 테이블이 있었다. 정중앙에는 편안하게 앉아서 쉴 수 있는 푹신한 의자와 테이블이 놓여 있었다. 이걸 여기로 가져오는 데 얼마나 고생을 했을지……

속으로 혀를 내두르며 나는 천막 안으로 들어갔다.

'엇.'

다과가 놓여 있는 테이블에, 정교하게 만들어진 작은 의자가 있고, 거기에 내 토끼 인형이 올려져 있었다.

난 후다닥 달려가 인형의 손을 잡았다.

"아, 나랑 똑같은 옷을 입었네."

킥킥 웃음이 나왔다. 언제 맞춘 건지, 지금 내가 입은 것과 똑같은 사냥 드레스를 토끼도 입고 있었다.

저절로 마음이 편해졌다. 내가 가장 좋아하는 토끼.

그런데 누가?

"마음에 드나?"

아빠의 물음에 난 눈을 동그랗게 뜨고 토끼를 들어 올리며 뒤로 돌았다.

"아빠가 만든 거예요?"

그 말에 아빠는 고개를 갸웃했다가 말했다.

"내가 만든 건 아니지."

"아, 아뇨. 그러니까 아빠가 이렇게 하라고 한 거예요?"

"그래."

"진짜 마음에 들어요! 고맙습니다!"

토끼를 꽉 끌어안으며 말하자 아빠가 살짝 웃었다. 에멜이 뒤에서 싱글벙글 흐뭇한 얼굴을 하고 우리 부녀를 바라보았다. 난 토끼를 조심스럽게 제자리에 내려놓고 다시 식탁으로 돌아왔다.

"왜?"

"네?"

"왜 두고 오지?"

"안고 있으면 너무 애처럼 보일까 봐요."

그 말에 잠시 아빠는 고개를 기울였다가 말했다.

"가지고 와."

난 군말 없이 다시 토끼를 데리고 돌아왔다. 품에 꼭 안자 마음이 편하기도 하고 불편하기도 했다. 사람들이 다 날 애라고 생각하고 만만하게 보면―

'아.'

난 히죽 웃었다.

만만하게 보인다고 태도를 바꾸는 사람이 있다면, 딱 걸러내기 좋은 사람들일 뿐이지.

'아빠 대단하다.'

감탄하며 나는 아빠를 보았다. 언제 왔는지 시종이 우리 앞에 찻잔과 다과를 늘어놓기 시작했다. 이런 건 또 언제 챙겨 온 거지?

"다른 사람들은 안 만나도 괜찮아요?"

오면서 봤던 천막들을 생각하며 묻자 아빠가 찻잔을 들며 말했다.

"그쪽에서 올 거다."

이어 눈을 살짝 찌푸리며 덧붙였다.

"지긋지긋하게."

"그렇군요."

난 고개를 끄덕였다. 내 차는 아빠의 것보다 훨씬 연하고 묽었다. 한세 배쯤 물을 더 많이 넣은 것 같다. 이쯤 되면 차라고 하면 안 되고 차를 약간 넣은 물이라고 하는 편이 나을 것 같다.

'애니까 어쩔 수 없지.'

그렇게 생각하며 홀짝홀짝 차를 마시는데 얼마 지나지 않아, 아빠의 '지긋지긋'이라는 말뜻이 무엇인지 알 수 있었다.

처음으로 온 사람은 나이가 지긋한, 적어도 아빠보다 스무 살은 더 많아 보이는 오십 대 중반의 남자였다.

"안녕하십니까. 이런 자리는 오랜만입니다, 공작님."

정중한 인사에 난 약간 움찔했다. 저도 모르게 자리에서 일어나 마주 인사해야 할 것 같았다. 하지만 아빠는 자리에서 일어나기는커녕 꼰 다리도 풀지도 않고 대꾸했다.

"에스텔이 사냥을 좋아해서."

네?

저도 모르게 되물음이 나오려는 걸 필사적으로 눌러 삼켰다. 남자의 눈이 그제야 날 발견했다는 듯이 방긋 웃으며 말했다.

"오오— 따님이십니까? 반갑습니다, 공녀님. 세르반 백작이라고 합니다."

백작!

높은 사람이잖아?!

깜짝 놀라 나는 자리에서 일어나 배운 대로 치맛자락을 붙잡고 인사했다.

"안녕하세요, 백작님. 에스텔 카스티엘로라고 합니다."

처음 보는 사람에게 나 자신을 카스티엘로라고 소개하는 것은 처음이었다. 왜인지 모를 뿌듯한 기분에 저절로 미소가 그려졌다.

"이렇게 큰 따님이 계시는 줄은 몰랐습니다."

슬그머니 내 출신을 떠보듯 물어오자 아빠가 태연하게 대답했다.

"나도 몰랐어."

"그, 그러셨습니까."

순간 당황한 백작이 말을 더듬었다. 그러나 곧 그는 웃는 얼굴을 회복하고 나에게 말했다.

"제 손녀도 공녀님의 또래랍니다. 언제 한번 놀이 친구로 초대해 주십시오."

"놀이 친구라니요, 사교계에서 정식으로 만날 날을 기대하겠습니다."

난 깜짝 놀라며 대답했다. 백작의 손녀를 놀이 친구로? 우와, 사양이다.

게다가 생각해 보면 공작의 딸인 나에게까지 그렇게 존칭을 할 필요 따위는 없을 텐데, 백작은 내가 작위가 더 높은 것처럼 행동했다.

카스티엘로 공작가의 위세가 느껴지는 행동이었다.

"그렇습니까."

세르반 백작은 웃는 낯으로 대답했다.

'역시 생글생글 웃는 사람이 가장 무서워.'

무슨 생각을 하는지 알 수가 없다니까, 했다가 난 아빠를 보고 생각을 고쳐먹었다.

'어느 때나 찡그린 얼굴을 하는 사람이 가장 무서워. 적어도 웃는 이들은 비위를 맞출 마음이 있다는 이야기라도 되지.'

그리고 세르반 백작을 시작으로 순식간에 사람들이 몰려들어 천막 안은 북적거릴 지경이 되었다. 먼저 왔던 사람들은 최대한 아빠와 오래 대화를 하고 싶어 했고, 뒤에서 기다리는 사람들은 그런 앞사람들에게 눈치를 줬다.

'그런 의미에서 맨 처음 와서 지금까지 자리를 차지하고 있는 이 백작도 만만찮단 말야.'

난 그런 생각을 하며 호기심이 가득한 시선을 나에게 보내는 사람들에게 순진한 미소를 지어 보였다.

"에스텔."

날 불러서 돌아보자 아빠가 "이리 와." 하고 손을 내밀었다. 식탁을 돌아가자 아빠가 날 번쩍 안아 들어 자신의 무릎에 앉히고는 과자를 집어주었다. 뒤쪽에서 가볍게 숨을 삼키는 소리가 들려왔다.

"공작 전하께서는 따님을 무척이나 아끼시는 모양이군요."

세르반 백작이 웃으며 말하자 "무척." 하고 아빠가 짧게 대답했다. 난 나에게 쏟아지는 시선에 닭살이 오소소 돋아 올랐다.

"참 아름다운 따님이세요, 모친을 닮으셨나 봐요."

"날 닮았지."

"그, 그렇군요. 저런 금발은 드물죠."

"맞아요. 반짝거리는 태양 같아요."

"눈동자도 아름답네요."

"보석 같아요."

"이런 분홍색 눈동자는 처음 봅니다."

나이가 많든 적든, 사람들이 열심히 내 외모를 찬양하는 걸 듣고 있으니 기분이 진짜 이상해지기 시작했다.

'와, 이러니까 신분 높은 귀족 영애 성격이 비뚤어지는 거구나.'

세상천지 모든 것이 자기 것인 양 착각하게 되는 거지.

과연, 과연.

속으로 연신 고개를 끄덕이며 난 초코칩이 듬뿍 박힌 쿠키를 음미했다. 바삭바삭한 쿠키는 맛있었지만 금방 목이 멨다. 아빠는 그걸 또 어떻게 알아채고는 나에게 찻잔을 건네주었다.

"어쩜 귀엽게 먹기도 하셔라."

"차를 마시는 모습도 사랑스러워요."

이야기가 이쯤 되니 거북스러워서 참을 수가 없다. 사람들 앞에서 먹고 마시자니 동물원 구경거리가 된 기분이었다.

"아가씨께서 피곤하신 게 아닐까요?"

에멜이 부드러운 목소리로 물었다. 아빠는 "그런가?" 하더니 나에게 의견도 묻지 않고 날 안고 자리에서 일어났다.

"이제 슬슬 사냥도 시작할 테고, 이만하지."

아빠의 말에 뒤쪽에서 순서를 기다리던 사람들은 아쉬운 소리를 했지만 큰 소리 내는 사람 없이 전부 썰물 빠지듯 사라졌다.

아빠가 내 뺨을 툭 찌르듯 하고 물었다.

"피곤해?"

"약간요."

나는 스스럼없이 아빠의 목에 팔을 두르고 어깨에 얼굴을 묻었다. 아빠가 잠시 움찔하시나 했더니 한참 뒤에 조심스럽게 내 등을 쓸어내리기 시작하셨다.

그게 좋아 난 낮게 웃고 말했다.

"좀 무서울 정도였어요."

"뭐가?"

"사람들의 시선이요."

"역시 그냥 돌아갈까?"

"그건 안 되죠."

깜짝 놀라 고개를 들며 말하자 아빠의 입꼬리에 희미한 미소가 달려 있는 게 보였다. 난 짐짓 눈을 찡그리며 물었다.

"놀리신 거예요?"

"아니, 진짜인데. 하지만 그런 대답이 돌아올 것 같아서. 내 딸은 지나치게 성실하지."

잠시 아빠가 부드럽게 내 등을 쓸고 있는데, 멀리서 요란하게 나팔 소리가 들려왔다.

"드디어 느린 엉덩이가 납셨군."

"공작님."

에멜이 웃음 섞인 목소리로 타박하듯이 말했다.

느린 엉덩이?

누구지? 내가 갸웃하는데 아빠가 날 안은 그대로 천막을 나섰다. 에멜이 그 뒤를 가벼운 발걸음으로 쫓아왔다.

어디로 가나 했더니만 아까 지나오면서 봤던 황실 천막이다.

'느린 엉덩이가 황제 폐하구나.'

우리 아빠 불경해.

그런 생각을 하면서도 나는 땅에 내려올 생각은 살짝 접었다. 아무래도 아빠가 내려줄 것 같지 않다. 게다가 사람들이 상당히 많아서 이대로 걸으면 사람들 엉덩이만 보다가 끝날 것 같았다.

좌석은 자율 배정제인지 아니면 앉는 순서가 있는 건지 모르겠지만, 아빠는 안쪽으로 들어가지 않고 가장자리에 날 안고 섰다. 주변 사람들이 오히려 길을 내줘야 하는 건가 아닌 건가 하는 당혹스러운 얼굴을 했다.

"공작 각하 안쪽으로—"

하는 작은 소리도 났지만, 아빠는 싹 무시했다. 그러자 사람들은 불편해하면서도 입을 다물었다.

'대체 아빠는 얼마나 높은 거야?'

유일한 공작가라고 하지만 정말로, 안하무인인 것 같은데도 사람들은 눈치만 보고 있다. 아빠는 날 내려놓지 않고 좀 더 추어올려 주었고, 덕분에 여유롭게 사람들 너머로 앞의 큰 의자 두 개를 볼 수 있었다.

나팔 소리가 클라이맥스에 다다랐을 때쯤 황제와 황후가 등장했다. 서른 중반 정도의 나이로 보이는 두 사람은 가장 화려한 옷을 걸치고 있었다.

황제는 아랫배가 좀 나와 있기는 했지만.

'황후마마는 생각보다 평범하네.'

보통 소설 속에 나오는 황후는 미인이니까, 그렇게 생각했었는데─ 생각보다 훨씬 평범한 생김새였다. 그건 황제도 마찬가지였다. 둘 다 옷만 아니면 옆집 아저씨, 아줌마처럼 보일 터였다.

'그래서 옷이 중요하구나.'

깨닫는데 나팔 소리가 그쳤다. 동시에 모두가 일사불란하게 외쳤다.

"황제 폐하를 뵙습니다, 만수를 누리소서! 황후마마를 뵙습니다. 천수를 누리소서!"

난 놀라 고개를 숙였다가, 아빠가 인사말을 하지 않았다는 걸 깨닫고 슬쩍 돌아보았다. 아빠는 빨간 눈을 내리지도 않고 정면으로 황제를 응시하고 있었다. 그러다가 내 시선을 깨닫고 눈동자만 돌려 날 보고는 살짝 웃었다.

나도 모르게 싱긋 마주 웃는데 황제가 입을 열었다.

"짐의 사냥 연회에 온 것을 환영한다."

바로 옆에서 말하는 것처럼 선명하게 들려서 난 깜짝 놀랐다. 아빠가 내 등을 가볍게 두들겨 주며 속삭였다.

"마법이야."

"네에─"

그렇구나! 이게 마법!

처음으로 본 마법은 정말로 신기했다. 스피커처럼 소리가 크게 울리는 게 아니라, 바로 옆에서 말하는 것처럼 선명하게─ 그렇지만 크지 않게 들리고 있었다.

'와, 이게 마법이구나. 잠깐, 그러면 어딘가에 마법사가 있는 건가?'

눈을 이리저리 굴려서 마법사 같은 사람을 찾아보려는데 보이지 않았다. 으음─ 마법사다운 옷을 입고 있는 사람은 없는데─ 게다가 여름인데도 망토를 입은 사람이 여기저기 보여서 망토로 마법사를 찾을 수는 없었다. 그렇다고 긴 나무 지팡이를 들고 있거나, 새하얀 수염을 풍성하게 기른 사람도 없고……

그사이 황제의 인사말(?)이 끝나고 모두가 다 같이 황제 폐하 만세를 외쳤다. 물론 아빠는 이번에도 입을 다물고 있었고 말이다. 이야기가 끝나자마자 아빠가 몸을 돌리는데 뒤에서 황제가 외쳤다.

"오! 카스티엘로 공작!"

나도 모르게 아빠를 돌아보니 미간에 줄이 하나 가 있었다. 그러나 돌아설 때는 평소와 다름없는 얼굴이었다.

"폐하."

황제는 싱글벙글한 얼굴로 사람들 사이를 지나 다가왔다. 모세가 홍해를 가르듯 고개를 숙이며 사람들이 좌우로 물러나 길을 만들어 주었다.

황제가 가까이 다가올수록 난 안절부절못하는 기분이 되어 아빠의 어깨를 꼭 잡았다. 나 내려봐야 하는 거 아닌가? 이렇게 안겨 있으면 어떻게 인사하지? 불경죄로 목이 달아나는 거 아냐?

황제가 눈앞에 도착하자 난 고개를 푹 숙였다. 아빠의 키가 커서 그냥 나란히 서 있는 건데도 어쩐지 아빠가 내려다보는 구도가 되었다.

아아, 이래도 되는 건가? 그런 건가요?

황제가 웃음 섞인 목소리로 말했다.

"연회에 어쩐 일로 참석했나 했더니만, 이 귀여운 아가씨는 누군가."

"제 딸입니다."

"이렇게 큰 딸이 있었다니?"

"저도 얼마 전에 알았답니다."

"그, 그랬군."

황제 역시 당황했는지 약간 말을 더듬었다. 그리고 스스로도 민망한지 헛기침을 두세 번 하고 나에게 말을 걸었다.

"그래, 이름이 뭐냐?"

난 마른 입술을 축이고 말했다.

"에스텔 카스티엘로입니다."

배에 힘을 주고 크게 말했다고 생각했는데 목소리는 생각보다 크지 않게, 그러니까 적당하게 나왔다.

"잘 어울리는 이름이군. 응? 고개를 들어봐라."

쯧.

작게 혀 차는 소리에 난 놀라서 고개를 들었다.

어, 설마 아빠 지금 혀 찬 거예요? 황제 앞에서? 나에게 고개 들라고 했다고?

아니죠?

아니겠지.

설마.

"오호라— 이 얼마나 진귀한 눈동자인가."

황제의 푸른색 눈동자에 금방 탐욕이 진득하게 끼었다.

"나이가 몇이냐?"

"열한 살입니다."

"내게도 비슷한 또래의 아들이 있지. 같이 어울리면 딱 좋겠구나. 하하하."

우와—

하델 선생님! 선생님이 맞았어요!

"아직 제 여식이 어리고 몸이 약해서, 남자애들과 놀기는 좀 그럴 것 같군요."

싹둑.

아빠가 황제의 의지를 잘라 버렸다. 이, 이래도 되는 건가요?

등에 식은땀이 흐른다.

"그렇다면 건강해진 후에 같이 놀면 되겠군. 그래도 편지 정도는 괜찮을 테니, 내 서신을 보내라 하겠네."

황제는 자신이 적당히 결론을 내려 버리고는 얼른 이어 말했다.

"그래서 사냥에 공작이 직접 참여할 건가? 나 역시 참여할 생각인데— 같이 이야기라도 하지."

"사냥하는데 대화할 거리가 있습니까? 보이면 잡으면 되죠."

아아아아, 아빠 괜찮은 거예요? 상대는 황제라고요?

"하하하, 공작은 여전하군."

황제는 호탕하게 웃으며 아빠의 등을 퍽퍽 때렸다.

이 사람도 보통이 아니군. 보통 이 정도로 딱딱하게 나가면 화를 낼 만도 한데, 그냥 웃음으로 넘겨 버린다.

'역시 황제도 아무나 하는 게 아니구나.'

아니, 그것도 그렇지만.

황제가 화를 내지 않는 건 아빠가 카스티엘로여서가 아닐까? 그렇게 생각하니 진짜로, 대체 카스티엘로 공작가가 얼마나 대단한지 실감이 났다.

사실 하델이 설명해 줄 때는 대단하구나— 싶어도 그렇게 와 닿지는 않았는데, 실제로 겪어 보니…….

'진짜로 대단하구나.'

어쩐지 좀 무서울 정도였다.

그런 생각을 하고 있는데 아빠가 황제에게 대충 인사를 하고 물러났다. 황제는 더 잡고 싶은 마음이 가득한 것 같았지만, 아빠는 단호했다.

돌아서며 아빠가 가볍게 날 추슬러서 난 얼른 말했다.

"내려주세요."

"왜?"

"무겁잖아요?"

"뭐가?"

"어— 제가요?"

"안 무거운데."

"공작님, 제가 안겠습니다."

에멜이 팔을 내밀며 말했다.

내가 에멜에게로 팔을 뻗는데 아빠가 "싫어." 하고 대답했다. 순간 에멜은 멍한 얼굴을 했다가 킥킥 웃으며 팔을 내렸다.

"그렇다면 어쩔 수 없지요."

아빠가 내 등을 가볍게 두들겼다. 어쩐지 기분이 좋아져서 헤헤 웃으며 아빠의 목을 꼭 끌어안았다.

'아, 저거 마법사인가?'

순간 내 눈에 긴 로브를 입은 사람들이 들어왔다. 목을 쭉 빼고 내다보는데 에멜이 내 시선을 눈치챘다. 그가 고개를 돌려 나와 같은 방향을 바라보고 날 보았다.

"안 돼요."

그의 단호한 말에 난 기가 죽어 작게 대답했다.

"알아요."

"뭐가?"

아빠의 물음에 에멜이 대답했다.

"마법사가 있습니다."

순간 아빠 검의 정령석이 날카롭게 울었다. 그런 식으로 정령석이 소리를 내는 건 처음 들어 봤다. 난 흠칫하며 아빠를 안은 팔에 힘을 주었다.

"그 개자식들이 절대로 접근하지 못하게 해."

"존의."

에멜이 고개를 숙였다. 내가 머뭇머뭇 말했다.

"아빠, 그거 나쁜 말이래요."

"어?"

"개자식이요."

"아."

아빠는 짧은 감탄사를 흘린 뒤 뭔가 고민하다가 다시 입을 열었다.

"하지만 나쁜 놈에게 쓰는 건 괜찮아."

"괜찮나요?"

이 질문은 내가 아니라 에멜이 던진 거다. 에멜의 질문에 아빠는 팍 인상을 쓰고 대꾸했다.

"괜찮아."

"그렇군요."

나는 납득해서 고개를 끄덕였다. 나쁜 말을 나쁜 놈에게 쓰는 건 괜찮은 거지.

맞아.

다시 우리 천막으로 돌아오자 아빠는 날 내려놓고 시종의 도움을 받아 가볍게 무장했다. 나는 품에서 꼬물꼬물 표끈을 꺼냈다.

'그런데 이거 어떻게 건네는 거지? 건네도 되는 건가?'

아빠가 달라고 하면 드려야지, 하고 있는데 아빠가 손을 내밀었다.

"끈."

"아, 네!"

난 환하게 웃으며 얼른 끈을 아빠에게 건넸다. 아빠가 끝의 이니셜을 들여다보아 난 금방 얼굴이 뜨거워지는 걸 느꼈다.

"제가 수놓은 건데, 너무 엉망이죠?"

"괜찮은데."

아빠는 그렇게 말하고 검 손잡이에 분홍색 리본을 묶었다. 저걸 보니 분홍색으로 하지 말걸, 하는 생각이 들었다.

아빠가 문득 생각난 듯 물었다.

"몇 개나 준비했지?"

"세 개요."

"나머지."

아빠가 손을 내밀어 나는 의아해하면서도 순순히 나머지 두 개를 아빠에게 건네주었다.

"아, 공작님. 하나는 저 주셔야죠!"

에멜이 당황해서 손을 내밀자 아빠가 한쪽 입꼬리만 올려 웃고 말했다.

"왜? 꺼져."

"와ㅡ 자기가 다 독점하려고. 진짜ㅡ 와ㅡ"

"넌 사냥도 안 나가잖아."

아빠는 그렇게 말하고 한쪽 무릎을 꿇어 나와 시선을 맞췄다. 나도 모르게 등을 꼿꼿하게 세우고 아빠를 바라보자 아빠는 한참 날 보다가 아주 느리게 내 이마에 입을 맞춰 줬다.

"곰을 잡아다 주마."

"네, 넷!"

나도 모르게 큰 소리로 말하니 아빠는 피식 웃고 시종에게서 활을 받아 들고 나갔다. 난 얼른 아빠의 뒤를 따라 나갔다.

내가 타는 조랑말과는 비교도 안 되는 거대한 말에 가볍게 올라탄 아빠가 다가오는 나에게 손을 내밀었고, 뒤에서 에멜이 날 잡았다.

"너무 가까이 가지 마세요. 사나운 놈이거든요."

"아, 네."

난 고개를 끄덕였다. 새까만 흑마는 몇 번 발굽으로 땅을 파헤치듯 구르다가 푸르르 소리를 냈다. 에멜이 날 안아 들었다.

"얌전히 있어."

아빠의 말에 난 고개를 끄덕였다. 아빠는 에멜에게도 시선을 보냈고 에멜은 말없이 고개를 숙였다. 아빠는 가볍게 옆구리를 차서 말을 출발시켰다.

멀리 가는 아빠의 뒷모습에 열심히 손을 흔들고 나서 난 에멜을 돌아보았다.

"그럼 이제 뭘 하죠?"

"뭘 할까요?"

에멜이 가볍게 날 안은 팔을 흔들며 말했다. 우는 아이를 달래는 듯한 동작이라 난 웃었다.

"글쎄요, 어쩔까요?"

그때 뒤에서 목소리가 들려왔다.

"레이디 에스텔."

내가 놀라 고개를 돌리니 에멜이 얼른 몸을 돌렸다. 거기에는 아까 그 백작이 서 있었다. 음, 이름이 뭐더라……?

"세르반 백작님."

생긋 웃으며 아는 체를 하자 백작이 마주 웃으며 말했다.

"이름을 기억해 주시다니, 영광이군요."

아니, 아무리 그래도 공작 딸―그것도 아무런 작위도 없는데―에게 너무 겸양이신 거 아닌가?

"영광이라뇨. 무슨 말씀을."

난 에멜에게 "내려줘요." 하고 작게 속삭였고 에멜은 날 땅에 내려주었다. 어찌나 안겨 다녔는지, 야외인데도 내 구두는 먼지 없이 반짝반짝했다.

"차라도 한 잔 하시겠어요?"

내 말에 세르반 백작이 웃으며 말했다.

"아까는 제가 대접을 받았으니, 레이디를 제 천막으로 초대하고 싶습니다."

그 말에 세르반을 뚫어져라 보았다. 에멜을 돌아보고 싶었지만, 그건 너무 어수룩한 티가 나잖아? 이건 내 결정이고 내 문제다.

음, 천막을 떠나면 안 되는 걸까? 초대를 하는 걸 보니 상관없는 것 같기도 하고.

'솔직히 좀 궁금하기도 하다.'

"잠깐이라면 괜찮아요."

내 말에 세르반 백작이 활짝 웃으며 말했다.

"그렇게 오랜 시간을 빼앗지는 않을 겁니다."

세르반 백작의 천막 역시 화사하게 꾸며져 있었다. 난 토끼 인형을 안은 팔에 힘을 줬다. 힐끗 돌아본 에멜은 별다른 제지 없이 그저 내 시선에 싱긋 웃었을 뿐이었다.

세르반 백작은 어린 나에게도 정중하게 대했다.

그때 세르반 백작의 기사 중 한 명이 다가와 내 앞에 한쪽 무릎을 꿇더니 말했다.

"레이디 에스텔의 표끈을 받을 수 있는 영광을 주시면 감사하겠습니다."

그 말에 난 당황해서 더듬더듬 말했다.

"그, 그게— 죄송해요. 표끈이 다 떨어져서……."

"그렇습니까. 괜찮습니다."

기사는 아쉽다는 표정을 숨기지 않으며 자리에서 일어났다.

'정말로 나에게 표끈을 달라는 사람이 있구나.'

신기하다, 하고 생각했는데 그게 시작이었다. 세르반 백작의 기사뿐 아니라, 어디서 소식을 듣고 왔는지 모두가 자신의 소속을 밝히며 내 앞에 무릎을 꿇고 표끈을 달라고 청했다. 그걸 일일이 거절하는 것도 민망할 지경이었다.

'제인의 말을 들을 걸 그랬어.'

적어도 열 개는 준비할걸.

'아냐, 몇 개를 준비했어도 아빠에게 뺏겼을 거야.'

아빠가 몽땅 내놓으라고 했으니까.

난 그렇게 생각하며 미안한 마음을 가득 담아 거절하고 거절했다. 그러고 나자 이번에는 다른 귀부인들이 세르반 백작에게 인사를 청하며 나에게 다가왔다.

귀엽다는 둥 사랑스럽다는 둥, 달콤한 꿀 같은 말을 나에게 퍼부으면서도 몇몇은 내 출생의 비밀을 궁금해했다.

모친이 어떤 분인지? 어떻게 공작님을 만났는지? 어디서 자랐는지?

그 질문을 간신히 피해가고 있는데 한 여성이 입을 열었다.

"하지만 전 정말로 분홍색 눈동자는 처음 봐요."

"그러네요, 예쁜 빛깔이에요."

"그런데 카스티엘로면 붉은색 아닌가요? 분홍색이라니—"

그녀의 붉은 입술 사이로 매끄러운 말이 흘러나왔다.

"제 마법사에게 한번 진찰이라도 받아보시겠어요? 아프시거나 하지는 않나요?"

마법사!

나는 호기심에 눈을 동글게 떴다가 뒤에서 에멜의 정령석이 스산하게 우는 소리에 호기심을 접었다.

"괜찮아요, 아픈 곳은 없어요. 그리고 공작가의 주치의가 못하지도 않고요."

생글 웃으며 대꾸하자 그녀가 말했다.

"의사와 마법사는 다르니까요."

"마법사는 다른 걸 찾아낼 수 있나요? 제 눈이 왜 분홍색인가 같은 거요? 카스티엘로니까, 분홍색인 건데—"

나는 갸웃했다.

"다른 이유가 있을까요?"

내가 카스티엘로라는 거 외의, 내 눈이 분홍색인 다른 이유를 찾고 싶은 건가? 하고 묻자 그녀는 호호 웃으며 말했다.

"그냥 혹시나 해서요."

"제가 카스티엘로가 아닐까 봐요?"

직설적인 말에 천막의 모두가 순간 숨을 삼켰다. 그녀 역시 움찔한 듯했지만 곧 어린아이를 타이르는 듯한 표정이 되었다.

"설마요. 무서운 말씀을 하시네요, 공녀님."

"맞아요."

아직 어린아이니까, 하는 말에 난 고개를 끄덕였다.

"그죠? 전 에스텔 카스티엘로예요."

—테이블 위에서 찻주전자를 걷어차도.

난 그 말을 떠올리며 최대한 오만해 보이는 미소를 지으려 애썼다. 그리고 자리에서 일어나며 말했다.

"카스티엘로와 마법사의 사이가 좋지 않다는 걸 뻔히 알고 계시지 않나요?"

그 말에 여자는 약간 놀란 듯했지만 "저는 나쁜 의미는—" 하고 말하는 걸 내가 끊으며 말했다.

"알고 있었군요. 모르시면 머릿속에 박아 드리려고 했죠. 알고도 권하다니, 카스티엘로 공작가가 우스우셨나 보군요? 이름도 기억 안 나는 부인."

싱긋 웃으며 말하자 그녀의 얼굴은 붉어졌다가 파래졌다를 반복했다. 부채를 꽉 잡은 손이 희게 불거졌다.

"전 이만 천막으로 돌아가겠습니다. 세르반 백작님, 차는 즐겁게 마셨어요."

열한 살짜리로서 최대한의 위엄을 발휘하려고 애쓰며 난 휙 천막을 나섰다.

세르반 백작이 허둥지둥 따라 나오더니 말했다.

"레이디 에스텔."

내가 몸을 살짝 돌리니 에멜이 나보다 한 걸음 앞으로 나서며 나와 세르반 백작 사이에 섰다. 세르반 백작은 곤혹스러운 얼굴을 했다가 곧 손에 들고 나온 주머니를 내밀었다.

"아까 드셨던 과자를 마음에 들어 하시는 듯해서."

아니, 그래서 백작이 직접 과자를 들고 나온 거야?

이걸로 괜찮은 겁니까.

"감사해요, 백작님."

난 한 걸음 나서서 직접 과자를 받았다.

"그러면 이만."

가볍게 인사를 하고 난 그대로 종종걸음으로 천막들을 지났다. 슬쩍 주머니를 열어 보니 정말 각종 과자가 들어 있었다.

음, 그래. 이 과자 맛있더라.

우리 요리사에게도 부탁하면 해 주지 않을까?

그때 눈앞에 뭔가가 휙 튀어나왔다. 깜짝 놀라 멈춰 서니, 붉은 머리카락의 소년이 내 앞에 엎드려 있었다.

'새빨간 머리카락……'

보통 사람이 가지고 있는 적갈색의 머리카락이 아니라, 정말로 채도가 선명한 빨강색이었다. 물감으로 칠한 것처럼 말이다. 빨강머리인 사람은 몇몇 봤지만, 저런 빨강머리는 처음이었다. 꼭 가발 같은 색이었다.

"카, 카스티엘로 공녀님을 뵈, 뵙습니다."

머리를 바닥에 박은 채로 소년이 더듬더듬 말했다. 다음 순간 나는 휙 몸이 끌려 올라가는 걸 느꼈다.

에멜이었다.

날 끌어안은 에멜이 차갑고 날카로운 목소리로 말했다.

"꺼져."

난 놀라 에멜을 보았다. 그의 얼굴이 완전히 굳어 있었다.

"초, 초대를 전하러―"

"더러운 일리알과 섞을 말은 없다. 꺼져."

에멜이 그를 지나쳐서 걸어가자 소년이 기어서 따라왔다. 감히 몸을 세울 생각도 못 한다는 듯, 필사적인 몸짓이었다.

깡마른 몸에 낡은 옷.

"에멜, 멈춰요."

에멜은 내 말을 무시하며 계속 걸었다. 난 그의 어깨를 세게 붙잡았다.

"에멜 아스트라다!"

내 외침에 그는 움찔하며 자리에서 멈춰 섰다. 난 그의 캐러멜 색 눈을 똑바로 보고 말했다.

"날 내려줘요."

에멜은 입안으로 뭔가 욕 같은 걸 중얼거리더니 날 내려놓았다. 소년은 내 앞에 여전히 푹 고개를 숙이고 있었다.

"이름이 뭐죠?"

"시, 십삼입니다."

십삼? 이상한 이름도 다 있네.

"초대라면?"

"구, 궁정 마법사이신, 레, 레프턴 님의, 초, 초대를."

"말 병신 일리알을 보내서 말이지."

뒤에서 에멜이 빈정거리자 소년의 얼굴이 타오르는 것처럼 붉어졌다. 난 에멜을 돌아보고 눈을 흘겨 주었다.

마법사와 연관이 되어서 싫어하는 건 알겠지만, 그래도 애잖아? 게다가 옛날의 나처럼, 마르고, 학대당하고 있는 게 뻔한 아이.

연민을 느끼며, 나는 손에 들고 있던 주머니를 내밀었다.

"십삼, 이거 받아요."

십삼은 머뭇머뭇 고개를 들어 날 바라보았다. 난 최대한 부드럽게 웃으려고 노력하며 말했다.

"미안하지만 초대는 사양하겠어요. 대신 이거라도 가져가요. 맛있어요."

과자야, 과자.

분명히 이 애도 과자는 한 번도 못 먹어 봤을 거다. 나도 과자는 공작가에 와서 처음이었으니까. 견과류와 설탕, 하얀 밀가루가 들어가는 사치스러운 음식을 먹어 봤을 리가 없지.

십삼이 멍하니 날 보다가 천천히 손을 들었다. 그 순간 에멜이 내 손에서 주머니를 낚아채더니 십삼의 앞에 던졌다. 그리고 날 번쩍 안아 들고 말했다.

"됐지? 이제 꺼져 버려."

그러고는 이번에는 내 의견은 듣지 않고 성큼성큼 가 버렸다. 에멜의 어깨 너머로 보니 십삼이 과자 주머니를 챙길 생각도 하지 않고 날 빤히 보고 있었다. 난 어색하게 손을 흔들어 주었다.

'미안.'

"하지 마십시오."

에멜이 그때 내 손을 잡아 내리며 단호하게 말했다. 난 에멜을 바라보고 말했다.

"마법사를 경계하는 건 알겠어요. 하지만 저런 꼬마까지 경계할 필요는 없잖아요?"

"저건 보통 꼬마가 아니라 일리알입니다."

"일리알? 그게 뭔데요?"

순간 에멜은 말문이 막힌 듯했다. 그는 입을 뻐끔거리다가 단순하게 말했다.

"마법사의 노예죠."

"제국은 노예 제도가 없잖아요?"

"하지만 노예나 다름없습니다."

"게다가 노예라면 더 불쌍한데요."

"그런 게 아니라—"

에멜은 뭔가를 더 설명하고 싶은데 하지 못하는 얼굴로 끙끙거렸다. 내가 눈을 가늘게 떴다.

"또 뭔가 있는 거군요. 뭔데요? 일리알이 뭐기에 그래요?"

"아까 세르반 백작의 막사에서요."

"네."

"저 감탄했어요."

"네?"

갑자기 무슨 말이야? 하는데 에멜이 시선을 돌리며 말했다.

"아~ 역시 우리 아가씨다, 라고 생각했다니까요? 다들 이제 아가씨를 우습게 못 볼걸요. 그 남작 부인 표정을 꼭 공작님께도 보여 드리고 싶었다니까요~"

그러면서 와, 아가씨 멋져요~ 하는데…….

말을 돌리신단 말이죠.

내가 아무 말도 없이 그를 노려보기만 하니 에멜은 끙끙거리면서도 결코 시선은 맞추지 않았다. 결국 한숨을 내쉰 건 나였다.

"그렇게 보였다니 다행이에요. 그런데 내가 섞여서 분홍색 눈인 건 다들 아는 줄 알았는데요."

"음, 그렇게 널리 알려진 사실은 아니에요. 하지만 이제 다들 알게 되겠죠."

그리고 그가 천천히 날 들여다보며 물었다.

"어머님이 보고 싶으세요?"

"아뇨."

대답은 생각보다 빠르게 나왔다. 너무 빠르게 나온 대답이 오히려 수상쩍은 듯 에멜은 눈을 가늘게 떴다. 그의 표정에 난 웃으며 그의 목을 끌어안았다.

"진짜로요. 아빠랑 오라버니랑, 애니랑, 선생님이랑— 에멜이 있는걸요."

"분에 넘치는 달콤한 말씀, 감사합니다."

에멜은 웃으며 말했다.

공작 막사 입구에 들어서는데 에멜이 멈춰 섰다. 그가 날 안은 팔에 힘이 들어갔다. 마치 뭔가로부터 날 보호하려는 것처럼.

"에멜?"

살짝 고개를 들자 막사 양측에서 서 있는 병사가 눈짓을 했다.

뭐지?

돌아보았다가 난 눈이 튀어나오는 줄 알았다. 막사 안에 황후가 앉아 있었다. 난 에멜의 어깨를 가볍게 두들겼고 그가 천천히, 느리게, 내키지 않는다는 몸짓으로 날 내려놓았다.

난 당황해서 치마를 붙잡고 깊게 무릎과 허리를 숙였다.

"황후마마를 뵙습니다."

"주인 없는 막사를 차지하고 있어서 미안하네."

"아닙니다. 와 주셔서 영광입니다."

설마 황후가 여기로 올 거라고는 생각도 못 했다. 그리고 보니 황족은 어떻게 대해야 하는 거더라? 에티켓 선생님이 어떻게 가르쳤었지?

머릿속이 빙글빙글 돌았지만 난 최대한 태연한 얼굴로 허리를 폈다.

"차는 어떠십니까?"

내 말에 황후의 입술이 호선을 그렸다.

"차도 괜찮지."

난 시종에게 눈짓했다. 그때 황후가 나에게 손짓했다. 내가 가까이 다가가니 그녀가 내 옆구리를 잡고 들어 올리는 게 아닌가?

당황해서 눈을 데룩데룩 굴리는데 황후가 "끙" 하는 소리를 내며 날 무릎 위에 앉혔다.

뭐야? 지금 뭐하는 거야? 뭐하시는 겁니까?

"후, 조금만 더 자라면 이렇게 못 안아 주겠구나."

아니, 갑자기 왜 이렇게 친한 척을 하시는 거죠? 언제는 안아준 적이 있는 것마냥?

내가 어쩔 줄 몰라 하는 걸 아는지 모르는지 황후는 가볍게 웃으며 내 손을 만지작거렸다.

"나에게도 그대와 비슷한 또래의 황녀가 있다네."

"그, 그렇습니까."

"그래, 불쌍한 아이지."

불쌍하다고?

궁금했지만, 그렇다고 "왜 불쌍한가요?" 하고 물어보는 것도 뭣해서 나는 침묵으로 대신했다.

"어머니가 없어서 쓸쓸한 점이 있겠지. 언제든 나에게 이야기하게. 공작의 딸은 나의 아이나 다름없으니까."

황후의 말에 난 뭐라고 형용할 수 없는 기분을 느꼈다.

아니 언제 봤다고 왜 우리 아빠의 아이가 당신 아이고, 왜 내 어머니 노릇을 하려고 하시나요?

"아버님이 잘해주셔서 괜찮습니다. 마마."

내가 작게 대답하자 그녀는 가볍게 웃었다.

"그런가?"

그녀가 날 무릎에서 밀어내서 얼른 내려왔다. 시종이 차를 가지고 왔다.

"그대 또래의 황자도 있다네. 내 듣기로는 그대의 오라비와도 친분이 있다고 하니, 좋은 사이가 되길 바라네."

"망극합니다."

망극이 맞나? 갸웃하며 인사를 하는데 황후가 "망극?" 하고 되물었다.

아, 틀렸나.

"황송합니다."

다시 고쳐 말하자 황후가 가볍게 웃었다.

"그대는 사랑스러운 점이 있군. 그대 오라비와 달라."

그 말에는 나도 반박할 수밖에 없었다.

"카를 오라버니는 멋진 분이십니다."

황후의 눈이 반짝 빛났다.

"그대에게 잘해주나?"

"네."

물론이죠, 하는 어조로 말하자 황후는 "그래, 그렇군." 하고 만족스러운 듯 몇 번이나 중얼거렸다.

아, 이 사람들 정말 찜찜하다.

진짜 호의인지 아닌지 알 수가 없었다.

'아니지. 진짜 나를 좋아해 주는~ 같은 거야말로 바보 같은 말일지도.'

일단 진짜 나, 라는 건 또 뭐야?

사람이 사람을 좋아하게 되는 데 외모도 중요하겠고, 능력도 중요하겠고, 성격도 중요하겠지. 아까 봤던 그 소년이 떠올랐다.

'어쩌면 나도 그렇게 마법사의 노예로 팔렸을 수도 있잖아? 아니면 친모가 날 창녀로 팔았을 수도 있고.'

그랬다면 지금과는 완전히 달라졌겠지. 하지만 지금은 카스티엘로 가문의 사람이고, 공작의 딸이고, 섞인 사람이다.

'그것까지 포함해서 나라는 거지.'

그렇게 생각하며 난 싱긋 웃었다. 그리고 그래 봐야 기본적인 호감을 깔고 가는 것뿐이지. 정말로 날 좋아하게 될지 아닐지는 그 이후에 정해지는 거다.

그렇게 생각하니 좀 편해졌다.

그때 밖에서 와— 하는 커다란 감탄사가 들려왔다. 황후가 자리에서 일어나며 말했다.

"벌써 뭘 잡았나 보군."

벌써? 나간 지 얼마나 됐다고?

"나가 볼까요?"

에멜이 권유해서 난 고개를 끄덕였다. 잡은 동물이라니 궁금하기도 하고, 좀 끔찍하면 어쩌나 하는 걱정도 들고. 게다가 황후와 대화하는 이 시간을 피하고 싶었다.

난 에멜에게 손을 내밀었고 에멜은 웃으며 내 손을 잡았다. 내가 그에게 물었다.

"막 피 나오고 그런 건가요?"

"글쎄요. 제가 먼저 보고 알려 드릴게요."

"네."

난 안심했다. 황후가 가볍게 웃고 말했다.

"피를 좋아하는 점은 닮지 않았군."

'아무도 피 안 좋아하는데요.'

말이 목구멍까지 올라왔지만 눌렀다. 괜히 그런 이야기까지 할 필요는 없지. 뭐, 카스티엘로 공작가의 대외 이미지라는 것도 있을 거고.

'공포스러운 것도 나름대로 득이 되는 이미지니까.'

그런 생각으로 고개를 끄덕이고 난 천막 밖으로 나갔다. 돌아온 것은 아빠였다.

"아빠!"

반색하며 달려 나가자 아빠가 기다리라는 손짓을 해서 난 그 자리에 딱 멈춰 섰다. 아빠가 말에서 내려서 건틀릿을 벗었다.

"곰이 마음에 들까?"

"곰이요?"

눈을 동그랗게 뜨며 되물었다. 곰? 진짜 곰?

"곰을 잡아주겠다고 했으니까."

그렇게 말하고 아빠가 나에게 오라는 손짓을 했고 난 달려가 아빠에게 안겼다. 약간의 짐승 냄새와 숲, 그리고 바람 냄새가 났다.

에멜이 멀리 살피더니 웃으며 말했다.

"봐도 되겠네요, 아가씨. 피도 내장도 없어요. 잘린 단면도 없고요. 공작님, 저거 설마 주먹으로 때려잡으신 거예요?"

내가 그 말에 주변을 둘러보는데 멀리서 사람들이 커다란 수레를 끌고 오는 게 보였다.

저게 여기서 보인단 말야?

마스터는 눈도 좋은 걸까?

고민하는데 수레가 가까이 왔다. 저절로 입이 벌어지는 크기였다.

'곰이라는 게 이렇게 큰 거였구나. 그리고 털색도 예뻐……. 금빛 도는 갈색…….'

"마음에 드나?"

아빠의 물음에 난 고개를 끄덕였다.

"곰이 이렇게 큰 건 줄은 몰랐어요. 그리고 털색도 예뻐요."

"머리째로 가죽을 벗겨서 깔개를 만들어 주마."

"그, 그건 싫어요."

머리까지라니. 그건 절대로 싫다. 징그러워.

내 말에 아빠는 갸웃했고 에멜이 웃으며 말했다.

"가죽만 원하시는 거죠?"

고개를 끄덕이자 아빠가 알겠다고 말했다.

"오늘 첫 사냥감부터 굉장하군."

뒤에서 황후가 말을 걸어왔다. 아빠는 눈썹 하나 까딱하지 않고 돌아섰다.

"계신지 몰랐습니다."

"카스티엘로 공작에게 인사를 받을 생각은 없네. 그래서 얼마나 더 잡을 작정이오?"

"오늘은 이 정도면 됐겠죠. 이만 물러갈까 합니다."

"벌써?"

"네. 저보다 더 그럴듯한 사냥감이 나오면, 그건 내일 생각해 보지요. 먼저 퇴석하겠습니다."

"······알겠소."

황후가 낮게 말했고 아빠는 가볍게 인사하고는 그대로 천막으로 향하는 게 아니라 날 말 위에 올렸다. 에멜이 당황해 말했다.

"각하, 잠깐 시종에게 준비를 하라고 하고―"

"알아서 따라와."

아빠가 훌쩍 말에 올라탔다. 그리고 내 허리를 팔로 단단히 감더니 그대로 말을 출발시켰다.

"아, 아빠?"

"왜?"

"이렇게 가도 돼요?"

"돼."

난 뒤에서 황망한 얼굴을 하고 있는 에멜에게 작게 손을 흔들어 주었다. 에멜은 눈을 동그랗게 떴다가 어쩔 수 없다는 듯 웃고는 마주 손을 흔들었다. 하지만 그 에멜의 모습도 금방 멀어졌다.

점점 말이 속도를 올렸다. 사람들의 놀란 얼굴이 빠르게 지나갔다. 난 혹시나 모자가 날아갈까 봐 필사적으로 모자를 붙잡았다.

'이거 비싼 거라고요.'

그러나 그것도 잠깐, 사람들이 모여 있는 곳을 나오자 확 트인 초원이 나왔다. 초원을 지나 관도에 올라서야 아빠는 속력을 줄였다.

"이렇게 나오면 폐하께 혼나지 않을까요?"

이제 와서야 늦은 말이었지만 조심스럽게 물었다. 아빠가 "그러든가." 하고 대답했다. 난 결국 근본적인 질문을 할 수밖에 없었다.

"아빠."

"왜?"

"공작가와 황가는 사이가 안 좋은가요?"

아빠는 잠시 침묵했다.

"안 좋군요."

내 말에 아빠는 날 내려다보고 묘한 얼굴을 했다.

"전부터 생각했지만 내 딸은 자꾸 묘한 걸 신경 쓰는군."

"묘한가요? 하지만, 그러니까— 여기는 황권이 약한 것도 아니고—"

"약하지 않아. 카스티엘로 공작가는 언제든지 황가를 지지하니까. 황제와 맞선다는 건 먼저 우리와 맞선다는 거지."

"하지만 충성이란 영원한 게 아니고, 황제가 당연히 우리를 견제해야 하잖아요?"

힘이 강한 신하란 항상 경계의 대상인 법.

"후작가를 이용해서 그 짓을 잘하고 있지."

"그런가요?"

후작가 넷이 합쳐야 우리 하나가 상대된다면서?

"왜 카스티엘로 공작가는 황가를 섬기죠?"

내 질문에 아빠의 얼굴에는 재미있다는 미소가 스쳐 지나갔다.

"그럼 독립할까? 그러고 보니 제국에서는 공작 영애에게 프린세스라는 칭호를 주지 않지."

보통이라면 공작 영애부터 프린세스라고 불린다.

그러니까 난 프린세스 에스텔인 셈인데, 여기서는 그냥 레이디라는 백작 영애 이상에게 붙여 주는 칭호를 함께 쓰고 있었다. 심지어 공작가는 황족의 방계로 공작은 전하라는 호칭으로 불린다. 하지만 경계를 하는 건지, 프린세스 칭호는 주지 않았다.

"공국이 되면 프린세스니까?"

"필요 없어요!"

난 깜짝 놀라 대꾸했다. 그런 것 때문에 독립이라니? 어마어마한 일이 되어 버리지 않는가? 제국과 전쟁을 하게 될지도 모른다.

절대, 절대로 싫다.

"여자아이들은 다 공주가 되고 싶어 한다던데?"

"아니에요."

난 힘주어 대답했다. 대체 그런 정보는 어디서 들으신 거야?

"그렇군."

아빠는 그렇게 대답하고 내 모자를 벗겨 주었다. 아니, 그냥 벗기려고 해서 난 고통을 호소하며 말했다.

"제가 벗을게요."

"아, 미안. 미처 생각을 못 했군."

아빠는 눈을 찡그리고 조심스럽게 머리핀을 제거하기 시작했다.

"여자들은 이런 걸로 모자를 고정하는군."

핀을 전부 제거하고 아빠는 내 모자를 벗겨내서 안장 가방에 넣었다. 난 내 머리가 엉망이 되었을 거라고 확신할 수 있었다. 한숨을 삼키며 난 올린 머리를 전부 풀어 내렸다. 아빠가 손가락으로 머리카락을 가볍게 빗더니 뭔가로 머리카락을 묶어 주었다.

올린 머리는 무거웠어서 이편이 훨씬 기분 좋았다.

"고마워요."

내가 빙긋 웃으며 말하자 아빠는 가볍게 고개를 끄덕였다.

말은 가볍게 관도를 달려 수도 안으로 들어갔다.

안장 밑, 말에 덮은 깔개에 카스티엘로 공작가의 문장이 새겨져 있어서 관문 통과는 순조로웠다. 경비원은 문장을 보고 아빠를 올려다보았다가 희게 질린 얼굴로 재빠르게 경례를 했다.

"고, 공작 각하."

"통과해도 되나?"

"물론입니다!"

경비원은 허둥지둥 비켜섰다.

'그렇구나. 빨간 눈으로 아빠를 알아보는 거야.'

카스티엘로 공작가만이 빨간 눈이라고 했으니까. 아빠가 날 안은 팔에 힘을 주었다. 시내로 들어가자 지나가던 사람들이 모두 놀란 얼굴을 했다.

좌우로 사람들이 비켜서며 고개를 숙였다. 아빠가 지나갈 때 뒤에서 나는 소리를 난 금방 알아들을 수 있었다.

"카스티엘로 공작—"

"마족—"

"진짜 붉은 눈이야—"

작은 소곤거림들에 난 화가 나서 뒤를 획 돌아보았다. 아빠가 내게 낮게 말했다.

"신경 쓰지 마."

"하지만—"

"하지만? 다 맞는 말이야."

난 그 말에 아빠를 올려다보았다. 아빠는 조금도 신경 쓰지 않는 얼굴로 날 마주 내려다보았다. 그제야 나는 저런 수군거림에 신경을 쓰는 게 나뿐이라는 걸 깨달았다.

정말로—

진짜 정말 신경 안 쓰는구나.

그래서 나도 등을 쭉 폈다. 아빠가 신경 쓰지 않는다면, 나도 신경 쓰지 않을 테다! 마음껏 떠들라고 해!

저택에 도착하자 문지기가 놀라면서도 얼른 문을 열어 주었다. 저택 문 앞까지 도착해서야 아빠가 날 내려주었다. 집사 네반이 연락을 받고 허둥지둥 나와 물었다.

"벌써 돌아오신 겁니까?"

"짜증 나는 것들이 너무 많아. 에스텔은 소개했으니까, 그걸로 됐지."

"하지만—"

"사냥은 끝내고 왔어."

거칠게 크라뱃을 잡아당기며 아빠가 안으로 뚜벅뚜벅 걸어 들어갔다. 허둥지둥 나온 것은 내 시녀들도 마찬가지였다.

제인이 어리둥절한 얼굴로 물었다.

"아가씨? 벌써 돌아오신 거예요?"

"응."

제인이 힐끗 네반의 눈치를 보았다가 작게 물었다.

"무슨 일 있으셨나요?"

"아니, 아무 일도 없었어."

"머리도— 어머나? 표끈으로 머리를 묶으신 거예요?"

"어?"

그 말에 난 놀라 머리를 더듬었다. 제인이 웃으며 말했다.

"제가 다시 묶어 드릴게요. 자, 안으로 들어오세요. 다른 분들은요?"

"아빠랑 말 타고 나만 왔어. 아마 뒤따라오지 않을까?"

내 말에 네반이 기가 차서 말했다.

"아무도 안 거느리고, 정식으로 철수도 하지 않고 오신 겁니까? 전하!"

아빠는 눈을 가늘게 뜨고 네반을 돌아보았다. 뭐라고 한 소리 하려다가 아빠는 네반에게 가까이 오라고 손짓했다. 네반은 가까이 가서 귀를 기울였고 아빠가 뭐라고 작게 말하자 한숨과 함께 말했다.

"알겠습니다."

뭐야? 뭐야? 나도 궁금한데, 말해 줘요!

궁금증이 목까지 차올랐지만, 분명히 지금 내가 있어서 일부러 귓속말을 한 거다. 아니었으면 아빠가 귓속말을 할 이유가 없으니까.

'하델에게 물어볼까.'

하델이라면 뭔가 알려 주지 않을까.

고민하는데 어느 사이인가 애니가 나타났다. 그녀가 생글 웃으며 인사했다.

"다녀오셨습니까, 공작 전하."

아빠는 고개만 까닥했다. 애니가 날 돌아보며 말했다.

"아가씨께서는 즐거우셨나요?"

난 잠시 생각에 잠겼다.

즐거웠나?

곧 난 고개를 끄덕였다.

"응! 진짜 엄청 사람 많았어!"

애니가 웃으며 "자, 그럼 손 씻고 간식이라도 먹을까요?" 하고 날 잡아당겼다. 얼른 애니를 따라가며 난 아빠에게 손을 흔들었다.

아빠는 피식 웃고 고개를 네반에게로 돌렸다.

'무슨 이야기를 하는 걸까?'

궁금하다. 궁금해.

방으로 돌아가 옷을 갈아입고 머리를 다시 묶고서 난 하델을 찾아가겠다고 말했다. 애니는 고개를 끄덕였다.

스테파니가 "호위 기사님을 불러야 하지 않을까요?" 하는 말에 잠깐인데, 하고는 얼른 도망치듯 방을 나왔다.

'도서관에 계실까? 아니면 방에?'

도서관으로 가니 하델이 보이지 않아서, 난 지나가는 하녀에게 물어서 하델의 방을 찾아갔다. 그러고 보니 선생님의 방에 오는 건 처음인데?

까치발을 하고 노커로 정중하게 문을 두들겼다.

잠시 후 문이 열렸다. 하델이 날 내려다보고 의아한 얼굴을 했다.

"공녀님, 오늘 사냥에 간다고 하지 않으셨습니까?"

"네, 그리고 돌아왔어요."

"벌써요?"

하델이 그렇게 말하며 미간을 좁혔다.

"그것 때문에 하델을 찾아온 거예요."

내 말에 하델은 더더욱 미간을 좁혔다가 한숨과 함께 문에서 비켜섰다.

"들어오십시오, 공녀님."

"그럼 실례하겠습니다."

조심스럽게 안으로 들어가니 생각보다 더 아늑한 느낌의 응접실이 눈에 들어왔다. 원목 가구들은 부드러운 빛깔이었고, 단순한 모양의 화분에는 꽃이 꽂혀 있었다.

"앉으시죠."

하델이 자리를 권하고는 "호위는 어떻게 되신 겁니까?" 하고 물어서 난 사정을 간단히 설명했다.

하델은 알겠다는 듯 고개를 끄덕였다.

"지금쯤 열심히 달려오고 있다는 말이군요."

"네."

내 대답에 하델이 피식 웃었다. 그가 소파에 앉아서 다리를 꼬며 물었다.

"그래서, 뭐가 궁금하시다고요?"

"왜 아빠가 이렇게 갑자기 돌아왔을까요?"

"그건 공녀님이 저에게 설명하셔야 할 것 같습니다."

"네?"

"무슨 일이 있으셨습니까?"

"글쎄요, 별일은 없었는데—"

난 고개를 갸웃하고 많은 사람들이 우리 막사로 와서 나눈 이야기— 그리고 아빠가 표끈을 모조리 가지고 가 버렸던 것, 세르반 백작이 자신의 막사에 날 초대한 것, 이야기하고 돌아오니 황후마마가 기다리고 있었던 것, 그러다가 갑자기 아빠가 돌아와서 곰을 잡았으니 가자고 한 것까지 이야기했다.

이야기를 들으며 하델은 희미하게 웃음을 머금었다. 그의 손가락이 소파 손잡이를 가볍게 두들겼다. 내 이야기가 끝나자 그가 말했다.

"세르반 백작이라면, 나쁘지 않은 선택이군요. 공녀님. 그리고 처신도 나쁘지 않았고요."

"그랬다면 다행이에요."

"그리고 황후마마께서—"

하델은 생각하듯 고개를 기울였다.

"이야기해 주셔야 해요."

혹시나 말을 하다 말까 봐 화급히 말하자 하델이 날 보고 가볍게 웃었다.

"황후마마께서 미혼일 적에 카스티엘로 공작님께 목을 맸다는 건 딱히 비밀로 할 만한 이야기도 아니군요."

"정말로요?"

난 깜짝 놀라 되물었다. 하델이 고개를 끄덕였다.

"하지만— 카스티엘로는 다들 무서워한다고—"

"그렇죠. 하지만 맹수를 무서워만 합니까?"

그 압도적인 생명체는 두렵지만 동시에 매혹당한다.

하델의 말에 난 입을 꾹 다물었다. 확실히, 우리 아빠는 멋있지. 응.

"그래도 괜찮은 건가요? 폐하께서 화내실 것 같은데요. 그리고 보면 아빠가 폐하께 그렇게 무례해도 괜찮은 걸까요?"

"카스티엘로 공작가는 괜찮습니다. 괜찮지만, 어째서 괜찮은지는 아무도 모릅니다. 별별 소문이 다 있지요. 카스티엘로 공작가의 핏줄은 황가에 반역하지 못하게 마법이 걸려 있다든가, 그 마족의 피 때문에 인간으로 있기 위해 맹세를 했다든가— 하지만 사실은 아무도 모릅니다."

하델이 가볍게 숨을 들이마시고 이어 말했다.

"알고 싶으시면 공작님에게 묻는 게 가장 빠르겠지요."

"저에게 말해 주실 것 같지 않았어요."

"그렇습니까."

하델은 고개를 끄덕였다. 알려주든 말든, 자신과는 상관없다는 태도라 난 그가 좀 얄미워졌다. 아니 선생님이면 학생의 학구열을 장려해야 하는 거 아닌가요?

"그럼 황후마마 때문에 갑자기 돌아왔다는 거예요?"

"아마 멀리서 보고 귀찮다고 생각하셨겠죠. 그녀가 공녀님께 접근하는 이유도 불순한 게 틀림없을 테고. 그리고 곰을 잡으셨잖습니까?"

"그렇죠?"

"그럼 어차피 더 사냥에 나가지도 않으셨을 테니까요."

"왜요?"

"그 사냥터에서 그 이상 훌륭한 사냥감이 나오는 건 힘들 테니까 말입니다."

하델이 룰을 설명해 주었다.

"최고의 사냥감을 잡아온 사냥꾼은 사냥에 나가지 않습니다. 도전자가 가져온 사냥감이 그를 앞서면 그때 나서지요. 뚜렷하게 일등이 누군지 보여 주고, 경쟁을 부추기기 위한 장치죠."

"아, 그랬군요."

그제야 이해가 가서 난 고개를 끄덕였다.

어라? 그런데,

"그럼 그냥 황후마마가 귀찮다는 이야기를 집사님에게 일부러 귓속말로 했단 말이에요?"

하델의 짙은 고동색 눈이 은테 너머에서 날 바라보았다. 그의 눈에 살짝 재미있다는 기색이 스쳐 갔다.

"그야 과거 스캔들을 딸 앞에서는 꺼내고 싶지 않았겠죠. 과거의 공작 전하라면 상상할 수 없는 일이지만."

거기에는 납득할 수밖에 없었다. 고개를 끄덕이다 문득 또 하나 질문이 생각났다.

"그러고 보니 선생님, 일리알이 뭐예요?"

갑자기 공기에 날이 선 기분이었다. 하델의 표정이 완전히 굳었다. 원래도 표정이 없는 얼굴이었지만, 그의 가느다란 눈썹이 더 위로 쭉 치켜져 올라가며 희미한 분노를 표시했다. 그가 낮게 말했다.

"그것과 만났습니까? 에멜 경은 눈뜨고 그걸 보고 있었고 말입니까?"

"아니에요, 에멜은……. 에멜이 갑자기 꺼지라고 해서 놀랐어요. 그냥 불쌍한 어린애던걸요. 마법사의 노예라고 하는데— 그게 그 애의 잘못은 아니잖아요?"

그 말에 하델은 안경을 벗고 미간 사이를 문질렀다.

"아가씨는—"

그는 뭐라고 말을 하려다가 입을 다물었다. 그가 안경을 끼고 평소의 얼굴로 돌아와 말했다.

"그들에게는 마법사의 마법이 걸려 있습니다. 그것도 좋지 않은 쪽으로요. 그러니까 말을 섞는 것도, 만지는 것도, 공녀님은 하지 않으시는 게 좋습니다. 알겠습니까?"

"알겠어요. 안 그래도 에멜의 정령석이 어찌나 스산하게 울던지—"

"지금 뭐라고 하셨습니까?"

하델의 목소리가 낮아졌다. 그의 고동색 눈동자가 약간 크게 벌어졌다.

"아, 알겠다고 했어요."

당황해서 난 얼른 변명했다.

"앞으로는 말 걸지 않을게요."

"아뇨, 그쪽 말고 그 뒤 말입니다."

"에멜의 정령석이 스산하게 울었다는 거요? 이거 험담인가요? 말하면 안 되는 거라든가—"

하델이 신음을 길게 토해 냈다. 그가 이마를 감싸고 몸을 숙였다. 한참 그러고 있던 그가 자리에서 일어나며 나에게 말했다.

"도대체 공녀님께서는— 얼마나 판돈을 올리고 싶으신 겁니까?"

"네?"

"혹시 이 이야기를 다른 누군가에게 한 적이 있습니까?"

"네?"

"정령석의 소리가 들린다는 이야기 말입니다."

"아뇨."

난 고개를 휙휙 저었다. 뭔가 심상치 않다는 건, 하델의 반응을 보면 알 수 있었다.

뭐지? 뭐가 이상한 건가?

뭔가 잘못한 기분이 들어서 나는 초조해졌다.

"알겠습니다. 그러면— 이리 오십시오, 공녀님."

하델의 말에 난 자리에서 주춤주춤 일어났다.

"선생님? 무슨 일이에요? 뭔가 이상한 거예요?"

"일단 공작님에게 가지요."

하델은 그렇게 말하고 성큼성큼 걸어 문을 활짝 열었다. 당황스럽지만 뭔가 말해 줄 것 같지도 않아 난 그의 방을 나왔다. 하델은 뒤따라 나오더니 빠르게 걷기 시작했다. 내가 약간 뛰어야 할 정도의 속도였다.

아빠의 방 앞에 단숨에 도착한 하델이 문을 두들겼다. 안에서 네반이 나왔다가 놀란 얼굴을 했다.

"크로이츠 경?"

"공작 전하와 이야기하고 싶습니다."

네반의 시선이 나를 향했다가, 다시 하델을 향했다. 네반이 문을 열어 우리를 안으로 불러들이고 아빠를 부르러 안쪽 방으로 들어갔다. 방에서 나온 아빠는 크라벳만 없지, 사냥복 차림 그대로였다.

"무슨 일이지?"

"독대를 청합니다."

하델의 말에 난 눈을 찌푸리고 말했다.

"제가 관련된 일이니까 저도 들어야 해요. 아니면 지금 이야기할 거예요?"

"말해."

아빠의 말에 하델은 놀라 고개를 들었다. 아빠는 네반을 힐끗 보고 말했다.

"네반도 모르면 골치 아프니까."

네반은 그 말에 감격한 얼굴을 했다. 어찌나 자부심에 차서 눈이 반짝거리는지, 갑자기 누가 그에게만 반사판을 가져다 댄 것 같았다.

하델이 뭐라고 하기 전에 내가 먼저 입을 열었다.

"제가 정령석의 소리를 듣거든요ー 그래서ー"

말은 중간에 저절로 줄어들었다. 아빠와 네반이 날 뚫어져라 바라보았기 때문이다. 특히 네반은 완전히 눈이 튀어나올 것 같았다.

아빠는 한참을 날 바라보았다.

역시 뭔가 잘못된 건가? 이상한 건가?

아빠가 손을 뻗어 내 머리를 가볍게 쓰다듬어 주고 말했다.

"내 딸은 재미있는 재주도 있구나. 정령석의 소리가 들린다고?"

그 말에 난 아빠의 허리에 매여 있는 검이 작은 소리를 내는 걸 듣고 고개를 끄덕였다.

"그렇구나."

아빠는 뭔가를 곰곰이 생각하다가 말했다.

"정령사는 이제 없지."

"지금까지는 없었죠."

하델이 낮게 반박했다.

"그러면서 정령의 가호도 끝났고요."

아빠가 가볍게 턱을 문지르다가 나에게 말했다.

"에스텔."

"네."

"이 능력에 대해서는 아무에게도 말하지 마라."

나는 얌전히 고개를 끄덕였지만, 궁금증이 목구멍까지 올라왔다.

정령사? 처음 들어 보는 단어라 난 몇 번이나 입안으로 되풀이해서 외웠다. 나중에 도서관에서 찾아봐야겠다.

아무래도 알려 줄 것 같지는 않으니 말이다.

"평소면 벌써 '왜'가 나왔을 텐데―"

아빠는 그렇게 말하고 내 뺨을 크림이라도 찍어내는 것처럼 쿡 어루만지며 말했다.

"정령사는 정령과 계약을 해서 정령의 힘을 쓰는 존재를 말하지. 하지만 그 수가 급격히 줄어서, 마지막 정령사가 죽은 게 백 년 전의 일이다. 그러니까 알려 봐야 시선만 모을 뿐 좋지 않아."

아빠의 설명에 고개를 끄덕이다가 물었다.

"그럼 저도 정령과 계약을 할 수 있는 거예요?"

"아마도? 하지만 정령사가 다 사라져서 의식 자체가 어떻게 되는 건지 알 수 없구나."

저절로 실망의 한숨이 흘러나왔다. 오러를 쓰지 못해도 정령으로 어떻게 강해질 수 있겠구나 했는데, 역시 그렇게 쉬운 건 아니구나.

아쉬움에 입맛을 다시는데 이상한 생각이 들었다.

'이렇게 별거 아닌 일이면 왜 하델이 이렇게 허겁지겁 달려왔는데?'

뭔가 숨기고 있는 거 아닌가?

그때 똑똑 문을 두드리는 소리와 함께 목소리가 들렸다.

"에멜 아스트라다입니다."

"들어와."

아빠의 말에 에멜이 문을 열고 들어왔다. 그가 나를 보고 싱긋 웃었다가 아빠를 보고 불만스러운 표정으로 말했다.

"일행을 데리고 돌아왔습니다. 하나도 흘린 것 없이 말이죠. 곰도 잘 챙겨 왔고요."

"그래."

"그리고―"

에멜이 뒷짐 지고 있던 반대 손을 나에게 내밀었다. 두고 온 토끼 인형이었다.

"두고 가셨지요."

"아! 고마워요!"

난 활짝 웃으며 토끼를 받아 들었다. 난 이미 사냥 드레스를 벗었지만, 토끼는 아직 입고 있었다. 꼭 안으니 푹신한 감촉이 기분 좋았다.

그때 하델이 말했다.

"이건 그렇게 못 넘어갑니다."

깜짝 놀라 하델을 돌아보니 하델이 아빠를 정면으로 똑바로 바라보고 있었다.

"공녀님은 영민하시니까요. 절대로 그냥 넘어가시지 않을 겁니다."

어, 저 여기 있습니다만?

제가 눈앞에 없는 것처럼 얘기하지 말아주시겠어요?

아빠의 붉은 눈이 가늘어졌다. 매우, 기분이 나쁜 것처럼.

"하델 크로이츠."

아빠의 목소리가 낮고 스산했다. 빨간 눈동자가 꿰뚫을 것처럼 하델을 바라보았다.

"내가 널 높이 평가하기는 하지만, 그렇다고 해서 치우지 못할 건 아니지."

난 놀라서 아빠를 보았다가, 하델을 보았다. 하델의 손이 희미하게 떨리는 게 보였다. 그런데도 그는 눈을 피하지 않고 아빠를 보고 있었다.

어, 어, 으아―

"자, 잠깐만요!"

내가 얼른 아빠와 하델 사이로 끼어들었다. 아빠의 시선이 나에게로 내려왔다.

"선생님 말이 맞아요. 뭔가 더 있는 거죠? 저도 알 권리가 있어요!"

아빠는 눈을 살짝 찡그렸다. 그때 누군가가 내 양 옆구리를 붙잡더니 쑥 들어 올렸다. 에멜이었다.

"그래서, 대체 무슨 일입니까?"

궁금한데요, 하고 에멜이 웃었다. 그가 적절하게 아빠와 하델 사이를 가로막았다. 둘 사이의 시야를 차단하면서도, 에멜은 아빠 쪽으로 날 방패 삼아 돌리지도 않았다.

난 아군이 생긴 기분이라서, 에멜에게 찰싹 붙었다. 에멜이 있으니까 천군만마가 생긴 거나 다름없지.

"에멜~!"

내가 그의 목에 팔을 감으며 찰싹 달라붙자 아빠의 미간이 더욱 좁아졌다.

"그래서 뭘 알고 싶으신 건가요? 말괄량이 아가씨."

"내가 정령석의 소리를 들어서요―"

말을 꺼내자 에멜의 갈색 눈이 커졌다.

"에스텔."

뒤에서 아빠가 딱딱한 목소리로 날 불렀다. 어라? 말하면 안 되는 거였나? 움츠러드는데 아빠의 손이 날 잡아당겼다.

"이리 와."

난 순순히 몸을 돌려 아빠에게 안겼다. 에멜이 눈을 찡긋하며 나에게 웃어 보였다. 슬그머니 아빠를 올려다봤는데 화나거나 그런 것 같지는 않았다. 아빠가 날 끌어안고 네반에게 말했다.

"문 닫아. 블라인드 치고."

"알겠습니다."

네반은 고개를 숙이고 재빠르게 문을 잠그고는 창문의 블라인드를 내리기 시작했다. 저거 도와줘야 하는 게 아닌가?

"제가 내릴게요, 집사님은 불을 켜 주세요."

내 마음을 읽은 것처럼 에멜이 말했다. 하델도 말없이 돕기 시작해서 블라인드는 금방 내려갔다.

네반이 벽에 붙어 있는 동그란 수정을 돌리자 마법등이 팟 하고 켜졌다. 그렇게 밝은 등은 아니었지만, 이야기를 나누기에는 충분한 밝기였다.

아빠는 날 안은 채로 의자에 앉았다. 커다란 원목 책상 앞에 놓인, 마찬가지로 커다란 의자였다.

"뭐가 궁금하지?"

아빠가 내 자세를 편하게 바꾸며 물었다. 난 아빠를 한 번 뒤돌아보았다가 다시 내 무릎을 보며 말했다.

"정령사에 대해서요. 백 년 전에 사라졌다면, 왜요?"

"더 이상 정령의 소리를 듣는 사람이 없어져서. 어째서, 인지는 정확하게 몰라."

"자연 소멸됐다는 건가요?"

"그래."

"음, 그러면 정령사는 굉장한 거죠?"

질문에 아빠는 잠시 침묵하다가 한숨을 내쉬고 고개를 끄덕였다.

"그래."

"진짜 정령이랑 계약할 수 있는 거죠?"

"……그래."

단숨에 기분이 확 올라갔다. 난 몸을 휙 틀며 말했다.

"그럼 하고 싶어요!"

그러면 나도 강해지는 거 아닌가? 오러를 붕붕 휘두르는 것은 아니지만 정령이라니! 이거야말로 판타지스러운 재능 아닌가!

"안 돼."

아빠가 단호하게 말했다.

"어째서요? 저도 제 몸을 지킬 수 있으면 좋잖아요―"

이해할 수가 없어서 되묻자 하델이 대신 설명을 시작했다.

"정령사가 정령의 힘을 사용하는 건 무료가 아닙니다. 모든 힘이 그렇듯이요."

"그럼 쓸 때마다 수명이 깎이거나 그런 건가요?"

내가 갸웃하며 가장 많이 나오는 설정을 묻자 하델은 희미하게 미소 지었다.

"비슷합니다."

"비슷하다면?"

"음― 정령화가 된다고 해야겠군요. 그들의 힘을 빌려 쓸수록, 그들과 친밀해지고, 가까운 존재가 되어 변화합니다. 물든다고 해야겠지요."

"아―"

어쩐지 이해가 되어 고개를 끄덕였다.

"그러면 적당히 쓴다든가……."

"안 돼."

머리 위에서 다시 단호하게 목소리가 들려서 난 끙 하고 어깨를 움츠렸다. 하여간 이유를 알게 되니 마음이 시원해졌다.

"이런 이유라면 알려 주서도 됐잖아요. 제가 이해하지 못하는 바보도 아니고요."

어쩐지 서운해져서 말하자 아빠가 "그런가?" 하고 살짝 내 앞머리를 쓸어 넘겼다. 화장한 여성이 스스로의 얼굴을 만질 때보다도 더 조심스러운 손길이다.

"그럼에도 정령사는 여러 쓸모가 있거든. 특히 영토를 늘리는 데. 그러니까 더욱 다른 사람의 표적이 되기 쉽고. 그래서 네 능력은 비밀로 하고 싶구나."

아빠의 말에 난 의아해져서 고개를 갸웃했다.

"영토를 늘려요?"

"그건 하델이 설명해 줄 거다."

아빠가 그렇게 말하고 자리에서 일어나며 날 내려놓았다. 대화는 이걸로 끝, 이라는 몸짓이었다. 네반이 블라인드를 열었다. 금방 집무실 안은 아까와 마찬가지로 빛으로 가득 찼다. 에멜이 즐겁게 말했다.

"뭐, 카스티엘로답네요. 어떤 일에서든지 중심이 된다는 게 말이죠."

생글생글 웃으며 하는 말에 아빠는 에멜을 보았다가 날 다시 바라보았다. 아빠가 물었다.

"그럼 내 정령석의 소리도 들리니?"

난 귀를 기울였다가 고개를 끄덕였다.

"어떻게?"

"음, 그게—"

난 뺨이 붉어졌다. 아빠의 정령석은 내가 무척 소중하다고, 다정하게 울고 있었다. 내가 내 입으로 말하기는 좀 쑥스럽다.

"다정하고 부드럽게요."

그래서 적당히 말했더니 아빠가 피식 웃고 고개를 끄덕였다.

"그래. 네반은 나와 이야기 좀 하지."

여지없이 나가라는 말이어서 난 아빠에게 인사를 하고 방 밖으로 나왔다. 내 뒤를 따라 하델과 에멜이 나와 방문을 닫았다.

에멜이 하델에게 웃으며 말했다.

"용기가 대단하신데요. 그 자리에서 베일 수도 있었는데요."

"공녀님 앞에서는 그러지 않으실 거라고 생각했습니다."

하델이 대답하곤 한숨을 내쉬며 주먹을 쥐었다가 폈다.

"그래도 충분히 공포스러웠지만 말이죠."

"그죠."

에멜이 "깊이 이해합니다." 하며 고개를 끄덕였다. 하델이 날 보고 싱긋 웃으며 말했다.

"구해 주셔서 감사합니다. 공녀님."

"아니에요. 구하기는요."

저절로 고개를 휙휙 젓고 나도 말했다.

"고마워요. 숨기는 게 능사라고 하지 않아 줘서요."

"공녀님은 어떻게든 알아내시니까요. 이번에는 한밤중에 방을 탈출해서 찾아오시는 게 아닐까 걱정이 돼서."

그의 말에 난 웃음을 터트렸다.

그래, 그것도 생각을 하지 않은 건 아니지요.

"그럼 설명해 주세요! 영토를 늘릴 수 있는 이유요."

"그건 공부방으로 가서 이야기하죠."

하델의 말에 난 고개를 끄덕였다.

하델은 지도를 펼쳐 보였다. 이번에는 제국만 그려져 있는, 제국 전도였다. 몇 번 수업할 때 봐서 익숙하다.

"그러면 카스티엘로 가문의 땅을 알려 드리겠습니다."

"알아요. 여기, 카스티엘로 공작령이죠."

내가 얼른 우리 땅을 가리키며 말하자 하델이 고개를 끄덕이고 말했다.

"그게 카스티엘로 공작령이죠. 하지만 카스티엘로 가문의 땅은 그게 전부가 아닙니다."

"……?"

의아한 얼굴로 지도를 내려다보는데 하델이 하나씩 짚기 시작했다.

"에스라스 백작령, 솔라드 백작령, 아단 남작령, 온실라스 남작령, 컬리드 남작령. 이렇게가 모두 카스티엘로 가문의 땅입니다. 그러니까─ 공작님은 에스라스 백작이자, 솔라드 백작이고, 아단 남작이자 온실라스, 컬리드 남작이며 카스티엘로 공작이군요."

어마어마하게 긴 명칭에 난 입을 벌렸다. 그리고 지도를 내려다보고 소리쳤다.

"그러면 제국의 육, 아니 칠 분의 일은 저희 땅인데요?!"

경기도나 평안도 같은 한 도를 자신의 땅으로 가지고 있는 거나 마찬가지다. 서울의 서너 배 되는 크기의 땅을 가지고 있는 거다.

"네. 하지만 카스티엘로 공작령을 빼고는 다 쓸 수 없는 땅입니다. 사람이 살지 않으니 세금도 작물도 거둘 수 없고, 땅만 가지고는 아무런 소용도 없지요."

"왜요?"

"정령의 가호가 없기 때문입니다."

내 귀가 솔깃해졌다.

"정령의 가호요?"

"건국 신화는 제가 알려 드렸지요?"

"네, 이 대륙은 원래 마족의 것이었습니다. 오염되어 있었습니다. 그러나 위대한 시조인 솔라가 신의 명령을 받고 마족을 몰아내고 제국을 세웠습니다."

배운 대로 착실하게 대답하니 하델이 빙긋 웃었다.

"그렇습니다. 그때 시작됐던 오래된 세력은 셋입니다. 카스티엘로, 라샤드 그리고 지금 마법사의 탑이죠."

"라샤드?"

"라샤드 가문은 정령사 가문이었습니다. 백 년 전에 끝났지요. 그러니까 솔라를 도운 것은 검사, 정령사, 마법사라는 뜻입니다."

아하 하고 나는 고개를 끄덕였다. 각각을 대표하는 인물이란 말이지.

"이 마족에게 오염된 땅을 정화한 것이 정령사 라샤드입니다. 하지만 대륙 곳곳에는 아직도 오염된 땅이 남아 있지요. 정령사들은 그것들을 천천히 정화하고 있었습니다. 그걸 정령의 가호라고 하지요. 하지만—"

"백 년 전에 정령사가 사라지고, 정화가 다 되지 않은 곳들은 아직도 남아 있는 거군요. 그리고 공을 세운 사람에게— 그러니까 카스티엘로 가문처럼 더 크지는 않기를 원하지만 공을 세워서 뭔가 줘야 하면, 그걸 주는 거고요."

그의 말을 가로채서 말하자 하델은 잠시 눈을 깜박이더니 한숨을 내쉬었다.

"정말로. 공작님께서 숨기려고 했다면 아가씨에게 이 사실을 어떻게 숨기셨을지 궁금합니다."

그는 그렇게 말하고 고개를 끄덕였다.

"맞습니다. 작위와 땅이 오지만 그 땅에서 얻을 수 있는 건 아무것도 없으니까요."

하델의 말에 난 고개를 끄덕였다.

"그리고 제가 정령사가 된다면, 그런 땅을 쓸 수가 있을 테니까."

"탐욕은 항상 악을 이룹니다."

하델의 말에 난 고개를 끄덕였다.

"알았어요. 중요한 이야기였네요."

그런 영지를 가진 사람뿐 아니라 제국에도, 황제에게도.

정령사는 상당히 상징적인 존재겠지.

'진짜진짜 비밀로 해야겠다.'

하델의 얼굴이 왜 그렇게 굳었는지 이해가 되었다. '상징'이자 '광고판'이라는 게 얼마나 중요한가? 게다가 건국 신화에 나오는 정령사가, 끊어졌던 혈통이 다시 돌아왔다?

그건 엄청난 마케팅 효과(?)를 줄 거다. 하지만 카스티엘로 가문에서 그런 존재가 나왔다면— 적들은 더욱 심기가 불편하겠지.

'위험도가 올라가는 거지.'

"비밀로 하겠어요."

굳게 결심하며 고개를 끄덕이자 하델이 마주 고개를 끄덕였다.

"그게 좋겠지요."

"걱정하지 마세요. 제가 지켜 드리겠습니다."

에멜이 걱정을 덜어주려는 듯 하는 말에 난 웃어 보였다.

"네, 알고 있어요."

내 대답에 에멜도 싱긋 웃어 주었다.

Chapter 4.

스테파니와 제인은 은쟁반 위에 모래 산처럼 쌓인 편지들을 골라내고 있었다. 전부 다 나에게 온 편지였다. 열한 살짜리 아이에게 어찌나 정중한 편지들을 보내시는지.

"음, 역시 영애나 영식에게서 온 편지들도 많네요."

스테파니가 어머나, 하는 얼굴로 말했다. 제인이 주근깨투성이인 콧잔등에 주름을 잡으며 말했다.

"자식 내세우기죠."

"그러니까 그 사람들이 내 친구 후보란 말이지?"

내 말에 옷 입는 걸 도와주던 애니가 웃으며 말했다.

"그렇게 생각하실 필요는 없지요. 친구는 자신의 손으로 만들어야 해요."

애니의 말에 동의하는데 제인이 말했다.

"아, 찾았어요. 세르반 백작 영애의 편지네요."

"응, 세르반 백작은 괜찮은 사람 같았어. 그거 말고 다른 편지는?"

"글쎄요. 일단 이쪽에 분류해 둘게요. 이건 작위 가진 사람들에게서 온 거고, 이쪽은 자제들에게서 온 거예요."

스테파니와 제인이 편지를 두 묶음으로 나눴다.

"대체 뭐가 이렇게 많담."

난 고개를 설레설레 젓고 먼저 세르반 백작 손녀의 편지를 열었다. 꽤나 섬세한 글씨로 쓰여 있는 편지에는 가벼운 자기소개와 함께 할아버님에게 이야기를 들었다 하는 내용이 적혀 있었다.

개인적으로 친해지고 싶어! 하고 밀어붙이는 편지가 아니라, 마음에 들었다.

'역시 괜찮은 부모 밑에 괜찮은 자식인가 봐.'

난 그렇게 생각하며 편지를 한쪽에 내려두고는 길게 숨을 들이마셨다.

"좋아, 그럼 전부 읽어 볼게."

"제가 나이프로 열어 드릴게요."

스테파니의 말에 "고마워." 하고 대답하자 그녀가 싱긋 웃고는 날카로운 페이퍼 나이프를 꺼냈다. 그녀가 능숙하게 편지 봉투를 슥 갈라서 나에게 속지를 건네주면 편지를 읽는, 상당히 흥미진진한 작업이 이어졌다.

편지에서 느껴지는 호감도를 상중하로 분리해서 다시 본 편지를 정리하고, 답장을 어떻게 써야 하나 고민하는 사이 시간은 금방 지나가서 드디어 사냥 연회가 시작되었다.

사실 내가 사냥 연회에 나가는 게 사교계 데뷔는 아니다.

사교계 데뷔― 그러니까 파티에 참여하거나 어쩌거나 하려면 열여섯

전후가 되어야 하니까 말이다. 여자는 열여섯에 성인식을, 남자는 열여덟에 성인식을 치른다.

남자의 성장이 더 늦는다는 이야기일까?

하여간, 즉 이번 사냥 연회의 참가 의의는 내 존재를 알리는 데에 있었다.

누구도 있는 줄, 존재 자체를 몰랐던 에스텔 카스티엘로라는 여자아이가 존재한다고 말이다. 보통이라면 태어날 때 이미 알려졌을 테니, 상당히 예외적인 일이다.

이틀 동안 이어진 사냥 대회는 끝이 났다. 승자는 당연한 말이지만 아빠였다. 누구도 그 사냥터에서 그 곰보다 더 굉장한 사냥감을 잡지 못한 모양이다.

이번에는 승마용 드레스가 아니라 제대로 된 드레스였다. 제대로 되었다고 해도, 전에는 성인 여성의 미니미 버전이었다면 이번에는 아이다운, 귀여움을 힘껏 강조한 디자인이었다.

머리카락도 올리는 게 아니라 커다란 리본으로 반묶음을 해 주었다. 물론 그냥 반묶음은 아니고 귀 옆머리를 땋아 내려서 어떻게 리본으로 고정했다. 짙푸른 리본의 중앙에는 커다란 다이아몬드 장식이 반짝거리고 있었다.

머리카락 끝은 아직도 반지르르하다고 하기에는 부족했지만, 그래도 전체적으로 보면 황금색으로 번쩍이는 듯 보였다.

'역시 관리의 힘은 대단해.'

자라나는 머리카락은 굵고 색도 좀 더 황금빛으로 반짝이고 있어서, 이대로 쭉 기르면서 아래의 상한 머리를 잘라 나가면 상당히 빛나는 머리카락이 되지 않을까?

기대를 가지고 난 거울 앞에 섰다가 숨을 삼켰다.

"헉, 나 꽤 귀엽잖아?"

내 말에 시녀들이 웃음을 터트리며 "꽤가 아니라 상당히요." 하고 놀리듯 말했다.

그러거나 말거나 거울 속의 나는, 엄청나게 귀여웠다.

구불거리는 금발에 하얀 피부, 분홍빛 입술, 반짝이는 분홍색 눈동자.

'으앙, 진짜 귀여워!'

여러 번 강조할 정도로 정말로 귀여웠다. 음, 이래서 사람들이 셀카를 찍어대는 거였구나. 이해하며 난 거울 앞에서 떠나지를 못했다.

"그렇게 마음에 드세요?"

애니가 방글방글 웃으면서 물었다. 난 힘차게 고개를 끄덕였다.

"응, 완전 예뻐!"

"네, 우리 아가씨 정말 귀여워요. 어쩜 이렇게 사랑스러우실까."

애니가 날 끌어안고 뺨을 비볐다. 까르륵 웃으며 난 애니의 스킨십을 즐겼다. 애니가 내 엉덩이를 토닥여 주고 말했다.

"자, 그럼 이제 가실 시간이에요. 너무 늦지 않게 돌아와야 한다고 공작님께 말씀해 두세요."

늦지 않게 잠자리에 들어야 하니까요, 하고 애니가 강조했다.

난 웃으며 고개를 끄덕였다.

내가 잠자리에 들 때쯤이 파티가 한창일 시간이겠지. 물론 그 파티는 나와 별 상관이 없고 말이다.

에멜은 저번과는 다른 제복을 입고 있었다. 저번에는 검정색 제복이었는데, 이번에는 새하얀 색의⋯⋯.

"와— 에멜! 이번 옷도 진짜 멋있어요!"

"저번의 옷은 정복, 이건 예복이죠. 황궁 파티에는 아무래도 흰색이 더 나을 것 같아서요."

저절로 고개가 끄덕여졌다. 흰색이다 보니 금단추 같은 게 더더욱 화려해 보여서 정말로 파티가 아니면 언제 이걸 입을까 싶었다.

"진짜진짜 멋있어요. 에멜, 오늘은 아가씨들이랑 춤춰야 하는 거 아니에요?"

"그런 말씀을. 제 눈에는 아가씨밖에 안 들어오는걸요."

에멜이 달콤하게 웃으면서 말해서 난 나도 모르게 웃었다.

아니, 그런데 진짜로.

이런 인재를 내 호위로만 썩히고 있으면 아깝다. 그런 생각을 하는데 복도 저편에서 아빠가 성큼 걸어왔다.

"아빠!"

아빠를 발견하고 내가 다다다 뛰어가자 아빠가 내 차림을 위아래로 바라보고 고개를 끄덕였다.

"예쁘구나."

"감사합니다."

난 양손으로 치맛자락을 붙잡고 공손하게 인사하며 웃어 보였다.

"아빠는 오늘도 멋져요."

아빠는 내 말에 자신의 옷을 위아래로 훑어보았다.

"뭐, 나쁘지는 않지."

이렇게 멋진 건 항상 있는 일, 이라는 어투로 말하고 아빠가 손을 내밀었다. 난 얼른 아빠의 손을 잡고 헤헤 웃어 보였다.

복도를 걸으며 내가 입을 뗐다.

"그러고 보니 오라버니에게 편지가 왔어요."

"그래?"

"네! 뭔가 기분이 안 좋아 보였지만 말이에요."

편지의 내용을 생각하며 난 으음 하고 고개를 기우뚱했다.

"왜?"

"원래 오라버니 성격이 그렇기도 하지만. 그 쓸데없는 사냥 연회를 왜 나가냐, 성좌제가 차라리 낫다. 이런 말을 했더라고요. 그런데 성좌제가 뭐예요?"

"겨울에 열리는 축제지."

"겨울에요?"

"그래. 카를은 그때쯤 겨울 방학이고."

"그럼 같이 볼 수 있겠네요?"

"그래."

와ー 얼른 겨울 되면 좋겠다. 하지만 그 전에 면회는 한 번 가야 하는 게 아닐까?

그러고 보니 사교계에 내 소개가 끝나면 가겠다고 했었지?

다시 한 번 확인하니 아빠는 고개를 끄덕였다.

"그래. 한 번쯤은."

난 만족스럽게 웃고 마차에 올라탔다. 만나는 사람 모두가 "아가씨, 오늘 정말 귀여우세요." 하고 말해 줘서 뿌듯했다.

오늘 내가 귀여운 건 나도 인정하는 바다.

'그리고 황궁이라니 두근두근해.'

얼마나 화려할까?

구경하는 데만도 한참 걸리겠지. 그렇게 구경할 수는 없겠지만 말이다. 마차는 곧 황궁 앞에 도착했다.

황궁 시종들은 모두가 똑같이 맞춘 옷을 입고 있었는데, 하델의 말에 따르면 화려한 황관 문양은 황궁에 속한 자만 사용할 수 있다고 한다.

'그리고 모자 색에 따라서 시종 등급을 구별한다고 했는데…….'

잘 기억이 안 난다. 하여간 다들 모자 한쪽에 자그마하게 황관 모양을 수놓고 있는 게 재미있었다.

시종들이 문을 열고 계단을 가져다주어서 아빠가 먼저 내리고 날 에스코트— 해 주는 게 아니라 안아 들었다. 시종들이 모두 눈을 휘둥그레 떴고, 가볍게 숨을 삼키는 소리도 났다.

어색하게 아빠를 바라보니 아빠가 "왜?" 하고 물어서 난 고개를 저었다.

음, 아무것도 아닙니다. 내려 달라고 해도 내려주지 않으시겠죠.

아직 초저녁이라 하늘은 남색과 분홍색이 섞여 있었다. 궁 너머로 해가 저물면서 기가 막힌 빛깔로 흰 대리석 궁전을 물들이고 있었다.

아빠는 날 안은 채로 걸어서 궁 안으로 들어갔다. 입구로 들어서자마자 넓은 홀이 나왔다.

'와— 엄청나다.'

입구라서 더 많이 신경을 쓴 걸까?

대리석 바닥은 색색으로 문양을 만들고 있었고, 화려한 은촛대에는 수많은 촛불들이 빛나고 있었다. 물론 마법으로 빛나는 샹들리에에도 빼놓을 수는 없다. 그리고 금박이 덮인 계단 난간도.

'어마어마하다.'

저절로 감탄사가 흘러나왔다. 천장화를 보기 위해서 고개를 드니, 천장화의 규모도 엄청났다. 음, 그리는 데 적어도 3, 4년은 걸렸겠다…….

홀의 계단을 올라가면 연회장의 입구가 정면에 있었다. 그 양쪽에는 시종이 서서 입장을 알리고 있었다. 즉, 안에서 파티를 즐기면서도 누가 지금 들어왔는지 알 수 있다는 말이다.

"카스티엘로 공작, 카스티엘로 공작 영애 납십니다!"

시종의 외침을 배경으로 우리는 연회장에 들어섰다. 음, 에멜은 안 세는구나. 귀족 작위를 안 받아서 그런가?

들어선 연회장에 사람은 그렇게 많지 않았다. 아직 초저녁이라서 그런 듯했다. 우리가 좀 이르게 도착한 모양이다.

직사각형으로 길쭉한 홀은 복층 구조였다. 이 층에는 사람이 보이지 않았지만, 파티가 무르익으면 저 위에도 사람이 차겠지.

그때 세르반 백작이 가장 먼저 다가왔다.

"안녕하십니까, 공작님. 공작 영애도 안녕하셨나요?"

아빠는 고개를 까닥하는 걸로 인사를 대신했고, 난 정중하게 인사했다.

"네, 편지는 잘 받아 보았습니다. 잘 지내셨나요?"

"네. 아가씨, 흠흠, 오늘은 제 손녀가 함께 와 있답니다."

노골적이지만, 직설적이라 차라리 마음에 들었다. 난 웃으며 말했다.

"만나 보고 싶어요. 어차피 파티장에는 있지 못하는걸요."

여기서 내가 술을 마시며 춤을 추고, 신사 숙녀들과 담화를 나눌 수는 없지 않은가?

아이들은 이런 곳에 오지 않는 게 관례지만, 이번에는 특별이라고 할 수 있겠지. 게다가 벌써부터 이쪽을 힐끔힐끔 바라보는 시선이 어마어마했다.

사냥터에서처럼 둘러싸이기 전에 탈출하고 싶었다.

'게다가 또래 친구들은 꼭 만나고 싶으니까.'

내 말에 세르반 백작의 얼굴이 확 밝아졌다.

"그러십니까? 시종에게 안내하라고 하지요."

아빠는 잠시 고민하는 듯하다가 내 이마에 키스해 주고 내려주며 말했다.

"에멜."

"빈틈없이 붙어 있겠습니다."

에멜이 내 뒤에 서며 대답했다. 아빠는 고개를 끄덕였고 세르반 백작의 손짓에 달려온 시종이 공손하게 말했다.

"제가 안내하겠습니다, 공작 영애. 이쪽으로."

난 시종의 뒤를 따라가다가 멈춰 서서 아빠에게 애니의 경고를 전했다.

"잠자리 들기 전에 돌아가야 해요."

"알고 있어."

아빠의 말에 난 싱긋 웃고 얼른 시종을 따라갔다. 연회장 안에는 출입구가 몇 개 있었는데 그중 하나에서 그렇게 멀지 않은 방이었다.

방문을 여니 안에서 다과를 즐기고 있던 여자아이가 자리에서 벌떡 일어났다. 이제 열두셋 정도 되었을까?

이 나이 때 한 살, 한 살은 차이가 커서 나보다 머리 하나는 더 컸다. 게다가 나는 아직 또래보다도 더 작은 편이니까 더했다.

'그런데 두 사람이네?'

난 고개를 갸웃했다. 딱 봐도 백작 영애가 누구인지는 알 수 있었다. 나만큼은 아니지만 그래도 화려한 노란색 옷차림을 하고 있는 여자아이가 있었으니까.

그 옆에서 천천히 자리에서 일어난 또 한 명, 다른 여자아이는 제인이나 스테파니가 입는 정도의 옷을 입고 있었다.

시녀인가?

시종이 공손하게 인사를 하고 나가자 짙은 갈색머리의 여자아이가 다가와 인사를 했다.

"안녕하세요, 카스티엘로 공작 영애. 리리아 세르반이라고 합니다."

"안녕하세요, 세르반 백작 영애."

나도 마주 인사를 하자 리리아가 활짝 웃으며 말했다.

"그리고 이쪽은 제 친구인 알렉산드라 발제 남작 영애예요. 전 샤샤라고 부르지요."

'시녀가 아니었구나.'

난 그사이에 벌써 내 눈이 높아졌음을 한탄했다. 그래, 애니가 입는 옷도 친모가 입었던 옷에 비하면 눈이 튀어나올 정도로 고급이었지.

어쩌면 카스티엘로는 부자라서 시녀들도 다들 하급 귀족 같은 옷차림을 하고 있는 건지도 모른다.

수수한 차림의, 백금발에 가까운 머리색에 어쩐지 수줍음이 많아 보이는 알렉산드라도 공손하게 인사해 왔다.

"알렉산드라 발제입니다. 만나서 반갑습니다. 공작 영애."

"저도 만나서 반가워요. 에스텔 카스티엘로라고 합니다. 이미 아시겠지만요."

내 말에 두 사람은 가볍게 웃었다.

리리아는 진한 갈색 머리카락에 마찬가지로 짙은 갈색 눈을 하고 있었다. 커다란 갈색 눈은 생글생글 웃는 웃음으로 가득 차 있어서 좋은 사람으로 보였다.

알렉산드라는 백금발에 보라색 눈동자였는데, 어딘지 청초하고— 수줍음이 가득한 인상이었다.

두 사람은 전혀 정반대의 모습으로 보여서 친구라는 게 신기하기도 했다.

"다과 중이셨나 봐요?"

"네, 괜찮으시면 카스티엘로 공작 영애도 함께하시겠어요?"

"그냥 에스텔이라고 불러 줘요."

"어머? 그럼 저도 리리아라고 불러 주세요."

리리아가 손뼉을 치며 즐겁다는 듯이 말했다. 자리에 앉으며 알렉산드라가 힘겹게 용기를 내는 듯, 목소리를 냈다.

"저, 저도 샤샤라고 불러 주세요."

"고마워요."

두 사람과의 다과는 즐거웠다.

이야기를 나누다 보니 리리아는 나보다 두 살 위고, 샤샤는 한 살 위라는 걸 알게 되었다. 그렇다고 해도 여기서는 나이가 친구의 기준이 되는 건 아니라 별문제는 없었다.

에멜이 시중을 자처한 걸 제외하면 말이다. 에멜은 케이크나 차를 직접 내 접시에 옮겨 주었다.

심지어 차를 타는 것도 직접 했다.

'이러다가 기미까지 봐주는 거 아냐?'

그런 생각을 했지만 거기까지는 가지 않았다. 그냥 신중하게 두 영애가 먹는 걸 확인하고 나에게 차를 따라 줬을 뿐이지…….

에멜 아스트라다…….

민망해져서 그를 노려보았지만, 에멜은 눈이 마주치자 그냥 웃어 보일 뿐이었다. 다행히도 두 사람은 그다지 상관하지 않는 것처럼 보였다. 나와 달리 리리아는 재미있는 사교계 이야기를 잔뜩 알고 있었고 그 이야기를 듣는 것만으로도 시간이 훌쩍 흘렀다.

이걸 뭐라고 말해야 할까?

그래도 시녀들의 이야기가 내 귀에 들어올 때는 한번 정제되지 않는가?

그게 아닌 '날 것 그대로의 소문'은 상당히 흥미진진했다. 게다가 시녀들이 사교계의 일 전부를 말해주는 건 아니니, 리리아가 말하는 사교계의 인사들은 내가 처음 듣는 인물이었고 모든 이야기가 전부 새로웠다.

나는 정신없이 푹 그녀의 이야기에 빠져들었다.

시종이 와서 나에게 공작 전하가 찾는다는 말을 전하기까지 시간 가는지도 몰랐다.

다음에 꼭 다시 만나자고 난 리리아와 약속을 하고 에멜과 함께 방을 나섰다. 아빠가 이미 연회장을 나와 서 있었다. 그리고 잠자리에 들기 전, 저녁 먹고 씻을 시간까지 확보해서 날 저택에 데려다주었고 애니가 매우 만족했음은 말할 필요도 없었다.

그렇게 연회가 끝나고 나자 수도는 내 소문으로 파다한 모양이었다.

내 출생에 대한 이야기도 잔뜩 돌고 있을 테지만, 그건 내 귀로 들어오지 않았다. 하지만 제인의 말을 빌리자면 둘이 모여 있으면 반드시 에스텔 카스티엘로에 대한 이야기가 흘러나온다고 했다.

공작이 그렇게 애지중지한다든가― 공작이 딸을 너무 예뻐해서 마장을 세웠다든가― 다이아몬드 장신구를 산더미처럼 선물했다든가, 하는 부풀려진 이야기들 말이다.

심지어 너무 애지중지해서 지금까지 존재를 공표하지 않고 숨기고 있었다! 하는 얘기까지 나오는 모양이었다.

하델에게서 나온 얘기에 따르면 '섞인 자'에 대한 이야기도 엄청나게 나오는 모양이었다. 구체적으로 이야기해 주지는 않았지만 하델에게도 편지가 엄청 오는 모양이었다.

"귀찮을 정돕니다."

그는 눈을 찡그리며 딱 한마디로 정리했다.

그때 호위를 섰던 로이는 나중에 몇 번이나 그 말을 반복하며 말했다.

"저도 그렇게 귀찮을 정도로 편지를 받아봤으면 좋겠군요. 연애편지야 많이 받지만요. 캬, 귀찮을 정돕니다."

로이의 말에 난 피식 웃었다.

"로이가 그러는 거 선생님이 들으면 화내실 것 같은데요."

"그래요? 멋있어서 하는 말인데? 아카데미도 티티(똥줄)가 타겠군요."

"티티? 그게 뭐야?"

모르는 단어를 되묻자 로이가 "으음." 하고 눈을 찡그리더니 말했다.

"엉덩이요. 엉덩이에 불이 붙었다고요."

"아아, 아카데미가 왜 엉덩이에 불이 붙어?"

"비유적인 표현이라는 건 아시죠?"

"알아."

내가 눈썹을 치켜올리며 말하자 로이가 씩 웃었다.

"아가씨는 똑똑하셔서 아실 줄 알았습니다. 아카데미에서 크로이츠 경을 쫓아냈었으니까요. 그런데 카스티엘로 공작가를 등에 업고 있다면 말이 달라지죠."

"쫓아냈어? 선생님을? 왜?"

난 깜짝 놀랐다. 그렇게 박학다식한 사람인데? 아카데미에는 더 훌륭한 사람이 많은 건가? 아니 그래도 쫓아냈다는 건 이상하잖아?

"그건 제가 답할 문제는 아닌 것 같네요."

로이가 명랑하면서도 단호하게 말해서 난 고개를 끄덕였다. 그래, 로이의 말이 맞다. 그리고 난 나중에 엘런이 내 호위로 왔을 때 로이가 연애편지를 많이 받는 게 사실이냐고 물어보았다. 그러자 엘런은 놀라운 재주를 보여 주었는데, 그야말로 세상에서 가장 차갑고 경멸 서린 느낌으로 콧방귀를 흥 뀌는 것이었다.

그리고 나서 엘런은 공손히 대답했다.

"뭐, 물론 그렇겠지요."

어쩐지 자세히 물어보면 안 될 것 같다는 생각이 들어서 난 입을 꼭 다물었다.

'어쩐지 남녀 애정사 냄새가 난다.'

방에 갇혀서 지냈든 어쨌든, 눈칫밥을 먹고 살고 홍등가에서 남녀의 애정사를 수없이 목격한 나의 촉이 슬그머니 고개를 들었다.

그래서, 왜인지 입이 무거울 것 같은 진을 공략했다.

이제 날씨는 가을로 접어들어서, 정원에서 차를 마시면 딱 기분 좋을 때였다. 책을 테이블에 쌓아두고, 차를 마시다가 문득 생각나서 진에게 물었다.

"진."

"네."

"엘런이랑 로이랑 사귀어요?"

그러자 갑자기 진은 격렬하게 기침을 하기 시작했다. 아니, 공기를 들이켜다가 사레에 들렸나?

놀라서 난 잔을 권했다. 진은 고개를 젓고 몇 번 더 기침을 하더니 목을 가다듬고 물었다.

"그, 그런 건 또 어디서 들으셨습니까?!"

그의 목소리는 좀 높아져 있어서 난 눈을 굴렸다.

"음, 그냥이요?"

"아가씨께서 신경 쓰실 만한 일은 아닙니다."

진이 눈을 부릅뜨며 말했다. 의외의 모습이었다. 그의 말에 난 어깨를 움츠렸다. 하긴, 맞다.

내가 남의 연애사를 신경 쓰고 파고들 일은 아니지.

게다가 내가 상급자라면 말이다.

"미안해요. 내가 실수했어요."

사과하자 진의 표정이 누그러들었다. 그가 한숨을 내쉬며 말했다.

"아닙니다. 연애라니, 그런 얘기를 도대체 누가 아가씨 앞에서 했는지 모르겠군요."

"그러게, 우리 토끼에게 누가 그런 얘기를 했는지 궁금하네."

갑자기 들려온 목소리에 난 깜짝 놀라 자리에서 펄쩍 일어났다. 뒤를 돌아보니 정원 사이에 카를이 서 있었다.

"오라버니!"

난 소리를 지르며 후다닥 카를에게 달려갔다. 있는 힘껏 안기자 카를이 가볍게 웃었다.

"어떻게 된 거예요? 벌써 방학이에요? 네?"

"그럴 리가."

"그럼요? 설마, 막 멋대로 학교 나오고 그런 거 아니죠?"

내가 당황해서 그의 옷소매를 흔들며 묻자 카를이 "글쎄~?" 하고 말을 끌었다.

기숙사제 학교 탈출.

그 문구가 떠올라 난 눈을 동그랗게 떴다.

"그, 그럼 어떻게 해요?"

당황해서 어쩌지, 어쩌지 하고 땀을 삘삘 흘리고 있으려니 카를이 히죽 웃고 허리를 숙이며 말했다.

"외박 허가 받아서 온 거야."

카를의 말에 난 길게 안도의 한숨을 내쉬었다.

"처음부터 이야기해주죠."

눈을 흘기며 말하니 "그럼 재미없잖아?" 하곤 카를이 날 안아 들며 물었다.

"어디, 많이 무거워졌나?"

"안 무거워졌어요."

난 얼굴을 붉히며 대꾸했다가 작게 덧붙였다.

"아마도요."

카를이 가늠하듯 날 안아 들어서 흔드는데 테라스에서 제인이 나와 날 불렀다.

"아가씨? 에스텔 아가씨!"

여기가 정원 안쪽이라 잘 보이지 않는 모양이었다.

"제인! 여기야!"

내가 손을 흔들자 그제야 제인이 날 발견하고는 빠른 걸음으로 걸어왔다.

"오랜만입니다, 도련님."

제인이 가볍게 무릎을 굽혀 인사했다. 카를은 대꾸도 하지 않고 그냥 날 내려놓았다.

'아, 사람 싫어서 가 버리려나.'

내가 손을 뻗어 카를을 잡을까 말까 망설이는데 제인이 말했다.

"황궁에서 전령이 왔습니다."

카를이 딱 멈춰 섰다. 그가 휙 뒤로 돌았다.

"뭐?"

카를이 말을 걸 거라고는 생각을 못 했는지 제인이 당황한 듯 힐끗 그를 보았다가 얼른 다시 고개를 숙였다.

"황궁에서 토─ 에스텔에게?"

"네."

"누가?"

"황후마마께서……."

"그 여우 같은 게."

카를의 목소리에 짜증이 묻어났다. 여우라니……. 황후를 보고 여우라니…….

난 못 들은 척하며 물었다.

"그럼 지금 전령이 기다리고 있는 거야?"

"네."

"그럼 가자. 일단 만나야지."

“홀에서 기다리고 계십니다.”

제인은 그렇게 말하고 앞장서서 걷기 시작했다.

홀에 도착하니 잔뜩 빼입은 전령이 기다리고 있었다. 높은 모자를 쓰고 있고, 전령을 상징하는 작은 금나팔을 허리에 매고 있었다. 나팔에는 깃발이 달려 있어서 누구의 전령인지 구별된다.

‘정말로 황후의 전령이네.’

황실의 전령은 어떻게 맞이하는 걸까? 거기에 대한 수업은 받아 본 적이 없는데.

그때 전령이 먼저 날 보고 모자를 벗으며 인사했다.

“레이디 에스텔을 뵙습니다.”

“만나서 반가워요.”

보통 사람을 대하듯 나는 인사했다. 만약에 이게 틀린 거라고 해도 적당한 무례는 어린아이니까 넘어가 주겠지.

“레이디 에스텔에게 황후마마께서 편지를 보내셨습니다. 부디, 초청에 응해 주셨으면 합니다.”

그가 편지를 양손으로 내밀자, 기다리고 있던 시종이 얼른 벨벳 방석을 내밀었다. 전령이 붉은 방석 위에 편지를 얹자 시종이 내 앞으로 그걸 가져왔다. 무릎을 꿇어 내 눈높이에 방석을 맞춰 줘서 난 쉽게 편지를 집어 들 수 있었다.

‘편지를 바로 뜯어보는 게 예법이 아니겠지, 설마.’

“분에 넘치는 영광이에요. 감사합니다.”

편지를 집어 든 채 그렇게 말하자 전령은 다시 인사를 해 보이고 모자를 썼다.

‘아, 맞아.’

퍼뜩 든 생각에 난 시종을 바라보고 말했다.

"전령분에게 수고비를 드리세요."

그러자 시종은 놀란 듯 날 보았다가, 품에서 작은 주머니를 꺼내어 방석 위에 올렸다.

"카스티엘로 공작가가 번창하기를 바랍니다."

전령은 그렇게 말하고, 눈을 반짝이며 주머니를 집어 들고 품에 넣었다.

'저 주머니에 얼마나 들었을까?'

전령이 나가고 나서, 난 시종에게 질문을 던졌다. 시종은 내가 그런 질문을 할 줄은 몰랐다는 얼굴로 공손히 대답했다.

"금화 다섯 개입니다."

"금화 다섯 개……."

솔직히 말하면 그게 얼마나 큰돈인지 모르겠다. 얼마나 되는 돈이야?

이렇게 금전 감각이라는 게 없어도 되는 건가? 물론 금전 감각이라는 게 필요가 없는 삶을 살고 있기는 하지만 이래서는 안 되겠다는 생각이…….

"뭐하러 돈은 준 거야?"

언제 왔는지 카를이 눈을 찌푸리며 말했다.

"음, 잘은 모르지만— 돈으로 살 수 있는 호감은 사 두는 게 좋은 것 같아서요?"

그 말에 카를이 눈을 찡그리더니 손바닥으로 내 양 뺨을 꽉 눌러서 비비기 시작했다.

"하우우— 머샤는 거허혀?(뭐하는 거예요?)"

아플 정도는 아니지만 기분 좋을 정도도 아니다.

"아니, 누가 우리 울보 토끼 가죽을 뒤집어썼나 하고."

"아니거든요."

발끈해서 말하니 카를은 "그래?" 하고 손을 내렸다.

난 그런 카를에게 물었다.

"그러면 언제까지 있을 거예요?"

"내일 돌아가."

"그렇게 빨리요?!"

깜짝 놀라 되묻자, 카를이 고개를 끄덕였다.

"귀찮은 것들이 있어서."

"귀찮은 것들이요?"

"보호자 허락 없이는 외박이 안 되니, 어쩌니—"

카를이 중얼거리다가 턱짓으로 내 손의 편지를 가리켰다.

"열어 봐."

그제야 나는 손에 든 편지로 시선을 내렸다. 두툼한 종이로 만들어진 고급 편지에는 로열 블루빛의 왁스로 실링이 되어 있었다.

황후의 문장은 벌새와 왕관인가.

조심스럽게 봉투를 열고 안의 편지지를 꺼냈다. 직사각형의 엽서 형태 편지지는 초대장이었다.

일시와 위치가 적혀 있고, 꼭 오기를 바란다는 말까지.

'이걸 안 갈 수는 없겠네.'

위치는 푸른 방.

시간은 내일 오후 3시.

딱 티타임 시간이다.

'푸른 방이 어딜까?'

고민하는데 카를이 내 손에서 초대장을 빼앗아 들었다. 내용을 슥 읽고, 카를은 허를 찼다.

"여전히 질척질척."

"도련님!"

뒤에 서 있던 진이 목소리를 높였다. 카를이 왜? 뭐? 하는 얼굴로 그를 보자, 진이 낮게 말했다.

"아가씨의 앞입니다."

그러자 카를은 "아." 하고 짧은 소리를 내더니 나에게 초대장을 돌려주었다.

카를이 말했다.

"그럼 같이 잘까?"

정말로 뜬금없는 말이었다. 당황해서 초대장을 바라보았다가 나도 모르게 되물었다.

"네?"

"아니면 사냥 갈래?"

"네?"

"맞다. 혹시 춤을 췄어?"

"무슨 춤이요?"

"연회에서."

"아니요."

"그래, 그럼 춤출까?"

난 입을 헤 벌렸다. 느닷없이 외박 나온 카를이 무슨 이야기를 하는 건가 싶었다.

'기숙사 생활이 많이 따분한가? 하긴 따분하겠지. 공부하느라 모여 있으면……'

그래서 같이 기분 전환이라도 하자는 걸까?

"아카데미가 많이 지루한가 봐요."

"지루하기도 하고, 웃기기도 하고."

"웃겨요?"

"하는 꼴들이."

"그러고 보니 오라버니 친구분들은요? 잘 지내시나요?"

"맞다. 왜 걔네 안부는 묻는데?"

"네?"

"내게 보내는 편지잖아."

그제서야 간신히 나는 화제를 따라잡을 수 있었다. 편지에 대한 이야기였구나.

"그렇죠?"

"그런데 걔네 일은 왜 물어봐?"

"그, 그야 잘 지내시나 하고—"

"물어보지 마."

"알겠습니다."

난 순순히 고개를 끄덕였다. 카를이 "좋아." 하고 내 머리를 가볍게 톡톡 두들기듯 어루만졌다.

"그래서 뭐부터 할래?"

카를의 물음에 난 잠시 생각에 잠겼다가 "오라버니가 원하시는 것부터 해요." 하고 대답했고, 카를은 고개를 끄덕였다.

*   *   *

사냥터를 나가는 건 무리라고 진이 말려서 카를과 함께 공원으로 말을 타고 산책 갔다가, 저택으로 돌아와 같이 간식을 먹고, 어째서인지 춤을 추고, 그러고 나서 낮잠 아닌 낮잠을 잤다.

잠에서 일어났을 때는 저녁 먹을 시간이 약간 지나 있었다.

"깼어?"

들리는 목소리에 고개를 돌리니 카를이 날 빤히 보고 있었다. 난 눈을 비비며 "안녕히 주무셨어요." 하고 웅얼거리듯 대꾸했다. 길게 하품을 하고 난 침대에서 엉금엉금 내려왔다.

"지금 몇 시예요?"

"7시 좀 지났어."

"애니가 뭐라고 안 했어요?"

이렇게 자면 밤에 잠 못 자게 된다며 늦은 낮잠은 금지한 애니었다. 내 말에 카를이 슬쩍 눈을 돌리더니 "글쎄." 하고 얼버무려서 난 이런 하고 얼른 침실 문을 열었다.

"어머? 아가씨, 일어나셨어요?"

"생각보다 일찍 일어나셨네요."

"배고프지 않으세요?"

스테파니와 제인이 번갈아 인사를 던져 왔다.

"애니는?"

질문을 던지기가 무섭게 애니가 문을 열고 들어왔다. 그리고 카를 역시 침실에서 슬그머니 나왔다. 애니가 무릎을 가볍게 굽혔다 펴며 "도련님." 하고 인사를 한 뒤 나에게 말했다.

"공작님이 오셔서 기다리고 계세요. 같이 식사하실 건가요?"

"정말요?! 깨우죠!"

내가 깜짝 놀라서 대답하자, 애니가 "저도 깨우려고 했답니다." 하고 대답했다. 난 그 말에 설마 하고 카를을 돌아보았다. 카를은 특유의 왜? 뭐? 하는, 자신은 아무런 잘못도 없다는 표정을 지어 보였다.

나는 끙 하고 한숨을 삼켰다.

"지금 갈래요. 옷 갈아입는 거 도와주세요."

그 말에 얼른 애니가 말했다.

"도련님, 죄송하지만 아가씨께서 옷을 갈아입으셔야 하니까 나가 주시겠어요?"

카를은 별말 없이 바로 내 방을 나갔다. 애니가 내 잠옷을 벗기고 드레스로 갈아입혀 주었다.

허둥지둥 식당으로 향하는데 어딘지 지친 표정의 진이 따라붙었다. 그러고 보니 오늘 호위가 진이었지. 계속 카를에게 따돌림을 당한 것 같지만…….

카를은 그가 있으면 신경 쓰여서 싫다면서 계속 진이 따라오지 못하게 만들었다.

'으아, 미안해요, 진.'

나중에 오늘 일을 꼭 보상해 주자고 생각하며 식당에 들어섰다.

식당에는 언제 온 건지 카를과 아빠가 식탁에 앉아서 이야기를 하고 있었다. 아니, 일방적으로 아빠가 말을 하고 있는 것 같기는 한데…….

"교장에게 연락이 왔더군. 무슨 연락인지는 알고 있겠고."

"귀찮게 굴어서 저도 모르게, 좀."

"좀?"

아빠가 눈썹을 치켜올렸다.

오?

저 방약무인에 아빠도 틱틱 무시하는 줄 알았던 카를이 이번에는 찔리는 표정을 하고 있다.

교장 선생님, 사지는 무사하신 거겠죠? 제발 그렇다고 해 주세요.

나는 발소리가 나지 않게 살금살금 걸어서 아빠의 옆으로 다가갔다. 직사각형으로 긴 식탁은 적어도 스무 명은 앉아서 밥을 먹을 수 있는 크기였다.

"기다리게 만들어 죄송합니다."

진이 밀어 준 의자에 앉으며 내가 사과했다. 아빠가 가볍게 내 머리를 쓰다듬었다.

"괜찮아. 그리고 카를. 넌 방학까지 면회, 외박 둘 다 금지다."

그 말에 카를이 눈을 찡그렸다.

"알겠습니다."

하지만 대답은 순순히 흘러나와서 난 속으로 안도했다.

"어차피 곧 방학이니까요."

그랬구나!

어쩐지 너무 순순하더라니, 하는 생각과 동시에 곧 카를이 집에 온다! 하는 기쁨이 더해졌다.

"언제 방학하는데요?"

"한 달 후쯤."

"그렇구나. 아직 먼 것 같은데ー"

먼 것도 같고, 가까운 것도 같고ー 갸웃거리며 고민하자, 카를이 피식 웃었다.

"금방이야."

그 말에 난 고개를 끄덕였다. 금방이라고 하면, 금방인 거겠지.

저녁 식사를 하는데 아빠가 문득 생각났다는 듯 물었다.

"황후에게 편지가 왔다면서?"

"네, 초대장이에요. 내일 푸른 방에서 같이 차라도 마시자고요."

"그래."

아빠는 그렇게만 말하고 아무런 말도 하지 않았다. 카를의 반응에 비하면 그야말로 덤덤하다.

"내일은 호위를 에멜로 해라."

그렇게만 덧붙였을 뿐이었다.

흠······.

황후가 아빠를 쫓아다녔다고 했지. 지금 내 어머니가 창녀고. 그렇다면 카를의 어머니는 어떤 분일까?

정략결혼? 연애결혼?

그것도 아니면 뭔가 다른 이야기가 있는 걸까?

하지만 내가 차마 물을 수도 없고 들어갈 수도 없는 가족사처럼 느껴졌다. 물론 두 사람이 날 가족으로 대해 주고 있긴 하지만, 뭐라고 해야 할까 처음부터 시작한 진짜 가족과는 좀 다르지 않을까— 싶기도 하고······.

자세한 이야기를 해 주지 않는 것도 그렇고······.

어쩐지 기운이 빠져서 나는 천천히 저녁 식사를 끝냈다.

아빠와 카를은 더 할 이야기가 있다고 해서 난 웃으며 "알겠어요." 하고 명랑하게 말하고 자리에서 일어났다.

'잘 웃은 거지.'

섞인 나는, 역시 불완전한 것 같고, 반쪽짜리 같고, 그래서 나에게는 모든 게 비밀인 것 같아서 슬픈 기분이 들었다.

낮잠을 자서인지 잠이 오지 않아 뒤척거리다가 선잠이 든 나는 악몽을 꿨다. 내 정체가 발각돼서, 공작가에서 버려지는 꿈이었다. 모두가 어떻게 자신들을 속였냐면서 날 비난하길래 엉엉 울다가 잠에서 깨어났다.

아침에 내 얼굴을 본 애니가 "어머나" 하고 뺨을 어루만졌다.

"안 좋은 꿈이라도 꾸셨어요?"

"응······."

고개를 끄덕이자 애니는 "분명히 낮잠을 길게 자서 그럴 거예요." 하고 세숫물을 찬물로 바꿨다. 그러고서 나에게 초코칩과 견과류가 잔뜩 들어간 쿠키를 두 개나 먹였다.

초콜릿 처방은 훌륭해서 기분이 훨씬 나아졌다.

찬물로 하고 차가운 수건으로 찜질하자 부은 눈도 가라앉았다.

"무슨 꿈을 꾸신 거예요?"

제인이 수건으로 눈을 마사지해 주며 물었다.

"으응— 그냥……."

차마 쫓겨나는 꿈을 꿨다는 말은 못 하고, 그렇다고 거짓말을 하지도 못해서 난 얼버무렸다. 제인이 수건을 치워 주며 방긋 웃었다.

"저도 어렸을 때는 무서운 꿈 많이 꿨어요. 밖에 괴물이 있는데 탈출해야 하는 꿈이나, 떨어지는 꿈 같은 거요."

스테파니가 덧붙였다.

"꿈은 그냥 꿈이니까요. 너무 신경 쓰지 마세요."

"응."

난 고개를 끄덕였다. 곧 시녀가 아침 식사를 가지고 왔고, 든든하게 배가 차자 기분도 나아졌다.

그래, 내가 아빠 딸이 아닌 건 아니니까!

분명히 에스텔 카스티엘로다.

나는 이 집 아이라고.

난 다시 자신감으로 차올라서 초대장을 가져오게 했다.

"황후마마를 만나러 가야 하는데 좀 일찍 가는 게 좋겠지?"

"그게 좋지요."

애니가 고개를 끄덕였다.

"오라버니는? 언제 출발하신대?"

이걸로 외박이 마지막이니까 최대한 늦게 출발하는 게 아닐까?

"어젯밤에 이미 출발하셨어요."

"정말?! 그렇게 일찍? 인사도 못 했는데—"

"네, 아가씨가 잠들었으니 깨우지 말라고 하셨어요."

"그런— 깨우지……."

갑자기 기운이 쭉 빠졌다.

"아빠는?"

"공작님도 이미 나가셨고요. 요즘 바쁘시네요."

무슨 일이실까요? 하고 애니는 갸웃했다.

"그럼 오늘도 혼자네."

난 한숨을 폭 내쉬었다. 수도에 같이 왔지만, 사냥 연회 때만 빼면 영지에 있을 때와 별반 다르지가 않다. 하지만 그렇다고 해서 항상 곁에 있어 달라고 조를 수는 없었다.

어른스럽게 굴어야지.

좋아. 에스텔.

난 고개를 끄덕이고 말했다.

"그럼 입고 갈 드레스 고를래. 도와줘."

*　　*　　*

푸른 방은 황후 궁 안 수많은 방의 이름 중 하나였다. 상당히 사적인 공간이라고 에멜이 알려 주었다. 그러며 그가 덧붙였다.

"카스티엘로에서 황후마마의 초대를 받아들인 건 아가씨가 처음이에요."

"엑. 진짜?"

"네."

그래서 조금 두근두근하네요, 하고 에멜은 웃었다.

방의 입구에서 에멜은 무기를 수색당했다. 당연한 일이라는 듯 에멜은 검을 시종에게 건네주며 말했다.

"비싼 거니까."

시종은 미소 짓고, 공손히 검을 받아 갔다.

"그 외에 다른 무기는 없으십니까?"

시종의 물음에 에멜은 부츠 안쪽에서 단검을 꺼내어 건네주었다.

"이제 없어."

그의 대답에 시종은 고개를 끄덕이고 문을 열었다.

방 안으로 들어서며 나는 왜 여기가 푸른 방인지 알았다. 기대했던 대로 메인 컬러가 푸른색이었다. 짙은 파랑, 옅은 파랑, 하늘색, 아쿠아마린 빛깔, 각양각색의 푸른색 톤들이 아름답게 조화를 이루고 있었다.

마치 바닷속에 있는 것처럼 말이다. 그리고 거기에는 황후가 평상복을 입고 있다가 자리에서 일어났다.

"에스텔!"

그녀가 환하게 웃으며 팔을 벌려 날 불렀다. 꼭 오랜만에 보는 딸을 부르는 듯한 몸짓이었다.

"안녕하세요, 황후마마."

내가 옷자락을 잡고 인사하자, 그녀가 다가와서 날 안았다가 놓아주며 말했다.

"우리 사이에 그런 딱딱한 인사는 싫구나. 자, 이리 와서 앉으렴. 과자 좋아하니?"

그녀가 한 팔로 내 어깨를 감싸고 이끌었다. 에멜은 완전히 무시하고 말이다.

자리에 앉자 여자아이 취향에 맞춘 아기자기한 티세트가 눈에 들어왔다. 아무리 나라도 이 핑크빛 귀여운 도자기 세트 무리에는 넋을 잃을 수밖에 없었다.

"마음에 드니? 에스텔이 온다고 해서 특별히 공수한 거란다."

황후가 그렇게 말하며 싱긋 웃었다. 난 "정말로 귀여워요." 하고 공손히 대답했다.

황후는 만족스럽게 웃고, 나에게 이것저것 다과를 권했다.

찻주전자를 반쯤 비웠을 때, 황후가 나에게 물었다.

"그래서, 에스텔."

"네."

"어머님은 어떤 분이셨니?"

올 것이 왔구나.

모두가 다 궁금해했다.

갑자기 튀어나온 공작가의 사생아. 도대체 그녀의 어머니가 누군지에 대해서 말이다. 나는 포크를 멈칫하며 고개를 숙이고 말했다.

"그게…… 아빠가 말하지 말라고 하셨어요."

"그랬니? 그럼 어디서 자랐어? 어머니와는 잘 지내고 있었던 거야? 아니면 돌아가셨니?"

사근사근한 어조로 깊은 염려를 담아 황후는 내게 케이크를 직접 잘라 접시에 올려 주었다.

"저 호위는 무서워할 것 없어. 내가 더 세거든."

황후가 작게 속삭이고 웃었다.

무서워?

에멜이?

난 눈을 동그랗게 뜨고 황후를 보았다가 에멜을 보았다. 거리를 두고 떨어져 있는 에멜의 표정은—

'어, 매우 안 좋네.'

풀풀 냉기가 날리는 표정이었다. 에멜이 저런 얼굴을 하고 있는 건 처음 봤다. 잔뜩 날을 세우고 있어서 누군가가 그를 건드리면 그대로 베일 것 같았다. 그러나 그는 나와 시선이 마주치자 웃어 보였다.

나도 모르게 마주 미소를 짓는데 황후가 내 어깨를 붙잡고 자신을 보게 하며 말했다.

"그는 걱정하지 말렴."

걱정되는 건 에멜이 아니라 그쪽이에요. 난 그렇게 생각하며 천천히 대답을 골랐다.

"괜찮아요. 음— 어머니는 아름다운 분이셨어요. 그리고 성질이 좀 있으셨지요."

손에 잡히는 것으로—그게 나무 화병인지, 부지깽이인지 확인하지도 않고— 아이를 때리는 걸 '성질이 좀 있다' 하고 표현해야 할지는 모르겠지만.

난 최대한 부드럽게 이야기했다. 그리고 고개를 획획 저었다.

"이런 얘기도 하면 안 돼요."

"그래⋯⋯."

작게 중얼거린 황후가 가만히 날 바라보았다. 그녀의 갈색 눈 너머로 불길이 활활 타오르는 것처럼 보였다.

"예전에, 아인이 시골뜨기 여자에게 잘못 걸린 적이 있단다."

황후가 아주 작게 말했다. 거의 속삭이듯이 말이다.

어—

지금 우리 아빠를 이름으로 부른 건가요.

게다가 시골뜨기 여자?

황후가 한숨을 내쉬었다.

"그래서 아주 곤욕을 치렀었지."

황후의 표정이 싸늘해졌다. 그러나 곧 그녀는 입가에 미소를 지으며 말했다.

"공작이란 직위를 노리는 사람은 많으니까, 안 그렇겠니?"

그녀가 눈을 찡긋해 보였다. 이해 못 하는 어린아이에게 홀리듯, 농담이라도 하듯 말이다.

"그때부터 항상 난 아인을 걱정했단다. 하지만 에스텔의 어머니는 분수를 아는 것 같구나."

황후가 허리를 펴고는, 활짝 웃으며 명랑하게 말했다.

"날 어머니처럼 생각하렴. 아무래도 아직은 어머니의 손이 그립겠지, 응?"

난 내 뺨을 후려치던 어머니의 손을 생각했다. 그리고 자신을 어머니처럼 생각하라는 황후의 말을 마음속에 새겼다.

"네, 그렇게 생각할게요."

살며시 웃으며 난 진심으로 대답했다. 내 대답이 무척 마음에 들었는지 그녀는 훨씬 밝아진 얼굴이 되었다.

난 그녀에게서 '날 어머니라고 불러도 좋아.' 하는 말이 나오기 전에 얼른 물었다.

"그러고 보니 황녀님을 소개시켜 주신다고……"

내 말에 황후는 생각하는 듯하다가 고개를 설레설레 저었다.

"아니, 안 그러는 게 나을 것 같구나."

"네?"

"황녀는─ 음. 글쎄, 귀여운 에스텔의 친구가 되기에는 모자랄 것 같아서."

지금 내가 제대로 들은 건가? 자기 딸이 모자란다고 한 거야?

일종의 겸양인가?

"그럴 리가요? 황후마마의 따님이신데요—"

그 말에 황후는 한숨을 길게 내쉬었다.

"정말 내 배에서 어떻게 그런 게 나왔는지……."

작게 중얼거리는 황후의 갈색 눈은 날카로워져 있었다. 그때 타이밍 좋게 노크 소리가 들려왔다.

똑똑—

"누구냐?"

"아이리스 황녀님을 모시고 왔습니다."

황후가 눈을 찡그리며 뭐라고 하기도 전에 에멜이 문을 열었다. 그러자 시녀가 인사를 하고는 황녀를 이끌고 안으로 들어왔다.

"어마마마, 평안하셨습니까?"

시녀의 팔을 잡고 들어온 황녀는 황후를 닮아 있었다. 짙은 갈색 머리카락에—

'아.'

눈이 안 보이는구나.

초점 없이 흐린 눈이 멍하니 허공을 바라보고 있었다.

"어서 오게."

황후는 그렇게 짧게 말했다. 황녀는 약간 움츠러든 듯 보였지만 애써 다시 미소를 지어 보였다.

시녀가 그녀를 안내해서 의자에 앉게 했다.

"황녀님을 뵙습니다. 에스텔 카스티엘로라고 합니다."

그녀가 자리에 앉을 때, 난 자리에서 일어나 인사했다. 안 보이겠지만 정중하게 말이다.

"에스텔, 굳이 일어날 필요 없어. 얼른 앉으렴. 아이리스, 에스텔 카스티엘로란다."

"만나서 반가워."

황녀가 내 쪽을 바라보며 말했다. 목소리가 들린 쪽을 바라본 거겠지만 말이다.

"반가워요, 겠지."

황후가 그녀의 말을 정정해 주었다.

"카스티엘로 공작가는 유서 깊은 가문이야. 아무리 황실 사람이라고 해도 그렇게 함부로 말해서야 되겠니?"

"죄, 죄송합니다. 죄송해요. 공작 영애."

"아니에요, 신경 쓰지 마세요."

난 얼른 고개를 저으며 최대한 부드럽게 말했다. 벌써 그녀가 불쌍해지기 시작했다.

"에스텔이 다정해서 다행이구나. 본을 받으렴."

"네, 황후마마."

아이리스의 뺨이 창피로 붉게 달아올랐다. 그렇게 아이리스를 두고 황후는 아무것도 권하지 않았다. 아이리스는 고작 차만 계속 들이켤 뿐이었다. 황후는 계속 내게만 말을 걸었고, 아이리스는 장식 인형처럼 앉아 있기만 했다.

'눈이 안 보여서 못 먹는 건가?'

하지만 눈이 안 보여도 제대로 식기를 다뤄서 먹을 수 있는 걸로 아는데?

"케이크를 별로 좋아하지 않으시나요? 이 쿠키는 어떠세요? 체리와 초콜릿이 맛있어요."

약간 주제넘지만, 어린아이다운 순진함으로 눙치길 바라며 나는 쿠키를 그녀의 접시에 올렸다.

"고마워요."

황녀는 그렇게 말하고 손끝으로 접시를 살짝 더듬더니 곧 쿠키를 찾아냈다. 쿠키를 한 입 먹고 황녀는 미소 지었다.

"맛있네요."

"다행이에요."

난 이것도, 이것도 맛있어요, 하고 몇 개 더 쿠키를 권했다.

"에스텔은─ 황녀가 마음에 든 모양이구나."

황후는 흥미롭다는 듯이 말했다.

"그럼 둘이 좀 더 이야기를 하려무나. 내가 없는 편이 둘이 편하겠지? 아이리스, 에스텔을 잘 접대해야 한다. 알았지?"

"네, 황후마마."

아이리스의 얼굴이 약간 굳나 싶었지만, 곧 얼른 인사를 하며 고개를 숙여 보였다.

나와 아이리스의 배웅을 받으며 황후는 방을 나갔다.

그녀가 나가자 저절로 한숨이 흘러나오는 걸 삼켰다.

계속 친한 척하려나 하고 생각했는데, 아니네? 왜지?

고민하는데 아이리스가 말했다.

"공작 영애, 차를 더 마시겠어요? 아니면 쿠키나 케이크라도─ 불편한 점이 있으면 얼른 말해 주세요."

"아뇨, 충분해요."

"그, 그런가요."

아이리스는 초조해 보였다.

"황녀님은 어떠세요? 케이크는 안 좋아하시나요?"

"좋아해요."

황녀는 그렇게 대답하고는 귀 끝을 물들이며 말했다.

"하지만 황후마마께서는 제가 손끝으로 더듬는 걸 싫어하시거든요. 숙녀가 할 만한 일이 아니라고요."

그때 옆에 있던 시녀가 그릇의 위치를 잡아 주고, 케이크를 잘라 올려 주며 말했다.

"제대로 위치만 잡아 주면, 손끝으로 더듬지 않아도 되는데요."

"난 괜찮아."

시녀에게 싱긋 웃으며 말하고 아이리스는 포크를 집어 들고 능숙하게 케이크를 잘라 먹기 시작했다. 찻잔 역시 시녀가 위치를 잡아 주었다.

"공작 영애의 이야기는 많이 들었어요."

"그래요?"

"네, 카스티엘로 공작 전하께서 아주 애지중지하는 외동딸이라고."

그렇게 말하는 아이리스의 웃음에는 씁쓸함과 약간의 질시가 섞여 있었다.

"황후마마도 공작 영애가 아주 마음에 든 것 같아요. 그럴 만해요. 영애는 무척이나 사랑스러운걸요. 잠깐 만난 저도 영애가 상냥하다는 걸 알 수 있어요."

화사하게 웃으며 말하는 아이리스를 보며 난 착잡함을 느꼈다. 뭐라고 해야 하나. 배고픈 아이 앞에서 파이를 먹는 그런 심정?

하지만 그렇다고 내 어머니와 함께 살았을 적의 일을 구구절절 말하는 것도 우스운 것 같았다.

그때야 어쨌든 지금은 행복하게 살고 있으니 말이다.

"황녀님도 사랑스러운 분이세요."

대신 나는 그녀에게 들은 말을 고스란히 돌려주었다.

"그럼 에스텔이라고 친근하게 불러도 될까요? 난 또래 친구는 한 명도 없거든요."

아이리스가 말했다.

"네, 괜찮아요."

거절하기도 뭣해서 난 고개를 끄덕였다. 그러자 그녀가 말했다.

"그럼 난 아이리스라고 불러 줘요. 난 열두 살이에요. 곧 생일이 지나면 열셋이 된답니다."

"전 열한 살이에요."

아마도.

그런 생각을 덧붙이며 대답하자 아이리스는 놀란 듯 말했다.

"말하는 게 어른스러워서 저와 같은 나이인 줄 알았어요."

"감사해요."

얼마 더 이야기를 나누다가 나는 이제 가 봐야 할 것 같다고 자리에서 일어났다.

"저녁을 먹고 가지 그래요."

어쩐지 필사적으로 아이리스가 날 붙잡았지만 정중하게 거절했다.

"저녁은 아빠와 함께 먹기로 약속했거든요."

"그런가요……."

아이리스는 그제야 고개를 끄덕이며 날 놔주었다.

황후마마께 직접 인사를 드리지 못해서 죄송하다고 말을 남겨 두고 난 에멜과 함께 방을 나섰다.

긴 복도를 지나서 황후궁을 나온 순간, 에멜이 휙 몸을 돌렸다. 깜짝 놀라 에멜을 올려다보았다가, 그가 본 방향을 보니 거기에는 마흔쯤 되어 보이는 남자가 서 있었다.

긴 로브를 입고.

'마법사.'

하지만 내가 뭐라고 하기도 전에 에멜이 제 망토로 날 휙 감싸버렸다.

'우왓?'

당황하며 나는 더듬더듬 한 손으로는 그의 제복을 붙잡고, 다른 손으로는 살그머니 망토를 밀어서 눈구멍으로 마법사를 바라보았다.

"카스티엘로 공작 영애가 오셨다는 말에, 인사차 왔습니다. 제 제자에게 상냥하게 대해 주셨다지요."

그가 사람 좋게 웃어 보였다. 앞머리가 M자로 벗겨지고 있는, 그냥 옆집 아저씨 같은 인상의 남자였다.

"궁정 마법사인 레프턴이라고 합니다. 영애."

"가까이 오지 마십시오."

에멜이 서늘하게 경고했다.

"사나운 늑대를 데리고 다니시는군요."

레프턴은 그렇게 말하고는 로브 소맷자락에서 작은 주머니를 꺼냈다.

"십삼에게 쿠키를 주셨다지요? 그 일로 십삼이 아가씨에게 보답을 하고 싶다고 하던데요."

"그럼 왜 십삼이 직접 오지 않고 궁정 마법사께서 오신 건가요?"

내가 에멜의 망토 속에서 묻자, 레프턴은 씩 웃었다.

"혀가 없으신 분은 아니군요. 십삼은 몸이 안 좋아서 제가 대신 왔답니다."

그럴 리가.

진심으로 그렇게 생각하면서 나는 그를 바라보았다. 마법사라면 수염도 풍성하고 위엄이 있을 거라고 생각했는데, 이제 초기 대머리 증상이 나타나는 옆집 아저씨라니.

실망이었다.

"보답을 바라고 준 게 아니니, 보답은 필요 없습니다. 제가 지금 늦어서 가 봐야겠네요."

"가죠, 아가씨."

에멜은 그렇게 말하고는 마차 시종에게 손짓했다. 시종은 좀 더 가깝게 마차를 붙였다. 얼른 마차에 오르자 창문 사이로 마법사가 인사를 하는 게 보였다. 에멜이 마차에 올라타자마자 마차는 빠르게 출발했다.

난 한숨을 내쉬었다.

"마법사를 만날 줄은 몰랐어요."

"아가씨께서 궁에 오신다는 이야기를 듣고 만나러 온 거겠죠."

난 우울해져서 치맛자락을 만지작거리며 말했다.

"그 십삼이요. 나 때문에 괜히 곤욕을 치르고 있는 게 아닐까요."

호의로 해 준 일이었는데, 그게 상대에게 독이 되었을지도 모른다고 생각하니 자신이 어리석게 느껴졌다.

"아가씨는 좋은 마음으로 주신 거잖습니까. 그리고 아가씨께서 관심을 주셨든 안 주셨든, 곤욕을 치렀을 겁니다. 일─ 노예란 본디 그런 거지요."

에멜의 말에 난 그런가 하고 고개를 끄덕였다. 그래도 마음이 아주 약간 가벼워지는 것 같았다.

"그런데 실망했어요."

"뭐가요?"

"마법사도 대머리가 되는군요. 마법으로 탈모를 막을 수는 없나 보지요."

그 말에 에멜이 큰 소리로 웃고 대답했다.

"만약에 그게 가능하다면 마법사는 엄청나게 부자가 되지 않았을까요?"

"흐음─"

이럴 수가. 마법으로도 탈모를 막을 수 없다니.

난 아빠의 머리숱을 떠올렸다. 슬쩍 본 에멜도 풍성하다.

'아냐, 젊었을 때는 다들 풍성할 수도 있는 거야.'

그런 생각을 하다가 문득 황후가 했던 말 중에서 궁금했던 말이 떠올랐다.

"그러고 보니 에멜."

"네."

"아까 황후마마께서 아빠가 시골뜨기 여자에게 걸려서 곤욕을 치렀다고 했는데, 그게 무슨 일인지 알아요?"

"그게 말이죠—"

에멜이 뭐라고 설명해야 하나 고민하다가 말했다.

"공작님에게 직접 물어보시는 게 더 빠를 겁니다."

"그럼 그 말이 진짜란 말이에요?"

난 눈을 크게 뜨고 되물었다.

아니, 에멜이 전면 부인할 줄 알았는데? 우리 아빠를 곤욕스럽게 하는 일이 있단 말인가?

"글쎄요. 같은 일을 보는 시각은 여러 가지니까요. 당사자인 공작님이 가장 잘 아시겠지요."

에멜은 미소와 함께 대답했다.

그 말에 난 작게 신음을 흘렸다. 아무리 그래도 내가 아빠 무릎에 앉아서는,

"아빠, 시골뜨기 여자 때문에 곤욕에 처한 적이 있으셨다면서요?"

하고 물어볼 수는 없잖아?

아무래도 구도가 이상하잖아.

왜 그걸 몰라주는 거야?

하지만 저렇게까지 말한 이상, 에멜이 대답을 주지는 않을 듯했다. 결국, 약간의 궁금함을 남긴 채로 마차는 공작가로 향했다.

*　　*　　*

요즘 수도에서 대유행이라는 도자기로 구운 구체 관절 인형을 자랑하던 리리아가 눈을 동그랗게 뜨고 말했다.

"진짜야? 황후마마와 함께 티타임을 가졌어?"

"응, 진짜야."

"게다가 황녀님도 만났다고?"

"응."

"세상에─ 와, 그 소문이 진짜인가 보네."

"그 소문?"

내 질문에 리리아가 새삼스럽게 주변을 살폈다. 하지만 주변에는 아무도 없었다.

리리아는 내 친구로 몇 번 공작 저택에 놀러 왔다. 덕분에 안정성도 보장돼 있었고, 무엇보다도 그녀에게 흥미진진한 소문을 듣기 위해서 항상 시녀를 물리기 때문이었다.

"황후마마가 젊었을 적에 공작님을 엄청나게 쫓아다녔다는 소문."

"그 소문이라면 나도 들은 적 있어."

별로 새삼스러운 것도 아닌데, 하고 대답하자 리리아 세리반은 휙휙 고개를 저었다. 그녀의 목소리가 더 낮아졌다.

"지금도 그렇대. 그래서 공작 부인께서 돌아가시고 나니 공작가의 안주인 노릇을 하고 싶어서 미치려고 한다는 거야."

"뭐?"

난 깜짝 놀라서 되물었다.

"하지만— 결혼하셨잖아? 그게 되는 건가?"

미혼인 여성이 공작 부인 자리를 노린다면야, 이해가 가지만—

갑자기 란슬롯과 기네비아가 떠오르며 오싹해졌다. 아니지, 아빠가 넘어가지는 않을 것 같아.

그래도 황제로서는 기분 나쁘지 않을까? 나라도 나쁘겠다.

"당연히 안 되지. 그러니까 다들 쉬쉬하고 있는 거잖아."

리리아가 손을 저으며 말했다.

"카를 님에게도 몇 번 접근한 적이 있다던데?"

"진짜?"

"응."

리리아가 고개를 끄덕였다. 내가 완전히 넋이 나간 사이, 그녀는 인형이 입고 있는 드레스를 어루만졌다. 정교하게 만들어진 드레스는 지금 리리아가 입고 있는 것과 똑같은 한 쌍이었다. 심지어 브로치까지도 섬세하게 만들어져 있었다.

그걸 바라보다가 문득 팟 하고 카를 생각이 났다.

'아, 맞아. 그러고 보니 카를이 내 초대장을 보고 질척질척이라고 했었지. 카를에게도 초대장을 보냈던 걸까?'

나에게 이 충격적인 소식을 충분히 음미할 시간을 줬다고 생각했는지 리리아가 이어 말했다.

"게다가 아이리스 황녀님이라니. 난 한 번도 뵌 적 없어."

이건 또 놀라운 사실이었다.

"정말로?"

"그래. 그래서 끔찍하게 생겼다는 소문도 돌던걸."

"그냥, 평범하게 생겼는데. 황후마마를 좀 닮았고— 그리고 눈이 보이지 않으서."

"아, 그럼 장님이라는 말은 사실이었구나. 불쌍해라."

리리아가 고개를 설레설레 저었다.

"황후마마가 황녀님을 좋아하지 않는다는 건 모두가 아는 사실이거든."

"그랬구나……."

"그런데 너에게 황녀님을 소개하다니. 또 뭐라고 하시던?"

"어머니처럼 생각하라고."

"오— 저런."

리리아는 가슴에 손을 얹으며 극적인 표정을 지어 보였다. 요즘 연극을 보러 다닌다더니, 배우의 연기가 옮은 모양이다.

리리아가 들려주는 이야기는 가십지처럼 흥미진진했다.

난 리리아에게 아빠와 시골뜨기 여자에 관해서 물어볼까 하다가 관뒀다. 아무리 그래도 이런 걸 아무에게나 물어보고 다닐 수는 없지. 대신 나는 친구에게 작별을 전했다.

"아, 리리아. 그리고 보니 나 이번 주말에 영지로 돌아가."

"뭐어—? 벌써? 아직 수도에 올라온 지 한 달도 안 됐잖아?"

"응, 겨울이 본격적으로 오기 전에 돌아가려나 봐. 눈 문제도 있고—그런 게 아닐까?"

"아쉽다. 좀 더 함께 놀고 싶었는데. 오늘도 샤샤가 함께 오고 싶어 했는데, 약속이 있어서 못 왔어."

"약속?"

내 말에 리리아의 얼굴이 어두워졌다.

"신랑 후보를 만나는 모양이야."

"뭐—? 하지만 샤샤는 고작 열두 살이잖아?"

"부모님의 동의가 있으면 결혼할 수 있는 나이인걸."

"아니, 아무리 그래도ㅡ"

"발제 남작가의 땅은 대부분 가호가 없는 땅이니까. 말만 남작이지, 가난한가 봐. 지참금도 낼 수 없을 지경이래."

리리아가 길게 한숨을 내쉬었다.

"그러니까 그런 샤샤라도 맞이하려는 사람이 있으면 얼른 결혼시키려는 거지."

"세상에ㅡ"

그건 그냥 딸 장사잖아?

그 말이 목구멍까지 올라왔지만 눌러 참았다. 가끔 서영으로서는 이해할 수 없는 일들이 이곳에서는 태연하게 일어나니까.

게다가ㅡ

난 분홍눈일 때를 떠올렸다.

여덟 살인 여자아이도 사창가에서 일한다고, 넌 그 나이 되도록 밥벌레라고 엄마에게 발로 걷어차인 적이 있다.

그걸 생각하면……

"샤샤를 아껴 줄 사람을 만나면 좋겠다……."

내가 할 수 있는 말은 이 정도였다. 그렇다고 내가 샤샤를 어떻게 해줄 수 있는 것도 아니니까. 리리아 역시 한숨을 내쉬며 "그렇지." 하고 고개를 흔들었다.

'결혼이라니.'

어쩐지 분위기가 어두워져서 난 자리에서 일어나며 말했다.

"밖에 정원에서 놀래? 애롱애롱 나무 꽃이 엄청 피었어."

딱 한 번 들은 이름이지만 절대로 잊지 못하는 이름이었다.

애롱애롱 나무.

이름에 비해서 붉은색 꽃이 흐드러지게 피어 있는 건 아름다웠다.

"좋아. 에밀리와 같이 차 마실래."

리리아가 그렇게 말하고는 인형을 챙겨 일어났다. 나도 내 토끼를 얼른 챙겨 안고 같이 방을 나섰다.

오늘의 호위인 로이에게 가볍게 인사를 하고 재잘거리며 복도를 걷는데, 저쪽에서 아빠가 지나가는 게 보였다.

"아빠!"

나도 모르게 큰 소리로 불렀다. 우리 잘생긴 아빠를 리리아에게 자랑하고 싶은 마음도 조금 있었다.

아빠가 이쪽을 보더니 금방 다가왔다.

"친구?"

아빠가 낮은 목소리로 물어 난 고개를 끄덕이고 리리아를 돌아보았다.

"이쪽은 리리아 세르반─ 리리아?"

리리아가 전신을 떨고 있었다. 그녀는 고개를 푹 숙이고 있었는데 얼굴이 창백했다.

"리리아? 괜찮아?"

내가 놀라 그녀의 손을 붙잡았다. 리리아의 턱이 덜덜 떨려왔다. 그녀가 간신히 목소리를 냈다.

"고, 고, 공작 전하를─"

숨소리는 피리 소리 같았고, 나중에는 목소리도 나오지 않는지 끅끅거리며 그녀가 가슴을 움켜쥐었다.

"리리아? 괜찮아?!"

그녀의 상태가 범상치 않아서 나는 당황했다. 발작이라도 일으키는 걸까? 어쩌지? 하고 있는데 아빠가 말했다.

"그만 가 보는 게 좋겠군."

리리아는 힉 하고 숨을 삼켰다. 뒤로 한두 걸음 비틀거리며 물러나려고 했지만 그것조차도 쉽지 않은 것처럼 보였다. 로이가 그녀를 부축하며 말했다.

"레이디 리리아, 괜찮아요. 제가 모시겠습니다."

로이에게 부축을 받는 건지 끌려가는 건지 모르게 리리아가 복도를 벗어났다. 난 그걸 따라가려다가 아빠를 돌아보았다.

"괜찮으세요?"

내 질문에 아빠의 붉은 눈이 살짝 커졌다가 희미하게 미소를 머금었다.

"가 봐라."

난 고개를 끄덕이고 달려서 리리아를 쫓아갔다. 로이는 벌써 리리아를 건물 밖으로 데리고 나가고 있었다. 로이가 팔을 놓자 리리아는 털썩 주저앉았다.

"리리아!"

난 얼른 달려가 그녀의 손을 주물러 주었다.

"괜찮아? 응?"

"어, 어, 어떻게, 그ㅡ 그런ㅡ"

리리아는 더듬더듬 말하다가 푹 눈물을 터트렸다.

"흑, 으흑, 무, 무서웠, 끄윽ㅡ 어ㅡ"

"레이디 리리아는 민감하신 편이군요. 공작님과는 마주치지 않으시는 게 좋겠습니다."

로이는 간결하게 말했다. 언제 불렀는지 마차가 현관 앞에 와서 멈춰섰다.

"오늘은 돌아가셔서 푹 쉬세요."

로이의 말에 리리아는 고개를 끄덕였다. 리리아를 태운 마차가 멀어지는 걸 보고 내가 말했다.

"그럼, 아빠를 보고 무서워서 저러는 거라고요?"

"네."

로이가 싱긋 웃었다.

"하지만— 로이는 괜찮잖아요. 다른 사람들도—"

"이 저택의 사람들은 어느 정도 익숙하니까요. 그래도 눈을 마주치지 못하는 사람 쪽이 더 많지요."

로이의 말에 곰곰이 생각해 보니, 정말로 그랬다. 한 번도 인식하지 못했던 부분인데…….

생각해 보면 애니도 카를과는 눈을 마주치지 않지.

"어쩐지 쓸쓸해요."

내 말에 로이가 내 어깨를 가볍게 토닥거리며 말했다.

"걱정 마세요. 공작님은 신경 쓰지 않으시니까요. 조금도."

그의 말에 웃음이 픽 나왔다. 그래, 두 사람 다 그걸 신경 쓰는 성격은 아니지. 그냥 귀찮다고만 생각하겠지.

갑자기 로이가 몸을 휙 숙였다. 어, 그러니까 옆구리를 접어서 스트레칭하듯이?

금발 머리가 가을 햇살에 반짝반짝 빛난다.

"그런데 아가씨."

"네."

"말은 언제 놓을 거예요?"

"네?"

"못 정하겠다면 제가 정하죠. 얼른요. 지금, 당장."

"놔요?"

"네."

"알았어."

내 말에 로이는 씩 웃으며 다시 허리를 폈다.

"좋아요."

로이랑 에멜은 비슷한 것 같은데도, 뭔가 많이 다르다.

에멜이 그래도 날 배려한다면, 이쪽은 조금의 배려도 없는 것 같은 그런 느낌. 급하게 어디로 숨어야 할 때 에멜이 손으로 내 머리를 누를 사람이라면, 로이는 내 다리를 걸어차서 엎드리게 할 사람이라는 말이다.

난 가볍게 한숨을 내쉬고 멀리 바라보며 말했다.

"이게 마지막 만남인데, 어쩐지 끝이 어색하게 끝났네."

"다음에 또 보시면 되지요."

"하긴, 그렇지."

난 고개를 끄덕였다. 진짜로 마지막인 건 아니니까.

방으로 돌아가니 제인이 우리가 놀았던 흔적을 말끔하게 치우고 있었다. 제인이 말했다.

"리리아 님께서 공작님을 보고 쓰러지셨다면서요?"

"쓰러진 건 아니지만…… 울었어. 그리고 돌아갔고."

"저런요. 하긴, 공작님이 무섭기는 하지요."

제인은 고개를 설레설레 흔들고 이어 말했다.

"그런데 영애가 가져온 도자기 인형 예쁘지 않아요?"

"응, 그런가?"

상당히 큰 도자기 인형은 예쁘지만 내 취향은 아니었다. 밤에는 무서워서 쳐다보지도 못할 거야.

"난 내 토끼가 더 좋아. 제인은?"

"인형이 입고 있는 옷도 그렇고, 엄청 예쁘던걸요."

제인의 말에 난 그녀도 그렇게 나이가 많은 편이 아니라는 걸 떠올렸다. 그래도 인형을 가지고 놀 나이는 아니긴 하지만……

"제인, 같이 차 마실까?"

"어머, 저야 좋지요."

제인이 웃으며 말했다. 난 제인에게 더 잘해 줘야지, 하고 결심했다.

* * *

이제 아침에는 상당히 날이 추웠다. 나는 창문 밖에서 시종들이 부지런히 마차에 짐을 옮겨 싣는 것을 바라보았다.

리리아와는 편지로 작별 인사를 나눴다. 그 뒤로 그녀는 아빠와 마주칠까 봐 우리 집에 오는 걸 좀 꺼리는 눈치였다.

'정말로 무서웠나 봐.'

심지어 앓아눕기까지 했다니 말이다. 심약한 귀부인들이 아빠를 보면 픽픽 기절하는 게 아닐까.

'아, 그래서 사냥터에서 사람들이 그렇게 반응했구나.'

이제야 수수께끼가 풀렸다.

"아가씨, 이리 오세요. 옷 단단히 입으셔야죠."

난 얌전히 창에서 떨어져서 애니가 옷을 입혀 주는 대로 입었다. 진초록색 코트를 입고, 머리카락은 잘 정돈해서 보닛을 씌운다.

"가기 전에 마지막으로 정원을 둘러보고 싶어요."

내 말에 애니는 '얼마든지요.' 하고는 털 장식이 달린 부츠를 신겨 주었다. 음, 이건 겨울에나 신어야 할 것 같은데.

이제 덥기 시작했다.

"너무 더워요."

"나가면 바람 불어서 추워요."

애니는 단호하게 말했다. 그리고 내가 애니를 이기는 건 불가능하다. 어쩔 수 없이 무장한 채로 정원으로 향했다.

정말로 제법 매서운 바람이 불고 있었다. 한번 바람이 불 때마다 애롱애롱 나무의 붉은 꽃이 후두둑 떨어졌다. 낙엽도 마찬가지였다. 엘런이 느긋한 어조로 말했다.

"올해도 정원은 끝이네요. 덮개도 다 덮기 시작했군요."

엘런이 가리키며 하는 말에 돌아보니 짚으로 덮인 관목들이 보였다. 벌써부터 겨울 채비를 하는 모양이었다.

"맞아, 엘런은 화이트홀에 가 본 적 있어?"

"네, 가 본 적 있어요. 겨울에도 놀랄 정도로 따뜻하답니다."

"정말? 어떻게?"

"그건 직접 가서 알아보세요."

엘런이 기대할 만하다는 어조로 웃으며 말했다.

"궁금하게…… 더 남쪽에 있는 것도 아니었는데―"

오히려 북쪽에 있으면 있었지 말이다. 온실이라도 크게 지어져 있는 걸까?

고민하며 정원을 크게 도는데, 소란스러운 소리가 들려왔다.

"저리 꺼져!"

"너 같은 게 올 곳이 아니야."

상당히 험악한 울림이라 엘런은 눈을 찌푸렸다. 얼마 걷지 않아서 공작가 입구에서 그 소란이 벌어지고 있다는 걸 알 수 있었다. 경비병 여럿이 후드를 뒤집어쓴 작은 아이를 향해 창을 내밀며 겁박하고 있었다.

깜짝 놀라 나도 모르게 소리쳤다.

"뭐하는 짓이에요?!"

아니, 저런 꼬마에게 뭐하는 짓이야? 아무리 구걸하러 왔다고 하더라도 그렇지…… 창을 들이밀고…….

놀라서 저절로 걸음이 빨라졌다.

저택 입구까지 가자, 경비원들이 날 보고는 놀라서 곤란한 얼굴을 했다.

"아가씨."

"다가오지 마십시오."

경비 대장이 나에게 손을 저으며 말했다.

"이런 꼬마에게 무슨 짓이에요? 뭐 나쁜 짓이라도 했나요?"

"아, 아가씨."

그때 후드를 젖히며 상대가 날 불렀다. 난 눈을 동그랗게 떴다.

"일리알!"

엘런이 날 확 자신의 뒤로 끌어당기며 검을 뽑아 들었다. 경비대원들 역시 굳은 얼굴이 되어 창끝으로 십삼을 찌를 듯한 기세가 되었다.

"아가씨, 돌아갑시다."

엘런이 나에게 말했다. 난 십삼의 얼굴을 멍하니 바라보았다. 오른 눈에 멍이 든, 비쩍 마른 아이의 모습.

울컥하고 뭔가가 올라올 것 같아서 난 눌러 참았다.

"괜찮아. 아는 사람이야. 안녕, 십삼. 오랜만이야."

"아가씨!"

"아가씨."

여기저기서 가로막는 듯한 목소리가 들려왔다.

십삼이 내 인사에 설핏 웃었다. 찢어진 입술 때문에 크게 웃을 수는 없는 것 같았지만 말이다.

십삼이 품에서 뭔가를 꺼내자 다들 바싹 긴장했다. 그 애가 꺼낸 것은 푸른색 깃털이었다. 물총새 깃털 같은 선명한 파란색.

"이, 이거 보답으로……."

난 진심으로 그 선물을 받고 싶었다. 받고 고맙다고 말하고 싶었다. 하지만 그럴 수가 없었다.

"미안, 보시다시피 받을 수가 없어. 하지만 정말로 고마워. 네 마음만은 잘 받을게."

내 말에 십삼이 필사적으로 설명했다.

"제, 제가 만든 거 아니고, 주, 주운 거, 예쁜, 해, 행운의 깃털입니다. 로, 로낙크 새의, 기, 깃털이에요. 주, 줍기만 했어요."

난 이 추위에, 그의 얇은 옷차림과 맨발과 맨손을 바라보았다.

"그렇다면, 받을게."

"안 됩니다!"

"아가씨!"

내가 앞으로 나가는 걸 엘런이 막았다. 그녀가 고개를 저었다. 십삼이 조심스럽게 허리를 숙여서 깃털을 바닥에 꽂았다.

"두, 두고 갈게요."

"십삼!"

뒤돌아 가는 그를 내가 불렀다. 난 내 장갑을 얼른 벗어서 그에게 던져 주었다. 창살 너머로 장갑은 잘 날아갔다.

"고마워. 손 시리니까, 끼고 가. 보답은 필요 없어."

십삼은 머뭇거렸다. 경비대장은 완전히 굳은 얼굴로, 떨어진 장갑을 창대로 밀어 주었다. 십삼은 장갑을 집어 들더니 꾸벅 인사하고 뛰어가 버렸다.

"경비대장님, 죄송하지만 그 깃털 좀 주워 주실래요?"

"안 됩니다."

경비대장이 단호하게 고개를 저었다. 내가 뭐라고 하려는데 뒤에서 목소리가 들렸다.

"가져와."

놀라 돌아보니 아빠가 서 있었다. 그 뒤에 기사단장인 아스터 경이 함께 서 있었다. 둘 다 분위기가 좋지 않았다.

"공작 전하를 뵙습니다."

"공작 전하."

경비원들이 빠르게 경례를 해 보였다. 아빠는 고개를 까닥해서 인사를 받고 손짓했다.

경비대장이 조심스럽게 깃털을 집어 들자, 경비병들이 얼른 저택의 문을 열었다. 경비대장이 깃털을 아빠에게 건넸다. 아빠가 깃털을 이리저리 돌려보다가 말했다.

"그래서, 아는 사이라고?"

냉기가 뚝뚝 떨어지는 목소리라 나도 모르게 움츠러들었다.

그렇구나. 그때 사냥터에서 십삼을 만났다는 이야기는 안 했지. 에멜도 하지 않았겠구나.

어디서부터 듣고 계셨던 걸까?

"예전에 한 번 만났어요."

"어디서?"

"사냥터에서요."

"흐음—"

그렇게 무서운 '흐음—'은 처음 들어 봤다. 속이 꼬이는 것 같았다. 이제 말을 듣지 않았다고 혼날까? 어디에 가두고 굶기는 걸까? 아니면 회초리로 때릴까?

여러 가지 형벌이 머릿속에 떠올랐다가 가라앉았다. 그때 아빠가 내 쪽으로 손을 뻗었다.

난 눈을 질끈 감았다.

친모에게 뺨을 맞을 때보다는 체력이 붙었지만, 그래도 아빠에게 맞으면 그대로 내동댕이쳐질 테니까―

'어?'

하지만 고통은 오지 않았고, 대신 몸이 둥실 떠올랐다. 살짝 눈을 뜨니 붉은 눈이 정면에서 보였다.

아빠가 날 안아 든 것이었다.

"잠깐 걷지."

그러며 아빠는 성큼성큼 걷기 시작했다. 음, 이걸 걷는다고 해야 하는 건가. 난 안겨 있고, 아빠만 걷는 건데.

아스터는 두세 걸음 따라오다가 아빠가 슬쩍 바라보자, 가슴에 손을 대며 공손히 인사를 한 후 멈춰 섰다. 아빠는 건물을 빙 돌아, 후원으로 향했다.

후원 가장 안쪽에 있는 대리석으로 만든 가제보(gazebo : 기둥과 지붕으로만 이루어진 일종의 정자) 아래의 대리석 벤치 위에 아빠가 날 내려놓았다.

"에스텔 카스티엘로."

한참 날 바라보던 아빠가 내 이름을 불렀다. 고개를 푹 숙이고 있다가 슬그머니 난 고개를 들었다. 아빠는 뭘 생각하시는지 알 수 없는 표정으로 날 보고 있었다.

화가 난 걸까? 아니면 실망하신 걸까.

실망.

그렇게 생각하니 가슴 안쪽이 꽉 조여 왔다. 난 얼른 사과했다.

"죄송해요, 잘못했어요."

"뭘?"

"마법사랑 이야기하지 말라고 하셨는데―"

"그러니까 일리알이 마법사와 관계있다는 것도 알고 있었던 거군."

난 침을 꿀꺽 삼켰다.

"네. 마법사의 노예라고 들었어요."

"그런데 왜?"

떨리는 손을 애써 꽉 쥐며 더듬더듬 설명했다.

"그 애가 불쌍해서요. 꼭 예전의…… 저를 보는 것 같아서……"

왈칵 눈물이 솟구쳤다.

"죄송해요, 잘못했어요. 다시는 그러지 않을게요."

죄송해요, 죄송해요, 죄송해요. 몇 번이나 나는 울음을 삼키며 읊조렸다.

아빠는 말없이 있다가 내 옆에 털썩 앉았다. 그러곤 가볍게 날 자신의 무릎 위에 앉혔다. 그리고 천천히 등을 쓸어 주기 시작했다. 그러자 어쩐지 울음이 더 흘러나와서 난 끅끅거리며 아빠 품 안에서 계속 울었다.

한참 울고 나자 기분이 깨끗하게 정화된 것 같았다. 난 코트 주머니에서 딸기무늬 손수건을 꺼내서 얼굴을 닦고 코도 풀었다. 잔뜩 눌린 보닛도 손으로 다듬었다.

난 고개를 들고 아빠를 보며 말했다.

"앞으로는 절대로 그러지 않을게요. 조심할게요. 죄송해요."

"아냐. 마법사의 노예라고 알았으면―"

아빠는 가볍게 숨을 내쉬었다.

"그래, 잘 모르겠지만. 동정할 수도 있겠지. 실제로도 불쌍하다고 할 수 있는 아이니까."

난 눈을 동그랗게 떴다.

"하지만 그 애를 이용해서 마법사는 개자식 노릇을 할 거다. 틀림없이. 네 선의를 악용하겠지."

난 얌전히 고개를 끄덕였다. 그래, 내가 걱정했던 것도 그것이었다. 오늘도 어떻게 그 애가 자유롭게 나올 수 있었겠는가?

아빠가 푸른색 깃털을 들어 보였다. 갑자기 검은색 불꽃이 확 달아올라 깃털을 감쌌다. 깜짝 놀라 움찔했다가, 그게 아빠의 오러라는 걸 알았다. 오러의 불꽃이 지나가고도 깃털은 멀쩡했다. 아빠가 그걸 나에게 건네며 말했다.

"아무런 마법적인 효과도 없으니 가져도 된다."

"정말요?"

"그래."

아빠의 말에 난 조심스럽게 깃털을 받아 들었다. 선명한 푸른색이 어느 보석보다 더 신비한 빛깔로 반짝였다. 그걸 바라보다가 난 고개를 들었다.

"고맙습니다."

"에스텔."

"네."

"내가 널 소중하게 생각한다는 걸, 알지?"

난 눈을 휘둥그레 떴다. 지금 아빠가 직설적으로 이야기하신 거 맞아요?

열심히 고개를 끄덕이자, "그래." 하고 아빠는 내 등을 토닥였다. 그리고 씩 웃고는 말했다.

"그럼 에멜이 나에게 무슨 이야기를 더 빠트렸는지 궁금하구나."

*　　*　　*

화이트홀로 내려가는 일은 순조롭게 진행되었다. 로이가 질린 얼굴로 "에멜은 부상으로 당분간 말을 타지 못해서 나중에 내려올 겁니다." 하고 알려 주기는 했지만…….

백 퍼센트 내 잘못이었다.

에멜이 모처럼 감싸 줬는데, 멋대로 다 이야기를 해 버려서…….

에멜을 볼 낯도 없어서 나는 몰래몰래 에멜 방 창문 틈으로 꽃이며, 주운 도토리며, 예쁜 낙엽을 떨어트렸다.

'조금이라도 기분이 풀리기를.'

어쩐지 비겁한 방법이었지만, 조금만 기분이 풀리면 사과할 생각이었다.

'뇌물치고는 형편없지만.'

하지만 그렇다고 내 장신구를 떨어트릴 수는 없지 않은가?

'오늘 내려가니까, 이걸로 마지막.'

나는 조심스럽게 품에서 커다란 꽃을 꺼냈다. 온실에서 몰래 꺾어 온 것이었다. 어른 주먹만 한 하얀 꽃은 향기도 좋았다.

내 몸은 까치발을 해서 있는 힘껏 팔을 뻗으면 간신히 창문에 닿았다.

'아, 열려 있다!'

손끝으로 창을 여는 건 힘들어서, 오늘처럼 열려 있으면 작업이 편했다. 난 얼른 꽃을 안으로 밀어 넣었다.

"그러면 화이트홀에서 봐요."

난 뻐금거리며 작게 말하고 후다닥 에멜의 방 앞을 떠났다.

*　　*　　*

처음에 에멜은 자신이 창문을 열어 둔 탓에 낙엽이 굴러들어 왔나 생각했다.

'하지만 이렇게 한 뭉치가 가득?'

의아해하는데 다음 날은 도토리가, 그 다음 날은 붉게 물든 산열매가, 다음 날은 들꽃 몇 송이가 떨어져 있었다.

아무래도 이상해서 에멜은 외출을 하지 않고 하루 종일 방 안에서 감시를 하기로 했다. 어차피 왼쪽 팔과 오른 다리가 부러져 운신도 힘드니 말이다.

원인은 간단히, 카스티엘로 공작에게 작신작신 두들겨 맞은 덕분이었다. 그래도 이 정도로 끝난 거면 선방했다고 봐야겠지. 거의 죽일 작정으로 휘두르던데.

에멜이 히죽 웃었다. 평소라면 그래, 죽여라 하고 대응했을 텐데 이번에는 그러지 않았다.

'근신은 오랜만인데.'

에멜은 그렇게 생각하며 오른손을 쥐었다가 폈다.

'아니, 오랜만도 아닌가?'

에스텔의 호위 기사가 된 후로 근신을 받지 않았으니까.

과연.

에멜은 희미하게 웃었다.

셔츠 아래 흉터에 환각통이 오는 일도 없고, 분노가 조절되지 않아서 누군가를 패는 일도 없다.

'굉장한데? 우리 아가씨.'

무엇보다도 가장 굉장한 점은 그녀의 목소리가 제대로 들린다는 점이지만.

에멜은 그렇게 생각하며 창문을 바라보았다.

슬슬 기다리는 것도 지루해질 무렵, 발소리가 들렸다.

작고 가벼운 발소리.

그리고 한참 끙끙거리며 손끝으로 미닫이 창문을 밀어 열더니, 작은 손이 틈 사이로 붉은 낙엽을 집어 던졌다. 몇 번 더 반복한 손은 다시 끙끙거리며 창문을 닫았다.

에멜은 웃음이 터지려는 걸 참았다. 설마 에스텔이 쓰레기를 버리는 것은 아닐 테고, 그녀 나름의 문병 선물인 셈이다.

알고 나서 낙엽을 살펴보니 모두 모습이 온전하고 새빨간 색으로 잘 물든, 책을 좋아하는 사람이라면 책갈피에 끼워 말린 법한 완벽한 낙엽들뿐이었다.

며칠간 에멜은 그녀의 선물을 마음껏 즐겼다. 말을 걸면 도망갈 것 같아서 말을 걸지 않고 신중하게, 손이 들어왔다 나가는 걸 보기만 했다. 그걸 보는 것만으로도 즐거웠다.

그리고 오늘 에스텔이 출발한다는 걸 에멜도 알았다.

오늘 올까? 오지 않을까? 했는데 역시나 성실하게 에스텔은 마지막 날까지 달려왔다.

그녀가 창문을 여느라 고생하는 것이 귀엽지만 안쓰럽기도 해서 살짝 열어 둔 틈을 더듬어 보더니, 얼른 커다란 꽃을 던진다. 에멜은 눈을 휘둥그레 떴다.

정원사가 애지중지하는 온실 속 모란이었다.

'뭐, 정원사가 아가씨에게 한소리를 하지는 않겠지.'

에멜은 그렇게 생각하며 고개를 끄덕였다.

"그러면 화이트홀에서 봐요."

마스터가 아니라면 들을 수 없는 아주 작고 작은 목소리. 그리고 에스텔은 다시 멀어졌다. 에멜은 피식 웃고 그 역시 작게 말했다.

"네, 화이트홀에서 봐요. 아가씨."

＊　　＊　　＊

똑똑─

가볍게 마차 창문을 두드리는 소리에 난 눈을 반짝 떴다. 마차 창문을 열자 창밖에서 엘런이 싱긋 웃으며 알려 주었다.

"이제 화이트홀이 보입니다."

"정말?"

내 물음에 엘런은 고개를 끄덕였다. 나는 슬쩍 아빠의 눈치를 살피고 창밖으로 고개를 내밀었다.

"우와─"

저절로 감탄사가 흘러나왔다.

황량한 언덕 위에 지어진 건물에서는 엄청난 양의 연기가 뿜어져 나오고 있었다.

"연기가 나는 거야?"

"온천이 바로 아래 흐르고 있어."

아빠가 내 질문에 대답했다.

온천!

그 말에 난 다시 놀라 화이트홀을 바라보았다.

그러자 몇몇 개의 굴뚝에서 연기가 나오고 있는 걸 볼 수 있었다. 마치 한겨울 아파트 난방용 굴뚝에서 연기가 나는 것처럼 말이다.

'구름 공장 같아…….'

빨리 가까이서 건물을 보고 싶었다. 그런 내 마음을 읽기라도 한 듯 마차가 속력을 높였다.

얼마 지나지 않아서 마차는 화이트홀에 도착했다.

마차에서 내린 나는 다른 의미로 감탄했다. 건물의 모습이 저택과는 완전히 달랐다. 늘어선 아치와 기둥들, 둥근 지붕…….

'무데하르 양식?'

알함브라 궁전이 이런 느낌이지 않았던가?

유럽식의 저택과는 완전히 다른 모양새였다.

"특이하게 생겼어요."

내 말에 아빠가 고개를 끄덕였다.

"지금은 사라지고 없는 왕국의 건축법이라더구나. 이걸 만들 때 그 나라 건축사를 썼으니까."

"얼마나 옛날에 지어진 거예요?"

"200년 전."

"진짜 옛날이네요?"

"옛날이지. 완성에만 80년이 걸렸다고 하더군."

아빠의 대답에 난 입을 떡 벌렸다. 80년이라니. 시작한 사람은 완성도 보지 못하고 죽었겠다.

안도 바깥만큼 호사스러웠다. 타일과 모자이크로 이루어진 건물 내부는 아름답기 그지없었다.

게다가…….

"안이 따뜻하네요?"

"온천물을 파이프로 끌어서 벽과 바닥을 타고 흐르게 하고 있거든."

그 말에 난 얼른 벽에 손을 대어 보았다. 정말로 벽이 따뜻했다.

"굉장하다……."

"만든 사람이 추위를 많이 타서, 특별히 여기에 엄청난 돈을 들여서 지었다고 하더군."

"그렇군요."

진짜로 굉장하다.

내가 여기저기를 구경 다니는 동안 시종들은 부지런히 짐을 날랐다. 잠시 후 나는 '금빛 별의 방'으로 안내되었다. 천장에 작은 타일로 금색 별이 모자이크화로 박혀 있는, 화려한 방이었다.

스테파니와 제인, 애니까지 셋이서 열심히 방 안의 물품을 점검하고 있었다.

"겨울은 금방 오니까요."

애니가 그렇게 말하며 내 옷가지를 다시 점검했고, 제인은 굴뚝의 상태를 살폈다.

침대에는 금갈색 털이 풍성한 커다란 곰 가죽이 깔려 있었다. 살짝 어루만져 보자 놀랍도록 푹신하고 부드러웠다.

곰 털은 거칠거칠할 거라고 생각했는데, 뭔가 특별한 공정을 거치는 걸까?

내가 방 안을 둘러보는 사이 셋은 점검을 끝마쳤다. 그리고 애니의 말대로, 금방 겨울이 찾아왔다.

*　　*　　*

'추, 추, 추워어―'

비명조차 나오지 않는 추위였다. 전망대 문을 열고 들어서자마자 강풍이 몰아치고 전신이 덜덜 떨릴 정도의 추위가 몰아쳤다. 사방이 뚫린 전망대는 그야말로 바람이 부딪치는 장소였다.

"아가씨, 안으로 들어오세요."

제인이 날 끌어당겼다. 난 고개를 저었다.

"아, 아냐, 오, 오라버니 기다릴래."

"기다리시다가 감기에 드시겠어요. 제가 멀리서 썰매가 오는 것 같으면 알려드릴게요. 네?"

제인이 다시 권했다. 난 고개를 흔들고, 제인에게 오히려 안으로 들어가라고 말했다.

"아냐. 제, 제인까지 나와 있지 마. 나, 나 때문에."

말을 더듬는 건 춥기 때문이다. 추워서 턱이 다닥다닥 소리를 내면서 저절로 부딪쳐서 말을 더듬지 않는 게 힘들었다.

"차암, 아가씨도 고집이 있으시다니까요."

제인이 그렇게 말하며 설레설레 고개를 흔들었다.

카를에게서 편지가 왔는데, 오늘 도착한다는 편지였다. 하지만 기다려도 카를은 오지 않았다. 결국, 밤이 되어서 불안한 마음에 직접 전망대에서 기다리기로 한 것이다.

'이렇게까지 추울 줄은 몰랐어.'

"어쩌면 도련님께서 오늘 오지 않으실지도 몰라요. 날씨가 이런데—"

제인의 말에 난 그럴지도 모르겠다고 생각했다. 그때 내 눈에 불빛이 들어왔다.

"제인, 저것 봐!"

내가 손가락으로 멀리 보이는 불빛을 가리켰다.

"어디, 어디요?"

제인이 바람에 휘날리는 머리카락을 붙잡으며 눈을 가늘게 떴다. 멀리 수평선에 빛나는 불빛이 여러 개 보였다.

"어머? 정말이네요! 점점 가까워져요!"

제인의 말에 난 활짝 웃으며 "오라버니!" 하고 소리치고 손을 흔들었다. 하지만 들리지 않을 거라는 것에 생각이 미쳐서 후다닥 전망대 문을 열고 나섰다.

"아가씨, 천천히 가세요!"

난 제인의 말을 듣는 둥 마는 둥 달려서 아래층까지 내려왔다. 숨이 턱까지 차올랐다. 현관 앞으로 달려가니 이미 본 모양인지 시종들이 카를을 맞이할 준비를 하고 있었다.

잠시 후, 경쾌한 썰매 종소리가 요란하게 들려왔다. 시종들이 현관문을 열자 겨울바람이 몰아닥쳤다. 난 썰매에서 내리는 사람을 볼 수 있었다.

"오라버니!"

달려가 그를 끌어안자 두툼한 후드 안에서 작게 웃음소리가 났다.

"잘 있었네."

카를이 후드를 벗고 날 안아 들었다. 난 차가운 그의 뺨에 내 뺨을 비볐다.

"헉, 저 철벽이 웃고 있어!"

"정말로 여동생이랑 친했던 거야……?"

믿을 수 없다는 듯한 목소리가 차례로 들려와, 난 깜짝 놀라 고개를 들었다.

뒤쪽 썰매에서 차례로 내린 두 사람은 몸을 떨며 현관으로 달려왔다. 그중 한 명이 후드를 벗고 눈을 털어 냈다. 선명한 적갈색 머리가 어둑어둑한 조명 속에서도 또렷하게 보였다.

"진짜 추워. 추워서 죽을 것 같아. 내 귀 아직 안 떨어졌냐?"

"멀쩡해."

다른 한 명이 키득거리며 나지막한 어조로 말했다. 그가 후드를 벗자 달빛 같은 백금발이 반짝거리며 모습을 드러냈다. 연한 청색 눈동자가 날 바라보며 싱긋 웃었다.

"안녕, 얼굴을 보는 건 처음이지?"

난 카를의 어깨에 얼굴을 반쯤 숨기며 긴장한 채로 물었다.

"누구세요?"

"난—"

"모르는 사람."

카를이 딱 잘라 말하고는 날 안은 채로 성큼성큼 걸어서 안으로 들어가기 시작했다. 시종들이 당황한 듯 카를과 일행을 번갈아 바라보았다. 카를이 말했다.

"모르는 사람이니까 들이지 마."

"뭐?! 야! 카를 카스티엘로!"

"정말로 우리 안 들여보내 줄 거야?"

당황한 두 사람의 아우성에도 시종들은 놀랍게도 충실했다. 정말로 두 사람이 안으로 들어오지 못하게 막은 것이다.

하지만, 이 추위에 안으로 들여보내지 않으면⋯⋯.

"오라버니, 친구분들 아니세요?"

당황해 몇 번 그의 어깨를 흔들자, 카를이 날 지그시 바라보다가 가볍게 다시 뺨을 비볐다. 뺨은 차가웠지만 그래도 좋았다.

나도 모르게 웃자 카를이 한숨을 내쉬고 말했다.

"얼굴 아는 사람 맞아. 들여보내."

그제야 시종들은 안도하는 표정을 하며 두 사람을 들여보내 주었다. 둘은 빠르게 안으로 들어왔다.

적갈색 머리가 놀랍다는 듯이 말했다.

"안은 진짜 따뜻하네. 바람이 안 불어서 그런가?"

"온천수로 벽과 바닥을 데운다고 하던데."

백금발이 조용한 어조로 대답했다. 흠, 카를을 따라올 만한 두 사람이라면, 설마?!

그때 이름을 뭐라고 했었지?

잘 생각이 나지 않는다. 카를에게 편지 보낼 때 분명히 알아 뒀었는데, 누구더라?

"도련님, 오셨습니까?"

안에서 켈슨이 마중 나왔다. 그가 힐끗 뒤쪽을 바라보고 물었다.

"친구분들과 함께 오신 겁니까?"

"친구 아냐."

카를의 말에 적갈색은 눈을 팍 찡그렸고, 백금색은 그냥 미소만 짓고 있었다.

"같은 아카데미 동기시지요?"

켈슨은 카를의 말에도 당황하지 않고 미소 지으며 되물었다. 카를은 고개를 끄덕였다.

켈슨이 뒤쪽의 두 사람에게 예의를 갖춰 인사했다.

"안녕하십니까, 켈슨이라고 합니다. 화이트홀에 오신 것을 환영합니다. 두 분은 손님방으로 안내해 드리겠습니다. 얼마나 묵으실 예정이십니까?"

"겨울방학 끝날 때까지는 버틸 생각이었는데 말이죠."

적갈색이 그렇게 대답하고 팔짱을 꼈다. 켈슨이 웃으며 대답했다.

"그럼 그렇게 알고 있겠습니다."

켈슨은 시종을 불러 두 사람을 방으로 안내하고 짐을 옮기게 시켰다.

"오라버니 친구분들이시군요. 화이트홀에 어서 오세요. 만나서 반가워요."

사교성이 나쁜 카를과 어울려 주는 좋은 사람! 하고 웃으며 인사하니 적갈색이 눈을 동그랗게 뜨고 웃었다.

"아, 진짜 귀엽네? 안녕, 나는—"

"저리 가."

카를이 날 휙 돌려서 서로 마주 보지 못하게 하며 말했다.

카, 카를?

"아오, 너 진짜! 여동생 없는 사람은 서러워서 살겠냐."

"이따가 다시 인사하면 돼."

백금발이 그렇게 적갈색을 말리고는, 두 사람은 총총 시종의 뒤를 따라서 사라졌다. 두 사람이 사라지고 나서야 카를이 날 내려놓으며 말했다.

"에스텔."

"네."

"남자는 다 마수야."

마수? 괴물이라고?

멍하니 카를을 바라보니 그가 한숨을 내쉬고 내 머리를 마구 문질렀다. 아니, 이 사람이!

"오라버니!"

양손으로 카를의 팔을 찰싹 때리며 머리를 뒤로 빼자 카를은 가볍게 웃었다.

어라, 카를 잘 웃게 됐구나.

왜인지 흐뭇하다.

"동기분들을 데리고 오실 줄은 몰랐습니다."

켈슨 역시 꽤 흐뭇한 얼굴이었다. 그래요. 우리 중2병 카를이 이렇게나 자랐어요!

"따라오겠다고 빽빽거려서."

카를이 눈을 찌푸렸다. 그 빽빽거리는 걸 무시하지 않고 그래도 쫓아오게 돼뒀다는 게 좋은 징조 같은데. 그나저나 저 두 사람은 카를을 봐도 괜찮은가 보다.

다행이야.

"아버님은?"

카를이 묻자 켈슨이 "이쪽으로." 하고 안내를 자청했고, 카를이 내 이마를 살짝 밀며 말했다.

"이따 보자. 토끼."

"이따 봐요, 오라버니."

난 웃으며 손을 저었다. 지켜보던 제인이 내 손을 잡아끌었다.

"자, 그러면 얼른 머리를 다시 빗어야겠네요, 아가씨."

*　　　*　　　*

애니는 내 옷을 새로 갈아입혀 주었다. 머리도 손님맞이용으로 아까보다 더 정교하게 땋아 내렸다.

"카를 도련님께서 친구라니."

애니는 몇 번이나 그 말을 반복하며 고개를 흔들었다.

"이게 다 아가씨 덕분이죠."

스테파니의 말에 난 고개를 흔들려고 했지만, 애니가 내 머리를 붙잡았다. 그래서 말로 대신할 수밖에 없었다.

"내 덕분이라니 너무 과장이야."

"아니에요. 아가씨 덕분이 맞아요. 뭐라고 할까, 아가씨가 오기 전에 공작가는 꼭 신전 같았다고요."

제인이 얼른 말을 거들었다.

"신전?"

의아해서 되묻자, 제인이 고개를 갸웃하고 말했다.

"엄숙하고, 조용히 해야 하고, 함부로 웃으면 안 될 것 같은 그런 공간 말이에요. 도련님이나 주인님도 지금보다 훨씬 더 무서웠고요."

스테파니가 "맞아요." 하고 거들었다.

"기사님들도 딱딱하고— 저택 내에서 웃음소리가 난 적도 없고 말이에요. 만약에 웃었더라도 누가 들을까 봐 쉬쉬해야 하는 그런 느낌이었지요."

나는 처음에 내가 공작저에 도착했을 때, 의도적으로 내가 없는 것처럼 굴던 하인들을 떠올렸다.

원래 공작가가 그런 분위기라면……

'숨 막히겠다.'

애니가 빙그레 웃고는 땋은 내 머리카락 끝을 은제 장식이 달린 끈으로 묶어 주며 말했다.

"아가씨가 오셔서 분위기가 한결 밝아졌지요. 모두가요."

"그, 그런가."

어쩐지 부끄러워서 얼굴이 달아올랐다.

"나야말로, 익숙하지 않은데 다들 상냥하게 대해 줘서 고마워."

작게 그동안의 고마움을 고백하자 모두가 활짝 웃었다. 스테파니가 자신의 금발 머리카락을 살며시 넘기더니 말했다.

"같이 오신 분들이 백작 영식과 황자님이라지요?"

"황자님? 누가?"

"그, 백금발을 가지신 분 말이에요. 조용하시던."

"아—!"

황자라…….

보통이라면 두근두근거릴 상대일지도 모르겠지만, 아이리스와 황후를 만난 나로서는 그다지…….

"그런데 왜 백금발이지? 황후마마도 황제폐하도 두 분 모두 갈색 머리카락이시잖아?"

"전 황제폐하께서—그러니까 황자님의 할아버님이 백금발이셨대요."

격세유전이라는 건가?

"그랬구나……."

나는 흠, 하고 내 머리를 내려다보았다. 백금발이 아닌, 꿀처럼 깊고 짙은 허니 블론드.

'난 내 머리색이 더 좋아. 안 부러워.'

게다가 요즘은 온천수에 매일 씻어서 그런지 피부도 간 달걀처럼 맨질맨질하고 머리카락도 윤기가 더 도는 것 같았다.

'하델도 같이 왔으면 좋았을걸.'

두 사람이 왔으니까, 그쪽 정보를 좀 더 물어볼 수 있으면 좋을 텐데 말이다.

하지만 하델은 같이 오지 않았다.

"저도, 공녀님도 휴식이 있어야죠. 겨울방학입니다."

하고 말하고는 저택을 나가 버린 것이다.

'에멜도 늦고…….'

부상이 나으면 바로 합류할 줄 알았던 에멜도, 늑대기사단 동계 훈련에 참여하느라 더 늦어지게 되었다고 연락이 왔다.

내 호위 중에서도 엘런과 진이 동계 훈련을 가서, 지금 남아 있는 건 로이뿐이었다.

그들이 훈련을 끝내고 돌아오면, 이번에는 로이가 가게 된다고 했다. 병력을 비울 수는 없어 두 팀으로 나눠서 번갈아 훈련을 한다고 말이다.

그래서 더 카를을 기다렸던 것도 있었다.

'게다가 친구까지 데리고 오고.'

어쩐지 설렌다.

"그럼 나 이제 가 볼래."

내 말에 애니가 고개를 끄덕였다.

"손님분은 응접실에 계실 거예요."

"고마워!"

난 가벼운 발걸음으로 응접실로 향했다. 그사이 어디에 있다 왔는지 로이가 합류했고 말이다.

응접실로 들어서니 두꺼운 옷을 벗어 던진 두 사람이 소파에 앉아서 이야기를 하고 있었다. 벽난로가 활활 타오르는 응접실은 외투를 입지 않아도 될 만큼 따뜻했다.

"안녕하세요."

인사를 하자 두 소년은 자리에서 일어났다.

"아까 인사할 시간도 나지 않았네. 리들 루스테 알키나라고 해. 그냥 리들이라고 불러 주면 돼."

백금발인 리들이─그러니까 황자가─ 싱긋 웃으며 인사했다.

"에스텔 카스티엘로라고 해요. 저도 그냥 에스텔이라고 불러 주시면 돼요."

"난 제온 엔카스트. 그냥 제온이라고 불러. 아니, 제온 오라버니는 어때? 한번 불러 봐."

제온이 무릎을 굽혀 나와 시선을 맞추며 씩 웃었다.

"제온 오라버니?"

갸웃하며 부르자 제온이 "우와─" 하고 감탄하며 웃었다.

"과연, 카를이 녹을 만하네. 그 자식이 갑자기 안부를 물어서 놀랐잖아. 네가 편지를 보냈다며?"

작게 고개를 끄덕이자, 제온은 "과연, 과연." 하고 몇 번이나 납득했다는 말을 반복했다.

"누가 누구를 그렇게 불러?"

날카로운 목소리에 난 돌아보았다. 거기에는 교복을 벗어 버리고 평상복으로 갈아입은 카를이 서 있었다. 미간 사이에는 '짜증'이라고 써 붙여져 있는 것 같았다.

"오라버니."

"에스텔의 오라버니는 나야. 네놈은 그냥 제온으로도 충분해. 아니, 차고 넘쳐."

카를의 반응에 제온이 눈을 크게 떴다가 실실 웃었다.

"그래, 제온으로도 족해. 그지, 에스텔?"

"네? 네."

뭐, 오라버니가 둘이나 더 생길 필요는 없으니까.

카를이 벽난로 가까운 소파에 앉으며 옆자리를 탁탁 두들겼다. 난 얼른 그의 옆에 가서 앉았다.

"아카데미는 어떠셨어요?"

"평소 같았지."

"아빠는 뭐라고 안 하셨어요?"

"딱히."

"이제 오라버니가 있으니까 같이 썰매 타러 가도 되겠어요."

"썰매?"

"네! 눈썰매 타고 싶은데…… 다들 위험하다고 그랬거든요. 그런데 오라버니랑 같이 타는 건 괜찮죠?"

"썰매……."

카를은 잠시 생각하는 듯 보였다. 그가 작게 중얼거리는 소리가 들렸다.

"보통…… 보통……."

"보통 탄다고요."

내가 눈썹을 있는 힘껏 치켜올리며 말하자 카를은 "그래?" 하고는 고개를 끄덕였다.

"그렇다면."

"와—!"

난 만세를 부르며 카를을 꼭 끌어안았다. 카를의 손이 가볍게 내 등을 두들겼다.

지켜보던 리들이 흥미로운 목소리로 물었다.

"정말로 에스텔은 카를이 무섭지 않은 거야?"

"리들은 무서워요?"

내가 되묻자, 리들은 제온과 마주 보았다가 고개를 끄덕였다.

"조금?"

"이야기하고 있으면 뒷목이 비죽비죽 서는 느낌?"

제온 역시 팔짱을 끼고 고개를 갸우뚱하며 말하다가 웃었다.

"난 한밤중 복도에서 절대로 카를과 단둘이 이야기하지 않을 거야."

"그래요?"

"그래. 심약한 학생들은 곧잘 기절하기도 했고 말이야."

"지긋지긋해."

카를의 어조는 경멸이 듬뿍 담겨 있었다. 눈을 내리깔고 상대를 '이 버러지 같은 것들.'이라고 말하는 듯한 어조였다. 난 그런 카를을 위로해 주려 힘주어 그를 안았다.

정말로 서로 불편할 것 같다.

'잠깐, 아니지?'

문득 그건 아니라는 생각이 스쳤다. 보통 사람은 카스티엘로를 무서워하지만, 카스티엘로는 보통 사람이 싫은 거잖아? 둘은 완전히 다른 거잖아?

'어느 쪽이 더 나은 거지?'

고민하고 있는데 제온이 투덜투덜 이야기를 계속했다.

"내 생일 파티도 마다하고 왔는데 말이야. 모르는 사람이라고 하지 않나—"

"오라고 한 적 없는데?"

"아— 진짜!"

난 헛기침을 하며 얼른 끼어들었다. 안 그래도 친구가 없는 카를의 몇 안 되는 친구를 잃고 싶지는 않다.

"생일이 언제세요?"

"12월 19일."

"정말 얼마 안 남았네요. 우리끼리라도 파티하면 되지 않을까요? 케이크도 구워 달라고 하고요."

제온의 밝은 청록색 눈이 동그래졌다. 그가 진지하게 말했다.

"아니, 어떻게 이런 여동생이 있는 거지? 여동생이란 보통 또 다른 괴물 아니냐."

"글쎄, 그런가?"

리들이 고개를 갸웃했다. 그러고 보니 그에게는 아이리스가 있지. 황녀와 그는 얼마나 친할까?

아이리스의 이야기에 리들은 거의 등장하지 않았다. 아마 그도 방치하고 있는 거겠지.

제온이 문득 생각났다는 듯 무릎을 가볍게 치고 물었다.

"생일이라고 해서 말인데, 에스텔은 생일이 언제야? 이미 지났나?"

그 말에 난 고개를 갸웃했다.

생일.

생일을 안다는 건 누군가가 그 생일을 챙겨 줬다는 말이다. 태어날 때 자기 생일을 알고 태어나는 사람은 없으니 말이다.

한마디로 압축해서 난 내 생일을 모른다. 생일 축하를 받은 적도 당연히 없었다.

'그러고 보니.'

지금까지 단 한 번도, 태어나서 다행이라고, 행복하다고 생각해 본 적도 없다.

이곳에 오기 전까지는.

내가 대답하지 않자 제온이 씩 웃으며 말했다.

"생일 정도는 알려 줘도 되잖아? 안 그래, 오라버니? 내 생일을 챙겨 준다니까, 나도 챙겨 주고 싶어서 그런 것뿐이야."

그 말에 난 더더욱 움츠러들었다. 생일을 모른다고 말해도 되는 걸까? 내 출신에 대해서 이 둘은 얼마나 알고 있는 걸까?

머뭇거리고 있으니 카를이 내 쪽으로 고개를 기울이며 말했다.

"말해도 괜찮아."

그 말에 난 뺨이 확 달아올랐다. 적당히 거짓말로 지어낼까? 언제가 좋을까?

하지만 결국 나는 카를에게 거짓말을 할 수 없었다. 난 그의 옆구리에 코를 박았다.

"에스텔?"

그가 의아한 듯 물었고, 난 작게 말했다.

"그게…… 그…… 저도 몰라요."

침묵이 흘렀다.

어째서일까?

나는 그냥 생일을 모른다고 말했을 뿐인데. 아빠와 카를, 켈슨, 셋은 이마를 맞대고 눈을 찡그리고 있었다.

회의실로 사용되지 않을까, 하는 넓은 원탁에 우리 넷이 쪼르르 앉아 있었다. 제온과 리들은 어색한 분위기 속에서 그대로 응접실에 남겨졌고, 카를은 날 데리고 그대로 아빠에게 왔다.

그러고 나서 이 모양이다.

"그럼 아가씨 나이도 확실치 않으신 거네요?"

켈슨이 확인하듯 물어와 난 고개를 끄덕였다.

"하지만 어머니가 열한 살이라고 했으니 열한 살이 아닐까요?"

내가 넌지시 이야기를 했다. 켈슨이 잠시 생각하다가 고개를 끄덕였다.

"연령은 그렇다고 해도— 생일은…… 뭔가 단서가 없으십니까?"

"단서요?"

"태어났을 때 기억하는 거 없어?"

카를의 질문에 나는 입을 헤 벌렸다. 태어났을 때 뭔가를 기억하는 사람도 있나?

켈슨이 한숨을 내쉬고 말했다.

"그런 걸 기억하실 리가 없죠. 그게 아니라 뭐 언급이나 언질이라도 들은 거 없으신가요?"

난 끙끙거리며 고민했다. 뭔가 들은 이야기라…….

"아, 엄청 추웠다고 했어요!"

번득, 포주였던 앨리 할멈의 이야기가 생각났다.

"추웠다고요?"

"네."

난 고개를 끄덕였다.

"제가 태어나는 날도 엄청 추웠다고 그랬어요. 눈 폭풍이 왔다고요."

"눈 폭풍인가요? 흠, 쾰른 지방의 눈 폭풍이라."

켈슨이 생각에 잠겼다. 혹시라도 눈 폭풍이 오지 않는 지역인 게 아닌가 싶어서 난 얼른 덧붙였다.

"하지만 앨리 할멈은 과장도 잘하니까……"

켈슨이 나에게 걱정 말라는 듯 빙긋 웃어 보이고는 자리에서 일어났다.

"과장까지 감안해서 알아보도록 하지요. 잠시만 기다려 주세요."

"네."

난 고개를 끄덕였고, 켈슨은 아빠에게 가볍게 눈인사를 한 후 회의실을 나갔다. 켈슨이 나간 회의실에는 무거운 정적이 감돌았다.

"그쪽 지역에서 눈 폭풍은 흔하지 않으니까, 아마 금방 알 수 있을 거다."

나는 조심스럽게 말을 꺼냈다.

"그냥 아무 때나 생일이라고 해도 상관없는데요……."

모두가 자신의 생일을 알아내기 위해 노력하는데 이런 말을 해도 되나 싶지만, 혹시 못 찾더라도 상심하진 않을 거다. 그러니 심각할 필요는 없다고 생각했다.

아빠가 미간을 살짝 좁히고는 말했다.

"나는 상관있어."

그, 그러시군요.

카를이 날 힐끗 바라보더니 조용히 말했다.

"아까 신경 써 주지 못해서 미안."

네?

미안?!

지금 카를이 나에게 미안이라고 사과한 거야?

아, 그러고 보니. 전에 날 바보라고 놀려서, 내가 울었을 때도 사과했었지.

난 고개를 휙휙 저었다.

"아니에요!"

"아냐. 좀 더 생각을 했어야 했어. 이게 다 제온, 그 녀석이."

카를의 붉은 눈이 가늘어졌다. 어쩐지 엉뚱하게 제온에게 불똥이 튄 것 같다.

"하지만 제 생일을 챙겨 주려고 그러신 거잖아요. 괜찮아요."

얼른 제온을 방어해 주자 카를의 얼굴이 살짝 흐려졌다.

"맞아. 내가 먼저 생각했어야 하는 건데."

어, 아니, 그건 또 아니고요. 난 아빠를 바라보았다. 나와 시선이 마주친 아빠는 희미하게 웃어 보였다. 아니, 그게 아니라 카를의 기운을 어떻게 북돋아 준다든가?

네 잘못이 아니라고 해 준다든가?

난 눈을 열심히 깜박여 신호를 보냈다.

"이리 와."

그 손짓에 난 얼른 자리에서 일어나 아빠에게 다가갔다. 아빠가 살그머니 내 눈을 엄지손가락으로 눌러 벌리며 물었다.

"눈에 뭐라도 들어간 건가?"

아닙니다.

그거 아니에요.

"아뇨, 괜찮아요."

고개를 뒤로 빼며 대답하자 아빠는 손을 내렸다.

"에스텔."

"네."

"섭섭했니?"

아빠의 질문에 난 눈을 휘둥그레 떴다.

"아뇨? 전혀요. 그게—"

"카를의 생일 파티가 열린 후였더라도?"

그 말에는 나도 말문이 막혔다. 음, 만약에 카를이 화려하게 생일 파티를 한 걸 보고 나서, 내 생일을 아무도 물어보지 않는다?

그러면······.

"섭섭했을 거예요."

난 솔직하게 말했다. 아빠가 고개를 끄덕였다.

"앞으로도 그런 일이 있을지도 몰라. 그럴 때는 섭섭하다고 말해 주면 좋겠구나. 괜찮다가 아니라."

"네, 그럴게요."

깊게 고개를 끄덕이자 "좋아." 하고 아빠가 가볍게 내 머리를 두들겼다. 그리고 고개를 갸웃하며 말했다.

"난 풀고 다니는 게 더 좋은 것 같구나."

그래야 마음껏 만지실 수 있으니까 그렇죠?

난 웃음이 나오는 걸 눌러 참았다. 사실 나도 아빠나 카를이 머리를 만져 주는 거 좋아한다.

"네. 방한용으로도 그게 좋으니까, 다음에는 풀게요."

"그래."

아빠는 만족스럽게 고개를 끄덕였다. 그때 타이밍 좋게 켈슨이 종이 뭉치를 들고 돌아왔다. 그가 그걸 탁자에 내려놓으며 말했다.

"십 년 전 날씨를 살펴봤습니다. 이게 그 자료입니다."

세상에, 이 시대에 날씨에 대한 기록도 꾸준히 남겨둔 건가? 물론 천문 기록은 어느 시대에나 중요한 거기는 하지만 각 지방의 날씨 기록이라니.

이건 꼭 하델에게 나중에 물어봐야겠다.

아빠가 종이를 펼쳐 보자 카를이 곁눈질했다. 나도 들여다보았다.

'응? 모르는 글자잖아? 제국어가 아니네?'

"제국어가 아니네요?"

내가 의아해서 물어보자, 켈슨이 싱긋 웃고 말했다.

"암호입니다. 날씨는 주요한 정보 중 하나니까요."

하긴, 지도도 그렇다고 그랬지. 지리가 중요한 정보라는 건 이해가 가지만, 날씨도 중요한 정보였구나. 몰랐네.

"성좌제 근처인가?"

"네."

켈슨이 가볍게 소리 내어 웃고 말했다.

"따서 이름을 지으셨다고 해도 되겠는데요. 고민한 보람이 있습니다, 공작님."

"네?"

내가 의아해져서 고개를 들자 켈슨이 갸웃하며 되물었다.

"아가씨의 이름 말입니다. 에스텔, 그건 별이라는 뜻이지요."

"네, 그렇다고 들었어요."

"성좌제는 아시나요?"

난 슬그머니 아빠의 옷소매를 잡으며 고개를 저었다. 이렇게 다들 아는 상식을 나만 모를 때는 방어적인 기분이 되었다.

아빠가 내 손을 잡아 주었다.

켈슨이 "그렇군요." 하고 어디서부터 설명해야 할까, 하고 고민하는 듯 고개를 갸웃했다가 말했다.

"밤이 암흑이고, 달도 별도 아직 시작하지 않았을 때, 암흑에 떨고 있는 사람들을 위해, 한 소녀가 빛을 간구했습니다. 신께서 그 기도를 들으시고, 첫 별을 만들었죠. 금색으로 빛나는 찬란한 별. 그게 바로 에스텔입니다. 성좌제는 그걸 축하하며 벌어지는 축제고요."

난 입을 벌렸다. 그리고 나도 모르게 말했다.

"적당히 지은 이름인 줄 알았어요……."

"네?"

켈슨이 되물었고, 난 아차 해서 입을 꾹 다물었다. 아빠의 눈썹이 슥 올라갔다. 켈슨이 빤히, 정말로 뚫어질 정도로 날 보다가 마구 웃으며 말했다.

"아가씨 이름을 정하느라 얼마나 고생했는데요. 후보만 수십, 수백 개가 나왔다고요? 게다가 공작님께서는 이름을 짓느라 서류 처리도 하지 않으시고—"

이야기하다가 켈슨은 아빠의 표정을 눈치채고, 얼른 헛기침을 하며 말을 멈췄다.

"크흠, 하여간 정성스럽게 지은 이름입니다. 그리고 공작 전하, 그때 아가씨를 방치한 걸 생각하면 그렇게 생각한 것도 이해해 주셔야 합니다."

켈슨이 싱긋 웃었다.

"아가씨는 자신이 카스티엘로라고도 생각하지 못했다고요."

고마워요, 켈슨.

난 나 대신 변명을 해 준 켈슨에게 고마움의 미소를 보냈다.

"자, 그러면 좀 더 본론으로 들어가서. 대충 성좌제를 중심으로 앞뒤

한 주 정도군요."

켈슨이 다른 종이를 펼쳤다. 거기에는 1월 달력이 펼쳐져 있었다.

"그러니까 1월 5일부터 1월 25일. 이 사이입니다."

신기했다.

내 생일을 알아낼 수 있을 거라고 생각한 적이 없었는데.

"언제가 성좌제인가요?"

내 질문에 켈슨이 1월 10일을 가리켰다.

"이때입니다. 신년회가 끝나고 바로 이어지죠. 사실 신년회보다 성좌제가 더 큽니다. 일주일간 이어지지요."

아빠가 말했다.

"네가 고르렴."

"제가요?"

"그래. 원하는 날짜로."

그 말에 난 달력을 바라보았다. 언제가 좋을까?

축제 전? 축제 중? 축제 후?

축제 중이면 크리스마스랑 생일이 겹치는 것 같아서 싫고……

축제 전?

축제 후?

어느 쪽이 더 나을까?

축제 전에 생일 파티를 하면, 축제 준비에 묻힐 것 같아.

준비하는 사람들을 생각하면, 축제 전에 해서 한꺼번에 해치우는 게 좋겠지만, 묘하게도 이기적인 마음이 들었다.

따로 내 생일을 챙기고 싶다는 마음.

"1월 20일로 할래요."

내 말에 세 사람은 동시에 고개를 끄덕였다.

"그러면 1월 20일로 하지요."

"얼마 안 남았군."

"그러네요. 이번에는 촉박하지만, 다음에는 좀 더 제대로 할 수 있을 겁니다."

'생일 파티. 하는구나.'

가슴이 두근거리기 시작했다. 하지만 그 전에 더 궁금한 게 있었다.

'성좌제! 축제!'

축제는 처음이었다. 아니, 처음은 아니다. 하지만 친모의 장사에서 축제는 대목이고, 그 말은 내가 상자에 갇혀 지내는 시간이 대부분이라는 말이었다. 다들 축제로 기분이 한껏 고조되어 있었고, 술을 잔뜩 먹은 사람들이 손님으로 들이닥치는 경우가 대부분이었다.

그리고, 겨울이니까…….

겨울에 상자 속에서, 어둠과 추위에 떨면서 거리에 가득한 사람들의 즐거운 소리를 듣는 건…….

하지만 이번에는 제대로 축제에 참여할 수 있다. 그러고 보니 손님이 남기고 간 종이별을 본 적도 있지. 그때는 아무런 생각도 없었는데, 지금 생각하니 그게 성좌제였던 것 같다.

이런 질문은 제인에게 던지면 대답을 잘해 줄 것 같은데?

"다른 사람에게 이야기해도 되나요?"

아빠는 고개를 끄덕였다.

"얼마든지."

"그럼 먼저 나가 볼게요."

내 말에 아빠는 알겠다고 짧게 대답했다. 활짝 웃어 보이고 난 얼른 회의실을 나왔다. 기다리던 로이가 물었다.

"어떻게 되셨나요?"

"생일 알아냈어요! 1월 20일!"

그 말에 로이가 활짝 웃었다.

"이름이랑 꼭 맞네요."

"그죠?"

발걸음 가볍게 나는 내 방으로 뛰어 올라갔다. 세 사람 모두 방에 있었다. 애니가 물었다.

"이야기 잘하셨어요?"

"네. 1월 20일이 내 생일이에요."

에헴 하고 말하자 애니가 내 어깨를 붙잡고 양 뺨에 키스해 주었다. 그녀가 이렇게 해 줄 때마다 가슴속이 간지럽고, 행복해져서 웃음이 나온다.

"성좌제 후네요."

"네."

명랑하게 대답하고 난 제인을 돌아보았다.

"제인, 성좌제에는 다들 뭐해?"

"성좌제에요? 그야 다들 별장식을 잔뜩 하죠. 천장에도 벽에도 하고요. 이 방은 딱히 할 것도 없겠는걸요."

제인은 이야기할수록 신이 나서 더욱 길게 이야기를 했다. 일주일 정도 이뤄지는 성좌제는 제국민 모두에게 큰 축제였다.

농한기인 겨울에 벌어지는 축제이니만큼, 영주가 술과 고기를 베푸는 곳도 많다고 한다. 모두가 먹고 마시고 춤추고, 그 해의 에스텔을 뽑는다.

'미스 첫 별 같은 건가?'

"아, 맞다. 그리고 종이별을 많이 접어요. 그리고 나무에 소원을 적은 종이별을 걸지요. 아주 예뻐요."

"와— 우리도 하는 거야?"

"물론이죠."

제인이 눈을 반짝이며 웃었다. 갑자기 얼른 시간이 지나기를 기다리게 되었다.

아, 맞다.

"제온과 리들은?"

그 둘은 응접실에 그냥 두고 온 지 시간이 꽤 지났는데. 아직도 응접실에 덩그러니 있는 게 아닐까?

걱정이 들었다.

"글쎄요? 아마 아직 응접실에 계신 게 아닐까요?"

"앗."

그렇게? 어색하게? 덩그러니?

난 당황해서 자리에서 일어났다. 그래도 집주인이 뭔가 해야 하는 거 아닌가. 물론 초대자는 카를이지만, 카를이 손님 접대를 제대로 할 것 같지는 않고.

"내가 가 볼래. 그리고 애니."

"네."

"머리 그냥 풀어 주세요. 아빠는 푼 게 더 좋대요."

어머나? 하고 애니가 눈을 크게 떴다가 말했다.

"본인이 만지기 좋으시다는 뜻이겠지요."

"나도 그렇게 생각해요."

애니는 웃음을 터트렸고, 나도 함께 웃었다.

*　　　*　　　*

제온과 리들이 있으니 저택은 훨씬 더 활기를 띠었다. 카를은 둘을 따돌리려고 했지만, 그래도 손님에게 그럴 수는 없잖은가?

내가 제온과 리들을 챙기니, 카를도 어쩔 수 없이 함께 어울리게 되었다. 제온이 가볍게 웃으며 말했다.

"에스텔이 호스티스(hostess : 초대한 집의 여주인) 노릇을 톡톡히 하네."

제온은 그 뒤로 나에게 몇 번 사과했다. 딱히 그의 잘못도 아닌데 말이다. 나 역시 괜찮다고 여러 번 말했다.

리들이 그러고 보니 하고 고개를 끄덕였다.

"카스티엘로에는 안주인이 없지. 에스텔이 안주인이나 마찬가지 아닌가?"

"하긴, 에스텔은 어른스러워서 샤트렌(chatelaine)을 받아도 될 것 같기는 해."

제온의 말에 나는 "샤트렌?" 하고 고개를 갸웃했다.

"음, 그러니까 열쇠 꾸러미?"

제온의 말에 난 아하 하고 고개를 끄덕였다. 한국식으로 말하면 곳간 열쇠를 맡긴다, 그런 거겠지.

"안 받는 게 더 마음 편할 것 같아요."

"그건 그래."

제온은 그렇게 말하며 카드를 내려놓았다.

이럴 수가!

난 내 손에 든 카드를 보았다가, 제온이 내려놓은 카드를 보고 울상을 지었다. 다른 사람들을 바라보니 리들은 미소만 짓고 있고, 카를은 평소처럼 무표정. 제온은 날 바라보고 픽 웃었다.

"카드 게임 할 때는 표정을 숨겨야 한다는 것 정도는 기억해 둬요, 카스티엘로 공작 영애."

나는 절박하게 한쪽에 쌓인 초콜릿 푸딩을 바라보았다. 오늘의 간식을 걸고 하는 카드 게임인데 이러다가 하나도 못 먹게 생겼다.

'안 되는데.'

푸딩인데.

푸딩.

"저 카드 바꿀래요."

나는 운에 걸어 보기로 했다. 얼른 카드를 내려놓고 새 카드를 살그머니 열어 보았다.

'끝났어.'

푹 고개를 숙이자 제온이 키득키득 웃으며 물었다.

"더 바꿀 사람 없는 거지?"

모두가 동의했고, 제온이 당당히 자신의 카드를 내려놓았다.

"무난한 투 페어입니다."

"전 아무것도 아니에요. 꽝이에요."

슬프게 카드 뭉치를 던지듯 내려놓으며 말하자 리들이 자신의 카드를 내려놓았다.

"오늘은 내가 운이 좋네. 트리플."

카를이 손을 뻗어 푸딩 접시를 집어 들더니 나에게 넘겨주며 말했다.

"플러시."

"말도 안 돼!"

제온이 입을 떡 벌렸다. 난 활짝 웃으며 푸딩을 받아 들었다. 카를이 눈썹을 추어올렸다.

"뭐가 말이 안 돼?"

"벌써 두 번째잖아?"

"운이 좋은 거지."

제온은 "분명히 뭔가 속임수를 쓰고 있는 거야. 잡아낼 테다." 같은 말을 중얼거렸다. 카를은 나머지 푸딩 세 개를 전부 내 앞에 밀었다.

"오라버니는요?"

"단 거 싫어."

그렇다면 두 번 양보는 하지 않아요. 푸딩의 경우는 말이에요.

난 티스푼으로 탱글탱글한 푸딩을 한 입 크게 떠서 맛보았다.

으음~ 맛있어~

저절로 기분이 확 좋아졌다. 제온이 그런 나를 보다가 물었다.

"그렇게 맛있어?"

"네."

"그럼 나 한 입만?"

"싫어요."

단호하게 대답하고 난 푸딩 먹는 속도를 올렸다. 제온은 눈을 크게 떴다가 웃었다.

"푸딩에 있어서는 단호하단 말이지?"

"푸딩은 푸딩이니까요."

내 말에 제온이 다시 미소지었다.

"내 여동생도 딱 에스텔 정도로만 귀여우면 좋은데."

"남 앞에서 험담하면 안 돼요."

짐짓 눈을 찌푸리며 말하자 제온이 "험담한 거 아냐." 하고 헛기침을 한 번 했다.

사람 수가 두 명 더 늘었다고, 노는 방식도 다채로워졌다. 강풍이 멈추고서는 진짜로 눈썰매를 타러 나가기도 했고, 셋은 기꺼이 숨바꼭질에도 참여해 주었다. 그리고 카드 게임도 여럿이서 하는 편이 더 재미있었다.

겨울에 먹을 것을 잔뜩 쌓아 두고 따뜻한 굴에 옹기종기 모여 있는 생쥐 가족 같아서, 너무 즐거웠다.

즐거운 겨울은 처음이었다.

그러다 보니 시간은 훌쩍 흘러서 벌써 성좌제를 앞두고 있었다. 모두가 분주하게 화이트홀을 장식했다. 홀 한가운데에 나무를 세우고, 거기에 별장식을 매달았다. 나와 나머지 셋도 시간 날 때마다 별을 접어서 보탰다. 손끝이 아플 정도가 되어서야 카드 게임으로 넘어왔고 말이다.

나무에는 종이별만이 아니라 유리를 불어 만든 유리별, 금별, 은별 같은 정교한 세공품들이 함께 달려 있었다. 그리고 가지 가장 위쪽에는 순금으로 별 모양을 크게 만든 후에, 그 가운데에 금빛 정령석을 세공해 넣은 커다란 첫 별 장식이 반짝이고 있었다.

그 커다란 별이 샹들리에 불빛을 받아 반짝이는 건 종일 보고 있어도 질리지 않았다. 그래서 나는 읽을 책을 들고, 별이 가장 잘 보이는 홀의 계단 위에 앉아서 책을 읽으며 별을 바라보고는 했다.

에스텔, 에스텔.

저게 내 이름이지.

그런 흐뭇한 생각도 함께 하며 말이다.

리들이 살짝 웃으며 말했다.

"할 수 있으면 성좌제도, 생일 파티도 함께하고 싶은데 말이야."

"그러게. 오늘까지라니 아쉽네."

제온이 고개를 끄덕였다.

둘 다 성좌제 전에는 영지로 돌아가야 한다고 했다. 그때까지 머물려고 했다며 말이다. 아쉬운 생각도 들었지만, 두 사람이 가는 것과 거의 동시에 동계 훈련을 끝낸 기사단이 교대를 위해서 돌아오기 때문에 그 마음이 달래졌다.

'하긴 신년회는 같이 보냈으니까. 황자가 계속 자리를 비우는 것도 이상하겠지.'

제온 역시 만이라고 했다. 그렇다면 그 역시도 영지의 후계자이니 큰일에 자리를 비울 수는 없겠지.

신년회를 함께한 것만으로도 상당히 오래 머물러 있었던 게 아닐까?

그런 생각을 하니 푸딩을 나눠 줄 마음이 생겼다.

"푸딩 하나 드릴까요?"

내 말에 두 사람은 웃고는 정중히 사양했다. 카드 게임을 마지막으로 두 사람은 자리에서 일어났다. 제온이 나에게 말했다.

"다음에 우리 백작령으로도 놀러 와. 여름에 끝내주니까."

"네."

고개를 끄덕이자 "약속한 거다?" 하고 제온이 가볍게 내 어깨를 두들겼다. 새하얀 모피 망토를 걸친, 진짜 왕자님 같은, 아니 진짜 왕자님인 리들이 살며시 웃으며 덧붙였다.

"수도에 오면 꼭 찾아 줘."

"네."

고개를 끄덕이며 아이리스를 보러 갈 때 함께 보면 되지 않을까, 생각했다.

시종들은 썰매에 달군 돌을 올려서 발이 시리지 않게 이리저리 준비하고 두 사람을 태웠다. 두 사람은 나에게 손을 흔들어 주고는 금방 시야에서 사라졌다. 썰매 방울이 흔들리는 소리가 새하얀 눈밭 위로 경쾌하게 울렸다.

둘이 떠나자 뒤에 서 있던 카를이 길게 한숨을 내쉬었다.

"드디어 갔군."

"고생하셨어요."

내가 웃으며 말하자 카를은 날 안아 들었다.

진짜, 왜 이렇게 다들 날 번쩍번쩍 안는 걸 좋아할까?

게다가 이제 상당히 무거워졌는데요?

키도 자라서, 애니가 옷을 새로 맞춰야겠다며 기뻐했다.

"생일 선물로 뭐 해 줄까?"

"으음— 오라버니가 주는 거면 다 좋아요."

"그런 거 말고."

"정말로요."

눈을 최대한 크게 뜨며 강조하자 카를의 눈이 가늘어졌다. 그가 다시 가볍게 한숨을 내쉬고 걷기 시작했다.

"인형? 아니면 드레스?"

"토끼도 있고, 드레스도 있어요."

"그런 게 아니라— 푸딩?"

"푸딩 좋지요."

"푸딩……."

카를은 작게 신음을 흘렸다. 나는 키득거리며 말했다.

"직접 만들어 주거나 하는 생각을 하는 건 아니죠?"

"안 해."

카를은 망설임도 없이 단호하게 말했다. 나만큼 그도 자신의 요리 실력에 의문을 품고 있음이 틀림없었다.

잠시 생각하던 카를은 뭔가 좋은 생각이 났는지 금방 얼굴이 밝아졌다.

"좋아."

"뭘로 하실 거예요?"

"비밀."

"엇."

"비밀이야."

카를은 딱 잘라 말하고는 날 내려놓았다.

"로이."

그가 부르자 어디에 있었던 건지 로이가 어슬렁거리며 나왔다.

"어떻게 부르면 나오는 거야?"

"근처에 있었으니까요."

로이가 내 말에 씩 웃으며 대꾸했다.

"못 봤는데?"

"아가씨에게 들키면 그날이 바로 제가 늑대기사단에서 쫓겨나는 날이 아닐까요."

로이의 말에 난 입을 비죽였다.

"그럼."

카를은 로이를 불러내더니 쌩 하니 가 버렸다. 아앗, 맡겨 버리고 가는 거구나.

하긴, 그동안 고생 많이 했으니까, 혼자만의 시간을 가지고 싶기도 하겠지.

이해해.

고개를 끄덕이고 난 로이를 힐끔 바라보며 물었다.

"여기 부엌은 어때?"

"전쟁터지요."

"그 정도야? 하지만, 셋뿐이잖아?"

나와 카를과 아빠.

로이가 어깨를 늘어트리며 말했다.

"저도 세 주세요."

"어? 아! 그렇구나. 늑대기사단까지 합하고⋯⋯ 하인이나 시종이 많은가?"

"늑대만 해도 50여 명은 되는데, 다들 일인분으로 끝나지는 않으니까요. 성좌제 내내 엄청나게 먹고 마실걸요."

"그렇군. 정말로 전쟁터겠네."

"지금 영지도 엄청날 거예요."

"그래?"

"네, 영지민에게도 음식을 베푸니까요."

"그런 거야? 그런데 우리는 여기서 이러고 있어도 돼?"

"글쎄요? 켈슨이 알아서 하지 않았을까요? 카스티엘로 가문의 장점은, 오래되었다는 거죠."

"그게 왜?"

"대대로 섬기는 충성스러운 봉신이 많다는 겁니다."

로이의 말에 나는 '그런 거구나.' 하고 고개를 끄덕였다.

"로이도?"

내 질문에 로이가 웃었다.

"그런 것 같아요?"

"아니."

"네, 아닙니다. 음, 하지만 단장님 같은 경우는 그렇지요. 그리고 켈슨도 그렇고. 애니, 스테파니, 제인, 네반—"

"대부분이잖아?"

"카스티엘로는 늑대 외에 외부인을 잘 받아들이지 않으니까요."

"그런 거였구나⋯⋯."

"폐쇄적인 공동체죠."

로이의 말에 난 슬쩍 로이를 바라보며 말했다.

"혹시 누가 로이를 텃세로 괴롭히고 있거나 하면—"

그 말에 다시 로이가 소리 내 웃었다.

"그러면 꼭 아가씨에게 이르죠."

"응."

힘주어 고개를 끄덕이자 로이가 재미있다는 듯 말했다.

"진짜, 이 저택이 아가씨가 오고 나서 열 배는 더 재미있어졌어요."

그 말에 난 궁금해져서 물었다.

"로이는 언제부터 늑대기사단에 들어온 거야?"

"열두 살 때요."

"그렇게 일찍? 그 전에는 뭐했어?"

"시골 남작가의 사생아였지요."

로이가 아무렇지도 않게 말해서 순간 그렇구나, 하고 납득할 뻔했다. 아니, 납득할 일이 맞잖아?

"나랑 같네."

갸웃하며 말하자 로이는 생각지도 못했다는 듯 눈을 크게 떴다가 웃었다.

"거기서 그런 말이 나오나요? 정말로, 아가씨는—"

로이는 뭔가 말하려다가 고개를 살짝 흔들고 말했다.

"그리고 같지 않아요. 제 어머니는 그래도 첩 비슷하게 들어앉았거든요. 먹고사는 데 어려움은 없었죠. 남작님도 절 예뻐하는 편이었고요."

그런데 왜? 하다가 난 아하, 하고 놀리듯 말했다.

"그런데 지루했구나."

"네. 정말로 지루했어요."

로이가 희미하게 웃으며 고개를 깊이 끄덕였다.

"그래서 가출해서 돌아다니다가 결국 여기까지 흘러들어 오게 된 거죠. 다행이에요, 늑대는 적당히 대충 받아 줘서."

적당히, 대충 받는 것 같지 않던데…… 훈련도 험하고…….

그래서 나는 로이를 슬그머니 찔러보았다.

"지금 그 말 아스터에게 해 줘도 괜찮아?"

늑대기사단장인 아스터의 이름을 꺼내자 로이는 숨을 삼켰다. 그의 푸른 눈이 좌우로 흔들렸다.

"아, 아가씨?"

"아스터에게 '로이가 그러는데 늑대는 적당히, 대충 받아 준다면서요.'라고 해도 되는 거야?"

순진한 표정으로 눈을 깜박이며 말하자 로이가 필사적으로 말했다.

"아닙니다. 안 됩니다. 아가씨, 살려 주세요."

저 아직 동계 훈련 안 갔다고요? 그 얘기를 단장님이 듣게 되면 동계 훈련이 시작되자마자 저를 얼음물에 처박으실 거라고요?

로이가 으어엉 하고 입으로 우는 소리를 내며 늘어놓는 말에 난 관대하게 고개를 끄덕였다.

"알았어요. 말하지 않을게요."

"뭘 말입니까?"

돌아보니 켈슨이 의아한 얼굴을 하고 있었다. 난 씩 웃으며 손가락을 입술에 가져다 댔다.

"비밀이에요."

"그런가요."

켈슨은 고개를 끄덕였다. 고용주의 비밀에는 매우 익숙하다는 태도였다.

"주인님께서 부르십니다."

"아빠가요?"

"네."

"무슨 일인데요?"

"글쎄요."

켈슨이 웃었다.

"비밀입니다."

*   *   *

"아빠? 부르셨어요?"

살그머니, 닫힌 아빠 방문 앞에서 말하는데 로이가 문을 벌컥 열었다.

"로이?"

놀라서 올려다보니 로이가 내 등을 밀며 말했다.

"불렀다고 하셨으니, 부른 거겠죠."

"들어와."

아빠의 목소리가 들려왔고, 로이가 "맞죠?" 하고 씩 웃었다. 안으로 들어가니 흰색과 청색 타일로 아름답게 문양이 새겨진 벽이 눈에 띄었다.

"성좌제 때문에 오랜만에 창고를 열다 보니, 이런 걸 발견해서."

아빠가 품에서 뭔가를 책상에 내려놓았다. 난 갸웃하고 책상가로 다가가 그걸 보았다.

"열쇠네요?"

"그래. 푸른 사슴 방 열쇠지."

푸른 사슴?

사슴 그림이 파란색으로 그려져 있는 걸까?

"너도 성좌제 준비를 하려면 이것저것 필요할 테니까. 푸른 사슴 방에 있는 걸 마음대로 쓰렴."

아빠가 열쇠를 내게 밀어 주며 말했다. 나는 백금색의 열쇠를 받아 들었다. 전에 줬던 열쇠처럼 크지는 않았지만 그래도 내 손바닥에 꽉 차는 크기였다.

"안에 뭐가 있는데요?"

"열어 보면 알 거야. 아, 시녀들을 데려가는 게 좋겠지."

아빠의 말에 난 "알겠습니다." 하고 열쇠를 꼭 쥐었다. 그리고 나가려다가 얼른 돌아서서 아빠에게 달려갔다.

"저, 저기 아빠."

입을 열자 말하라는 듯 아빠가 날 바라보았다.

"그, 전에 섭섭하면 이야기하라고 하셨잖아요."

"그래. 뭔가 섭섭한 일이 있어?"

"아뇨. 아빠도 저에게 섭섭한 거 있으시면 이야기하세요."

힘을 주어 말하자 아빠는 눈을 깜박이다가 피식 웃었다.

"그래."

"정말로요?"

"그래."

두 번은 말하지 않는다, 하는 어조로 아빠가 말해서 난 싱긋 웃고는 방을 나왔다.

나와서야 아차 싶었다.

"푸른 사슴 방이 어딘지 안 물어봤어. 로이는 알아?"

"알지요."

"뭐가 있는 방인지도 알아?"

"음, 대충은요? 푸른 사슴 방이잖아요? 이름을 들으면 뭔가 떠오르는 게 없나요?"

"파란색 사슴이 그려진 방?"

"음— 아가씨는 좀 더 책을 읽으시는 게 좋겠습니다."

로이의 말에 난 입을 딱 벌렸다.

"여, 열심히 읽고 있어."

"그렇겠지요."

"흥. 제인에게 물어볼 거다, 뭐."

휙 몸을 돌려서 난 걸음을 빨리했다. 방으로 올라가니 때마침 애니와 스테파니는 자리에 없었다. 제인만이 앉아 뜨개질하고 있다가 날 보고 고개를 들었다.

"배웅 잘하고 오셨어요?"

"응, 그런데 제인. 푸른 사슴 방이 뭐야?"

"보물 방이지요."

제인이 당연한 듯, 아무렇지도 않게 대답했다.

"보물 방?"

놀라 묻자 제인이 키득거리며 말했다.

"예전에 푸른 사슴이 사냥꾼에게 쫓기는 걸, 코비가 구해 줬대요. 그러자 푸른 사슴이 깊은 산 속 동굴 위치를 알려 줬고요. 그리고 코비가 그 동굴에 가 보니—"

"보물이 있었구나."

"네."

"그럼 화이트홀에도 푸른 사슴 방이 있어?"

"으음, 그러고 보니 전 화이트홀에 잘 오지 않아서 모르겠네요. 애니 님이 잘 아시지 않을까요? 무슨 일이세요?"

"아빠가 나에게 푸른 사슴 방 열쇠를 주셨어. 안에 있는 거 마음대로 쓰라고."

제인의 눈이 동그랗게 커졌다.

제인이 뜨개질거리를 내려놓으며 "애니 님을 찾으러 가 볼까요?" 하고 묻는데, 때마침 애니가 들어왔다. 그 뒤를 따라 스테파니도 함께 들어왔다.

"애니."

"배웅은 잘하고 오셨어요?"

애니의 물음에 난 고개를 끄덕인 다음 열쇠를 높이 들어 올려 보이며 말했다.

"화이트홀에 푸른 사슴 방이 어디 있는지 알아요? 아빠가 안에 있는 것 마음대로 써도 된다고 주셨는데."

"어머?"

애니는 열쇠를 보고 눈을 크게 떴다가 고개를 끄덕였다.

"네, 알고 있어요. 위치를 알려 드릴게요."

그 말에 난 고개를 저었다.

"애니도 같이 가요. 그리고 제인이랑 스테파니도, 응?"

"저도요?"

제인이 자리에서 벌떡 일어나며 되물었다. 그녀의 초록색 눈이 촉촉해지는 것 같았다.

어?

어어?

뜻밖에 반응에 당황해서 애니와 스테파니를 돌아보니 애니는 그저 미소를 짓고 있었고, 스테파니도 약간 감격한 눈치였다.

애니가 물었다.

"공작 전하께 말씀은 드리셨고요?"

"으응, 아빠가 시녀와 가는 게 좋다고 그러셨어요."

"공작 전하께서."

이번에는 애니의 말끝도 살짝 떨렸다. 그러나 그녀는 곧 다시 방긋 웃고 손을 내밀었다.

"그러면 가 볼까요, 아가씨?"

"네."

얼른 애니의 손을 잡고 걸으며 난 세 사람의 반응이 왜 이러지? 하고 곰곰이 생각했다.

아!

전에 비 올 때, 아빠와 내가 보물 방에서 잤을 때, 애니는 그 방에 들어올 수 없었다.

중요한 물건이 있는 곳이니까.

푸른 사슴 방도 보물 방인데, 세 사람을 다 데리고 간다는 건.

'내가 이 세 사람을 엄청 신뢰한다는 뜻이구나. 보물을 맡겨도 될 정도로.'

딱히 그럴 의도는 아니었는데, 하다가 '아니, 믿는 건 맞잖아?' 하고 정정했다.

이 셋이 물건을 훔칠까 봐 보물 방에 같이 가지 않는 건 상상이 안 되니, 믿는 게 맞지.

하지만 아빠가 데리고 가도 된다고 허락했으니, 본가에 있는 보물 방보다는 규모가 작을 듯하다.

'게다가……'

거기에 있는 것들은 도자기니, 그림이니 하는 거였지.

갑자기 보물에 대한 기대가 픽하고 식어 버렸다.

'커다란 그림 같은 게 걸려 있는 건가? 아무리 그 안에 있는 걸 마음대로 쓰라고 하셨다고 해도……'

그 그림을 팔아 치울 수도 없고.

"여기예요."

애니가 멈춰 섰다.

보물 방은 지하 깊숙한 곳에 있을 줄 알았는데, 도착한 곳은 가장 위층에 있는 방 중 하나였다.

열쇠 구멍을 찾고 난 작게 웃었다. 열쇠 구멍이 달린 놋쇠가 사슴 머리 모양이었다.

열쇠를 넣고 돌리니 찰칵하는 작은 소리가 났다.

곧 동시에 찰칵, 차르르르, 찰칵, 찰칵, 찰칵 하는 복잡한 소리가 들려서 난 놀라 문을 바라보았다.

열쇠가 돌아가기 시작해 손을 떼자, 열쇠가 천천히 360도로 회전해 빙글빙글 느리게 돌았다. 그러더니 딸각하며 멈췄고, 난 열쇠를 뽑았다.

부드럽게 열쇠는 뽑혔고, 그러자 문이 자동으로 열렸다.

안으로 들어서서 난 탄성을 터트렸다.

"와—"

천장이 유리로 되어 있어서, 겨울 특유의 투명하고 날카로운 햇살이 방 전체를 비추고 있었다.

방은 원형이었는데, 내가 들어간 입구 정면으로 마네킹이 서 있었다. 거기에는 새하얀 드레스가 걸려 있었는데 각종 보석과 금사, 은사로 수놓아져 있어서 겨울 햇살에 찬란하게 빛나고 있었다.

"예쁘다⋯⋯."

중얼거리며 다가가 드레스를 만져보니 촉감도 매끄러웠다. 그리고 둥근 벽면에는 크고 작은 서랍장들이 꽉 차 있었다.

"열어 봐도 될까요?"

"응."

고개를 끄덕이니 제인이 가장 작은 서랍을 열었다.

"세상에—!"

"뭔데, 뭔데?"

난 얼른 제인에게 다가가서 서랍을 들여다보았다.

거기에는 눈부시게 빛나는 다이아몬드 목걸이가 들어 있었다.

"우와—"

난 제인처럼 감탄사를 터트렸다.

'아니, 잠깐. 이거 설마?'

난 옆의 서랍을 열어 보았다.

다이아몬드 반지.

그 옆의 서랍은?

다이아몬드 팔찌.

그 아래는?

다른 디자인의 다이아몬드 세트.

"이거 서랍이 다 보석인 거야?!"

깜짝 놀라 난 여기저기 열어 보았다. 제인 역시 열심히 서랍을 열었다.

"맙소사, 아가씨 이것 보세요. 이렇게 큰 진주는 처음 봐요."

"이쪽은 산호네요. 아무래도 종류별로 나눠져 있나 봐요."

"여기는 에메랄드에요. 꺅, 아가씨! 이것 보세요!"

제인이 서랍을 통째로 꺼내서 나에게 내밀었다.

거기에는 어마어마한 크기의 에메랄드와 다이아몬드에 둘러싸인 목걸이가 있었다.

저걸 걸면 담이 생길 것 같아.

"엄청 크다……."

"굉장해요."

제인이 흥분해서 서랍을 도로 끼워 넣으며 말했다.

"이게 다 아가씨 거란 말이죠?"

엇, 그러고 보니 그러네.

헐? 이게 다 내 거야?

아무래도 실감이 나지 않았다. 햇살이 잘 들어오게 조망된 방이라 보석은 자연광 아래서 무기질하고 찬란한 광채를 발했지만, 내 것이라는 느낌은 아니었다.

"보석만 있는 건 아니네요."

스테파니가 다른 구역의 커다란 서랍을 열더니 매끄러운 망토를 꺼냈다. 푸른색의 비단인지 뭔지로 만들어진 망토는 오묘한 빛깔로 빛났다.

'저런 색깔의 나비가 있지 않았나? 도감에서 본 것 같은데. 모르포 나비였던가?'

"색을 보니 진짜 로아르 비단이네요. 물도 튕겨 내고 여름에는 시원하죠. 이제는 생산되지 않아요."

스테파니가 망토를 쓸어내리고는 미소 지었다. 다른 구역을 돌아본 애니가 씩씩하게 말했다.

"이쪽은 옷감도 있군요. 꽤 다양하게 모여 있는 것 같아요. 어딘가에 물건 목록이 있지 않을까요?"

스테파니가 공감했다.

"으음, 그러네요. 이렇게 귀중품들이 있으니. 목록이 있을 테고, 목록을 보면 더 파악이 쉬워지겠어요."

아직 흥분이 가라앉지 않은 제인이 씩 웃으며 말했다.

"하나씩 열고 조사해도 좋을 것 같은데요."

"이렇게 많은 걸 정리하다가는 잉크가 모자랄걸."

스테파니가 그녀에게 가볍게 타박을 주었다. 애니가 말했다.

"목록을 찾아보지요."

난 고개를 끄덕였다.

우리 넷은 다시 흩어져서 목록이 있을 법한 곳을 살피기 시작했다.

'서랍 안에 있으면 찾을 수가 없지 않을까?'

고민하며 나는 서랍장을 열어 보았다.

눈부시다.

'여기는 부채가 모여 있는 칸이구나. 뭐야, 이거 순금으로 부채를 만든 거야? 무거워서 들 수가 없잖아? 이런 걸 누가 부쳐? 손목을 강철로 만들었나.'

대체 누가 만든 거람?

서랍을 닫으며 난 고개를 절레절레 흔들었다.

몸을 돌리니 드레스가 눈에 들어왔다. 난 다시 드레스 앞으로 가서 옷을 어루만졌다.

왜 이 드레스만 여기 가운데에 진열되어 있는 걸까?

'응?'

드레스 허리에 있는 은 허리띠에 작은 구멍이 있었다.

'설마?'

난 손에 들고 있는 열쇠를 보았다가 허리띠 구멍에 꽂아 넣었다.

딸각—

구멍에 넣자마자 작은 소리가 나더니 허리띠가 풀렸다. 얼른 허리띠를 받아 드니 온기가 느껴졌다.

따뜻하게 착 감기는 느낌?

'신기하네.'

난 허리에 띠를 찼다.

"어?"

허리띠가 저절로 줄어들어서 허리에 딱 맞게 조여졌다.

"아가씨?"

내 작은 소리에 애니가 얼른 내 쪽으로 다가왔다. 난 고개를 가볍게 흔들었다.

"아냐, 이 허리띠가—"

고개를 들다가 난 말을 멈췄다. 아까는 전혀 눈에 보이지 않던 게 보이고 있었다.

"애니, 잠깐만."

살짝 고개를 돌려서 난 주변을 돌아보았다.

'다른 곳은 아까랑 똑같이 평범하게 보이는데.'

난 내가 들어왔던 문 쪽으로 걸어갔다. 문에 아까는 보이지 않던, 빛나는 사슴 머리가 크게 그려져 있었다.

'허리띠를 차야만 보이는 건가?'

"아가씨?"

애니가 조심스럽게 날 다시 불렀지만 난 고개를 저었다.

"아냐. 괜찮아. 잠시만."

사슴 그림 쪽으로 다가가자 사슴은 작게 줄어들더니 손바닥 모양으로 변했다.

이건 손을 올리라는 것이렷다?

손을 올리니 덜컹하고 뒤쪽에서 요란한 소리가 났다.

모두가 깜짝 놀라 뒤를 돌아보니 서랍장 하나가 밖으로 밀려 나와 있었다.

안을 들여다보니 역시나, 목록이 들어 있었다.

"목록 하나를 엄청 복잡하게 찾을 수 있게 해 뒀네."

내가 한숨을 쉬며 말하고는 도톰한 공책을 집어 들었다. 빳빳하고 두꺼운 종이로 되어 있는 노트에는 각각의 탭이 있었고, 그 탭 안에서 물건의 종류가 적혀 있었다.

예를 들면, 다이아몬드 탭으로 가면 그 아래 세트 구성 품목이 먼저 나와 있고 단품이 그 밑에 이어져 있는 구조였다. 난 쭉 훑어보고 그 목록을 애니에게 주며 말했다.

"액세서리는 하나씩 확인하는 수밖에 없는 것 같아. 디자인을 볼 수는 없으니까."

"그러네요. 하지만 이 뒤쪽을 보면…… 어머나, 파미어가 스무 필이나 있네요."

스테파니의 눈이 반짝였다. 그녀가 얼른 옆에서 목록을 들여다보았다.

"세상에? 리아 새 꼬리털도 있어요? 이건 어디에 있는 거죠?"

스테파니가 허둥지둥 뒤쪽의 서랍장으로 달려갔다.

"보존 상태가 아주 좋아요!"

스테파니가 뒤쪽에서 외쳤다. 애니가 웃으며 말했다.

"아마 방 자체에 보존 마법이 걸려 있을 거야. 자아, 50mm짜리 백진주와 흑진주도 한 상자씩 있군요. 목록이 상당하네요."

골프공만 한 진주가 존재한단 말인가. 난 그 존재에 의구심을 품으며 말했다.

"그러면 오늘은 대충 어디에 뭐가 있는지부터 봐요."

"그게 좋겠어요."

애니가 고개를 끄덕였다.

잠시 후 우리는 감탄사를 내는 것도 지칠 지경에 이르렀다.

타오르는 석탄처럼 크고 붉은 루비를 봐도 감흥이 없었다. 난 작은 진주를 공깃돌처럼 쓰다가 애니에게 혼났다.

"아가씨, 진주는 흠이 잘 생기니까 그렇게 다루면 안 돼요."

"네."

난 얌전히 진주를 도로 상자에 넣었다.

이제 홍분이 가라앉은, 그러나 여전히 눈이 반짝반짝한 스테파니가 말했다.

"하지만 디자인이 꽤 올드한 것들도 많네요. 새로 세공을 하는 게 아가씨께서 하기 좋으실 거예요."

"그러는 게 좋겠지. 하지만 새 보석을 성좌제까지 맞출 수는 없으니, 그때는 여기 있는 걸로 쓰면 되겠네."

"네."

스테파니가 고개를 끄덕였다. 제인이 이어 말했다.

"아가씨 생일날에 입으실 드레스는요?"

"그것도 새로 지을 만한 시간이 안 돼. 기존에 있는 걸로 하자."

말하던 애니가 문득 날 내려다보며 조심스럽게 물었다.

"그래도 괜찮으시겠어요?"

"응, 가지고 있는 걸로도 충분해. 사실 옷도 새로 지은 지 얼마 안 됐는걸. 새로 또 지을 필요가 없잖아."

애니가 고개를 끄덕였다. 스테파니가 웃으며 말했다.

"그럼 내일부터 여기서 놀까요?"

"놀아?"

의아해하며 묻자, 그녀가 고개를 끄덕였다.

"아가씨가 가지고 계신 옷을 가지고 와서 여기에서 입어 보고, 보석이랑 매치해 보는 거죠. 머리도 그때그때 해 보고."

우와― 진짜 재미있겠다.

듣기만 해도 저절로 가슴이 두근거렸다.

난 힘차게 고개를 끄덕였다.

"응! 할래!"

애니 역시 고개를 끄덕이며 동의했다.

"옷차림이나 장신구에 대한 감각도 키울 수 있고. 괜찮겠네요."

"재미있겠어요."

제인 역시 눈이 반짝거렸다.

"그럼 오늘은 이만 나갈까?"

내 말에 셋 모두 동의했다. 애니는 너무 반짝여서 눈이 아픈 것 같다고 이야기했다. 난 목록과 허리띠를 도로 제자리에 두고 푸른 사슴 방을 나섰다.

벌써부터 내일이 기대되기 시작했다.

*　　*　　*

바닥에는 온갖 보석들이 떨어져 반짝거리고 있었다. 바퀴 달린 커다란 은제 거울 앞에서 우리는 신나게 소꿉장난 같은 놀이를 즐겼다.

"역시, 아가씨는 초록색이 잘 받으세요. 이렇게, 초록색 드레스를 입고요―"

스테파니가 진녹색의 광택 나는 옷감을 가져다가 내 어깨에 올리고 반짝이는 에메랄드 티아라를 머리에 올렸다.

"어머? 아가씨 얼굴이 진짜 뽀얗게 보여요. 원래도 희시지만."

제인이 감탄하더니 얼른 루비 장식을 가져다 올렸다.

"그런데 에메랄드보다는 루비가 더 잘 어울리지 않아? 아가씨의 분홍색 눈이 도드라져."

"그것도 그렇네. 하지만 머리카락을 이렇게 올리고, 여기에 장식을 올릴 때는—"

스테파니가 내 머리를 휘휘 감아 올린 다음에 선홍색 산호 머리 장식을 가져다 댔다.

"어때?"

"이거야!"

제인이 고개를 끄덕였다.

"녹색이랑 너무 잘 어울려. 아가씨 머리색이랑도 잘 맞고. 좋아. 이 조합으로 하나 해 두자."

제인이 옆에 있는 공책을 들어서 조합을 적어 넣었다.

스테파니가 그사이에 얼른 녹색 옷감을 도로 말았다. 애니가 뒤에서 내 흰색 드레스를 내밀었다.

"이번에는 이걸로 갈아입죠."

애니가 순식간에 내 옷을 홀렁 갈아입히는 사이, 제인과 스테파니가 주변을 대강 정리했다.

"좋아. 흰 옷이네요. 이건 뭐든 무난하지 않나요?"

스테파니가 그렇게 말하며 갸웃하다가 말했다.

"그러고 보니 유색 보석 허리띠가 있지 않았어?"

"잠깐만—"

제인이 한참 이 서랍, 저 서랍 열어 보는 것 같더니 보석 허리띠를 두 개나 가져왔다.

보통 보석 허리띠라고 하면 눈에 띄는 부분— 그러니까 정면 부분만 보석이고 나머지는 금은이나 다른 걸로 할 텐데, 이건 전부 보석으로 연결되어 있는 허리띠였다.

"이걸 대면— 으음, 생각보다 아닌데."

흰색과 튀는 색의 조합을 생각했던 스테파니는 고개를 갸웃했다. 애니가 뒤에서 넓은 비단 허리끈을 가져왔다.

보석으로 수가 놓아져 있는 넓은 띠였다.

"그건 옛날에 실루엣이 드러나는 드레스를 입을 때 사용했던 거고. 아가씨에게는 이쪽이야."

그녀가 붉은 색조의 보석 장식 비단 허리띠를 내 드레스 위에 두르자 갑자기 모든 게 확 살아났다.

"어울려요."

스테파니가 고개를 끄덕였다.

"같은 걸로 파란색이 있어도 좋겠네요."

"세공을 떼서 만들면 되지. 게다가 이 보석 허리띠는 아무래도 새로 세공하는 게 낫겠어."

애니의 말에 제인이 갸웃했다.

"하지만 아가씨가 쓰시기에는 알이 너무 커서 별로 같아요."

"모자 장식으로 어때? 여기 페리도트 말이야. 전에 아가씨가 주워 오신 푸른 깃털이랑 어울리지 않을까?"

스테파니의 말에 제인이 "그거 좋겠다." 하고 고개를 끄덕였다.

그때 똑똑 노크 소리가 크게 들려왔다.

우리 넷은 서로 얼굴을 마주 보았다. 막내인 제인이 자리에서 일어나서 바닥에 널린 보석을 밟지 않게 조심하며 문 쪽으로 향했다.

"누구세요?"

"늑대기사단이 돌아오면 알려 달라고 아가씨께서 부탁하셔서……."

밖에서 들린 시종의 말에 내가 "앗" 하고 몸을 휙 돌렸다.

"돌아왔어?"

"네, 지금 화이트홀 근처까지 와 계십니다."

"알았어. 고마워."

"아닙니다."

시종은 정중하게 인사하고 돌아갔다. 꽤 두꺼운 문인데도 바깥과의 의사소통은 문제없었다. 아마 이 방 안을 오가던 사람이 문을 여닫지 않고도 소통할 수 있게 만든 게 아닐까?

'마법사와 사이가 매우 안 좋은데, 어떻게 이런 데서는 마법을 사용할 수 있었던 걸까?'

신기했다.

하지만 지금 그게 문제가 아니었다. 내가 손에 잔뜩 끼고 있던 보석 반지들과 팔찌들을 빼기 시작하자 애니가 손을 내밀었다.

"제가 해 드릴게요. 나가 보시려는 거지요?"

"네."

난 고개를 끄덕였다. 제인이 놀리듯 말했다.

"아가씨는 에멜 경을 가장 좋아한다니까요."

"아냐. 엘런이랑 진도 오잖아."

내 변명에 셋은 그저 웃었다. 나도 함께 웃었다가, 문득 떠오른 생각에 진지하게 말했다.

"그런데 에멜이 아직도 나에게 화나 있으면 어떻게 하지?"

"어머? 에멜 경이 왜요?"

애니의 말에 난 사실대로 털어놓았다. 에멜의 팔다리가 부러진 원인이 나에게 있다는 걸 말이다.

애니가 웃으며 말했다.

"그런 일로 에멜 경은 화나지 않으셨을 거예요. 자아, 머리는 어떻게 해 드리는 게 좋을까요?"

고민하다가 난 간단한 걸로 하기로 했다.

"반묶음으로 해 줘요."

"알겠어요."

애니가 손을 내밀자, 스테파니가 다른 상자에서 찾아낸 크고 화려한 나비 리본을 가져다주었다. 안에 가는 철심이 들어 있어서, 리본은 몇 겹으로 되어 있어도 형태가 무너지지 않고 풍성했다.

애니는 손으로 슥슥 빗고 리본으로 마무리해 주었다.

"예쁘네요, 우리 애기씨."

애니가 쪽 내 뺨에 뽀뽀해 주고 자리에서 일어나며 말했다.

"그럼 정리는 내일 와서 할까요?"

"네."

애니의 말에 찬성하고 난 얼른 방을 나왔다. 푸른 사슴 방을 나오자 얼른 스테파니가 들고 있던 망토를 나에게 걸쳐 주었다.

"밖은 추워요."

"응."

내가 대답하고 폴짝 그 자리에서 뛰며 말했다.

"그럼 나 먼저 가 볼게!"

"아가씨, 뛰지 마셔야죠. 차암."

뒤에서 애니가 외치는 소리가 났지만 난 웃으며 손을 흔들어 주고 얼른 복도를 달려 내려갔다. 푸른 사슴 방은 가장 꼭대기 층이어서 내려가는 데에 좀 시간이 걸렸다.

숨 가쁘게 일 층까지 내려오니 벌써 소란스러웠다. 멀리서 뿔피리 소리가 경쾌하게 들려왔다. 묵직하고 깊이 있게 울리는 소리가 아니라 가볍게 울리는 소리.

"다들 잔뜩 굶주려 있겠죠."

누가 귓가에서 속삭여 깜짝 놀라 돌아보니 로이였다. 그가 슬픈 얼굴로 말했다.

"그리고 저도 이제 곧 저기로 끌려가겠군요. 아아, 슬퍼라."

"굶주려 있어?"

"아무래도 훈련 동안에는 잘 못 먹으니까요."

"그렇구나."

"일단 돌아오면 드는 생각은─ 씻고 싶다. 먹고 싶다. 자고 싶다. 세 가지니까요. 화이트홀에 온천이 있어서 다행이죠."

로이가 말하다가 살짝 한 걸음 뒤로 물러섰다. 왜일까? 하고 돌아보니 아빠가 나오고 있었다.

평소와 달리 코트까지 갖춰 입은 정장 차림이었다.

"아빠? 어쩐 일이세요?"

"내 기사단이 돌아오니까."

"아─"

하긴. 공작가의 기사단이 훈련을 끝내고 오는 거니까, 공작이 직접 맞아 주는 거구나.

의외라고 해야 할까, 당연한 일이라고 해야 할까.

"문을 열어라."

아빠가 명령하자 시종이 현관문을 활짝 열었다. 겨울바람이 확 몰려와서 난 비틀거리며 물러섰다. 아빠가 살짝 내 등을 받쳐 주셨다. 평소에는 커다란 현관문에 딸린 작은 문을 여는데, 오늘은 통째로 큰 문을 연 것이다.

"너무 얇게 입은 거 아닌가?"

"이 망토 따뜻해요."

내 말에 아빠가 내 머리카락을 가볍게 어루만지며 "리본 귀엽구나." 하는 말을 던졌다. 난 활짝 웃으며 "고맙습니다." 하고 대꾸했다. 아빠는 이어 후드를 들어 나에게 푹 눌러 씌웠다.

"하지만 후드를 쓰렴."

"네."

난 눌릴 리본을 슬퍼하면서도 털 달린 후드를 잡아당겨 정돈했다.

아빠는 현관 앞으로 나섰다. 보통의 저택보다 화이트홀의 현관은 더 높았다. 저택의 현관이 계단 다섯 개의 높이라면, 화이트홀은 열 개 정도. 그래서 현관에 서서 기사단이 들어와서 사열하는 걸 볼 수 있었다.

"왜 자꾸 비틀거려?"

뒤에서 누가 내 팔을 잡아 주며 하는 말에 난 힐끗 카를을 돌아보았다.

"오라버니도 나왔어요?"

"그럼."

"안 추워요?"

"별로."

재킷만 걸치고 있는 카를은 바람에 새까만 머리카락을 나부끼면서도 눈 하나 깜짝하지 않았다.

카스티엘로는 더위에도 추위에도 강한 걸까.

그러고 보니 아빠와 오빠, 두 사람 모두 결코 두꺼운 차림이 아니다. 나는 내열에 좋다는 이상한 동물 털로 짠 망토를 걸치고 있는데도 추운데! 가만히 서 있으니 점점 더 추워져서 어깨가 저절로 움츠러들었다.

기사단이 나란히 서자 단장인 아스터가 앞으로 나와서 말했다.

"늑대기사단 A팀, 스물세 명. 모두 낙오 없이 훈련을 끝냈습니다."

"고생했다. 모두 푹 쉬고 먹고 마시도록. 해산."

아스터가 기사단을 향해 돌아서서 말했다.

"들었겠지? 해산. 훈련은 종료다."

아스터가 말하자 마다 다들 "으아!" "죽겠다." "배고파." 하는 소리를 내며 웅성웅성 나눠지기 시작했다.

난 기사들을 열심히 살폈다. 금방 에멜을 찾아냈다. 하지만 아까 제인이 놀란 게 생각나서 바로 부르지 않았다.

대신 열심히 엘런과 진도 찾아내서 난 손을 흔들며 외쳤다.

"진! 엘런!"

진과 엘런이 기사들 사이를 헤치고 나오자 다들 야유를 보냈다. 난 당황해서 주변을 돌아보았다.

"쯧."

아빠가 혀를 차는 소리가 천둥처럼 들려왔고, 그러자 모두가 다른 곳을 보며 조용해졌다.

여기서 부르는 게 아니었나?

잘못한 건가?

당황해서 어쩔 줄 몰라 하는데 진과 엘런이 올라왔다.

"잘 있으셨나요, 아가씨. 오랜만입니다."

엘런이 웃으며 말했다. 진 역시 정중하게 인사해 왔다.

"오랜만입니다."

"두 사람 다 고생했어요. 그런데― 부르면 안 되는 거였나요……?"

작게 뒷말을 묻자 엘런이 고개를 저었다. 그녀가 활짝 웃었다.

"아뇨. 불러 주셔서 기쁩니다."

"그럼, 다행이에요. 불러서 죄송해요. 얼른 가서 쉬세요."

"아닙니다. 그럼 나중에 뵙겠습니다. 지금은 아가씨에게 다가가기에는 더러워서―"

엘런이 한숨을 내쉬고, 가슴에 손을 대고 인사한 후 물러났다.

"진도 가서 쉬어요."

진이 잠시 날 바라보다가 낮게 말했다.

"저와 엘런만 부르면 다른 한 사람이 서운해할 텐데요."

"알겠어요."

웃으며 말하자 진이 가볍게 고개를 끄덕이고는 인사했다.

"그러면 후에 뵙겠습니다."

두 사람은 흩어지는 기사들 사이로 사라졌다. 계단을 통통 내려가서 난 에멜에게 쪼르르 달려갔다.

"에멜."

"잠깐만요."

달려드는 나를 에멜이 손을 들어 막았다.

"에멜……?"

화났나? 하고 슬쩍 그를 보는데 그가 한숨과 함께 말했다.

"피를 잔뜩 뒤집어썼는데, 거의 못 씻었거든요."

"피?"

깜짝 놀라 되묻자 에멜이 "별거 아니었습니다." 하고 대답하고는 한쪽 무릎을 꿇어 나와 시선을 맞췄다.

"진짜로 오랜만이네요. 아가씨."

"오랜만이에요."

난 웃으며 대답했다.

"다친 곳은 괜찮아요? 낫자마자 훈련이라니 무리한 건 아니고요?"

걱정이 되었던 질문을 던지자 에멜은 고개를 저었다.

"괜찮았습니다."

"다행이에요."

가슴을 쓸어내리자 에멜이 품에서 뭔가를 슬쩍 꺼내다가 아차 싶었는지 다시 밀어 넣었다.

"에멜?"

"아뇨. 아무 것도 아닙니다."

"뭐예요? 그런 게 더 궁금하단 말이에요?"

에멜이 한숨을 내쉬고 품에서 나뭇가지를 꺼냈다. 어딘지 푹 눌린 붉은 꽃이 달려 있었다.

"예뻐서 꺾었는데, 엉망이네요."

"진짜 엉망이네."

"오라버니!"

"오랜만입니다, 도련님."

카를이 날 번쩍 안아 들었다.

"추운데 그만 들어가."

난 에멜에게 손을 뻗었다.

"에멜, 꽃 주세요."

에멜은 머뭇거리다가 가지를 건넸다. 내가 꽃을 받아들자 카를이 흥 하고 돌아서며 말했다.

"그리고 너 피 냄새에 절었어."

에멜의 얼굴이 살짝 굳는 게 보였지만 카를은 무시하고 걷기 시작했다.

난 "고마워요" 하고 말하고 손을 흔들었다. 에멜이 자리에서 일어나며 싱긋 웃었다.

카를이 한숨을 내쉬었다.

"완전히 차가워졌잖아."

"이 정도는 괜찮아요."

"안 괜찮아. 들어가자마자 온천에 들어가."

그 말에 난 얌전히 고개를 끄덕였다. 여기 온천이 말입니다.

아주 끝내준단 말이지요?

*　　　*　　　*

"흐아아아~"

저절로 이상한 소리가 흘러나왔다. 1층의 대욕탕에 딸린 노천 온천은 그야말로 끝내줬다. 물 온도도 적절하고, 사방이 눈으로 덮여 있어서 보이는 설경도 멋있었다.

헤엄을 칠 수 있을 만큼 노천탕도 넓어서 물에서 둥실둥실 떠다니며 노천욕을 즐겼다.

손과 발이 퉁퉁 불어서 쭈글쭈글해질 정도로 온천에서 놀고 나서야 나는 느릿하게 몸을 일으켰다.

'너무 오래 있었나.'

약간 어지럼증에 숨을 들이마시자 아까까지 칼바람 같았던 겨울바람도 지금은 상쾌한 바람에 불과했다. 하지만 곧 다시 칼바람이 될 터, 난 얼른 다시 대욕탕으로 들어갔다.

욕탕에서 나오자마자 애니는 몸이 식는다며 두툼한 배스 가운을 입혀 주었다.

"차가운 레몬티, 드시겠어요?"

"네."

당연하죠.

애니가 웃으며 새콤달콤한 레몬티를 건네주었다. 난 한 번에 티를 쭉 들이켜고 한숨을 내쉬었다.

행복하다.

애니가 내 머리카락을 말려 주며 말했다.

"오늘 식당은 좀 소란스러울 거예요."

"그래요?"

"기사들과 함께 식사하거든요."

"정말요?"

"네."

일종의 관례라고 애니가 말했다. 훈련을 끝나고 나면 영주와 그 기사가 한 식탁에서 식사를 한다.

뭐, 영주가 만찬을 베푸는 것에 더 가깝겠지만 말이다.

애니가 머리를 대강 말리고 나자 스테파니가 향유를 머리카락에 발랐다. 달콤한 사탕 향기가 났다.

"조금만 더 길면 또 아래를 잘라요. 그러면 심하게 상한 건 다 자르게 되네요."

"응."

나는 머리끝을 만지거리며 말했다. 예전에 잘라 낸 푸석한 머리카락과는 비교도 되지 않을 만큼 좋았지만, 그래도 새로 나는 머리카락보다 색이 바래고 끝도 갈라진 게 보였다.

"그러면 얼른 준비해요. 머리를 말리는 데만도 시간이 꽤 걸리니까요."

애니의 말에 난 고개를 끄덕였다.

준비를 끝내고 식당으로 내려가니 정말로 멀리서부터 소란스러운 소리가 들려왔다.

난 머리에 푸른 사슴 방에서 가져온 머리띠를 하고 있었다. 백금에 보석을 물려 만든 머리띠는 금색 머리카락에 잘 어울렸다. 가신과 함께하는 만찬인 만큼, 차려입는 것 역시 영주의 딸로서 의무라고 애니가 말했다.

공작의 딸.

영주의 딸.

두 가지는 완전히 다른 것처럼 느껴져서, 난 묘한 감성에 젖었다.

로이 역시 잘 차려입고 있었다. 흰색 예복을 입고 그가 손을 내밀었다. 내가 그의 손 위에 내 손을 얹으며 말했다.

"로이, 오늘 딴사람 같아요."

"그런가요? 전 목이 좀 간지러운데요."

그가 자신이 입고 있는 셔츠의 목 끝까지 채워진 단추를 가리키며 말해서 난 가볍게 웃었다.

로이가 날 식당의 내 자리까지 에스코트해 주었다.

이미 아빠와 카를은 와서 앉아 있는 데다가 식사 중이었다. 밖에서 들렸던 소란은 식사하며 대화하는 소리였다. 난 놀라 자리에 앉으며 물었다.

"제가 늦은 건가요?"

"아니."

아빠가 고개를 살짝 저었다.

"배가 고픈 저희가 서둘렀죠."

가장 가까이에 앉아 있는 아스터가 싱긋 웃으며 한 말에 난 진지하게 대답했다.

"그런 이유라면 제가 잘못했네요. 얼른 먹어요."

긴 식탁 위에는 새끼 돼지 통구이가 4마리나 올라가 있었다. 거기에 고기 파이며, 로스트비프, 각종 빵과 햄, 토마토소스 미트볼, 옥수수 샐러드 등등 온갖 먹을 것이 가득했다. 그런데도 접시가 비워지는 속도가 빨라서 하인들이 열심히 새로 음식을 보충하고 있었다.

시중을 드는 시종이 내 앞에 통구이를 잘라서 놓아 주었다.

한입 먹어 보니, 껍질은 바삭하고 속은 촉촉한 데다가 사과 소스와 엄청 잘 어울렸다.

'맛있다.'

"더 많이 먹어."

카를이 내가 먹는 걸 보더니 눈을 찡그리며 다른 접시들을 내 앞으로 밀었다.

"많이 먹을게요."

노력하겠다고 말하며 난 눈을 부릅떴다.

아빠가 와인 잔을 들며 말했다.

"올해 훈련은 썩 나쁘지 않았군."

"네, 못 쓰는 땅의 마수 수도 상당히 줄였고요."

아스터가 고개를 끄덕였다. 난 귀를 쫑긋 세우고 두 사람의 대화에 집중했다.

'그렇구나. 화이트홀은 오염된 땅이랑 맞대어져 있지. 거기서 마수가 나오는 건가? 마수라.'

괴물이라고 이야기는 들었지만, 한 번도 본 적은 없다.

뭐, 호랑이가 나와도 마을에는 엄청난 소동이니까, 괴물이 나온다면 그게 어떻게 될지 상상도 되지 않았다. 늑대의 수를 줄이는 것처럼, 마수도 사냥을 해서 개체 수를 조절하는 건가 보다.

아스터와 아빠는 훈련에 대해서 더 이런저런 이야기를 나눴다.

옆 영지와 마찰이 있었다는 이야기에 아빠는 코웃음만 쳤을 뿐이었다. 그때 내 귀에 쏙 들어오는 단어가 있었다.

"게다가 레이몬드 후작은 꽤나 본격적이던데요."

레이몬드 후작가.

공작가와 적대하고 있는 후작가 중 하나다.

으음, 우리랑 영지를 맞대고 있지 아마?

난 마음속으로 이 후작가 네 곳을 열대과실 사형제라고 부르고 있다. 왜냐면 묘하게 이름이 열대과실과 비슷해서…….

레이몬드.

자몬.

오란지아.

파이네.

각각 뭔가와 비슷하지 않은가? 처음에 들을 땐 몰랐는데, 나중에 네 곳을 쭉 놓고 보니 아무래도 열대과실을 닮았다.

레몬, 자몽, 오렌지, 파인애플.

그중에서 레몬, 자몽, 파인애플이 각각 공작령과 땅을 맞대고 있었다. 다른 한쪽은 세르반 백작령이고 말이다. 일부러인 듯한 이 자리 배치가 결코 마음에 들지 않았다.

하델에 말에 따르면 공작령에서 길을 지나가거나 할 때 관도세를 상당히 뜯어 가고 있다고 한다.

치사한 놈들 같으니.

"본격적이라니, 바리케이드라도 치던가?"

아빠의 말에 아스터는 살짝 눈을 찌푸리더니 말했다.

"그런 건 아니지만, 보급로를 끊으려고 시도하기는 하더군요."

"배때기에 기름이 가득 찼나 보군. 구멍을 좀 내서 기름을 빼고 싶은가 보지."

아빠가 중얼거리다가 아스터가 헛기침을 하자 나에게 슬쩍 시선을 주었다.

아니, 얘기하셔도 괜찮아요!

그런 뜻으로 생글 웃으니 아빠는 묘한 얼굴을 했다가 말했다.

"뭐, 이쪽과 본격적으로 싸울 생각은 아닐 테니까. 그냥 우리 심기를 건드리고 싶은 것뿐이겠지."

"그렇죠. 동계 훈련은 어차피 최소한의 보급으로 이뤄지기도 하고요."

"하지만 불쾌해."

아빠는 그렇게 말하고 생각에 잠겼다. 후작가 엉덩이를 때려 줄 생각이라도 하고 계신 걸까?

"그런데 이번에는 근신을 내리지 않아도 되는 건가?"

아빠의 물음에 아스터가 슬쩍 나를 보았다가 웃으며 말했다.

"네, 어쩐 일로 죽이지도 않았고, 베지도 않았습니다. 사람 피 냄새는 피하는 것 같던데요."

그 말에 아빠 역시 날 돌아보았다가 다시 아스터를 보았다.

"그렇군."

뭐야? 뭔데? 하지만 물어봐도 답해 줄 것 같지 않았다.

"그런데요."

내가 입을 열자 셋 모두 날 바라보았다.

"마수가 정확하게 뭔가요?"

내 질문에 아스터가 아빠 눈치를 한 번 보았다가 설명을 시작했다.

"오염되어 못 쓰는 땅이 있다는 건 아시지요?"

"네."

"예전에 마족이 그 땅에 살았다는 것도요?"

"네."

"그때 남아 있는 잔재라고 보시면 될 것 같습니다. 미처 정화되지 못한 땅에 남은 괴물들이죠."

"그렇군요."

납득해서 고개를 끄덕였다.

아, 그러면 역시 정화되면 좋은 거 아닌가? 마수 때문에 사람들이 피해를 입지도 않을 거고, 그 넓은 땅도 쓸 수 있게 될 거고.

난 내 손을 슬쩍 펴 보았다.

정령과 계약을 하면.

'그런데 어떻게 계약을 하는지 모르겠단 말이야.'

이건 물어봐도 알려 줄 사람도 없고, 책에서 찾아보려고 해도 관련 책이 없었다. 게다가 아빠가 반대하기도 했었으니까. 정령의 힘을 쓰면 좋지 않다고.

하지만, 그래도― 하는 아쉬운 마음이 드는 건 그냥 내 콤플렉스 때문일까.

아빠나 오빠처럼 강했으면 좋았겠다, 하는 그런.

그때 오빠가 내 접시에 또 음식을 올렸다.

"더는 못 먹어요."

아직 이쪽 그릇도 다 못 비웠는데.

"많이 먹어야 튼튼하게 크지."

그런가!

난 힘을 내어 억지로 음식을 꾸역꾸역 입 안으로 밀어 넣었다.

결국 그날 밤에 배탈이 나서 밤새 배앓이를 해 버렸다.

*　　*　　*

"아가씨!"

햇빛과 함께 들려오는 명랑한 목소리에 정신이 들었다.

"성좌제 아침이에요~"

그 말에 가물가물하던 눈이 번쩍 떠졌다. 난 자리에서 벌떡 일어나서 바깥을 바라보았다.

날씨가 아주 맑았다.

"오늘 밤은 별이 아주 잘 보일 것 같아요."

제인이 내 시선을 눈치채고 바깥을 살피며 말했다.

"응!"

난 씩씩하게 대답하고 자리에서 벌떡 일어났다.

성좌제 아침이다.

씻고 옷을 갈아입었다.

사실 낮에는 할 일이 없었다. 성좌제는 밤부터 본격적인 축제이기 때문이다.

낮에는 그 밤 축제를 준비하느라 모두가 다 분주한데—

공작 딸인 나는 할 일이 없다는 것이지요. 그래도 아침 식사를 하고 일단 밖으로 나왔다.

"엘런!"

호위가 엘런으로 바뀌어 있어서 난 활짝 웃었다. 내가 손을 내밀자 그녀가 붙잡아 주며 웃었다. 난 그 손을 신나게 좌우로 흔들며 물었다.

"오늘부터 엘런이에요? 잘 쉬었어요? 훈련은 어땠어요?"

"네, 오늘부터 저예요. 푹 쉬었지요. 훈련은 힘들지만 좋았답니다."

"그렇구나."

고개를 끄덕이며 난 엘런의 손을 놔주었다. 그녀의 보라색 눈동자가 반짝거렸다.

"아가씨는 더 예뻐지셨네요."

"정말요?"

"네."

"고마워요."

웃으며 인사하고 난 느긋하게 걷기 시작했다. 사방이 다 별장식이었다. 벽에 걸린 그림도 성좌제 관련 그림으로 바뀌어 있었다.

'이런 그림은 어디다가 보관해 두는 걸까?'

본 저택에서 본 그런 장소가 또 있는 거겠지?

갑자기 문득, 생각난 질문을 난 엘런에게 던졌다.

"엘런."

"네."

"엘런은 귀족이에요?"

내 질문에 엘런은 눈을 깜박였다가 가볍게 웃었다.

"귀족이지만, 헛귀족이에요."

"헛귀족이요?"

"음― 그러니까 제 아버지는 남작령을 가지고 있으셨으니, 남작위가 있으시지만, 그 남작령은 못 쓰는 땅이거든요. 영지민도 농사를 짓지 못하는 자갈밭이 무슨 소용인가요?"

"아아."

납득해서 고개를 끄덕이다가 이게 매우 무례한 질문이었을지도 모른다는 생각이 들었다.

아니, 무례한 질문 맞나?

"엘런, 미안해요."

"네?"

"이런 거 물어보는 거 아닌데요."

"괜찮습니다. 아가씨니까요."

엘런이 뒷말을 작게 소곤거려 주고는 웃었다.

"그럼 하나 더 물어봐도 돼요?"

"네. 제가 답할 수 있는 거라면 얼마든지요."

"그럼 늑대기사단에는 귀족들만 있는 거예요?"

"아니에요."

엘런이 단호하게 대답했다.

"실력만 있다면, 신분에 관계없이 받아요."

"그래요."

난 고개를 끄덕였다. 만족스러운 대답이었다. 그편이 왜인지 늑대라는 명칭에 어울리기도 하고.

내 생각을 엘런에게 말했더니 그녀는 밝게 웃었다.

낮 동안 체스를 두거나, 게임을 하면서 지루한 시간을 보내자 평소보다도 더디게 저녁이 왔다. 초저녁부터 저택에 가득한 술렁이는 흥분이 나에게도 전염되는 기분이었다. 깜깜한 밤이 되자 모두가 정원으로 나갔다. 거기에는 캠프파이어 할 때나 보는 거대한 모닥불이 활활 타오르고 있었다.

실내에 있던 나무도 밖으로 가지고 나왔고, 나무에 매달린 각종 별들이 모닥불 불빛에 사방으로 빛났다.

고요하고 반짝이는 밤이었다.

바람이 좀 불기는 했지만.

바람에 살짝 몸을 움츠리는데, 바람이 딱 그쳤다.

보니 내 양쪽으로 카를과 아빠가 서서 바람을 막아 주고 있었다. 난 히힛 웃고는 얼른 두 사람의 손을 잡았다.

그때 한 사람이 손으로 멀리 지평선을 가리켰다.

"떴다!"

그 말에 얼른 고개를 쭉 빼니 아빠가 날 안아 들어 주었다.

"아!"

멀리 커다란 금색 별이 떠오르고 있었다. 물론 달만큼 밝은 것은 아니었지만, 별이 저렇게 커도 되나? 싶은 정도의 반짝이는 금색 별.

"예쁘다……."

나도 모르게 중얼거림이 나왔다.

"저게 에스텔이지."

아빠가 낮게 말해서 난 뺨이 붉어졌다. 적당히 지은 이름이라고 했던 과거가 생각나서 더 부끄러워졌다.

난 아빠의 목에 팔을 두르고 뺨에 키스하며 말했다.

"고맙습니다. 이름 너무 예뻐요."

아빠가 살짝 내 이마에 마주 키스해 주고 말했다.

"너만큼은 아니지."

난 간지러워 작게 키득거리고, 아빠에게 꼭 안겨서 별이 하늘 위까지 솟아오르는 걸 바라보았다.

그게 끝나자 모두가 추위를 피해 안으로 들어왔다. 홀은 후끈후끈할 정도였고, 어디서 데려왔는지 악사들의 연주가 한창이었다.

시종들이 뜨끈뜨끈한 음식들을 탁자 위로 잔뜩 날랐다.

기사단원들이 우르르 탁자를 둘러쌌다.

아빠가 은수저로 가볍게 잔을 두드리고는 말했다.

"내일 훈련은 쉰다."

그 말에 모두가 환호성을 지르더니 전투적으로 와인 병을 따기 시작했다.

음식 먹는 사람이 반, 플로어에서 춤추는 사람이 반이었다.

지금 연주하는 곡은 꼬리잡기하듯이 춤추는 곡이었다.

남녀 파트너를 맞추지 않는 곡이어서 남자가 대부분인 기사단원들도 잘 출 수 있는 춤이랄까?

춤곡은 계속해서 빠른 곡으로 바뀌어 갔다. 그때 안에서 춤추던 로이가 나에게 손짓했다.

"아가씨도 오세요."

"어?"

나? 하고 날 손가락으로 가리키니 로이가 얼른얼른 하고 손짓했다.

들어가도 되나? 폐가 아닌가?

머뭇머뭇 망설이는데 카를이 내 등을 밀었다.

"가 봐."

그 말에 난 "응." 하고 대답하고는 얼른 줄 안으로 들어갔다. 단원들이 웃으며 자리를 만들어주었다.

바이올린이 요란한 이 춤은 스텝을 밟는 춤이었다.

양손은 옆구리에 올리고, 쿵쿵, 탁탁하면서 발끝과 뒤꿈치로 박자를 맞춘다.

그런데 점점 바이올린 소리가 빨라졌다. 당연히 스텝도 더 빨라지고, 맞추지 못하는 사람들은 차례로 탈락해서 홀 밖으로 물러났다. 난 중반 부쯤 결국 스텝을 삐끗해서 빠져나왔다. 숨이 가쁘고 땀이 흘렀다.

최후에는 두 사람이 홀에 남았다.

엘런과 로이였다.

기사단원들이 소리를 질렀다.

"엘런, 힘내라!"

"로이, 너에게 1골드 걸었다고!"

그때 바이올린이 속도를 휙 올렸다. 이쯤 되면 따라올 테면 따라와 봐라 하는 속력이다. 음악이라기보다는 미꾸라지가 현을 튕기며 노는 소리처럼 들렸다. 홀에 모여 있던 사람들이 악사를 보며 손뼉을 치고 환호성을 지르며 발을 굴렀다. 악사는 땀에 흠뻑 젖어 있었는데 씩 웃어 보이고는 손가락이 보이지도 않게 움직였다.

당연히 두 사람도 따라서 속력을 올렸고, 결국 삐끗한 것은 로이 쪽이었다. 로이가 멈추고 양손을 올리자 엘런에게 박수와 환성이 쏟아졌다.

나도 마구 손뼉을 쳤다.

다음 춤곡은 느긋하게 넷이서 추는 곡이었지만, 대부분이 식탁으로 향했다. 난 아직 아쉬운 마음이 들어서 머뭇거리는데 내 손을 누가 낚아챘다.

"오라버니?"

"출까?"

"하지만 이건 넷이서—"

"둘이 춰도 돼."

그러며 카를은 주변에서 합류할까? 하는 기사들을 슥 둘러보았다. 그들은 슬그머니 시선을 피했다.

"이리 와."

난 킥킥 웃으며 다가가 카를의 손을 잡았다. 그러자 악사가 얼른 곡을 바꿨다.

둘이 추는 곡으로.

카를은 "딱 좋네." 하고는 내 손을 잡고 말했다.

"너 너무 작아. 춤추기 불편하다고. 언제 크냐?"

"오라버니가 큰 거예요."

항의하자 카를은 그래? 하고 피식 웃고는 천천히 플로어를 돌기 시작했다. 춤 선생님과 추는 게 아니라, 진짜 홀에서 춤추는 건 처음이었다. 카를이 한숨을 내쉬고 말했다.

"토끼."

"네?"

"우리 둘 다 리드할 수는 없어. 힘 빼."

그 말에 난 가볍게 웃고 몸에 힘을 뺐다. 그 뒤로는 훨씬 춤추기가 수월했다.

반 곡 정도 췄는데 카를이 눈을 찡그리고 속삭였다.

"한 곡도 다 못 추게 하신단 말이야?"

"……?"

그 말에 의아해져서 고개를 갸웃하는데 몸이 빙글 돌았다.

"아빠?"

아빠가 카를에게서 날 넘겨받은 건지 빼앗은 건지, 하여간 파트너 체인지였다. 나와 아빠는 키 차이가 너무 나서 아빠가 몸을 구부려야 했다.

"불편하지 않으세요?"

"전혀."

아빠의 말에 난 키득키득 웃고는 아빠의 손을 꼭 잡았다.

아빠는 카를보다도 더 능숙했다. 이렇게 키 차이가 나면 춤추기가 힘들 텐데 그렇게 느껴지지 않았다.

아빠, 춤 진짜 잘 추는구나.

춤곡이 끝나고 난 정중하게 인사까지 마무리해 보였다. 그러자 박수가 쏟아졌다. 깜짝 놀라 돌아보니 플로어에는 나와 아빠 둘뿐이고, 기사들이 웃으며 손뼉을 치고 있었다.

난 얼굴이 화끈거려서 얼른 아빠 팔에 매달렸다. 아빠가 내 머리를 가볍게 쓸어내렸다. 오늘은 머리를 풀고, 별 모양 장식이 달린 머리띠만 해서, 만져도 괜찮았다.

플로어에서 나오자 다시 경쾌한 춤곡이 시작되었다. 난 식탁의 디저트 코너를 바라보았다.

음, 푸딩.

그때 유리그릇에 담긴 큰 조각의 푸딩이 불쑥 눈앞에 내밀어졌다. 놀라 상대를 보니 에멜이었다.

"에멜."

"즐거운 성좌제 보내고 계신가요, 아가씨?"

"네."

난 웃으며 그릇을 받아 들었다.

"지금 두 배로 즐거워졌어요."

"푸딩 덕분에요?"

"푸딩 덕분이에요."

보니 에멜의 손에는 브랜디 잔이 들려 있었다.

"술 맛있어요?"

"네."

에멜이 싱긋 웃었다. 그러다가 아차 싶었는지 얼른 덧붙였다.

"아가씨에게는 맛없어요. 마시지 마세요. 저쪽에 펀치 있어요. 가져다드릴까요?"

"괜찮아요."

푸딩 맛을 망쳐요.

난 그렇게 말하고 얼른 수저로 푸딩을 푹 떠서 입 안에 넣었다.

아, 진짜 맛있어. 맛있다!

몸을 부르르 떨자 에멜이 웃음을 터트렸다.

"뭐예요?"

"아뇨, 아무것도 아닙니다."

에멜은 헛기침을 했다. 난 그를 빤히 보다가 참, 하고 말했다.

"꽃 다시 싱싱해졌어요. 고마워요, 에멜."

"그거 다행이네요."

에멜이 싱긋 웃었다.

저쪽에서 제인이 춤추는 게 보였다. 기사단원만 있는 게 아니라 상급 시녀들도 섞여서 함께 성좌제를 즐기고 있었다.

눈에 익숙한 제인과 스테파니는 금방 찾을 수 있었다. 날 예쁘게 만들어 주고 자신들도 저렇게 꾸밀 시간을 내다니. 두 사람 다 굉장하다.

"수도의 성좌제는 이것보다 더 굉장해요."

에멜의 말에 난 눈을 크게 떴다.

"그래요?"

"네. 공작령의 성좌제도 엄청 크죠. 이번 겨울은 화이트홀이지만—"

"다음에는 저택에서 지내자고 졸라 봐야겠어요."

"아가씨 부탁이면 이 공작가에서 못 이룰 게 없지요."

에멜의 말에 난 킥킥 웃었다.

"이제 곧 생일이시라면서요?"

에멜의 말에 아, 하고 난 고개를 끄덕였다.

"생일 파티도 기대되네요."

그가 싱긋 웃으며 말했다.

"나도 기대돼요."

내 첫 생일 파티.

어떻게 벌어질지, 어떻게 꾸며질지 기대되었다. 아니, 그냥 그게 아니라 사람들이 내 생일을 축하한다는 게 어떤 느낌일까?

그냥, 축하받는다고 생각만 해도 눈물이 나올 것 같다.

나는 푸딩을 재빠르게 먹어치우고 에멜의 앞에 똑바로 섰다. 그가 의아해하며 고개를 갸웃했고, 나는 치맛자락을 한 손으로 잡고, 다른 한 손은 정중하게 가슴에 대며 인사를 했다.

"저와 한 곡 추시겠어요?"

에멜은 눈을 둥글게 떴다가 웃음을 터트렸다. 그가 마주 가슴에 손을 대고 허리를 깊이 숙였다.

"영광입니다."

내가 손을 내밀자 그가 내 손을 붙잡고는 속삭였다.

"아가씨, 남자 파트 추실 수 있으신가요?"

난 눈을 굴리고 진지하게 말했다.

"아뇨."

"아쉽네요. 저 여자 파트도 기막히게 추거든요."

그러면서도 그는 재빠르게 리드하며 날 잡아 끌었다. 나도 모르게 웃음이 터져 나왔다.

"다음에 꼭 보여 달라고 해야겠네요."

깊이 숨을 들이마시고 난 춤을 추기 시작했다. 놀랍게도 에멜은 춤을 상당히 잘 췄다. 아니, 당연한가?

매끄럽게 춤을 리드하고 끝마치며 에멜이 내 앞에 무릎을 꿇고 손등에 입맞춤을 해주었다. 진짜 아가씨가 된 기분이라 난 뺨을 붉히며 가볍게 무릎을 굽혀 인사했다. 언제 왔는지 로이가 다가와 에멜의 옆구리를 푹 찌르며 말했다.

"네 용기에 감탄사를 보낸다."

"좀 다물지?"

싱긋 웃으며 에멜이 대답하자 로이는 어깨를 움츠리며 손을 들었다.

"토끼."

부르는 소리에 나는 얼른 두 사람에게 인사하고 쪼르르 카를에게 다가갔다. 그러자 카를은 다시 나에게 "남자는 다 마수."라는 골자의 말을 늘어놓았다.

"괜찮은데, 하는 순간 당하는 거야."

카를이 힘주어 말하는데 옆에서 애니가 다가와 가볍게 인사하며 말했다.

"아가씨께서는 이제 주무실 시간입니다."

"벌써?"

내가 아쉬워하며 말하자 애니가 "이미 충분히 늦으셨어요." 하고 말했고 카를이 픽 웃으며 내 이마를 가볍게 눌렀다.

"꼬맹이는 가서 자."

"꼬맹이 아니에요."

"아니긴. 눈에 졸음이 가득한데."

그 말에 난 입을 내밀며 눈을 비볐다. 아빠가 다가와 내 머리를 쓰다듬어 주었다.

"잘 자렴, 에스텔."

"네, 안녕히 주무세요."

언젠가 어른이 되면, 밤새도록 연회장에 있을 거야. 그렇게 말하며 애니의 뒤를 따르자 애니가 웃으며 "얼마든지요. 어른이 되면 얼마든지요, 아가씨." 하고 대답했다.

그렇게 피곤하다고 생각하지 않았는데, 의외로 지쳤었는지 나는 침대에 들고 얼마 되지 않아서 그대로 잠들어 버렸다.

성좌제의 여운이 채 가시기도 전에, 저택의 장식들은 이제 분홍과 노랑으로 바뀌었다. 어째서 분홍과 노랑이 내 색이 되었는지는 모르겠지만 말이다.

황금색 별장식은 재활용이지만, 마음에 쏙 들기 때문에 좋았다.

제인과 스테파니, 그리고 애니는 아침에 나에게 선물을 건네주었다.

이 셋에게 선물을 받을 거라고 기대하지 못했던 나는 정말로 깜짝 놀랐다.

"나 주는 거야?"

"네."

"그럼요."

"열어 봐도 돼?"

"당연하죠."

제인이 웃으며 대답했다. 난 하나씩 조심스럽게 열어 보았다.

제인이 준 건 손으로 직접 뜬 섬세한 레이스였다.

"제인, 너무 예뻐!"

"외출복에다가 다셔도 되고, 어디에 쓰셔도 오래 갈 거예요."

"고마워."

인사하고 난 스테파니의 선물을 열었다. 푸른 색조의 자투리 천으로 문양을 맞춰 만든 머리띠였다.

"와ー 이것도 정말 예뻐. 어때? 어울려?"

얼른 머리에 써 보니 셋 모두 고개를 끄덕였다. 난 씩 웃고 고맙다고 그녀에게 인사하고는 마지막으로 애니의 선물을 열어 보았다.

거기에는 작은 옷 세트가 들어 있었다. 내 토끼에게 입히면 딱 맞을.

난 입을 떡 벌렸다.

"애니! 정말 좋아! 우와, 너무 예뻐! 고마워."

"별말씀을요. 저야말로 와 주셔서, 태어나 주셔서 감사해요. 아가씨."

애니가 날 꼭 끌어안고 양 뺨에 쪽쪽 뽀뽀를 해 주었다.

"날씨도 너무 좋아요."

제인이 자리에서 일어나며 말했다.

'너무 좋은 일만 생기는 것 같아.'

난 멍하니 생각했다.

성좌제 이후로 날씨는 계속 쾌청했다. 바람도 잦아들어서, 이제 밖에 나가도 그렇게 춥지 않은 날씨의 연속이었다. 난 자리에서 얼른 일어났다.

"밖에 나갈래."

"어머? 밖에요?"

"눈사람 만들 거야!"

내 말에 애니가 웃으며 말했다.

"그러면 옷은 단단하게 입혀 드릴게요."

"흐라차!"

내가 이상한 소리를 내는 건 눈덩이가 상당히 커졌기 때문이었다. 이제 슬슬 양손으로 밀기가 버거워져서, 난 어깨로 눈덩이를 끙끙거리며 밀고 있었다.

"제가 밀어드리겠습니다."

진이 옆에서 안절부절못한 얼굴로 말해서 난 고개를 저었다.

"아니에요. 내가 할 거예요."

하지만 아무리 해도 움직이질 않아서 난 털썩 자리에 앉았다. 여러 겹 입은 옷이 덥게 느껴졌다. 땀이 줄줄 흐른다. 하지만 그렇다고 옷을 벗어 버리면 순식간에 땀이 식으며 감기에 걸릴 거다.

나는 내 가슴께까지 올라오는 크기의 눈덩이를 바라보았다.

슬쩍 하늘을 바라보니 해가 기울고 있었다.

'이게 한계인가 봐.'

"진, 하나만 부탁해도 돼요?"

"하명하십시오."

하멍이라니, 그 단어에 난 킥킥 웃으며 자리에서 일어나 눈덩이를 툭툭 치며 말했다.

"이거, 저거 위에 올려 주세요."

난 아까 만들어 놓은 또 다른 거대한 눈덩이를 가리켰다. 진이 고개를 끄덕이고는, 내가 한참 동안 끙끙거려도 움직일 수 없었던 눈덩이를 번쩍 들어 올렸다. 그가 놀란 듯 말했다.

"상당히 무거운데요. 고생하셨습니다. 아가씨."

아니, 그걸 그렇게 스티로폼 박스 들듯이 가볍게 들어서 휙휙 내려놓는 사람이 그렇게 말을 해도……

"고마워요."

하지만 난 간결하게 대답했다.

진이 조심스럽게 눈덩이 위에 눈덩이를 올렸다. 얼른 눈을 퍼서 목 부분(?)을 이어 붙이자, 그럴듯한 눈사람이 되었다.

후후후후, 나보다 키가 크다고!

"이제 눈코입만 붙이면 되네요."

난 이마의 땀을 가볍게 닦고, 얼른 현관으로 걸음을 옮겼다.

"다 만들었어?"

카를이 뭔가 들고 나오며 물었다.

"네."

고개를 끄덕이니 그가 손에 든 것을 내밀었다. 석탄과 길쭉한 나무 조각이다.

"안에서 이거 너 가져다주라는데."

"아, 고맙습니다."

난 얼른 석탄을 받아 들고 후다닥 다시 눈사람에게로 돌아갔다. 까치발을 하고 끙끙거리며 눈을 붙이는데, 다가온 카를이 날 안아 주었다. 석

탄으로 먼저 눈을 박아 넣고, 마지막으로 길쭉한 막대를 코 삼아서 푹ー
넣으면 완성.

"어때요?"

의기양양한 얼굴로 카를을 돌아보니 카를이 눈사람을 지그시 보다가
말했다.

"너 닮았네."

그 말에 난 눈사람을 보았다가 발끈해서 말했다.

"안 닮았어요!"

"아니, 닮았어. 이 맹한 눈초리 하며ー"

"아니라니까요!"

내가 씩씩거리며 말하자, 카를이 킥킥 웃고는 한 손으로 나를 추켜올
리고 한 손으로 자신의 목도리를 벗어서 눈사람에 둘러 주었다.

"오라버니!"

그거 비싼 목도리잖아요!

"내 눈사람 누이가 추우면 안 되니까."

"아니라니까요. 안 닮았다니까요."

"닮았다니까? 가발도 씌워 볼까?"

"오라버니!"

내가 그의 어깨를 때리며 항의했지만 카를은 뭐가 좋은지 씩 웃을 뿐
이었다.

아, 진짜.

난 투덜거리며 말했다.

"그러면 내일은 오라버니 눈사람도 만들 거예요."

"나?"

"네. 똑같이 만들어 버릴 거예요."

씩씩거리며 말하다가 문득 꽤 괜찮은 아이디어라는 생각이 들었다.

"아빠 눈사람은 모레 만들어야겠어요."

그런데 저게 내가 만들 수 있는 최대치의 크기인데 더 크게 만들 수 있을까?

눈뭉치 3개를 만들어?

카를이 걷기 시작했다. 난 온 가족 눈사람을 만들 생각에 푹 빠져 있었다.

"그럼 내 거 만드는 건 내가 도와줄까. 내 귀여운 누이가 이상하게 만들면 안 되니까."

"진짜요? 아니, 이상하게 안 만들어요."

"정말?"

카를의 붉은 눈동자가 날 보며 웃었다.

아니, 그야 뭐, 조금 이상하게 만들지는 모르지만.

카를이 현관에서 날 내려 주었다. 부츠에 눈이 잔뜩 붙어서 대리석이 좀 미끄러웠다. 신발을 털자 카를이 말했다.

"올라가서 씻고 옷 갈아입어. 파티 시작한다."

그 말에 난 눈을 크게 떴다가 "네!" 하고 대답하고는 후다닥 복도를 뛰었다. 눈을 덜 털어 내고 뛴 게 화근이었을까. 그야말로 벌러덩 하고 자빠져 버렸다. 등이 대리석 바닥에 퍽 하고 부딪치면서 순간 숨을 쉴 수가 없어졌다.

"푸하하—"

뒤에서 웃음소리가 나서 나는 '아오, 저 오라버니가' 하고 생각하며 끙끙거렸다.

"아가씨!"

놀란 진이 뛰어왔다. 난 눈을 감고 가만히 누워 있었다. 아, 진짜 아프다.

"괜찮으십니까? 머리를 부딪치지는 않으셨나요?"

다행히도 옷이 두꺼워서 그렇게까지 큰 타격은 없었다. 난 눈을 뜨고 숨을 내쉬었다.

"괜찮아요."

그보다는 좀 민망하다. 진이 날 일으켜 세워 주었다. 진이 아직도 웃고 있는 카를에게 못마땅하다는 듯이 말했다.

"아가씨께서는 이렇게 넘어지셨다간 죽을 수도 있단 말입니다."

엑, 진. 그건 아니죠. 아니 그럴 가능성이 없는 건 아니지만, 또 그렇게 심각한 문제는—

그 말에 웃음소리가 딱 그쳤다. 카를이 내 어깨를 휙 잡았다.

"괜찮아?"

그의 눈이 동그랗게 되어 있어서 난 픽 웃었다.

"진이 과장한 거예요. 괜찮아요."

또 보통이라고 말할라.

나는 괜찮다고 몇 번 말하고서야 그 자리를 벗어날 수 있었다.

＊　　　＊　　　＊

난 산더미처럼 쌓인 선물을 보고 눈을 크게 떴다. 선물마다 달린 꼬리표를 보니 모르는 이름도 잔뜩 있었다.

'설마 강제로 선물을 차출한 거 아냐?'

불안한 마음에 나는 아스터 경에게 쪼르르 다가갔다.

"아가씨, 생일 축하드립니다."

아스터가 가볍게 샴페인 잔을 들어 보이며 말했다.

"저기, 아스터."

"네."

"기사단에게 선물 차출한 거 아니죠? 저 그럴 필요 없어요."

사실 아빠와 오빠에게만 선물을 받을 수 있을 거라고 생각했다. 아니, 선물은 거의 기대하지 않았다. 갑작스럽게 정해진 거니까 말이다.

내 말에 아스터가 가볍게 웃고는 무릎을 꿇어 나와 눈높이를 맞추고 말했다.

"전부 자발적으로 낸 겁니다. 차출이라뇨. 늑대들에게 그런 게 통할 것 같습니까?"

그의 정령석이 진심으로 즐거운 듯이 웃었다. 난 그제야 안심하고 웃으며 말했다.

"그럼 선물은 잘 받을게요. 고마워요, 아스터."

"별말씀을요."

아스터는 싱긋 웃으며 자리에서 일어났다.

"에스텔."

때마침 아빠가 날 불러서 난 그에게 가볍게 인사하고, 얼른 아빠에게로 향했다. 내가 아빠의 곁에 서자 아빠가 은수저로 크리스털 잔을 가볍게 쳤다. 모두가 조용해졌다. 아빠가 나에게 말했다.

"한마디 하렴."

네? 에? 지금? 저요?

난 당황해 홀을 바라보았다. 홀에 모인 사람들이 전부 날 보고 있었다. 어, 음. 그러니까—

"안녕하세요. 오늘 제 생일 파티에 와 주셔서 감사합니다."

음, 그리고 또—

"어, 선물도 너무너무 감사해요."

그리고, 그리고—

"재미있게 놀다 가세요."

아아악, 놀다 가는 게 뭐야. 내가 어쩔 줄 몰라 하는데 사람들이 웃으며 손뼉을 쳤다. 아빠가 손짓하자 홀의 문이 열리고, 시종이 트롤리를 밀고 들어왔다. 거기에는 거대한 4단 케이크가 올려져 있었다.

난 입을 떡 벌렸다. 이런 호화스러운 케이크는 본 적 없었다.

케이크가 내 눈앞까지 굴러왔다. 케이크 위에는 '12'이라는 숫자가 설탕으로 만들어져 장식돼 있었다.

"하나, 둘, 셋—"

누군가의 선창으로 모두가 생일 축하 노래를 불렀다. 서영이 들었던 것과는 다르지만 비슷한 노래였다. 노래가 끝나고, 모두가 손뼉을 치고 난 어쩐지 눈물이 찔끔 났다.

열두 번째 생일.

그리고 나서 모두가 케이크를 나눠 먹으며 선물 개봉식을 가졌다. 꼬리표를 읽고 선물을 개봉하면 모두가 한마디씩 던졌다. 그렇게 선물을 차례로 개봉하고, 끝으로 오빠의 선물을 열어 보았다. 길쭉한 나무 상자에는 별 문양이 짜 맞춰져 들어가 있었다.

상자를 조심스럽게 열어 보니 거기에는 활이 들어 있었다.

"활이잖아요!"

난 깜짝 놀라 활을 들었다. 모두가 감탄하며 좋은 활이네요, 하고 한마디씩 던졌다.

"검은 안 되지만, 이 정도는."

카를의 말에 난 활짝 웃었다.

"고마워요. 우와, 진짜진짜 잘 쓸게요."

"쏘는 법은 내가 알려 줄게."

카를이 덧붙였다.

"진짜요?! 와!"

난 짙은 갈색의 활을 몇 번 어루만지다가 조심스럽게 다시 상자에 넣었다.

활이라니.

카를, 선물 센스가 아주 괜찮은데요? 검은 못 하지만, 그래도 활이라면 어떻게 되지 않을까?

사격의 민족이었고…… 물론, 지금은 아니지만―

너무 웃어서 광대가 아파 왔다. 난 마지막으로 아빠의 선물을 풀었다. 네모난 벨벳 상자.

보석인가.

살며시 상자를 열자 거기에는 바다가 한 조각 들어 있었다.

그렇게밖에 말할 수 없었다. 마치 심해를 한 조각 잘라 온 듯한 아름다운 푸른 보석이 빛에 출렁거리고 있었다.

"최상급 정령석이다."

아빠가 설명했다. 난 눈을 크게 떴다.

"하, 하지만 전 오러 사용자도 아닌데……."

"만져 봐."

카를이 픽 웃으며 말했다. 그 말에 난 정령석을 조심스럽게 집어 들었다. 그 순간 온몸에 훈기가 확 퍼졌다.

"어?"

"최상급 정령석은 사람의 몸도 보호해 주니까. 필요할 거다."

아빠의 말에 난 주먹을 펴 보았다. 손바닥에 쏙 들어가는 조약돌만 한 크기의 정령석은 어떤 보석보다 더 아름다웠다.

"고마워요, 아빠. 잘 쓸게요."

내일 눈사람 만들 때 가지고 나가면 안 춥겠다. 그런 생각을 하며 난 정령석을 다시 상자 안에 넣었다. 애니에게 뭔가 몸에 지니고 다닐 수 있도록 목걸이 같은 걸로 만들어 달라고 해야지.

선물 개봉이 끝나자 모두가 선물에 대한 이야기를 하느라 정신없었다. 그사이에 음식이 들어왔고, 편하게 먹고 마시는 분위기가 되었다.

나는 기사단원들의 이름과 얼굴을 외우려고 노력했다. 그래도 생일 선물을 준 사람들인데, 내가 외우고 있어야지.

잠깐, 이거 받았으니 나도 줘야 하는 거 아닌가?

나중에 아스터 경에게 생일 명단이라도 달라고 해야겠다.

그런 생각을 하며 나는 마지막까지 파티를 즐겼다.

"어린아이는 일찍 자야 해요, 하지만 오늘은 생일이니까 한 시간만 더."라고 애니가 말했지만, 오히려 그 말로 인해 파티는 일찍 끝나게 되었다.

나는 침대에 털썩 앉아서도 흥분이 가라앉지 않았다.

'내일은, 카를에게 활을 배우고…… 눈사람도 마저 만들고……'

아, 정령석도 부탁해야지.

난 토끼를 꼭 끌어안았다.

내일 아침 다시 생일 선물을 정리해야겠다. 그런 생각을 하며 나는 스르륵 잠이 들었다.

Chapter 5.

내가 잠에서 다시 깬 건 너무 추워서였다.

이불을 걷어찬 걸까? 하고 주변을 만지는데, 한기가 다시 밀어닥치며 정신이 번쩍 들었다.

'어……?'

바닥이 차갑고 딱딱하다.

뭐야? 꿈인가?

엄마와 있었던 꿈을 꾸나?

하지만 그렇다기에는 너무나도 현실적인 감촉이었다. 나는 바닥을 만져 보았다. 차갑고 거친 돌바닥의 감촉. 내 옷을 만져 보니 잠옷 차림이었다.

"애니? 제인?"

작게 목소리를 냈다. 사방이 깜깜해서 아무것도 보이지 않았다.

난 비틀비틀 자리에서 일어났다. 맨발이라 발이 시렸다.

"누구 없어요? 왜 이렇게 어두워?"

그때 삐걱하는 소리가 나더니 직사각형의 작고 네모난 창이 열렸다. 꼭 감옥에서 보는 듯한…….

갑자기 전신에 오한이 내달렸다.

뭐야? 어떻게 된 거야?

아까까지만 해도 침대에서 잠들어 있었는데?

덜컹하고 문이 열려서 난 뒷걸음질 쳤다.

후드를 쓴 남자가 등불을 들고 안으로 들어왔다. 그가 후드를 벗으며 씩 웃었다.

"안녕하십니까. 카스티엘로 공작 영애."

순간 폐가 확 오그라드는 것 같았다. 숨쉬기가 어려웠다.

이건 꿈이 아닐까?

악몽이 아닐까?

"마법사…….”

헐떡이며 쥐어짜듯 말하자 그가 고개를 끄덕였다.

"기억해 주신다니 영광입니다. 궁정 마법사 레프턴이라고 합니다."

"어, 어떻게―"

"그야 마법으로 살짝, 아가씨를 납치한 거지요. 화이트홀은 그래도 정령석의 간섭이 없어서요."

"도, 돌려보내 줘요. 지금 돌려보내 주면 아무 말도 하지 않을게요."

스스로도 안 통하는 말이라고, 가슴 한구석에서 그렇게 생각하면서도 난 그렇게 말할 수밖에 없었다.

"아가씨를 이렇게 데려온 것으로도 이미 카스티엘로와 척을 진 겁니다. 카스티엘로와 척을 졌다면, 저도 끝까지 가야겠지요."

"뭐, 뭘 어떻게 하려는 거죠? 난 아무런 힘도 없어요."

"그 힘을 이끌어 내는 게 제 몫이랍니다."

나는 주변을 둘러보았다. 네모난 상자 같은 돌벽.

아빠가 언제쯤 날 찾을까?

"이리 오시지요."

레프턴이 손을 뻗어 날 붙잡아 끌어냈다. 어찌나 강하게 잡았는지 피부 속으로 손가락이 파고드는 것 같았다. 난 이를 악물었다.

그가 날 바깥으로 끌고 나가자 거기에는 연구실이 있었다. 하지만 어디에도 나가는 문은 보이지 않았다.

"걱정 마세요, 아가씨."

레프턴이 그렇게 말하며 뭔가를 테이블에 올려 두었다. 길쭉한 유리관 안에는…….

난 비명을 삼켰다. 그 안에는 눈알이 들어 있었다.

분홍색 눈동자.

"아가씨를 죽이지는 않을 겁니다."

레프턴이 웃으며 덧붙였다.

"오랫동안이요."

나는 뚫어져라, 보존된 분홍 눈을 바라보았다.

─섞인 사람은 오래 살지 못해서…….

하델의 말이 머릿속을 빠르게 스치고 지나갔다. 난 카스티엘로에 대한 화풀이를 섞인 사람에게 해서 그런 줄 알았다.

'이렇게 실험 대상이 된 게 아니라.'

그랬구나.

그래서 아빠가 마법사들을 개자식이라고 한 거구나.

이런 상황인데도 침착하게 납득하는 자신이 신기하기만 했다. 아니, 이럴 때일수록 침착해야지.

나는 주변을 파악하기 위해 애썼다. 어딘가 나가는 문이 있지 않을까? 여기는 어디쯤일까?

그때 시야 구석에 푹 고개를 숙이고 있는 아이가 눈에 들어왔다.

설마.

설마.

아니, 설마가 아니다. 레프턴이 자신의 제자라고 그랬으니까. 그러니까 저건 십삼이 맞다.

알고 있었는데도 갑작스러운 배신감이 가슴속에 휘몰아쳤다. 그러면 내가 여기로 납치된 일에 저 애도 관여한 거 아닐까.

아빠는 괜찮다고 했지만, 받았던 그 깃털에 문제가 있었던 게 아닐까? 그래서 내가 여기 있는 게 아닐까.

의혹들이 수증기처럼 뭉게뭉게 피어올랐다.

"십삼."

십삼을 부르자 숨이 막혀 와 난 가볍게 헐떡였다. 십삼은 펄쩍 뛰듯이 놀라더니 고개를 들었다.

아.

눈 주변은 멍이 들어 있고, 입가는 터져 있다. 전에 본 적 없는 새로운 상처가 나 있었다.

"기억하고 계신 겁니까? 놀랍네요. 사실 아가씨가 까맣게 잊었을 거라고 생각했거든요."

레프턴이 놀랍다는 듯이 고개를 주억거렸다.

"나를 어떻게 할 생각이죠?"

난 십삼에게서 눈을 떼고 아랫배에 힘을 주어 목소리를 냈다. 레프턴은 그런 나의 말을 듣는 둥 마는 둥 자신의 말을 이었다.

"어떻게 아가씨를 데리고 왔는지 궁금하지 않습니까?"

난 침묵하며 그를 노려보았다. 하지만 내가 생각해도, 내가 노려보는 것에 위협당할 사람은 없다.

"아가씨의 머리카락입니다."

레프턴의 낮은 속삭임에 나는 멍해졌다. 머리카락? 내 머리카락?

"신체의 일부 중에 가장 손에 넣기 쉬운 게 그나마 머리카락이죠. 물론 구하는 데 고생을 잔뜩 했습니다만— 그럴 만한 가치가 있었죠. 그 뒤는 아가씨의 머리카락이 맞는지 확인했고요."

아, 황후의 초대를 받았던 날, 그냥 온 게 아니었구나. 가지고 있는 머리카락이 내 머리카락이 맞는지 확인하러 온 거였어.

'그럼, 십삼이 그런 게 아냐.'

묘한 안도감이 들었다.

레프턴의 눈이 번쩍였다. 그가 열정적으로— 미친 사람처럼 빠르고 낮은 어조로 말했다.

"신체 일부를 가지고 상대를 특정해서 데려오는 일이 얼마나 어려운지 아십니까? 제가 아니었다면, 아가씨는 몸의 일부만 여기로 왔을지도 모릅니다. 머리카락이 달린 머리만 온다든가요. 하지만 다행히도, 저는 천재지요."

전혀, 조금도 다행이 아니다.

레프턴이 내게로 다가와, 내 팔을 다시 붙잡고 검은색 철로 만든 높은 의자에 앉히려 했다.

"싫어!"

버둥거리자 십삼이 레프턴에게 달려들었다.

"그, 그만하세요. 스승님."

그러자 레프턴은 주먹으로 십삼의 얼굴을 후려쳤다. 악 소리도 없이 십삼은 마른 나뭇잎처럼 바닥을 굴렀다.

"십삼!"

난 깜짝 놀라 소리를 질렀다. 레프턴은 날 의자에 억지로 앉히고 팔걸이에 내 손목을 가죽끈으로 고정했다. 난 다리를 뻗어 그를 걸어차려고 했지만 닿지 않았다.

어째서 내 다리는 짧은 걸까.

의미 없는 생각을 하며 난 십삼을 곁눈질했다. 그는 기절한 건지 바닥에서 꼼짝도 하지 않는다.

머리라도 부딪친 게 아닐까, 걱정이 되었다.

"아가씨, 그렇게 겁먹으실 필요 없습니다."

레프턴이 상냥한 어조로 말했다. 그 상냥한 어조에 내 전신에 오한이 들 것 같았다.

소름이 끼친다.

"전 이 기록을 오 년 전에 찾아냈습니다."

레프턴이 책장에서 책을 하나 꺼냈다.

'사방이 책장이야. 출구가 없어. 어디로 나가는 거지? 책장을 밀면 비밀의 문이라도 있는 걸까?'

천장에는 마법 등만 동그랗게 켜져 있을 뿐, 어느 곳에도 창문은 보이지 않았다. 공기도 무거운 걸 보면 여기는 지하가 아닐까?

"섞인 자를 가지고 실험을 한 기록이죠. 꽤 고무적인 성과를 내기는 했지만 결과를 보지는 못했습니다. 그리고 전 여기를 발견했죠. 예전 실험 장소를요."

레프턴이 의자를 가져다가 내 앞에 앉았다.

"남아 있는 재료로 몇 가지 실험을 해 봤지만, 살아남은 건 십삼 하나

뿐입니다. 그럭저럭 원하는 만큼 마법 능력을 가지기는 했지만, 마족에 비하면 부족하죠."

"마족이 되고 싶은 거예요?"

"설마요. 괴물이 되려는 게 아닙니다."

레프턴이 손을 저었다.

"붉은 눈은 마족의 상징이죠. 카스티엘로의 힘은 한 명에게 한정되어 넘어갑니다. 하지만 섞인 자라면…… 무궁무진한 가능성이 있죠. 아가씨에게서 그 힘을 찾아내서 잘 쓰는 법만 발견하면―"

아무래도 레프턴의 눈에는 물기가 너무 많은 것 같다. 저렇게 번득이다니.

"무적의 군대를 만들 수도 있는 겁니다. 쉽게 마스터가 될 수도 있고요. 대단하지 않습니까? 아가씨에게는 그럴 가능성이 있는 겁니다. 무한한 가능성이요!"

그는 침을 튀기며 열변을 토했다. 입꼬리에 매달린 침이 더럽게 보이기만 했다.

"그러니까, 절 재료로 해서 뭔가를 만들겠다는 것으로밖에 안 들리는데요."

레프턴의 얼굴이 굳었다.

"발전에는 희생이 따르지요. 아가씨 한 명의 희생으로 발전할 제국을 생각해 보십시오."

진짜 싫다.

제국이 나에게 해 준 게 뭐 있다고 내가 거기를 발전시켜 줘야 하나?

"그냥 자기 욕심을 채우고 싶을 뿐이면서."

내가 중얼거린 말에 레프턴은 심각하게 "그럴지도 모르지요." 하고 고개를 끄덕였다. 어차피 잡혀 있는 사냥감 앞에서 보여 주는 관대한 자세

같아 나는 입술을 깨물었다.

'아빠가 데리러 올 거야.'

아빠와 카를, 에멜― 세 사람의 얼굴이 차례대로 떠올랐다. 그리고 애니, 제인, 스테파니, 아스터 경, 진, 엘런, 로이―

모두가 날 찾고 있을 거다.

에멜이 그랬어.

살아 있기만 해 달라고.

그러니까 내 최종 목표는 살아남는 거다. 그러면 최대한 반항하지 않는 게 좋을지도 모른다.

레프턴이 의자에서 일어나 책상 위에 있는 통을 집어 들었다. 안에 들어 있는 탁한 눈동자가 출렁였다.

"마지막으로 남아 있는 샘플은 이제 이것뿐입니다. 암시장에 내놓을 생각이죠."

레프턴이 히죽 웃었다.

"그러면 모두가 아가씨가 죽었다고 생각하지 않겠습니까?"

"……."

나는 입술을 꾹 다물었다.

"저는 실험 자금을 마련하고, 아가씨는 죽었다고 알리고. 살아 있다고 생각하는 사람이 없으면 아무래도 추적도 느슨해지기 마련이죠."

그럴 리가 없어.

카스티엘로를, 늑대기사단을 뭐라고 생각하는 거야?

하지만, 걱정은 된다.

나를 찾지 않을 리는 없지만 살아 있는 사람을 찾는 것과 죽은 사람을 찾는 것은 완전히 방향이 달라질 테니까.

그러면 날 찾는 게 늦어질지도 모른다. 그렇게 너무 늦어지면―

난 둥실둥실 떠 있는 눈동자를 바라보다가 눈을 질끈 감았다.

아냐, 아냐. 그런 생각은 하지도 마. 분명히 제때에 찾으러 올 거야.

반드시.

*　　*　　*

창문이 없으니 낮과 밤을 새는 것이 무의미했다.

식사도 제대로 주고 있는 것인지 아닌지 알 수가 없었다. 왜냐면 이상한 물약이 대신 나올 때도 있기 때문이다.

물약을 먹고 너무 아파서 바닥을 구른 적도 있었다. 너무 아프면 비명도 나오지 않고, 숨도 쉴 수 없게 된다는 걸 알게 되었다. 그 뒤로 내놓은 물약을 먹지 않았더니 그가 억지로 내 입을 벌리고 물약을 먹였다.

머리카락을 좀 잘라가거나, 피를 뽑거나, 손톱을 자르는 단계는 이미 예전에 지나간 모양이다. 고통의 강도가 날마다 올라가서 난 내가 언제까지 버틸 수 있을까 걱정이 되었다.

'얼마나 지난 걸까?'

방구석에 등을 대고 나는 숨을 내쉬었다.

'추워.'

춥다고 생각하니 웃음이 픽 흘러나왔다.

'이런 생활은 계속 해 왔었잖아.'

추위에 떠는 생활은 계속했었다. 공작가에서 보낸 지 얼마나 됐다고 벌써 추위에 약해져서는…….

난 얇은 담요를 최대한 몸에 둘둘 감았다.

'춥지 않아.'

나는 눈을 감았다.

'아프지 않아.'

춥지 않아. 아프지 않아.

그 말만 머릿속으로 계속 되뇌면서 어떻게든 내 몸과 내 정신을 떼어 놓으려 애썼다.

요즘 계속 하는 게 이거였다.

'예전에 서영이 본 티브이 내용에 그런 게 있었어.'

몸과 정신을 분리하는 이야기.

몸이 고통을 당해도, 제삼자의 시선으로 자신의 몸을 보고 고통에서 도망치는 그런 거. 그게 진짜인지 아닌지 모르겠지만, 지금의 나에게는 너무 절실한 능력이었다.

─살아남는 것만 생각해 주세요.

에멜이 그렇게 말했었다. 그러니까 살아 있기만 하면 분명히 찾으러 올 거야.

하지만 언제가 될까?

그때 문이 조금 열렸다. 난 반응하지 않고 그저 허공만 바라보고 있었다.

"아, 아가씨─"

더듬거리는 목소리에 느리게 돌아보니 거기에는 십삼이 서 있었다.

나는 그에게 이제 묘한 동지애를 느끼고 있었다. 레프턴에게 같이 학대당하고 실험당하는 동지.

레프턴은 나에게만 아니라, 십삼에게도 실험을 하고 있었다.

"이, 이리로."

십삼이 불안한 듯 뒤를 힐끗거리며 말했다. 하지만 난 내 자리에서 꿈쩍도 하지 않았다. 아니, 굳이 말하자면 모든 반응이 둔했다. 내 몸이 느끼는 걸, 내 뇌가 느끼지 않게 하려고 안간힘을 쓰고 있기 때문에 모든 일에 간격이 있었다.

십삼은 내가 움직이지 않자 안으로 들어와 내 손을 잡아끌었다. 내 몸은 반항하지 않고 순순히 그에게 끌려 일어났다.

"도, 도망쳐요. 어, 얼른."

감옥 밖으로 나가자 연구실에는 아무도 없었다. 난 날 붙잡은 십삼의 손을 바라보았다. 손등은 터서 피가 나고, 다시 아문 딱지들이 가득했다.

'같이 도망가자.'

그 말을 해야 하는데 말이 나오지 않았다.

"내, 내, 내일 온다니까, 어, 어, 얼른."

긴장한 것인지 말더듬이 더 심해졌다. 그가 날 세워 두고는 얼른 책장 근처로 다가가서 뭔가를 조작했다.

우르릉―

요란한 소리와 함께 책장이 휙 하고 반 바퀴 돌더니 통로가 생겼다. 검은색 통로가 입을 벌리고 있었다. 냉기가 밀려들어 왔다.

"빠, 빠, 빨리―"

내가 꼼짝도 하고 있지 않자, 십삼은 초조해진 듯 내 등을 떠밀었다. 내 몸이 한두 걸음 앞으로 이동했다.

'계속 걸어!'

나는 내 몸에게 필사적으로 명령했다. 그러자 몸이 조금씩 앞으로 걸어 나가기 시작했다.

그런데 십삼은 같이 가지 않는 건가? 날 도주시킨 게 발각되면 고문당하다가 죽을 텐데.

난 멈춰 섰다. 돌아서서 필사적으로 입과 혀를 움직였다.

"같이, 같이―"

내 말에 십삼은 눈을 휘둥그레 떴다. 그는 눈을 질끈 감더니 고개를 휘젓고 내 등을 다시 밀었다.

"어, 얼른 가세요."

내 몸은 다시 걷기 시작했다. 아니, 걸으면 안 되지. 이제 뛰어야지. 제발 몸아 움직여라.

그동안 느끼지 않으려고 애썼던 걸 다시 느끼려고 애쓰고 있는데, 통로 저편에서 발소리가 들려왔다.

갑자기 숨이 막혀 왔다. 심장이 마구 뛰기 시작했다.

전신이 부들부들 떨렸다.

십삼 역시 깜짝 놀란 듯 날 다시 잡아 안으로 끌어들였다.

"왜, 왜—"

왜 벌써 오느냐는 말이겠지. 글쎄, 일정이 바뀐 게 아닐까?

십삼은 얼른 도로 책장을 조정해서 닫고는 날 다시 감옥에 밀어 넣었다. 감옥 문을 닫는데 우르릉 하는 낮은 소리와 함께 문이 열리는 소리가 들렸다.

"지팡이를 두고 갔지 뭐야."

명랑한 목소리로 레프턴이 말했다. 자신이 고문하는 두 사람을 앞에 두고 저렇게 태연할 수 있다는 사실이 놀랍다.

사이코패스가 저런 걸까?

"여, 여, 여기—"

십삼이 지팡이를 내민 모양이다. 레프턴은 "그럼." 하고는 다시 외출했다. 그가 나가고 나서 한참을 십삼은 침묵했다.

내 귀 역시 쫑긋하게 서서 뭔가 들리나 집중했다.

하지만 책장이 두꺼운 건지 아무런 소리도 들리지 않았다.

얼마나 시간이 지났을까?

십삼은 안전하다고 생각되었는지 다시 날 감옥에서 꺼내고는 책장을 돌렸다.

"이, 입구까지 데려다 드릴게요."

내 몸이 잘 움직이지 못하는 걸 보고 십삼은 내 손을 잡아끌었다.

새까만 통로에는 빛이 없었다. 벽에서 차가운 공기가 무겁게 흘러나와 이대로 발가락이 얼어붙어서 떨어지는 게 아닌가, 걱정됐다.

그때 퐛 하고 밝은 빛이 켜졌다.

"이런, 이런, 이런."

레프턴이 빛나는 마법 지팡이를 들고 서서 이를 드러내고 웃었다.

"무슨 일인가 했더니만, 요런 깜찍한 짓을 하고 있었군."

레프턴이 지팡이로 십삼을 가리키자, 십삼은 커다란 추에라도 맞은 것처럼 퍽 하고 뒤로 나가떨어졌다.

'십삼!'

하지만 내 비명은 입 밖으로 나오지 않았다.

레프턴이 내 목덜미를 잡아끌었다. 질질 끌려 들어가며 나는 바닥에 쓰러진 십삼에게서 눈을 떼지 못했다.

죽은 건 아니겠지?

제발.

아니라고 해 주세요.

그때 그가 꿈틀하는 게 보여서 난 안도했다. 살아 있구나.

하지만 큰 부상을 당한 게 아닐까? 당장 의사에게 가 봐야 하는 게 아닐까?

레프턴은 도로 날 실험실로 끌고 들어와 의자에 묶으며 말했다.

"카스티엘로는 참 무도한 집단입니다."

그가 내 반응을 기다리듯 말을 멈추고 날 빤히 보았다.

몸과 정신을 분리할 거야.

괜찮아.

난 아무것도 느끼지 않아.

난 아무것도 느끼지 않아.

난 아무것도 느끼지 않아.

아프지 않다.

아프지 않다.

울지 마.

울지 마.

저 자식에게 공포에 질린 모습을 보여 주지 마.

필사적으로 마음속에서 주문을 외우듯 말을 반복하며 집어삼켰다. 이제부터 그가 나에게 어떻게 보복할지 생각하지 않으려고 애썼다.

철썩—

묵직한 소리와 함께 내 목이 휙 돌아갔다. 시야가 빙글 돌았다.

"그렇게 반응이 없으면 제가 알 수가 없지 않습니까?"

입 안에서 피 맛이 느껴졌다.

철썩—

다시 반대쪽으로 시야가 휙 돌아갔다. 하지만 놀랍게도, 느낌은 거의 없었다. 팔다리도 마치 인형처럼 축 늘어져 있을 뿐이었다. 내가 반응이 없자 화가 난 듯이 그는 전력으로 내 뺨을 몇 번이나 더 후려쳤다.

하지만 그럴수록 더더욱 감각이 사라지는 것 같았다.

난 화이트홀에서 보았던 성좌제 나무를 생각했다. 반짝반짝하고 예뻤지.

하늘에 별도 너무 많아. 모닥불 불빛도 따뜻하고 부드러웠다.

내 생일 파티.

다들 선물을 쌓아 두었던 걸 기억했다. 마치 만화경 안에서 아름다운 조각들이 돌아가는 것처럼, 그런 기억들이 내 눈앞을 스치고 지나갔다.

"……지 않았습니다."

느리게 레프턴의 말이 귀에 들어왔다. 귓속이 윙윙 울렸다.

"설마 마탑에서까지 행패를 부리지는 않겠지만, 지금 거리에서 당신을 찾겠다고 수십 명의 피를 흩뿌리고 있다더군요."

레프턴이 도구함에서 집게를 꺼내고 있었다.

"정말로 끔찍하지 않습니까?"

아니, 네가 더 끔찍해.

내 몸은 움직이지 않으니, 내 시야는 도구함에 고정되어 있었다. 그가 움직이는 걸 볼 수가 없다.

거기에는 그가 이미 나에게 실험한 것도 있었고, 아직 실험하지 않은 것도 있었다.

레프턴이 내 손가락을 잡으며 말했다.

"실험 결과만 나오면 모두가 절 찬양할 겁니다. 칭송할 거예요. 제 이름은 위대한 마법사로 영원히 남겠죠."

레프턴이 낮게 말했다.

"아가씨도 손톱 몇 개로 이름을 남기게 될지 모릅니다."

*   *   *

난 어떤 고통도 느끼지 않았다.

다만, 내 몸도 움직일 수가 없게 되었을 뿐.

꿈과 현실을 왔다 갔다 하면서 점점 나는 꿈속으로 밀려들어 가고 있었다.

'아니면 이게 다중 인격의 전조인가? 그건 안 되는데. 그러기 전에 구

하러 왔으면 좋겠는걸.'

그렇게 생각하는데 문이 열렸다. 레프턴이 들어와 내 팔을 잡아 당겼다. 내 몸은 말 잘 듣는 인형처럼 순순히 그에게 끌려갔다.

불쌍한 내 몸. 오늘도 당하겠구나.

레프턴은 이제 초조해 보였다. 눈은 시뻘겋게 충혈되어 있었고, 수염도 깎지 않아서 꼭 알코올중독 노숙자처럼 보였다.

"어째서 안 되는 거지!"

그가 히스테릭하게 외쳤다. 한쪽 구석에는 나보다도 더 엉망인 상태의 십삼이 묶여 있었다.

불쌍한 십삼.

날 탈출시키려고 한 그날 이후로, 부상도 치료받지 못한 채 레프턴의 샌드백이 되어 버렸다.

저러다가 맞아서 죽는 게 아닐까. 항상 걱정되었다.

"마족의 피가 인간과 섞였다면, 무한한 힘을 발휘해야 하는데, 왜야."

그가 으르렁거리며 날 바라봤지만, 내 몸은 그냥 인형처럼 얌전히 서 있을 뿐이었다.

철썩!

그가 있는 힘껏 뺨을 때리자 내 몸과 시선이 함께 데구루루 굴렀다. 아픔은 없다. 느껴지지 않는다.

"제길!"

그가 내 머리카락을 붙잡고 질질 끌고 가기 시작했다. 뭔가 마법진이 새겨진 철판 위에 내 몸을 던져 올린다.

좀 소중하게 대해 주지 않겠어요?

않겠지만.

마음속으로라도 이 상황을 가볍게 말하지 않으면 미쳐 버릴 것 같았다.

아니, 이미 미친 건지도 모른다. 내 몸이 느끼는 걸 내가 느끼지 못하니까.

레프턴이 뭔가 주문을 외웠다. 그러자 내 몸에 짜릿한 뭔가가 흘러들어 왔다.

팔다리가 마구 퉁기면서 철판을 두들기는 소리가 났다. 전신이 흔들려 시야도 마구 흔들린다.

아프지 않아.

아프지 않아.

괴롭지 않아.

난 아무것도 못 느껴.

"컥, 커컥—"

목이 졸리는 듯한 소리가 흘러나오더니 모든 게 조용해졌다.

이렇게 죽는 건가?

죽는 건 안 돼.

약속했잖아. 살아남기로. 그러니까, 죽으면 안 되는데.

다음 순간 다시 모든 것이 밝아졌다. 내 몸이 격렬하게 기침을 하고 있었다.

그래, 죽지 않았구나. 잘했어.

내 몸 튼튼하네.

카스티엘로라서 그런가 봐.

저릿저릿한 느낌이 전신에 남아 있었다. 아냐, 난 이런 것도 느끼지 않을 거야.

레프턴이 내 몸을 들어 올려 철 의자에 앉혔다. 내 몸은 축 늘어져서 철 의자에 기대듯 앉았다.

그가 초조하게 왔다 갔다 하며 말했다.

"어째서지? 실험은 완벽했어. 카스티엘로 가문에 흐르는 마족의 피,

인간과 섞인 그 피를 정제해 낼 수만 있으면······."

그래서 그렇게 내 피를 뽑아간 거였군.

레프턴은 머리를 마구 쥐어뜯었다. 그가 중얼중얼하는 내용은 그냥 미친놈 메들리 같았다.

"제길!"

그가 욕을 내뱉고는 구석에 있는 십삼을 마구 걷어차기 시작했다.

이제 십삼도 소리를 내지 않았다. 저 애도 나처럼 아무것도 못 느끼는 거면 좋을 텐데. 설마 죽은 건 아니겠지?

분이 풀렸는지 한참 걷어차던 그가 씩씩거리며 다시 내 쪽으로 걸어왔다.

"그럼 이제 실험해 보지 않은 걸로 해 봐야겠네요, 아가씨."

그가 내 팔을 어루만졌다.

"뼈와 조직을 좀 봐야 할 것 같습니다."

어, 그거 설마 내 팔을 자르겠다는 말인가요?

하긴 팔만 자르랴. 팔다리를 다 자를 생각이겠지. 그런데 그러면 보통 죽지 않나?

치료해 주면서 자르나?

레프턴은 미친놈 특유의 미소를 지으며 날 일으켰다.

"오늘은 쉬시죠. 내일을 위해서."

그는 다시 내 몸을 질질 끌고 들어가 감옥에 넣었다.

문이 닫히고 어둠 속에서 내 몸은 계속 멍하니 서 있었다.

음, 잠깐 저쪽에 가서 쉬지 않을래?

내 명령에 내 몸이 한참 반응하지 않다가 느리게 움직여 구석에 쓰러지듯이 앉았다.

이제 눈 감아. 눈 감아.

천천히 눈꺼풀이 감겼다.

쉬자.

내일 일을 생각해 봐야 소용없으니까. 응?

어휴, 아직도 팔다리가 막 떨리네. 내 몸이 엄청 험한 꼴을 당했구나. 그래, 그래.

조금만 더 참아.

곧 아빠랑 오빠가 구하러 올 거야. 에멜도 올 거야.

그러니까.

그런데—

언제 와?

작은 의문이 솟아올랐다. 점점 원망마저 생기는 것 같았다.

어째서 날 빨리 찾지 못하는 거야?

아냐, 다들 최선을 다하고 있겠지. 예전에 봤던 분홍 눈을 떠올려 봐. 결국 그 사람도 못 찾았던 거잖아. 그러니까…….

만약 날 이대로 못 찾으면.

순간 두려움이 밀려들어 와서 난 눈을 꾹 감았다.

내 몸에서 느껴지는 공복감에 난 잠에서 깨어났다.

오래 굶으면 배 속이 물어뜯는 것처럼 아프다.

'아프지 않아.'

하지만 애니가 보면 한숨을 내쉴 것 같았다. 그동안 찌운 살이 다 빠져 버렸다고 말이다.

'아냐, 다 빠진 건 아닐 거야.'

그래도 조금쯤은 어딘가에 남아 있지 않겠어?

그때 문이 열렸다.

레프턴은 언제나처럼 내 몸을 데리고 나갔다. 아무것도 모르는 내 몸은 얌전히 그를 따라 나갔다. 그는 철 의자에 내 몸을 앉히고 팔을 단단히 고정하기 시작했다.

"제가 마스터라면 좋았겠죠."

레프턴이 웃으며 줄톱을 들었다.

"칼로 단숨에 팔을 잘라 내는 게 더 낫겠지만, 아쉽게도 내가 마스터가 아니라서 말이야."

그가 곤란한 표정으로 톱을 바라보았다.

"톱을 쓰는 게 더 낫거든. 뼈를 썰어야 하니까."

그가 내 팔에 톱을 대자 십삼이 꿈틀거리며 말했다.

"주, 주인님. 그러지 마세요."

띄엄띄엄 말했지만, 필사적인 어조는 알아들을 수 있었다.

살아 있었구나.

다행이다.

"주, 죽을 거예요. 아, 아가씨가."

"죽어? 카스티엘로가? 이 정도로는 안 죽어. 몇 날 며칠 굶어도 멀쩡하잖아? 봐 봐."

레프턴이 내 머리를 때렸다.

"튼튼하지."

그가 느긋한 어조로 말했다.

"내가 찾은 기록에도 그렇게 나와 있어. 팔다리를 잘라도 안 죽었다고. 카스티엘로는 인간이 아닌 거야. 참, 나. 내가 인간에게 이런 짓을 하면 미친놈이지."

레프턴은 그렇게 중얼거리고는 내 팔을 잡았다.

그가 톱을 슥 밀자, 팔이 찢어지며 피가 터져 나왔다.

'안 아파.'

아프지 않아. 아프지 않아.

하지만 무서워.

무서워.

나는 간절하게 날 지켜 주겠다고 했던 사람들의 이름을 불렀다. 이 세계의 신은 모르니까 부를 수도 없다.

아빠, 카를, 에멜.

그때 눈물에 일렁이는 내 시야에 뭔가가 보였다. 새까만 안개가 틈 사이로 밀고 들어오고 있었다.

검은 안개.

아냐.

안개가 아니라—

'오러다.'

생각한 순간 모든 것이 요란한 소리를 내며 무너졌다.

*　　　*　　　*

카스티엘로 공작가는 고요했다. 아니, 고요한 것이 아니라 침묵에 삼켜진 것 같다고, 에멜은 생각했다.

그는 눈앞에 있는 원통을 바라보았다. 탁해진 분홍색 눈동자 한 쌍이 원통 안에 떠 있었다. 그는 간신히 그 눈동자에서 눈을 떼어 고개를 들었다. 켈슨은 완전히 희게 질린 얼굴이었고, 아스터의 얼굴은 굳어 있었다. 그리고 공작의 얼굴은 언제나처럼 희고, 고요하고, 매끄러웠다.

"어디서 구한 거야?"

한 명 더, 이런 상황에서 나온 거라고는 믿을 수 없는 매끄러운 목소리로 카를이 물었다.

켈슨이 더듬거리며 말했다.

"아, 암시장에서 나온 겁니다."

"출처는?"

"추적 중이고요."

켈슨이 헐떡이며 말했다. 그는 그 눈동자를 보다가 참을 수 없어져서 말했다.

"아, 아가씨께서―"

"아냐."

카를의 말에 에멜은 고개를 번쩍 들었다.

"에스텔의 눈이 아냐. 눈 안의 무늬가 달라."

켈슨은 신음 같은 한숨을 내쉬며 의자에 털썩 앉았다. 몸을 웅크린 그는 신에게 감사 기도라도 올리는 모양이었다.

"예전에 실종되었던 섞인 자의 것이겠지."

아인이 느릿하게 말했다.

"예전……."

켈슨은 안도해야 할지 아닐지 알 수가 없었다. 누군가 예전에 저런 꼴을 당했다면, 지금 아가씨는?

아인이 카를에게 말했다.

"너에게 추적을 맡기마."

카를은 살짝 눈을 찌푸렸다가 웃었다. 누구도 정면에서 보고 싶어 하지 않을, 그런 웃음이었다.

"알겠습니다."

에멜은 저 눈동자와 관련된 사람들이 하나도 살아남지 못할 거라는 걸 알았다.

자신도 살려 두고 싶지 않았다.

카를이 회의실을 나서자 아인이 물었다.

"마법사겠지."

"그렇겠죠."

에멜이 나지막하게 대답했다. 생일 다음 날 아침, 갑자기 침대에서 아가씨가 사라졌다. 어느 곳에서도 찾을 수가 없다는 걸 깨닫고 나서야, 납치라는 것에 생각이 미쳤다.

가솔들을 하나씩 조사하고 흔적을 찾았지만, 어디에도 흔적은 없었다.

—마법으로 납치한 거다.

암묵적으로 공작가는 그렇게 결론을 내렸다. 마법사의 탑에 이야기해봐야 '우리가 한 것이 아닙니다.' 하는 대답만 돌아올 뿐, 도움이 되지 않는다.

아스터가 말했다.

"마법으로 납치한 거라면, 어떻게 한 걸까요?"

"방식을 알아내는 것보다는, 에스텔을 찾는 게 먼저지. 우연이라고 생각하나?"

아인이 눈알이 들어 있는 원통을 가리키며 말했다. 에멜이 고개를 저었다.

"아니요. 아가씨가 죽었다고 생각하게 하려는 거겠죠."

"그래. 그렇다면, 예전 납치와 관련이 있는 자라는 거지. 거기에 대해 조사했던 자료를 살펴보면, 단서가 나오겠지."

하지만—

에멜은 항의의 목소리가 흘러나오는 것을 눌렀다.

하지만 그러면 너무 느리다. 너무 늦는다.

약속했는데.

자신이 죽기 전에는 아가씨에게 해가 없을 거라고, 분명히 약속했다.

그런데.

에멜은 신물이 올라오는 걸 느꼈다. 그녀가 어디서 어떤 공포에 떨며 어떻게 지내고 있을까?

"하지만 그러면 너무 늦지."

아인이 마치 에멜의 마음을 읽은 것처럼, 낮게 말했다.

에멜은 흠칫해서 공작을 바라보았다. 아스터가 물었다.

"그러면 어떻게 할까요?"

"가장 가까운 단서부터 시작할까?"

아인의 말에 켈슨이 침을 삼키고 물었다.

"가장 가까운 단서라면―?"

"지금까지 에스텔에게 접근한 마법사는 딱 한 명뿐이지."

궁정 마법사 레프턴. 그리고 그의 일리알.

켈슨이 침을 삼키고 말했다.

"하지만 상대는 궁정 마법사입니다. 잘못하면 반역죄가 될지도 모릅니다."

"그런가?"

신경 쓰지 않는다는 어조.

나른하게 눈을 반쯤 내리깔고 아인이 희미하게 웃으며 말했다.

"황제는 내 충성심을 절대로 의심하지 않을 테니, 반역죄가 성사될 리 없지."

아스터가 고개를 숙였다.

"그럼 레프턴에 대해서 조사하도록 하겠습니다."

"그래."

아인이 고개를 끄덕였다. 아스터가 나가자 회의실에 남은 것은 아인, 켈슨, 그리고 에멜 셋뿐이었다. 켈슨이 머뭇머뭇 물었다.

"그런데 공작 전하……."

말하라는 듯이 아인이 켈슨을 보았다.

"도련님에게 추적을 맡겨도 될까요? 그게, 카를 도련님은─"

"어차피 암시장 관련 범죄자야. 감정 풀기 딱 좋지. 다 죽여도 상관없어."

그 말에 켈슨은 침을 삼키고 고개를 끄덕였다. 아인이 팔걸이를 손가락으로 어루만졌다.

우드득─

작은 소리와 함께 팔걸이가 부스러졌지만 아인은 모르는 듯이 말했다.

"나도 지금 나 자신을 컨트롤하기가 힘드니까. 카를은 푸는 게 좋겠고, 난─"

그는 깊게 숨을 들이켰다. 아니면 당장 마법사의 탑을 부숴 버리러 갈 것 같았다.

"기다리지."

아인은 그렇게 말하며 눈을 감았다.

*　　*　　*

카를은 검을 내렸다.

"괴, 괴물!"

비명을 지르며 남자가 피 웅덩이 속에서 버둥거렸다. 카를은 그의 행동에 약간의 짜증만을 느꼈다.

카를이 다시 검을 휘두르자 남자의 팔이 잘려 나갔다. 이미 피가 찰랑일 정도로 고인 바닥에 남자는 자신의 피를 더하며 비명을 질렀다.

"아아아악─!"

어두운 창고에 비명이 울려 퍼졌다. 카를이 검날을 살피며 말했다.

"시끄러워."

그 말에 남자는 즉각적으로 비명을 줄이며 낮게 흐느꼈다.

팔이 잘린 고통마저 압도하는 공포.

"그래서? 그 마법사가 레프턴이 맞다는 거지?"

"네, 네에."

남자는 피범벅으로 눈물 콧물을 흘리며 몇 번이나 대답했다. 하지만 카를은 다른 걸 생각하고 있었다.

에스텔.

처음 봤을 때는 아버님이 특이한 뭔가를 사 왔나 했다. 그리고 눈 색을 보고는 놀랐다.

그 다음은 경이의 연속이었다.

전혀 불쾌하지 않은 작은 생명체는 잘 웃었고, 울었고, 화를 냈고, 자신을 향해 아낌없이 손을 뻗었다.

오라버니.

그렇게 부르는 게 참을 수 없이 마음을 조여 왔다. 말랑말랑한 뺨이, 팔딱이는 맥박이.

살아 있는 다른 인간을 보고 기분이 좋은 적은 처음이었다.

그렇구나.

다른 인간들은 쉽게 이런 걸 느끼고 사는 건가?

어쩐지 억울한 마음도 들었지만, 그래도 에스텔이 있었다. 처음으로 사랑스럽다고, 누군가를 생각했다.

웃을 수 있었다.

그런데.

카를은 숨을 멈췄다가 내쉬었다.

그런데 그게 사라져 버렸다. 순식간에, 눈앞에서. 게다가 에스텔은 약하다. 보통은 다 그런 거라고 이야기하지만, 하여간 놀라울 정도로 약했다.

그럼 에스텔은 망가지지 않을까?

사람이 쉽게 망가진다는 걸 카를은 잘 알고 있었다. 한번 망가진 것은 되돌아오지 않는다. 흠집이 남는다. 그리고 인간은 망가지면 도로 돌리기가 거의 불가능하다.

하나뿐인 여동생이다. 혈육이다. 소중하게 아껴 왔는데.

카를이 검을 휘둘렀다. 핏 하는 작은 소리와 함께 남자는 "어?" 하고 자신의 머리를 만졌고, 머리가 땅바닥에 굴러떨어졌다.

피분수가 솟구치고 몸뚱이가 옆으로 넘어갔다.

카를은 검을 털어 냈다.

창고 안에 더 이상 살아남은 사람은 없었다. '살아 있는 상품'은 남아 있는 것 같지만 말이다.

그걸 하나하나 다 열어 줄 정도로 그의 마음이 좋지 못했다. 굳이 말하자면 그 상품들에게는 죄가 없다는 걸 알면서도 분노가 솟구쳐 올라다 없애 버리고 싶은 심정이었다.

그래서 카를은 그냥 창고를 나왔다.

"도련님."

밖에서 시종이 기다리고 있었다. 시종이라기보다는, 카스티엘로에서 부리는 그림자라고 하는 게 옳을 거다. 하여간 카를에게 시종은 시종이지만 말이다.

"안에 잡힌 것들이 있어."

"알겠습니다."

시종은 고개를 끄덕였다.

"그리고 레프턴에게서 물건이 나왔다는군."

카를의 말에 시종은 깊이 고개를 숙였다. 느리게 카를이 이어 말했다.

"아직 남아 있지 않아? 이 조직원들."

"남아 있습니다."

"그럼 잡으러 가지."

"공작님께는……."

"치우고 돌아간다고 전해."

"알겠습니다."

당장 레프턴의 목을 자르러 가고 싶었지만, 상대는 마탑이다. 가면 마법사들을 학살할 것 같아 카를은 여기에 남기로 했다.

게다가—

무서웠다.

처음으로 카를은 두려운 감정을 느꼈다.

에스텔을 찾으러 달려가고 싶으면서도, 그녀의 시체를 찾을까 봐 가고 싶지 않았다.

에스텔에게 무슨 일이 생겼을까 생각도 하고 싶지 않았다.

"가지."

카를은 그렇게 낮게 말하고는 해가 지는 어두운 골목 안으로 스며들 듯이 사라졌다.

*   *   *

마법사의 탑.

줄여서 흔히 마탑이라고 부르는 마법사의 산실은, 더 이상 탑이 아니었다. 탑이었던 부분을 남겨 두고 어마어마한 증축을 거듭해 어엿한 성이 되어 있었다. 그 성의 입구에서 마법사들과 카스티엘로 공작가의 기사들이 다투고 있었다.

"초대 없이는 못 들어갑니다!"

흰 로브를 입은 견습 마법사들이 입구 앞을 막고 있었다.

"우리는 마탑장에게 할 이야기가 있다니까!"

기사들은 최대한 무력을 쓰지 않으려고 애썼다. 그때 에멜이 기사들 사이로 나왔다.

"비켜."

견습 마법사들은 움찔하며 에멜을 바라보았다. 위압감이 달랐다.

"하, 하지만—"

"셋 셀 동안 비키지 않으면, 무력으로 들어가겠다."

"그, 그런! 공작가라도 해도 무도, 컥—!"

에멜이 견습 마법사를 걷어차자 마법사는 굴러 나가떨어졌다.

"셋, 다 셌어."

에멜은 그렇게 말하고는 안으로 들어갔다. 그 뒤를 아인이 따르며 다른 기사들에게 말했다.

"돌아가."

"하지만, 주군."

기사들의 항변에 아인은 "마스터가 아니면 방해다." 하고는 에멜과 함께 슥 마탑 안으로 들어가 버렸다. 곧 안에서 고함과 비명이 들려오기 시작했다.

늑대기사단— 늑대들은 서로 마주 보았다가, 약간 뒤로 물러서서 그대로 대기했다.

마탑장은 새파란 얼굴로 전신을 떨었다.

마법은 힘이다.

누구도 대항할 수 없는 교묘하고 강력한 힘이다. 아니, 그런 힘이어야 했다. 하지만 마법의 힘은 다른 강력한 힘 앞에 산산이 부서져 버렸다. 마법사들이 펼친 마법을 새까만 오러로─ 무식할 정도의 힘으로 부숴 버리며 카스티엘로 공작은 마탑장의 방까지 도착했다. 에멜이 손님용 의자를 끌고 오자 아인은 거기 털썩 앉아서 다리를 꼬았다.

마탑장은 부들부들 떨며 말했다.

"이, 이, 무슨 무도한─"

"레프턴."

"뭐, 뭐요─?"

존대를 하지 않을 수 없었다. 그건 일종의 본능 같은 것이었다.

"궁정 마법사 레프턴이 어디 있지?"

"그가 어디 있는지 내가 어떻게─"

에멜이 검을 휘둘렀다. 금색 오러가 아름다운 궤적을 그렸다.

그리고 아름다움과는 전혀 다른 소리가 났다.

쾅─!

마탑장을 숨을 삼켰다. 뒤쪽의 벽이 산산이 부서지며 몇 개의 조각이 그의 뒤통수에 튀었다.

"난 인내심이 없어."

아인이 손끝을 모아 탑처럼 세우며 다시 물었다.

"레프턴."

마탑장은 이를 갈면서도 레프턴이 있는 장소를 말할 수밖에 없었다. 하지만 아인은 만족하지 않았다. 적어도 그의 비밀 장소까지 포함해서 세 곳 이상을 대라고 말했다.

결국 탈탈 털리게 된 마탑장은 참을 수 없는 분노를 느꼈다. 그가 중

오에 찬 시선으로 둘을 노려보았다. 아인은 자리에서 일어나 방을 나섰다. 에멜이 뒤를 돌아보며 마탑장에게 싱긋 웃어 보였다.

"운이 좋네요. 오늘은 좋은 하루가 되실 듯합니다."

놀리는 듯한 그 말에 마탑장은 이를 득득 갈았다. 둘이 문을 나선 후, 열까지 센 마탑장이 얼른 문을 열었다.

마탑 안은 엉망이었다. 그들이 자랑하는 보안 마법은 다 부서졌고, 부상을 입은 마법사들이 여기저기서 신음을 흘리고 있었다.

"카스티엘로!"

마탑장은 분노에 찬 고함을 질렀다. 그 이름의 당사자 앞에서는 절대로 지르지 못한 소리였다.

*　　*　　*

우르릉―

요란한 소리와 함께 사방이 흔들렸다. 레프턴은 놀라 고개를 들었다.

"뭐, 뭐야―?"

덜컥덜컥하고 벽의 모든 조각 틈 사이로 오러가 흘러들어 오며 사방을 흔들었다. 검은 오러가 모든 틈새를 휘감았다.

나는 오러를 바라보았다.

검은색 오러.

"카스티엘로!"

레프턴이 비명처럼 소리쳤다. 마치 그게 신호가 된 것처럼 벽들이 무너졌다. 아니, 어린아이가 인형의 집 외벽을 뜯어내는 것처럼 뜯겨져 나가기 시작했다.

천장이 무너져 내리면서 햇빛이 들어왔다. 그러면서도 벽돌은 하나도 머리 위에 떨어지지 않았다. 모든 벽돌은 조용히 바닥에 내려앉았다. 벽돌을 내려놓은 검은 오러가 바닥을 핥고 본래 주인에게로 돌아갔다.

'아빠―!'

난 뻑 소리치고 싶었지만, 내 몸은 여전히 얌전히 앉아 있을 뿐이었다.

어라? 잠깐. 이거 몸과 정신을 분리하기는 했는데, 도로 어떻게 합치지?

아빠의 뒤로 에멜이 모습을 드러냈다.

"아가씨!"

그가 소리쳤다. 우와, 에멜, 에멜! 난 손을 들고 환호성이라도 지르고 싶었지만, 내 몸뚱이는 꼼짝도 하지 않았다.

이거 큰일인데?

"아가씨에게 무슨 짓을 한 거지?"

에멜이 으르렁거렸다.

"여, 여기를 어떻게!"

레프턴이 비명을 지르듯 소리쳤다. 그가 들고 있던 톱을 내 목에 가져다 댔다.

"가까이 오지 마! 가까이 오⋯⋯."

픽!

뭔가 부딪치는 소리가 나더니 레프턴이 처절한 비명을 지르며 바닥으로 쓰러졌다.

"아아악!"

목이 그쪽으로 돌아가지 않아 보이지는 않지만, 언뜻언뜻 보이는 모습으로 봐서 양 무릎이 부서진 것 같다.

아빠는 성큼성큼 다가와 내 몸을 묶고 있는 가죽끈을 맨손으로 끊어 냈다. 이를 가는 소리가 들렸다.

아빠가 내 팔을 꽉 눌렀다. 피가 계속 솟구치고 있었다.

"의사를 불러."

아빠의 말에 에멜은 희게 질린 얼굴로 밖을 향해 소리쳤다. 우르르 밖에서 사람들이 몰려들었다. 버둥거리는 레프턴은 곧 조용해지더니 어디론가 치워졌다.

의사는 내 몸을 살폈다. 그가 내 팔을 보고 신음을 흘렸다.

"괜찮은가?"

아빠의 물음에 의사가 고개를 끄덕였다.

"다행히도 표면만 다치셨습니다. 근육도 뼈도 무사합니다. 일단 임시로 여기서 봉합을 하고, 저택에 가서 본격적으로 치료하겠습니다."

의사가 그렇게 말하며 날 들여다보았다.

"공녀님, 제 말이 들리십니까?"

난 아무런 반응도 할 수 없었다. 들리고 있어요!

하지만 내 몸은 태엽이 다 풀린 인형만큼 얌전하게 앉아 있을 뿐이었다.

"마법인가?"

"모르겠습니다. 정신적 충격 때문에 이렇게 되셨을 가능성도 있고……."

의사는 확답하기를 꺼렸다. 그렇지만 그의 손은 부지런히 내 팔에 약을 바르고 붕대를 감고 있었다.

그때 십삼이 꿈틀이라도 했는지, 아빠의 시선이 십삼에게 향했다.

"저건—"

찌릿하고 목덜미에 솜털이 곤두섰다.

아, 안 돼요!

죽이면 안 돼! 안 됩니다! 몸뚱이, 움직여!

이대로 아빠가 십삼을 죽이게 하면 안 되잖아!

난 필사적으로 몸을 움직이려고 애썼다. 간신히 손가락이 꿈틀하고 움직였다. 아니, 손가락만 말고. 있는 힘을 다해 나는 아빠의 옷자락을 붙잡았다.

"에스텔?"

아빠가 내 손을 꽉 마주 잡았다.

죽이지 말아요.

그 말을 하려고 했지만, 혀를 움직이는 건 더 고난이도의 기술이었다. 난 대신 고개를 살짝 저었다. 간신히.

아빠가 알아봤을까 하는 불안감에 차 있는데 아빠가 날 안아 들고 말했다.

"에멜, 저것도 챙겨."

"아가씨는—"

에멜의 얼굴이 창백했다. 너무 창백해서 꼭 그가 죽은 사람 같았다.

"괜찮아."

아빠는 그렇게 말하며 날 안은 팔에 힘을 주었다.

아빠가 괜찮다면, 괜찮은 거겠지.

난 그렇게 생각하며 눈을 감았다.

너무 피곤해서 잠이 쏟아졌다. 그러고 보니 마지막으로 푹 잔 게 언제더라……?

난 깊게 숨을 들이켰다. 아빠 냄새가 났다.

안도감이 가슴속에 차올랐다.

금방 나는 잠에 빠져들었다.

깜박깜박 깨었다가 잠들었다가를 반복하면서 난 계속 이동했다. 애니는 나에게 뭐라도 먹이려고 애썼다. 내 꼼짝도 못 하는 몸은 그래도 간신히 수프를 받아먹을 수 있을 정도가 되었고, 애니는 계속 울었다. 의사가 뭐라고 하고, 애니나 다른 누군가가 뭐라고 하기는 했지만 전혀 집중이 되지 않았다. 그래도 감옥에 있을 때는 정신을 단단히 잡으려고 노력했는데, 지금은 그럴 필요가 없으니까.

더 풀어진 느낌이었다.

이게 누울 자리 보고 다리 뻗는다는 걸까?

깨면 먹는 거고, 그럴 때가 아니면 자는 거다.

바닥이 된 멘탈을 조금씩조금씩 그러모으는 듯한 깊은 잠이었다. 적어도 악몽을 꾸지는 않았다.

아니, 꿨나?

사실 난 잘 모르겠다.

그렇게 나는 본가에 도착했다. 정령석 광맥이 바닥을 흐르는 곳.

마법사가 더 이상은 찾아올 수 없는 땅.

거기서도 토끼와 함께, 둥지처럼 만들어진 푹신한 침대 안에서 난 먹고 자고를 반복했다.

얼마나 그랬는지 모르겠다. 간신히 '이제 일어나자.' 하는 마음이 든 것은 한참이 지난 후의 일이었다.

'그런데 문제가 생겼군.'

나는 멍하니 내 손을 내려다보았다.

'몸이 움직이지 않아.'

정신은 천천히 돌아오고 있는데, 몸은 꼼짝도 하지 않는다.

정신과 몸을 분리하려고 그렇게 노력을 해서 분리했다. 그것까지는 좋은데—

'어떻게 다시 합치지?'

나는 깊은 한숨을 속으로 내쉬었다. 겉으로는 쉴 수 없기 때문에 말이다.

'일어나라! 몸! 일어나!'

내 몸에게 끈덕지게 명령하며 나는 손끝과 발끝의 감각을 느끼기 위해서 노력했다.

몸은 아주 느리게 움직여서 침대에서 내려왔다.

러그의 감촉이 둔하게 느껴졌다. 그래도 아예 아무것도 안 느껴지는 것보다는 낫다.

'큰일이다.'

주변 사람들이 보면 얼마나 심각하게 보일 것인가?

멍한 눈을 하고, 인형처럼 움직이지 않고 이리저리 부유령처럼 헤매고 다니는 모습이라니.

'몽유병 환자 같겠다.'

아마 다들 내 정신이 나갔다고 생각할 거다.

'아니, 그렇게 생각하고 있는 게 틀림없어.'

솔직히 내가 봐도 그렇게 보이겠다. 사실 그게 아닌데 말이다.

'힘내자.'

얼마나 잤는지, 팔의 붕대를 풀자 옅은 분홍색의 흉터만 남아 있었다. 분명히 성좌제가 끝나고 얼마 지나지 않아서 납치되었는데, 지금은 바깥 공기가 부드러워졌다.

봄이 온 것이다.

납치를 그렇게 오래 당한 건지, 아니면 내가 정신이 없었던 시간이 긴 건지.

아마도 후자겠지.

나만의 재활 훈련(?)을 하면서 그래도 여기저기 움직이자 몸도 훨씬 더 좋아진 것 같았다.

"아가씨, 일어나셨어요?"

제인이 명랑한 목소리로 말했다. 하지만 눈가가 붉다.

난 한숨을 삼켰다.

안녕, 제인. 제인도 잘 잤어?

나도 명랑하게 마주 인사해 주고 싶다. 하지만 몸이 움직이지 않는다. 그래도 요즘은 아주 조금씩이라도 움직여지고 있었다. 이것도 훈련의 성과일까.

어떻게 한 번에 확 돌아오는 방법이 없을까?

고민하며 난 천천히 침대에서 내려왔다. 후후, 이제 이 정도는 할 수 있다고.

"아가씨, 어디 가시게요."

지켜보던 제인이 달려와 날 붙잡았다. 침대에서 내려와 직진만 하던 내 몸이 문에 부딪치기 전에 그녀가 날 돌려주었다.

음, 그래. 방향 바꾸기가 잘 안 되기는 합니다.

의사는 내가 정신적으로 큰 충격을 받았기 때문에, 회복되려면 시간이 걸릴 거라고 말하고 갔다.

아니!

난 멀쩡합니다!

그런데 몸이 안 움직이는 거죠.

의사 선생. 뭔가 답을 내봐요.

제인이 날 조심스럽게 붙들고 나오자 애니가 인사했다.

"어머, 아가씨. 일어나셨어요?"

애니도 밝게 이야기하지만, 밤마다 내 손을 붙잡고 운다는 걸 다 안다.

아아, 날 사랑하는 사람들이 괴로워하는 걸 보는 건 괴롭다.

"아침 먹을까요?"

애니가 턱받이를 해 주고, 아이에게 먹이듯 음식을 전부 잘라서 내 입에 넣어 주었다.

처음에는 음식도 씹지 못해서 줄줄 흘렸는데, 이제 먹는 것은 잘한다. 그나마 다행인데, 애도 아니고 이렇게 먹여 주는 게 민망했다.

'진짜로 내 몸 어디가 망가진 게 아닌가?'

나와 똑같은 의문을 가졌던 켈슨이 의사에게 질문을 던졌다. 하지만 의사가 그건 아니라고 보장해 줬다. 몸 어디에도 이상은 없다고 말이다. 난 마음속으로 내 의문도 같이 해결해 준 켈슨에게 감사를 보냈었다.

식사를 끝내고 애니가 세수를 시켜 주더니, 옷을 갈아입혔다.

'좋아. 산책이라도 해야겠어.'

조금이라도 몸을 움직여야지 뭔가 될 것 같아.

애니가 옷을 갈아입혀 주자 나는 천천히 걸어서 방을 나섰다.

스테파니가 "산책 나가시려고요?" 하고는 다가와 내 목에 목도리를 둘러 주었다. 스테파니의 눈 밑도 그늘져 있다. 그녀가 목도리를 매 주고 내 뺨에 키스해 주었다.

그녀가 문을 열어 줘서 난 수월하게 나갈 수 있었다.

"산책 나가신대요."

스테파니의 말에 오늘의 호위인 로이가 고개를 끄덕였다.

내 몸이 멍하니 터덜터덜 걷는 걸 로이가 걸음을 늦춰서 따라오며 말을 계속 걸었다.

"오늘은 날씨가 좋네요. 이제 봄이에요. 그러고 보니 정원에 봄 장미가 필 것 같던데요."

난 계단을 내려가려다가 균형을 잃고 휘청했다. 로이가 날 붙잡아 주고는 말했다.

"계단은 제가 내려드리지요."

로이가 날 안고 계단을 가볍게 내려가며 말했다.

"아가씨, 얼른 정신 차려요. 공작가가 다 죽어간다고요. 아가씨랑 같이 침몰하게 생겼다니까요. 이 어두컴컴한 공작가를 보세요. 원래보다 더 심하다고요."

나도 그러고 싶어.

정신적 한숨이 흘러나왔다.

로이는 현관까지 날 안아 주었다. 현관을 나서자 초봄 햇살이 얼굴에 와 닿았다. 익숙하고 넓은 정원이 눈앞에 펼쳐져 있었다. 로이가 조심스럽게 날 정원에 내려놓았다.

어느 쪽으로 갈까?

난 아까 로이가 했던 말을 떠올렸다.

장미 정원으로 전진.

어차피 전진밖에 모르는 몸이다. 난 다시 걷기 시작했다. 봄이라 땅이 녹아서 말랑말랑해지기 시작했다. 진창인 곳도 종종 있어서 미끄러질 뻔한 걸 로이가 잡아 주었다.

한참 걷자 드디어 장미 정원이 나왔다.

"장미 정원이네요."

로이가 중얼거리더니 희망이 담긴 목소리로 말했다.

"아가씨, 제 말 이해하는 거 맞죠? 봄 장미 피었다고 해서 오신 거죠?"

응, 맞아.

알아주니 정말 고마워요.

내 몸이, 아냐. 내가 정원을 훑었다. 로이가 웃으며 말했다.

"이쪽이에요."

로이가 날 가볍게 잡아끌어서 난 졸졸 그를 따라갔다.

"여기요."

로이가 햇빛을 잘 받는 곳의 장미 넝쿨을 가리켰다. 보통 장미처럼 크지는 않지만, 연분홍빛의 들장미가 꽃망울을 터트리고 있었다.

예쁘다.

아직 추운데 꽃을 피우다니. 굉장한데.

그때 장미 넝쿨의 뾰족한 가시가 눈에 들어왔다.

흠. 잠깐만.

내가 아픔을 느끼지 않으려고 내 몸과 정신을 떼어 놓은 거잖아? 그러니까, 다시 아픔을 느끼려고 하면, 느껴지면 합쳐지지 않을까?

갑자기 시나리오가 그럴 듯하게 느껴졌다. 그러니까 이렇게 된 원인을 반대로 추격하는 거죠.

난 손을 들었다.

"꽃 꺾으시려고요? 제가 대신— 아가씨!"

내가 양손으로 와락 넝쿨을 움켜쥐자 로이가 비명을 질렀다.

"제길, 미쳤어? 이거 놔!"

로이는 반말을 해 대며 내 손을 넝쿨에서 떼어 냈다. 손바닥이 아릿아릿했다.

아파라, 아파, 제발 좀 아파.

손바닥에서 피가 흘러나왔다. 가시가 몇 개 박혀 있는 게 보였다.

아픈 것 같아…….

좀 찌릿찌릿해……. 아니 꽤 많이.

'이거 효과 있는 거 같은데?'

멍하니 손바닥을 보는데 로이가 날 안아 들고 번개처럼 달리기 시작했다.

"대체 뭐하는 겁니까. 자해라도 하시는 거예요? 미쳤어요? 아니, 겉보기에는 미친 것 같지만."

로이…….

아무리 듣는 사람 없다고 해도 너무 막말하는 거 아닌가…….

뭐, 틀린 말도 아닌 것 같다만.

'그런데 이거 괜찮잖아?'

난 내 손가락을 움직여 보았다. 전보다 더 잘 움직이는 것 같다.

로이가 애니에게 달려가자 애니가 다시 울며 내 상처를 치료하기 시작했다.

애니, 울지 마요, 응?

"왜 그러세요. 아가씨. 이러지 마세요."

애니는 그렇게 말하며 가시를 빼내고 손에 붕대를 감아 주었다.

이 소식이 어디까지 들린 건지, 아빠가 내 방에 찾아왔다.

"다 나가."

아빠의 말에 방에 있던 모든 사람이 썰물처럼 빠져나갔다.

아빠는 내가 앉아 있는 침대 앞에 한쪽 무릎을 꿇고 앉았다. 아빠가 내 손을 꼼꼼하게 살폈다.

"에스텔."

내 이름을 한숨 쉬듯 부르는 그 숨결이 손가락을 간지럽혔다. 아빠가 내 붕대 위 손가락 하나하나에 입을 맞추곤 내 눈을 들여다보았다.

"에스텔. 네가 계속 이렇게 있어도 상관없어."

나지막한 목소리로 아빠가 속삭였다. 난 깜짝 놀랐다.

네? 이대로요?

"어떤 모습이든, 뭘 하든. 넌 내 소중한 딸이야. 그건 변함없어. 천천히 회복해도 되고. 회복되지 않아도 괜찮아."

아빠의 붉은 눈은 다정했다. 나는 눈물이 흘러나올 것 같았다. 그리고 실제로도 눈물이 뺨을 타고 흐르기 시작했다.

"이런."

아빠가 살짝 웃으며 내 눈가를 닦아 주고 이마에 입을 맞춰 주었다.

"이대로 있고 싶으면 계속 이대로 있어도 괜찮아. 무리하지 않아도 돼. 그게 아니라 낫고 싶은 거라면 느려도 괜찮아."

아빠가 날 침대에 가만히 눕히고 눈을 닫아 주었다.

"다 괜찮아."

아빠의 속삭임과 토닥임을 들으며 난 잠이 들었다.

잠에서 깨었을 때는 새벽인 듯싶었다. 자리에 아빠는 없었다.

아빠.

아빠는 괜찮다고 했지만, 그래도 난 역시 빨리 낫고 싶은걸요.

모두가 걱정하지 않았으면 좋겠어. 그런 생각을 하며 난 몸을 일으켰다.

베란다가 눈에 들어왔다.

여기는 2층이니까, 떨어져도 죽지는 않을 거야. 그래도 아프기는 아플 테니까, 그러면 몸이 제대로 돌아오지 않을까?

비틀비틀 침대에서 내려와 베란다로 향했다. 베란다 문을 열며 무던히 고생했지만, 그래도 간신히 열 수 있었다.

'이제 난간 위로 올라가야 하는데…….'

이런 몸으로 어떻게 올라갈 수 있을까.

잠시 후, 진짜로 난 고생에 고생을 하고서야 베란다 난간에 올라설 수 있었다. 얼마나 오래 걸렸는지 멀리서 동이 터 오는 게 보였다.

'예쁘다…….'

난간에 서서 멍하니 동이 트는 걸 보는데, 뒤에서 빽 고함 소리가 들려왔다.

"아가씨!"

비명 같은 소리라 느릿하게 돌아보니 제인이 완전히 희게 질려서, 문틀에 기대어 반쯤 쓰러져 있었다.

곧이라도 기절할 것 같다.

제인? 괜찮아? 왜 그래?

나야말로 놀라서 제인에게 되묻고 싶었지만 말이 나오지 않았다.

"제인? 무슨 일이야, 아가씨!"

거실에서 허둥지둥 들어온 애니가 날 보더니 창백해졌다.

애니?

"에멜 경! 에멜 경!"

애니가 소리를 질렀다. 에멜은 또 왜 부르는—

아, 맞다. 뛰어내리려고 하니까 그렇구나. 머리도 이제 잘 안 돌아가는 것 같아. 하지만 여기서 떨어져도 죽지 않는 데다, 이 방법을 써야 정신을 차릴 수 있을 것 같다고.

에멜이 오기 전에 뛰어내려야겠는데. 난 한쪽 다리에서 힘을 빼려고 애썼다. 곧 몸이 균형을 잃자 휘청하고 몸이 밖으로 떨어졌다.

으, 아프겠다!

눈을 꽉 감는데 확 하고 몸이 낚아채졌다.

어라?

눈을 떠 보니 에멜이 날 꽉 끌어안고 있었다.

아, 에멜…….

그야 걱정하는 건 알겠지만…….

이건 에멜이 생각하는 그런 게 아니고, 음. 강력한 치료 요법이랄까요. 검증된 적은 없지만.

'에멜?'

날 끌어안은 에멜의 팔이 가늘게 떨리고 있었다. 이제 보니 어깨도 떨린다.

괜찮은 건가?

'에멜, 괜찮아요?'

묻고 싶은 말은 남김없이 입 안에서 맴돌 뿐, 나오지는 않았다.

"아가씨. 뛰어내리고 싶으시면, 제게 뛰어내리라고 하세요."

에멜이 작게 속삭였다.

엑, 내가 왜 에멜을 뛰어내리라고 해요?

에멜이 내 뺨을 쓸었다. 난 그의 얼굴을 보고 숨이 턱 막히는 것 같았다.

이런 얼굴을 한 에멜은 한 번도 본 적 없다. 내가 아는 에멜은 항상 웃고 있으니까. 그러니까 이렇게 숨 막혀서 금방이라도 죽을 것 같은, 일그러진, 슬픈—

비통.

난 비통한 표정이라는 게 이런 거구나, 하고 깨달았다.

"목숨 걸고 지켜 주겠다고 약속하고, 지키지 못했다며 저에게 뛰어내리라고 하면 제가 뛰어내리겠습니다."

아니, 에멜이 지켜 주지 못한 탓은 아니지…….

'정말?'

정말로 나는 그렇게 생각하나?

약간 원망스러운 마음이 들었던 과거가 기억났다.

"아니면 제가 어디로 가 버릴까요? 멀리 북쪽으로 가라고 하시면 가죠. 그러니까 이런 짓은 하지 말아 주세요."

그게 아니라.

어쩐지 점점 화가 나기 시작했다. 뭐야, 그럼 에멜은 자기에게 화가 나서 내가 이런다고 생각하는 거야?

내가 왜 에멜에게 화가 나서 이런 짓을 하겠어?

기가 막혔다.

그런데 뭔가 그동안 모른 척해 왔던 원망도 슬금슬금 고개를 들었다. 에멜의 탓이 아니다. 그 마법사가 그렇게 날 납치할 줄 어떻게 알았겠는가?

하지만.

하지만 말입니다.

지켜 주겠다고 해 놓고서.

자기가 죽기 전에는 나에게 해를 끼치지 않게 해 주겠다고, 나에게 약속해 놓고서는.

에멜의 탓이 아니야.

아니지.

나도 알아.

누구의 탓도 아냐. 에멜은 분명히 마법사를 멀리하라고 했고.

난 이성을 유지하려 애썼다. 그때 에멜이 조용히 이어 말했다.

"아가씨, 자신을 해치지 마세요. 장미 가시로 손을 찌르지 마시고, 그냥 칼로 절 찌르셔도 됩니다."

이 자기 연민에 사로잡힌 새끼가 다 있나!

'내가 지금까지 얼마나 참았는데!'

이해할 수 없는 분노가 가슴속에서 드글드글 끓어오르다가 결국, 그 순간 난 폭발해 버렸다.

콰득―!

내가 들어도 아픈 소리가 났다.

난 있는 힘껏 에멜의 손을 깨물었다. 곧 피 맛이 입 안에서 느껴졌다. 이빨 아래서 뼈가 딱 하고 금이 가는 듯한, 소름끼치는 감촉이 전해져 왔다.

보통 이러면 움찔하거나 뿌리치지 않나?

에멜은 내가 이렇게 꽉 물고 있는데도 미동도 하지 않았다. 좀 더 힘을 주면 에멜의 손뼈가 부러지거나 살점이 뭉텅 떨어질 것 같아서 얼른 입을 뗐다. 입안에서 피 맛이 느껴졌다. 그러자 에멜의 손가락이 내 치아를 훑었다. 에멜이 한숨을 내쉬었다.

"괜찮네요."

아니, 내 이빨을 걱정할 게 아니라 그쪽 손을 걱정해야…….

"에멜, 바보야?"

나도 모르게 입에서 툭 말이 터졌다. 에멜의 캐러멜 색 눈이 동그랗게 떠졌다.

"아가─"

"아가씨는 무슨. 아가씨 좋아하시네! 내가 아프다고 해서 에멜도 아프기를 바란다고 생각해? 내가 그런 사람이야? 내가 사랑하는 사람들이 나처럼 고통받기를 원한다고? 그럴 리가 없잖아!"

눈물이 다시 나오기 시작했다. 난 에멜의 어깨를 때렸다. 논리에 맞지도 않는다, 옳은 말인지도 모른다. 하지만 난 꽥꽥 오리처럼 목소리를 높이며 울부짖듯이 외쳤다.

"자기 연민을 나에게 전가하지 마! 난 에멜을 심판하지 않을 거야!"

에멜이 멍하니 입을 벌렸다.

"전─"

그는 변명을 하려는 듯이 뭔가 말을 꺼냈다.

"화났어! 안 난 거 아니야! 하지만 그렇다고 에멜이 고통받기를 원하는 게 아니라고!"

씩씩거리며 난 마지막으로 소리쳤다.

"에멜은 바보 멍청이야!"

"아, 아가……."

뒤에서 애니가 작게 날 불렀다. 그러나 그걸 가르는 선명한 목소리가 들려왔다.

"에스텔!"

누군지 돌아보지 않아도 알 수 있다.

난 흐느끼며 에멜을 밀어냈다. 에멜이 순순히 밀려났다. 난 다가온 아빠에게 팔을 벌렸다.

"아빠아—"

아빠가 날 안아 들었다. 난 어헝— 하고 울음을 터트렸다.

나는 너무 아프고 무서웠는데 왜 빨리 안 왔냐고 소리를 지르며 꺼이꺼이 대성통곡을 했다.

아빠는 미안하다고 속삭였고, 또 눈물이 났다.

사실 아빠가 미안할 건 아닌데.

원망 섞인 말과, 미안하다는 말이 번갈아 흘러나오고, 그렇게 한참을 울다가 나는 지쳐서 잠이 들었다.

어찌나 울었던지 눈을 뜨니 머리가 다 아플 지경이었다.

눈도 퉁퉁 부어서 떠지지 않는 게 느껴졌다.

어두운 침실…….

익숙한 침실이 아니라 덜컥 겁이 났다. 사실 구하러 와 준 것까지 전부 내가 꿨던 꿈이라거나—

"아빠—?"

저절로 목소리가 떨렸다. 그러자 안쪽에서 아빠가 빠른 걸음으로 걸어왔다.

"깼어?"

"여기는—"

중얼거리다가 여기가 어딘지 깨달았다. 전에 천둥 칠 때 왔었던 보물방이다. 아빠가 옆에 놓은 대야에서 수건을 꺼내 짜서는 내 눈을 눌렀다.

"누르고 있어."

아빠, 이거 물기가 거의 없어요……. 너무 짜서…….

하지만 시원하기는 시원했기에 난 양손으로 수건을 꾹 눌렀다.

그런데 또 이상하게 눈물이 줄줄 흘러나왔다. 수건으로 얼굴을 눌러서 안 보일 텐데, 아빠는 어떻게 알았는지 내 어깨를 감싸 주었다. 그렇게 울고도 또 울 수 있다는 것도 놀랍지만, 왜 눈물이 나는지도 알 수가 없었다.

"좀 더 자."

아빠가 그렇게 말하고 날 침대에 눕혔다. 난 훌쩍이다가 다시 잠에 빠져들었다.

스트레스를 많이 받으면 잠을 잔다고 하던가?

하여간 나는 거의 하루 종일 잤다. 자고 일어나서 아빠가 가져다준 맛있는 걸 먹고, 울거나 뒹굴다가 또 자는, 그야말로 방탕한 생활이었다. 창문이 없으니 낮밤이 얼마나 지났는지 알 수 없었다. 여기는 외부와 차단되어서 모든 것이 조용하고, 세상에 아빠와 나밖에 없는 것 같았다.

그렇게 꽤 시간이 흐르자 난 점점 정신이 들었다.

'이렇게 인생을 살면 안 돼!'

일단은 그런 생각.

그리고 카를은 잘 지내고 있나 궁금하기도 하고—

'십삼.'

내가 데리고 오게 하고 완전히 까먹고 있었다.

물론 그만큼 내가 제정신이 아니었다는 뜻이겠지만…….

난 침대에서 내려왔다.

오늘은 아빠가 없었다. 생각해 보니 아빠도 항상 바쁜데, 요즘은 거의 나와 붙어 있고⋯⋯.

켈슨 아저씨가 울고 있는 게 아닐까.

나는 천천히 문으로 다가가서 문고리를 잡았다.

열면 또 다시 현실이다.

'아, 그런가.'

문득 깨달았다.

아빠가 나에게 알려 주지 않았던 것들. 말해 주지 않은 것들. 그런 것들은 어쩌면 날 이렇게 키우고 싶어서였는지도 모른다.

소중하게, 보물 방 안에서, 다치지 않게 조심조심.

'하지만 내가 싫다고 말하고 빠져나온 거니까.'

그렇다고 정말 보물 방 안의 보물처럼 취급되고 싶다는 이야기는 아니다.

나는 숨을 들이마셨다. 배에 단단히 힘을 주고 문을 열었다. 무거운 문은 생각보다 소리 없이 조용하게 열렸다. 틈 사이로 들어오는 날카로운 햇살이 눈을 찔렀다.

"윽―"

고통에 가까운 감각.

눈부셔.

오랜만에 보는 햇빛은 강렬했다. 난 눈을 질끈 감고 적응될 때까지 한참을 서 있었다. 그때 눈앞에 그늘이 드리워졌다. 눈을 가늘게 떠서 보니 누가 앞에 서 있다. 난 그 사람의 얼굴을 보지 않고도 누군지 알 수 있었다.

"안녕, 에멜."

아, 목소리 다 쉬었네.

"안녕하세요, 아가씨."

에멜의 목소리는 평소처럼 다정하고 부드러웠다.

몇 번 눈을 깜박인 끝에 간신히 눈을 뜰 수 있었다. 아직도 눈이 좀 따끔거린다.

"손은 괜찮아요?"

내 물음에 에멜은 웃었다.

"괜찮습니다."

"나도 괜찮아요."

내 말에 에멜은 가볍게 숨을 삼켰다가 길게 내뱉었다.

"공작 전하께 먼저 알리겠습니다."

"네, 그 전에 애니를 만나도 될까요?"

에멜은 잠시 생각하다가 고개를 끄덕였다. 그는 살짝 허리를 숙였다가 머뭇거리며 다시 폈다.

난 피식 웃고 양팔을 내밀었다.

"안아 줘도 되는데요."

에멜은 내 말에 희미하게 웃고는 날 안아 들었다.

난 에멜의 어깨에 몸을 기대고 말했다.

"깨물어서 미안해요."

"아뇨. 적시에 잘 깨무셨어요."

에멜의 말에 난 그가 농담을 하나 하고 그의 눈을 보았다. 금빛을 띠는 캐러멜 색 눈동자가 날 힐끗 보았다가 웃었다.

"진짜인데요."

"에멜."

"아뇨. 아가씨 말이 맞아요. 자기 연민. 저에게 너무 화가 나서, 그냥 아가씨가 절 매도해 줬으면 했던 것 같아요."

"칼로 찌르고요?"

에멜이 웃었다.

"그런 겁니다."

그의 얼굴이 어두워졌다.

"아가씨 생각은 안 한 거죠. 저만 생각했던 거예요. 그러니까, 그런 대접은 싸죠."

"그렇게 화낼 필요 없어요."

내 말에 에멜의 어깨가 굳었다가 힘이 빠졌다. 그가 날 다시 힐끗 바라보고는 물었다.

"화낼 자격도 없다, 는 아니고요?"

"그런 말은 안 해요. 음—"

나는 머리를 굴렸다. 뭐라고 해야 하나.

"화낼 이유가 없다?"

"왜요?"

"어쩔 수 없는 거니까?"

마법사가 날 납치한 걸 못 막은 건 누구나 마찬가지다.

게다가 내가 에멜을 좋아하기는 하지만, 그것과는 별개로 일단 나와는 고용주, 고용인의 관계고. 그렇게까지 자학할 만한 일은 아닌 것 같은데.

심지어 나는 고용주도 아니고, 고용주의 딸이군.

"신용이 없군요."

에멜이 시선을 정면으로 돌리며 중얼거렸다.

"네?"

"지켜 주지 못한 건 어쩔 수 없다. 그러니까 화도 내지 않는다."

그의 말에 난 고개를 끄덕였다. 에멜은 하 하고 짧게 웃더니 차갑게 말했다.

"아가씨는 정말로—"

그는 말하다가 중간에 끊고는 한숨을 내쉬었다.

"제가 얼마나 괴로웠는지 아세요?"

"네?"

"아가씨를 지켜 드리겠다고 했는데, 지켜 주지 못해서 전 미칠 지경이었다고요. 그렇구나. 인간이 미친다면 이런 식으로 미치는 거구나를 실시간 체험하고 있었는데 말이죠."

난 입을 벌렸다.

"그렇군요. 그럴 자격도 저에게는 없었던 거지요."

어?

어어?

왜 그렇게 이야기가 되는 거지? 아닌가? 이 말이 맞나?

에멜이 날 문 앞에 내려놓았다. 내가 뭔가 잘못 말한 건가? 하는데 에멜이 문을 두드렸다.

"아가씨께서 오셨습니다."

그 말에 안에서 다닥 하는 발소리가 들리더니 문이 벌컥 열렸다.

"애니!"

난 웃으며 애니의 치마폭에 푹 안겼다.

"아가씨, 아가씨."

애니가 그런 나를 꽉 끌어안았다. 애니에게서 나는 좋은 냄새가 심신을 안정시켜 주는 것 같았다.

한참을 안고 있다가 내가 그녀의 품 안에서 말했다.

"나 배고파요. 그리고 씻고 싶고요. 옷도 갈아입을 거고, 머리도 빗을래요."

"네, 네, 그럼요. 아가씨."

애니가 날 방 안으로 끌어들이며 몇 번이나 대답했다. 그녀가 손수건으로 눈물을 훔치고 스테파니를 불렀다.

"가서 주방장에게 식사를 준비하라고 해라."

"네."

스테파니가 애니에게 무릎을 굽혔다 펴며 대답하고 날 돌아보았다. 그녀의 푸른 눈동자가 물기로 빛났다. 진심을 담아 그녀가 한 단어씩 누르듯 말했다.

"잘 돌아오셨어요, 아가씨."

"응."

난 웃으며 말했다.

"다녀왔어."

*　　　*　　　*

내 말을 들은 로이가 눈을 휘둥그레 떴다가 마구 웃기 시작했다. 이제 날씨는 완연한 봄이었다. 난 봄 장미가 만개한 정원을 느긋하게 걷고 있었다.

"왜 웃어?"

내가 되묻자 로이가 헛기침을 하더니 좀 더 힘 빠진 미소를 지으며 말했다.

"아가씨. 제 평생에 에멜 아스트라다를 불쌍하게 여길 일이 없을 거라고 생각했거든요? 그런데 이건 조금 불쌍하네요."

"어째서?"

난 의아해져서 고개를 들었다. 난 로이에게 얼마 전에 에멜과 한 대화를 들려주고는, 내가 뭔가 실수했냐며 묻는 중이었다.

이야기를 듣자마자 로이는 이렇게 웃는 거고.

"어쩐지 그 자식, 요즘 완전 침울하더라니. 안 그래도 싸가지 없는 놈이 더 없어졌다니까요?"

"에멜은 싸가지가 있어."

인간으로 갖춰야 할 기본적인 예의가 있다고, 라고 지적하니 로이는 "아가씨에게는 그렇지요." 하고 어깨를 으쓱했다.

그 말에는 할 말이 없어졌다.

나야 내 눈앞에서가 아닌 에멜은 모르니까.

"그래서, 내가 뭔가 잘못 이야기한 거야?"

"했죠."

"뭐가?"

"그렇게 악의가 없다는 점이 더 무섭다고 해야 할까요. 넌 필요 없어, 라고 말하면서?"

"그렇게 말 안 했어."

난 깜짝 놀라 대답했다.

"아가씨, 전 기사예요."

"그렇지?"

나도 알아, 하는 대답을 하자 로이가 웃으며 말했다.

"에멜도 기사죠."

"응."

"저희들의 효용은 전쟁과 전투입니다. 싸움이죠."

로이가 분홍색 장미를 꺾어서 내게 건네주며 말했다.

"그런데, 전쟁에서 활약하지 못한 기사에게 '괜찮아. 난 너에게 화내지 않아.'라고 하면 어떻게 느껴질까요?"

“어—”

난 잠시 고민하다가 조심스럽게 말했다.

“넌 못 싸워도 괜찮아?”

“그렇죠. 그리고 그게 얼마나 자존심 상할 일일지도 아시겠어요?”

아!

난 그제야 깨달아 눈을 휘둥그레 떴다. 난 당황해 말했다.

“하, 하지만 그렇다고 호위가 필요 없다는 건 아닌데. 그러니까— 그냥 어쩔 수 없었으니까 자책하지 말라는 거고……”

“네 실력으로는 안 되는 일이었으니까 말이죠?”

“그야, 하지만 그렇잖아. 아빠도 몰랐는걸.”

“그런 식으로 적당한 타협이 되지 않는 게 천재의 자존심이라는 녀석이겠죠. 게다가 에멜은 아가씨에게 푹 빠져 있으니까 더욱더요.”

말하고 로이는 다시 싱글싱글 웃으며 말했다.

“아, 하여간 전 좀 기분 좋은데요. 에멜이 그렇게 당했다니. 뭐— 저도 그 일에 대해서는 할 말이 없지만.”

다음에 그 자식이 또 싹퉁 머리 없이 굴면 ‘아가씨에게 버림받은 주제에.’라고 해야겠어요. 하며 로이는 즐거워했다.

싹퉁 머리는 또 뭐지?

고민하는데 시종이 다가오는 게 보였다.

로이가 나와 시종 사이를 가로막으며 섰다. 시종이 거리를 띄우고 말했다.

“일리알이 왔습니다.”

“십삼이?”

내가 뒤에서 묻자 시종이 “네” 하고 대답했고, 난 고개를 끄덕였다.

“그럼 얼른 만나 볼래. 지금 만날 수 있어?”

"가능합니다."

"응."

난 고개를 끄덕였다.

정신을 차리고 나서 아빠에게 십삼이 어떻게 되었냐고 물으니, 부상이 심해서 수도 저택에서 치료받고 있다고 이야기해 주셨다. 내가 그가 날 탈출시키려다가 그렇게 되었다고 하자, 아빠는 일단 하나를 정정해 주었다.

그가 아니라 그녀라고.

여자였구나!

같은 여자라고 생각하자 더 불쌍한 마음이 들었다. 난 내가 그 애를 만나면 안 되냐고 물었고, 아빠는 '치료가 다 끝나면.' 하고 허락해 주셨다.

그래서 드디어 오늘 만나게 된 것이다.

만나면 뭐라고 할까? 고맙다고 해야지. 그리고 같이 마법사를 욕할까.

하여간 십삼은 나와 같은 일을 겪은 동지였다. 동지라고 하기는 애매하지만 묘한 동지애가 자라나 있는 것도 사실이다.

나는 걸음을 빨리했다. 저택 입구로 가니 마차에서 짐을 내리는 게 보였다. 그리고 현관에는 멀리서도 절대로 헷갈리지 않을, 빨강머리가 보였다.

"십삼!"

저절로 반가운 마음에 목소리가 커졌다. 십삼은 날 돌아보더니 바닥에 그대로 납죽 엎드렸다.

"아, 아가씨."

난 후다닥 그녀의 앞으로 달려가 말했다.

"아냐. 이러지 마. 응? 얼른 일어나. 현관 더럽다고."

내가 그녀의 팔을 잡아 일으켰다.

"다친 곳은 다 나았어? 괜찮아?"

"아, 아가씨야말로, 괘, 괜찮으세요?"

십삼의 눈에 눈물이 그렁그렁해졌다. 난 웃으며 고개를 끄덕였다.

"응, 난 괜찮아. 자, 들어가자. 마차 여행 오래 해서 피곤하지?"

"아, 아니에요. 다, 다들 친절하게 대해 주, 셔서."

난 십삼의 손을 잡았다. 십삼은 전기라도 오른 것처럼 펄쩍 뛰듯 놀랐다. 내가 물었다.

"손잡는 거 싫어?"

"아, 아, 아, 아뇨."

그녀가 고개를 휙휙 저었다. 난 큭큭 웃으며 그녀를 안으로 잡아끌었다. 응접실에 다과를 준비하라고 말하고 난 손님 자리에 그녀를 앉혔다.

곧 트롤리에 3단 트레이와 다구가 함께 나왔다. 온갖 단것들이 마치 보석처럼 반짝였다.

날 위해서 따로 준비했을 것이 뻔한 푸딩 두 개가 매끄러운 표면을 찰랑이며 빛나고 있었다.

시종이 첫 잔을 따라 주었다. 내가 로이에게 물었다.

"로이도 마실래?"

"그럴까요?"

로이는 스스럼없이 내 옆에 털썩 앉으며 다과에 참여했다.

시종이 얼른 찻잔을 하나 더 가지고 왔다.

난 푸딩을 노려보다가 십삼과 로이에게 하나씩 분배했다. 로이가 눈을 동그랗게 뜨고 가슴을 움켜쥐었다.

"윽, 세상에. 아가씨에게 푸딩을 양보받다니. 이런 영광이?"

"일단은 내가 접대하는 입장이니까."

손님의 몫을 빼앗아 먹을 수는 없잖아?

내 말에 로이가 웃으며 자신의 푸딩을 내게 밀었다.

"그렇다면 불청객인 제가 양보하지요."

"불청객이라니. 로이는 언제나 환영이야. 하지만 푸딩은 감사히 받겠습니다."

"제, 제, 제 것도―"

십삼이 자신의 푸딩을 밀어서, 난 고개를 저었다.

"아냐. 십삼은 꼭 먹어야 해. 푸딩은."

단호하게 말하자 십삼은 고개를 끄덕였다. 그래. 이 맛있는 걸 널리 알려야지. 암암.

로이가 십삼에게 말했다.

"그래서 수도에서는 어땠어?"

"네, 네?"

십삼이 머리를 들었다. 로이가 서늘하게 웃으며 물었다.

"마탑과 공작가가 전면전을 하게 될 것 같아?"

이게 무슨 소리야?

마탑과 공작가가 전면전?

갑자기 머릿속이 멍해진 탓에 입 안의 푸딩에서 아무 맛도 느낄 수가 없었다. 그저 이물질로 느껴져서 난 꿀꺽 푸딩을 삼켰다.

"무슨 말이야? 전면전이라니?"

당황한 내가 추궁하자 로이가 어깨를 으쓱해 보였다.

"그러니까 일어날 것 같으냐고 지금 물어본 건데요."

로이의 말에 난 휙 십삼에게 시선을 돌렸다. 그녀의 짙은 회녹색 눈이 당혹으로 마구 흔들리고 있었다.

"그, 그런 건, 자, 자, 잘 모르겠습니다."

어찌나 당황했는지 더 더듬는 것 같았다. 나는 그런 십삼을 바라보다가 한숨을 내쉬고 말했다.
“괜찮아. 추궁하거나 하지 않을게. 그보다 험한 일 당하거나 한 건 아니지?”
내 질문에 십삼은 다시 놀란 듯 눈을 크게 떴다가 희미하게 미소 지으며 고개를 저었다.
“다, 다들 사, 상냥하게 대해 주셨어요.”
“그래.”
자세한 건 나중에 아빠에게 물어봐야겠다.
‘그러고 보니.’
내가 보물 방을 나온 이후로 아빠의 기분이 썩 좋아 보이지 않는다. 내가 계속 거기 머물기를 바라시는 거겠지.
아빠의 심정도 이해 가지 않는 건 아니지만…….
그 문제도 이야기를 해야겠다, 하고 생각하며 나는 주의를 십삼에게로 돌렸다.
“그럼 이제 어떻게 되는 거야? 십삼은 다시 마법사의 탑으로 돌아가는 거야?”
“네? 그, 그게, 아직 모르겠어요.”
십삼의 말에 나는 갸웃하고는 물었다.
“그러면 그냥 여기에 머물면 안 되나?”
“네?”
“네?”
십삼과 로이, 양쪽 다 되물었다. 십삼은 펄쩍 뛰면서, 로이는 팍 미간을 찌푸리면서.
“음— 난 잘 모르지만, 하여간 지금 십삼의 주인인 마법사? 가 없는 거잖아. 그러니까 자유로운 거 아닌가……?"

레프턴이 그 뒤로 어떻게 되었는지 모르지만, 죽었다는 것만은 짧게 아빠가 알려 주었다.

다시 생각해도 속이 시원하다.

레프턴 죽다.

마음에 드는 문구를 다시 음미하고 나는 십삼을 바라보았다.

"그러면 어디에 머물러도 괜찮은 거 아냐? 마법사의 탑에 돌아가기 싫으면 음, 내 시녀로 있는다든가? 한 명 정도는 고용할 수 있을 것 같은데."

"저, 저, 저, 정말―"

십삼은 더듬다가 이를 악물었다. 말을 더듬는 자신을 참을 수 없다는 표정이었다.

"저, 정말이요?"

숨을 몰아쉬고, 최대한 침착하게 십삼은 다시 되물었다. 나는 웃으며 고개를 끄덕였다.

"물론이지. 빈말로 권하지는 않아."

"아가씨, 그 계획 혹시 누구와 상의하신 적 있나요―?"

옆에서 로이가 다 들리도록, 하지만 낮게 속삭였다.

"없지만, 괜찮잖아?"

"저거 일리알이라고요?"

"음, 알아. 그러니까 이건 노예 해방 같은 거지."

"일리알과 노예는 완전히 다릅니다. 저건―"

로이가 십삼을 돌아보았다. 그가 그녀에게 말했다.

"내가 너에게 악감정은 없다는 걸 알아줬음, 좋겠다. 하지만 넌 일리알이잖아."

그 말에 십삼의 얼굴이 빨개졌다가 창백해졌다. 그녀가 고개를 푹 숙였다. 난 화가 나서 로이의 어깨를 찰싹 때렸다.

"아얏—"

"애에게 무슨 짓이야?"

아무리 봐도 나와 나이가 비슷할 정도로밖에 보이지 않는 아이에게 꼭 그런 식으로 해야겠는가?

"아야야, 아가씨도 애거든요? 또 애늙은이 같은 발언을—"

"엄살 피우지 말아."

난 씩씩거리며 말하고 축객령을 내렸다. 축객령이라고 해도 다과회에서 내쫓은 거니 로이는 그냥 소파에서 일어나서 내 뒤에 섰을 뿐이었다.

이건 뭐, 쫓아낸 거라고도 할 수가 없네.

난 한숨을 내쉬고 십삼에게 푸딩을 한 번 더 밀어 주었다.

"먹어. 먹으면서 이야기하자."

"네, 네."

십삼은 작게 대답하고 푸딩 그릇을 집어 들었다. 수저로 푸딩을 한입 떠서 입 안에 집어넣더니, 곧 숟가락질이 빨라진다.

난 그걸 흐뭇하게 바라보았다. 뭐랄까, 유기견을 주워 와서 밥을 먹이는 것 같은 기분?

"로이의 말은 신경 쓰지 마."

"저 바로 뒤에 있는데요?"

"이런 인간이니까. 일리알이란 마법사가 마법을 걸어 놓은 존재라고 알고 있어. 맞아?"

십삼은 고개를 작게 끄덕였다.

"마법은 잘 모르지만, 마법을 건 마법사가 죽었으면 마법도 유지되지 않는 거 아닌가? 그러면 된 거잖아?"

심삼은 머뭇거리다가 조용히 말했다.

"저, 저는 마, 마법이 걸린 게 아니에요."

"아니야? 그럼?"

"시, 실험을 다, 당해서─ 워, 원래는 거, 검정, 검정 머리였어요."

난 그 말에 그녀의 채도 높은 빨강머리를 보았다. 인간에게서는 나올 수 없는 색깔인 피 같은 빨강.

"그랬구나."

난 그가 나에게 했던 끔찍한 실험들을 떠올렸다. 그걸 어릴 때부터 당하다니……

심삼에게 더욱더 측은한 마음이 들었다.

"하여간 아빠가 돌아오실 때까지는 편하게 있어. 아마 저녁쯤 돌아오시지 않을까 싶은데."

난 그렇게 말하며 케이크를 그녀의 앞에 밀어 주었다.

"많이 먹어."

심삼의 얼굴이 살짝 붉어졌다.

"네, 네."

*　　*　　*

"최후통첩입니다."

켈슨이 굳은 얼굴로 말하며 편지를 내보였다. 아인은 편지의 인장을 힐끗 보고 말했다.

"황제?"

"네. 하루빨리 수도로 올라오라는 전갈입니다."

"지가 내려오지, 라고 하고 싶기는 하지만."

"주인님."

켈슨이 약간 불안한 듯이 그를 부르자 아인은 고개를 저었다.

"알았어. 올라갈 거야. 개자식들과도 이야기해야 하고."

아인의 말에 켈슨은 그 개자식이 마탑을 지칭하는 걸 깨달았지만, 굳이 정정하지는 않았다.

자신도 그렇게 생각하고 있으니까.

하지만 그것과 마탑이 손해배상을 청구하는 것은 별개다.

아가씨의 행방을 알기 위해 마탑으로 쳐들어간 공작과 기사단원들─아니, 실례. 공작과 에멜이 무슨 짓을 했을지는 뻔했다. 기물이 파손된 건 아무것도 아니었다. 상당한 마법사들이 죽거나 다쳤다. 마탑장은 그냥 만날 수 있는 상대가 아니다. 마탑 안은 미로나 마찬가지니, 그를 찾으려면 상냥한 안내가 필요했을 거고. 그 상냥한 안내를 받으려고 무슨 짓을 했을지도 뻔했다.

'그나마 마탑장을 죽이지 않아서 다행이지.'

아마 술술 불어서 그런 거겠지만.

그 후 당연히 마탑에서는 미친 듯이 분노하며 항의서를 보내고, 성명서를 내고, 카스티엘로 공작을 악마라고 소리 높여 외치며 황제에게 탄원했다.

황제 측 역시 여기서 공작의 손을 들어 줄 수도 없다. 그래서 삼자대면을 위해 공작을 불렀는데─

'계속 무시했으니.'

아가씨의 상태가 좋지 않아서 어쩔 수 없는 일이었지만, 그렇다고 황제의 명령을 무시하는 건 결코 좋은 일은 아니다.

'서약'을 깰 수 없는 한은 더욱더.

"올라간다고 편지를 보내."

"알겠습니다. 그리고—"

아인이 힐끗 켈슨을 보자 그가 머뭇거리며 말했다.

"그 일리알이 아가씨와 함께 있습니다. 아가씨가 그 일로 청할 게 있다고."

그 말에 아인이 살짝 웃었다. 켈슨은 어쩐지 즐거워졌다.

아가씨가 돌아와서 정말로 다행이었다. 만약 그대로 마법사의 손에 아가씨가 산산조각 났다면.

'상상만 해도 식은땀이 흐르는군……'

에스텔의 존재로 집안 전체의 분위기가 달라졌기에, 그녀가 사라지자 낙차가 너무 컸다. 자신의 주인이 웃는 걸 본 것도, 에스텔 아가씨가 오고 나서다.

'뭐 우리 아가씨께서 워낙 귀여우시니까.'

켈슨은 속으로 고개를 끄덕였다. 사실 자신들의 아가씨는 객관적으로 봐도 상당히 사랑스러웠다.

"난 그 애를 가둬 두고 싶어."

아인이 중얼거리듯 말해서, 켈슨은 그게 자신에게 한 말이라는 걸 한 박자 늦게 깨달았다.

켈슨이 고개를 끄덕였다.

"그야 저도 그랬으면 좋겠습니다만, 카스티엘로를 어디 가둘 수가 있나요."

그의 한숨 섞인 말에 아인은 다시 가볍게 웃었다.

"그래. 그렇지."

그가 잠시 생각하다가 말했다.

"만나러 가 보지."

*　　*　　*

　내 방 거실 카펫 위에서 십삼과 소꿉놀이를 하던 나는 자리에서 벌떡 일어났다.

　"아빠!"

　달려가 푹 하고 안기자 아빠가 날 마주 안아 주었다.

　"이쪽은 십삼이에요."

　내가 새삼 십삼을 소개하며 말하자 아빠는 고개를 끄덕였다.

　"알고 있어. 13이지."

　십삼이 또 자리에 넙죽 엎드렸다.

　"고, 공작 전하를 뵈, 뵙습니다."

　'아이참, 괜찮다니까.' 하는 말이 목구멍까지 올라왔지만, 난 입을 꾹 다물었다. 나에게가 아니라 아빠에게 인사하는 거니까, 어떻게 할지 정하는 건 아빠다.

　"일어나."

　아빠는 간결하게 말했다. 십삼은 그제야 고개를 들었지만, 무릎을 꿇은 채였다.

　아빠는 한참 십삼을 바라보았다.

　난 아빠가 일리알과 놀았다고 화내거나, 아니면 로이에게 뭐라고 할 줄 알고 아빠를 살폈지만 화나신 것 같지는 않았다.

　"아빠, 잠깐만 저랑 이야기하실 수 있으세요?"

　"얼마든지."

　"그러면 잠깐 침실로……."

　내 말에 아빠는 고개를 끄덕이고, 거실과 이어진 내 침실로 앞장서서 들어가셨다. 나는 십삼에게 찡긋 눈짓하고 얼른 따라 들어갔다.

찰칵―

작은 소리를 내며 문이 닫혔다. 난 깊게 숨을 들이마셨다. 알록달록한 파스텔 톤의 내 침실에서 아빠의 존재는 좀 튀었다. 아빠는 연핑크색의 조개껍질 모양 의자에 소리도 없이 앉았다.

'음, 배경이 뭐라도 어울리는군.'

우리 아빠지만 정말로 잘생겼다니까. 황후가 왜 그렇게 목을 매는지 이해가 돼.

아빠가 자신의 무릎을 툭툭 두들겨서 난 얼른 다가가 아빠의 다리 위에 앉았다.

"그래서?"

"어, 그. 십삼을 제가 고용할 수 없을까요?"

"네가?"

"네. 시녀 같은 걸로요. 거기로 돌아가면 다들 십삼을 괴롭힐 거예요. 또 이상한 실험을 할지도 모르고, 아니면 다른 마법사 손에 넘어가서―"

"좋아."

열심히 십삼을 보내면 안 될 이유를 늘어놓는데 아빠가 뚝 말을 끊으며 대답했다.

"정말요?"

"정말."

아빠의 말에 난 활짝 웃으며 아빠를 꽉 끌어안았다.

"감사합니다!"

"네 마법사로 고용하면 되지."

"제 마법사요?"

"그래. 마법사도 하나쯤 필요할 것 같으니까. 게다가…….'

"게다가?"

"저거, 카스티엘로가 섞인 거니까."

"네? 아, 맞아. 그렇다고 들었어요."

실험당했다고 했었지. 그러고 보니, 하고 난 의아한 생각이 들어서 물었다.

"그럼 십삼은 괜찮으세요?"

"뭐가?"

"그러니까 다른 인간처럼 불쾌하다거나……"

아빠는 "아." 하고 깨달은 듯 중얼거리고 고개를 끄덕였다.

"맞아. 그런 기척이 거의 없어. 신경 쓰이지 않는군."

난 히죽 웃었다.

"그럼 먼 친척 같은 거네요?"

"거기까지는 아니지만. 네 마법사로는 괜찮지."

난 갸웃했다가 고개를 끄덕였다.

진짜 마법사로 고용하겠다는 말인 건지, 아니면 시종은 안 되니까 마법사라고 가짜 직책을 주겠다는 건지 헷갈렸다.

'두고 보면 알겠지.'

일단 십삼이 그 무서운 곳에 다시 돌아가지 않아도 된다는 게 중요하다. 가짜 직책이든, 진짜 직책이든 말이다.

"그리고 아빠."

아빠의 붉은 눈이 말하라는 듯 날 내려다보았다. 아빠의 손이 내 머리카락을 계속 쓸어내리고 있었다. 털이 부드러운 고양이 등을 쓸어내리듯이 말이다.

"마탑이랑 전면전을 한다는 게 사실이에요?"

붉은 눈동자가 가늘어졌다. 출처를 추궁당하면 입을 꼭 다물어야지. 로이를 죽게 할 수는 없어.

내 얼굴에서 뭘 읽었는지 아빠는 가볍게 숨을 내쉬었다.

"황제가 중간에서 막을 테니까, 하지 않겠지."

아빠는 생각보다도 더 쉽게 답을 내주셨다.

"황제가요?"

"그래. 마탑이 무리한 요구를 하지 않는 이상은."

"만약에 무리한 요구를 하면요?"

"전면전이 되겠지."

나도 모르게 숨을 들이켰다.

아빠가 느릿하게 이어 말했다.

"아니면, 황제가 명령하든가."

"뭐라고요?"

"무리한 요구를 들으라고."

"그럼 들어야 하는 거예요?"

"그렇지."

그게 뭐야.

아닌가? 당연한 건가? 아무리 카스티엘로 공작가라고 해도 황제의 명령을 대놓고 거절하는 건 반역죄니까?

'하지만 아빠나 카를이 그런 걸 신경 쓰는 사람 같지는 않은데……'

그러고 보니 하델이 그러지 않았나?

카스티엘로 공작가가 왜 황제에게 충성을 다하는지는 아무도 모른다고. 그 이유를 아는 건 공작님일 거라고 그랬지.

"아빠."

작게 부르고 난 숨을 가다듬었다. 어깨와 등에 저절로 힘이 빳빳하게 들어갔다. 그걸 달래듯 아빠가 내 등을 쓸며 물었다.

"괜찮아? 왜?"

아빠의 재킷 앞섶을 매만지며 나는 시선을 내리고 물었다.

"황제의 명령을 꼭 따라야 하는 거예요?"

침묵이 가볍게 지나갔다.

"그래."

아빠의 대답은 간결했다. 아빠의 손이 내 등을 가볍게 토닥였다.

"반역죄로 잡히기 싫으면."

난 고개를 번쩍 들었다. 정말로? 단지 그 이유 때문이에요?

하지만 아빠의 표정은 전혀 읽을 수가 없었다. 루비 색 눈동자는 그저 부드럽게 날 바라볼 뿐이었다. 난 한숨을 내쉬고 말했다.

"제가 좀 더 크면 말이죠."

"네가 좀 더 크면."

아빠가 그렇게 말하고 내 이마에 키스해 주었다. 난 간지러워서 킥킥 웃고는 아빠를 끌어안았다.

"그러고 보니 오라버니는 언제 와요?"

"이제 곧."

카를은 내가 집에 왔을 때 잠깐 얼굴을 비추고, 그 뒤로는 보인 적이 없었다.

"방학하면 오는 거예요?"

"그럴 거다."

"치, 하나뿐인 여동생이 아픈데."

작게 칭얼거리자 아빠는 멈칫했다가 "아마 그래서겠지." 하고 낮게 말했다.

난 그 말에 고개를 갸웃하며 아빠의 품에 고개를 푹 묻었다.

"그게 왜요?"

"아픈 걸 보면―"

아빠는 어떻게 말해야 할까 말을 고르는 듯하다가 다시 입을 열었다.

"충동적이 될 테니까."

"……?"

무슨 말이야?

내가 이해하지 못했다는 걸 알았는지 아빠는 내 등을 다시 가볍게 두들겨 주며 말했다.

"그냥 그렇다는 거야. 그리고 에스텔."

"네."

"그때 너에게 정령사의 재능이 있다고 말했었던 것, 기억하니?"

"해요."

난 몸을 떼며 고개를 번쩍 들었다. 아빠의 얼굴은 평소처럼 딱딱했다.

"그렇다면 계약하는 것에 대해서 생각해 볼 때가 되었구나."

*　　　*　　　*

예전에 금광을 본 적 있다.

직접 봤다는 건 아니고, 서영의 기억에서─ 그 기억 속의 티브이에서. 그때는 생각보다 금광이 시시한 모습이라 실망한 기억이 있다. 황금이 번쩍번쩍할 줄 알았는데, 실제로는 금가루가 점점이 찍힌 것 같은 모습이라 말이다.

하지만 지금 그 실망을 싹 지워 줄 새로운 광산의 모습이 내 눈앞에 펼쳐져 있었다.

아름다운 걸 보면 그냥 아무런 말도 하지 못하게 된다. 기쁘고 흥분되는데도, 가슴 안쪽은 꽉 조여 와서 아무런 말도 나오지 않는 그런 광경이었다.

크고 깊고 새까만 동굴 안에서 정령석이 반짝이며 빛나고 있었다. 가지각색의 빛깔들로 반짝이며 그것들은 맑은 울림을 만들어 냈다. 동굴에서 물이 떨어지는 소리 같기도 했다. 아니면 초봄, 살얼음 밑으로 물이 흐르는 소리.

졸졸이나 콸콸이라고 의성어로는 말하지만 우리는 절대로 그런 소리가 아니라는 걸 알고 있다. 리드미컬하고 음악적이며, 실로폰의 울림 같기도 하고, 조약돌이 달그락거리는 것 같기도 하면서 투명하고 맑게 울리는 소리.

그런 장대한 화음이 동굴 안에서 끊임없이 울리고 있었다.

도롱도롱, 다랑다랑, 샤랑샤랑.

아아, 의성어로 말하니까 이상해. 하지만 정말로 예쁜 소리였다.

난 한 마디도 꺼내지 못하고 가만히 서 있었다.

"아가씨?"

뒤에서 에멜이 날 조심스럽게 불러서야 숨을 내쉬었다.

아빠가 뒤를 돌아보며 물었다.

"어디 안 좋은 느낌이라도?"

난 고개를 휙휙 저었다.

"아뇨, 너무 예뻐서요."

예쁘다.

단순히 그런 단어로 표현하기에는 부족했다. 아빠는 손에 들고 있던 램프를 에멜에게 내밀었다.

에멜은 램프를 받아 들었고, 아빠는 날 올려 안았다.

"어두우니까."

난 괜찮은데, 하는 대신 아빠에게 쏙 안겼다.

빛을 든 에멜이 뒤에 서 있어서, 발밑이 잘 보이지 않을 텐데도 아빠는 거침없이 걸었다.

"안으로 들어갈수록, 순도가 높은 정령석이 나오지. 지금은 비워 뒀지만, 평소에는 인부들이 많아."

동굴 안에서 아빠의 목소리가 낮게 울렸다.

동굴의 폭은 낮아지기도 하고, 좁아지기도 하며 점점 더 아래로 뻗어 나갔다. 하지만 정령석은 더 커지고 밝아져서 땅 밑 깊은 곳으로 들어간다는 두려움은 없었다.

그리고 소리는 점점 더 뚜렷해지고 아름다워졌다. 한둘이었던 화음이 점점 더 겹쳐져서 황홀감을 주었다.

빛나는 금관, 부드러운 목관, 떨리는 강철의 현, 심장을 울리는 북소리—

마치 오케스트라 같기도 하고, 숲의 울림 같기도 한 소리.

'이걸 나 혼자 듣는다니 아까워.'

내가 사랑하는 사람에게도 이 소리를 들려주고 싶었다.

"정령사는 다 없어져서, 정령과 계약하는 법을 정확히는 알 수 없지만."

아빠가 그렇게 말하며 낮은 곳을 지나 허리를 폈다. 난 아빠에게 속삭였다.

"저 안쪽에 뭔가가 있어요."

내 말에 아빠는 고개를 끄덕였다.

"그래, 저 안쪽에 뭔가가 있지. 불안하거나 나쁜 기분이지는 않은 건가?"

난 고개를 끄덕였다.

저 안에 샘이 있었다. 지금까지 나온 모든 소리는 '저것'의 반향일 뿐이라는 걸 알 수 있었다.

근원, 샘, 샘 밑.

가장 달콤한 노래를 부르는 것이 저 안에 있다.

아빠는 잠시 그 자리에 서 있었다. 뭔가를 생각하듯, 고민하듯이 가만히 서 있다가 말했다.

"들어가자."

난 고개를 끄덕였다. 아빠는 동굴 가장 안쪽으로 들어섰다. 그 순간 나는 물속에 서 있었다.

깊은 물 속, 푸른 그림자가 어른거리고, 달빛이 발밑의 새하얀 모래를 비추고, 특유의 부유감이 전신을 휘어 감았다.

하지만 숨을 내쉬는 순간 그게 다 환상이라는 걸 깨달았다. 난 아빠의 팔에 안겨 있었고, 여기는 동굴의 안쪽이었다.

"저게 정령석 동굴의 핵심이지."

아빠가 심장박동처럼 명멸하며 빛나는 손바닥만 한 정령석을 가리켰다.

"내려 주세요."

작게 속삭이자 아빠가 날 바닥에 내려 주었다.

난 천천히 정령석으로 다가갔다. 뭐라고 그랬더라? 하델이 말하기로 정령석은 정령의 찌꺼기 같은 거라고 했다. 그들이 남긴 흔적 같은 것.

하지만 이건 아니다. 아직 맥동하고 있고, 살아 있다.

나는 조심스럽게 손가락으로 정령석을 어루만졌다. 간지러운 듯이 키득키득 웃는 느낌이 전해져 왔다.

"어때요?"

에멜이 약간 초조한 어조로 물어 왔다. 난 으음 하고 몇 번 더 정령석을 만지다 고개를 갸웃했다.

"잘 모르겠어요. 뭔가 살아 있는 것 같기는 한데―"

난 한숨을 푹 내쉬었다.

"역시 뭔가 특별한 계약 방법이 있는 게 아닐까요?"

어쩐지 허무해졌다. 그래도 여기 들어오면 뭔가 짠 하고 정령이 나타나거나 할 줄 알았는데

난 정령석을 손가락 끝으로 어루만지며 중얼거렸다.

"역시 그냥은 안 되나 봐요."

다시 한숨.

역시 힘은 그냥 뿅 하고 얻어지는 게 아닌가 보다. 지금까지 가득했던 기대감이 단숨에 사그라지며 더 큰 실망이 밀려들었다.

이럴 거면 그렇게 멋지게 소리가 나지나 말든가.

어쩐지 억울한 기분이다. 가진 것도 아니었는데, 이미 손안에 있었던 걸 뺏긴 것 같은 기분.

"정령사 가문은 다 끝났다고 그랬었죠?"

"그래."

아빠가 고개를 끄덕였다.

"그렇다면 어쩔 수―"

없네요, 하는 말이 나오기 전에 뭔가가 내 손을 덥석 잡았다.

어?

놀라 돌아보니 정령석 안에서 사람 손이 튀어나와 내 손을 잡고 있었다.

"에스텔!"

"아가씨!"

두 사람이 내 몸에 손을 뻗었지만 그냥 통과되어 버렸다. 나도, 그들도 황망해서 서로를 바라보는데, 몸이 확 안쪽으로 잡아당겨지는 느낌이 났다.

그리고 나는 물속에 서 있었다.

"……!"

나는 놀라 움직임을 멈췄다. 입과 코에서 공기 방울이 부그르륵 소리를 내며 올라갔다.

"숨 쉬어도 돼. 괜찮아."

부드러운 목소리에 몸을 돌리니 이십 대 중반으로 보이는 남자가 서 있었다.

연녹색의, 자작나무 새순 같은 머리카락이 바람에 날리는 것처럼 부드럽게 부유하고 있었다. 하지만 바람에 날리는 건 확실히 아니다. 여기는 물속이니까.

해류에 머리가 날리는데도 그게 어울리는 남자라니.

남자는 날 보더니 즐거운 표정을 지었다.

"라샤드 가문의 아이일 줄 알았더니, 카스티엘로라?"

난 입을 막은 손을 천천히 내렸다. 살짝 숨을 들이켜 보자 정말로 숨을 쉴 수 있었다. 공기가 아니라 물을 삼키는 것인데도, 숨이 쉬어지는 이상한 느낌.

"누구세요?"

"나는 렝 라샤드란다."

"저는 에스텔 카스티엘로에요."

공손히 인사를 하니 렝은 다시 경쾌하게 웃었다.

"공손한 카스티엘로는 처음 보는데. 그렇구나. 섞인 아이로구나."

"라샤드 가문은 다 사라졌다고 들었는데요."

"그렇게 직설적으로 말을 하는 걸 보니 틀림없이 카스티엘로군."

렝은 그렇게 이야기하고는 손을 내밀었다. 머뭇거리다가 그의 손을 잡자 다시 경치가 바뀌었다.

깊은 숲 속이었다.

그렇다고 어두컴컴한 것이 아니라, 나무들 사이의 간격이 넓어서 빛이 풍부하게 들어오고, 얕게 깔린 잔디 같은 풀들이 연녹색으로 반짝이고 있는, 그런 꿈속에나 볼 것 같은 숲 속이었다.

"우리는 핍박을 피해서 대부분 이쪽으로 넘어왔어. 물론 그러지 못하고 잡혀서 생을 끝낸 가문의 아이들도 많지만."

"핍박이요?"

"라샤드 가문의 수는 줄고 있었거든. 그러면 오염된 땅을 정화할 수 없으니 큰일이잖아?"

"그렇죠─?"

"그래서 인공적으로 정령사를 만들 수 있을까, 하고 마법사들이 실험을 했거든."

렝의 말투는 가벼웠지만 난 그 '실험'이 뭔지 알고 있었다. 그래서 나도 모르게 몸을 떨었다.

그가 내 손을 잡은 채로 걷기 시작해서 난 몸에 힘을 줘 멈춰 섰다. 렝이 의아한 얼굴로 날 돌아보았다.

"그런데 여기는 어디예요? 아빠와 에멜이 엄청 걱정할 거예요. 갑자기 제가 눈앞에서 사라져서요."

"여기는 정령계야."

"네?!"

깜짝 놀라 주변을 둘러보자 렝이 후후 가볍게 웃었다.

"농담이야. 정령계와 인간계의 중간 지점이야."

난 한숨을 내쉬었다가 물었다.

"제가 정령과 계약할 수 있을까요? 절 왜 여기로 데려오신 거예요?"

"라샤드의 아이인 줄 알았지. 그래서 보호해 주려고 데려온 건데. 필요 없었던 거구나."

"네."

"정령과 계약하고 싶다고?"

"네."

내 말에 렝은 곰곰이 생각하는 듯 보였다. 그의 눈은 머리카락과 같은 초록이었는데, 옅은 비취 같은 눈동자였다.

난 라샤드 가문의 특징이 초록 눈에 초록 머리인 게 아닐까, 하는 생각을 잠깐 했다.

"하고 싶어 하는 정령이 있을까, 싶지만."

렝은 그렇게 말하며 날 위아래로 살폈다. 그의 시선에 난 허리를 쭉 폈다.

"물어볼까? 그러면."

렝은 그렇게 말하고는 휘파람을 불었다. 휘익― 하고 단발성으로 끝나는 휘파람이 아니라 길고 긴, 마치 뿔피리를 부는 듯한 휘파람 소리였다. 바람이 부는 나무 사이로, 휘파람 소리가 멀리 퍼져 나갔다.

렝이 근처의 바위를 가리키며 말했다.

"그럼 앉아서 기다릴까?"

난 아빠와 에멜을 떠올렸다. 얼마나 기다려야 하는 걸까?

하지만 여기까지 와서 계약을 하지 않고 돌아가는 건 바보 같은 일이다.

'조금만 기다려요.'

난 그렇게 마음속으로 중얼거리고 바위에 앉았다.

아빠가 '정령과의 계약을 생각해야 할 때인 것 같다'고 했을 때 내 마음을 표현하자면…….

"아니, 뭘 생각해요? 생각할 것도 없지요!"

……였다.

정말이지 마법사에게 잡혀 갔을 때 내 몸을 보호할 수단이 하나라도 있었다면 좋았을 것이다.

그랬다면 그러게 당하고 있지만은 않았을 텐데.

그만한 대가를 지불하게 되는 일이라고 해도, 대가를 지불할 가치가 있는 일이었을 거다.

'앤도 걱정하겠다.'

내가 돌아가지 않으면 앤이 무엇보다도 걱정할 것이다. 그녀가 믿고 있는 끈은 나밖에 없으니까.

앤은 바로 십삼이었다.

십삼과 아빠는 잠깐 이야기를 했고, 그녀는 완전히 흥분한 얼굴로 눈을 반짝거리며 "아가씨의 마법사가 되겠어요." 하고 몇 번이나 말했다.

그러며 그녀가 부탁했다.

"제 이름을 지어 주시면 안 될까요?"

그제야 나는 십삼이 특이한 이름이 아니라 '13'이라는 번호라는 걸 깨달았다.

'나 진짜 바보 같아.'

어딘가 좀 둔한 게 아닐까. 생각해 보면 십삼을 당연히 남자아이라고 착각하기도 했지.

그런 생각을 하며 이름을 고민하는데, 그녀의 빨강 머리가 눈에 들어와서 바로 이름이 튀어나왔다.

"그럼 앤으로 하자. 'E'자가 붙은 앤."

그 말에 앤은 활짝 웃었다. 회녹색 눈동자가 아름답게 반짝였다.

친구.

사실 그녀는 내 마법사나, 시녀가 아니다.

그녀는 내 친구였다.

리리아나 샤샤도 좋은 친구이기는 하지만, 그것과는 좀 다른 느낌의 친구였다.

'자매 같은 친구? 같은 실험실 출신?'

그런 생각을 하며 킥킥 웃는데 렝이 말했다.

"벌써 왔네?"

그 말에 난 정신이 번쩍 들었다.

정령이 온 건가?

눈앞에 있는 건 내 주먹만 한 빛이었다. 푸른색과 붉은색 빛이 반짝였다.

"이게 정령이에요?"

내가 묻자, 붉은색 빛이 "그래." 하고 대답했다. 난 깜짝 놀라 빛을 바라보았다.

"생각보다 더 빨리 왔네."

푸른색 빛이 말하자 붉은색 빛이 흥 하고 말했다.

"살아 있는 정령사라니, 드물잖아. 그런데 이거― 마족 냄새가 나. 어떻게 된 거지?"

"카스티엘로잖아."

푸른빛이 부드러운 어조로 말했다. 붉은빛이 생각하는 것처럼 몇 번 점멸하더니 "아하―" 하고 이어 말했다.

"아직 안 망하고 있었군."

그 말에 내가 눈썹을 치켜올리는데 곧 흰색 빛과 금색 빛이 연이어 생겨났다.

흰빛이 내 주변을 엄청난 속도로 빙글빙글 돌았다. 흰색 끈처럼 보일 지경이었다.

"세상에, 진짜로 살아 있는 아이잖아? 육신을 가진 정령사! 라샤드? 하지만 라샤드가 아니야. 으엑, 이 냄새는 뭐야?"

금빛이 대답했다.

"마족의 냄새로군. 섞였구나."

나는 내 팔에 코를 묻고 냄새를 맡고 싶어졌다. 마족의 냄새라니, 그런 냄새가 나나?

사실 쪼끔 뿌듯하기도 하다.

진짜로 나는 카스티엘로구나, 하는 그런 뿌듯함.

그런데 이것 때문에 계약이 안 되면 어떻게 하지?

"저기—"

내가 입을 열자 자기들끼리 재잘거리던 빛들이 일제히 이쪽을 돌아보았다. 눈코입이 없으니, 돌아봤다는 걸 몰라야 하는데 이상하게도 뚜렷하게 알 수 있었다.

"저와 계약하지 않으시겠어요?"

"난 싫어!"

흰빛이 버럭 소리쳤다. 난 움찔해서 어깨를 움츠렸다.

"마족 냄새! 그런 사람과 계약하지 않을 거야."

흰빛이 그러며 다시 내 주변을 빙글빙글 돌았다. 제발 좀 그만 돌았으면…….

"나도 정중히 사양하지. 필멸자들과의 계약은 이제 좀 슬프군."

금빛이 대답했다.

렝이 내 어깨에 손을 얹고는 말했다.

"그러지 말고, 좀 봐줘. 그래도 귀엽잖아? 어린애고. 아직 정화 못 한 땅도 있고. 그리고—"

렝이 몸을 숙여 내게 속삭였다.

"너도 마법사에게 당했구나?"

그 말에 깜짝 놀라 렝을 돌아보는데, 빛들이 우르르 몸을 떨었다. 푸른빛이 느리게 점멸했다. 푸른빛이 날아와 내 몸을 이리저리 살피더니 말했다.

"그러네, 마법사에게 당한 흔적이 남아 있어. 아직 어린데. 가엾어라."

푸른빛이 깜박거렸다.

"나와 계약하자."

"감사합니다."

나는 깊게 안도하며 말했다. 아무도 나와 계약하지 않겠다고 하면 어쩌나 걱정했다. 렝을 고마운 마음으로 돌아보니 그는 눈만 찡긋했을 뿐이었다.

"오른손을 내밀어 봐."

푸른빛이 말했다. 내가 오른손을 내밀자 푸른빛이 내 손등에 가볍게 닿았다. 손등이 간지러운 기분이었다.

"그럼 이제 나에게 이름을 주렴."

"이름이요?"

"그래."

난 푸른빛을 바라보았다. 이름, 이름이라. 뭐라고 이름을 지으면 좋을까?

처음이지만 최고인 나의 정령.

"알파."

중얼거리고 나니 외우기 쉽고, 간결하고 뚜렷한 이름이었다.

"알파라고 짓겠어요."

말이 끝나기가 무섭게 푸른빛이 순식간에 커졌다. 거대한 푸른 늑대가 된 푸른빛은 꼬리를 한 번 흔들더니 낮게 웃었다.

늑대가 웃는 웃음인데도 다정하게 들렸다.

"좋은 이름이군. 그럼 네 이름은?"

"에스텔 카스티엘로."

늑대가 날 가만히 보다가 말했다.

"이름이 하나 더 있는데?"

그 말에 난 깜짝 놀랐다.

"그, 예전 이름이 있어요."

"그건 뭐지?"

"분홍눈이요……."

작게 대답하니 늑대는 고개를 끄덕였다.

"좋다. 에스텔 카스티엘로이자, 분홍눈. 그대를 내 계약자로 인정한다."

그러자 푸른색 빛이 터져 나와 시야를 전부 삼켰다. 전신의 세포가 푸른색으로 가득 차는 느낌이었다. 푸른색, 물, 차갑고 시원하고, 수정처럼 맑은 물로 찰랑찰랑 가득 차오른다.

그리고 더 깊은 물속, 반짝이는 근원. 그것이 얼핏 보였다.

빨려들어 갈 것 같아, 아니 빨려 들어가고 싶어.

"거기까지."

렝이 내 팔을 꽉 붙잡았고, 육체의 감각에 난 깜짝 놀라 정신이 돌아왔다. 난 눈을 몇 번 깜박였다. 환상은 사라지고 제대로 숲이 보였다. 무의식적으로 오른 손등을 바라보니 거기에는 푸른색으로 빛나는 아름다운 문양이 새겨져 있었다. 렝이 묘한 얼굴로 말했다.

"너 지나치게 감이 좋구나. 위험한데?"

뭐가 위험하냐고 물으려는데 흰빛이 불쑥 코에 들이밀어졌다. 깜짝 놀라 얼굴을 뒤로 빼는데 흰빛이 소리쳤다.

"당한 거야?!"

"네?"

"라샤드의 아이들처럼 당한거야? 끔찍하게 갈기갈기 된 거야?!"

잔뜩 흥분한 목소리였다. 다시 흰빛이 빙글빙글빙글 엄청난 속도로 내 몸 주변을 돌기 시작했다.

그러더니 "당했어!" 하고 비극의 히로인처럼 소리를 지르고 다시 내 코앞에 바싹 멈춰 섰다.

"그럼 계약하자."

"잠깐, 넌 이미 안 한다고 했었잖아. 아직 이야기를 꺼내지 않은 내가 먼저지."

붉은빛이 흰빛을 퍽 하고 몸통 박치기로 밀어냈다. 작은 빛이라 살짝 당한 것 같은데 흰빛은 순식간에 저만치 튕겨져 나갔다.

"그럼 나도 정정하지."

금빛이 말하자 오히려 렝이 더 당황한 것처럼 보였다.

"너희 넷이 다 계약하려고?"

알파가 꼬리를 낮게 흔들더니 말했다.

"에스텔은 어려. 아이에게는 너무 큰 힘인 것 같군. 게다가 너희들이 다 구멍을 낸다고 생각을 해 봐라."

'아니, 난 괜찮은데요. 먼치킨 짱 좋은데. 그런데 구멍은 뭐지?'

속으로 중얼거리는 걸 알아들은 듯 알파가 내 눈을 들여다보았다.

심해처럼 깊은 눈동자.

"에스텔, 너무 강한 힘은 네게 해가 될 수 있단다. 정령을 부리는 것에는 대가가 따라."

그 말에 얌전히 고개를 끄덕였다.

그러고 보니 그런 이야기를 아빠도 했었지. 점점 내구도가 깎이게 된다고 그랬던가?

갑자기 겁이 더럭 났다.

아까 아빠와 에멜이 날 잡으려고 했을 때 그냥 유령처럼 휙 통과했던 것이 기억났다.

"그런데 무슨 대가가 따르나요?"

그 말에 정령들은 서로 마주 보았다가 렝을 보았다.

"이야기 안 해 준 건가?"

금빛이 나무라는 듯한 어조로 말했다. 마치 실수한 어린아이를 훈계하는 말투였다.

내가 렝을 휙 돌아보니 그 역시도 좀 당혹한 얼굴이었다.

"모르는 줄을 몰랐지."

그가 날 가만히 살피다가 한숨을 내쉬었다.

"정말로 모르는구나."

"정령사들이 다 사라졌으니까요."

나도 모르게 방어적인 대답이 흘러 나왔다.

"그런가? 그쪽에서는 얼마나 시간이 지난 거야?"

"백 년 정도……."

"우와, 진짜 오래 지났네. 그러면 지금 카스티엘로 공작은 내가 모르는 사람이겠군. 레아가 충고할 때 들었어야 했는데."

렝은 그렇게 중얼거렸다. 갑자기 그는 나이가 확 든 것처럼 보였다. 생생해 보이던 고목에 사실은 깊은 상흔이 있는 걸 발견했을 때 느끼는 그 세월의 위압감 같은 것이었다.

내가 주춤거리자 알파가 코끝으로 내 등을 가볍게 밀었다. 그제야 렝은 정신을 차린 듯 날 바라보았다. 렝이 싱긋 웃었다.

"음, 그러면 어떻게 이야기를 해야 할까? 정령과 계약을 하는 데 필요한 건 정령 친화력이라는 거야."

"정령 친화력이요?"

"정령의 이야기를 듣는 능력. 일단 말이 통해야 뭐든 하겠지?"

렝의 말에 난 고개를 끄덕였다.

"간단한 말만 들리는 건지, 복잡한 말도 들리는 건지 다들 천차만별이지. 하지만 에스텔은 아주 잘 들리는 것 같네. 모국어처럼."

난 고개를 끄덕였다.

그러니까 영어 초급, 중급, 상급자 같은 것이렷다?

"그럼 에스텔의 친화력은 매우 높은 거야. 자, 그러면 정령의 힘을 빌린 대가가 무엇이냐."

난 침을 꿀꺽 삼켰다.

렝이 잠시 말을 끊었다가 극적으로 팔을 벌리며 말했다.

"없어."

네?

뭐라고요?

내 표정을 보고 렝은 싱글싱글 웃었다.

"없어. 정령과의 계약은 주종 계약 같은 것이 아니야. 정령이 내 부탁을 들어줄 수도 있고, 아닐 수도 있지."

그게 뭐야?

내 얼굴을 보고 렝이 킥킥 웃었다. 그가 자신을 가리키며 말했다.

"하지만 튼튼해야 하지."

"튼튼……이요?"

생각지도 못한 조건이었다.

"정령사는 정령의 통로야. 많은 힘을 쓰면 쓸수록 통로가 단단하지 않으면, 무너지겠지."

"내구도가 중요하다는 말이죠?"

"그래. 그리고, 정령의 힘을 쓸수록 동화가 되어 버려. 나처럼."

"렝처럼요?"

"어, 그러니까 정령과 가까워져. 점점. 정령과 계약을 하는 건, 정령을 정령계에서 인간계로 내 몸을 문 삼아서 불러내는 거거든."

이해했니? 라고 하는 듯 그가 날 바라보아서 난 고개를 끄덕였다.

"그런데 계속 문을 열고 닫다 보면 어느 사이인가 문이 열렸다가 제대로 닫히지 않은 것처럼 되어 버리고……."

렝이 자신의 손을 접었다가 펴 보았다.

"조금 육체에 위화감이 느껴지지. 그리고 노화가 느려지고— 어느 순간 더 이상은 인간계에 머물고 싶지가 않아. 같은 상황이 되는 거지. 나처럼."

렝이 싱글 웃었다.

"야!"

그때 튕겨져 나갔던 흰빛이 소리를 지르며 전력으로 날아와 붉은빛에 부딪쳤다. 하지만 붉은빛은 뒤로 좀 밀렸을 뿐이었다.

그게 분한 듯 흰빛은 부르르 떨더니만 계속 붉은빛에 부딪쳤다. 붉은 빛은 성가신 것처럼 이리저리 흰빛을 피했다.

금빛이 그런 상황에도 아랑곳하지 않고 날 위로하듯이 말했다.

"하지만 그렇게 걱정하지 않아도 돼. 렝은 정말로 너무 힘을 썼거든. 무모할 정도로."

"그럼 보통은 괜찮은 거예요?"

내가 작게 묻자 알파가 고개를 끄덕였다.

"하지만 각 정령당 통로는 하나야. 그러니까, 네 몸에 4개의 통로가 뚫리는 건 사양하고 싶구나."

그 말에는 나도 동의했다. 내가 뭐 커다란 힘을 바라는 것도 아니고. 내 몸을 보호할 정도면 되니까.

'그러면 알파 하나로도 충분하지 않을까?'

내 생각을 읽은 것처럼 붉은빛이 휙 몸을 돌려 흰빛을 따돌리더니 나에게 다가왔다.

"나는 거절하지 않았지."

그리고 보니 그랬다. 이미 모두에게 계약하자고 말하고 이제 와서 또 물러나는 것도 그러니까.

"계약하지."

붉은빛의 말에 난 고민하다가 고개를 끄덕였다.

둘 정도는 괜찮지 않겠어?

"으아아, 억울해. 짜증나."

흰빛이 데굴데굴 허공을 구르기 시작했다. 그냥 빛 덩어리인데도 그게 보인다는 게 신기했다. 붉은빛은 그걸 완전히 무시하며 나에게 손등을 내밀라고 말했다.

난 어느 쪽을 내밀까 하다가 왼손을 내밀었다. 아까 오른쪽은 썼으니까. 붉은빛이 가볍게 내 손에 와 닿았다.

"내 이름은?"

음, 뭐라고 할까?

아까는 알파였지. 시작이라는 뜻으로. 그러면 이번에는 마지막이라고 정할까?

"엔드."

끝, 마지막.

"엔드라고 정할게요."

그러자 붉은빛이 부풀어 오르더니 그는 붉은 드래곤으로 변했다. 너무 크지는 않은 크기였다.

"아까부터 재미있는 이름을 짓는군."

엔드는 드래곤다운, 긁히는 듯한 소리로 웃었다.

"에스텔 카스티엘로이자, 분홍눈. 그대를 내 계약자로 인정한다."

붉은빛이 또 점멸했다. 그리고 나는 눈이 멀 것 같은 붉은빛을 보았다. 아니, 붉은 게 아니라 너무 밝게─ 새하얗게 타오르고 있어.

렝이 내 눈을 덮었다.

"너무 들여다보지 마. 눈 상할라."

난 눈을 빠르게 깜박였다. 눈물이 줄줄 흘러나왔다. 눈을 비비자 엔드가 "민감하군." 하고는 내 이마에 숨을 내쉬듯이 키스했다. 드래곤의 키스라니.

어쩐지 피식 웃음이 나왔다.

"그럼 이제 돌아가도 되나요?"

내 말에 렝은 고개를 끄덕였다.

"잠깐!"

흰빛이 날 불렀다.

"손 내밀어 봐."

내가 손을 내밀자 흰빛이 고개를 저었다.

"아니, 반대로."

나는 손바닥이 위로 올라오게 돌렸다. 흰빛이 거기에 뭔가를 툭 떨어트렸다.

새하얀 진주 같은 것이었다. 안에서 빙빙 뭔가가 휘몰아치듯 돈다.

"정령석……."

"저 땅에서 나는 것과는 비교도 되지 않는 정령석이지. 내 힘을 압축한 거니까 요긴하게 쓰라고."

"감사합니다."

꾸벅 인사를 하자 흰빛은 의기양양하게 이리저리 돌아다녔다. 가만히 있지 못하는 성격인가 보다.

금빛이 그걸 보더니 "그럼 나도 선물할까?" 해서 난 얼른 손을 내밀었다.

이런 데서 주는 선물은 사양하는 것이 아닙니다.

그도 납작한 정령석을 선물해 주었다. 안에서 빛이 나오는 것 같은 밝고 투명한 호박색 정령석이었다.

"그럼 돌아가."

렝이 말했다.

"어떻게요?"

내가 의아해져서 묻자, 렝이 내 어깨를 잡고 휙 밀었다.

"이렇게."

갑자기 땅이 확 꺼지면서 내 몸이 뒤로 넘어갔다.

"꺄아악—?!"

저절로 비명이 나왔다. 손을 버둥버둥하는데 누군가가 날 덥석 붙잡았다.

"아가씨!"

에멜이 날 붙잡고 있었다.

"공작님! 아가씨가 돌아왔습니다."

에멜이 말을 끝내기도 전에 아빠가 달려와서 날 확 끌어안았다. 너무 꽉 안겨서 숨이 막혀 왔다.

난 숨을 헐떡이고 가볍게 웃었다.

"다녀왔습니다."

*　　*　　*

깜깜한 밤에 저택은 환하게 불이 켜져 있었다. 우리가 돌아가자 켈슨이 죽다 살아난 얼굴로 진심으로 반가워하며 우리를 맞이했다.

내가 없어진 지 여섯 시간이나 지났다는 말을 듣고 깜짝 놀랐다. 저쪽과 이쪽의 시간이 진짜 다른 것 같았다. 에멜은 정령석을 부숴 버리겠다는 아빠를 말리느라 고생했다며 끙끙 신음을 흘렸다.

"갈비뼈에 금이 갔나 봐요."

"정말요? 봐 봐요."

내가 손으로 에멜의 옆구리를 누르자, 에멜이 헛숨을 삼키며 허리를 굽혔다.

"아팠어요? 미안해요!"

에멜은 창백한 얼굴로 괜찮다고 중얼거렸다.

"음, 어, 그러니까— 이렇게 하면—"

나는 다시 손을 뻗어 이번에는 살며시 에멜의 갈비뼈 위에 올렸다. 손등에서 푸른 문양이 빛났다가 사라졌다. 동시에 내 안에서도 뭔가가 쑥 빠져나가는 느낌이 들었다.

내가 손을 떼고 물었다.

"어때요?"

"어라?"

에멜이 자신의 팔을 움직여 보고, 옆구리를 눌러 보더니 말했다.

"괜찮은데요? 어떻게 하신 겁니까?"

"정령의 힘으로요."

가볍게 웃자 에멜의 얼굴이 진중해졌다.

"정말로 계약하셨군요."

"네."

아빠가 내 손을 잡아 손등을 지그시 바라보았다. 나는 가볍게 힘을 가

했다.

양 손등에서 붉은색과 푸른색 문양이 반짝였다.

계약하고 나서 돌아오니, 어떻게 힘을 써야 하는지 자연스럽게 알 수 있었다. 호흡을 어떻게 하는지 배우지 않는 것처럼. 하지만 내가 힘을 얻었는데도 아빠는 어딘지 불만스러운 얼굴이었다. 기뻐하지 않는 것 같았다.

"아빠?"

내가 작게 아빠를 부르자, 작은 한숨을 내쉬고 내 손을 놓았다.

난 머뭇거리다가 물었다.

"제가 계약한 게 싫으세요?"

"그래."

짐작은 했지만 단호한 대답이 돌아오자 누군가가 심장을 탁 때린 듯한 느낌이었다. 위가 울렁였다.

켈슨이 타박했다.

"공작님 또 그런 식으로 말씀하시네요."

아빠가 눈썹을 슥 치켜올렸다.

내가 뭐? 하는 듯한 특유의 동작.

카를도 저거 잘하지…….

"아가씨가 능력 있을 필요가 없다는 듯이 말씀하셨잖아요?"

켈슨의 항변에 나는 맞아, 맞아 하고 고개를 끄덕였고, 아빠는 켈슨을 보다가 날 보았다. 난 얼른 고개를 끄덕이는 걸 멈췄다. 뒤에서 에멜이 이상한 소리를 냈다. 흐힝히? 같은 소리였다. 아빠가 뭘 하는지 뒤에서 "억, 잠깐 공작님. 오러를 사용하는 건, 켁켁ー" 하는 소리가 들렸다.

깜짝 놀라 돌아보려는데 아빠가 내 턱을 잡아 고정했다.

"그런 게 아냐. 그냥ー"

아빠가 한쪽 눈을 찌푸렸다가 한숨을 내쉬었다.

"악, 공작님! 악악!"

뒤에서 계속 에멜이 소리쳤다.

"정령사를 원하는 사람이 많으니까. 그만큼 위험에 처하게 될까 걱정이 돼서."

아빠는 속에 있는 이야기를 하기 힘든 듯이 느릿하게 말했다. 하지만 충분히 전해졌다.

마음이 사르르 풀렸다.

난 얼른 아빠의 손에 내 뺨을 비비며 말했다.

"아니에요. 저 이제 정령이 둘이나 있는걸요? 절 잡으려면 마스터가 아니면 무리일걸요. 그리고 오라버니가 활도 가르쳐 준다고 그랬어요."

아빠가 살짝 웃으며 내 뺨을 어루만지다가 잡아당겼다.

"그래."

그리고 날 놓아주었다. 동시에 뒤에서도 "살았다—" 하는 소리가 들려왔다. 휙 돌아보니 에멜이 창백하게 질려 있었다.

"에멜?"

"저는 괜찮습니다."

아가씨 덕분이죠, 하고 에멜은 손을 흔들었다. 그가 목을 문지르며 중얼거렸다.

"고개 좀 끄덕였다고 너무하시는군요. 아가씨 흉내를 낸 것뿐인데."

그러니까 내가 고개를 끄덕일 때, 에멜도 따라서 끄덕였다는 말이렷다. 생각하니 웃음이 나오려다가 멈췄다.

'그러고 보니 에멜과도 제대로 이야기를 해야 하는데.'

아, 맞다.

나는 주머니를 뒤져 보았다. 동굴 탐사를 갈 것이기 때문에 바지를 입었었다.

"그리고 정령들이 이것도 줬어요."

나는 정령석 두 개를 펼쳐 보였다. 헉, 이게 이렇게 예뻤나?

거기서 볼 때보다 훨씬 더 뚜렷하게 광채를 발하며 신묘한 빛깔을 만들어 내고 있었다.

"이건…… 정령 광산의 핵심 같은데요? 이런 정령석은 시중에 나오지 않죠."

켈슨이 낮게 중얼거렸다.

"저는 있어도 쓸 일 없고, 아빠가 준 게 있으니까요."

어쩐지 뿌듯해져서 난 그걸 아빠에게 내밀었다.

"드릴게요."

아빠의 검에 박으면 되지 않을까?

아깝다는 생각은 조금도 들지 않았다. 내 힘으로 얻어 낸 뭔가를 준다는 기쁨이 더 컸다.

아빠는 눈을 크게 떴다가 웃으며 내 손을 접었다.

"고맙지만, 이건 네가 써."

"네? 하지만—"

"활에 박으면 될 거다."

그 말에 나는 다시 정령석을 내려다보았다.

"하지만, 그래도 아깝잖아요. 마스터인 아빠나 오라버니가 쓰는 편이……."

선물이 거절당하자 섭섭해졌다.

선물이 아니라 내가 거절당한 것 같은……

힐끗 아빠 허리의 검을 보았다가 난 눈을 동그랗게 떴다. 분홍색 표끈이 아직도 손잡이에 묶여 있었다.

어쩐지 아무래도 좋아져서, 난 웃음이 나오는 걸 참기 위해 볼 안쪽을 꽉 깨물었다.

"알겠어요."

난 정령석을 조심스럽게 다시 주머니에 넣었다.

나중에 카를에게 하나 줘야지. 그런데 정말로 카를은 안 오는 건가.

내가 찾아가 볼까? 이제 괜찮다고.

"아, 맞아. 그리고 오염된 땅을 정화시킬 수 있어요."

우리 공작령 말고는 전부 못 쓰는 땅이라면서! 그거 얼른 정화시켜서 써먹어야지.

"그럴 필요 없어."

아빠가 딱 잘라 말하자 아쉬운 소리가 켈슨의 입술 사이로 흘러나왔다. 아빠가 켈슨을 바라보자 그는 헛기침을 했다.

내가 켈슨 대신 아빠에게 항의해 보았다.

"왜요? 땅이 넓으면 좋잖아요. 게다가 마수가 계속 나온다면서요. 경계 지역에 사는 사람들은 불안할 거 아니에요."

"괜히 그 능력이 알려졌다가는 더 골치 아파."

그 말에 난 내 손등을 보았다가 다시 아빠를 보았다.

"그래도……."

입안으로 아쉬움을 중얼거리다가 난 입을 꾹 다물었다.

'몰래 하면 되지.'

아빠는 갑자기 내가 입을 다물자 뭐라고 생각했는지 다시 내 머리를 쓸어내렸다.

"보물처럼 다루고 싶은데—"

아빠의 목소리는 한숨처럼 들렸다. 나는 그 아득하고 어둡고 조용한 보물 방을 떠올렸다.

외부로 나갈 수도 없고, 외부에서 들어오지도 않는 완벽한 안전.

"방에만 있는 건 싫어요."

작게 내 의견을 말하자, 아빠는 "그렇지." 하고 가볍게 내 어깨를 토닥였다. 그리고 힘주어 말했다.

"정령의 능력이 있는 걸 타인에게는 말하지 마라."

"네."

난 거기에는 고개를 끄덕였다. 렝도 그랬었잖아? 정령사들을 데려다가 마법사가 뭘 했는지.

생각하니 알파가 낮게 으르렁거리는 듯한 소리가 들렸다.

뭐랄까, 알파도 엔드도 계약 후로 어딘가 연결되어 있어서 내가 부르면 나오고, 부르지 않아도 항상 조금씩은 연결된 느낌이었다. 통로가 생긴다는 건 이런 건지도 모른다.

하여간 정령들이 마법사를 지독하게 싫어하는 걸 알겠다. 그래서 정령석이 가득한 곳에서는 마법을 거의 사용할 수가 없다. 수도의 저택이나, 여기 본가가 마법사에게 안전한 이유도 그것이다.

'사실은 화이트홀도 안전해야 했는데…….'

머리카락 때문에 납치를 당하다니, 마법이란 참 알 수가 없다.

'좋은 방향으로 쓰면 좋은 힘일 텐데…….'

그런데 어째서 그러지 못하는 걸까?

아빠가 손끝으로 툭툭 의자 팔걸이를 두들기다가 말했다.

"에스텔."

"네."

"난 당분간 저택을 비울 거다."

덜컥 불안감이 밀려왔다.

"비워요? 왜요?"

절박하게 들리지 않게 노력했지만, 목소리 끝이 떨리는 건 어쩔 수 없었다.

"황제가 불렀거든."

아.

그러면 어쩔 수 없다.

"같이 갈래?"

아빠가 물어 와서 난 양손을 꼭 잡아 비틀었다. 물론 아빠와 있으면 안전하다는 걸 안다.

아빠가 없는 저택에 남아 있는 건 불안하다. 하지만 그렇다고 또 이 저택을 나가서 수도까지 긴 여정을 하는 건…… 이제는 괜찮다고 생각했는데, 어쩐지 숨이 막히는 기분이었다.

괜찮아. 나에게는 정령이 있어.

그렇게 생각하자 뚜렷한 따뜻함이 온몸을 감쌌다. 커다란 개가 날 위로하려는 듯 허벅지에 머리를 올려두고 다정한 눈으로 바라보고 있을 때 느껴질 만한 그런 안도감과 옅은 행복감.

난 미소 지으며 고개를 들었다.

"괜찮아요. 다녀오세요."

아빠는 날 찬찬히 살피더니 짧게 고개를 끄덕였다.

난 자리에서 일어나며 말했다.

"그럼, 음. 저는 에멜과 좀 이야기를 해도 될까요?"

아빠는 나가도 된다는 듯 손을 흔들었다. 켈슨이 아빠에게 "그러면 여정은 어떻게 꾸릴까요?" 하고 질문하는 걸 뒤로하고, 나는 에멜과 함께 방을 나왔다.

에멜이 긴장한 얼굴로 목을 가다듬더니 물었다.

"하실 말씀이라는 게?"

“음, 여기 말고 어디로 들어갈까요? 복도에서 이야기하는 건 좀 그렇고요.”

“알겠습니다.”

에멜이 근처의 적당한 방문을 열었다. 저택에는 워낙 방이 많아서 어떤 방문을 열든지 그럴 듯한 공간이 있었다.

안으로 들어가자 에멜이 물었다.

“앉으시겠습니까?”

“아뇨, 괜찮아요. 음, 그러니까 에멜…….”

나는 깊게 숨을 들이마셨다.

으음, 이걸 뭐라고 설명하면 좋을까.

“에멜이 날 목숨 걸고 지켜 준다고 했잖아요.”

에멜의 눈이 어두워졌다. 밝은 빛의 눈동자가 짙은 고동색을 띤다.

“네.”

그의 목소리 끝이 살짝 갈라져 나왔다.

“그거 지금도 믿어요.”

내 말에 에멜의 눈이 얼핏 흔들리는 것처럼 보였다. 난 끙끙거리며 말했다.

“전에 에멜에게 화나지 않는다고, 화낼 일이 아니라고 했던 거 기억나요?”

“네.”

“나 사실은 에멜에게 좀 화가 났어요. 하지만, 난 어린애가 아니에요.”

내 말에 에멜은 희미하게 웃었다.

“아빠가 날 모든 어둠과 위협에서 보호하고 싶어 하는 걸 알아요. 그러니까, 그 보물 방 안의 보물처럼 안전하게요.”

“그렇지요.”

에멜이 고개를 끄덕였다.

"하지만 그건 제가 거부했어요. 그러니까, 음, 부수적인 데미지는 어쩔 수 없는 거예요."

에멜이 낮게 말했다.

"그 부수적인 데미지를 없애기 위해서 제가 존재하는 겁니다."

"그렇다면 존재해 주세요."

나는 빠르게 대답했다.

"나는 에멜이 필요해요."

에멜이 날 빤히 보았다. 그가 무슨 생각을 하는지 전혀 알 수가 없었다. 그래서 난 말을 이었다.

"그리고 에멜에게는 고마워하고 있어요."

"뭘 말인가요?"

"살아만 있으라고 해 줘서요. 그럼 구하러 온다고. 그래서 계속 견딜수 있었어요. 고마워요, 에멜."

에멜의 얼굴이 일그러졌다. 그가 한 손으로 얼굴을 가리고 한숨을 길게 내쉬었다.

"정말로 아가씨는."

난 또 내가 말실수를 했나 당황해서 열심히 내 말을 점검해 보았다. 아아, 로이에게 무슨 말을 할지 한번 점검을 받고 말할 걸 그랬나?

에멜은 다시 숨을 길게 내쉬더니 한쪽 무릎을 꿇고 나와 시선을 맞췄다.

"죄송합니다."

"뭐가요?"

"그냥, 제가 더 어린아이 같아서요."

"……?"

갸웃하며 그를 보자 에멜은 가볍게 웃었다.

"아가씨에게 위로를 받을 처지가 아닌데요. 아뇨, 비하하는 게 아닙니다."

내가 입을 열려고 하자, 에멜이 손을 들어 저지했다.

"멋대로 화를 내고, 멋대로 실망하고, 스스로에게 화가 나서 견딜 수 없다가, 아가씨의 말에 일희일비하고—"

에멜이 눈을 찡그렸다가 픽 웃었다.

"그러니 제가 더 아이지요."

"아니에요."

난 고개를 저었다.

꾹꾹 눌러 참고 있었다. 내 안에는 착한 아이가 되겠다, 하는 마음이 있었다. 그래야 모두가 날 받아 줄 거라고.

'그런데 에멜에게는 묘하게도 그런 마음이 좀 적게 든단 말이야?'

나쁜 아이라도, 에멜은 그냥 웃어 줄 것 같은 그런 느낌. 그래서 아마 에멜의 말에 더 화가 나고, 더 폭발했던 거다.

'발 뻗을 상대였다는 거지.'

그리고 놀랍게도, 그렇게 폭발하고 나서 아빠나, 오라버니나, 다른 사람들을 향한 마음이 더 단단해졌다.

내가 나쁜 일을 당해도, 내가 어떻게 해도, 그래도 우리 관계는 절대로 변하지 않을 거라는 믿음.

'비 온 뒤에 땅이 굳는다는 걸까.'

그리고 에멜을 향한 마음은 말할 것도 없고.

그래서 난 장난스럽게, 진지한 얼굴로 말했다.

"사실 에멜의 말이 좀 맞았던 것 같아요. 에멜에게 화가 나기는 했었거든요. 지켜 준다고 해 놓고."

내 말에 에멜은 움찔했다.

난 씩 웃었다.

"하지만 깨무는 걸로 화풀이했으니까 됐어요."

내 말에 그가 피식 웃더니 고개를 숙이고 말했다.

"아가씨께서 필요로 하시면 항상 곁에 있겠습니다."

"필요해요."

"그럼 곁에 있지요."

에멜이 정리된 듯 홀가분한 표정으로 말했다. 그가 내 손등에 가볍게 키스하며 덧붙였다.

"아가씨께서 제 세상의 중심이랍니다."

아, 정말.

"에멜, 여자들에게 인기 좋죠."

내가 투덜거리듯 말하자 그는 웃고 다시 내 손가락에 키스했다.

"아, 맞다. 그러고 보니 손은 괜찮아요?"

"네, 이제 멀쩡해요."

에멜이 오른손을 들어 보였다.

"보여 줘 봐요."

정말로 나았는지 확인해야겠다. 안 나았으면, 치료해 줘야지.

"괜찮습니다."

에멜이 슬쩍 오른손을 뒤로 뺐다. 불길한 예감이 들었다.

"에멜? 진짜로 나은 거 맞아요?"

막 새끼손가락 안 움직이거나 그런 거 아냐? 별거 아닌 것 같지만 검사에게는 치명적인 거 아닌가?

"내가 치료해 줄 수 있을지도 몰라요. 봐 봐요. 네?"

"아뇨, 진짜로 멀쩡해요."

"그럼 보여 줘요."

내가 단단히 버티고 서서 말하자, 에멜은 빠져나가려고 했지만 소용없다는 걸 알고는 한숨과 함께 건틀릿을 벗었다.

난 얼른 그의 손을 덥석 붙잡아 살폈다.

"……!"

난 눈을 동그랗게 떴고, 에멜이 웃으며 대꾸했다.

"괜찮아요."

*　　*　　*

난 커다란 흔들의자에 푹 파묻혀서 이리저리 흔들거렸다.

"앤."

"네, 네, 아가씨."

"그냥 에스텔이라고 불러."

"그, 그럼, 에스텔 님."

나는 한숨을 내쉬었다. 그리고 이어 말했다.

"흉터를 없애는 약은 없을까?"

그 말에 부지런히 책을 정리하던 앤이 날 돌아보았다.

"어, 어디 상처라도 생기셨어요?"

"난 아니고……."

앤은 저택의 다락방에 자리를 잡았다. 좋은 방으로 고르라고 했는데, 여기가 햇빛이 가장 많이 들어서 좋다고 했다.

'맞아. 그 연구실은 창문이 없지.'

지긋지긋한 마법등뿐이었다.

그러니까 햇빛 달빛을 만끽하고 싶은 마음이 이해되었다.

다락방의 비스듬한 천장의 삼분지 이가 유리창이었다.

앤은 이렇게 투명하고 깨끗한 유리창을 천장으로 쓰다니요, 하고 감탄하며 여기를 자신의 방으로 정했다. 그리고 어디서 공수해 오는지 모를, 켈슨이 가져오는 마법 책이며 용품을 하나씩 정리하는 중이었다. 레프턴이 그녀를 제자라고 했던 말은 틀리지 않은 듯, 그녀는 마법을 다룰 수 있었다.

앤이 말했다.

"휴, 흉터를 옅게 하는 약이라면 있을걸요?"

"정말?!"

난 의자에서 몸을 벌떡 일으켰다.

"수, 수도 귀부인들 사이에서 소문이 났거든요. 제, 제 스승— 아, 아니, 그놈도 그런 약을 만들어 팔았고요."

"그러면 앤도 만들 수 있어?"

"네. 네. 어디에 필요하신데요?"

"그게—"

난 울상이 되었다.

에멜의 손에 내 이빨 자국이 동그랗고 선명하게 흉터로 남은 것이다. 아아, 아마 치아 감식을 하면 딱 맞아떨어지겠지.

내가 문 것은 그의 새끼손가락 쪽, 바깥 손등인데 거기에 반달 모양으로 이빨 자국이 희게 남아 있었다.

창피하다.

에멜은 괜찮다고 몇 번이나 말했지만, 전혀 괜찮지 않아요. 조금도 괜찮지 않다고요!

"으아아아, 에멜 어떻게 해요!" 하고 매달리는 날 보고 에멜은 큰 소리로 웃으며 "정말로 괜찮다니까요?" 하고 대답했지만, 그래도 내가 찜찜하다.

내 이야기를 들은 앤이 고개를 끄덕였다.

"아, 알겠어요."

"그러면 부탁해도 돼?"

내가 후다닥 달려가 앤의 양손을 꼭 잡자, 그녀는 다시 깜짝 놀란 것처럼 몸을 떨었다가 날 보고 웃었다.

"네, 네."

"재료는 여기에 적어 줘. 그러면 내가 구해다 줄게."

근처의 종이를 끌어다 놓으며, 난 얼른 잉크 뚜껑을 열었다. 앤이 웃으며 펜을 적셔서 재료를 써 내려갔다. 그녀가 재료를 다 적어 주자 난 종이를 들고 후다닥 나갔다.

"재료 가져올게!"

"네, 네."

앤의 대답을 뒤로하고 난 방을 나섰다.

'그러니까 어디 보자……. 재료가…… 고래 기름? 서리초……? 약초인가?'

애나나 켈슨에게 부탁하면 되지 않을까?

난 잉크를 후후 불어서 번지지 않게 조심했다.

"아가씨, 종이를 보면서 뛰면 안 됩니다."

그 말에 난 얼른 우뚝 멈춰 섰다. 진이 내 호위로 따라와 있었다.

"살살 걸을게요."

"뭘 받아오신 겁니까?"

"음, 연고 재료요."

"어디 다치신 겁니까?"

"아뇨. 그건 아니고요."

난 고개를 저었다.

으으으음, 아무리 그래도 '내가 에멜의 손에 이빨 흉터를 만들었어요.' 하고 소문을 내고 다닐 수는 없잖아요?

진의 푸른 눈이 빤히 날 봐서 난 손을 들고 맹세하듯 말했다.

"아프면 이야기한다고요."

내 말에 진이 고개를 끄덕였다.

"그러셔야 합니다."

난 걷다가 문득, 아직 진과 에멜의 출신에 대해서 물어보지 않았다는 생각이 들었다.

"그러고 보니 진."

"네."

"진은 어느 가문 출신이에요?"

진도 길게 카스티엘로를 섬겨 온 가문 중 하나가 아닐까?

"전 가문이랄 게 없습니다."

그 말에 어? 하고 돌아보니 진이 대답했다.

"전 고아니까요."

"전혀—"

전혀 몰랐어요, 하고 대답하려다가 이 대답이 형편없다는 걸 알았다. 아니, 모르는 건 당연한 거지.

"그, 저랑 비슷하네요?"

내뱉고 나니 내 스스로가 창피해지는 말이었다. 사생아와 고아는 완전히 다르다.

"아뇨, 지금 그 말 이상했죠. 그게 아니라—"

"비슷하지요."

어쩔 줄 몰라 하는 내 말을 끊으며 진이 대답했다. 난 그 말에 힐끗 진을 보았다. 당연히 귀족일 거라고 생각했다.

하지만 아니었구나.

무신경하다, 에스텔 카스티엘로.

"미안해요."

내가 사과하자 진이 고개를 저었다.

"아닙니다. 상대에 대해서 알고 싶어 하는 것은 나쁘지 않지요."

"그래도 이렇게 물어보는 게 아니었는데요."

"허영적이지만, 귀족이라고 생각해 주셔서 기뻤다고 하면, 대답이 될까요?"

진의 말에 난 눈을 깜박였다가 웃었다.

"그렇게 생각하지 않아요. 그리고 생각해 보니 귀족은 맞잖아요? 우리 가문의 기사니까요."

아빠에게는 작위를 내릴 수 있는 힘이 있다. 그러니 늑대기사단의 기사들은 모두 경.

나름대로 준귀족에 발을 붙이고 있는 거다.

"그렇지요."

진은 가볍게 고개를 끄덕였다. 난 나중에 진에게 뭔가 사과의 선물을 해야겠다고 생각하며 방으로 들어갔다.

제인이 일어나 날 맞아 주며 말했다.

"아가씨, 전에 부탁하신 금실 도착했어요."

"아, 고마워."

난 고개를 끄덕이고 물었다.

"애니는?"

"잠깐 나가셨어요."

스테파니의 말에 난 종이를 보았다가 고개를 끄덕였다.

"알았어."

애니가 올 때까지 이건 소중하게 보관해 둬야지.

침실로 들어가니 내 그림자에서 스윽 알파가 모습을 드러냈다. 허스키 정도의 작은 크기였다. 이어 엔드 역시 허공에서 나타났다. 손바닥만 하게 줄어든 작은 드래곤은 내 어깨에 앉아 종이를 들여다보았다.

"육신을 가진 건 불편하군. 상처가 흔적으로 남다니."

엔드가 종이를 들여다보며 말했다. 그가 말할 때마다 드래곤의 입 안에서 불꽃이 일렁였지만, 나에게는 그저 적당한 따스함으로 느껴질 뿐이었다.

"내가 구해다 줄까?"

알파가 부드럽게 제의했다.

"알파가요?"

내가 놀라 돌아보자 푹신한 침대가 신기한 듯이 침대에서 경중경중 뛰고 있던 알파가 "그래." 하고 대답했다.

어째, 하는 짓과 어투의 갭이 크다. 알파는 킁킁 냄새를 맡기도 하고, 침대를 이리저리 밟아 보다가 빙글빙글 그 자리를 세 바퀴 돌더니 털썩 앉았다.

"그러면 뭐 또 대가가 있고 그런 거 아니에요?"

엔드가 내 어깨에서 가볍게 웃었다. 붉은 불꽃이 탁탁 튀었다.

"너무 겁준 거 아냐? 이 정도는 괜찮아. 우리가 이 세계에 진짜로 현신할 때 대가가 지불되는 거지."

"이 세계에요?"

현신?

모르는 단어다. 나중에 사전을 찾아봐야지.

"불로 전부 태워 버리거나, 홍수로 쓸어버리거나, 비가 오게 하거나,

대지를 흔들리게 하거나, 폭풍이 오게 할 때."

엔드의 말에 난 입을 헤 벌렸다.

그거 너무 규모가 크지 않나?

알파가 앞발 위에 머리를 얹으며 말했다.

"내가 할 수 있는 건 물과 관련된 일이고, 엔드가 할 수 있는 건 불과 관련된 일이지."

"그럼 렝은 폭풍을 부른 거예요?"

"그 정도로는 그렇게 안 돼."

엔드가 정정했다.

헐? 그럼 그 사람은 대체 뭘 한 거야?

"막 폭풍을 여러 번……?"

"그 정도로 안 되지."

"그럼 대체 그 사람은 뭘 한 거예요?"

"우리의 힘을 다른 방향으로 사용했어."

"다른 방향이요?"

알파가 부드럽게 말했다.

"내 힘은 물, 저 녀석의 힘은 불. 하지만 너 내 힘을 사용해서 치유를 했었지?"

"아."

"그건 그냥 힘을 쓰는 것보다 곱절의 힘이 들어간다. 하지 않는 게 좋아. 차라리 홍수를 내는 편이 낫지."

"그렇군요."

순수하게 힘을 사용하는 것보다, 다른 방식으로 사용할 때 힘이 더 들어간다는 말이렷다?

"그럼 이것도 그런 거 아닌가요?"

"재료를 구하는 건 그냥 정령계와 인간계를 왔다 갔다 하면 되는 거니까. 네 힘을 쓸 필요도 없는 일이지."

"그럼 구해다 주세요."

얼른 내가 종이를 내밀자 종이가 둥실 떠올랐다. 알파가 그 종이를 앞발로 누르더니, 슥 하고 사라져 버렸다.

"그럼 렝은 대체 뭘 한 거예요?"

엔드는 날 힐끗 보았다가 답했다.

"안 가르쳐 줘."

'정령들이란.'

난 투덜거리며 방을 나왔다.

"제인, 나 금실로 장식술 만드는 방법 좀 알려 줘."

"장식술이요?"

"응, 아빠 검에 달 수 있게, 만들려고."

"아하, 알겠어요."

제인이 싱글 웃으며 고개를 끄덕였다. 이야기를 들은 스테파니가 옆에서 제안했다.

"그러면 보석 같은 것도 같이 다는 게 어떨까요?"

"그럴까? 그것도 좋긴 한데…… 보석은 어디서 구하지?"

난 고민하다가 물었다.

"내가 가지고 있는 장신구에서 빼서 써도 될까?"

"아깝지 않으시겠어요?"

스테파니의 말에 난 고개를 저었다.

"괜찮아. 그러면 빼서 써도 된다는 거지?"

"아가씨의 것이니, 물론이지요."

스테파니가 고개를 끄덕였다. 제인이 얼른 금실을 가져왔다. 그녀는 먼저 가느다란 금실끼리 꼬아서 적당한 굵기의 실로 만드는 것부터 알려 주었다.

스테파니는 내 장신구함을 가져왔다. 고민하다가 목걸이에서 루비를 빼서 쓰기로 했다.

아빠 눈 색이랑 딱 맞을 거야.

'아빠가 떠나기 전에 완성해야 하는데……'

내 불안함을 전하자 제인이 웃으며 말했다.

"만드는 방법은 어렵지 않으니까, 금방 하실 거예요."

"응."

난 열심히 그녀의 손에 집중했다. 제인이나 스테파니는 실을 엮어서 몇 개 복잡한 문양도 만들어 낼 수 있었다.

난 그중에서 네잎 클로버 같은 모양을 택해서 끙끙거리며 장식 끈을 만들었다. 어찌나 집중했는지 배고픈 것도 잊을 정도였다. 애니가 "저녁 먹고 하세요."라고 해서야 고개를 드니 밖이 어두워져 있었다.

"거의 다 됐는데, 조금만 더."

나는 장식 끈을 내려다보았다. 마무리만 하면 될 것 같은데.

애니는 "알겠어요." 하고 대답하고는 시종에게 늦는다는 말을 전하러 나갔다. 내 손이 더욱 빨라졌다. 서투른데 서두르려고 하니 잘되지 않았다.

"제가 해 드릴까요?"

제인이 묻자 스테파니가 고개를 저었다.

"아냐. 아가씨, 천천히 하시면 돼요. 괜찮아요."

난 깊게 숨을 들이마시고 천천히 실을 감기 시작했다. 꼬아서 단단하게 잡아당기고 모양을 만든다.

"그리고 이 루비를 끼우세요. 네, 좋아요. 그리고 마지막 매듭은 이런 식으로 지으시는 거예요. 네네, 안으로요."

스테파니가 자신의 실로 천천히 시범을 보여 주어서 난 그대로 따라 했다.

"됐다!"

나는 장식 끈을 번쩍 들어 올렸다. 맨 아래 길고 풍성한 금빛 술이 반짝이고, 그 위에 클로버 모양의 매듭이 있고, 그 위에 루비가 끼워진 긴 검 장식이었다.

제인이 큰 무쇠 가위를 가지고 와서 가지런히 테슬 끝을 다듬어 주었다.

장식 끈을 챙겨 들고 난 얼른 방을 나섰다.

"고마워, 제인. 스테파니."

"별말씀을요."

두 사람은 웃으며 날 배웅했다. 식당으로 내려가니 아빠가 기다리고 계셨다.

"늦었죠! 죄송해요."

꾸벅 인사하니 아빠가 고개를 저었다. 난 의자에 앉지 않고 살그머니 아빠에게로 다가갔다.

아빠가 날 말끄러미 바라보았다.

"저, 이거요."

내가 장식 끈을 내밀었다. 아빠는 장식 끈을 받지 않고 그걸 바라만 보았다.

"제, 제가 만든 거예요. 검에 다시는 장식이요. 이거 만드느라 늦었어요. 죄송해요."

아빠는 천천히 끈을 받아 들었다. 한참 물끄러미 끈을 바라보다가 아빠가 짧게 말했다.

"고맙다."

"아니에요."

난 고개를 휙휙 저었다. 기분이 날아갈 듯 좋아져서 난 얼른 자리에 앉았다. 아빠가 시종에게 검을 가지고 오게 하더니 그 자리에서 장식 끈을 달았다.

'하지만 저 분홍색 표끈을 없앨 생각은 없어 보이시는군.'

검은색 일색인 검집에 장식 끈은 잘 어울렸다. 금과 루비로 만들어서 멀리서 보면 고리의 크기가 일정하지 않다든가, 하는 흠이 보이지 않았다.

'저 분홍 끈이 너무 눈에 띄어.'

안 어울린다고 생각하면서도, 볼 때마다 기분이 좋아져서.

난 다시 헤헤 웃었다.

카를에게도 하나 만들어 줄까?

맞아. 선물을 만들어서 편지랑 같이 보내자!

번개처럼 그럴듯한 생각이 떠올랐다. 내가 아빠에게 계획을 털어놓자 아빠는 고개를 끄덕였다.

"괜찮지."

"네."

허락도 받았겠다, 선물 꾸러미를 크게 만들어서 보내야지. 작정하고 나니 금방 뭘 보낼까, 란 생각이 들며 즐거워졌다. 저녁 식사 동안 이런저런 이야기를 하다가 아빠가 문득 생각난 듯 말했다.

"내일 새벽에 출발하니 나올 필요 없어."

"하지만 당분간 못 보잖아요? 얼마나 오래 가 계실 거예요?"

"일만 해결하면 금방 돌아올 거야."

아빠의 말에 난 고개를 끄덕였다. 일이 잘 풀렸으면 좋겠다. 마탑이랑 전쟁 나고 그런 건 싫은데…….

"뭐 사다 줄까?"

아빠의 물음에 난 피식 웃고 고개를 저었다.

"아뇨. 괜찮아요."

그러고 보니 수도에 올라가서, 거리를 구경하거나 하는 일은 하지 못했다. 리리아가 같이 쇼핑하자고 그랬는데.

다음에 갔을 때는 제대로 수도를 즐길 수 있으면 좋겠다.

'샤샤는 결혼했을까?'

문득 마지막으로 들은 샤샤의 소문을 떠올리며 난 그녀의 결혼이 성사되지 않았기를 바랐다.

그래도 열둘은 너무 어리잖아?

식사가 끝나자 아빠가 먼저 내 뺨에 입을 맞춰 주고, 다시 고맙다고 속삭여 주었다. 그것만으로도 발가락이 간질간질하고 기분이 좋아져서 "나도 고마워요." 하며 아빠의 뺨에 쪽쪽 두 번이나 답례 뽀뽀를 했다.

방으로 돌아가니 책상 위에 연고 재료들이 올라와 있었다.

"고마워."

난 알파에게 인사한 후, 얼른 재료들을 한아름 들고 다락방으로 향했다. 진이 대신 들어 주겠다고 했지만, 정중하게 사양했다.

"앤, 나 왔어."

"에, 에스텔 님. 버, 벌써 구하신 거예요?"

"응. 어때? 이 정도면 만들 수 있는 거야?"

내가 재료들을 내려놓으며 말하자, 앤은 하나하나 재료를 살폈다.

"조, 좋은 걸로 구하셨네요. 야, 약초도 신선해요. 이, 이거면 많이 만들 수 있어요."

"그러면 많이 만들어 줘. 아니, 어려우면 조금만 만들어 줘도 돼."

앤이 고개를 저었다.

"사, 상관없어요."

"그러면 부탁드리겠습니다."

정중하게 고개를 숙이자 앤이 펄쩍 뛰었다.

"아, 아, 아니에요."

그녀가 손을 내저었다. 난 웃으며 물었다.

"그러고 보니 저녁 식사는 했어?"

앤은 고개를 끄덕였다.

"그럼 같이 과자 먹을까? 차?"

"저, 저랑요?"

앤이 자신을 가리키며 물었고, 난 고개를 끄덕였다. 너 말고 여기에 또 누가 있니?

"저, 저는 재미없는데……."

앤의 말에 난 웃음을 터트렸다.

"재미로 차 마시나? 그냥 이야기나 하면 되지. 물론 부담되는 거면 억지로 권하지는 않지만."

"조, 좋아요!"

앤이 얼른 대답했고, 난 고개를 끄덕였다. 난 설렁줄을 잡아당겨 시녀를 불러 다과를 준비하게 하고 자리에 앉았다.

"지내기는 어때? 괜찮아?"

"네, 네. 행복해요."

앤의 직설적인 말에 난 눈을 크게 떴다가 웃었다.

"그럼 다행이다."

곧 시녀가 다과를 준비해 왔고, 나와 앤은 이야기를 하며 과자와 차를 즐겼다.

앤이 자신의 이야기를 약간 했는데, 그녀는 고아였다고 했다. 고아인 아이들 중에서 마법사들이 제자의 형식으로 아이를 데려온다고 한다. 평범하게 제자로 키우는 경우도 있지만, 앤처럼 실험체로 쓰이는 경우도 허다하다고 했다. 앤의 이름이 13이었던 것처럼, 자신 외에도 많은 실험 체들이 있었지만 살아남은 건 자신 하나뿐이라고 말했다.

특히 보통 사람에게는 할 수 없는 효과가 좋지 않은 마법들-저주 같은 것-을 실험하는 용도로 많이 쓰이기 때문에 사람들이 일리알을 꺼려하는 거라고 앤이 말해 주었다. 자신에게 혹시라도 안 좋은 마법이 묻기라도 하면 안 되니까 말이다.

'아니, 법적으로 뭔가 규제를 해야 하는 거 아닌가?'

어째서 마법사들이 그런 짓을 하도록 방치해 두는 걸까?

의문을 해소할 날은 금방 왔다. 다음 날부터 하델의 강의가 재개했기 때문이었다.

"오랜만입니다. 공녀님."

오랜만에 보는 하델은 변함없는 모습이었다. 난 그를 빤히 보다가 웃었다. 어쩐지 안도감이 밀려들었다. 드디어 평상시 일상으로 돌아온 듯한 안도감이었다.

"오랜만이에요, 선생님."

인사하고 난 자리에 앉았다. 하델이 잠시 날 바라보다가 물었다.

"공녀님."

"네."

"처음 저에게 하셨던 말을 기억하십니까?"

"처음이요?"

"네, 뭘 배우고 싶으냐고 제가 물었을 때요."

그 말에 난 고민하다가 느리게 대답했다.

"절 둘러싼 세계를 알고 싶어요."

"지금도 그러십니까?"

난 힘주어 대답했다.

"물론이에요."

"알겠습니다."

하델은 고개를 끄덕였다.

"아, 맞아. 선생님께는 보고해야 할 것 같아서요."

"저에게요?"

"정령과 계약했어요."

그 말에 하델의 검은색 눈이 살짝 크게 뜨였다.

한참을 말없이 날 보다가 하델이 내 앞으로 다가왔다. 그의 긴 손가락이 여전히, 약간 신경질적인 박자로 책상을 두들겼다.

"공녀님."

"네."

"너무 절 믿으시면 안 됩니다."

"안 돼요?"

그 말에 오히려 깜짝 놀란 것은 나였다. 되묻자 하델의 입꼬리가 살며시 올라갔다.

"네. 안 됩니다."

하델이 천천히 말했다.

"지금 저는 공녀님과 가깝습니다."

힘차게 고개를 끄덕이자, 하델이 물었다.

"오 년 후에도 그럴까요? 십 년 후에는?"

"가깝지 않을까요?"

내가 갸웃하며 대답하니 하델이 고개를 저었다.

"모르는 겁니다. 그러니, 오 년 후, 십 년 후에도 소중한 정보로 남아 있을 이야기는 하지 마십시오. 아시겠습니까?"

난 그 말에 항의했다.

"하지만, 그래서는 신뢰를 얻지도, 쌓지도 못하잖아요?"

하델은 내 말에 다시 물었다.

"제게 그럴 가치가 있다고 생각하십니까?"

"당연하죠?"

다시 되묻자, 하델은 피식 웃고 말했다.

"그렇다면 저도 노력해야겠군요."

"선생님은, 절 그렇게 생각하지 않으세요? 오 년 후에 제가 음, 선생님을 배신할 수도 있다고 생각하시나요?"

하델은 빤히 날 보더니 안경을 벗어서 가볍게 셔츠 자락으로 닦았다. 그가 안경을 도로 끼고 대답했다.

"아니오. 아가씨는 노력 없이도 상냥하신 분이죠."

그 두 가지가 어떻게 연결되는지 모르겠는데요?

게다가—

"아니에요. 저도 착하게 되려고 노력하는 거예요."

"그렇습니까?"

"네."

"그렇군요."

하델이 그렇군요, 라고 대답하는데 어쩐지 믿지 않는 것 같다.

난 불만스럽게 입을 내밀었다가 손을 들었다.

"선생님, 질문이 있습니다."

"말씀하십시오."

"왜 마법사는 제지를 받지 않나요?"

"제지요?"

"그러니까, 법적인 선을 넘나드는 것 같은데……."

아, 하고 하델은 한숨을 내쉬고 말했다.

"마탑의 힘이 너무 크기 때문입니다. 마수에 대해서 알고 계시죠?"

"네."

"마수를 막으려면, 두 가지 방법이 있습니다. 첫 번째는 카스티엘로 공작님처럼 무력으로 밀어붙이는 겁니다."

하델이 손가락 하나를 꼽았다.

"그리고 두 번째는, 마법적 보호막을 치는 겁니다. 그리고 대부분이 이 두 번째에 의존하고 있습니다. 생사와 직결된 문제지요."

"그렇군요……."

"더하자면, 건국에 대해서도 말씀드렸죠?"

"네."

카스티엘로, 라샤드. 아닌타.

각각 검사와 정령사와 마법사.

"라샤드는 사라졌습니다. 카스티엘로는— 가세를 확장하고자 하거나 탐욕이 있는 가문이 아니죠. 하지만 마탑은 다릅니다. 이들은 꾸준히 자신들의 세력을 확장해 왔습니다."

"사악한 마법사들이라는 건가요?"

"모두가 그런 건 아니지만요."

"모두가 그런 건 아니라는 건, 어디에나 통하는 문구예요. 선생님."

내 지적에 하델은 눈을 깜박이더니 날카롭게 웃었다.

"맞는 말입니다. 공녀님."

하델이 느긋하게 정정했다.

"그렇다면 대다수가 그렇다고 정정하지요."

난 한숨을 내쉬며 말했다.

"마탑과 혹시 전면전을 하게 되면 어쩌죠?"

"카스티엘로와 말입니까?"

"네."

하델은 잠시 생각하다가 느리게 말했다.

"마탑은 절대로 그러고 싶지 않을 겁니다."

하델의 확신에 나는 의아해져서 물었다.

"왜요?"

"이미 마탑이 초토화가 되었으니까요."

"네?"

"마탑이 자랑하던 보안 마법들이 전부 부서졌다는 소문이 돌더군요. 그 상황에서 카스티엘로와 전면전이라고요? 그럴 리가요."

하델은 간단하게 전면전 가능성을 부인하고 말했다.

"그보다는 면을 세우고 싶은 거겠지요."

"면이요?"

"체면, 말입니다. 너무 일방적으로 당했으니까요."

"그렇군요……."

그 말에 조금 안심이 되었다. 적어도 싸움이 벌어질 일은 없다는 거구나. 다행이야.

"더 질문하실 게 있습니까?"

하델의 물음에 난 고개를 저었다. 그는 고개를 끄덕이고 곧 강의를 시작했다.

강의를 끝내고 나는 얼른 다시 방으로 돌아와서, 이번에는 카를에게 보낼 장식 끈을 만들기 시작했다. 카를에게는 금색 정령석을 끼워 넣었다.

아빠 것보다 좀 더 능숙하게 만들어진 것 같다.

'나중에 아빠 것도 바꿔드려야지.'

난 그렇게 생각하고 카를에게 보낼 선물 상자를 채우기 시작했다. 주변 사람들의 도움을 받아 상자를 채우고, 긴 편지를 동봉했다.

그리고 켈슨에게 얼른 부쳐 달라고 특별히 부탁했다.

답은 이 주 뒤, 한밤중에 도착했다.

누군가가 살며시 내 뺨을 어루만지고 있었다. 부드럽게 어루만지는 손길이었다. 하지만 내 몸은 절로 쭈뼛하고 굳었고, 나는 놀란 마음을 가라앉히며 눈을 떴다.

"깨웠네."

익숙한 목소리에 난 손을 뻗었다.

"오라버니……?"

"응."

난 몇 시인지 가늠하려고 애썼지만, 그냥 밤중이라는 것만 알 수 있을 뿐이었다.

"한밤에 숙녀의 침실에 들어오면 안 돼요."

내가 잠에 취한 채로 낼 수 있는 가장 엄한 목소리를 내자 카를은 낮게 웃었다가, 자신의 웃음에 놀란 듯 뚝 웃음을 그쳤다.

나는 눈을 비비며 몸을 일으켰다. 길게 하품을 하고 카를의 옷소매를 잡았다. 그는 도톰한 재킷을 아직 입고 있었다. 차가운 공기의 흔적이 남아 있어 난 물었다.

"언제 오셨어요?"

"방금."

"이렇게 와도 돼요?"

"돼."

카를이 그렇게 말하고 내 손을 붙잡았다. 그의 손이 희미하게 떨리고 있어서 난 다시 하품하고 내 이불을 들어 보였다.

"춥죠? 들어오세요."

봄이라도 새벽은 아직 춥다. 카를은 다시 낮게 웃더니, 이불 속으로 들어와 날 꼭 끌어안았다. 숨이 막힐 정도로 강하게 날 안고 카를은 한참을 가만히 있었다.

나 역시 얌전히 있었다. 그러자 곧 다시 잠이 몰려왔다. 카를의 품은 따뜻하고, 심장 소리는 쾅쾅 힘차고 기분 좋다.

난 곧 다시 스르륵 잠이 들었다.

다음 날, 아침 햇살이 눈꺼풀을 똑똑 두드리는 걸 느끼며 눈을 뜨니, 단정한 얼굴이 시야에 들어왔다.

난 한참 멍하니 그 얼굴을 바라보다가 카를이 간밤에 온 게 꿈이 아니라는 걸 깨달았다.

'자는 카를은 처음 봐.'

왜 자는 얼굴은 다 순진하게 보일까?

장난을 치고 싶지만, 장담하건대 장난을 치면 카를은 고양이처럼 벌떡 일어날 거다. 대신 실컷 카를의 얼굴을 감상했다. 점점 더 정신이 명료해졌다.

'일어날까.'

카를을 깨우기는 싫어서 난 최대한 살그머니 침대에서 빠져나왔다. 뒤꿈치를 들고 살금살금 카펫 위를 걸어, 침실을 나오기 전에 돌아보니 카를은 아직 자고 있었다.

많이 피곤했나 보다.

거실로 나오니 애니가 웃으며 맞아 주었다.

"일어나셨어요?"

"응, 안에 오라버니가 자고 있어. 아직 깨우지 마."

"어머, 별일이네요. 이렇게 오래 주무시고."

별일이라고 말하면서도 애니는 어딘지 흐뭇하게 웃고 있었다.

세수를 하고 옷을 갈아입고, 아침을 먹었는데도 카를은 깨지 않았다. 결국 참지 못한 것은 나였다.

난 침대로 달려가 카를의 몸 위에 내 몸을 던졌다. 그러자 거짓말처럼 카를이 몸을 굴려 피했고, 내 몸은 속절없이 침대에 철퍽 떨어졌다. 아프지는 않았지만, 뭔가 억울하다.

"아, 에스텔."

카를은 눈을 깜박이다가 눈을 찌푸렸다.

"뭐하는 거야?"

"오라버니 깨우려고 했죠."

"날?"

난 활짝 웃으며 카를에게 매달렸다.

"활 쏘는 법, 알려 줘요!"

*　　*　　*

내 활에 박힌 정령석을 살펴보고 카를은 내게 활을 잡는 법을 알려 주었다.

의외로 활쏘기의 시작은 발 모양부터였다. 발을 적당히 벌리고, 과녁과의 위치를 정하고, 그 다음은 활을 쥐는 것이다.

"똑바로 쥐는 게 아니라 비스듬하게. 좋아."

그리고 나서는 화살을 건다. 화살을 걸 수 있게 화살 꽁지에 홈이 있었다. 그걸 오늬라고 한다고 카를이 설명해 주었다. 화살을 걸고 팔을 내린 채로 화살이 일직선이 되면, 다음은 그걸 들어 올리고 힘껏 시위를 당긴다.

"아니, 당기는 것만이 아니라 동시에 미는 거야. 그래."

카를은 의외로 꼼꼼하게 하나씩 동작을 봐 주었다. 대충대충 쏘면 되지. 할 줄 알았는데.

"아니, 팔꿈치가 바깥으로. 좋아."

생각보다 더 부자연스러운 느낌의 자세였다.

팔이 부들부들 떨려 왔다.

"이렇게 완벽하게 당긴 상태가 만작. 여기서 흔들리면 과녁에 제대로 쏠 수가 없어."

그건 나도 알겠어요. 얼른 쏘게 해 줘요. 팔이 못 버텨!

하지만 카를은 설명을 계속했다.

"과녁을 향해서 곧게 쏘는 게 아냐. 좀 더 위로. 곡사로 쏘는 거지. 당길 때는 팔이 아니라 등으로 당기는 것처럼. 견갑골을 이용해서. 그래. 좋아. 호흡은 깊이 하고, 봐."

나는 시위를 놓았다. 맑은 소리가 나더니 화살이 엄청난 속도로 날아갔다. 동작이 흐트러지는 걸 카를이 붙잡았다.

"마지막으로 잔신."

활을 내리는 동작을 뜻하는 말이었다. 카를이 느긋하게 말했다.

"사법은 조금씩 달라지니까. 그나저나 엄청나군."

난 과녁을 지나 멀리 화살이 사라진 하늘을 멍하니 보았다.

"방금, 화살이, 엄청난 속도로⋯⋯."

직진으로, 허공을 향해서 날았다.

마치 누가 화살의 뒤를 후려친 것 같은 모양새였다.

"어떻게?"

난 얼빠진 소리를 내며 허공을 보았다. 내가 내 팔의 힘을 아는데 절대로 이렇게 날아갈 수가 없다. 사실 표적을 향해서도 다 날아가지 않을 것 같았는데.

"정령석 때문이군. 바람의 정령석이라."

카를은 어쩐지 즐거운 듯한 어조가 되었다.

"그렇다면 직사로 쏴 볼까."

"오라버니가 한번 보여 주면 안 돼요?"

카를은 그래, 하고 내 활을 받아 들었다. 그에게 내 활은 너무 작지 않나, 했는데 카를이 활 쏘는 동작에 들어가자 그 생각이 싹 사라졌다. 사람을 압도하는 무언가가 동작에 있었다. 나는 숨을 죽이고 카를이 활을 쏘는 것을 바라보았다. 빠르고 정확하고 단조롭게 보이면서도 깨끗하고 아름다운 동작이었다.

퍽―!

활은 평범하게 날아서 과녁의 정중앙에 막혔다. 카를이 과녁을 보고 내게 활을 돌려주며 말했다.

"나는 정령의 힘을 쓸 수 없는 것 같은데."

다시 쏠 수 있나 해 봐.

카를의 말에 난 깊게 숨을 들이마시고 그의 자세를 흉내 내려고 애쓰며 활을 당겼다. 다시 엄청난 속도로 활이 날아가서 과녁에 박혔다. 중앙은 아니고 상당히 바깥이지만, 그래도 박혔다는 게 고무적이었다.

"깃까지 박혔어."

카를은 그렇게 말하고는 빙긋 웃었다. 그가 내 활을 받아들어 가볍게 현을 퉁겼다.

"정령석의 힘을 이용하는 거라면 굳이 활을 강하게 해놓지 않아도 되겠군. 그러면 훨씬 쉬울 거야. 연사도 쉽게 가능하고."

지금보다 당기는 데 힘이 덜 들어간다니, 대환영이다. 그가 내게 활을 돌려주며 말했다.

"열심히 연습해야겠네."

"열심히 할 거예요!"

난 주먹을 불끈 쥐었다.

*　　*　　*

마탑장은 너무 흥분해서 얼굴이 대추처럼 시뻘겋게 변해 있었다. 그의 목에 핏줄이 단단히 섰다.

"그럼 사과도 못 하겠다는 말이오?!"

"사과할 일이 있어야 하지. 그러면 레프턴이 내 딸에게 한 일에 대해서는?"

"그건 마탑과는 상관없이 레프턴이 단독으로 한 일이오! 우리와는 상관이 없단 말입니다!"

"어떻게 마법사의 범죄가 마탑과 관계가 없지?"

마탑장은 꼬박꼬박 반말을 하는 카스티엘로 공작이 거슬려서 견딜 수가 없었다.

자신보다 나이도 스물은 어릴 것이다.

"그러면 그는 궁정 마법사이니 그의 범죄가 궁정과도 관련이 있다는 말이오?!"

마탑장이 씩씩거리며 말하자 아인이 황제에게 시선을 돌렸다.

"마탑장의 주장에 대해서 어떻게 생각하십니까? 폐하."

"말도 안 되는 소리라고 생각하네. 감히 그의 범죄를 황가에 뒤집어씌

울 생각인가?"

황제의 말에 마탑장은 당황했다.

"그게 아니라―"

"머리를 좀 식히는 게 좋겠군. 나가게."

마탑장은 하고 싶은 말이 잔뜩 있었지만 삼키고 물러났다.

그가 나가자 황제는 한숨을 내쉬었다.

"대체 이 사태를 어찌 하려고 그러나?"

"딱히 어찌할 필요가 있습니까?"

"그럼 마탑과 전면전이라도 하려고?"

"필요하다면요."

아인의 말에 황제는 기가 찼다. 황제 요제프는 요즘 들어서 골치 아픈 일투성이라고 생각했다.

황후는 황태자의 아내로 카스티엘로의 딸을 맞이해야 한다고 강력하게 주장하고 있었다. 사실 그렇게 나쁜 조건도 아니었다.

지금까지는.

에스텔이 만약 마법사에게 납치되어 안 좋은 일을 당했다면? 순결하지 못하다면?

가치는 떨어진다.

하지만 그것과는 또 별개의 문제가 눈앞의 문제였다.

마탑장은 카스티엘로 공작에게 손해 배상과 공식적 사과를 요구하고 있었다. 아인은 둘 다 거부했다. 사과할 일도 배상할 일도 없다며 말이다.

요제프는 관자놀이를 문지르다가 느리게 말했다.

"내가 언제든지 그대에게 '명령'할 수 있다는 걸 알겠지. 공작."

아인은 살짝 눈을 내리깔며 냉소를 지었다.

"물론입니다, 폐하."

"내가 딸을 버리라고 '명령'할 수 있다는 것도?"

"물론입니다. 뭐든지 명령하실 수 있으시죠."

아인의 대답은 태연했고, 요제프는 그게 마음에 들지 않았다.

"그렇다면 짐의 마음을 헤아려서 마탑과 어떻게든 화해하는 게 어떻겠소?"

"어차피 물을 건넜으니 화해는 안 되겠지요. 그럼, 제가 궁정 마법사를 해쳤으니, 그 값을 폐하께 드리겠습니다."

"나에게?"

"네, 그러면 폐하께서 마탑의 불행한 일에 대해 배상금을 베푸시는 게 어떠십니까?"

아인의 말에 황제는 잠시 생각에 잠겼다. 교묘하게 혐의를 피하면서도, 자신을 끼워서 황실의 권위를 세우는 일이다.

나쁘지 않았다.

마탑장도 화를 내고 있지만, 듬뿍 돈을 받으면 진정이 될 것이다.

"좋네."

요제프는 고개를 끄덕였다. 아인이 싱긋 웃으며 말했다.

"그럼 마탑장이 원하는 금액의 두 배를 폐하께 배상하겠습니다."

요제프는 그 말에 저절로 입이 헤벌쭉 벌어지려는 것을 간신히 참았다. 황실은 언제나 재정이 부족하다.

"크흠, 좋아. 알겠네."

"그럼 이만 돌아가 봐도 되겠습니까?"

요제프는 고개를 끄덕였다. 자리에서 일어난 아인이 방문을 열자 요제프가 입을 열었다.

"공작."

"네, 폐하."

"에스텔이 겪은 일에 대해서는 심심한 유감을 표하네."

아인은 "감사합니다." 하고 짧게 말하고는 방을 나섰다.

지긋지긋하다.

아인은 드물게도 피로감이 쌓이는 걸 느끼며 깊게 숨을 들이켰다. 얼른, 집으로 돌아가서 에스텔을 보고 싶었다.

그리고 이 넌덜머리 나는 수도에 당분간은 나타나지 않을 계획이다. 에스텔이 완전히 회복될 때까지는, 그 본가에서 꼼짝도 하지 않을 예정이었다.

＊　　＊　　＊

엘런이 옆에서 손뼉을 쳤다.

"또 명중이에요. 아가씨는 활에 재능이 있으신 게 아닐까요?"

음, 주몽의 후손이라서 그런 것일까? 서영의 기억을 떠올리며 난 슬그머니 웃었다.

"정말? 잘하는 것 같아요?"

괜히 나는 되물었다.

"그럼요. 벌써 이렇게나 명중률이 높으시다니 대단해요. 집중력도 있으시고요."

엘런이 다시 강조해서 말해 줬다. 난 칭찬에 에헤헤 하고 절조 없는 웃음을 흘렸다.

"토끼도 굴 파는 재주는 있네."

들려온 목소리에 난 입을 비죽였다.

"토끼 아니에요. 그리고 굴 파는 것보다 더 대단하다고요?"

이제 활도 쏠 수 있으니 토끼가 아니라, 좀 더 멋진 무언가로 해 주면 안 될까?

카를이 내 머리를 가볍게 누르고 웃었다. 카를은 학기 중에 휴학을 하고 왔다고 했다. '교장이 제발 휴학해 달라고 했다.'라고 하는 게 더할 나위 없이 수상쩍었지만 말이다.

"아버님이 오늘 돌아오신다는데."

"진짜요?"

난 폴짝 뛸 뻔했다.

"그래. 연락이 왔어."

와, 아빠가 오면 내가 활 쏘는 거 보여 드려야지. 그러면 놀라시겠지?

싱글벙글 웃으며 나는 카를의 손을 잡았다.

"그럼 들어가서 준비해요."

"그래."

카를이 내 손을 잡고 걷기 시작했다. 돌아오는 주인을 맞이하는 손길이 분주했다. 어차피 매일 청소하지만, 그래도 이럴 때는 기합이 다른가 보다.

나도 애니가 입혀 주는 예쁜 옷으로 갈아입었다. 창밖을 바라보며 언제 오시나 하고 있는데, 멀리 일행이 보였다.

난 자리에서 벌떡 일어나 얼른 아래층으로 내려갔다.

입구에는 이미 사용인들이 전부 도열하고 있었다.

"이리 와."

카를이 손을 내밀었다. 난 카를의 옆에 서며 기시감을 느꼈다. 그러고 보니, 여기로 처음 와서 아빠가 돌아오실 때도 이렇게 기다리고 있었다. 그때는 내가 진짜 딸인지 아닌지 몰라서 허둥거리면서, 잔뜩 긴장해 있었는데.

지금은 이렇게 기대감으로 가득 차서 기다리고 있다니.

곧 마차가 안으로 들어왔다. 날개 달린 흑표범이 그려진 깃발이 힘차게 흔들린다.

마차에서 아빠가 내리자 서 있던 사용인들이 한목소리로 외쳤다.

"어서 오십시오, 공작 전하."

난 한달음에 달려가 아빠에게 안겼다.

"어서 오세요, 아빠!"

"어서 오세요, 아버님."

카를이 뒤에서 인사했다. 아빠는 살짝 웃으며 날 안아 올렸다.

안으로 들어가며 아빠가 느릿하게 말했다.

"당분간은 칩거다."

"칩거요?"

또 모르는 단어.

"그래."

아빠는 그렇게 말하고는 싱긋 웃었다. 뭐, 아무래도 상관없겠지. 아빠가 있고, 카를이 있고, 우리 가족이 다 여기 있고, 내가 이 집 아이인 이상은 다 괜찮아.

난 그렇게 생각하며 아빠의 목을 끌어안고 가볍게 웃었다.

그때 켈슨이 뒤에서 헛기침을 하더니 말했다.

"그런데, 공작 전하."

"왜?"

"청혼서가 들어왔습니다만……."

"청혼서?"

아빠의 목소리가 딱딱해졌다. 나는 나도 모르게 되물었다.

"오라버니에게요?"

"아뇨, 그게-"

당황하며 켈슨이 힐끔 아빠의 눈치를 살폈고 그것만으로도 나는 그게 내 청혼서라는 걸 알 수 있었다.

"저요? 저랑 결혼하자고 해요? 누가요?"

당황보다는 신기함과 호기심이 앞섰다. 그러니까 누군가가 나에게 청혼을 했다는 거 아닌가? 대체 누가? 어디서 날 보고?

"카를."

아빠가 오라버니를 부르더니 날 그의 품으로 넘겨주고 "들어가라." 하고 명령했다. 카를은 별말 없이 날 안은 채로 그대로 걷기 시작했고 난 당황해 물었다.

"제 이야기 아니에요? 저 결혼해요?"

"미쳤어?"

카를이 눈을 찌푸리며 말했고 나는 눈을 굴렸다.

"하지만 청혼서라면……."

"지금, 이 시점에 청혼서라."

카를의 얼굴이 비릿한 미소가 걸렸다. 그가 내 뺨에 입맞춰주고 유쾌하게 웃었다.

"어떤 미친 녀석인지 한번 보자."

'아.'

그때 나는 '어쩌면 나 결혼하기가 무척 힘든 게 아닐까?' 하는 생각을 스치는 듯 했지만 곧 잊혀졌다.

결혼하기에는 너무 어린 나이니까요.

그러며 나는 카를의 어깨에 뺨을 묻었고 그는 부드럽게 내 등을 쓰다듬어 주었다.

아빠와 닮은 손길이었다.

Chapter 6.

난 말갈기를 단단히 붙잡았다. 머리카락이 사방으로 휘날리는 게 느껴졌다. 뺨을 때리는 바람이 기분 좋았다.

목장을 한 바퀴 돌고 나서, 갈기를 살짝 당기며 몸을 곧추세우자 말은 곧 내 명령을 알아듣고 걸음을 멈췄다.

"착하다."

말의 목덜미를 쓸어 주자 전력으로 달렸던 말은 가볍게 숨을 몰아쉬며 푸르릉거렸다.

"아가씨! 또 안장을 얹지 않으시고―"

엘런이 타박하며 목장 울타리를 휙 넘어왔다.

"하지만 잘 달릴 수 있었잖아요? 어땠어요?"

"안장도 등자도 없이 말의 맨등에 올라타서, 머리카락을 묶지도 않으시고 전력 질주를 하는 모습이요?"

엘런이 눈을 가늘게 뜨고 말했다.

"이런 말괄량이는 어디에도 없을 거라고 생각했죠."

훈계하는 내용이지만, 어조는 어쩐지 즐겁다. 난 다시 웃고 말에서 내려오며 말했다.

"맞아. 말괄량이죠."

부정할 마음은 없었다. 엘런이 웃으며 놀리듯 말했다.

"어쩌다가 이렇게 되어 버렸을까요?"

"엘런을 비롯한 모두가 오냐오냐해 줘서 그런 게 아닐까요?"

엘런이 멈칫했다가 웃었다.

"그건 부정할 수 없네요."

'그 사건' 이후로 사 년이 흘렀다. 아빠가 칩거를 명하고 난 이후로 정말로 수도와 완전히 연락을 끊은 것처럼 행동했다. 그래도 업무량은 여전해서 공작이라는 게 상당히 바쁜 거로구나, 하고 생각은 하고 있지만 말이다.

'청혼서가 타격이 컸지.'

켈슨은 두고두고 그 말을 모두 앞에서 했던 걸 후회했다. 청혼서를 넣었던 집안도 마찬가지였을 거다.

마법사에게 납치당해서 '가치가 떨어진 나'를 데려가 주겠다는 관대한 어조였으니까.

'카스티엘로가 무섭지 않았을까.'

지금 생각해도 나로서는 이해가 되지 않는다. 하델은 비소를 지으며 '카스티엘로를 너무 몰랐던 거죠.' 하고 말해줬다.

그 후로 며칠 에멜이 사라졌다가 돌아와서 '마스터가 얼마나 무서운지 보여 줬고.' 하는 걸로 봐서는 뭔가…… 음, 온건하게 끝나지는 않았었던 듯하다.

마지막으로 수도에 갔던 건 카를이 졸업하던 날.

카를이 오지 말라고 하고, 아빠도 굳이 가지 않아도 된다고 했지만 나에겐 있을 수가 없는 일이었다.

"꼭 가야 한다고요!"

하고 소리쳐서 간신히 참석한 게 전부였다.

오랜만에 제온과 리들의 얼굴도 보았다.

'그러고는 편지 인생인가.'

샤샤의 결혼은 다행히도 취소되었지만, 리리아도 샤샤도 이제 사교계에서 활동을 하고 있는 터라 점점 편지가 뜸해지고 있었다.

둘 다 내 초대로 공작 저택에 두세 번 놀러 오기는 했지만, 남의 영지까지 오는 게 쉬운 일은 아니니 말이다.

게다가 수도가 더 재미있는 것 같고.

리리아가 보내는 편지에 담긴 살롱 이야기만 읽어도 충분히 가슴이 설레는 내용이었다.

'이제 슬슬 칩거를 깨도 되지 않을까?'

난 그런 생각을 하며 말을 말구종에게 돌려주고 목장을 나섰다.

엘런이 "그러고 보니……" 하고 이야기를 꺼냈다.

"도련님 생일 선물은 정하셨어요?"

"으음— 아직."

난 고개를 저었다.

"올해는 성인식도 같이 하잖아요. 뭔가 제대로 된 걸 주고 싶은데…… 아직 못 정했어요."

카를의 생일은 초여름.

5월 26일이다.

그리고 오늘은 오월의 첫날. 생일까지 앞으로 한참 남았는데? 라고 할 수도 있지만, 먼저 생일 때 뭘 줘야 하는가 하는 게 가장 큰 고민이다.

'게다가 칩거한다고 성인식을 계속 미뤄서 말이지.'

남자라면 열여덟에 성인식을 하지만 칩거하고 있으면서 영지 내부를 바싹 단속하느라 카를은 외부로 돌았고, 그래서 성인식을 계속 미뤄 왔었다.

'내 생일에는 꼬박 오면서.'

올해로 나도 열여섯, 성인식을 치르는 나이여서 우습게도 내가 카를보다 먼저 성인식을 치러 버렸다.

'그러니까 올해는 꼭이야.'

성인식용 선물은 세 가지가 있다.

시계, 검, 망토.

하지만 셋 다 아빠가 최고급품으로 이미 주문을 해 놨단 말이지. 물론 카를은 내가 하나 더 준다고 해서 뭐라고 하지 않겠지만, 내가 성이 차지 않는다.

끙끙거리며 고민하고 있자 엘런이 물었다.

"그럼 같이 아랫마을에 내려가 보실래요?"

"어?"

난 깜짝 놀라 엘런을 돌아보았다. 엘런이 웃으며 말했다.

"카스티엘로 공작령은 상업 지구가 발달한 편이니까요."

"아아, 맞다. 그러고 보니 로고 씨도, 레밍턴 양도 전부 상업 지구에 있다고 그랬죠."

나는 내 방으로 직접 물건의 샘플을 들고 찾아오는 상인을 떠올렸다. 공작저에만 있어도 물건이 부족한 것은 없었다. 아빠는 상인들을 나에게 보냈고, 난 방 안에 앉아서 샘플과 디자인을 보며 물건을 고르는 것에 익숙해졌다.

하지만.

'이건 다르지.'

내가 직접 마을로 내려가서 물건을 고른다.

"좋아요!"

난 힘차게 고개를 끄덕였다. 엘런이 덧붙였다.

"그 전에 공작님의 허락을 받아야겠지만요."

"받아낼 거예요."

난 그렇게 말하며 주먹을 꼭 쥐었다.

잠깐.

그런데 내려가서 물건을 사려면 돈이 있어야 하는 거잖아?

'아빠에게 용돈을 달라고 졸라야 하나?'

그동안 용돈을 받은 적이 없다. 물건의 가격 역시 아무도 알려 주지
않았다.

그냥 내가 마음에 들어서 고르면 그걸로 끝.

'하지만 내가 가서 사는 건 또 다르잖아?'

현금이 필요하다.

'켈슨에게 한 번 물어볼까?'

나는 공작가의 재정 상태를 관리하고 있는 그를 떠올렸다. 정원을 가
로질러 가볍게 현관을 뛰어 올라갔다.

"그럼 난 아빠에게 들를 테니까─"

내 말에 엘런이 고개를 끄덕였다. 난 위층의 집무실로 향했다. 집무실
의 문은 꼭 닫혀 있었다.

내가 문 앞에 서자 시종이 인사를 하고 문을 열어 주었다.

살짝 안으로 들어가니 켈슨의 흥분한 목소리가 들려왔다.

"―지만 그렇다면 큰일 아닙니까? 황제는 분명히 카스티엘로 공작가를 써먹을 거라고요!"

무슨 말이야?

귀가 쫑긋했다. 난 좀 더 듣기 위해서 멈춰 섰다. 아니, 들으려는 건 아니고 그냥 중요한 대화를 방해하지 않으려는 뜻일 뿐입니다.

엿듣는다니요.

절대로 아니지요.

"그렇겠지?"

"그렇겠지? 그렇겠지가 아닙니다. 전하, 그렇게 되면 상대는―"

"에스텔."

뚝 대화가 멈췄다.

대답을 해야 하는 건가? 아니면 상대가 나라는 건가?

망설이고 있으니 아빠가 재촉했다.

"들어와."

들켰구나.

역시 그럴 줄 알았다. 마스터를 어떻게 이기겠어.

나는 슬퍼하며 집무실 안으로 걸어 들어갔다. 켈슨이 고개를 숙여 인사를 했다.

"어서 오세요, 아가씨."

"안녕하세요."

마주 인사를 하자 켈슨이 씩 웃었다.

"이제 정말로 아가씨가 다 되셨군요."

"많이 컸죠!"

난 고개를 끄덕였다. 이제 내 키는 에멜의 명치 정도다. 에멜의 허리였던 때에 비하면 사 년 사이에 정말로 엄청 자라지 않았는가?

'그사이에 에멜도 자란 것 같지만.'

왜인지 손해 본 기분이다.

"그래서? 무슨 일이지?"

아빠답게, 바로 본론을 물어보셔서 난 아빠를 돌아보며 눈을 깜박였다. 아빠의 표정이 묘해졌다.

"음, 아빠―"

"말해."

"아랫마을에 내려가고 싶어요."

"마을에?"

"네."

"왜―?"

"음, 그게― 비밀로 하셔야 해요? 오라버니 생일 선물을 사려고요."

"상인을 부르면 되잖아."

"몰래 준비하고 싶단 말이에요. 그리고 직접 가서 보고 싶고요."

내 말에 아빠는 잠시 생각에 잠긴 것처럼 보였다.

한참을 비스듬히 팔걸이에 기대어 대답하지 않고 있던 아빠가 천천히 고개를 끄덕였다.

"알겠다."

"진짜요?"

"그래."

"와―! 고맙습니다!"

내가 환호작약하자 아빠가 이어 말했다.

"이제 칩거를 깨야 할 것 같으니까."

"공작 전하."

켈슨의 얼굴이 확 밝아졌다. 갑자기 십 년은 젊어 보인다.

그렇구나…….

켈슨 마음고생이 심했구나…….

"귀찮아서 내버려 둔 문제도 해결해야 하고."

말하다가 아빠가 날 빤히 보았다.

나는 고개를 갸웃하고 아빠를 보았다.

"오염된 백작령에, 마수가 사라지고 식물이 자란다던데—"

나는 슬그머니 시선을 피했다.

"그, 그런가요. 그것참 다행이네요."

"에스텔 카스티엘로."

"네……."

난 얌전히 대답했다. 알파가 쿡쿡 웃는 소리가 머릿속에서 들렸다.

"할 말은?"

"음, 어, 없습니다……?"

"없는 건가? 안 하는 건가?"

난 손가락을 꼬았다.

"그게…… 없다면 없달까요."

딱히 내가 할 말은 없었다. 아빠가 네가 한 거야? 하고 물어보면야 어쩔 수 없이 대답하겠지만, 그냥 뭔가 할 말이 없냐고 물어보면—

음, 용건은 다 끝났고, 할 말은 없고—

"알겠다."

아빠가 고개를 끄덕였다.

두 번 묻지 않는다. 네가 말하는 대로 믿는다, 라고 하는 듯한 말. 그러자 나도 모르게 입에서 툭 대답이 튀어나왔다.

"그게, 제가 정화해 달라고 하기는 했어요—"

켈슨이 신음을 흘렸다가 묘한 얼굴을 하며 말했다.

"저 지금 기뻐하고 싶은데, 기뻐하면 안 되는 상황인 거죠?"

"안 되는 상황이지. 왜 그랬지?"

아빠의 말에 켈슨은 넵 하고 얼른 입을 다물었다.

"그게, 그냥. 정말로 정화가 되는지 시험해 보고 싶었어요."

아빠가 슥 눈썹을 치켜올렸다. 난 더듬더듬 변명을 했다.

"그리고─ 백작령이 오염되지 않으면 차넬 강을 이용할 수 있잖아요. 그러면 육로를 통하지 않고도 물자를 수송하기가 편해져요. 그리고 후작령을 통과할 일도 없으니 귀찮은 일이 생기지도 않을 거고요."

"그러니까 처음에 그냥, 이라는 말은 사실이 아닌 거구나."

"조금, 이중 이익을 노리기는 했지요."

나는 아빠의 책상 모서리를 바라보며 작게 말했다. 아빠는 낮게 한숨을 내쉬었다.

"알았다."

응? 그게 끝이에요?

뭔가 혼나거나, 아니면 외출 금지야! 그럴 줄 알았는데⋯⋯?

"왜?"

아빠가 내 얼굴을 읽은 듯이 말해서 더듬더듬 되물었다.

"안 혼내세요?"

"혼낸다고 해결되는 문제라면 그렇게 했겠지. 그리고 잘못했다고 생각한다면 그런 짓을 하지도 않았을 거고. 반성을 하지 않는데 혼내 봐야 소용없지."

헉. 찔리는 말씀을 하시는군요.

켈슨이 싱글 웃으며 말했다.

"잡아떼면 되지요. 우리도 어째서 이렇게 된 건지 모른다, 하고요. 그나저나 차넬 강이라니, 좋네요."

켈슨이 아련한 표정을 지었다.

"레이몬드 후작과 얼마나 싸웠는지……. 게다가 자기들 길 지난다면서 통행세를 내라고 한단 말이죠. 그것도 터무니없는 가격의 통행세를 말입니다. 캬, 그런데 이제 눈앞에서 강을 따라서 운송하면."

크흐흐 하고 켈슨이 이상한 웃음소리를 냈다.

그동안 꽤나 쌓였던 모양이다.

수송은 매우 중요하다.

육로보다는 해로나 수로가 훨씬 더 빠르고 안전하고 말이다.

괜히 돈을 들여서 항구를 정비하고, 도로를 닦는 게 아니다. 통행에 따라 물건의 가격이 결정되고, 물건의 가격은 삶에 영향을 크게 끼치니까.

그래서 굳이 백작령을 골라서 정화를 한 것이다.

'하지만 그래도 사 년이 걸리다니. 생각보다 오래 걸리는 건지, 짧게 걸리는 건지.'

"정말로 반성할 생각이 없구나."

아빠의 말에 난 찔끔해서 힐끔 눈치를 보았다.

그야, 잘못된 일을 했다고 생각하지 않는데, 어떻게 반성을 하겠어?

"그, 그야 카스티엘로인걸요."

자그마한 변명이 입술 사이로 흘러나왔다. 아빠가 고개를 갸웃했다. 난 얼른 이어 말했다.

"다른 사람이 무서워서 내가 할 수 있는 일을 안 하는 건 싫어요."

아빠는 그 말에 신음을 흘렸고, 켈슨은 웃으며 말했다.

"뭐, 공작님을 보고 배웠으니까요."

"그게 무슨 뜻이지?"

아빠가 차갑게 켈슨에게 되묻자, 그가 헛기침을 하며 말했다.

"음, 전 이만 물러가 보겠습니다. 백작령을 새로 개발하려면 엄청난 계획이 필요할 것 같네요."

그러고는 빠르게 퇴실해 버렸다.

앗, 켈슨에게 용돈 물어봐야 하는데—!

"그럼 아빠, 저도 이만 가 볼게요."

"그냥?"

아빠의 말에 난 웃으며 달려가 아빠를 꼭 끌어안아 주고는 몸을 일으켰다.

아빠가 낮게 말했다.

"네가 카스티엘로라는 걸 잊지 말아라."

"물론이죠."

난 활짝 웃어 보이고 얼른 집무실을 나와서 켈슨을 붙잡았다.

"켈슨, 잠깐만요."

"아가씨? 무슨 일이세요?"

"그게—"

난 주변을 둘러보고 낮게 속닥였다.

"혹시 저 용돈 받을 수 있나요?"

"용돈이요? 아가씨 앞으로 책정된 금액이 있는데요."

"제 앞으로요?"

"아, 모르셨습니까? 하긴, 지불은 다 이쪽에서 하고 있으니……."

"그러니까 제 용돈 예산이 있다고요?"

"네. 아가씨께서는 항상 남기시지만요."

그런 게 존재하는지도 몰랐다.

"얼마나 주는데요?"

"천오백 골드요."

"그 정도면 얼마만큼인 거죠?"

돈 단위를 접하니 감이 오지 않아 묻자, 켈슨이 고개를 갸웃하고는 느 릿하게 말했다.

"마차 한 대 가격이지요."

모르겠다.

도무지 짐작이 가지 않는 단위였다. 내 얼굴을 보고 눈치챘는지 켈슨 이 다시 생각하더니 대답했다.

"평민 한 사람이 일 년간 생활할 수 있는 단위입니다."

"그렇군요."

대답하면서도 난 감탄했다. 그럼 내 일 년 용돈이 일반인 일 년 월급 이라는 거잖아?

"넉넉하네요."

"아가씨 같은 경우는 따로 내탕금도 있으니까요. 부족해지면 그쪽을 이용해 주세요."

내탕금? 모르는 단어지만, 또 내 비상금 같은 게 있나 보지?

"그건 얼마나 있는데요?"

"성 다섯 채 정도로 있습니다."

싱긋 웃으며 켈슨이 대답했다.

네?

지금 단위가 확 달라지지 않았어요? 성? 다섯 채?

도무지 상상이 되지 않는 금액이었다. 멍하니 켈슨을 바라보고 있자 그가 가볍게 웃으며 말했다.

"드레스 장식만 호사스럽게 해도, 작은 장원 가격을 훌쩍 넘으니까 요."

"하지만—"

난 내가 받은 본 저택의 푸른 사슴 방 열쇠를 떠올렸다.

화이트홀과는 비교도 되지 않는 규모였다. 굳이 말하자면 정말로 온 세상의 보물을 다 모아 둔 것 같은 방.

보석은 거기에 있는 걸 사용하면 된다. 굳이 새로 구입할 필요가 없을 정도의, 막대한 저장량이었다.

"일단은 알겠어요."

돈이 많다는데 굳이 거절할 필요는 없지. 게다가 카를의 선물을 살 거면 그래, 성 한 채 가격 정도도 쓸 수 있는 거지!

난 그렇게 결심하고 말했다.

"그러면 이번 달분의 용돈을 받을 수 있나요? 금화로요?"

"상당히 무거우실 텐데요?"

"100개 정도 아닌가요? 그래도 꽤 무거운가?"

하긴 금덩이니까?

"아뇨, 금화 천오백 개지요."

"……?"

"아, 한 달에 천오백 골드라는 말이었습니다. 일 년이 아니고요."

내 한 달 용돈 = 평민 일 년 월급.

난 입이 벌어지는 걸 억누르면서, 태연한 척하려고 애썼다. 음, 그러니까, 그 정도 용돈 받는 건 당연한 일이에요, 호호 하는 귀족 아가씨의 모양새를 취하려 했지만 잘되지 않았다.

"그, 그렇군요. 한 달이군요."

"네. 마을로 내려가서 도련님 선물을 사려고 그러시는 거지요?"

고개를 끄덕이자 켈슨이 싱긋 웃고 말했다.

"그렇다면 그냥 공작가 이름을 대시면 됩니다."

"그런 거예요?"

"네."

"그게 저는…… 그냥 평범하게 입고 가서 돌아보려고 했는데요……."

내 말에 켈슨이 '아하' 하는 얼굴을 했다. 그가 웃으며 말했다.

"알겠습니다. 그러면 적당히 준비해 드리겠습니다."

"네, 고맙습니다."

"별말씀을요."

켈슨이 나에게 가볍게 인사하고는 멀어졌다. 그러고 보니 켈슨 혼자서 공작가의 일을 다 하는 건 아닐 테고…….

'그런데 켈슨밖에 본 적 없어.'

과로사라도 하는 게 아닐까.

덜컥 걱정됐다.

켈슨에게 보양식이라도 보내라고 요리사에게 부탁해야겠다. 엘런에게 그 이야기를 했더니 눈을 동그랗게 떴다가 웃었다.

"정말로 아가씨는 엉뚱한 걸 잘 생각해 내신다니까요."

"그런가? 이상한 건가요?"

"이상하다기보다는, 잘 보고 계신 거라고 생각해요."

엘런이 자신의 눈을 가리키며 말했다. 앤이 고개를 끄덕였다.

"맞아요. 에스텔 님은 의외로 구석구석 다 보시죠."

"그런가? 상당히 대충대충 산다고 생각하는데."

난 고개를 갸웃했다.

앤은 새빨간 머리카락을 숏 단발로 둥글게 다듬고 있었다. 채색한 듯한, 천연의 머리색이 아닌 강렬한 머리카락은 좋은 의미든 나쁜 의미든 항상 눈을 끌었다. 그래서 나는 그녀가 머리카락을 자르는 게 아닌가 하고 생각하고는 했다.

'하지만 어울리니까.'

거기에 항상 헐렁한 옷을 입고 다니고 있고, 나보다 키가 반 뼘이나 더 커서 묘하게 중성적인 매력이 있었다.

그녀의 마법사로서의 실력은 상당히 훌륭한 듯해서 켈슨이 만족하고 있는 것 같았다.

난 찻잔을 어루만졌다.

유리온실의 일종인 선룸에는 오월의 햇살이 차양을 뚫고 환하게 비쳐 들어오고 있었다.

"어라? 티타임 중이면 저도 참여해도 되나요?"

그때 문이 열리며 로이가 들어왔다. 난 웃었다.

"언제든 괜찮아요."

엘런의 얼굴이 살짝 굳었다. 그녀가 물었다.

"훈련은 어쩌고?"

"끝났어."

"벌써?"

"난 우수하니까."

엘런이 코웃음을 쳤다.

"그게 아니라 적당히 하는 데에 달인인 거겠지."

로이가 입을 내밀고 말했다.

"적당히 해도 우수한걸, 뭐."

"너 어쩐지 에멜을 닮아 가는 것 같은데."

"헉, 지금 그거 완전 욕이었다."

로이가 그렇게 말하며 자리에 앉았다. 이 두 사람 사이에 뭔가가 있다는 건 알겠는데 말입니다……

티룸의 테이블은 타원형으로 길었다. 기본적으로 여섯 명은 앉을 수 있는 구조다.

앤은 나와 마주 앉아 있었고, 엘런은 내 오른쪽에 앉아 있었다.

그러면 보통, 엘런과 마주 앉지 않나? 그러니까 앤 옆에 앉는 게 보통일 것 같은데.

로이는 내 왼쪽에 앉았다.

'삼 대 일 미팅 현장.'

그런 생각을 하며 나는 시종에게 찻잔을 하나 더 달라고 부탁했다.

로이가 손으로 마카롱을 집어 들자 엘런의 얼굴이 구겨졌다.

"더럽게―!"

로이가 가볍게 손가락을 핥고 말했다.

"미안하네, 차 마시는 예절 같은 건 몰라서. 사생아라."

그 말에 엘런의 귀 끝이 살짝 붉어졌다. 하지만 여전히 화난 어조로 그녀가 이어 말했다.

"그런 게 아니라 손 씻은 거야?"

그 말에 아차 한 표정.

"더러워, 로이."

내가 한숨을 내쉬자 앤이 쿡쿡 웃었다. 난 시종에게 물수건 역시 부탁했다.

레몬향이 나는 물수건에 손을 닦으며 로이가 사과했다.

"미안해요, 아가씨."

"아냐. 마카롱 맛있지?"

내 물음에 로이가 씩 웃었다.

"맛있네요."

엘런이 한숨을 내쉬었다. 난 가볍게 헛기침을 하고 앤에게 물었다.

"앤도 나랑 함께 가지 않을래?"

지금 앤도 함께 아랫마을에 내려가자고 꾀는 중이다.

"마을에요?"

"응."

"하지만, 전 너무 눈에 띌 거예요."

앤이 자신의 머리카락을 어루만지며 말했다.

"에이, 모자를 쓰면 되지. 아니면 가발이나? 그것도 아니면 마법으로 어떻게 안 되는 거야?"

내 말에 앤이 눈을 깜박였다.

"머리색을 바꾸는 마법은 생각 못 해 봤는데요."

"아― 그래? 한번 해 봐. 하지만 눈에 띄는 건 나도 마찬가지인걸."

난 웃으며 내 눈동자를 가리켰다. 분홍색 눈동자는 어디서도 볼 수 없다.

"나도 그래서 안경 쓸 거야. 색유리로 된 걸로."

"아랫마을에 내려가시려고요?"

로이가 의아한 듯 물어왔다.

"응, 아빠에게 허락받았어. 오라버니 성인식 선물 고르러 갈 거야."

"아하."

"로이도 같이 갈래?"

"저도요?"

"응."

"저야 좋지요. 모처럼 바람도 쐬고요."

"아가씨."

엘런이 곤란한 어조로 날 불러서 난 그녀를 돌아보았다.

"사람은 많은 게 즐겁잖아."

"하지만―"

"사람 많은 곳에서야 호위가 많은 게 나아. 그리고 그런 곳이라면 귀족 아가씨보다는 내가 더 잘 알걸."

로이의 말에 엘런은 입을 꾹 다물었다.

'사실 호위는 그렇게 걱정하지 않아도 괜찮은데.'

정령이 있으니까.

하지만 난 혀를 얌전히 묶어 두었다.

현재 내가 정령을 부린다는 걸 아는 사람은 가족들과 켈슨, 에멜, 하델 그리고 앤뿐이었다.

세 사람 중에 두 사람이 죽어야 비밀이 유지된다고 그랬던가?

하여간 비밀을 유지하려면 최대한 알리지 않는 게 좋으니, 안타깝지만 입을 다물고 있었다.

두 사람 사이의 분위기가 묘해지자 얼른 앤이 입을 열었다.

"그럼 저도 같이 갈게요."

"정말?"

"네. 가발이라도 쓰면 되지요."

"와―!"

나는 손을 뻗어 앤의 손을 붙잡고 흔들었다. 그녀가 가볍게 웃음을 터트렸다. 나와 비슷한 또래의 앤은 자매 같은 느낌이었다. 엇비슷한 일을 겪어서인지도 모른다.

어쩌면 그녀에게 섞인 카스티엘로의 피 때문일지 모르고.

하여간 앤에게는 애틋하고 더 정이 가는 것이 있었다. 리리아나 샤샤도 좋지만, 그것과는 또 다른 감정이었다.

"앤, 정말 좋아해."

웃으며 말하자 앤의 회녹색 눈이 커졌다가 다시 웃음을 터트린다.

"저도 좋아해요, 에스텔 님."

"귀엽네요."

로이가 고개를 끄덕였다. 난 손을 놓으며 "뭐가?" 하고 물었고, 로이가 실실 웃으며 말했다.

"두 사람, 꼭 새끼 고양이들이 노는 것 같다고 해야 할까요."

"새끼 고양이라고 할 만한 나이는 지난 것 같은데."

나 올해로 만 열여섯입니다만?

성인식도 했습니다만?

그 말에 로이가 으음 하고 고개를 끄덕였다.

"그죠, 많이 크셨죠. 처음 봤을 때보다는 더 크셨지만 뭔가 아직도 어린애 같은 느낌이에요. 새끼 고양이가 딱이죠. 아가씨는."

"그런 식의 비유는 그만둬. 아가씨에게 새끼 고양이가 뭐야? 대체. 그런 비유는……."

엘런이 날 힐끗 보았다가 이어 말했다.

"네 자유 시간에 네 상대에게나 해. 할 사람 많은 것 같은데."

"으응? 그쪽은 좀 다르지? 순수하게 귀여운 고양이라는 말이 아니라―"

"아니라?"

내가 되묻자 로이는 날 빤히 보다가 헛기침을 하고 말했다.

"귀여운 사람이라는 뜻이죠."

뭐죠? 갑자기 맥락이 없어진 것 같은데요.

"로이, 자유 시간에 대체 누굴 만나는 거야?"

내 물음에 로이는 히죽 웃으며 다시 마카롱을 삼켰다.

나올 대답이 뻔히 보여서 난 한숨을 내쉬었다. 우리 둘은 동시에 입을 열었다.

"비밀입니다."

"비밀이야?"

로이가 어라? 하고 눈을 크게 떴고, 내가 포크로 로이를 가리키며 말했다.

"맞춰 볼까? 술집 가는 거지. 그리고 술집에서 일하는 여자 만나는 거지."

"아가씨!"

이 비명과 같은 소리는 로이가 아니라 엘런이 낸 거다.

"그, 그런 이야기는 어디서―"

엘런이 당황해 얼굴이 붉어져서 하는 말에 나는 발을 까닥이고 턱을 괴며 웃었다.

"내가 어린 시절을 어디서 보냈다고 생각하는 거야?"

유곽입니다, 유곽.

내 대답에 엘런은 뭐라고 할 수 없는 표정을 지었다. 로이가 피식 웃고는 입을 열었다. 이런 상황에서 웃으며 아무렇지도 않게 말한다는 게 로이의 장점이지. 이런 상황이 되면 진와 엘런은 얼어붙어서 아무런 말도 못 꺼내고 만다.

"정말로 아가씨는 가끔 상상을 초월한다니까요. 그리고 그 이야기는 틀렸습니다."

"틀렸어?"

눈을 깜박이자 로이가 말했다.

"요즘 저 열심히 훈련한다고요?"

"정말?"

"네. 에멜 아스트라다 그 재수 없는 자식 때문에―"

로이가 이를 북북 갈았다.

"그러고 보니 얼마 전에 호되게 당했지."

엘런이 뭔가 기분 좋아진 듯 가벼운 어조로 말했다. 로이가 흥 하고는 답했다.

"당한 건 너도 마찬가지잖아? 네가 에멜을 좋아하는 건 상관없지만
—"

"좋아하지 않아. 그 방식에는 나도 불만이 있지만—"

두 사람의 이야기를 듣다가 난 정말로 궁금해져서 물었다.

"에멜이 어떤 방식이기에? 그러고 보니 로이는 항상 에멜에게 박했
지."

"아가씨에게 에멜은 상냥하고 다정한 사람이죠?"

난 고개를 끄덕였다. 로이가 힐끗 천장을 바라보았다. 해는 아직 한창
머리 위에 떠 있다.

"아직 훈련하고 있을 때네요. 그럼 한번 보러 갈까요?"

"로이."

엘런이 살짝 고개를 저었다.

하지만 여기까지 와서 물러날쏘냐. 나는 고개를 끄덕였다.

"보러 갈래."

내가 모르는 에멜에 대해서 궁금하기도 하다. 저렇게까지 로이가 말
한다면, 에멜의 실체는 전혀 다른 게 아닐까?

으음— 고용주에게만 싹싹한 사람인 건가?

고용주와 고용인.

단순히 그렇게 딱 잘라서 말할 수는 없지만…….

어쩐지 믿고 싶지 않은 기분도 좀 있었다.

로이가 자리에서 일어났다.

"그럼 갈까요?"

엘런이 따라 일어나자 로이가 저지했다.

"안 돼. 너까지 가면 너무 눈에 띄잖아."

"하지만 오늘 호위는 나야."

"그럼 교대해."

로이는 그렇게 가볍게 말했다. 난 앤에게 말했다.

"이따가 같이 저녁 먹자. 오늘 일찍 끝내서 미안."

"아니에요. 저도 공부할 거 있는걸요. 저녁에 봬요."

앤은 그렇게 말하며 날 배웅했다. 선룸에서 바로 정원으로 통하는 문을 열고 나오자, 차가운 공기에 몸이 떨렸다.

"추우세요?"

"아니, 갑자기 밖으로 나와서."

내 말에 로이가 고개를 끄덕였다.

"추우면 말하세요. 망토 드릴게요."

말만 하고 결코 먼저 망토를 벗어주는 행동을 하지 않는 게 로이답지. 난 그렇게 생각하며 고개를 저었다.

"괜찮아. 좀 걸으면 더울걸."

그렇게 말하고 우리는 정원을 가로질러 걷기 시작했다. 곧 기사단 훈련장이 눈에 들어왔다. 로이가 멈춰 서서 가볍게 손가락을 입술에 가져가 조용히 하라고 신호를 보냈다.

난 얌전히 서 있었다.

마스터가 얼마나 기척에 민감한지 잘 알고 있으니 말이다.

로이가 자신의 회색 망토를 벗어 나에게 씌웠다. 후드까지 눌러쓰고 나서 로이가 말했다.

"그럼 이쪽으로요."

로이가 기사단 숙소 뒷문을 열며 말했다.

숙소는 처음 들어와 본다.

로이는 긴 복도를 가로질러 자신의 방문을 열었다.

'어라? 깔끔하네?'

뭔가 로이는 방을 엉망진창으로 쓸 것 같았는데. 안은 말끔하게 정리되어 있었다.

"그럼 한번 구경해 볼까요?"

로이가 작게 말하고 창문을 열었다. 창문을 다 열지는 않았지만, 훈련장이 비스듬하게 보이는 위치여서 보는 데 문제는 없었다.

'아, 에멜이다.'

대련하는 중이구나.

중인데.

'내가 아는 에멜 같지 않아.'

그게 좀 충격이었다.

내가 아는 에멜은 부드럽게 웃고, 장난스러운 말도 잘하고, 밝은 사람인데 저기 서 있는 에멜은 전혀 다른 사람 같았다.

차가운 표정에, 입꼬리에 걸린 비웃음.

표정 하나로 사람이 저렇게 달라 보일 수 있다는 게 놀라웠다. 에멜은 기사단 신입인 듯한 사람을 상대하고 있었다.

에멜이 가벼운 차림에 검만 들고 있는 반면에 상대는 단단히 보호대를 차고 있었다. 에멜은 완전히 상대를 가지고 놀고 있었다. 상대가 너무 얻어맞고 있어서 불쌍할 정도였다.

결국 털썩 쓰러져서 헉헉거리는 상대의 등을 에멜이 지그시 발로 밟아 주더니 웃으며 뭔가를 이야기했다. 멀어서 잘 들리지는 않았지만, 결코 좋은 말은 아닌 것 같았다.

"내가 아는 에멜 아스트라다는 저런 인간이라니까요."

로이가 내 뒤에서 얄미울 정도로 느긋한 어조로 말했다. 난 눈을 껌벅이다가 말했다.

"저, 저래도 괜찮은 거예요? 저 사람?"

지금 고양이 앞발에 잡힌 쥐보다 더 농락당한 것 같은데요? 참고로 고양이는 쥐의 등뼈를 부러트린 후에 가지고 놀기도 한다. 그런데 지금 게 더 심한 것 같아…….

"글쎄요?"

글쎄라니!

글쎄라뇨!

그게 무슨 소리요, 기사 양반.

난 기가 차서 휙 돌아섰다. 로이가 놀라 날 따라 잡았다.

"어디 가시려고요?"

"가서 직접 볼 거예요."

"그럼 에멜이 절 죽일걸요?"

"걱정 말아요, 로이가 죽으면 범인은 바로 너야. 하고 에멜을 지목할 테니까요."

"그거 참 고마우신 말씀, 인가요. 하긴 범인이 좁혀지기는 하네요."

목숨이 걸린 일이라고 하는 것치고, 로이는 적극적으로 날 말리지는 않았다.

"그 자식이 곤란한 것도 보고 싶고요."

하고 로이가 중얼거렸다.

난 기숙사를 나와서 발소리를 죽이며 훈련장에 가까이 다가갔다.

두 번째 대련이 한창이었다. 두 번째 대련자는 에멜이 발을 걸자, 볼썽사납게 넘어졌다. 에멜이 한숨을 내쉬고 말했다.

"그 머리는 장식으로 달고 다니나 보지? 약점으로 노출되니 방에 두고 다니는 게 어떨까?"

정말로 염려된다는 어조였다. 대련자는 얼굴이 시뻘게져서 자리에서 벌떡 일어나다가 다시 다리에 걸려 넘어졌다.

에멜은 통렬하게 혀를 찼다. 그의 호박(ember)색 눈에 경멸이 가득 차서, 난 에멜의 쌍둥이를 보고 있는 게 아닌가 하고 잠시 생각했다.

문득, 나는 멈춰 섰다.

내가 가서 뭐라고 하려고?

저 사람 다친 거 아니에요? 훈련을 너무 강하게 하는 게 아닌가요?

그런 이야기를 하려는 거야?

그런 이야기를 할 수 있을 리가 없잖아. 에멜이 어떻게 가르치든 그건 그의 방식인 거고, 내가 뭐라고 할 수 있는 게 아니다.

다리가 딱 못 박힌 듯이 움직이지 않았다. 그때 고개를 들던 대련자와 내가 눈이 마주쳤다.

"아, 아가씨?"

그가 얼빠진 목소리를 내자 에멜이 휙 뒤를 돌았다.

에멜과 나의 눈이 마주쳤다.

에멜은 멍하니 날 보다가 곧 얼굴을 일그러뜨렸다. 나 역시도 당황해서 바닥으로 시선을 떨궜다.

'돌아가자.'

그의 시선도 보지 못하고, 고개를 숙인 채로 꾸벅 인사하고 난 휙 돌아서서 걷기 시작했다.

괜히 엿봤다.

아니, 엿봤어도 알리는 게 아니었다. 그런 생각이 머릿속을 빙글빙글 돌았다. 반쯤 말없이 달리듯 걷고서야 나는 에멜이 따라오지 않는 것에 내가 실망했다는 사실을 깨달았다.

'이상하네.'

난 그렇게 생각하고 뒤로 돌아서서 로이를 바라보았다. 로이의 얼굴이 심각했다.

"로이?"

"네."

"왜 그래요?"

"제 목숨이 얼마나 남았는지에 대해서 고찰하는 중이에요."

그 말에 난 픽 웃었다.

"그럴 일은 없을 거예요."

"그래요? 전 지금 생각보다 더 큰일이라고 생각하고 있는데……."

중얼거리다가 로이가 물었다.

"실망하셨나요?"

"네?"

"에멜에게."

그 말에 난 멍하니 로이를 보다가 고개를 저었다.

아니, 그런 게 아니다.

"아니에요."

"그럼요?"

난 어쩐지 심술궂은 기분이 되었다. 히죽 웃으며 손가락을 입술에 가져다 댔고, 속삭였다.

"비밀이에요."

＊　　＊　　＊

방으로 돌아가니 제인이 싱글벙글 웃으며 가볍게 다가와 나에게 편지를 내밀었다.

"리들 님에게 편지 왔어요."

"리들에게?"

어째서인지 황자인데도, 우리 집에서는 '리들 님'으로 통한다.

그만큼 심적으로 가깝다는 뜻인 걸까?

황자와 가까운 게 좋은 건지 아닌 건지는 모르겠지만—

'잘생긴 건 사실이지.'

삽화에서 뽑아낸 왕자님 그 자체처럼 생겼으니까.

게다가 내가 꾸준히 서신을 주고받는 상대 중 하나였다. 제인이 실실 웃으며 말했다.

"역시 아가씨를 좋아하시는 게 아닐까요? 이번 선물도 너무 예뻐요."

"에이, 설마."

제인의 놀림을 일축하고 난 이어 물었다.

"또 선물 보내 왔어?"

보내지 말라고 그랬는데.

"네, 귀여운 토끼 모양 향초예요. 보시겠어요?"

이런 식으로 리들은 수도에서 유행하는 소녀들이 좋아할 만한 것들을 선물로 보내고는 했다. 처음에는 좋았지만, 이것도 계속되다 보니 뭔가 부담으로 다가왔다.

답례품을 계속 생각해 내는 것도 뭔가 힘들고……

'하지만 토끼 향초라.'

"응, 볼래."

고개를 끄덕이니 얼른 제인이 향초를 들고 돌아왔다. 주먹만 한 크기의 토끼 모양 향초들은 각각 다른 포즈를 취하고 있었는데 상당히 귀여웠다.

"귀엽네. 불 켜기 아까워."

"켜다니요, 이런 건 그냥 두고 보는 거라고요?"

"하긴."

녹으면 좀 그로테스크하겠지.

리들과 제온은 카를을 보러 온다며 종종 영지까지 직접 내려오고는 했다. 상당히 먼 길일 텐데, 이렇게 와 주는 걸 보면 카를은 좋은 친구를 뒀구나. 하는 그런 느낌.

그리고 제온도 리들도 다른 의미로 또 좋은 편지 상대여서 난 그들과 꽤 꾸준하게 편지를 주고받고 있었다. 하지만 리들의 편지를 보면 항상 생각나는 얼굴이 있었다.

아이리스 황녀.

내가 납치를 당하고 난 후부터 연락이 뚝 끊겨 버렸다.

그러고 나서 내가 먼저 편지를 보내지 않으니 아무런 소식도 오지 않게 되었다. 리들의 편지에도 당연히 아이리스의 흔적은 찾아볼 수가 없어서, 난 가끔 아이리스가 혼자 외롭지 않을까? 하는 생각을 하고 마는 것이었다.

'그렇다고 다른 사람에게 물어볼 만큼은 가깝지 않은 느낌이라.'

그냥 이렇게 흐지부지 사라지는 인연도 있는 거겠지.

난 리들의 편지를 펼쳤다. 언제나처럼 동판으로 찍어 낸 것 같은 섬세하고 가느다란 필체.

리리아와는 다른 수도 이야기와 날씨, 간결한 자기 이야기. 그리고—

'아, 성인식 때 오는구나.'

하긴 그나마 친구라고 할 수 있는 사이는 이 둘뿐인데, 성인식에 참석하지 않는 것도 좀 그래.

'그러면 제온도 오려나?'

내 생각을 읽은 것처럼 스테파니가 들어오더니 나에게 편지를 내밀었다.

"아가씨, 제온 도련님에게 편지 왔어요."

"제온에게도?"

웬일로 두 사람이 거의 동시에 편지를 보냈네.

그리고 제온은 통칭 제온 도련님이다. 아무래도 대하기가 리들보다 더 편하기 때문일까?

편지를 열자 제온다운, 거침없는 필체가 눈에 들어왔다. 게다가 잉크 얼룩이 있다.

"두 사람 다 오라버니 성인식에 맞춰서 온다네?"

"그렇군요."

"반년 만이네요."

제인과 스테파니는 둘이 온다는 것에 놀라지 않으며 고개를 끄덕였다. 이 두 사람도 카를의 친구라고 할 만한 사람이 그 둘뿐이라는 걸 아는 것이다.

"오라버니는 언제쯤 돌아오시지?"

"글쎄요? 적어도 성인식 일주일 전에는 돌아오시지 않을까요?"

스테파니가 갸웃하며 자신의 의견을 내놓았다.

"일주일이라…… 오라버니라면 좀 더 아슬아슬하게 끌다가 맞춰 올지도 모르겠어. 소란스러운 거 싫어하니까."

"아가씨가 아니었다면 성인식도 귀찮아서 넘어가셨을 거예요."

제인이 동감했다.

현재 카를은 공작령의 영지를 순회하는 중이었다. 공작령은 넓고, 각각 관리인을 둬서 영지를 관리한다. 하지만 업무 보고서와 실제는 다르고, 그걸 체크하는 게 바로 영주의 일이었다.

하지만 카스티엘로 공작은 현재 칩거(!)를 하고 있고, 그렇다면 영주 대행인 카를이 직접 돌아보는 수밖에 없다.

이렇게 잊지 않고 돌아 주는 것만으로도 영지민의 삶의 질이 달라지니까요, 하고 켈슨이 웃으며 이야기했었다.

"게다가 도련님은 무서우니까 그 효과는 더 크죠⋯⋯."

일을 허투루 하시는 분도 아니고요, 하고 덧붙이며.

"두 사람이 오라버니보다 먼저 올지도 모르겠어."

난 편지를 흔들며 말했다. 제인이 고개를 끄덕였다.

"가능성 있는 일이네요."

가볍게 한숨을 내쉬는데 애니가 들어왔다. 애니가 재미있다는 얼굴을 하고는 나에게 작고 통통한 지갑을 내밀었다.

"켈슨이 아가씨께 가져다 드리라고 하더군요."

"어? 고마워요."

난 지갑을 받아 들었다. 제인과 스테파니가 호기심 가득한 눈으로 지갑을 바라보았다.

"무슨 지갑이에요?"

"뭔가요?"

"응, 그게 아랫마을에 내려가서 물건을 보고 싶다고 했거든. 그랬더니 준비해 준 거야."

난 똑딱이 지갑을 힘주어 비틀어 열었다. 딱 하는 소리와 함께 지갑이 열리고 안쪽에 반짝이는 동전들이 보였다.

은색과 동색의 주화들이 가득 들어 있었다. 잘 보니, 금화도 하나 섞여 있다.

"너무 적은 게 아닐까?"

내가 걱정스럽게 말하자, 제인과 스테파니가 동시에 웃었다. 난 머쓱해져 "아냐?" 하고 되물었고, 둘은 고개를 끄덕였다.

"이 정도면 큰 물건을 사지 않는 이상은 괜찮을 거예요."

"맞아요. 직접 경험해 보시는 게 더 낫겠네요."

둘이 번갈아 말하고는 동전을 꺼내 보여 주었다. 동전은 가운데에 구멍이 나 있는 것과 아닌 것이 있었는데, 구멍이 난 것은 안 난 것 절반의 가치라고 설명해 주었다. 구멍 때문인가?

"아, 맞아. 그것 때문인데─ 좀 평범하게 눈에 띄지 않는 옷이 있으면 좋겠어. 구해 줄 수 있을까?"

"네, 구해 볼게요."

제인이 고개를 끄덕였다. 난 지갑을 잘 챙기고 말했다.

"나 앤에게 가 볼게."

"알겠습니다."

애니가 고개를 끄덕였다.

앤이 내 마법사가 된 지 벌써 사 년째에 접어들지만, 아직도 시종들이나 사람들이 앤을 대할 때는 데면데면했다. 하지만 거기에 대해서 "왜 앤과 친하게 지내지 않는 거야?" 하고 말하는 것도 이상해서, 나는 내가 최대한 앤을 챙기는 걸로 대신하고 있었다.

방을 나오니 호위는 엘런도, 로이도 아니라 진이었다.

"진? 오늘 오프(off)잖아요?"

"제가 대신하게 됐습니다."

진이 푸른 눈을 살짝 내리깔았다. 난 의아해져서 되물었다.

"엘런이랑 로이랑 무슨 일이 있어요?"

"두 사람에게는 일이 없습니다."

진의 말에 뭔가 함정이 느껴졌다. 두 사람에게는 일이 없다.

"그러면 누구에게 있는데요?"

진이 대답하지 못하고 한 박자 쉬었다가 말했다.

"어디 가시는 길 아닙니까?"

그답지 않은 말 돌리기였다. 진 역시도 곤혹스러운 게 보여서 나는 눈을 찌푸렸다가 고개를 끄덕였다.

"앤에게 가요."

대답하고 난 휙 돌아 걷기 시작했다. 대체 뭐람?

'설마 에멜?'

내가 그걸 봐서 에멜이 놀라기도 하고 기분이 나쁘기도 했겠지만, 그렇다고 그게 큰 문제가 될 리는 없고.

'역시 그 신입이 크게 다치거나 그런 거 아닐까?'

나중에 아스터 경에게 살짝 물어봐야겠다.

난 그렇게 생각하며 걸음을 빨리했다. 앤이 머물고 있는 다락방까지 단숨에 올라가서 문을 가볍게 두드리자, 안에서 "들어오세요." 하는 앤의 부드러운 목소리가 들려왔다.

앤의 말더듬증은 천천히 고쳐졌지만 그래도 앤은 여전히 말을 빨리하는 법이 없었다. 약간 느릿하고 또박또박하게 발음을 하는데 난 또 그게 좋았다.

앤이라는 사람의 생각이 명료하고, 그녀가 숙고해서 또렷하게 말하는 것처럼 느껴지게 해 줬다.

"앤!"

나는 가볍게 외치며 안으로 들어갔다. 앤의 방 안에서는 복합적인 냄새가 났다. 약초의 쌉쌀한 향과 달콤한 꽃향기가 혼재된 냄새.

앤은 높은 사다리 위에 앉아 있었다. 다락방이라도 천장이 아주 높아서, 책장 위쪽의 책을 꺼내려면 사다리가 필요했다. 앤은 단지 책을 꺼내는 것뿐 아니라 그 사다리에 앉아서 책을 읽기까지 하지만 말이다.

"책 내리는 거 도와줄까?"

내가 사다리 아래쪽으로 다가가며 묻자 앤이 고개를 저었다.

"아니에요. 밑에 계시는 쪽이 더 불안해요."

그렇다면.

내가 사다리에서 물러나자 앤이 한 계단씩 사다리를 내려왔다.

난 그런 앤의 모습을 바라보다가 불쑥 말했다.

"앤, 같이 가고 싶지 않으면 안 가도 괜찮아."

"네?"

앤이 놀란 얼굴로 뒤돌았다. 난 멋쩍어져서 뺨을 긁적이며 말했다.

"앤은 조용하고, 혼자 있는 거 좋아하잖아. 이 방은 앤의 세계고, 난 가끔 내가 앤의 고요한 세계를 깨트리는 게 아닌가 하는 생각이 들어. 그러니까, 이번에 같이 나가는 것도 싫으면 이야기해 줘."

"그렇지 않아요."

앤이 단호한 어조로 말하며 내 손을 꽉 쥐었다.

"에스텔 님이 그렇게 권유해 주시는 거 전 즐거워요. 게다가, 저도, 그 ─"

앤의 뺨이 약간 붉어졌다. 그녀가 시선을 내리깔며 말했다.

"약간은 우쭐한 기분으로, 항상 에스텔 님의 제의를 받거든요."

"그래?"

"네……."

앤의 목소리가 점점 더 기어들어 가기 시작했다.

"제가, 에스텔 님의 친한 친구가 된 것 같은 기분으로요……."

"친한 친구 맞잖아?"

내 말에 앤이 고개를 들었다.

"그런가요?"

"그럼! 지금도 푸념하려고 올라온 건데?"

내 말에 앤이 가볍게 웃으며 자리를 권했다.

"그러면 푸념을 들어 볼게요."

"넵, 들어 주세요."

난 소파에 풀썩 앉았다. 앤이 물었다.

"차라도 드릴까요?"

"시원한 거로."

"알겠습니다."

앤이 아래 책상에서 차갑게 냉침한 차를 꺼냈다. 마법을 걸어 둔 냉장고 같은 공간이다.

내가 부탁해서 앤이 개발한 것인데 그녀가 만든 냉장고를 저택에 설치하고 나자, 식생활이 놀랍게 다채로워졌다.

'팔면 잘 팔릴 듯.'

난 그런 생각을 하며 앤이 건네주는 유리잔을 붙잡았다. 연녹색의 투명한 물빛이 금색 등불에 반짝였다. 한 입 마시자 달콤하고 시원한 향이 속을 싹 쓸어 주는 것 같았다.

"앤이 만들어 주는 차는 진짜 맛있다니까."

"평이 좋으니 저도 좋네요. 그래서 푸념하실 게 뭔가요? 에멜 경과 관련된 일이에요?"

앤이 내 옆에 풀썩 앉으며 물었다. 난 눈을 동그랗게 떴다.

"어떻게 알았어?"

"그 사이에 있을 만한 일이란 그 정도니까요? 에멜 경 훈련을 구경하러 가신다고 하셨잖아요? 무슨 일이 있었나요?"

"그게―"

난 내가 본 광경을 털어놓았다. 그 말에 앤이 "아아―" 하고는 가볍게 웃었다.

"저도 놀랐는걸요."

"뭐가?"

"에스텔 님과 있을 때의 에멜 경은 다른 사람 같아서요. 저에게는 협박도 했었으니까요."

"진짜?!"

협박?!

깜짝 놀라 큰 소리로 되묻자, 앤이 고개를 끄덕이고 말했다.

"하지만 이해해요. 그야 정체불명의 일리알이 아가씨의 옆에 머무르는 거니까요."

"하지만…… 그래도…… 앤은 정체불명의 일리알이 아닌걸."

"그때는 그랬죠."

앤이 그렇게 말해서 난 한숨을 푹 내쉬었다.

"그래서요?"

앤이 이어 물었다.

"응?"

"그런 모습을 보고, 그래서 화가 나신 거예요? 아니면 실망하신 건가요?"

"화도 나고, 실망도 했어."

대답하고 덧붙였다.

"나에게."

"에스텔 님에게요?"

"응."

난 차가운 잔을 만지작거렸다. 결로로 젖어 드는 손가락을 느끼며 느리게 난 생각을 정리했다.

"에멜이 날 속였다는 생각이 좀 들어서. 하지만 그럴 수밖에 없었다고 생각하면 화가 나서. 그야, 공녀님에게는 당연히 친절하게 대하는 거잖아? 그런데 그런 거에 속았다느니, 하는 건 좀 그렇지."

난 한숨을 내쉬었다.

"그리고 에멜이 좀 더 날 편하게 대할 수 있는 상대로 여겼다면, 평범하게 대해 줬을지도 모르잖아? 그렇게 되지 못한 나에게 실망도 되고."

"위장된 친절은 싫어요?"

앤의 질문에 난 고개를 돌려 앤의 회녹색 눈동자를 빤히 보았다.

위장된 친절이냐, 진실한 짜증이냐.

둘 중의 하나를 고르자면,

"싫지 않아."

전자다.

괜히 손님에게 감정 노동을 하는 게 아닌 거다. 손님이 그걸 좋아하니까 그렇게 하는 거지.

진짜든 가짜든 상냥하게 대해 주는 게 싫은 사람은 없다.

"하지만, 하는 사람은 힘들잖아?"

에멜을 감정 노동자로 만들고 싶었던 건 아니라고. 게다가 그렇게 쌓여서 더더욱―

난 생각을 뚝 끊고 무릎 사이에 이마를 묻었다.

"내가 속은 기분이 들어."

지금까지의 관계가 일방적인 내 호의였다고 생각하니 세상에서 제일가는 바보가 된 기분이었다.

"속아요?"

앤이 가볍게 웃었다.

"에스텔 님."

그녀가 작게 속삭였다.

"애정은 가짜로 만들어 낼 수 있는 게 아니에요."

나는 슬그머니 고개를 들어 앤을 바라보았다. 그녀의 눈동자가 아주 가깝게 있었다.

"가끔 생각하는 건데, 에스텔 님은 확신이 없어 보여요."

"확신?"

"내가 사랑받을 만한 존재인가, 하는 확신이요."

정곡이 찔려 나는 입을 살짝 벌렸다. 나는 어차피 우는소리를 한 김에 좀 더 하기로 했다.

"난 섞였잖아."

"그렇죠."

"그래서, 가끔. 나만 다르다는 생각이 들어."

"그야 다르지요."

나는 앤을 바라보며 우울하게 말했다.

"앤에게 이런 말을 하는 건 바보 같다고 생각하지만."

"전 그렇게 생각하지 않아요."

앤이 고개를 저었다.

"제 상처가 더 크니까, 나보다 상처가 작은 사람은 내 앞에서 말을 꺼내지 말라니."

앤의 입꼬리가 냉소적으로 올라갔다.

"그런 자랑은 하고 싶지 않아요."

이어 앤이 진지하게 말했다.

"그리고 에스텔 님은 저에게 소중한 사람인걸요. 그러니 에스텔 님의 고민은 저에게도 중요하죠."

"앤, 사랑해!"

내가 앤을 꽉 끌어안으며 말하자, 앤이 웃으며 내 손에서 잔을 빼앗아 들었다.

"쏟아지겠어요."

"미안."

사과하고 난 좀 더 가벼워진 마음으로 이어 말했다.

"그래서 사실은 좀 무서운 것도 같아."

"무섭다고요?"

"그야 다들 내가 카스티엘로라고 말해 주지만, 내가 꼭 무늬를 칠하고 무리에 들어온 것 같아서, 언젠가 밝혀지면 쫓겨날 것 같은, 그런 느낌. 바보 같은 생각이라는 건 나도 알아."

그런데도 그 생각은 어딘지 깊게 남아 있어서.

"이럴 때 확신하지 못하게 만들어······. 에멜이 나에게 보여 준 모습이 가짜가 아니라고 생각하지만, 항상 최악을 생각하는 내가 있어."

그리고 그렇게 생각하고 안심하는 내가 있다.

"그런 건 비겁하지 않나요?"

앤의 말에 난 눈을 깜박였다.

"비겁해?"

"그러니까 안 좋은 일이 있을 때 난 반쪽이니까 이런 일이 있는 게 당연해, 라는 말로 방패 삼는다는 말 아니에요?"

"어―?"

아니, 그런 건 아닌데.

아니지? 그렇게 되나?

"제가 난 일리알이니까 모두에게 배척받는 게 당연해, 라고 하면―"

"말도 안 돼!"

"하지만 실제로도 그렇잖아요. 뭐랄까, 부당한 대우라고 생각하지만, 어쩔 수 없지, 내가, 세상이, 환경이 이러니까. 하고 단념해 버리면 편하기는 하겠지만."

앤이 희미하게 웃었다.

"분명히 제 어딘가도 같이 죽어 버릴 거예요."

난 멍하니 앤을 바라보았다.

"앤."

"네."

"내 앤이 존경스러워. 나랑 나이 차도 많이 나지 않는 것 같은데."

"저도 말은 이렇게 하지만, 제 말이 다 옳다고는 생각하지 않아요. 세상에 답이 어디 있어요?"

빛이 있으면 어둠도 있는 법. 다들 이게 빛이라고 대답을 내놔도, 어둠은 반드시 그 밑에 고여 있는 거예요. 하고 앤이 노래하듯 말하고는 이어 말했다.

"그러면 존경받는 김에 한마디 더 해도 될까요?"

"응."

"이건 좀 더 아플 텐데요."

"괜찮아."

"그럼 아가씨가 계속 어린아이에 머물고 싶어 하시는 것도, 스스로가 어려서 사랑받는다고 생각하기 때문일까요?"

어―

난 한숨을 내쉬었다.

이건 진짜 좀 아프네.

*　　*　　*

저녁 식사가 끝나고 아빠가 날 따로 불렀다. 무슨 일이 있나, 하고 따라 들어가니 아빠가 소파에 앉고는 자신의 다리를 가볍게 치셨다. 난 웃으며 얼른 아빠의 다리 위에 앉았다. 그리고 진지하게 말했다.

"이제 이러기에는 제가 너무 큰 게 아닐까요? 무겁지 않으세요?"

"그다지."

아빠는 그렇게 말하고는, 어디서 난 건지 커다란 쿠키를 나에게 건네주었다. 난 이제 열여섯이나 되었는데, 어째 날 다루는 방식은 내가 처음 이 집에 왔을 때와 다르지가 않다.

"웬 쿠키예요?"

웃으며 쿠키를 받아 들자 아빠가 조용히 말했다.

"왜 기분이 안 좋지?"

난 대답 대신 쿠키를 한 입 깨물었다. 커다란 초콜릿 칩과 견과류가 입 안 가득 씹혔다.

이런 게 좋다.

이런 어린아이 취급이, 다정한 손이 좋아서. 어쩐지 어린아이처럼 굴게 되어 버린다.

'하지만 그래도 상관없지 않을까?'

어린아이인 게 무슨 문제가 되는 건 아니잖아?

난 그렇게 생각하며 쿠키를 꿀떡 삼키고 말했다.

"이제 괜찮아졌어요."

아빠는 대답하지 않고 내 등을 쓸어내리다가 말했다.

"넌 생각이 너무 많아."

그런가요……?

난 고개를 갸웃했다. 별로 생각을 깊게 하는 타입이라고는 생각하지 않는데 말입니다.

"에스텔 카스티엘로."

"네."

"그래."

"……?"

부르시고 끝인 건가요? 의아해져서 아빠를 돌아보자 아빠가 희미하게 웃었다. 내 정수리에 가볍게 키스한 아빠가 내 등을 두들겼다.

일어나라는 뜻인 듯해서 자리에서 일어나니 아빠가 말했다.

"이렇게 클 줄은 몰랐는데."

무슨 말씀을!

"아직 한참 더 커야 해요."

난 내가 원하는 키를 손으로 가늠해 보이며 말했다.

"넌 이미 열한 살 때 내게서 푸른 사슴 방의 열쇠를 얻어 냈지."

그 말에 난 왠지 쑥스러워졌다. 얻어 내다니. 내가 뭘 했다고.

"그건 그냥 아빠가 주신 거죠."

"네가 잘 사용할거라고 생각했으니까. 사실―"

아빠의 붉은 눈이 묘한 빛을 띠었다.

"무지하고 사치스러운 아이라도 상관없다고 생각했는데―"

"엑."

나도 모르게 이상한 소리를 내자 아빠가 가볍게 웃었다.

"하지만 넌 선을 넘지 않고 자랐어."

"상당히 말괄량이가 되었다고 생각했는데요."

"그 정도는 카를에 비하면."

아빠는 고개를 살짝 저었다.

오라버니, 대체 어떤 질풍노도의 시기를 보내신 건가요.

"내가 너를 믿고 있다고, 이야기하고 싶었다."

아빠의 말에 난 가볍게 숨을 삼켰다. 아빠가 미간을 살짝 좁히며 말했다.

"평소에는 이런 이야기를 잘 하지 않으니까. 해 두는 게 좋겠다고 생각해서."

"무슨 일이 있는 거예요?"

"아직은."

"아직이라뇨?"

"언제든지 일은 생기는 거니까. 그때 이야기해 둘걸, 하고 후회하는 건 걸맞지 않지."

난 그제야 안도해서 어깨를 늘어트렸다. 난 또 무슨 일이 있는 줄 알고 놀랐잖아요.

하지만.

―널 믿고 있다.

신뢰란 어째서 이렇게 기분이 좋은 걸까.

난 웃으며 말했다.

"믿어 주셔서 감사해요."

어두운 기사단 숙소 복도.

취침 시간이 지난지라 숙소는 고요했다. 음, 내가 이 시간에 여기에 온 걸 알면 애니는 어떤 표정을 할까.

난 몸을 부르르 떨었다.

엉덩이를 때릴지도 몰라.

그런 생각을 하고 난 명패를 다시 확인했다.

[에멜 아스트라다.]

혹시 자는데 깨우는 걸까? 하는 고민은 문틈으로 새어 나온 빛 덕분에 사라졌다.

똑똑똑―

문을 두드렸지만 안에서 답이 오지 않았다. 난 다시 복도를 바라보았다. 아직은 사람이 없지만 노크 소리를 듣고 다른 사람이 나올지도 모른다.

마음이 초조해졌다.

'으음, 얼른 나와요, 에멜.'

똑똑똑똑똑―

좀 더 빠르고 강하게 노크를 하자 드디어 안에서 소리가 났다.

"그만 좀 해."

문이 확 열리며 날카로운 목소리가 어둠을 갈랐다.

어, 음.

에멜은 날 확인하고는 눈을 크게 떴다. 난 어색하게 손을 들며 말했다.

"음, 안녕하세요?"

"아가씨?! 여기서 뭘 하시는―?"

에멜은 말하다가 확 목소리를 낮췄다. 그가 주변을 둘러보고는 날 방 안으로 잡아당겼다.

"한밤중에 여기서 뭘 하시는 겁니까? 대체 어떻게 나오셨어요?"

"하인들이 다니는 통로로."

어렸을 때 하도 다녀서 하인용 통로는 달달 외우고 있지요. 거기다가 카를이 알려준 비밀통로도 몇 개인가.

에멜은 뭔가 소리를 지르고 싶은 걸 꾹 참는 얼굴이 되었다. 그가 양손으로 얼굴을 몇 번 문지르더니 말했다.

"돌아가시죠. 바래다 드리겠습니다."

"에멜."

"네."

"나에게 화났어요?"

에멜의 동작이 딱 멈췄다.

"화가 났냐고요?"

그의 목소리가 낮아졌다. 나는 깊게 숨을 들이마셨다.

"네."

"왜 그렇게 생각하십니까?"

"몰래 엿봐서요."

에멜이 고개를 들었다. 그의 얼굴에서 표정이 훔쳐 낸 듯 일체 사라지고 없었다. 난 숨을 삼켰다.

나에게는 낯선 얼굴이다.

그러고 보면 처음 만났을 때 에멜을 선택한 것도 그가 나에게 웃어 줬기 때문이었다. 다정한 것 같아서.

그것만은 아니라는 걸 곧 깨닫기는 했지만.

'이렇게 보면.'

처음 만났을 때랑 하나도 변하지 않았다. 생각해 보니 아빠도 그래. 젊은 아빠의 범주를 벗어나는 기분까지 든다.

아스터 경도 그렇고—

역시 마스터의 경지는 다른 걸까?

그런 엉뚱한 생각을 하며 에멜을 바라보고 있으니 에멜이 물었다.

"아가씨는 저에게 화나지 않으셨습니까?"

"에멜이 날 속였다면요."

난 작게 말했다.

만약 에멜이 그동안 다정하게 대해 준 게, 그냥 기사와 아가씨였기 때문이라면, 좀 화가 날 것 같다.

에멜의 무표정한 얼굴에 금이 갔다. 그가 입술을 깨물었다. 난 그가 어떻게 대답할지 기다렸다.

속였다?

속이지 않았다?

쾅쾅쾅!

그때 엄청나게 큰 소리로 문을 두들기는 소리가 나서 난 펄쩍 뛰어오를 만큼 놀랐다.

'누구야? 이 한밤중에 뭐야?'

"야! 문 좀 열어 봐!'

로이?!

난 눈을 껌벅였다. 이 한밤중에? 로이가 왜 에멜을 찾아오지?

"내가 그만하라고 했잖아. 돌아가."

에멜이 낮게 말했다. 그러자 밖에서 짧은 침묵이 돌다가 로이가 으르렁거리듯 말했다.

"안 열면 부순다?"

"뭐?"

"빨리, 셋 셀 동안 열어."

어?

어어어어어?

내가 당황해서 어쩔 줄 모르고 있자, 에멜이 내 팔을 잡아끌더니 옷장에 집어넣었다.

자, 잠깐만요ㅡ!

어둡고 좁은 곳은ㅡ!

"문을 다 닫지 않겠습니다."

에멜이 작게 말해서 난 고개를 끄덕였다. 그렇다면 버틸 수 있다.

"셋ㅡ!"

로이의 외침과 동시에 에멜이 문을 열자, 로이가 돌진하듯이 안으로 뛰어들어 왔다가 간신히 멈춰 섰다. 어깨를 앞으로 하고 뛴 폼이, 진짜로 문을 부술 작정이었나 보다.

나는 숨을 죽이고 틈 사이로 두 사람을 지켜보았다.

대체 이게 무슨 일이람?

방금까지 뭔가 중요한 질문의 대답을 기다리고 있었는데…….

타이밍이 안 좋았다.

"빨리 말하고 나가."

에멜이 로이에게 차디찬 어조로 말했다. 로이가 에멜을 보다가 짧게 내뱉듯 말했다.

"미안."

"……뭐?"

"미안하다고."

"뭐가?"

"아가씨를 데리고 와서."

"됐으니까, 나가."

에멜이 로이를 밀어내며 말하자, 로이가 "야, 잠깐." 하고 그의 손을 밀쳐 내더니 말했다.

"아가씨에게 내가 이야기할게."

에멜이 순간 피곤한 얼굴을 하며 고개를 저었다.

"됐어."

맞아, 됐지.

왜냐면 지금 내가 여기 옷장에 들어앉아 있거든. 로이가 나에게 이야기하고 뭐 할 게 없어요.

"되기는 뭐가 돼. 아가씨에게 아까 실망한 거냐고 물어보니까, 그런 거 아니라고 하시더라. 표정도 괜찮았어."

"그냥 화나셨으니까."

"화?"

로이가 갸웃하더니 말했다.

"어지간한 일로 아가씨를 화나게 할 수는 없을걸?"

"네가 어떻게 알아?"

"내가 아가씨에게 네 엄마 창녀, 하고 말했는데도 화내지 않으셨거든."

"……뭐?"

에멜이 경악한 목소리로 말했고, 로이가 턱을 문질렀다.

"아니, 정확하게 그런 말은 아니었지만, 그런 뜻이었어."

에멜은 도대체 어떤 말을 해야 할지 모르겠다는 얼굴로 로이를 바라보다가 말했다.

"그렇다면 한번 화가 나시면 어떻게 될까?"

"글쎄. 상상이 안 가는데. 그런 사람이 더 무섭지 않나. 하여간, 그럴 일은 없다니까."

그 말에 에멜이 텅 빈 웃음을 터트렸다.

"그래? 이미 화나게 한 것 같은데."

뚝 하고 어딘가 가슴 안쪽에서 뭔가 끊어지듯 조이는 기분이었다.

날 화나게 했다는 거는…….

날 속였어.

에멜이 날.

에멜은 날 전혀 좋아하지 않아.

입술을 꽉 깨물었다. 하지만, 믿어지지가 않았다.

정말? 정말로 그런가?

앤의 말이 머릿속을 떠돌았다.

―애정은 가짜로 만들 수 없다.

"아니라니까."

로이가 손을 저었다. 그가 이어 말했다.

"만약에 네 이중인격에 충격을 받으셨다고 해도, 곧 괜찮아지실 거야. 네가 이렇게 죽어 가는 걸 알면."

죽어 가?

에멜은 팔짱을 꼈다.

로이는 불만스러운 얼굴로 그를 바라보다가 말했다.

"네가 나에게 달려들 줄 알았어. 그렇게 얼굴이 하얗게 질리는 게 아니라."

"나랑 싸우고 싶어서 이런 일을 벌인 거라고?"

"그런 건지도."

로이의 말에 에멜의 호박색 눈이 짙게 가라앉았다.

"싸우고 싶으면 그냥 싸우자고 말해. 이딴 식으로 하는 게 아니라."

"사실 좀 짜증도 났어."

로이의 파란 눈이 등불에 서늘한 빛을 발했다.

"나도 아가씨는 좋아하거든."

"무슨 소릴―"

"지금 공작가에서 아가씨를 싫어하는 사람은 아무도 없을 거야."

어, 음.

어쩐지 뺨이 달아오른다. 그런데 신기하다.

내 앞에 있을 때랑 로이는 또 느낌이 달랐다. 이건 어쩔 수 없는 건가 보다.

"그런데 넌 네가 가장 아가씨와 가깝다는 듯한 얼굴을 하고 있잖아. 여봐란듯이."

"안 그랬어."

"그랬어."

"그리고 그랬다고 한들 뭐 어쩌라는 거야, 그래서? 아가씨의 총애를 위해 다투기라도 하겠다고?"

"아니―"

로이는 말문이 막힌 듯하다가 한숨을 내쉬었다.

"너도 나처럼 끌어내리고 싶었던 것 같은데. 그런데 하고 나니까 아니라는 걸 깨달았어."

"끌어내려?"

"너랑 나는 다르니까."

로이의 말에 에멜이 살피듯 그를 바라보다가 힐끗 내 쪽을― 그러니까 옷장을 바라보고 말했다.

"나중에 이야기해. 지금은 돌아가고."

"아니, 지금 할래. 지금 아니면 못 할 것 같으니까."

"새벽 감성으로 감당하지도 못할 소리 늘어놓고 내일 후회하는 것보다는 아침에 정신 차리고 다시 생각해 보는 게 더 나을걸."

난 에멜의 말에 찬성했다.

로이야 에멜과 단둘이라고 생각하니까, 뭔가 내면의 이야기를 하려는 건지도 모른다. 뭐, 그거야 나쁘지 않다.

하지만 문제는 제삼자인 내가 여기 옷장에 웅크리고 앉아서, 이야기를 듣고 있다는 것.

그렇다고 이제 와서 튀어 나가기도 늦었다.

'진짜 곤란한데.'

―물이라도 퍼부어 줄까?

―불을 낸다든가?

알파와 엔드가 내 곤란함을 타파해 주려 의견을 제시했지만 난 단호하게 대꾸했다.

'둘 다 기각.'

알파가 잠시 고민하는 듯하더니 말했다.

―그러면 소리를 차단해 줄까? 안 들으면 되는 거 아닌가?

'그런 문제라면 좋겠지만…… 내가 여기에 있다는 것 자체가 문제인 거니까.'

나중에 발각돼서 '나 그때 귀 막고 듣지 않았어.'라고 말해 봐야 소용없을 것 같다.

내가 고민하는 그 짧은 사이 이미 로이는 이야기를 시작했다.

"맞아. 내일 후회하겠지. 그래도 하고 싶어."

"해서 후회할 이야기를?"

에멜이 기가 차다는 듯이 말하자, 로이가 약간 발끈했다.

"그래. 하여간 넌 그렇게 사람 깔보는 식으로 말하더라."

"네가 바보 같은 짓을 하니까 그렇지."

"난 그렇게 생각 안 해. 그야, 시골 남작의 사생아인 나와 달리 높은 후―"

퍽, 하는 작은 소리와 함께 에멜이 로이를 때렸다.

주먹으로.

얼굴을.

'어……?'

갑작스러운 상황에 당황해 내가 입을 헤 벌리자, 로이가 터진 입술을 어루만졌다. 에멜 역시 자신의 주먹을 보고 '아─' 하는 얼굴이었지만 로이는 히죽 웃었다.

"그래, 쳤다 이거지?"

로이가 에멜에게 달려들었고, 곧 두 사람은 난전을 벌이기 시작했다. 요란한 소리와 함께 가구들이 난리가 났다.

쾅─!

로이가 에멜을 옷장으로 밀어붙였다. 문이 요란한 소리와 함께 닫혔고, 난 숨을 삼키며 옷장 벽에 바싹 붙었다. 밖이 전혀 보이지 않는, 어둠 속에서 계속 싸우는 소리가 들려왔다.

좁고, 어둡고, 깜깜하고─

"흑─"

난 숨을 삼켰다. 옷장의 옷들이 날 내리누르는 것 같았다.

'숨 막혀, 숨─'

난 내 목을 붙잡았다.

"웃, 흐─"

숨이 쉬어지지 않는데, 몸이 점점 동그랗게 말리며 굳어 갔다. 호흡이 점점 빨라졌다.

숨을 들이마시려고 애쓰는데도, 숨을 쉴 수가 없어.

─에스텔?

─어이, 괜찮아?

폐에서 숨이 다 빠져나가는 것 같아. 괴로워, 아파. 숨을 못 쉬겠어.

"아가씨!"

그때 옷장 문이 활짝 열렸다. 에멜이 날 붙잡아 옷장에서 끌어냈다.

"아가씨?"

로이의 당황한 목소리가 들렸지만, 어떤 반응도 할 수가 없었다. 에멜이 내 코와 입을 손수건으로 덮었다. 난 고개를 돌렸다.

지금 숨을 못 쉬겠다니까!

"괜찮아요, 빠르게 쉬지 마세요. 괜찮습니다. 느리게 쉬세요. 느리게, 하나, 둘, 셋, 넷, 천천히 내뱉는 겁니다."

내 버둥거림에도 에멜의 목소리는 침착했다. 나는 격렬하게 몸을 떨면서 에멜의 말대로 하려고 노력했다. 점점 숨 쉬는 게 나아졌다. 눈꼬리에 걸린 눈물이 흘러내렸다.

"쉬이― 네, 그렇게요."

"아니, 아가씨가 왜 여기에―"

쾅쾅!

로이가 당황해하는데, 밖에서 문을 두들기는 소리가 요란하게 들렸다.

"안에 무슨 일이야?"

"에멜? 괜찮아?"

"이 문 좀 열어 봐."

로이가 외쳤다.

"시끄러워. 지금 진정했으니까 이제 다들 돌아가."

"로이? 너 왜 거기에 있어?"

"너 에멜이랑 싸우고 있는 거 아냐? 문 열어."

"정말로 괜찮다니까. 돌아가. 한밤중에 시끄럽게 해서 미안하다."

로이의 말에 밖에서 작게 웅성거리는 소리가 났다. 어떻게 할까 고민하는 중인 것 같았다.

"정말로 괜찮아. 내일 이야기할게."

그때 에멜이 목소리를 키워서 말했다. 그러자 잠깐 침묵이 맴돌더니 "알았어." 하고 밖의 사람들은 순순히 돌아갔다.

로이가 길게 안도의 한숨을 내쉬고는 내 옆에 무릎을 꿇고 앉았다.

"대체 왜 거기에―? 아니, 그보다 너 알고 있었어?"

에멜이 고개를 끄덕였다. 로이는 침음을 흘렸다. 로이의 얼굴은 상당히 엉망이었다.

이제 보니 에멜도 만만찮다.

난 이제 숨을 제대로 쉴 수 있어서, 에멜의 손을 밀어냈다. 에멜이 손수건을 내리며 물었다.

"괜찮으신가요?"

난 작게 고개를 끄덕였다. 심장이 아직 좀 두근거리기는 하지만 괜찮다.

'이제 괜찮아진 줄 알았는데.'

그냥 좁은 곳에 들어갈 일이 없었던 것뿐이었군.

에멜이 날 살짝 잡아당겨 자신의 어깨에 기대게 했다. 난 느리게 숨을 내쉬며 눈을 감았다.

"사실은 도대체 왜 이 시간에 아가씨가 여기에 있는 건지 추궁해야겠지만."

로이가 한숨 섞인 목소리로 이어 말했다.

"지금은 그렇게 하기도 뭣하네요. 바래다 드릴게요. 일어나실 수 있겠어요?"

난 고개를 저었다.

아니, 지금 이렇게 흐지부지되면 곤란하지.

"에멜."

"네."

"나 속였어요?"

에멜은 침묵했다. 로이가 눈을 찌푸리고는 뭐라고 하려는데 내가 먼저 말했다.

"사실은 나 싫은 거예요?"

"……네?"

"네에ㅡ?"

두 남자가 동시에 되물었다.

"제가 아가씨를 싫어한다고요?"

"속였다고 그랬잖아요?"

"제 본모습을요……?"

에멜이 애매한 목소리로 되묻듯이 말했다. 난 고개를 들어 그를 똑바로 바라보며 물었다.

"원래는 나도 그렇게 대하고 싶은데, 고용인이니까 참고 있는 거 아니고요?"

"아닙니다!"

에멜이 소리 지르듯 대답해서 난 깜짝 놀랐지만, 곧 가슴을 쓸어내렸다.

"그렇다면 됐어요."

씩 웃으며 난 에멜을 밀어내고 자리에서 벌떡 일어났다. 기분이 가뿐하게 좋아졌다.

난 로이에게 말했다.

"그러면 돌아갈래요. 바래다주지 않아도 괜찮아요."

"안 괜찮아요."

로이가 그렇게 말하고는 힐끗 문 쪽을 바라보았다.

"문으로 나가기는 이미 너무 소란스럽고…… 창문으로 나갈까요."

나와 로이는 조심스럽게 창문을 넘었다. 에멜은 약간 얼떨떨한 얼굴로 날 배웅해 주었다. 훈련장을 벗어나 정원으로 들어오자 로이가 길게 한숨을 내쉬고는 말했다.

"아가씨."

"응?"

"아가씨는 아가씨라고요."

"어ㅡ 그야 그렇지?"

"그게 아니라."

로이가 멈춰 서서 날 바라보았다. 그가 날 위에서 아래로 쭉 훑으며 말했다.

"아가씨는 미인이죠."

"고마워……?"

로이는 거침없이 말을 이었다.

"꿀 색 금발은 화사하고, 피부는 뽀얀 색이에요. 늘씬하니 화사해서 금방 시선을 끌죠. 특히 웃거나 하면 분홍색 눈동자가 별처럼 반짝이니까요."

어, 음ㅡ

뭔가 불편해서 나는 어색하게 몸을 틀었다.

"몸매도 이제 굴곡이 나오기 시작했는데, 아마 시간이 지나면 지날수록 더 뚜렷하게 나타날 거고요. 기대하고 있지만ㅡ"

"로이!"

내가 빽 소리를 지르자 로이의 얼굴이 진지해졌다.

"그게 문제라고요. 어렸을 때랑은 달라요. 저도 몇 년간 아가씨를 봐 왔지만, 그래도 '어?' 할 때가 있단 말입니다. 그렇다면 보통 사람들에게는 어떨까요?"

"행동거지를 조심하라는 이야기야?"

"그런 이야깁니다. 물론 아가씨가 샤프론을 데리고 다닐 거라고는 생각하지 않아요. 하지만 그것 자체가 엄청난 일이라고요."

로이가 길게 숨을 내쉬고 말했다.

"그러니까 한밤중에 이렇게 남자와 단둘이 방 안에 있는 일은 자제해 주세요."

"한밤중에 단둘이 정원에 있는 건 괜찮아?"

장난스럽게 되묻자, 로이가 진지한 얼굴로 고개를 끄덕였다.

"안 되지요. 그야 물론."

"하지만 로이와 에멜인걸~"

내가 웃으며 대답하자 로이는 다시 한숨을 내쉬고는 걷기 시작했다. 그가 불만스럽게 말했다.

"그런 식으로 생각하시면 안 된다니까요. 전 아가씨를 좋아한다고 요?"

하지만 날 그런 식으로 좋아하는 건 아니잖아?

어쩐지 들뜬 기분인지라 로이의 말에 장난스럽게 덧붙였다.

"에이, 하지만 나보다 엘런이 더 좋지?"

로이가 우뚝 멈춰 섰다. 그가 뒤를 돌아보더니 당혹스러운 얼굴로 물었다.

"엘런이 이야기했어요?"

"어……? 뭘?"

되묻자 로이가 재빠르게 다시 돌아서며 말했다.

"아무것도 아닙니다."

"뭐야, 뭐야. 거기까지 이야기하고 뭐가 아무것도 아니야."

"어린애는 몰라도 돼요."

"와— 방금까지 아가씨는 다 컸다는 식으로 이야기하더니."

"아무리 겉이 그럴싸해 봐야 내면은 꼬맹이거든요."

"아니거든?"

발끈해서 말하자 로이가 킥킥 웃으며 말했다.

"진짜 어른은 꼬맹이라는 말에 발끈하지 않아요. 자, 다 왔습니다. 방 앞까지 데려다드리고 싶지만, 그러면 너무 눈에 띄겠지요. 어떻게 나오신 거예요?"

"하인들 통로로."

내 말에 로이는 에멜과 비슷하게 눈을 찡그렸다. 킥킥 웃으며 로이에게 손을 흔들고 나는 얼른 뒷문으로 들어갔다. 하인들도 잠든 시각이라 통로는 텅 비어 있었다.

발꿈치를 들고 조용히 복도를 지나서 난 정확하게 내 방으로 들어가는 문을 열었다. 방은 조용했다.

침대로 꾸물꾸물 들어가자 곧 졸음이 밀려왔다.

'만족스러운 밤이었어.'

한밤중에 모험한 보람이 있다.

난 그렇게 생각하며 눈을 감았다.

*　　　*　　　*

난 마중을 위해서 현관으로 나섰다. 눈에 확 들어오는 붉은 머리카락을 가진 남자가 마차에서 가볍게 뛰어내려 날 보고는 씩 웃었다.

"꼬맹아."

"제온."

내가 웃으며 가볍게 옷자락을 잡고 인사하니 제온이 귀족식으로 정중하게 마주 인사했다.

"왜 이렇게 일찍 온 거예요?"

"귀찮아서."

"네?"

"부모님 잔소리에서 도망쳤어."

제온의 말에 난 웃음을 터트렸다.

"무슨 잔소리이길래요?"

"결혼?"

"아, 저런."

난 심각한 얼굴을 지으려 애쓰며 말했다.

"그거 심각하네요."

"심각하지."

제온은 그렇게 말하며 고개를 끄덕였다. 내가 앞장서서 걸으며 말했다.

"방은 예전에 썼던 데로 정했어요."

"아, 나 그 방 좋아."

"그렇다면 다행이네요."

"카를은?"

"오라버니는 아마도 성인식에 아슬아슬하게 돌아오지 않을까요."

"카를답네."

"답죠. 그러고 보니 리들도 온다고 그랬는데."

"알고 있어."

제온이 간결하게 대답하고 고개를 끄덕였다.

"그래서 선물은 정했어?"

제온의 물음에 난 고개를 젓고 말했다.

"아직이요. 그래서 마을에 가 보려고요."

"마을에?"

"네."

"그거 좋네. 같이 갈까?"

그 말에 난 갸우뚱했다가 대답했다.

"하지만 저 마차 타고 가지도 않을 거고— 옷도 평범하게 입을 거예요. 그래도 괜찮아요?"

"아, 평민 놀이?"

"그렇게 말하니까 뭐랄까, 엄청나게 안 좋은 뉘앙스로 들리는데요."

내가 눈을 찡그리며 말하자 제온이 히죽 웃었다.

"그러면 잠행? 어느 쪽이든, 나 잘해. 많이 해 봤거든."

난 잠시 고민하다가 고개를 끄덕였다. 어차피 카를의 선물을 고르러 가는 거니까, 친구인 제온이 함께 있으면 고르기 더 쉬울 거다.

"알겠어요. 같이 가요."

그러면 일행이 좀 늘어나겠는걸.

뭐, 여럿이 가는 편이 더 즐거우니까.

제온이 내 말에 고개를 끄덕이며 "기대된다." 하고 웃었다.

"자주 가 봤다면서요?"

"그야 내 영지에서는 그렇지만. 카스티엘로 공작령은 완전히 다르잖아? 여기서 가장 가까운 마을이면 베르쥬지? 가장 번화한 도시 중의 하나니까."

"그렇군요."

으음, 번화한 도시라는 건 알고 있었지만, 제국에서 손꼽힌다는 건 몰랐는걸. 그래도 카스티엘로 영지인데, 아무래도 꼼꼼하게 공부해 두는 게 좋지 않을까.

문 근처에서 기다리던 로이가 제온에게 가볍게 인사했다. 제온이 손을 들어 인사하다가 물었다.

"그런데 말야, 나 예전부터 궁금한 게 있었는데."

"뭔가요?"

로이가 되묻자 제온이 진지하게 말했다.

"혹시 꼬맹이의 호위는 얼굴 보고 뽑는 거야?"

로이는 멍하니 제온을 보았다가 크게 웃으며 말했다.

"그럴 리가요?"

"그래? 얼굴 보고 뽑는 줄."

제온은 그렇게 대답했고, 나도 웃어 버렸다.

"그럼 어떻게 뽑힌 거야?"

"그야 치열한—"

"싸움?"

"제비뽑기로요."

로이의 말에 제온의 표정이 묘해졌다. 난 킥킥 웃으며 말했다.

"그러면 짐을 올려 두라고 이야기할게요. 그런데 제온, 마을에 입고 갈 옷은 있어요?"

"음, 아마 찾아보면 한 벌 정도는 있을 거야."

"알겠어요. 그렇다면 오늘은 피곤할 테니까 쉬고, 내일 아침에 출발하는 걸로 할게요."

"좋아."

제온은 고개를 끄덕이고 가볍게 내 머리를 토닥이고는 휭 하니 자기 방으로 올라갔다.

이제 익숙해서 시종의 안내도 필요 없군.

생각해 보면 꽤 뻔뻔한 것 같으면서도, 귀족이니까 가능한 것이 아닌가 하는 생각도 들었다. 보통 남의 집에 머물 때 폐라고 생각하는 건 상대가 불편하거나, 비용적인 문제인데. 저택은 넓으니까 마주치거나 하면서 불편한 일은 거의 없고, 사교는 일상이니 그건 문제가 되지 않는다.

그리고 비용적인 문제.

그걸 생각하는 귀족은 아마 거의 없지 않을까?

난 그렇게 생각하며 아직도 웃고 있는 로이를 데리고 내 방으로 돌아왔다.

침대 시트를 여름용으로 교체해야 한다며, 무늬를 고르고 있던 제인과 스테파니가 내 소식에 고개를 들었다.

"그럼 내일 가시는 건가요?"

스테파니의 확인에 난 고개를 끄덕였다. 그녀의 얼굴이 살짝 어두워져서 난 되물었다.

"왜? 무슨 일 있어?"

"네? 아니에요."

스테파니가 고개를 젓자, 제인이 놀리듯 말했다.

"내일 데이트할까 했는데, 아가씨와 마주칠까 봐 그런 거지요."

"어? 그런 거야?"

"제인!"

스테파니가 찰싹 제인의 허벅지를 때렸다. 엄청나게 찰진 아픈 소리가 났다.

"괜찮아요. 그런 거 아니에요."

스테파니가 날 향해 고개를 저었다. 아니, 스테파니 남자 친구가 있었어?

하긴, 있을 나이기는 하지.

"누군지 물어봐도 돼?"

스테파니가 곤란한 얼굴을 해서 난 고개를 저었다.

"말 안 해도 괜찮아."

"그게, 아가씨 호위 중 한 분이에요."

그렇게 말하고 스테파니는 얼른 입을 다물었다.

엑? 엑엑엑?

진짜로 놀랐다. 내가 아는 두 사람이 사귄다고?

'로이는 엘런이랑 뭔가가 있는 것 같고…… 그렇다면 진이나 에멜인데…… 진은 어쩐지 연애에는 관심이 없을 것 같단 말야. 에멜인가?'

"그렇구나……."

하긴 스테파니는 미인이니까, 에멜과 어울린다.

어울려. 어울리는데. 어울리지만.

"축하해야 하나? 축하해야 하는 거지? 축하해."

축하 인사를 하는데 기분이 좋지 않았다. 좋지 않으면 안 되는데도 좋지 않아서, 내 목소리는 꾸며낸 듯 생각보다 훨씬 더 들뜨고 높게 나왔다.

말하니 스테파니가 웃었다.

"딱히 축하할 일은 아닌 것 같지만, 그렇게 말씀해 주셔서 감사해요. 아가씨."

내가 아는 사람들끼리 사귄다니 묘한 기분이다. 신기하다. 그리고 불쾌했다.

'왜?'

내 감정에 스스로 놀랐다.

"아가씨, 제온 도련님은 잘 만나고 오셨어요?"

스테파니의 물음에 난 고개를 끄덕였다.

"아, 맞다. 응, 내일 제온도 같이 가기로 했어."

"어머? 제온 도련님도요?"

"응."

제인이 실실 웃으며 말했다.

"역시 제온 도련님도 아가씨에게 관심이 있는 거 아닐까요?"

"말도 안 돼."

난 손을 저었다.

"관심 있는 여자를 꼬맹이라고는 안 부르지. 그러고 보니 제인 요즘 연애에 관심 많은가 봐?"

하는 이야기마다 어째 전부 연애 이야기로 넘어간다.

내 말에 제인의 뺨이 붉어졌다.

"관심이야 있죠."

그녀가 자신의 빨강 머리를 흔들어 보이고 말했다.

"하지만 이런 빨강 머리에 주근깨투성이 여자애를 누가 좋아하겠어요? 아가씨나 스테파니처럼 금발이면 좋았을걸요."

"무슨 말이야? 제인 귀여워."

내가 깜짝 놀라 말하자 제인이 주근깨투성이인 콧잔등을 접으며 말했다.

"아가씨에게 그런 말을 들어도 모르겠네요~"

"쓸데없는 이야기를 하고 있구나."

뒤에서 애니의 목소리가 들려왔다. 제인은 놀라 얼른 고개를 숙였다. 돌아보니 애니가 약간 기분 나쁜 듯한, 나무라는 얼굴을 하고 있었다.

"어? 아냐, 괜찮아—"

"뭐가 잘못된 건지 모르실 때는, 괜찮다고 하지 말아 주세요."

애니의 말에 난 입을 다물었다. 그래, 뭐가 잘못됐는지 모른다. 하지만 별로 잘못한 거 없는 것 같은데⋯⋯

애니가 제인과 스테파니를 바라보자 두 사람은 고개를 숙였다.

"죄송합니다."

"잘못했습니다."

어? 어어? 뭘?

당황하는 나를 두고 애니는 가볍게 한숨을 내쉰 뒤에 말했다.

"제온 도련님과는 이야기 잘 하셨나요?"

"네, 네에. 내일 같이 내려가기로 했어요."

"알겠습니다."

애니는 고개를 끄덕였다.

"아가씨."

"네."

자세를 바로잡으며 대답하자 애니가 살짝 웃었다.

"저녁 식사 준비하세요."

*　　*　　*

다음 날 아침 나는 옷을 입고 한 바퀴 돌아보았다.

거친 갈색 면직물로 된 옷자락이 가볍게 펄럭였다. 애니가 앞치마를 둘러 주며 말했다.

"천을 조금 넉넉하게 쓰기는 했지만, 성에서 나온 하녀라면 이 정도는 괜찮아요."

스테파니가 옆에서 말했다.

"그런데 아가씨 머리가 너무 눈에 띄지 않나요?"

"모자를 쓰는 게 어때요?"

제인이 장식 없는 단순한 스타일의 보닛을 내밀며 물었다. 애니는 고개를 끄덕였다.

머리를 남김없이 틀어 올리고, 보닛을 쓰고, 색이 들어간 뿔테 안경까지 쓰고 나니, 그럴 듯했다.

"아가씨로는 안 보여요."

"맞아요. 눈도 그렇게 보니까 분홍으로는 안 보이네요."

두 사람이 번갈아 말했다. 최종적으로 애니가 고개를 끄덕이고 나서야 나는 방을 나올 수 있었다.

아래층에서 기다리던 제온이 "오." 하고 날 올려다보았다.

"그렇게 보니 꼬맹이로는 안 보이네."

하지만 신기하다거나 그런 식의 어투가 아니라 묘한 어투였다.

"이상해요?"

얼른 계단을 달려 내려가 묻자 제온이 가볍게 웃었다.

"아니. 행동은 딱 꼬맹이네."

제온은 셔츠에 바지, 조끼를 걸치고 있었다. 평소와 같은 구성이라면 구성이지만, 옷감의 재질이 달라지니 완전히 느낌도 달랐다.

제온이 헌팅캡을 가볍게 눌러쓰고 말했다.

"그러면 갈까?"

"잠깐만요, 앤도 와야 해요."

"앤? 아아. 걔를 데리고 가려고?"

제온의 말에 난 고개를 끄덕였다. 잠시 후 앤이 빠른 걸음으로 계단을 내려왔다.

"늦어서 죄송합니다. 머리 때문에 시간이 좀 걸려서⋯⋯."

앤은 갈색 가발을 쓰고 있었다. 거기에 평소와 달리 드레스 차림인 그녀는 전혀 다른 사람처럼 보였다.

"앤! 진짜 잘 어울려. 다음부터는 치마 입어."

내 말에 앤이 수줍게 웃으며 말했다.

"치마 입고는 실험하기가 불편해요. 안녕하세요, 제온 백작 영식."

앤이 고개를 숙여 제온에게 인사했다. 제온은 턱을 문지르며 앤을 보다가 고개를 까닥했다.

"가리니까 괜찮겠지. 그러면 이제 끝난 거지? 뭐 더 줄줄 데리고 갈 사람 없는 거지?"

제온의 말에 난 웃으며 고개를 끄덕였다.

"아직 있습니다."

"에멜?"

돌아보니 에멜이 살짝 웃으며 가볍게 인사해 보였다. 제온이 눈을 찌푸리고 날 보았다.

"호위까지 데리고 갈 거야?"

"네? 하지만─"

"저런 거 붙어서 가면 완전히 티 난다고. 검까지 차고."

"호위도 없이 아가씨를 보낼 수는 없습니다."

"그건 네 사정이고. 여기 마법사도 있고, 나도 있잖아? 게다가 그 마을의 치안이 나쁜 것도 아니고."

제온이 그렇게 말하고 날 보았다.

"정말로 데리고 갈 거야?"

그게…….

제온은 어차피 그걸 결정하는 건 나라는 듯이 말하고 있었다.

'어라? 그런가?'

난 곰곰이 생각해 보았다. 확실히 몰래 내려가는 일에 에멜까지 끌고 가면 좀 그렇기는 하지.

평범한 사람 셋에 검을 든 기사가 붙어 있는 게 얼마나 이상하겠는가?

나도 정령이 있으니까.

게다가 어차피 에멜은 스테파니와 시간을 보내야 하지 않아? 나보다 그쪽이 더 신경쓰일 텐데.

나도 모르게 뾰족하게 말이 튀어나왔다.

"오늘은 괜찮아요. 셋이서 갈게요."

"아가씨."

에멜이 눈을 찌푸리며 항의했다. 제온이 씩 웃으며 내 팔을 잡아끌었다.

"그럼 그렇게 결정한 거니까."

제온은 뛰기 시작했다. 난 어어, 하고 제온에게 끌려 뛰기 시작해서 정원을 반쯤 지날 때까지 전력으로 뛰었다. 평소보다 치렁치렁하게 입지 않으니, 바지를 입었을 때보다는 못하지만 그래도 뛸 만했다.

한참을 뛰고 난 멈춰 섰다. 숨이 턱까지 차올랐다. 너무 숨이 차서 제대로 웃을 수도 없었다.

"대체, 뭐, 예요?"

할딱이며 묻자 제온이 숨을 고르며 말했다.

"저렇게 감시하기 위해 붙는 인간 딱 질색이야."

제온이 그렇게 말하고 시선을 뒤로 돌렸다.

감시하기 위해 붙는 사람.

에멜이나 진, 엘런을 그렇게 생각해 본 적은 없었다.

앤이 헐레벌떡 달려오며 숨을 몰아쉬었다.

"왜, 왜…… 뭐, 신……."

그녀는 헐떡이며 말하다가 입을 꾹 다물었다. 아무래도 숨 때문에 말을 제대로 못 하는 게 마음에 들지 않는 모양이었다.

"어때? 따라오는 것 같았어?"

제온의 말에 앤은 고개를 좌우로 흔들었다.

"좋았어."

제온이 고개를 끄덕이고, 나와 앤에게 말했다.

"걷자. 이렇게 멈춰 있는 것보다 좀 움직이는 게 숨이 덜 찰 거야."

난 반신반의하면서도 제온의 말에 따라 걷기 시작했다.

길 중간에 우리는 운 좋게 수레까지 얻어 탔다. 느릿한 속도의 수레로 30여 분쯤 걸려 우리는 베르쥬에 도착했다. 가는 내내 나는 에멜과 스테파니 생각에 기분이 좋지 않았다.

떨쳐내야 하는데도, 잘 떨어지지 않았다.

하지만 마을에 도착하자 두 사람에 대한 생각은 싹 사라졌다.

"굉장하다……."

사람이 많이 모여 있는 활기찬 마을은, 그것만으로도 압도적인 뭔가가 있었다. 2, 3층의 높은 건물들은 틈 없이 딱 붙어서 서 있고, 그 사이의 길도 넓어서 수레나 마차가 양측 통행을 할 정도였다.

건물의 색은 붉은 색조들로 정해져 있는 것인지 다들 채도의 높고 낮음은 있지만 붉은색으로만 칠해져 있었다.

'아, 하델에게 배운 대로네.'

근처에 붉은 페인트로 쓰이는 흙이 나오는데, 방충과 방수에 탁월해서 이 근처 마을은 대부분 붉은색이라고 했었다.

'공작저는 아니지만요.' 하고 덧붙였었지.

배우는 것과, 배운 것이 실제라는 걸 눈으로 확인하는 것은 전혀 다른 것이었다. 두근거리는 마음이 되어 난 걸음을 옮겼다. 제온이 주변을 살펴보며 말했다.

"자, 그러면 어디부터 가 볼까? 일단 배부터 채울까?"

"식사요?"

"그래. 움직이기 전에 채워야지."

제온의 말에 난 킥킥 웃으며 고개를 끄덕였다.

"좋아요. 그런데 먹을 만한 곳은 알아요?"

"몰라. 이렇게 보다가― 맛있을 것 같으면 들어가자고. 뭐 못 먹는 거 있어?"

"없어요. 앤은?"

"저도 괜찮아요."

"알았어."

제온이 고개를 끄덕였다. 정말로 익숙한 폼이라 나도 모르게 물었다.

"제온은 자주 이렇게 다녀요?"

"응, 꽤."

"여행 다니는 건가요?"

"그러고도 싶지만, 일단은 그냥 근처 영지나 돌아다니는 거지. 뭐, 영지민의 실생활을 볼 수 있어서 도움이 되고."

목소리를 낮춰 제온이 뒷이야기를 했다.

'영지민의 실생활.'

갑자기 여러모로 반성이 되기 시작했다. 카스티엘로 공작가의 딸로 누리면서도 딱히 바깥은 생각해 보지 못했다.

'켈슨에게 이야기해서 조금 배워 볼까?'

그런 생각을 하는데 제온이 "저기 괜찮을 것 같은데?" 하고 손가락으로 근처 가게를 가리켰다.

보니 낡기는 했지만, 깨끗하게 청소하고 있는 게 보이는 식당이었다. 안에 손님들도 꽤 들어차 있었고―

"메뉴가 뭐죠?"

"소 내장."

"으."

내가 짧게 소리를 내자 제온이 킥킥 웃고 말했다.

"싫어? 맛있을걸."

"좋아요. 가 봐요."

난 고개를 끄덕이고 앤을 돌아보았다.

"앤은? 괜찮아?"

"네."

앤은 고개를 끄덕였다. 우리는 당당하게 안으로 들어갔다.

입구 근처의 테이블에 앉아서 제온은 가장 잘나가는 걸로 세 개를 달라고 부탁했다.

난 속삭였다.

"얼마예요?"

"동화 두 개."

제온의 대답에 난 내가 가지고 있는 돈을 생각하며 눈을 크게 떴다.

"엄청 싸네요?"

"내장이잖아."

제온의 대답에 난 '그런가.' 하고 고개를 끄덕였다. 고기에 비해 내장은 싸니까.

저렴한 단백질원이라는 거겠지?

요리는 금방 나왔다.

나는 눈을 가늘게 뜨고 커다란 접시에 담긴, 뜨거운 김이 펄펄 올라오는 음식을 바라보았다.

"냄새는 그럴듯한데요?"

"좀 맵지만, 맛있는데? 얼른 먹어 봐."

제온은 벌써 한입 입 안에 넣고 말했다. 조심스럽게 나무 숟갈로 국물을 맛보고 난 눈을 동그랗게 떴다.

'맛있어?'

뭐랄까? 곱창전골 같은 맛이었다. 적당히 맵고, 시원하고. 안에 들어 있는 곱창도 쫄깃하고 맛있었다. 감자도 들어가 있었는데, 향신료가 뭔지는 모르지만 누린내도 나지 않고 잘 어울렸다.

"앤은 어때?"

내가 묻자 앤이 고개를 끄덕였다.

"맛있어요. 왜 사람이 많은지 알겠네요."

난 고개를 저었다.

"앤, 여기서는 말을 놔야지. 잠행 중이잖아."

그 말에 앤이 "그런 건가요?" 하고 곤혹스러워하다 고개를 끄덕였다.

"알겠어."

"좋아."

난 씩 웃고 다시 요리에 집중했다. 내장 요리 같은 경우는 식탁에는 전혀 오르지 않는 요리이다 보니 신선했다.

염통이나 간도 먹을 만했고…….

우리 셋은 깨끗이 접시를 비우고 일어났다. 배가 너무 불러서 정말로 열심히 걸어야겠다, 하는 마음이 들었다.

처음으로 지갑에서 동전을 꺼내서 결제를 하는 것도 즐거웠다. 난 동전 여섯 개를 내밀고, 가벼운 발걸음으로 가게를 나왔다.

맵고 뜨거운 것을 먹었더니 전투적인 마음이 되었다.

"그럼 이제 상점을 보러 가요."

내 말에 제온이 고개를 끄덕였다.

"일단 마을 구조가 어떤지 한 바퀴 돌아보자고."

"네."

난 그 말에 찬성하며 발걸음을 옮겼다. 여기저기 둘러보며 한참을 걷는데 제온이 말했다.

"꼬맹아."

"네."

"아까 생각한 건데, 너 사용인이랑 너무 가까워."

"네?"

"네가 상급자라는 생각은 가지고 있는 거야?"

제온의 말에 난 할 말을 잃었다. 어, 내가 더 상급자라는 의식?

내가 말을 하지 못하고 머뭇거리자, 제온이 드물게 한숨을 내쉬었다.

"그럴 줄 알았다. 너 너무 고용인들이 기어오르게 두지 마."

"하지만…… 가족 같은 존재라고 생각하고……."

"가깝게 지내지 말라는 게 아냐. 네가 고용인이라는 사실은 명확하게 하라고. 그쪽이 너보다 위라고 생각하게 하지 말고."

"……."

대답하지 못하고 난 생각에 잠겼다. 그런가?

내가 잘못하고 있는 걸까?

"애정과 충성은 다른 거야."

제온은 그렇게 말하고 내 등을 가볍게 찰싹 때렸다.

"카스티엘로야 워낙 뻑뻑하기는 하지만. 넌 아니니까."

"잘못하고 있는 걸까요?"

내 말에 제온이 "글쎄." 하고는 말했다.

"그거야 네가 어떻게 되고 싶으냐에 달렸지."

"제가요?"

"그래."

제온이 대답하다가 턱짓했다.

"저런 건?"

내 시선도 길 건너편으로 넘어갔다. 곧 대장간이 눈에 들어왔다. 그 앞에 나란히 걸린 칼들이 햇빛에 반짝였다.

"칼은 아빠가 좋은 걸로 사 주실 것 같아서요."

"그런가? 베르쥬는 확실히 다양하게 물건을 갖춰 두고 있네."

"그래요?"

"그래. 일단 공작가에서는 길을 닦는 거에 돈을 아끼지 않으니까."

"다른 곳은 그러지 않아요?"

"군대."

"네?"

"길을 잘 닦아 놓으면, 적이 쳐들어올 때도 빠르잖아."

"아."

그건 생각도 못 했다. 제온이 느긋하게 길거리 좌판을 살피며 말했다.

"카스티엘로는 올 테면 와라. 하는 느낌이니까."

"그건…… 부정할 수 없네요."

내가 진지하게 긍정하자, 제온이 싱긋 웃었다. 문득 나는 어떻게 제온이 카를과 가까워졌는지 궁금해졌다.

"제온."

"응?"

"제온은 어떻게 오라버니와 친구가 된 거예요?"

"아, 그거?"

제온이 픽 웃었다. 그가 주변을 둘러보고는 몸을 낮춰 나에게 속삭였다.

"이유는 간단해. 카를 카스티엘로가 진짜 재수 없다고 생각했거든."

내가 놀라 그를 바라보니 제온이 장난스럽게 웃고 있었다.

"재수 없다고요?"

"아, 그게 말야."

제온은 계속 걷자고 손짓하고는 걷기 시작했고, 난 얼른 그 옆에 따라 붙었다.

"카스티엘로를 처음 보는 사람은, 진짜 쫄아."

쫄아. 저 말은 안다. 하델은 비속어라고 했지만, 로이가 잘 쓰거든.

"그래요."

난 리리아의 반응을 생각했다. 덜덜 떨면서 나중에는 울음까지 터트렸었지.

"나도 떨리더라. 그리고 그다음은 뭐가 솟구치는지 알아?"

난 고개를 저었다. 나는 한 번도 경험하지 못한 경험이다.

"적의."

제온의 말에 난 가볍게 숨을 삼켰다. 제온이 내 허리를 가볍게 잡아당겼다.

"조심해."

"아, 앗. 네."

뒤에서 수레가 빠른 속도로 오고 있었다. 나와 제온은 길 한쪽으로 붙어 섰다. 뒤돌아보니 앤이 바로 뒤에서 따라오고 있었다.

"후작가들이 그렇게 이를 득득 가는 것도 이해가 가. 특히 레이몬드 후작가와 자몬 후작가는 카스티엘로 영지와 붙어 있으니까."

"생리적으로 싫은 데다가, 외교적으로도 싫은 거군요."

내 한숨 섞인 말에 제온이 고개를 끄덕였다.

"그래서요?"

"어?"

"그런데 오라버니와 어떻게 친해지신 거예요?"

"그래서 그 녀석 근처로 아무도 안 가더라. 다들 바라보고 수군거리고. 뒤에서 그 눈동자 봤냐고, 아무리 능력 좋으면 뭐하냐고, 괴물인데 하고 말하면서."

나는 미간을 좁혔다. 제온이 그런 내 뺨을 가볍게 찌르고 말했다.

"그런 얼굴 하지 마. 그 자식들이 더 열 받은 건, 카를은 전혀 신경 안 쓴다는 거였으니까."

"아, 하긴요."

발밑에서 쥐새끼들이 찍찍거리는 게 성가시고 발로 차 버리고 싶기는 해도, 거기에 쫄거나 마음 상하지는 않지.

제온이 이어 말했다.

"그래서 난 그게 좀 싫더라."

"한 사람을 괴롭히는 게요?"

"아니. 본능대로 내가 반응하는 게."

"……그건 신선한 시각이네요."

"본능을 제어하기 위해서 내가 받았던 교육과 이성적인 논리들이 발가벗겨지는 것 같은 불쾌감이 들었어. 그래서, 친구가 되기로 했지. 사실 지금도 그 자식과 친구인지는 모르겠지만."

"친구예요."

내가 힘주어 말하자 제온은 피식 웃었다.

"카를도 그렇게 생각하면 좋겠네. 관계는 한쪽만의 것이 아니니까."

"만약 정말로 싫었다면, 제온이 오지 못하게 했을 거라고 생각해요. 자기 마음에 들지 않는 짓을 하게 하는 사람은 아니니까요."

"하긴."

제온은 고개를 끄덕였다. 그가 날 바라보고는 말했다.

"이제 와서 하는 말이지만. 그런데 나 정말로 상당히, 아주, 공포스러웠다."

"뭐가요?"

"네가 납치당했을 때. 카를."

"……."

난 살짝 입을 벌렸다. 제온은 눈을 찌푸리고 말했다.

"진짜로, 사람 몸에서 피비린내가 나더라. 피가 옷에 그대로 묻은 채로 등교하기도 하고. 낮에는 책상에서 엎드려 자는데, 아무도 터치 못 하는 거야."

제온이 날 힐끗 보았다. 그의 녹색 눈동자가 어두워졌다.

"그때 네게 정말로 무슨 일이 생겼다면 어떻게 됐을까? 사실 네가 돌아오고 나서도 상태가 진짜 안 좋았거든. 그나마 나아지기는 했지만."

"그랬군요……."

"그러니까 다치거나 죽지 마. 진짜, 감당 못 하겠으니까. 아니, 어쩌면 네가 없어지면 카스티엘로 공작가는."

그는 눈을 찌푸렸다가 농담이라도 하듯 웃었다.

"무섭다고, 정말."

제온이 가볍게 말했지만 난 진지하게 고개를 끄덕였다.

"절대로 그러지 않을게요."

"그래."

제온은 그렇게 말하고 손으로 길을 가리켰다.

"이제 여기가 상업 지구인가 본데? 운이 좋은 것 같네. 마침 오는 날이 장날이니."

얼른 시야를 드니 거리에 빽빽하게 좌판이 들어선 것이 보였다. 사람들이 수레를 그 사이로 열심히 밀며 반쯤 달리고 있었고, 흥정하는 소리와 길 비키라는 소리가 혼재되어 들려왔다.

"그럼 둘러볼까?"

"네!"

난 씩씩하게 대답한 후, 앤의 손을 잡아끌었다.

"앤도 마음에 드는 거 있으면 골라, 내가 사 줄게."

"아니에요, 아니, 아냐."

"아니긴. 나 용돈 두둑하니까, 꼭 이야기하기다?"

난 앤에게 재차 이야기하고 걷기 시작했다.

정말로 별의별 것을 다 팔고 있었다. 옷감부터 시작해서 살아 있는 닭이며, 토끼까지 팔지 않는 게 없어 보였다.

처음 보는 과일이나 채소들도 잔뜩 있었다.

'식탁에 올라오는 건 봐도, 원형은 본 적이 없으니까.'

그렇게 생각하며 난 찬찬히 물건을 살폈다. 혼잡하게 섞여 있는 것 같아도, 곧 순서대로 정렬되어 있다는 걸 알 수 있었다. 처음에는 과일이나 야채 같은 것을 팔고, 그다음은 고기를, 그 다음은 살아 있는 생물을 팔고 그 뒤로 잡화를 팔았다. 잡화도 비슷한 종류끼리 모여 있어서 돌아보기가 쉬웠다.

앞쪽은 구경만 하고, 나는 뒤쪽으로 빠르게 이동했다.

옷감이나 천은 가져가 봐도 쓸 곳도 없고…… 뭘 사야지 잘 샀다는 이야기를 들을까……?

그때 내 눈에 깃털과 돌을 주렁주렁 달아 놓은 것이 눈에 띄었다.

"저게 뭐지?"

내가 갸웃하자 제온이 "부적이야." 하고 설명했다.

"부적이요?"

"응, 성좌제에 별 다는 거 있지?"

"네. 소원 빌어서 장식으로 말이죠?"

"응. 그런 거 비슷한 거야. 별이 아니라 원형이나, 사각이나, 삼각도 있고…… 각각 소원에 따라서 모양이 다르지. 그 세 가지를 다 합쳐 둔 것도 있고."

"아, 그러네요."

"저걸로 하려고?"

"으음, 좀 더 고민해 보고요."

난 그렇게 말하며 시선을 다른 곳으로 옮겼다. 제온은 꾸준히 이상한 물건을 나에게 권했다.

가짜 수염이나, 가짜코 안경 같은 것들…….

"이런 걸 쓰면 좀 더 친근하게 보일 거야."

하는 말을 하면서.

난 잠깐 카를이 가짜코 안경을 쓴 모습을 생각해 보았다. 웃긴데, 웃으면 안 될 것 같은 기분이 든다.

역시 이건 배제하자.

"전 진지하게 선물을 고르고 있다고요."

힘주어 하는 말에 제온은 "그래, 그래." 하고 고개를 끄덕였다.

앤이 그때 내 소매를 살그머니 잡아당겼다.

"어? 왜? 마음에 드는 거 있어?"

"저거 어때?"

앤이 가리키는 곳을 바라보고 나는 눈을 크게 떴다.

거기는 날개 달린 흑표범 조각상이 있었다. 나무를 깎아서 만들고 검은색 칠을 했는데, 눈도 붉은빛을 띠고 있었다.

카스티엘로 가문의 상징.

그러고 보니 왜 날개 달린 흑표범이 카스티엘로 가문의 상징인 걸까?

"어, 몰라?"

제온의 말에 난 화들짝 놀라 고개를 들었고, 앤이 옆에서 속삭였다.

"입으로 말했어."

"아."

나도 모르게 그만.

"제온은 알아요?"

"알지. 저게 카스티엘로 가문에 힘을 준 마족이잖아."

"네?"

"저런 모습으로 나타났다고 하던데? 그래서 저게 카스티엘로의 상징이라고 알고 있어."

"그랬군요……."

지금 처음 알았다.

너무 당연히 아는 이야기라고 생각해서 알려 주지 않았던 걸까.

"아!"

갑자기 반짝 좋은 생각이 났다.

"앤, 고마워!"

난 앤의 손을 잡고 흔들며 제온에게 말했다.

"근처에 어디 세공하는 곳이 있을까요?"

"찾아보거나 물어보면 되지."

제온이 그렇게 말하고는 "뭐하려고?" 하고 물었다. 난 싱글싱글 웃으며 말했다.

"참 팔찌를 만들려고요."

다행히도 아직 시간적 여유가 있으니까, 어떻게든 되지 않을까?

"좋아. 그러면 가 보자."

제온이 모자챙을 가볍게 들어 올리며 말했다.

우리는 곧 장을 지나서 다른 골목―한적하고 걸어 다니는 사람이 극히 드물고, 전면이 유리창으로 되어 있는—으로 들어섰다. 아무래도 귀족이나 부유한 손님을 주로 상대하는 가게 같았다. 유리창을 하나하나 살피다가 보석점을 발견하고 제온은 거침없이 문을 열었다.

"어서 오십……시오."

인사가 한 박자 느려졌다. 왜 그러지? 하고 생각했다가 곧 깨달았다.

'옷차림 때문이구나.'

잘 쳐줘야 성에서 일하는 하녀.

그런 하녀가 이런 보석 가게에 올 일은 드물 테니까.

"물건을 보려는데."

제온이 말을 꺼내자 점원이 헛기침을 하고 말했다.

"어떤 물건을 보시나요?"

말투가 묘하다.

"은 제품을 주문할까 하고."

제온의 말에 점원은 싱긋 웃으며 말했다.

"가게의 은 제품은 최소 10골드부터 시작합니다."

네가 살 수 있겠냐? 하는 어조였다. 제온이 눈을 찌푸렸다가 말했다.

"은 제품을 사려는 게 아니라 주문한다고. 주문 제작."

"예산은 어느 정도로 생각하시는지요? 주문 제작은 최소 20골드부터 —"

난 한 발 앞으로 나가며 안경을 벗었다.

"이봐요."

"네?"

난 싱긋 웃었다.

처음에는 '얘 뭐야?' 하는 표정이던 점원은 한순간, 홀린 듯이 나를 바라보다가 곧 얼굴이 창백해졌다.

"고, 고, 공녀님······?!"

"알아봐 줘서 고맙군요."

난 안경을 도로 쓰며 말했다.

"그래서, 주문 제작이 뭐라고?"

"그, 그게, 안으로 들어오십시오. 공녀님. 점장님을 부르겠습니다."

"필요 없어요. 아무래도 우리는 지불할 돈이 없는 것 같으니까."

내 말에 점원이 부들부들 떨며 말했다.

"아, 아닙니다. 죄송합니다. 제가 실수를 했습니다."

그는 내가 그를 사형시키라는 명령을 내린 것처럼 식은땀을 흘리며 말했다.

"제발, 공녀님. 절 용서해 주십시오."

그가 갑자기 무릎을 꿇고 애원했다. 아니, 그것까지 바란 건 아닌데······.

난 한숨을 내쉬었다.

순식간에 우리는 안쪽의 룸으로 안내되어 차를 대접받았다. 점장이 창백한 표정으로 인사를 했다.

"안녕하십니까, 공녀님. 공녀님께서 저희 '로버트&레리 보석점'을 찾아 주신 것을 영광스럽게 생각합니다. 은 제품을 주문하려고 하신다고 들었습니다만."

"참 팔찌를 주문하려고. 25일까지는 만들어 줬으면 좋겠는데."

"촉박하기는 하지만, 공녀님의 주문이시면 맞춰 드려야요. 어떤 모양으로 만들어 드릴까요?"

"가문의 문장대로, 날개 달린 흑표범이랑, 별 모양으로 주문하고 싶어."

"흑표범과 별 모양으로요. 흑표범은 딱히 원하시는 모양새가 있나요?

날개를 폈다든가, 접었다든가?"

의외로 세세하게 주문을 받아서 결정을 하고, 난 공작가 이름으로 계산서를 달아 뒀다.

음…… 결국 켈슨이 이야기한 대로 되어 버렸잖아?

깊이 허리를 숙이는 인사를 받으며 우리는 보석점을 나왔다. 난 한숨을 내쉬며 말했다.

"어쩐지 내가 생각했던 거랑은 다르게 돼 버렸네."

"하지만 길거리에서 산 걸 카를에게 주기도 그렇잖아?"

제온의 말에 난 고개를 끄덕였다. 그래서 일부러 이렇게 주문 제작하는 곳까지 온 거고.

"그럼 생각보다 일정이 빨리 끝났는데……. 어떻게 할래? 돌아갈 거야? 아니면—"

"좀 더 구경하다가 갈래요. 앤도 괜찮아?"

"응, 괜찮아."

앤은 고개를 끄덕였다.

"좋아. 그러면 아까 거기로 다시 돌아가자."

"네."

우리는 다시 시장으로 돌아가서 신나게 돌아보기 시작했다. 제온이 중간에 과일을 샀는데, 먹는 법을 몰라 한참을 들여다보았다.

다른 사람을 훔쳐보니 꼭지를 돌려서 잡아 빼고, 질긴 껍질을 꽉 눌러서 안에서 나오는 과육을 먹는, 독특한 방식이었다. 과육은 부드럽고 산미가 전혀 없이 달콤하니 맛있었다.

'이름 기억해 봐야지.'

나중에 주방장에게 부탁해 봐야겠다.

그렇게 주먹만 한 과일을 하나씩 먹고, 다시 구경에 전념했다. 몇 가지 자잘한 물건들도 구매했다. 역시 쇼핑의 맛은 지름이죠.

해가 넘어가기 시작하자, 꼬치며 뭐며 길거리에 먹을 것을 파는 좌판이 늘어섰다.

하나 사서 먹었는데, 고기가 너무 질겨서 놀라웠다.

'대체 무슨 고기인 걸까. 고무를 씹는 것 같은 느낌인걸.'

게다가 향신료가 너무 강해서 결국 반도 다 먹지 못하고 말았다.

'못 먹어서 굶주릴 때도 있었는데, 사람 몸이 편한 데에 참 길들여지기가 쉽구나.'

"아, 확실히 카스티엘로가 잘살기는 잘사는구나."

제온이 중얼거렸다.

"그래요?"

"그래, 이렇게 고기를 편하게 맛볼 수 있잖아? 큰 거지."

"그렇군요."

그렇다면 다른 영지는 어떤 걸까? 하델에게 카스티엘로 영지가 비옥한 편이라고 듣기도 했고, 큰 평야를 끼고 있다고도 들었다.

"영주가 능력이 좋으니까."

제온이 그렇게 말하고는 마지막 꼬치를 삼키고 막대를 버렸다. 난 먹다 남은 꼬치를 함께 버렸다.

'생각해 보니 앞으로 제온도 백작이 되는 건가……?'

잘할 것 같다.

그렇게 말하니 제온은 놀랍게도 좀 쑥스러운 얼굴을 했다.

"아부하기는. 꼬맹이 주제에."

그는 그렇게 말하며 내 머리를 가볍게 흔들고 말했다.

"이제 슬슬 돌아가자. 너무 늦어지면 가다가 해가 져 버릴 거야."

"네."

난 고개를 끄덕였다.

걸음을 빨리한다고 했는데, 한참 걸어서 지친 다리는 생각만큼 빠르게 움직이지 않았다.

결국 중간쯤 왔을 때 해가 빠르게 지기 시작했다.

"업어 줄까?"

제온의 제안에 난 고개를 빠르게 저었다.

"아니에요."

"하지만 이대로 가다가는 해가 져 버릴걸?"

"앤은 괜찮아?"

"전 괜찮아요."

앤은 그렇게 말했지만, 체력은 나보다 앤이 더 약할 터였다.

그때 멀리서 마차 바퀴 소리가 들려왔다. 마차에 달린 램프가 회색빛으로 물들어 가는 숲속에서 빛났다.

"아. 마중 나왔나 보다."

마차에 그려진 문장을 보고 중얼거리자 제온이 "딱 좋은 타이밍이네." 하고 웃었다.

"그런데 어떻게 알았을까요?"

앤이 갸웃하는데 뒤에서 목소리가 들렸다.

"정말이지, 완전히 깜깜해지면 어떻게 하시려고 그랬습니까?"

"에멜?"

난 깜짝 놀라 뒤로 돌았다. 어라? 에멜이 왜 뒤에 있지? 앞에 있어야 하는 거 아닌가?

"진짜 혼자 보낼 거라고 생각하신 건 아니겠죠."

에멜이 눈썹을 치켜올리며 말했다. 제온의 눈썹도 같이 올라갔다.

"뭐야? 그러면 하루 종일 따라다닌 거야? 따라오지 말라고 명령을 받았는데?"

기가 찬 듯, 차갑게 웃으며 제온이 말했다.

"아무리 꼬맹이가 어려도 기어오르는 것도 정도껏이지."

난 당황해 제온의 옷자락을 잡았다.

제온이 날 물끄러미 바라보다가 한숨을 내쉬었다.

"이러니까 기어오르는 거야."

"그럴지도 모르지만요."

나는 고개를 다시 저었다. 그렇다고 이런 일로 싸우는 걸 원하지 않는다. 에멜이 우리 이야기에 끼어들었다.

"경께서는 뭔가 잘못 알고 계신 것 같군요. 물론 제 호위 대상은 아가씨지만, 제가 명령을 받는 대상은 공작 전하이십니다."

공작이 호위하라고 명령했으니, 그게 가장 우선이다.

그런 얼굴을 하고 있는 에멜을 보고 제온은 뭔가 더 한소리 하고 싶은 얼굴이었지만 그저 쯧 혀를 찰 뿐이었다.

"타자. 다리 아프지?"

대신 제온은 도착한 마차 문을 직접 열어 주었다.

"앤도 얼른 타."

난 얼른 앤을 챙기고서 마차에 올라탔다. 마지막으로 제온이 올라타며 마차의 문을 닫았다. 마차 안은 조용했다. 자리에 앉자 피로감이 몰려왔다. 다리가 욱신거렸다.

'나중에 다리 좀 주물러 달라고 해야겠다…….'

그런 생각하며 하며 발목을 이리저리 돌리는데 제온이 말했다.

"오늘 괜찮았어?"

"네! 즐거웠어요."

제온은 날 빤히 보다가 가볍게 웃었다.

"다행이네. 하긴, 나갈 생각을 한 게 너니까."

"그렇죠? 제온은 숟가락만 얹은 거지요?"

내 말에 제온이 고개를 끄덕였다.

"걱정했거든. 그 저택에서 못 나가는 게 아닐까 하고."

"……."

난 입을 살짝 벌렸다.

"그런 걸 걱정할 정도로 제온이 섬세한지 몰랐는데요."

나도 모르게 입을 열자 제온이 눈썹을 찌푸렸다가 한숨을 내쉬었다.

"하여간 말본새 하고는, 카스티엘로 아니랄까 봐."

"걱정해 주셔서 고마워요. 하지만 이제 괜찮아요. 정말로."

난 공손하게 머리를 숙이며 인사했다. 누군가를 진심으로 걱정해 준다는 건 결코 쉬운 일이 아니다. 게다가 친구의 여동생이라는 관계는 모호한 관계이기도 하고.

제온이 날 그렇게 걱정했다는 게 의아하기도 했지만, 하여간 감사한 건 감사한 거다.

"괜찮다면 다행이고."

제온이 고개를 끄덕였다. 그리고 보니 진짜로 괜찮다.

'시간이 약이라는 게 사실이구나.'

게다가 무엇보다도 내가 내 몸을 지킬 수 있는 능력이 있다는 것이 크지 않을까?

활도 쏠 수 있고, 여차하면 알파나 엔드를 부르면 되고.

─맞아, 우리가 있지.

─능력을 사용할 일이 없기는 하지만.

엔드와 알파의 말에 난 피식 웃었다. 정령과 계약을 했지만, 정말로 힘을 사용하는 일은 없었다.

일단, 사용할 일이 없기도 했고. 오히려 활에 붙은 바람의 정령석 쪽이 더 유용할 정도다.

'물론 정화를 하기는 하지만.'

정화가 되고 있다는 이야기를 들어도 눈으로 보거나 확인한 게 아니니 실감이 나지 않는다.

'명마를 가지고 있는데 달릴 일이 없는 기분이네.'

―안 쓰는 게 가장 좋은 거지.

알파가 응대했고, 난 속으로 고개를 끄덕였다. 맞다. 쓰지 않는 게 가장 좋은 거다.

능력을 쓴다는 건 내가 위험한 상황이 되었다는 거니까.

"호위야, 호위가 임무니까 저러는 거지만―"

제온은 중얼거리다가 고개를 저었다.

"아니, 호위 말도 맞지. 공작 전하의 명령이라면야."

"그렇죠."

난 고개를 끄덕였다. 아빠의 명령을 어겼다가는 무슨 꼴을 당할까.

별로 생각하고 싶지 않다.

난 주머니에서 녹색 머리띠를 꺼내어 앤에게 내밀었다.

"이거 앤에게 줄게."

"네? 저에게요?"

"응, 붉은색이랑 진짜 잘 어울릴 거야. 내가 장담해."

"하지만…… 전 머리도 짧고."

"머리띠니까, 짧은 머리에도 쓸 수 있잖아? 싫어? 다른 게 좋을까? 이건 어때? 아까 샀던 머리핀. 이것도 앤에게 어울릴 것 같아서 산 거거든."

난 다른 머리핀을 꺼냈다. 어쩔 줄 몰라 하는 앤의 양손에 나는 머리띠와 핀을 둘 다 쥐어 주고 흐뭇하게 웃었다.

"고맙습니다. 잘 쓸게요."

"에이, 별거 아닌데 뭐. 잘 써 주면 내가 좋지."

난 그렇게 말하고 보닛을 벗었다. 할 수 있다면 머리 올린 것도 풀어 내리고 싶었다.

'무겁다.'

하지만 십수 개의 머리핀으로 고정한 거라, 괜히 내리려고 하다가 엉켜 버리면 이도 저도 안 된다.

"그러고 보니 아까 재미있는 소문이 돌더라?"

제온의 말에 난 고개를 돌렸다.

"재미있는 소문이요?"

"드래곤이 깨어난다던가—"

"드래곤이요? 진짜로요?"

"진짜는 아니겠지만, 진짜로 엉뚱한 소문이라…… 출처가 어딘지 확인해 볼 만한 것 같기는 해."

"드래곤이 깨어났으면 벌써 알았겠죠."

하늘을 날아다니고 있을 텐데.

"나도 그 점이 이상하다는 거야."

제온이 그렇게 말하며 손을 가볍게 퉁겼다.

"느닷없이 드래곤에 대한 소문이라니 말이지."

'드래곤이라.'

상상의 동물은 아니다. 옛~날에는 활동했었다고 하니까. 궁금하기는 하지만 절대로 보고 싶지 않은 존재이기도 했다. 철갑을 두른 범선이 날아다니면서 불을 뿜어낸다는 건 생각만 해도 오싹하니까. 나중에 아빠에게 이야기해 봐야겠다. 드래곤이 깨어난다는 소문이 돈다고 말이다.

'그러고 보니.'

제온은 황실이나 황실 식구에 대해서도 잘 알겠지? 리들과 친구이기도 하고…….

"제온. 혹시 아이리스 황녀님을 알아요?"

그 말에 제온의 미간이 대번에 찡그려졌다.

"아이리스 황녀? 걔는 왜?"

"아뇨, 예전에 만났었거든요. 편지를 주고받았는데…… 소식이 끊겨서요. 잘 지내고 있나 하고요."

"만난 적이 있어?"

"네, 황후마마께서 소개해 주셔서……."

내 말에 제온의 얼굴이 더더욱 안 좋아졌다.

"그랬단 말이지."

"왜요? 무슨 일이 있나요?"

안 좋은 일이라도 생긴 걸까?

설마 그래서 연락을 할 수가 없었다던가?

"그러면 황후마마에 대해서는 얼마나 알아?"

황후마마?

난 조심스럽게 대답했다.

"아빠에게 집착했었다는 것 정도는 알아요. 지금도 하고 있다든가……."

"아, 그렇구나. 맞아. 지금도 그렇지. 할 수만 있다면 지금이라도 카스티엘로 공작을 침대에 눕히고 싶을걸."

"제온!"

내 얼굴이 빨개졌다. 아무리 그래도 남의 아버지를 가지고 그렇게 말하는 건 안 되죠.

"아, 실례."

제온이 사과했다.

"하지만 진짜인걸. 뭐, 공작 전하께서는 상대도 안 하시니까. 그다음 노렸던 게 카를인데. 카를에게도 거절당했고, 그렇군. 에스텔에게도 그랬었구나……. 그 딸까지 이용해서 말이지."

제온이 히죽 웃고는 이어 말했다.

"아이리스 황녀는 진짜 밖에 드러나지 않거든. 황후가 그녀를 수치스럽게 생각하는 거야 다들 알고 있는 거고…… 심지어는ㅡ"

제온이 목소리를 낮췄다.

"황제의 아이가 아니라는 말까지 있으니까."

난 눈을 휘둥그레 떴다. 그건 상당히 치명적인 스캔들 아닌가?

"정말요?"

제온은 어깨를 으쓱해 보였다.

"모르지 그야. 하여간 그랬는데 꼬맹이 때문에 아이리스의 효용이 생긴 거였군. 갑자기 황녀를 위해 교육을 한다, 시녀를 뽑는다 하고 잠깐 부산했거든."

"그랬군요……."

"그러더니 요즘은 또 조용해. 마법사들과 자주 만남을 가진다는 이야기도 있어서, 마탑으로 들어가는 게 아니냐는 소문도 있고."

"마법사가 되는 건가요?"

"글쎄. 장님도 마법사가 될 수 있나?"

제온이 앤을 바라보며 묻자 앤은 곰곰이 생각하다가 말했다.

"불가능하지는 않은 것 같아요."

"그럼 그럴 수도 있겠네. 그럴 듯하게 치워버리는 빠른 길이잖아? 수도원에 넣는 것보다 온건하지."

제온이 그렇게 말하며 어깨를 으쓱하듯 양손을 가볍게 폈다가 접었다.

그렇다면 자기 일에 바빠서 나에게 연락을 하지 않는 거구나.

그런 거라면 이해가 되기도 했다. 섭섭하다고 하기에는 그렇게 친한 사이도 아니었으니까.

난 그렇게 생각하며 고개를 끄덕였다.

마차는 곧 저택에 도착했다. 에멜이 내가 마차에서 내리는 걸 도와주었다. 어쩐지 표정이 좋지 않아서 싱긋 웃어 주었더니 에멜 역시 싱긋 웃었다.

흠, 그렇게 기분 나쁜 것 같지는 않네.

난 그렇게 생각하며 현관으로 들어섰는데, 분위기가 그렇게 썩 좋지가 않았다.

"무슨 일이 있어?"

에멜에게 묻자 그도 갸웃하며 "글쎄요." 라고 중얼거리는데 켈슨이 빠른 걸음으로 걸어왔다.

"아가씨."

"무슨 일이에요?"

그의 표정이 심상치 않아서 난 심장이 덜컥하고 내려앉는 것 같았다.

"혹시 오라버니에게 무슨 일이 생긴 거예요?"

"아뇨, 아닙니다. 그게 아니라 지금 아가씨에게 손님이 와 있습니다."

"제 손님이요?"

"손님은 아니고, 전령이라고 해 두지요."

"무슨 전령인데요?"

"레이몬드 후작가에서 전령을 보내왔습니다."

"나에게요?"

"네."

"왜요?"

"그건 저도 모르겠습니다. 아가씨에게 전할 이야기가 있다고 하던데요. 짐작 가시는 거 없습니까?"

"없어요."

난 고개를 저었다.

"만날 필요가 있습니까?"

에멜이 뒤에서 목소리를 높였다. 돌아보니 그의 얼굴은 완전히 굳어 있었다.

"상대할 필요가 없습니다."

그 말에 켈슨이 에멜을 보다가 한숨을 내쉬며 말했다.

"그러니까 쫓아내자고? 자네 개인감정대로 선택할 문제가 아냐."

그 말에 에멜의 얼굴이 더더욱 굳어졌다.

"제가 개인감정으로 이런 말을 하는 거라고 생각하십니까? 레이몬드 후작가와 지금 저희가 얽혀 있는 문제를 생각하자면—"

난 손을 들어 이야기를 막았다. 그리고 앤과 제온을 돌아보며 말했다.

"미안하지만 먼저 올라가시겠어요? 이야기가 좀 길어질 것 같아서요."

제온은 눈을 깜박이다가 고개를 끄덕였다. 앤 역시 가볍게 무릎을 굽혀 보였다.

두 사람이 떠나고 나서 난 켈슨과 에멜에게 말했다.

"잠깐 어디 안으로 들어가서 이야기하죠. 지금도 전령이 기다리고 있는 건가요?"

"네. 아가씨가 언제 들어오는지 모른다고 했는데도, 기다리고 있더군요."

"아빠는 뭐라고 하셨어요?"

"에스텔에게 온 전령이니, 에스텔이 알아서 할 거라고요."

켈슨의 말에 난 눈을 크게 떴다가 가볍게 웃었다. 내 반응에 비해 에멜은 믿을 수 없다는 얼굴을 하고 말했다.

"공작님이 그러셨단 말입니까?"

"그래. 나도 놀랐지만."

켈슨이 덧붙였다.

"바로 쫓아내실 거라고 생각했거든."

"그러면 안 되죠. 제 손님인데."

난 그렇게 중얼거렸다. 근처의 방으로 들어가 문을 단단히 닫고 켈슨이 목소리를 낮춰 말했다.

"제가 불안한 건, 혹시 백작령에 대한 이야기를 그들이 눈치채고 있을까 하는 겁니다."

"아아, 레이몬드 후작가와 경계를 대고 있다고 했었죠."

"네. 하지만 그 문제라고 해도 왜 아가씨를 찾는지는 모르겠습니다."

"제가 정령사인 걸 알았을까요?"

켈슨이 고개를 저었다.

"설마요. 그걸 어떻게 알겠습니까? 누가 확인해 줄 수 있는 것도 아니고요."

"그럼 왜 아가씨를 만나자고 하는 거겠습니까? 분명히 꿍꿍이가 있는 거겠죠."

에멜이 으르렁거리듯이 말했다. 이렇게 강경한 모습은 처음이라, 후작가에게 많은 것이 쌓여 있나 싶었다.

하긴, 늑대기사단이 항상 싸움의 전방에 있었을 테니까.

난 고민하다가 말했다.

"지금 이렇게 머리를 싸매 봐야 소용없겠죠. 일단 만나 보겠어요."

"아가씨!"

에멜이 항의하듯 날 불렀다. 난 웃으며 말했다.

"날 못 믿어요?"

"그게 아닙니다. 그게 아니라―"

에멜은 더 뭐라고 하고 싶은 얼굴이었지만 곧 꾹 입을 다물었다. 그에 비해 켈슨은 뭔가 들뜬 표정이었다. 그가 양손을 비비며 말했다.

"좋습니다. 대체 무슨 일로 왔는지 파헤쳐 보도록 하죠. 하지만 무슨 이야기를 하시든 확답을 주시면 안 됩니다. 시간을 달라, 생각해 보겠다, 의논 후 결정하겠다, 스케줄을 확인해 봐야 한다. 아시겠습니까?"

켈슨의 말에 난 고개를 끄덕였다.

"알겠어요. 그러면― 이 차림으로 만날 수는 없겠군요."

난 내 허름한 옷을 내려다보며 중얼거렸다.

켈슨이 설렁줄을 당기자 놀랄 정도로 빠르게 시녀들이 도착했다. 난 옷을 벗고 머리를 풀고, 다시 싹 갈아입었다. 파티션 너머에서 머리 손질을 받으며 내가 물었다.

"에멜, 후작가와 사이가 많이 안 좋아요?"

"독사 같은 작자입니다."

단호한 그 한마디에 난 할 말을 잃었다.

'그렇게 생각하면 전령을 나에게 보냈다는 것 자체가 엄청나게 파격적인데.'

대체 무슨 생각으로 그런 걸까?

고민하는데 시녀가 내 치맛자락을 어루만져 주고는 말했다.

"끝났습니다."

"고마워."

난 인사하고 깊게 숨을 들이마셨다. 거울에 비춰진 옷차림은 완벽했다.

딱 공작 영애, 라고 써 붙여야 할 것 같은 옷차림.

머리에 가느다란 관을 썼는데, 거기에 조각된 핑크 다이아몬드가 내 눈동자와 쌍을 이루었다.

평소에는 절대로 하지 않는 머리 장식이었지만, 이번만은 기합을 잔뜩 넣은 모양새였다.

"그럼 가죠."

에멜이 에스코트를 제의했지만 난 거절했다. 스스로의 힘으로 방에 들어설 수 있다. 아니, 들어가야 할 것 같았다.

난 긴장을 삼키고 응접실로 들어갔다. 서 있던 남자가 내 쪽으로 돌아섰다.

〈다음 권에 계속〉